BASTEI LÜBBE

DIANA L. PAXSON
im Bastei-Lübbe-Taschenbuchprogramm:

Die Juwelen von Westria

20112	Band 1	Tochter des Lichts
20114	Band 2	Tochter der Finsternis
20138	Band 3	Silberhaar, der Wanderer
20147	Band 4	Der Erdstein
20153	Band 5	Der Meerstein
20165	Band 6	Der Windkristall
20264	Band 7	Das Feuerjuwel

20207 Der Zauber von Erin

DIANA L. PAXSON

DIE KELTEN-KÖNIGIN

Fantasy-Roman

Ins Deutsche übertragen
von Lore Straßl

Kartenzeichnungen
und Übertragung der Gedichte
und des Anhangs
von Helmut W. Pesch

BASTEI LÜBBE

BASTEI-LÜBBE-TASCHENBUCH
Band 20 281

Erste Auflage:
Mai 1996

Originaltitel: The Serpent's Tooth
Übertragung der Gedichte
und des Anhangs von Helmut W. Pesch
Lektorat: Wolfgang Neuhaus/ Stefan Bauer
Titelbild: Albert Belasco, Kunstverlag
Reich's British Art, Baden-Baden
Umschlaggestaltung: Quadro Grafik,
Bensberg
Satz: Kremerdruck GmbH, Lindlar
Druck und Verarbeitung:
Brodard & Taupin, La Flèche, Frankreich
Printed in France

ISBN 3-404-20281-3

Der Preis dieses Bandes
versteht sich einschließlich der
gesetzlichen Meherwertsteuer.

Für Siobhan,

Bärentochter,
Sängerin des Volkes,

Gefährtin des Weges

DANKSAGUNG

Wieder einmal darf ich Alexei Kondratiev dafür danken, daß er noch tiefer in die Vergangenheit vorgedrungen ist, um die proto-keltischen Formen der Namen meiner Figuren zu rekonstruieren, wenngleich ich in einigen Fällen (etwa bei Leir, dessen Namen wohl eher wie ›Li3er‹ geklungen haben dürfte, wobei das ›3‹ für einen stimmhaften gutturalen Reibelaut steht) modernere Formen gewählt habe, die Auge und Ohr gefälliger waren. Ich bin auch Caitlin Matthews dankbar dafür, daß sie mir ein Vorabexemplar ihres Buches *The Celtic Tradition* zugesandt hat, das mir eine Menge Zeit und Mühe bei der Überprüfung von Elementen der keltischen Kultur und Religion erspart hat. Die Ermutigung, die ich von ihr und ihrem Gatten John (auch er ein anerkannter Keltologe) im Verlaufe dieses Projekts erhalten habe, war höchst willkommen. Guy Ragland Phillips' Buch *Brigantia* verdanke ich es, auf einige der herausragenden Beispiele der Topographie und Folklore im Norden Englands aufmerksam geworden zu sein.

Mein Dank gilt auch denen, die mir unerwartete Unterstützung zuteil werden ließen, während ich in England vor Ort recherchierte, insbesondere Bill Godfrey von der Ilkley Archaeological Group, der sich bei der Sicherung der sommerlichen Ausgrabungen die Zeit nahm, mir eine Einführung in die archäologische Geschichte des Moores zu geben. Dank auch an Bob Rutland vom Jewry Wall Museum in Leicester für seine Hintergrundinformationen über dieses Gebiet und seinen Hinweis darauf, wo das Dorf Leire zu finden sei.

Schließlich danke ich denen, die mir während des Schreibens selbst moralische Unterstützung gaben, insbesondere

Leigh Ann Hussey und David Oster, die mir erlaubten, mein Manuskript auf ihrem Laserdrucker auszudrucken, und meine Hand hielten, als mein Computer Teil III zu fressen versuchte.

PERSONEN

QUIRITANI (Kelten) von der INSEL DER MÄCHTIGEN:

LEIR, Sohn des Blatonos, auch Leir Blatonikos genannt, Hochkönig der Insel der Mächtigen

Leirs Halbbluttöchter:

GUNARDWILLA, Leirs Tochter von Aglidet, der Königin von Alba vom Volk der Ai-Siwanet

RIGANA, Leirs Tochter von Dara, der Königin von Belerion vom Volk der Ai-Utu

CRIDILLA, Leirs Tochter von Fieret, der Königin von Briga vom Volk der Ai-Akhsi. Ihr Kriegername ist »Otter«.

Leirs Haushalt und seine Kampfgefährten:

ARTOCOXOS (Bärbein), Sohn des Escutios, Anführer von Leirs Kampfgefährten

BITWITOS der Schwarze

CADROS der Blonde

CARANTIS

CATUWEROS, Sohn des Ilicos

DROSTAGNOS (DROST)

HUNDEBAUCH

ILIX

KASWAT

NODONTIOS

RAWAL

ROTBEIN

SIGO

TROST

UXELOS

VORCUNS (Großer Hund)

TALORGENOS, der Eichenpriester

Stammesfürsten der Quiritani:

MAGLAROS, Sohn des Magloscutios, Fürst der Banalisioi (Männer der Weißen Klippen), Gunardwillas Gemahl und König von Alba

MORIGENOS, Sohn des Maglaros und der Gunardwilla

SENOWINDOS, Sohn des Brochagnos, Riganas Gemahl, König von Belerion
CUNODAGOS, Sohn des Senowindos und der Rigana
BITWITOS von Rigodunon
CALCAGOS, Herrscher der Ostküste
CATUWEROS von der Felsburg
LOUTRINOS, Sohn des Carantis, Stammesfürst an der Soretia, Cridillas Freier
NEXTONOS von der Hochburg, auch ein Freier Cridillas

QUIRITANI vom GROSSEN LAND:

AGANTEQUOS, Sohn des Vorequos, König der Moritonen (Männer der Seewege) in Morilandis. Sein Kriegername ist »Pferd«.
BELINOS, Sohn der Agantequos und der Cridilla

Agantequos' Haushalt und seine Kampfgefährten:
NABELCOS, Hofbarde auf Moridunon
CUNO, GRUNCANOS, KEIR } Krieger
BRENNA, Cunos Frau
SOBWIACA
MUTTER NESTA, Priesterin der Moriritonen

DIE BEMALTEN (Ti n'Izriran):

HULI, Priester der Ortschaft bei Udrolissa
ZAWERET, Haushälterin auf Udrolissa
GIAHAD, Expriester, Straßenbauer
TRIYET, Leirs Konkubine aus Belerion
ZLALET, Herrin von Brannodunon
ZAYYAR-A-KHATTAR, König der Ai-Zir
ILF, Halbblutkrieger in Riganas Diensten

Die sieben Priesterinnen der Ti-Sahharin (Dunkle Schwesternschaft):
ASARET von den Ai-Utu (Volk des Hasen), Belerion
TAMAR von den Ai-Akhsi (Volk des Widders), Hochtäler
ICO von den Ai-Siwanet (Volk des Falken), Alba
ILIFET von den Ai-Ilf (Volk des Ebers), Mittlande
AMAUNET von den Ai-Giru (Volk des Frosches), Südosten

EKKI von den Ai-Ushen (Volk des Wolfes), Westgebirge

URTAYA von den Ai-Zir (Volk des Bullen), Ebene von Carn Ava

VOLK DER ALTEN RASSE (Senamoi) und der NEBELINSEL (Caiactis)

KRAH, ein verhinderter Schamane aus den Hochtälern, in Leirs Haushalt aufgenommen

GEISTSPRECHERIN, Sängerin des Bärenclans in den Hochtälern

ARTONA (Bärmutter), die Bärin von Caiactis

SCHATTENBÄRIN, GEISTBÄRIN – ihre Töchter

Kinder von Cridillas Trupp auf der Nebelinsel:

WEIDE

STURMVOGEL

ENTE

SALAMANDER

HÄNFLING

SCHAUPLÄTZE

INSEL DER MÄCHTIGEN – Britannien

Alba – Schottland

Soulonagos-Föhrde – Solway Firth

Stein des Jungen Gottes – Lochmabon Stone

Hochbank – High-Banks-Festung, Kircudbright

Caiactis, die Nebelinsel – Isle of Skye

Artodunon – Dun Ringell auf Skye

Wotadinion – Edinburgh

Briga – die Yorkshire Dales (Hochtäler) von den Cheviot Hills bis zur Südgrenze von Leicestershire

Norden:

Udrolissa – am Ure bei Aldborough, York

Die Pfeile – Devil's Arrows, Boroughbridge

Rigodunon (Feste des Königs) – Ingleborough, Ribblesdale, York

Hügel der Winde – Pen-y-ghent, Ribblesdale, York

Nith – Fluß Nidd, York

Verbeia – Fluß Wharfe, York

Rilla – Fluß Ribble, York

Udra – Fluß Ure, York

Schoßhöhle – Victoria Cave, Wharfedale

Heilige Quelle – St. Aldkelda's Well, bei Giggleswick, Ribblesdale

Lager der Senamoi – Malham Cove, Ribblesdale

Reich der Steine – Brimham Rocks, Niddersdale

Hügelgräberebene – Graffa Plain, Niddersdale

Siedlung – bei Hangingstone Quarry, Wharfedale

Opferstein – Badger Stone, oberhalb von Ilkley, in Rombald's Moor

Sonnenstein – Swastika Stone, oberhalb von Ilkley

Süden:

Abonolissa, Leirs Burg an der Soretia – bei dem Flecken Leire, Leicester

Hochburg – Bredon Hill, Leicester
Ligrodunon (Leir's Dun) – Burrough Hill in Leicestershire
Soretia – Fluß Sore

Belerion – Cornwall
Hügelfeste – Chun Castle, Penrith
Hügelgrab der Königinnen – Zennor Quoit
Geburtsstein – der Men-an-Tol
Mutterbrunnen – Modron Well

Land des Bullenstammes – Wiltshire
Avas Schrein – Avebury Circle
Tanz der Riesen – Stonehenge
Quellen von Sulis – Bath
Aman – Fluß Avon

DAS GROSSE LAND – europäisches Festland

Morilandis (Meer-Weiden), Land der Moriritonen – Küstenregion um den Golf von St. Malo an der Grenze zwischen Normandie und Bretagne
Moridunon (Meer-Feste), Agantequos' Dun – bei Domfront, Normandie
Hügel des Gehörnten – Mont St. Michel
Heiligtum der Carnuten – Chartres
Tartessos – Tarshish
Gades – Karthago

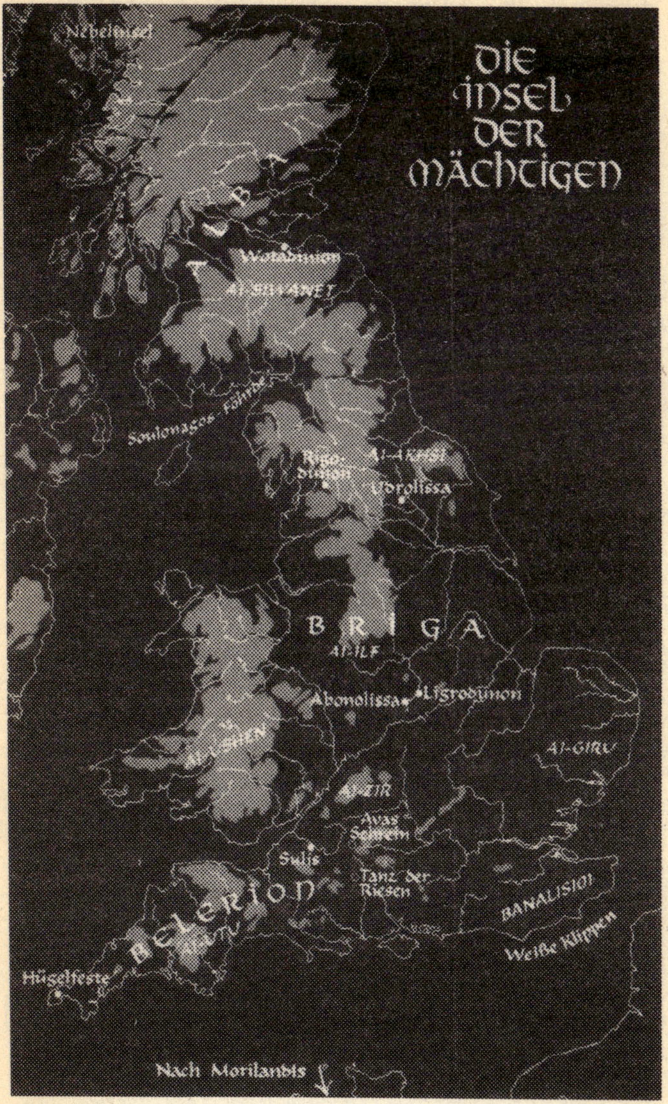
DIE INSEL DER MÄCHTIGEN
Nebelinsel
Wotadunon
Sculonagos-Fähre
Rigodunon
Vorolissa
BRIGA
AI-ILF
Abonolissa
Lgrodunon
AI-GIRU
AI-TIR
Avas Steinen
Sulis
Tanz der Riesen
BELERION
BANALISIOI
Weiße Klippen
Hügelfeste
Nach Morilandis

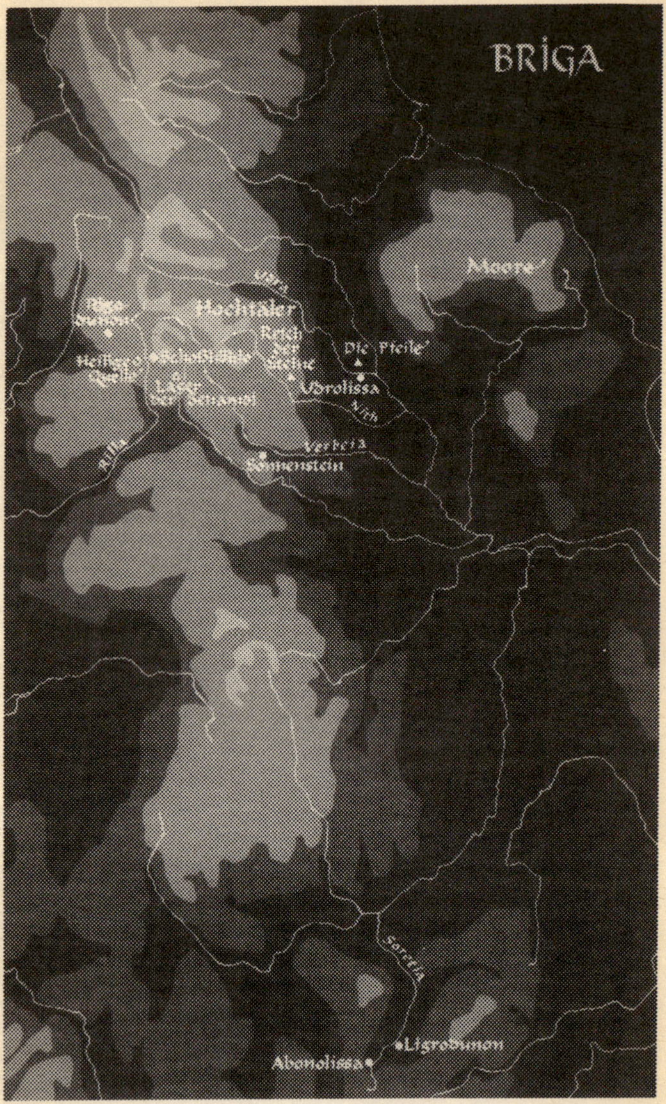
BRIGA
Moore
Hochtäler
Reich der Steine
Die Pfeile
Vorolissa
Sonnenstein
Ligrobunon
Abonolissa

PROLOG

Rot wie Blut glitzert das Wasser der Flußbiegungen im schwindenden Licht des längsten Tages, und das Spiegelbild des Schwans schwimmt darauf wie ein silberner Schild. Doch unter der Oberfläche strömt das Wasser des Flusses klar dahin, und die tiefen Spuren am Ufer, wo die Bauleute die Steine für das Grabmal herangeschafft haben, verschwinden bereits wieder im Schlamm. Nur ein Kräuseln dann und wann in der Mitte des Flusses verrät, wo die Strömung den versenkten Steinbau und den aus Fels gehauenen Kopf umspült, dessen zwei Gesichter flußauf und flußab spähen.

Wenn man nicht nach diesen Wirbeln in der ruhigen Strömung Ausschau hielte, würde man nicht bemerken, daß der Fluß sich verändert hat. Aber ich kann den verschleierten Blick des Hüters spüren, der ein Gesicht der Zukunft zuwendet und das andere der Vergangenheit. Und es ist die Vergangenheit, in die ich jetzt blicke, und meine Gedanken folgen der Spirale der Zeit zurück bis zur grauen Weite der See, welche die Insel der Mächtigen vom Großen Land trennt.

Nahezu viermal zehn Zyklen der Sonne sind verstrichen, seit Leir, der Sohn des Blatonos, die Quiritani in zehn schnellen Schiffen mit Segeln so weiß wie Schwanenschwingen über dieses Gewässer gebracht hat. Leir eroberte das Land Briga, tötete den König und machte sich zum Gemahl der Königin. Doch der Durst seines Schwertes war nicht gestillt, und so kämpfte er alsbald in Alba, und auch dessen Königin nahm er zur Gemahlin, desgleichen die Königin von Belerion. Und in allen Ländern, die Leir eroberte, siedelte er seine Krieger an und hieß sie Straßen und Burgen zur Sicherung des Landes bauen. Und sie und jene, die nach ihnen kamen, huldigten Leir als ihrem Hochkönig.

Die Herrin von Alba gebar ihm eine Tochter, Gunardwilla geheißen, die den Weg des Schwertes wählte. Auch die Herrin von Belerion schenkte ihm eine Tochter, Rigana; sie war so schön wie eine Sternennacht. Und schließlich kam auch die Herrin von Briga nieder, doch sie ließ ihr Leben bei der Geburt. Und ihr Kind bin ich, Cridilla, jüngste von König Leirs Töchtern. Nun liegt Gunardwillas Asche unter einem Grabhügel in Wotadinion, und Riganas Leichnam ruht im Hügelgrab der Königinnen in Belerion. Über Leirs Grab aber fließt die Soretia.

Über die gedämpfte Musik des Wassers hinweg kann ich das tiefe Murmeln der Menschen hören, die jenseits der Weiden auf mich warten. Wenn ich zu ihnen zurückkehre, werden sie mir zujubeln, als Königin der Insel der Mächtigen. Doch einen Augenblick möchte ich noch in den strömenden Fluß blicken und nur Cridilla sein, die einst Otter im Trupp der Bären war; Cridilla, Gemahlin des Agantequos; Cridilla, die Tochter Leirs.

Und seltsam ist es, daß nun, zu Mittsommer, wenn die prächtige Sonne die schimmernde Oberfläche des Flusses rotgold färbt, die Töchter der Königinnen und die Söhne der neuen Stämme von jenseits des Meeres zu mir kommen. Bislang hat der Lauf meines Lebens stets im Winter eine neue Wendung genommen ... Beim Mittwinterfest meines siebenten Lebensjahres begann die erste Spirale.

Erste Spirale

DIE SCHLANGE IM STEIN

Vom
zweiundzwanzigsten
bis zum einunddreißigsten Jahr
der Herrschaft
des Hochkönigs Leir

Und das Blut des Kalbes sammelte sich auf dem Schnee, und sie sah einen kohlschwarzen Raben herabstoßen und es trinken.

Das Exil der Söhne von Uisnech

Über dem Nebel, in den der Fluß das Land versinken ließ, wurde der Mittwinterhimmel allmählich hell. Der Tag schien mit dem Erwachen genauso zu zaudern, wie zuvor ich gezögert hatte, aus meinen angenehm warmen Schlafpelzen zu kriechen. Doch mit sieben war ich fast alt genug zu wissen, daß im Hause meines Vaters, des Herrschers der Insel der Mächtigen, keiner mehr ruhte, wenn der Hochkönig den Tag begonnen hatte.

Ich klammerte mich an Leirs Schultern und schaukelte im Rhythmus seiner langen Schritte, als wir von seiner Festhalle in Udrolissa zu den heiligen Steinen hinabstiegen. Schon oft hatte ich meinen Vater angebettelt, mit mir zur Mittwinterfeier zu gehen, doch nie war er zum Fest daheim gewesen, seit ich alt genug war, daran teilnehmen zu dürfen. Nun aber war es soweit.

Die kahlen Äste der Eichen reckten sich wie filigranes Gitterwerk in den Nebel; nur die dichte Stechpalmenhecke rund um die Einfriedung hob sich deutlich wie eine dunkle Wand gegen die bleichen Schwaden ab. Hinter der Hecke ragten die vier gewaltigen Steine, die wir die Pfeile nannten, einer hinter dem anderen in den heller werdenden Himmel. Ich spürte die stumm am Eingang wartende Menschenmenge mehr, als ich sie sah. Dann erklang das angstvolle Brüllen des angebundenen Stiers – er war nur ein verschwommener Schatten im Dämmerlicht –, und mein Vater verlagerte das Gewicht auf seinen muskulösen Schultern. In plötzlicher Angst suchte ich Halt.

»Cridilla«, brummte er, »du wirst in einem Stechginsterbusch landen, wenn du weiter an meinen Haaren zerrst!«

Artocoxos, ›Bärbein‹, Anführer der Kampfgefährten meines Vaters, der Leir schon gefolgt war, ehe ich laufen lernte, blickte zu mir herauf und lachte.

Der Griff von Leirs schwieligen Pranken um meine Fußgelenke wurde fester, und sogleich kamen Himmel und Erde wieder ins rechte Lot. Da mußte auch ich lachen und ließ die struppigen Strähnen seines Goldhaars los. Mein Vater war der Hochkönig. Wie könnte ich da fallen?

»Wird sich Catuweros von der Felsburg uns gegen die Ai-Zir anschließen?« Artocoxos' Stimme war ein verhaltenes Grollen am Ohr meines Vaters.

Mein Vater brummte: »Er hat keinen Schmied. Will er weiterhin Äxte haben, muß er zu mir kommen. Mit jedem Jahr kommen mehr von den Bemalten« – ich horchte auf, denn er sprach vom Volk meiner Mutter – »von den Mooren herunter zu mir. Ohne Äxte und Pflugscharen, mit denen er ihre Arbeit bezahlen kann, bleibt Catuweros niemand, der seine Felder bestellt.«

Meine Aufmerksamkeit wandte sich wieder anderem zu. Gespräche wie diese hatte ich gehört, solange ich mich erinnern konnte. Mein Vater und seine Gefährten beachteten mich dabei so wenig wie einen der Hunde des Königs.

»Es wäre einfacher, gegen ihn zu kämpfen«, sagte Artocoxos zögernd.

»Deine Klinge setzt wohl Rost an, was?« Der König lachte. »Würde ich ihn töten, müßte ich einen anderen finden, der fähig ist, die Burg zu halten. Du weißt doch selbst, Mann, wie viele Kämpfer vor zwanzig Jahren aus dem Großen Land mit uns hierher gezogen sind. Den Sieg über die Stämme der Bemalten verdanken wir der Gunst der Götter und unserem Mut! Aber glaubst du, diese duldsamen Landleute würden so friedlich bleiben, wenn sie dächten, daß unsere Macht schwindet? Catuweros hat einen starken Arm. Ich will nicht sein Blut, sondern seine Treue!«

»Was jenseits seiner Grenzen geschieht, scheint ihn wenig zu kümmern ...«, brummte Artocoxos. »Er wähnt sich jetzt sicher zwischen Briga und Alba. Doch die Ai-Zir sind eine ständige Bedrohung. Und Zayyar, der Große Bulle, ist ein schlauer Kriegsherr und ein Fürst des alten Geschlechts obendrein. Wenn er unsere Marschen im Süden überrennt und die Ai-Akhsi in Briga aufwiegelt, könnte Catuweros feststellen, daß eiserne Äxte mehr können als nur Bäume fällen!«

Die Fackeln bewegten sich als ein Lichterstrom den Weg vom Dorf herauf, und ich hüpfte aufgeregt auf meines Vaters Schultern. Ein Schatten huschte ihnen voran.

»Schau, jetzt kommen sie!«

Vater wandte seine Aufmerksamkeit wieder mir zu, und ich sonnte mich darin. Leir überragte die Männer in seiner Nähe um Haupteslänge. Auf seinen Schultern thronend, vermochte ich über die Menge zu blicken. Die Fackeln wirkten bleicher, als der Nebel heller wurde; was wie ein huschender Schatten vor dem Zug ausgesehen hatte, erwies sich nun als ein Mann, der den anderen vorauseilte. »Warum rennt er?«

»Er ist ihr Sänger. Er leitet die Zeremonien.«

»Wie deine Eichenpriester?« fragte ich.

Der König lachte. Die Priester, die meinen Vater über das Meer begleitet hatten, waren große, kräftige Männer mit gestreiften Umhängen und wallenden Bärten. Dieser Mann jedoch war dünn und knochig, und er rannte auf eigenartig ungelenke Weise, als wäre eine der Vogelscheuchen, mit denen die Dorfbewohner die Krähen von den Getreidefeldern fernzuhalten versuchten, zum Leben erwacht. Er hetzte den Hang empor; rote Tuchfetzen wie von einem Frauengewand, klirrend und klappernd von Metall- und Knochenstücken, flatterten hinter ihm her. Schwarzumrandete Augen starrten beim Vorüberlaufen aus einem weißbemalten Gesicht. Wirbelnde Fackeln folgten ihm, und rotgewandete Männer, deren Gesichter mit erdigem Ocker beschmiert waren, fächerten aus, als der Läufer eilig durch die Menge schlüpfte.

»Er sieht nicht wie einer aus, der was zu sagen hat«, flüsterte ich. »Er hat Angst.«

»So verlangt es der Brauch«, erklärte mein Vater mir. »Er tut es nur, damit die Leute lachen.«

Ich fröstelte. Meine ältere Schwester Rigana sagte, daß die Welt früher wärmer gewesen sei, ehe unser Vater mit seiner Gefolgschaft übers Meer gekommen war. Führten die Einheimischen diese Riten durch, um die alten Zeiten wiederzubringen? Im Dorf waren bereits Leute krank geworden, dabei war der Winter noch nicht einmal halb um. Jene, welche die Zeichen im Land deuten konnten, sagten noch schlimmeres Wetter voraus.

Ein Wirbel von Bewegung entstand, und die Leute wichen zurück. Die Kampfgefährten schlossen sich um meinen Vater zusammen. Der Läufer hing schlaff im Griff zweier rotgewandeter Männer. Dann richtete er sich hoch auf, und helles Gelächter übertönte das Stimmengewirr der Menge. Die Einheimischen waren braun und stämmig im Vergleich zu den langbeinigen Kriegern meines Vaters, doch ihr Gefangener war gertenschlank und hatte dichtes schwarzes Haar.

»Von welchem Stamm ist dieser Mann?« flüsterte ich, als sie ihn zu einem hohen Podest aus zusammengebundenen Baumstämmen neben dem hintersten der hohen Steine drängten.

»Er ist von den Senamoi, dem Zauberervolk«, erklärte er. »Jenem Volk, das bereits hier lebte, ehe die Ai-Akhsi kamen. Ich frage mich, wo sie ihn gefunden haben. Sein Stamm verläßt sonst eigentlich nie die Moore.«

Ich riß erstaunt die Augen auf. Vor dem Volk meiner Mutter? Aber das Volk des Widders war *Teil* dieses Landes! Meine Schwester Rigana sagte, daß die Quiritani nichts von den Festen der Sonne und des Mondes gewußt hätten, bevor sie in dieses Land kamen, und nur die Zyklen der Herden kannten. So weit in die Vergangenheit zu blicken machte mich schier schwindelig.

»Wenn graue Himmel der Zaunkönig kreuzt«,

sang die Gestalt, die mit flatternden Gewandfetzen auf dem Podest stand,

»Dräut's Sturmgewölk – kommt zusammen
Volk, sich am Feuer zu laben, lodern Flammen,
zu leuchten den Tagen,
die Sonne zu wahren –
kommet in Scharen!«

Ein hallender Rhythmus begleitete die Worte des Mannes, während er eine kleine Trommel schlug. Sein Gesang war unirdisch hoch und klar, und ich spürte, wie sich mir die feinen Härchen auf den Armen und im Nacken aufstellten. Täuschte ich mich, oder zitterten die hohen Steinschäfte im Takt des Trommelschlags?

»Wenn die Erde sich regt,
die winters schlief, und langsam, tief
im Herzen verborgen, die Trommel schlägt,
bricht, aus gefrorenem Fleisch geboren,
des Lebens Licht –
grüßt alle den Morgen!«

Ich blinzelte. Die Steine standen still, doch um sie herum pulsierte ein Leuchten. Das Lied hatte sie bezwungen; nun tanzten sie nicht wie einst aus eigener Macht und dürsteten nach Menschenblut, sondern gehorchten dem Rhythmus des Gesangs. Das Trommeln wurde lauter. Das Leuchten schimmerte durch den Nebel und enthüllte die Umrisse der Wipfel entlang des Flusses, die dunkel in den bleichen Himmel ragten. Die Trommel verfehlte einen Schlag, und ich spürte mehr, als daß ich es hörte, wie alle ringsum den Atem anhielten. Dann erstrahlte plötzlich Licht hinter dem südlichsten Stein.

Krähen flatterten aufgeschreckt aus den Bäumen, als ein gewaltiger Schrei die Luft zerriß. Die Menge bildete eine Gasse vor uns, und sie zerrten den Stier zu den Steinen. Die langen Hörner stießen in die Luft, daß die Stricke sich zum Zerreißen spannten, und das Tier brüllte wütend. Die rotgewandeten Männer marschierten vor ihm her; als sie bei uns anlangten, blieben sie stehen. Artocoxos trat zwischen sie und uns, und einer der Männer sagte leise irgend etwas, das man nicht verstehen konnte.

»Die Leute möchten, daß Ihr das Opfer darbringt, Herr«, erklärte der Krieger.

»Wahrhaftig?« murmelte mein Vater. »Genügt es nicht, daß ich ihnen den Stier aus meiner eigenen Herde gab? Muß ich ihn auch noch für sie töten? Haben diese Narren keine eigenen Priester?« Doch er hob mich bereits von seinen Schultern und streckte mich Artocoxos entgegen. Einen Augenblick hing ich in den starken Händen des Kriegers, dann wurde mir die Würdelosigkeit meiner Lage bewußt, und ich zappelte, bis er mich auf den Erdboden stellte.

Ich verstand Vater nicht – natürlich hatten diese Leute Priester. Der Mann in Rot war Huli. Er kam manchmal als Sprecher der Dorfbewohner auf die Burg. Er hinkte ein wenig und hatte Spiralenmuster in Blau in seine Stirn gestochen.

»Die Opferung durch Eure Hand ist eine größere Ehre«, Huli verbeugte sich vor meinem Vater, »Gemahl der Königin, die war, Vater der Königin, die sein wird! Das heilige Blut muß vergossen werden, damit das Land neu aufblüht. Wer hat ein besseres Recht als Ihr, die Opferung durchzuführen?«

Die jüngeren Männer unter den Kampfgefährten meines Vaters, die der alten Sprache mächtig waren, begannen zu murmeln, als der Greis sich mir zuwandte und sich vor mir verbeugte. Ich fragte mich, warum. Meine Mutter war Königin der Lande zwischen den beiden Flüssen Udra und Soretia gewesen, doch sie war bei meiner Geburt gestorben, und ich war nur die dritte Tochter des Königs.

Mein Vater lachte und schritt zu dem Stier. Krähen krächzten auf den kahlen Ästen der Esche, und die Krieger verstummten abrupt.

Die langen gebogenen Hörner des Stiers waren rot bemalt. Er war ein kräftiges Tier, sein zottiges Winterfell kräuselte sich weiß wie Schwanenschwingen. Ich machte einen plötzlichen Schritt vorwärts, und Artocoxos' starke Hand legte sich um meine Schulter.

»Du darfst ihn nicht ablenken«, sagte er in der Sprache der

Quiritani. »Du wirst sehen. Das ist nicht der erste Stier, den der König tötet!«

Ich blickte zu ihm auf. Gewiß, mein Vater brachte bei den Festen der Quiritani Tieropfer dar, doch an seine eigenen Götter, die seine Gebete verstanden. Hier war es etwas anderes. Er zog die Klinge aus Bronze, die er stets in der Scheide neben seinem Schwert trug. Aber er hatte zuvor nicht gebetet, hatte sich nicht Haupt und Hände gewaschen. Huli hatte es als Opferung bezeichnet, aber glaubte der König ihm? Doch ob er es tat oder nicht – er würde durch die Opfergabe an das Land gebunden sein.

Ein Scharren war zu hören, als das Tier an den Fesseln zerrte, und ein rotgefärbtes Horn stieß durch die Luft. Leir trat vor, und sein langes Messer blitzte.

Für einen Moment hing der weiße Stier über ihm wie ein Schwan, ehe ihn der Tod durch den Pfeil des Jägers ereilt. Dann fuhr die Klinge durch die Gurgel. Der Stier fiel und zuckte im Schlamm, während sein Lebenssaft aus der Wunde pulste.

»*Wenn der gehörnte Held fällt* –«, sang der Gefangene,

»vergilt Leben, dem Leben verbunden, und Liebe,
dem Land gegeben, das Blut, das die Erde tränkt,
als Opfer, geschenkt,
Körper und Geist zu nähren
und Leiden zu wehren!«

Er warf den Kopf zurück und heulte, und der Priester eilte an ihm vorbei und spritzte Blut auf die Steine. Ich taumelte und kauerte mich auf Hände und Knie im Schlamm, als die Erde erbebte.

Der Sänger wimmerte plötzlich in einer Sprache, die ich nicht kannte, und ich versuchte, mich so klein wie möglich zu machen.

»Kind meines Herzens, hattest du Angst?« Harte Hände zogen mich vom Boden hoch, und ich schlug verzweifelt um mich. »Cridilla, halt ein! Ich war nie in Gefahr, und bei mir bist du sicher!«

Der Geruch von Pferd, Schweiß und saurem Bier stieg mir in die Nase. Langsam wurde mir bewußt, daß mein Vater mich hielt. Ich konnte den gleichmäßigen Schlag seines Herzens unter meinem Ohr hören. Ich seufzte, aber ich hatte keine Worte, ihm zu erklären, daß ich mich nicht aus Angst gewehrt hatte, sondern weil ich nicht hochgehoben werden wollte.

Scheite waren unter der entlaubten Esche gestapelt, und ein paar Dorfbewohner zerlegten den gehäuteten Stier und spießten die Viertel auf, um sie über dem Feuer zu braten. Die meisten Männer hatten sich jedoch in zwei Gruppen geteilt und beobachteten den Sänger, der irgend etwas schwenkte, das wie ein biegsamer Stab aussah. Mit einem schrillen Kreischen warf er ihn auf die Menge zu. Etwas Weißliches, Blutiges flog durch die Luft. Erst nachdem eine Hand es auffing, erkannte ich, daß es der Ochsenfiesel war. Dann war er in der Menge verschwunden.

»Was tun sie?« Die Gruppen der Männer waren zu einem wogenden, ächzenden Wesen verschmolzen, während sie um den Besitz des Preises rangen.

»Der Wettkampf soll das Wachstum des Getreides anregen.« Artocoxos grinste. »Jede Seite wird versuchen, den Talisman an sich zu bringen – es kann Stunden dauern, bis der Sieger feststeht.«

Der Knäuel von Männern schwankte hin und her, verlagerte sich ein paar Schritte, als einer zu Boden fiel, und erstarrte wieder. Die einzige Bewegung war am Fuß des Podests, wo Huli den zerlumpten Mann fesselte, der die Sonne herbeigesungen hatte.

Mein Vater setzte mich ab, und so konnte ich nicht sehen, was sie mit ihrem Gefangenen machten, weil mein Vater und Artocoxos sich bereits der Burg zugewandt hatten und ich mich beeilen mußte, mit ihren langen Schritten mitzuhalten. Der Duft von brutzelndem Rindfleisch folgte uns den ganzen Weg bis zur Feste.

An Mittwinter sieht die Sonne stets eingeschrumpft aus, wenn sie neugeboren den Schoß der Mutter verläßt, um die wenigen Stunden am kalten Himmel zu glimmen. Doch das Stieropfer hatte sie offensichtlich gestärkt. Als ich am Morgen des nächsten Tages aus der Tür des Frauenhauses schaute, strahlte der Sonnenball von einem Himmel, der ein so klares blasses Blau besaß wie die Flügel eines Eisvogels, und ließ jeden Kiesel funkeln.

Hinter den ledernen Vorhängen atmete meine ältere Schwester Rigana gleichmäßig. Gunardwilla hatte ich schon früher das Haus verlassen hören; wahrscheinlich war sie auf die Jagd gegangen. Ich wünschte, sie hätte mich mitgenommen. Aber schon kam mir eine andere Idee.

Auf der umzäunten Weide mußten meine Kühe das karge Gras mit den Rindern aus meines Vaters Herde teilen. Doch neben dem Weg, der zwischen Burg und Dorf verlief, gab es grünes Gras … Ich band die Lederbänder meiner Schuhe fest um die Knöchel, zog meinen schweren Umhang und das Zaumzeug meines Ponys von den Haken am Bettpfosten und schlüpfte durch die Tür.

Dünner Rauch stieg über dem Rieddach der langen Festhalle auf, doch niemand rührte sich, als ich über den gefrorenen Schlamm im Innenhof stapfte und die Ärmel zum Schutz gegen die beißende Kälte über die Fäuste zog. Auf dem äußeren Hof war das Gesinde schon rege. Die Mägde holten Wasser von der Quelle und schürten Feuer, um den morgendlichen Haferbrei zu kochen. Ich bat Zaweret, die vor langer Zeit die Leibmagd meiner Mutter gewesen war, um ein Stück Gerstenbrot und Käse. Sie legte den Arm um mich und drückte mich kurz an sich.

»Einen gesegneten Tag, Kind …«

Einen Augenblick schmiegte ich mich an sie. »Ich wünschte, du wärst meine Mutter.«

»Du bist der Göttin Kind, Kleines«, flüsterte sie mir ins Haar. »Vergiß das nie!«

Vielleicht, dachte ich, als ich ihr einen Kuß gab. Aber es ist Zaweret, die mir Küsse gibt und Brot.

»Und wohin willst du?« fragte sie, während sie mir das Essen in ein Stück Rupfen einwickelte. »Zu den Festlichkeiten im Dorf?«

»Mein Vater sagt, ich darf nicht alleine hin.« Ich verstaute die Wegzehrung in meinen Beutel. »Ich will meine Rinder hinaus zum Weiden bringen. Der Tag ist zu schön, um in der Burg zu bleiben.« Jetzt, da ich hellwach war, spürte ich das Leben durch meine Adern singen.

»Im Dorf wird man dich achten und ehren«, sagte Zaweret. »Aber halte dich von den heiligen Steinen fern.«

Noch während ich auf Schwänchen den Weg hinunterritt, fragte ich mich, was Zaweret damit gemeint hatte. Schwänchen, die kleine Stute, hatte ich nach meines Vaters Totem genannt, und mit ihrem zotteligen, dicken Winterfell sah sie tatsächlich mehr denn je wie ein gerade erst flügge gewordener Schwan aus. Im Sommer war sie grau und ohne jede Anmut, und ansonsten ähnelte sie nur in ihrem unberechenbaren Temperament dem Vogel, dessen Namen sie trug. Aber für gewöhnlich gehorchte sie mir, und auf ihrem Rücken fühlte ich mich frei.

Die Rinder verschafften mir Ansehen. Zur Zeit waren es nur sechs, doch die rote Kuh war trächtig von Vaters Bullen. Während ich meine kleine Herde den Feldweg entlangtrieb, besaß ich Freiheit und Macht, wie meines Vaters Leute sie verstanden. Auch meine Schwestern hatten Herden, doch sie hüteten sie nicht selbst.

Die rote Kuh schien sich an der frischen Luft zu erfreuen wie ich. Sie versuchte durchzugehen und bockte und schnaubte, wenn ich sie immer wieder auf den Feldweg zurücktrieb. Unser Spiel beschäftigte mich so sehr, daß ich gar nicht bemerkt hatte, wie nahe ich den Pfeilen gekommen war. Ich bahnte mir einen Weg durch dichte Haselbüsche und zügelte Schwänchen hastig, und als die Kuh merkte, daß ich aufgegeben hatte, sie zu plagen, schlug sie spöttisch mit dem Schwanz und fing zu weiden an.

Die Männer, die um das Feuer am Fuße der Esche standen, machten zuviel Lärm, als daß sie mich gehört hätten. Ihre ganze Aufmerksamkeit galt einem Fellbündel, das vom untersten Ast des Baumes hing. Etwas war in das Fell des Opferstieres gewickelt, und die Männer schwangen es hin und her durch den Rauch des niedergebrannten Feuers.

Ich blieb abrupt stehen, und die Härchen auf meinen Armen stellten sich mir auf, als ich sah, daß das Bündel sich zuckend wand.

»Über das kommende Jahr sprich zu uns, o Schattenwandler …«

Ich erkannte Huli kaum wieder. Er trug ein Gewand aus weißer Wolle, und an seinem Hals schimmerte ein goldener Kragen von der Form der Mondsichel.

»Welcher Traum ist zu dir gekommen? Sag es uns, sag es uns …«

»Kein Traum …«, entgegnete eine heiser wispernde Stimme. »Rauch und Dunkel … Wind und Nebel. Die Erdschlange seufzt in ihrem Schlaf; die Sonne schlüpft aus einem Kuckucksei. Es ist nichts. Bitte, laßt mich gehn!«

»Willst dich über uns lustig machen, eh?« Huli bedeutete einem der Männer, Zweige auf das Feuer zu werfen. Rauch stieg auf. Ich roch etwas Würziges und erkannte, daß Kräuter zwischen den Zweigen waren.

»Sprich, Gestaltwandler! Dein Stamm lebt im Geisterland. Du bleibst hängen, bis du sprichst oder stirbst!«

Das Fellbündel zitterte, und der Gefangene hustete würgend.

»Keine Gesichte! Würde schweigen, wenn Gesichte kämen. Ihr … Land genommen … viele vom Alten Volk getötet. Jetzt sterben Mörder durch eiserne Schwerter!« Wildes Gelächter klang gedämpft durch das Stierfell und endete wieder in würgendem Husten.

»Werd' ihn pieken …« Einer der jüngeren Männer schwenkte einen bronzenen Jagdspeer. »Dann wird er reden!«

Huli schüttelte den Kopf. »Wir müssen Vorsicht walten lassen! Wir wissen seit langem, wie mächtig die Flüche des Alten Volkes sind, wenn einer der ihren stirbt!« Brummelnd zog sich der Bursche zurück. Huli blickte zu dem Mann im Fell hinauf.

»Nun kommt der Tod auch zu den Bemalten, und nicht durch Schwerter. Zuviel Regen – auf den Feldern steht das Wasser, in den Häusern sterben die Menschen. Was müssen wir tun? Atme tief, laß den Rauch in dich ein, Mann des Moors. Frag deine Geister, warum!«

Rauch wallte vom schwelenden Holz empor. Das Fell zuckte, und ich hörte eine lange Kette von Silben, die sich wiederholten und zum Gesang wurden.

»Zuviel …«, sagte ein Mann. »Er träumt wieder.«

»Egal. Warten wir, bis die Kräuter verbrannt sind. Er wird schon noch antworten.«

Vorsichtig schlüpfte ich aus den Haselbüschen zurück auf den Weg. Falls die Männer sich umdrehten, würden sie mich sehen. Mein Vater hatte Streit unter den Völkern verboten, über die er herrschte. Huli und seine Leute hatten meines Vaters Gesetz gebrochen. Vielleicht würden sie zornig, wenn sie entdeckten, daß ich sie dabei beobachtet hatte.

Die Sonne schien zwar immer noch, nachdem ich meine Rinder zum saftigen Gras getrieben hatte, doch der Tag hatte sich für mich verdüstert. Wie konnte ich dem armen Mann helfen, den Huli und die anderen in dem Fell aufgehängt hatten, ohne den Zorn meines Vaters über das Dorf zu bringen?

Zum Fluß hin fiel das Land sanft ab, durchzogen von breiten Stoppelfeldern, welche durch Haselbüsche und schmale Streifen kahler Buchen voneinander getrennt waren, deren untere Zweige sogar noch vereinzelte welke Blätter trugen. Über der Esche flatterten Vögel, und aus der Ferne konnte ich hören, wie Raben einander die Neuigkeit erzählten. Ich setzte mich unter eine Eiche, flocht dürre Grashalme zu Zöpfen und hörte dem Wiederkäuen meiner Kühe zu, während meine Gedanken sich im Kopf drehten. Was konnte ich tun? Schlimmstenfalls wäre mein Vater zornig auf die Dorfbewohner. Bestenfalls würde er mich auslachen. Meine Schwestern konnten mir nicht helfen – sie waren aus Alba und Belerion, nicht aus diesem Land. Zum erstenmal weinte ich, weil ich nur ein Kind war.

Erst als ich zu frösteln begann, bemerkte ich, daß inzwischen Wolken aufgezogen waren. Schneeschwer wie nasses Vlies bauschten sie sich im Westen, und nur ein Schimmern schwindenden Lichts verriet, wo die Sonne sich versteckt hielt. Ich mahnte mich, nicht töricht zu sein; an Mittwinter wäre klares

Wetter unnatürlich gewesen. Aber ich spürte, daß irgend etwas am Himmel nicht stimmte.

Doch auch auf der Erde stimmte etwas nicht – nur zwei meiner Kühe waren zu sehen. Bis ich die anderen gefunden hatte, waren die Wolken bis fast zu den Baumspitzen herabgesunken, und das Licht schwand schnell. Ein Hauch kalter Luft, feucht von baldigem Schnee, strich mir über die Stirn, während ich die Rinder den Weg entlang trieb. Die kahlen Äste klapperten wie Knochen.

Als ich mich der Esche näherte, zügelte ich Schwänchen und lauschte, hörte aber nichts. Ich trieb die Kühe in den Windschatten der Haselbüsche und ritt langsam mit dem Pony auf den Baum zu. Der Stamm der Esche war ein aufrechter Schatten über der verstreuten Asche des erloschenen Feuers, doch die seltsame Frucht, die immer noch von einem ihrer Äste hing, schwang im zunehmenden Wind fast im Kreis.

Tot, dachte ich. Ich trat Schwänchen die Fersen in die Seiten, um sie näher an das Bündel heranzulenken, und verspürte den ersten Hauch von Hoffnung, als sie sich nicht dagegen auflehnte. Sie hätte den Tod gewittert, und auch die schwarzen Vögel im Wipfel wären bereits eifrig am Werk, würde eine Leiche vom Ast hängen.

»Sänger«, rief ich in meiner Mutter Sprache. »Lebst du?«

Das Bündel rührte sich. »Will … runter …« Die Stimme war nur ein Wispern. »Verloren zwischen Erde und Himmel und kein bißchen weiser. Weder in der einen noch in der andern Welt zu Haus', so wie du. Werd' bald im Reich des Zaunkönigs fliegen – oh, schneid mich ab …«

Ich runzelte die Stirn. Vom Boden aus konnte ich ihn nicht erreichen. Aber ich war groß für mein Alter, und ich hatte schon des öfteren versucht, auf Schwänchens Rücken zu stehen. Würde sie es mir jetzt erlauben, wo ein Sturm aufkam? Vorsichtig stupste ich sie, bis wir neben dem baumelnden Bündel waren. Durch die Falten des Fells konnte ich ein dunkles Auge sehen.

»Warum hängst du am Baum?«

»Haben unseren Herrn an der Weltesche aufgehängt, bis ihm

alle Weisheit zuteil ward ...«, flüsterte er. »Doch ich sehe nur Tod ...«

Das war keine Antwort, also versuchte ich es noch einmal.

»Wie konnten diese Leute dich gefangennehmen? Was machst du so weit weg von deinen Bergen?«

»Wandern ... keine Ruhe auf Erdmutter ... nur Angst ...«

»Die Eichenpriester sagen, ein anderer Körper wird gesucht, wenn der Geist geht.« Ich schätzte die Entfernung ab. »Warum hast du dann Angst?«

»Träume ...«, antwortete er. »Fänge und Klauen, die die Seele zerfleischen. Hast du sie in der Dunkelheit gesehn?«

Ich starrte zu ihm hinauf und mußte an meine Angst denken, wenn das dunkle Rieddach über meiner Schlafstätte nachts Schatten gebar, die über die geschnitzten Balken krochen. Ich war nur deshalb still geblieben, weil die Tochter eines Königs keine Furcht zeigen darf. Dieser Mann war der erste Erwachsene, der zu wissen schien, daß es diese Schlangen der Nacht gab.

Er ruckte, und der gedrehte Strick, der ihn am Baum hielt, sirrte wie eine Bogensehne. Ich spürte auf meiner Wange den kalten Kuß des kommenden Schnees.

»Beeilt Euch, junge Herrin von der Burg ...«

Wieder starrte ich ihn an. Wie konnte er wissen, daß ich nicht aus dem Dorf kam? Und wieso redete er mich an, als wäre ich eine Königin?

»Rasch, eh der Geist zwischen den Welten verloren ist!«

Das seltsame Verlangen zu beschützen überkam mich – ähnlich dem Gefühl, das ich empfunden hatte, als ich das erste Mal beim Kalben einer meiner Kühe dabeigewesen war. Ich zog den Bronzedolch, den mein Vater mir zu Samonia geschenkt hatte, aus der Scheide und nahm die Klinge zwischen die Zähne. Beruhigend summend und betend, daß Schwänchen stillhalten würde, zog ich die Füße an und erhob mich auf ihrem breiten Rücken. Ich kämpfte ums Gleichgewicht, als der Wind an mir zerrte, bekam aber dann das Fell zu fassen und hielt mich daran fest. Ich konnte den Strick gerade mit der Klinge erreichen.

Ich wählte eine Stelle, wo der Hanf bereits ein wenig franste, und begann zu sägen. Die ersten Fäden waren schnell durchtrennt, denn mein Vater hatte mich gelehrt, stets darauf zu achten, die Schneide meiner Bronzeklinge scharf zu halten. Aber ich wußte, daß sie bald stumpf werden würde. Das Blut toste mir in den Ohren, oder war es nur der zunehmende Wind? Ich hörte Stimmen, die mir rieten, fortzulaufen. Ich hörte Trommelschlag und sagte mir, daß es das Pochen meines Herzens war.

Fast alle Hanffäden waren nun durchtrennt. Der Strick ächzte, und der Gefangene ruckte im Fell. Schwänchen bewegte sich unruhig.

»Halt still!« zischte ich. »Das Messer …«

Hinter mir brüllte jemand los, und das Pony machte einen Satz nach vorn. Ich klammerte mich haltsuchend an das Fell über mir, und plötzlich baumelten wir beide. Dann gaben die letzten Fäden nach. Die Welt verschwand für einen Augenblick in einem Schneegestöber, dann fielen wir ins Leere.

Ich lag im Dunkeln und rang nach Atem. Plötzlich erzitterte das Gewicht, das mich zu erdrücken drohte. Der Gefangene war auf mich gefallen und wand sich nun aus dem Fell.

»Cridilla … die junge Herrin …« Ein Durcheinander von Stimmen vermischte sich mit dem pfeifenden Wind. »Nur ein Kind!«

Sechs Männer aus dem Dorf starrten auf mich herab. Huli stand am nächsten. Ich plagte mich hoch.

»Habt Ihr gedacht, wir würden ihn im Schnee lassen, Herrin?« fragte er und zeigte auf das Bündel. »Seid bedankt. Wir werden uns jetzt seiner annehmen.«

»Aufgeschoben ist nicht aufgehoben!« wisperte es aus dem Bündel neben mir.

»Was habt ihr mit ihm vor?« fragte ich.

»Was kümmert das Euch?« sagte der Priester. »Es ist nicht Euer Glaube.«

»Aber ich habe ihn befreit …« Mein Knie schmerzte vom Sturz, und ich spürte, daß die Stimmung der Dorfbewohner feindselig wurde. Doch mein Bedürfnis, den Fremden zu beschützen, war ungebrochen – und außerdem war ich die Tochter eines Königs.

»Das ist kein ausgesetztes Hündchen, das Ihr aufpäppeln müßt, junge Herrin«, sagte Huli sanft. »Die vom Moorvolk sind Meister der Magie, und diese Kraft brauchen wir.«

»Nicht als Opfer ...« Ich wußte sehr wohl, daß die Eichenpriester den Leuten Menschenopfer verboten hatten, außer zu den Zeiten und an den Orten, da ihre Vorhersagen es erforderten.

»Verratet Ihr so das Blut Eurer Mutter?« fragte einer.

»Sie würde nicht so sprechen, wenn unsere Frauen sie aufgezogen hätten«, fügte ein anderer hinzu.

»Dann nehmt den Mann. Und packt das Mädchen und erzieht es zur Königin!«

»Hast du den Verstand verloren? Der Seekönig würde uns die Dächer über den Köpfen anzünden!«

Ich schüttelte den Kopf und versuchte zu verstehen. Was hatte ich ihnen getan?

»Kind, wir werden ihn uns nehmen, ob du willst oder nicht!« sagte Huli zu mir.

Dem Gefangenen war es inzwischen gelungen, sich aus dem Fell zu befreien. Er schlüpfte aus den Falten wie ein Vogel aus dem Ei. Sein schneebepudertes Haar war borstig gesträubt, und seine Augen waren weit vor Angst. Einer der Dörfler hob seinen Speer, und ich zerrte meinen Umhang von den Schultern und warf ihn über den Mann und das Fell.

»Der Schutz meines Mantels für ihn!« rief ich. Die Erde erzitterte unter meinen Füßen. »Jetzt gehört er mir!«

»Herrin, so hört ...«, begann Huli, und dann erschienen aus dem Schneegestöber himmelhohe Reiter. Ein langer Speer schob sich zwischen mich und den Priester.

»Der König!« riefen seine Männer und wichen zurück. »Der König kommt!« Nur Huli wich nicht.

»Herr, sagt es dem Kind. Der Mann gehört uns; wir brauchen ihn für unsere Riten. Ihr dürft Euch nicht einmischen ...«

Leir lenkte sein Pferd näher heran. Der Umhang um seine Schultern ließ ihn noch größer erscheinen, aber sein Kopf war unbedeckt. Nicht einmal der Schnee wagte es, ihn zu berühren. Ein Leuchten ging von ihm aus und hüllte ihn in einen Schimmer bleichen Feuers. *So sieht der Gott Logus aus,* dachte ich, während ich zu ihm hochblickte, *wenn er seinen Speer ergreift!* Mein Vater wurde nur von zwei Männern begleitet, Artocoxos und Vorcuns, doch die Gefährten des Priesters rührten sich nicht. Der Mann, den ich zu retten suchte, klammerte sich an mein Bein, und ich spürte, wie er am ganzen Leib zitterte.

»Mein Gefangener! Er gehört jetzt mir!« Ich hüpfte von einem Fuß auf den anderen. »Vater, ich will ihn haben! Sie werden ihn töten. Laß mich ihn zur Burg mitnehmen!«

Die Speerspitze hob eine Falte des Stierfells zur Seite. Der Blick des Gefangenen begegnete dem des Königs, schwarze und blaue Augen schauten einander an. Der Sänger hörte zu zittern auf. Unter der verwischten Gesichtsbemalung konnte ich die Linien ritueller Narben auf Wangen und Stirn sehen. Bestimmt ist er vor Furcht halb wahnsinnig, dachte ich bei mir.

»Bist du ein freier Mann?«

Der Gefangene runzelte die Stirn, als er den Quiritaniworten zu folgen versuchte. Dann zuckte er die Achseln. Ich erinnerte mich, was er gesagt hatte. Was bedeutete einer von Dämonen gehetzten Seele wie der seinen die Freiheit?

»Sobald du mein Haus betrittst, gehörst du mir. Wie meine Hunde, meine Pferde, mein Speer.«

»Euer.« Seine Augen wichen nicht einen Moment von des Königs Augen. »Solange Sonne und Mond am Himmel herrschen!« Plötzlich änderte sich etwas in seinem Blick, als ob erloschene Kohle Feuer fing.

»Wie nennt man dich, Mann aus den Mooren?«

Er schlang die Arme um den Leib, blickte zu den schwarzen Vögeln empor, die immer noch in den Bäumen warteten.

»Krah … Nennt mich Krah …«

Bei diesen Worten nahm einer der jüngeren Männer Hulis Arm und flüsterte ihm etwas zu. Der Priester schüttelte den Kopf; dann schaute er mich an.

»Vielleicht ist dies Euer Recht. Auch Eure Pflicht, Herrin. Rettet uns, wenn Ihr zu Eurer Macht kommt …« Er vollführte das Zeichen der Ergebenheit und wandte sich ab.

»Artocoxos«, sagte Leir. »Setz den Burschen auf Cridillas Pony. Die Prinzessin reitet mit mir.«

Als ich mich an meinen Vater schmiegte und die Wärme seines Körpers spürte, wurde mir erst bewußt, wie kalt mir gewesen war. Die Flocken fielen nun dicht an dicht, doch die Pferde kannten den Weg zurück zur Burg selbst mit geschlossenen Augen.

»Meine Kühe!« rief ich bestürzt, als ich mich plötzlich an die Tiere erinnerte.

»Sind bereits auf dem Weg nach Hause. Wir haben sie aufgelesen, bevor wir dich fanden«, sagte seine tiefe Stimme dicht an meinem Ohr. »Ich hatte mich auf die Suche nach dir gemacht, als es zu schneien anfing. Ich hatte nicht damit gerechnet, bei einem Beutezug Hilfe zu leisten.« Einer der Männer lachte.

»Es läßt sich nicht leugnen, daß sie Leirs Tochter ist«, sagte Artocoxos. »Habt ihr gesehen, wie sie sich vor den armen Kerl gestellt hat. Wie ein Schwan am Nest, wenn der Vogelfänger kommt!«

»Sie hätten den Mann getötet! Dabei hatte er ihnen schon geholfen!« sagte ich zornig. Gewiß hatten die Männer aus dem Dorf nur nachgegeben, weil mein Vater gekommen war. Doch Hulis letzte Worte erschienen mir seltsam – als hätte er seinen Gefangenen nicht um des Königs willen freigegeben, sondern um meinetwegen.

Als wir zur Burg gelangten, schienen sich sämtliche Bewohner am Tor versammelt zu haben. Ich sah Gunardwilla, groß und blond wie mein Vater, und Riganas dunkles, lebhaftes Gesicht an ihrer Schulter. Ihre Hautfarbe war wie die des Mannes, den ich gerettet hatte. Nie zuvor war mir bewußt gewesen, daß soviel vom Blut des Alten Volkes in Riganas Adern floß. Sie war es auch, die sich als erste durch die Menge drängte, um mich in eine gewärmte Decke zu hüllen.

Ich ließ mich von Rigana hätscheln, obwohl Gunardwillas spöttisches Lächeln mir verriet, daß sie es für unnötig hielt;

denn so lange war ich nicht fort gewesen, und so schlimm war das Wetter nun auch wieder nicht. Doch Rigana tat nichts lieber, als mich zu bemuttern, und sie und Gunardwilla waren im Grunde auch die einzigen aus meiner Sippe, die bei mir die Mutterrolle spielen konnten. Erst als die Geschichte, welche die Männer erzählten, zum Frauenhaus gelangte, blickten sie mich mit anderen Augen an.

Die Leute zogen sich zurück. Ich sah den Mann, den ich gerettet hatte, am Herd sitzen. Er war immer noch in meinen Umhang gehüllt. Der Schnee hatte den letzten Rest Farbe von seinem Gesicht gewaschen, und jemand hatte ihm ein Tuch gereicht, damit er sich das Haar trocknen konnte. Er war jünger, als ich zuerst angenommen hatte. Seine Augen verrieten, daß er verwirrt war von all dem Ungewohnten und mißtrauisch wie ein halbflügger Vogel, der aus dem Nest gefallen war, ehe er das Fliegen gelernt hatte.

»Er heißt Krah. Ich habe ihn gerettet«, sagte ich stolz.

»Einer vom Hexenvolk!« Gunardwilla machte das Schutzzeichen.

»Du hast ihn den Dörflern weggenommen?« fragte Rigana. »Du hast das Ritual gebrochen?«

»Er hat am Baum gehangen. Er wäre gestorben!« Ich blickte von einer zur anderen. Krah beobachtete uns, als wisse er, daß wir von ihm sprachen.

»Wenn sie fertig gewesen wären, hätte er nicht mehr dort gehangen!« Rigana faßte mich an den Schultern. »Du hast das Ritual gebrochen – die Göttin mag wissen, welchen Schaden du dadurch angerichtet hast!«

»Sie ist zu jung«, sagte Gunardwilla beschwichtigend. »Erschreck das Kind nicht, Schwester. Sie versteht es nicht.«

»Dann muß sie lernen, es zu verstehen!« Schatten waren auf Riganas dunklem Haar. »Sie haben uns alles genommen ...« Sie blickte finster zum vorderen Teil der Halle, wo die Krieger lachend standen. »Wollen sie uns auch noch unsere Götter nehmen?«

»Aber Krah gehört nicht zum Dorf!« rief ich. Etwas an dem, was Rigana sagte, stimmte nicht, doch ihre grünen Augen blitzten vor Zorn, und ich fand nicht die rechten Worte, es ihr zu erklären. »Und Vater hat gesagt ...«

»*Er!*« Gift spritzte aus dem Wort. »Hätte er nicht den Königshügel entweiht, wäre das Ritual überflüssig!«

Ich starrte sie an und fühlte mich eigenartig schuldbewußt, ohne zu verstehen, weshalb. Der König war auch ihr Vater. Ich glaube, in dem Moment erkannte ich zum erstenmal, daß meine Schwestern ihn nicht so liebten wie ich. Ich schlug die Arme um den Leib, denn mich fröstelte von einer plötzlichen Kälte, die nichts mit dem Wetter zu tun hatte.

»Schwesterschwäne in einem Nest«, sagte Krah, während sein Blick sich nach innen kehrte. »Die man lieber ruhen läßt.« Dann lachte er.

Ich schloß die Augen. Heftiger Flügelschlag ließ mich plötzlich schwindeln.

Der Mann sagte zu ihr: »Ist die Zeit gekommen, da ich in Liebe bei dir liegen kann?«

»Ich habe wahrhaftig kein Band der Liebe mit dir geknüpft«, entgegnete die Frau. Und doch legten sie sich zueinander.

Die zweite Schlacht von Mag Tured

Aus all den Jahren meiner Kindheit sind einige Tage besonders klar in meinem Gedächtnis haften geblieben; ich weiß nicht, weshalb. Die meiste Zeit habe ich in Udrolissa verbracht, doch manchmal nahm mein Vater mich in die Lande meiner Schwestern mit, und die Erinnerungen an jene Besuche sind auf eine Art lebendig geblieben, wie kaum etwas aus dem ruhigen Strom meiner Kindheit in Briga.

Zum Beispiel der Besuch in Belerion, als ich neun Jahre alt war. Meine Schwester Rigana wurde Senowindos, dem Sohn des Brochagnos, zum Weibe gegeben.

Belerion stieß wie das Horn einer Kuh von der Südwestspitze der Insel der Mächtigen ins Meer. Einst war es ein reiches Land gewesen, als jeden Sommer Händler von Tartessos und Gades zu den Inseln kamen, welche sie Casseritides nannten. Hin und wieder kamen sie auch jetzt noch, um Zinn zu erstehen, obgleich die Männer nun ihre Schwerter aus Eisen schmiedeten. Doch die Händler, denen es gelang durchzukommen, berichteten von Krieg in den Landen um das Mittelmeer, und wer immer die Säulen des Herakles beherrschte, konnte das Tor zum Ozean schließen. Die alte Zeit, als die Menschen von Belerion durch Gold aus dem Süden reich wurden, war längst vergangen.

Rigana sang gern von jenen Tagen, obgleich diese versunkene Zeit für sie nicht weniger Legende war als für mich. Wenn ich jetzt über den goldenen Schimmer des blühenden Ginsters zum wogenden Blau der See blickte, stellte ich mir vor, die Kauffahrer mit windgeblähten bemalten Segeln an der Küste zu sehen.

»Cridilla!« Das Bild schwand bei Gunardwillas Ruf. Ich drehte mich um und sah, wie sie winkte. Ihr Haar leuchtete wie die Blüten.

Die dunkelblauen Gewänder der Priesterinnen hinter ihr waren wehende Schatten gegen das Sumpfland und bildeten einen düsteren Kontrast zu den hellen farbigen Gewändern der anderen dort wartenden Frauen. Ich hatte viele Geschichten über die Weisfrauen der Heiligen Stätte gehört. Nun sah ich zum ersten Mal mehr als nur die eine dunkle Gestalt, die am Lager von Riganas Mutter gewesen war, als diese im Mittsommer des vergangenen Jahres an einem zehrenden Fieber dahinsiechte. Ich fragte mich, ob der Tod der Königin etwas mit meines Vaters plötzlicher Bereitwilligkeit zu tun hatte, seine zweite Tochter mit einem seiner Männer zu vermählen.

Ich ließ mir Zeit, mich an Gunardwillas Seite zu begeben. Wir waren am frühen Morgen mit den anderen Frauen von der Feste herübergekommen. Rigana hingegen war bereits eine Woche bei den Priesterinnen, um sich auf ihre Vermählung vorzubereiten.

Gunardwilla legte eine Hand auf meine Schulter. Zur hellen Haut und dem blonden Haar hatte sie auch den hohen Wuchs unseres Vaters geerbt. Nach einem Sommer im Freien bei meinen Rindern war mein erdfarbenes Haar fast ebenso hell gebleicht, und meine Haut hatte den gleichen Bronzeton.

Die Priesterinnen bildeten einen Halbkreis, und ihre Gewänder bauschten sich im Wind, der über den Berg wehte. Seit alters her gab es stets sieben Priesterinnen bei den Ai-Utu, dem Volk des Hasen. Sie wohnten in einer Reihe runder Steinhäuser auf dem Kamm über dem Ahnenhügel. Die Menschen, die ihnen dienten, lebten in der Senke darunter, die von einer Straße durchzogen war, welche zur Flußmündung führte.

Der Wind und der Himmel beherrschten Belerion. Entweder peitschten Stürme das Land, oder es lag in den goldenen Armen der Sonne. Dieser Wind zerrte nun an meinem Haar, und ich atmete tief ein und genoß den Duft der Spätsommerblumen und der Garben, die auf den Äckern trockneten.

»Worauf warten sie?« fragte ich.

»Auf Rigana.« Sie grinste, und ich seufzte. Wie oft schon hatten wir darauf gewartet, bis unsere Schwester sich entschieden hatte, welche Halskette sie tragen oder wie sie ihr glänzend schwarzes Haar binden sollte.

Doch als Rigana aus dem größten Haus trat, war sie nur in ein schlichtes ärmelloses Kleid gewandet, vom selben Blau wie die Gewänder der Priesterinnen, und ihr Haar fiel lose über Schultern und Rücken herab. Ihre ganze Aufmerksamkeit galt der irdenen Schale in ihren Händen.

Mehr als ich ihn hörte, spürte ich den Schlag einer Trommel, als Rigana ihren Platz am Ende der Reihe einnahm. Sie wandte sich kurz zu uns um, und ich sah, daß ihre Augen geweitet und blicklos waren, als hätten sie sich nach der Dunkelheit im Haus noch nicht an das Tageslicht gewöhnt. Ich winkte ihr, doch sie folgte den Priesterinnen über den Kamm. Dann drängte Gunardwilla mich, ihnen zu folgen.

Die anderen Frauen hatten sich bereits um die Hügelstätte geschart. Einige Deckensteine waren heruntergefallen, so daß die mächtigen, mannshohen aufrechten Blöcke zu sehen waren, die den Innenraum stützten. Der Eingang war ein Rechteck vollkommener Schwärze, das den Blick in Tiefen zog, die jenseits menschlichen Begreifens lagen. Dann kräuselte sich die Dunkelheit, als wimmelte es im leeren Innern der Hügelstätte von ruhelosen, geschmeidigen Schlangenleibern. Ich erschauderte, denn ich erinnerte mich an Geschichten über die Große Schlange, die am Herzen der Welt lebt. Sie war die Erste Mutter, doch ihre Kinder hatten sich gegen sie erhoben, und so wütete sie selbst heute noch manchmal.

Vor dieser Tür in die Dunkelheit kniete Rigana nieder. Sie berührte die Erde mit der Stirn und streckte mit beiden Händen die Schale Milch aus. Gunardwilla schob mich vorwärts, und ich spürte einen Hauch kalter Luft, der aus der Hügelstätte wehte.

»Hör gut zu, Schwester!« sagte sie mir ins Ohr. »Und lerne, was du tun mußt, wenn der König dich einem seiner alten Getreuen gegeben hat, damit die Kinder, die du gebären wirst, Kinder deines Landes sind!«

Mein Land ... Riganas Land ... Gunardwillas Land war Alba, wo ihre Mutter noch herrschte.

»Aber es sind doch allesamt Länder unseres Vaters«, sagte ich.

»Weil er sie *erobert* hat«, erwiderte Gunardwilla heftig.

Ich blickte zu ihr auf. »Aber er ist der König!«

Ihr Griff um meine Schulter wurde schmerzhaft. »Kleine Närrin! Die Menschen achten ihn als Herrscher, weil er unsere Mütter geheiratet hat! Und die Ai-Utu werden Senowindos nur deshalb als Leirs Statthalter akzeptieren, weil er Rigana heiratet.«

»Meine Mutter ist seit langem tot ...« Ich wollte immer noch nicht verstehen.

»Cridilla, wenn dein Volk König Leir gehorcht, dann nur um *deinetwillen*!«

Ich starrte sie an und erinnerte mich plötzlich an den Tag, als ich Krah vor den Dorfbewohnern gerettet hatte. Sie hatten sich vor dem König verbeugt, doch zuvor hatten sie sich vor *mir* verneigt. Ich schüttelte den Kopf.

»Ich will keine Königin sein!«

Rigana lehnte sich auf die Fersen zurück und hob die Hände zum Gruß. Gunardwilla seufzte.

»Schon gut, Kleines. Paß jetzt genau auf. Du hast noch viel Zeit, dies alles zu verstehen. Zeit, bis du erwachsen bist.«

»Höret ihr Alten, die ihr in der Dunkelheit lebt ...«

Rigana schob die Schale Milch tiefer in die Hügelstätte, und ich glaubte Dunst von der glatten Oberfläche aufsteigen zu sehen, als sie in den Schatten der Steine gelangte.

»Kniend nun fleht die entfernteste eurer Töchter, ihrer Herrschaftsgewalt entblößt, um Macht und euren Segen! Nehmt die Opfergabe an, Geehrte der alten Zeit, Ahnen unseres Volkes!«

Wieder senkte Rigana tief den Kopf, und Schatten quollen aus dem Eingang und wurden eins mit den dunklen Wellen ihres Haares. Der Lufthauch aus dem Innern der Hügelstätte erschien nun kühl in der unangenehmen Wärme im Freien. Ich taumelte vorwärts, und nur Gunardwillas fester Griff um meine Schulter bewahrte mich davor, neben Rigana zu Boden zu fallen.

»Was ist das?« Ich beschirmte die Augen vor der Helligkeit des Tages. »Was ist da drinnen?«

»Was fühlst du?«

Durch die Lücken zwischen den Fingern sah ich, daß eine Priesterin mich beobachtete. Rasch verbarg ich das Gesicht an der Schulter meiner Schwester. Ohne mein Zutun formten meine Lippen Worte.

»Es ist kühl im Innern – und friedlich. Sie raten uns, zu warten … Geduld zu haben … jeder Zyklus hat seine Zeit … sie wird kommen.«

Eine andere Hand, so kühl wie die Luft aus der Hügelstätte, strich mir die feuchten Locken aus der Stirn. Meine Lider hoben sich flatternd, und ich sah die Priesterin.

»Die Macht ist in ihr. Sie muß ausgebildet werden«, sagte die Frau leise. Sie war nicht so alt, wie ich zunächst gedacht hatte, obwohl Silberfäden ihr braunes Haar durchzogen. »Und zwar schon bald …«

»Ihr Vater wird sie jetzt noch nicht gehen lassen«, erwiderte Gunardwilla. »Aber vielleicht erlaubt er ihr später, wie einst mir, zur Bärin auf die Nebelinsel zu gehen, denn er hat keine Söhne.«

»Laßt es mich wissen, wenn ihre Mondblutung kommt. Ihr Recht auf die Mysterien darf ihr nicht vorenthalten werden, wenn er die Herrschaft behalten will.«

Rigana begann sich aufzurichten, und die Priesterin ging zu ihr, um ihr zu helfen.

»Wer ist sie?« flüsterte ich, als die Frau sich umgedreht hatte. Ich weiß nicht, weshalb ich sie so schön fand, aber ich war hingerissen. Hatte meine Mutter so ausgesehen? Für einen Augenblick hatte ich den Wunsch, ihr nachzulaufen und mich auf ihren Schoß zu setzen, um bei ihr Schutz vor dem Unheimlichen zu finden. Gunardwilla legte mir den Arm um die Schultern, und ich drückte mich dankbar an sie.

»Sie heißt Asaret«, erklärte sie. »Sie ist hier die Mutter und die Oberste im Rat der Ti-Sahharin, der Sieben Weisen Frauen, die über das Land wachen. Als die Quiritani das Land eroberten, schnitten sie der alten Priesterschaft die Zungen heraus – mit Ausnahme einiger weniger, um von ihnen die Zahlen und die Bedeutung der heiligen Steine zu lernen – und begruben sie in dem heiligen Hügel. Doch sie wagten es nicht, sich an den Priesterinnen zu vergreifen, aus Angst vor der Herrin des Landes. Daß sie Interesse an dir haben, ist eine besondere Ehre für dich.«

Ich runzelte die Stirn. Als ich mich wieder an den Sonnenschein gewöhnt hatte, war der rätselhafte Augenblick bereits vergessen.

»Schau, sie warten nicht auf uns!« Ich zupfte an Gunardwillas Arm.

Bis zum Steinernen Schoß war es ein Marsch von einer guten Stunde über den Gipfelpfad. Noch ehe wir unser Ziel erreicht hatten, hörte ich bereits das Lachen der anderen. Sie hatten Bier, Brot und Blaubeeren mitgebracht und machten Scherze, wie Frauen es tun, wenn Männer es nicht hören können. Ich verstand das meiste davon, denn ich hatte zugeschaut, wie Kühe kalbten und wie Kinder geboren wurden. Nur verstand ich nicht immer, wieso sie lachten.

»Schlüpfst du jetzt durch den Stein, Rigana?« fragte Zlalet, die Herrin von Brannodunon. »Wenn es dir leichtfällt, wird auch der Stab deines Mannes leicht in deinen Kessel gleiten, und die Kinder werden mühelos geboren!«

Jetzt bedrängten alle meine Schwester. Errötend zog Rigana den weiten Kittel über den Kopf. Ihre Brüste waren klein und fest, aber ihre Hüften waren breit, und das Dreieck ihres Schamhaars hob sich überraschend schwarz von der weißen Haut ab. Nackt küßte sie den ersten der stehenden Steine neben dem Steinernen Schoß. Dann schlängelte sie sich durch das Loch im mittleren Stein, das hüfthoch und rund wie ein Rad war, und kroch durch das Gras, um den stehenden Stein auf der anderen Seite zu grüßen.

»Glatt wie ein Aal!« Eine andere Frau lachte. »Sie wird Kinder werfen wie Ferkelchen.«

»Töchter ...«, sagte meine Schwester und warf das schwarze Haar zurück. »Meinem Schoß werden nur Töchter entspringen.«

Ich fragte mich, wie sie das bewerkstelligen wollte. Wenn wir unsere Kühe dazu brächten, nur Färsen zu kalben, könnte jeder Mann reich wie ein König sein.

»Bei zwei Schwestern«, meinte jemand, »wäre das schon möglich.«

»Welch eine Enttäuschung für Senowindos! Er ist so ein schöner Bulle von Mann!« Das kam wieder von der Herrin von Brannodunon. Sie senkte die Stimme. »Der alten Königin Bett hat er geteilt, wenn der König fern war, doch nie hat sie von ihm empfangen.«

»Alte Hexe«, sagte Gunardwilla auf quiritanisch zu mir. »Hätte wohl selbst gern das Lager mit ihm geteilt.«

»Dann passen sie ja gut zusammen«, warf eine andere ein. »Denn seit unsere junge Herrin erwachsen ist, hat sie ein Auge auf jeden Burschen im Lande geworfen, der in Frage kommt!« Die Bemerkung war leise genug, daß Rigana sie nicht hören konnte, aber keineswegs vorwurfsvoll.

»Da wir schon einen fremden Fürsten dulden müssen«, sagte Zana von Dubodunon, »hätten wir's schlechter treffen können.«

Wenn ich mir vor Augen hielt, daß alle diese Frauen vom alten Ai-Utu-Blut quiritanische Ehemänner hatten und in den neuen Burgen lebten, die meines Vaters Häuptlinge erbaut hatten, konnte ich diese Unzufriedenheit nicht ganz begreifen. Aber ich wußte auch, daß es besser war, Gunardwilla nichts davon zu sagen. Sie konnte eigensinnig wie eine Kuh sein, schwer zu überzeugen und noch schwerer von ihren Überzeugungen abzubringen, und ihre Ergebenheit gehörte dem Volk ihrer Mutter.

»Er ist schließlich auch nur ein Mann«, betonte Zlalet, »den man mit seinem Stab lenken kann. Und wenn dein Schoß ihn des Nachts willkommen heißt, Rigana, hast du die Macht über ihn bei Tag.«

Danach wurde die Unterhaltung uninteressant. Das Getue, das Männer und Frauen um die Paarung machten, war mir rätselhaft. Ich wanderte hinaus aufs Moor.

Schlechter Boden und weidende Schafe hielten den Ginster hier niedrig, und die winzigen rotbraunen Blüten des Heidekrauts zitterten im Wind. Ich hockte mich auf die Fersen und beobachtete einen blauen Schmetterling mit zart gepunkteten Flügeln. Einen Augenblick flatterte er auf der Stelle, und ich streckte einen Finger aus, auf dem er sich niederlassen konnte.

Ich wollte aufstehen – und erstarrte. Der sonnengefleckte Schatten unter den Ginsterzweigen bewegte sich: Ringe von Zickzacklinien in Weiß und Dunkelbraun rollten sich unter meiner Hand aus. Ich starrte in glitzernde schwarze Augen, als der keilförmige Kopf sich hob und eine schmale, gespaltene Zunge hervorschnellte, um meine Haut zu beschnuppern.

»Beweg dich nicht!« erklang eine ruhige Stimme leise hinter mir. »Sei eins mit dem Land.«

Ich vermochte nicht einmal zu nicken. Die Muskeln meiner Oberschenkel fingen zu schmerzen an, aber ich zwang mich, an nichts zu denken und so sehr Teil des Moors zu werden, wie das dunkle Gras und die Steine es waren. Steine – plötzlich erinnerte ich mich, wie die Schwärze wabernd und sich windend in der Hügelstätte gelegen hatte, und ich spürte, wie mein Bewußtsein unter den ausgebreiteten Schmetterlingsflügeln zu einem winzigen Punkt schrumpfte, in dem die ganze Welt nur ein Tupfer im Muster der sich bewegenden Schuppen auf dem Leib der Schlange war. Ich war nur mehr ein Staubkörnchen, gewichtslos und schwebend, und in diesem Augenblick war ich vollkommen glücklich.

Dann bewegte die Welt sich wieder, und das Bewußtsein kehrte zurück. Ich sah die Otter unter den Ginster gleiten. Die Priesterin hinter mir stieß einen langen Seufzer aus.

»Der Erdmutter Segen ist mit dir …« Sie kniete sich neben mich und blickte auf die Stelle, wo die Schlange verschwunden war. »Beachte von nun an dieses Gebot: Töte nie eine Schlange! Achte ihr Leben, wie auch deines geachtet wurde.«

Ich nickte. Ich wußte bereits, daß ich keinen Schwan töten durfte, denn dieser freie, wehrhafte Vogel war meines Vaters Totem. Dies war ein weiteres Gebot, ähnlich dem, kein Pferdefleisch zu essen – es sei denn, von einem Opfertier –, denn das Pferd war das Totem der Quiritani.

»Hätte die Schlange mich töten können?« Ich hatte immer noch nicht das Gefühl, daß ich mich in Gefahr befunden hatte, doch der Angstschweiß auf Frau Asarets Stirn entging mir nicht.

»Bei deiner Größe vermutlich nicht. Aber sie hätte dir Krankheit und Schmerz bringen können.«

»Oh ...« Ich dachte darüber nach und fragte mich, weshalb ich keine Angst gehabt hatte.

»Du bist königlichen Blutes, Kind zweier Sprachen, und Königinnen ist die Macht der Schlange gegeben«, erklärte sie, als hätte ich die Frage laut gestellt. »Der Göttin Segen liegt auf dir. Du wirst es begreifen, wenn du erwachsen bist, hab keine Angst.«

Welche Göttin? Manchmal kam mir der Gedanke, daß meine Mutter vielleicht eine Unsterbliche war, die in die Anderswelt hatte zurückkehren müssen. Die Leuchtenden paarten sich manchmal mit sterblichen Königen, um Helden Leben zu schenken. Aber warum sollte eine Göttin Menschengestalt annehmen, nur um mich zu gebären?

Ich blickte Asaret neugierig an. Immer hatte ich Erwachsensein als das Ende der Freiheit betrachtet, doch jetzt verspürte ich ein erwartungsvolles Prickeln. War ich erst Königin, würde es keine schlichte Heidelandnatter sein, die mir gehorchte, sondern die Große Schlange aus der Tiefe selbst!

Von der Sonne gerötet und schweißüberströmt, stürmten die Krieger auf uns zu. Einer stolperte, und ich hörte das Krachen eines Knochens bei seinem Aufprall. Sein Schwert wirbelte durch die Luft und verfehlte den Mann hinter ihm nur knapp.

Ich schrie mit einer Stimme, die vom vielen Brüllen bereits heiser war, und umklammerte den Arm meines Vaters.

»Artocoxos! Artocoxos! Schnell!«

Der Führer der Kampfgefährten meines Vaters lag an der Spitze, doch Senowindos – ein kräftiger, muskulöser und für seinen Körperbau erstaunlich flinker Mann – war dicht hinter ihm. Sie rannten nackt, wie sie manchmal auch in die Schlacht stürmten, und trugen ihre Schwerter und ovalen Schilde. Vorcuns, behende wie ein Jagdhund, war der nächste. Mit seinen langen Beinen genügte ein Schritt, wo Senowindos zwei machen mußte. Er kam rasch näher, und seine Schenkelmuskeln spielten unter der hellen Haut. Rigana hob den Kopf wie eine Stute, die den Hengst wittert, und vielleicht sah es Senowindos, denn plötzlich spurtete er los, überholte Artocoxos und ließ Vorcuns erschöpft und lachend hinter sich.

Nur die Eichenpriester kümmerten sich um den Mann, der am Boden lag. Alle anderen scharten sich um die Läufer, die keuchten und grinsten, während der Schweiß ihnen über den Körper lief. Als der Wind die Richtung änderte, brachte er den köstlichen Duft brutzelnden Bratens von der Burg herüber, deren neue Außenmauer bereits mannshoch war. Senowindos hatte schwer geschuftet, eine Feste zu erbauen, die seinem König gefallen würde.

Leir zog einen der Goldreifen ab, die seinen Oberarm umschlossen, und reichte ihn Rigana. Er hatte seine Kraft bereits im Ringen bewiesen und trug nun wieder ein prächtiges kariertes Wams und Beinkleid und darüber den roten Umhang, der weit her vom Mittelmeer kam.

»Nimm den Siegespreis, Tochter. Überreiche du ihn als Vorgeschmack auf den größeren Preis, den du ihm bald geben wirst.«

Meine Schwester nahm den Reif mit ausdruckslosem Gesicht, doch ihr Blick wanderte den Körper des Mannes, der vor ihr stand, hinauf und hinab. Obgleich er nicht älter als mein Vater war, hatte er sein weißes Haar, das ihm den Namen einbrachte, bereits seit jungen Jahren. Doch seine schweißglänzenden, mit den rosigen und weißen Wundrändern alter Narben überzogenen Muskeln waren rund und fest.

Rigana trug zum Fest ein Linnenhemd und ein langärmeliges Gewand aus feiner blauer Wolle mit breiter gemusterter Borte am Saum. Die Stickerei am Hals und an den Handgelenken war unter den Kleinodien aus Gold und Bernstein kaum mehr zu sehen. Sie hatte ihr Haar geflochten und mit goldenen Kämmen und Nadeln schneckenförmig hochgesteckt, und weiteres Geschmeide hielt den wallenden weißen Schleier.

Ich bin eine Königin und Kind von Königinnen, deren Geschlecht über dieses Land herrscht, seit die heiligen Kreise zur Beobachtung der Sonne errichtet wurden, verkündete ihr prächtiger Anblick, *und du bist nur ein Barbar von jenseits des Meeres ...* Doch während Rigana ihn ansah, öffnete sie leicht die Lippen, und hinter ihren Augen regte sich etwas wie die sich windende Dunkelheit in der Hügelstätte. Ich zappelte und zupfte an meines Vaters Arm.

»Im Moor hätte ich heute beinahe eine Otter angefaßt, Vater!« Bei all dem Trubel der Wettkämpfe hatte ich es bisher ganz vergessen. Für einen Augenblick wurde er ganz still, dann lächelte er zu mir herab, und seine Augen waren von jenem tiefen und glänzenden Blau wie immer, wenn er von Schlachten erzählte oder seine Kraft im Kampf bewies.

»Eine Otter? Und hat sie dich gebissen?« Seine Stimme war beherrscht.

Ich kicherte unwillkürlich. »Sie hat mich verschlungen und hat jetzt Hunger nach mehr. Wann gibt es zu essen?«

»Bald, kleine Schwester«, sagte Senowindos, riß den Blick von Rigana und schaute mich an. Der Schweiß trocknete auf seiner Haut, aber noch pochte der Puls in seiner Ader am Hals. Ich drückte mich an meinen Vater. »Riechst du den köstlichen Bratenduft?« fragte er.

Ich holte tief Atem, und meine Nasenflügel weiteten sich, als mir der Geruch von Wild und Schweinebraten in die Nase stieg. Mein Magen knurrte vernehmlich. Der Zorn schwand aus meiner Schwester Gesicht, und sie lachte.

»Die Männer werden vor dem Essen baden wollen, aber das Fleisch dürfte schon fast durch sein. Vielleicht schneidet Zana dir ein Stückchen ab.« Herausfordernd blickte sie Senowindos an. »Ich weiß, wie schwer den Jungen das Warten fällt.«

»Und den Älteren manchmal auch«, antwortete er. »Aber ich werde meinen Appetit zügeln, bis es soweit ist ...«

Ich schaute mich nach Krah um. Als ich in der Menge den Federbusch entdeckte, der auf seiner Lederkappe wippte, rannte ich los. Auch ihm hatte ich noch nicht von der Otter erzählt. Wenn es mir gelang, für Krah ein Stück Fleisch zu ergattern, würde er mir vielleicht erklären, warum die Schlange mich nicht gebissen hatte.

Den Rand des großen Trinkhorns meines Vaters zierte ein Bronzeband, auf dem Schlangen einander verfolgten, Kopf an Schwanz. Die kalte Glätte des Bandes berührte meine Lippen, als Vater das Horn neigte. Dann kostete ich den Met und schluckte, soviel ich konnte, weil ich wußte, daß ich nicht mehr davon bekommen würde. Met war für Krieger. Ich legte den Kopf zurück, damit mir nichts vom süßen Trank entging, und streckte die Zunge aus, um schnell noch einen letzten Tropfen einzufangen, ehe mein Vater das Horn wegnahm.

Eine Frau brachte eine Kanne, um die Trinkhörner nachzufüllen. Sie war jung und hatte volle Brüste, die unter dem losen Kittel hüpften, und ihre dunklen Locken bändigte ein Lederband. Sie war nur eine Magd, doch als sie niederkniete, um den Met einzuschenken, zog der König sie an sich. Sie riß die Augen auf, aber sie war klug genug, ihn nicht abzuwehren.

»Wie wirst du genannt?« Nach einem Augenblick wiederholte er die Frage in der alten Sprache. Die grauen Augen der Maid begegneten dem Blick aus den brennenden blauen Augen des Königs. Ein Lächeln legte sich auf seine Lippen.

»Triyet ...«, wisperte sie. Und er nickte.

»Wirst mich bedienen, Maid. Verstehst du? Schaff mir Wild herbei, mein Teller ist leer.«

»Und Euer Hund ist ebenfalls hungrig, Herr«, erklang eine Stimme unter dem niedrigen Tisch, als sie davoneilte.

Ich fuhr erschrocken zusammen und spähte unter die groben Bretter. Ein Paar braune, schelmisch funkelnde Augen blickten mir entgegen. Hätte ich die Stimme nicht gehört, ich wäre sicher gewesen, ein Tier läge da. Leir rückte den Tisch, und Krah kam zum Vorschein und blinzelte ins Licht. Seine dunklen Locken waren völlig zerzaust, und seine Kleidung aus zusammengestückelten Fellteilen war mit Stroh gespickt.

»Da hast du einen Knochen.« Der König warf eine halb abgenagte Rippe in die Höhe. Mit einem geschmeidigen Purzelbaum rollte Krah sich unter den Rippenknochen, ehe dieser zu Boden fiel, fing ihn mit den Zähnen und machte sich wie ein Hund darüber her. Senowindos lachte. Doch Rigana, die zwischen ihm und dem König saß, lächelte nicht. Gunardwilla, an meiner anderen Seite, schnaubte abfällig und wandte den Blick ab.

Bretter, die als Tischplatten dienten, waren auf dem Burghof über große Steine gelegt worden, so daß sie einen ungefähren Kreis bildeten. Entlang der Innenseite des inneren, fast doppelt mannshohen und am Fuß ebenso breiten Ringwalles hatte man runde Steinhütten errichtet. Das Land hier war reich an Steinen, aber es gab kaum geeignetes Holz für Deckenbalken, deshalb konnten die Häuser nicht allzu breit gebaut werden. Dennoch gab es Platz genug, das wertvollere Vieh innerhalb der Mauer unterzubringen, und ein Brunnen im Innenhof spendete Wasser. Wie Senowindos versprochen hatte, war es eine sichere Feste, von der aus Krieger den Schiffen entgegenreiten konnten, die entweder in der geschützten Bucht von Belerion oder im offeneren Wasser der Föhrde am Westmeer anlegten.

Ich nahm mir noch ein Hafermehlküchlein aus dem Korb und eine Handvoll Heidelbeeren, als eine Schüssel davon herumgereicht wurde, und genoß beim Kauen den leicht süßsauren Geschmack.

Krah hatte den Rippenknochen abgenagt, und nun sprang er mit seiner unvergleichlichen Geschmeidigkeit in die Mitte des Kreises und jonglierte mit mehreren der harten kleinen Äpfel, die in den geschützten Tälern wild wuchsen. Seine Augen wirkten blicklos, wie meist, wenn er tanzte. Er bewegte sich zu einem Trommelschlag, den nur er hören konnte, und die kleinen Metallstücke und Knochen an seiner Kleidung klingelten lustig. Einige Männer begannen im Takt zu klatschen, schneller und schneller, und sie lachten, als Krah sich zusehends flinker drehte.

Schließlich wurde das Tempo selbst für den geschicktesten Jongleur zu groß, und die Äpfel flogen durch die Luft. Die meisten gingen über die Köpfe der Feiernden hinweg, doch einer traf Artocoxos, der ihn auffing, ehe er zu Boden fiel. Ein anderer traf den Herrn von Brannodunon, den nur die Tatsache, daß alle nun über *ihn* lachten, davon abhielt, über den Tisch zu klettern und dem Jongleur den Hals umzudrehen. Aber da waren manche, Männer und Frauen, die Krah nun mit anderen Augen zu sehen schienen.

Der letzte Apfel rollte über den Erdboden zu mir.

Inzwischen war Artocoxos auf die Idee gekommen, das Spiel fortzusetzen, indem er mit seinem Apfel nach Vorcuns warf. Augenblicke später stürzten sich alle auf die Äpfel, um Freund und Feind damit zu bewerfen, während Krah blinzelnd dastand. Seltsamerweise verfehlten die Äpfel ihn allesamt, und als die Männer dieses Spieles müde wurden, waren Krahs Augen wieder wach. Mein Vater winkte ihn an unseren Platz zurück, und er kauerte sich keuchend hinter den König.

»Laß dem Kind sein Spiel, solang es will. In der Nacht ist es still«, sagte er atemlos.

»Bleib hier, bis sie sich beruhigt haben«, riet Leir ihm.

Krah nickte erschauernd und blickte auf den Apfel in meiner Hand.

»Da«, ich streckte ihm die Frucht entgegen. »Du hast die anderen verloren …«

Er nahm ihn, und ein flüchtiges Lächeln erhellte seine dunklen Augen.

Als es ruhiger wurde, entfachte man ein Feuer in der Mitte des Kreises, und Talorgenos, der mit dem Wald vertraute Eichenpriester, stellte sich davor. Ein anderer Priester setzte sich mit einer achtsaitigen Bogenharfe in der Hand zu seinen Füßen.

»Singen will ich nun von des Blatonos Sohn …« Er zupfte die Saiten, und die Krieger verstummten. Als allmählich die sommerliche Abenddämmerung einsetzte, erwachten die ersten Sterne am östlichen Himmel.

»Dem Schwanenkönig gleich schnell übers Meer
Flog er. Nicht hatte der Drache der Nacht
Macht, ihn fernzuhalten vom fruchtbaren Gefilde ...«

»Auch Erdschlangen vermochten nicht, uns davon abzuhalten!« hauchte Senowindos. »Das waren ruhmreiche Tage, nicht wahr, mein Herr.« Es fiel ihm nicht auf, wie still Rigana neben ihm saß, und er bemerkte auch nicht den Blick, den sie mit Gunardwilla wechselte.

Leir starrte an dem Sänger vorbei in die flackernden Flammen, und ich fragte mich, was er dort sehen mochte. Ich stellte mir das Land, aus dem er gekommen war, als endlose Salzmarschen und Wälder vor, wo sich alle Stämme ohne Unterlaß bekriegten.

»Aber das war vor langer Zeit, und deine Tochter ist inzwischen zur mannbaren Frau geworden«, sagte Rigana mit giftig süßer Stimme.

Leir blickte sie an. »Kind, Senowindos ist ein tapferer, aufrechter Mann. Er wird dich und dieses Land beschützen. Ich habe versucht, mein Bestes für dich zu tun. Verstehst du das?«

Mir entging nicht, wie Rigana mit sich rang. Konnte *er* denn nicht sehen, wie sie sich fühlen mußte? Schließlich zwang sie sich zu einem Lächeln und tätschelte seine Hand.

»Natürlich bin ich dir dankbar, Vater. Senowindos und ich werden gut miteinander auskommen.«

Wieder erklang die Harfe, und wieder begann der Barde zu singen.

»Durch Wetters Wüten und Wasserfluten gelandet,
Strandet auf den Schären das wackere Schiff
Am Riff, hob Leir an die Lippen das Horn ...«

»Ich kann mich erinnern!« rief Artocoxos. »Ich war halb ertrunken. Es war Eure erste und größte Tat, mein König, mir all das Wasser aus dem Leib zu pressen!«

»Erinnert ihr euch auch an den Sturm?« fragte Senowindos. »Die Wellen waren wie schwankende Berge, Ungeheuer mit aufgerissenen Rachen, die uns verschlingen wollten.«

»Und die Spanten ächzten wie eine trächtige Kuh«, fügte der alte Uxelos hinzu. »Und es war innen so naß wie außen, doch das konnte uns Helden nicht schrecken. Ich weiß noch, wie der Mast zu knicken drohte. Ich bin mit dem Tau hinaufgeklettert, ehe er fallen konnte, und habe es rundum gewickelt.«

»Und ich war der erste«, fiel ein anderer Krieger ein, »der uns mit dem Stumpf des Ruders freischob, als unsere Ruderblätter an den Felsen zersplittert waren.«

»Er entriß es seinem Bruder, dann übergab er sich über die Reling«, sagte Krah leise und suchte im Gras nach einem Knochen. Ich stupste ihn mit dem Fuß. Seine Augen weiteten sich, als würde ihm jetzt erst bewußt, daß er es laut gesagt hatte. Doch der Prahler starrte ihn finster an, und ich wußte, daß Krah sich einen weiteren Feind gemacht hatte.

Glücklicherweise hatte es offenbar sonst niemand gehört. Die jüngeren Männer, die in diesem Land geboren oder mit späteren Schiffen Leirs Ruf gefolgt waren, lauschten neidisch. Sie mußten mit ihrer Prahlerei warten, bis die Alten fertig waren, doch solange es genug Bier gab, ihre Kehlen zu befeuchten, würden sie nicht damit aufhören.

»Als erster am Ufer aus der Eifrigen Schar
War Senowindos, weiser und wackerer Krieger,
Sieger in Schlachten, er erwies seinen Wert.
Drum gewährt' ihm sein Herr die Maid zum Lohn.
Einen Sohn zu zeugen ward das Lager erkoren,
Geboren zum Recken, in Ruhm zu vereinen
Der Seinen, Vaters und Großvaters Geschlecht!«

Heute morgen noch hatte Rigana darum gebetet, daß ihr Kind ein Mädchen sein möge.

Als das Klimpern der Harfensaiten verstummte, trillerten Flöten hinter uns. Während des Bardengesangs hatten alle älteren Frauen sich aus dem Kreis zurückgezogen. Jetzt standen sie alle vor dem größten Haus, in dessen Eingang sich die Gestalt der Priesterin abzeichnete.

Für einen Augenblick rührte sich niemand. Ich blickte von der dunklen Gestalt an der Tür zu dem Priester, dessen Gewand bleich im Feuerschein schimmerte.

»Jetzt sind die Fackeln der Nacht am Himmel entzündet!« rief Frau Asaret in der alten Sprache. »Jetzt stehen die Sterne günstig für Hochzeiten von Königinnen. Bringt die Prinzessin in ihr Brautgemach!«

Zwei Frauen kamen herbei, als Rigana sich erhob, und Gunardwilla und ich folgten ihnen. Es war so still, daß ich ihren Rocksaum auf dem Gras rascheln hören konnte. Dann fingen die Flöten wieder zu spielen an. Während die Frauen sich um uns schlossen, hörte ich verlegenes Lachen aus dem Kreis der Männer am Feuer. Es wurde lauter, als die Diener Met nachgeschenkt hatten.

Für Rigana war eine Abtrennung aus Weidengeflecht zwischen der Hütte und der Burgmauer aufgestellt worden. Die Priesterinnen entkleideten sie, halfen ihr in die hölzerne Wanne und gossen das Wasser über ihren Körper. Ich stand durch Gunardwilla fast verdeckt und fürchtete einerseits, daß man mich bemerken und wegschicken würde, und wünschte mir andererseits, davonlaufen zu können.

Ein paar Frauen steckten die Köpfe zusammen, und ein unterdrücktes Lachen war zu hören. Die Erwartung, die in der Luft lag, kribbelte in meinen Armen und Beinen, daß ich kaum stillhalten konnte. Rigana hatte am ganzen Leib eine Gänsehaut.

»Hab keine Furcht, Schwester«, sagte Gunardwilla, »und denke an die Macht, die dir gegeben. Wenn der Mann zwischen deinen Schenkeln liegt, wird er dein Gefangener sein.«

Dann trockneten sie Rigana ab und rieben ihre Haut mit duftendem Öl ein. Als sie ins Haus geführt wurde, erschallte plötzliches Gelächter aus dem Feuerkreis. Die Männer entkleideten den Bräutigam viel schneller und weniger feierlich.

Zwei Männer führten ihn zu seiner Braut, jeder mit einer Hand auf seinem Arm – so, wie man den Stier zur Kuh führt. Aber er grinste. Erst als sie die Tür öffneten und er Riganas weißen Körper im Glimmen der Binsenlichter sah und das bestickte Linnen über der mit duftenden Kräutern gefüllten Matratze, stockte sein Lächeln.

»Willkommen in meinem Heim, Herr …« Mit majestätischer Geste hielt sie ihm den Brautkelch entgegen, und ich erinnerte mich, daß in meines Vaters Sprache dies die Bedeutung ihres Namens war.

Dann zog mich jemand weg, und sie schlossen die Tür.

Die Burg war voller lärmender Menschen; dennoch war ich allein. In diesem Moment war die Hütte hinter mir der Mittelpunkt der Welt, doch ich gehörte nicht dorthin. Ich hörte meinen Vater lachen und wollte zu ihm, aber als ich sah, daß er einen Arm um die Magd geschlungen hatte, die den Met einschenkte, blieb ich stehen. Ich sah, wie er mit der freien Hand ihren Kittel so weit herunterzog, daß eine runde Brust entblößt wurde.

Gleich würde er sie hinunter ins Gras ziehen. Den übrigen Mägden erging es nicht anders. Die Gemahlinnen der Krieger hatten sich in den für die Frauen abgetrennten Teil der Burg zurückgezogen oder waren mit ihren Männern zu Bett gegangen. So war es immer bei Hochzeiten. Warum also fühlte ich mich, als hätte mich jeder verlassen, den ich liebte?

»War einst ein Quell in einer Höhle, in ihm lebte eine Maid …«, sagte eine leise Stimme neben mir. »Willst du wissen, wo das war und wie sie sich befreit'? Komm mit, und du wirst es erfahren …«

Ein Schatten sprang leichtfüßig zur Burgmauer und huschte sie hinauf, scheinbar ohne die Steine zu berühren. Ich unterdrückte erstaunt ein Lachen. Ob ich das wohl auch konnte?

Die Steine waren rauh, und als ich neben ihm auf der Mauerkrone anlangte, war ich atemlos und meine Haut aufgeschürft. Von hier oben sah das Feuer wie verglühende Kohle aus. Krah saß mit verschränkten Beinen da und blickte zu den Sternen hinauf, die in der Himmelssee glitzerten wie Widerschein in einem Waldweiher.

»Sie lebte *im* Quell?« fragte ich japsend. »War sie denn überhaupt ein Mensch?«

»Eine Person war sie, aber mußte sie drum menschlich sein?

Manchmal war sie Maidenquell und manchmal Sugë, die Schlange. Manchmal so schwarz wie Wasser in Höhlen, in die nie der Lichtschein dringt; manchmal weiß wie die augenlosen Fische, die dort wohnen.«

Ich dachte an die Schlange, der ich am Morgen begegnet war. Jeder wußte, daß es Wesen gab, die Menschen- oder Tiergestalt annehmen konnten. War es nur eine gewöhnliche Otter gewesen, die ich gesehen hatte? Da fiel mir eine andere Frage ein.

»Warum hatten die Fische keine Augen? Und wie sind sie dorthin gekommen?«

»Wozu braucht man Augen, wenn es nichts zu sehen gibt? Das war am Morgen der Welt, als Menschen und Tiere noch miteinander sprachen. Alles war anders damals.« Er grinste mich an. »Es ist eine Geschichte des Hügelvolks. Möchtest du sie hören?«

Ich zog die Beine an, schlang die Arme um die Knie und nickte heftig.

»Eines Nachts grub sich ein Maulwurf durch die Decke der Höhle. Vielleicht brach sich auch eine Baumwurzel einen Weg hinein. Jedenfalls sah Maidenquell etwas glitzern. Sie wollt' es haben, sie rief danach, doch es kam keine Antwort.«

»Es war ein Stern, nicht wahr?« fragte ich.

»Der erste Stern«, antwortete Krah. »Maidenquell konnte hinuntersinken, tief hinunter bis zum Mittelpunkt der Erde, aber wie konnte sie aus der Höhle hinaus? Sie wurde zur Schlange, wand und rollte, wand und rollte sich um den Born. Wasser sprudelte, stieg auf, füllte die Höhle, und Sugë schlängelte sich hoch durch das Loch und hinaus als Fontäne, höher und höher, voll Verlangen nach dem Glitzern. Doch jetzt spiegelte jeder Wassertropfen das Sternenlicht wider. Wasser füllte den Himmel mit Flüssen von Sternen.

Sie konnte den einen, den sie suchte, nicht finden. Sie fiel zurück zur Erde, und das Wasser floß überall hin, füllte Senken, bahnte sich als Bäche den Weg durch jeden Berg. Land war nun reich an Wasser, Himmel leuchtend von Sternen. Aber Maidenquell weinte und sank unter die Erde zurück.«

»Weil er sie verlassen hatte …«, sagte ich bitter. In der Stille wurde mir bewußt, daß ich meinen Vater mitgebracht hatte, obwohl wir allein waren. Doch über uns floß Licht in einem glitzernden Strom über den Himmel.

»Aber jetzt braucht er mich nicht und braucht dich nicht«, sagte Krah in völlig anderem Tonfall, und ich wußte, ohne es zu verstehen, daß er dasselbe empfand wie ich. »Er ist ein Stern.«

Aus der Hütte unter uns hörte ich den triumphierenden Aufschrei meiner Schwester Rigana.

Als Cuchulain nun allein durch Alba zog, war er müde, und sein Gemüt war düster ob des Verlustes seiner Kameraden, und er wußte nicht, wohin er gehen sollte, um Scathach zu suchen.
Die Brautwerbung um Emer

Als das Brautpaar zurückkam, waren auch die letzten Reste des Festmahls verzehrt. Rigana schien mit dem Gemahl zufrieden zu sein, den Leir ihr gegeben hatte, und Senowindos stolzierte mit glücklichem Grinsen herum. Das Lächeln der Magd Triyet aus Freude darüber, daß Leir sie mitnehmen würde, wenn wir in den Norden zurückkehrten, freute mich weniger. Aber ich versuchte meinen Zorn hinunterzuschlucken. Es hatte viele Frauen gegeben, doch ich war des Königs Tochter und sein Liebling.

Schließlich zog jedoch ich den kürzeren. Wegen eines Streites zwischen uns, kurz nach meinem elften Winter, schickte mein Vater mich fort.

Seit dem letzten Vollmond hatte es fast pausenlos und so stark geregnet, daß die Leute nur vor die Tür traten, wenn es unbedingt sein mußte. Leirs Halle in Udrolissa war groß genug, daß der König sich mit seinen Kampfgefährten zum Feiern an einen Tisch setzen konnte, aber ich war froh, als ich mich beim ersten Sonnenstrahl von den anderen zurückziehen konnte. Vom Wehrgang innerhalb der Palisaden konnte ich sehen, daß die Jahreszeit trotz des Regens fortgeschritten war. Die Wälder, zuvor noch ein dunkles Netzwerk aus kahlen Ästen, waren nun mit dem ersten hellen Grün überzogen, und auf den Wiesen sproß bereits frisches Grün durch die nasse, verfilzte Matte des Grases aus dem letzten Jahr. Nach dem allgegenwärtigen Geruch von Holzrauch und nasser Wolle und dem von Männern, die zu lange auf engstem Raum zusammengepfercht waren, war die regenfrische Luft geradezu schwindelerregend.

Die Wolfshunde meines Vaters waren mir zur Mauer gefolgt und tollten nun in den schlammigen Lachen und balgten sich mit bedrohlichem Knurren und wedelnden Schweifen. Sie waren langbeinige Tiere mit rauhem, in Grautönen geschecktem Fell, die normalerweise mit majestätischer Verachtung auf die Welt herabblickten. Heute aber benahmen sie sich wie übermütige Welpen, und als ich vom Wehrgang hinunterkletterte, geriet ich mitten in ihr Spiel. Lachend versuchte ich, mir die Hunde vom Leib zu halten, doch binnen weniger Augenblicke hatten ihre Pfoten meine Bemühung vereitelt, sauber auf die andere Seite des Hofes zu gelangen.

Kreischend krallte ich die Finger in den erstbesten pelzigen Nacken und versuchte, mich von dem übermütigen Tier zu befreien. Ich wandte lachend das Gesicht von dem stinkenden, heißen Hundeatem und wehrte mich nach Kräften, als wir durch den Schlamm rollten, wieder auf die Beine kamen und in wildem Durcheinander herumtollten. Erst nach einer Weile wurde mir bewußt, daß jemand meinen Namen brüllte.

»Cridilla!«

Weißfleck bellte kurz, dann setzte er sich plötzlich. Ich wischte mir den Schlamm aus den Augen und sah die steifen Falten eines safrangelben Gewandes und darüber Triyets anklagende Augen. Als sie sah, daß ich sie endlich bemerkt hatte, hörte sie auf zu rufen.

»Wälzt dich mit den Hunden im Schlamm, Cridilla! Wirst dich als nächstes mit den Schweinen suhlen? Steh jetzt auf und wasch dich! Das ist kein Benehmen für eine Frau aus dem Königshaus!«

Dem belerionischen Akzent nach, der im Vergleich zur bedächtigen Redeweise des Nordens scharf und hektisch klang, hätte es Rigana sein können. Doch Triyet war nicht meine Schwester. Einauge stupste mich ungeduldig, das Spiel fortzusetzen. Ich zupfte ihn an den Ohren, dann schob ich ihn von mir.

»Früher hätte eine königliche Tochter niemals …«

»Früher wärst du für solche Worte ausgepeitscht worden!« entgegnete ich. Ich schüttelte die Hunde ab und versuchte aufs neue, auf die Füße zu kommen. Triyet trug nun besticktes Linnen statt grober Wolle und Halsketten aus vergoldeter Bronze über dem üppigen Busen, den mein Vater so bewunderte. Aber daß sie meines Vaters Bett teilte, gab Triyet kein Mutterrecht an mir.

»Meine Sippe hatte zu Großmutters Zeit einen eigenen Hof!«

»Und jetzt besamt ein Fürst der Quiritani deinen Acker!« entgegnete ich. Auf ihren Wangen breiteten sich rote Flecken aus, die einen häßlichen Kontrast zu dem safrangelben Linnen bildeten.

»Halbbluthexe!« brummte sie.

Ich kniff die Augen zusammen. »Komm mir nicht so, du Zankteufel!« Ich war inzwischen so gewachsen, daß ich mich ohne Mühe auf Schwänchens Rücken schwingen konnte. »Meines Vaters Hunde sind von edlerem Blut als du!«

»Verzogenes Balg …!«

»Hochschwänzige Stute …« Ich wackelte mit dem Hintern wie eine Zuchtstute, die sich dem Hengst anbietet.

»Oho – jetzt hat sie dir's gegeben!«

Meines Vaters dröhnendes Gelächter ließ uns beide verstummen. Die Hunde stürmten bereits zu ihm hinüber. Für einen Moment sah Leir wie eine windzerzauste Tanne in einer wirbelnden, pelzigen grauen See aus. Seine Augen blitzten vergnügt, dann brüllte er einen Befehl, und die Hunde warfen sich vor ihm in den Schlamm.

»Willst du sie auch noch *bestärken?*« Triyet war immer noch wütend.

Artocoxos und einige andere Kampfgefährten, die hinter dem König standen, nagten an ihren Schnurrbärten, um ein Grinsen zu unterdrücken. Zaweret und die anderen Frauen waren aus der Küchenhütte getreten, um zu sehen, was los war. Nach dem letzten Wortgefecht zwischen Triyet und mir hatte

Vater mir eine Tracht Prügel verabreicht, und ich sah bereits, daß seine Lachfältchen schwanden und sein Gesicht sich verdüsterte.

»Sie ist meine Tochter«, sagte er leise auf quiritanisch.

Triyet setzte eine gekränkte Miene auf und versuchte, sich majestätisch aufzurichten, was ihr nicht so recht gelang. Nach zwei Jahren guten und reichlichen Essens war sie plump wie ein Waldhuhn.

»So züchtige sie selbst, wenn sie sich wie ein Sklavenbalg benimmt!«

Mein Vater antwortete nicht gleich. Er starrte sie mit jenem Ausdruck an, den sein Gesicht immer dann zeigte, wenn er irgend etwas nicht in Worte kleiden wollte.

Schließlich sagte er: »Bist du denn soviel besser, Weib?« Doch statt ›Weib‹ benutzte er ein Wort, das auch noch ›erhitzter Stein‹ bedeutet, den man ins Bett legt, um es zu wärmen. »Du hast mir kein Kind geschenkt!«

Ich runzelte die Stirn. Nur Leirs Königinnen hatten ihm Kinder geboren, denn die Frauen der Burg gaben seinen Geliebten Kräuter zur Verhütung. Jetzt erst wurde mir klar, daß mein Vater davon nichts wußte.

Triyets Augen weiteten sich. Armreifen klimperten, als sie versöhnlich den Arm nach Leir ausstreckte. Ich beobachtete es interessiert und fragte mich, nicht zum ersten Mal, wie eine so einfache Veränderung ihrer Körperhaltung ihn besänftigen konnte.

Doch diesmal schaute Leir sie lediglich an. »So wirst du nie wieder zu meiner Tochter sprechen.« Sein Blick wanderte zurück zu mir, und obwohl seine Miene streng blieb, hatte ich den Eindruck, daß Lachen in seinen Augen zuckte wie Blitze am Sommerhimmel. »Und du … wirst dich waschen, bevor du in die Halle zurückkehrst.«

Ich dachte, damit wäre es überstanden. Doch als ich in die Halle kam, noch etwas feucht und ein wenig fröstelnd, weil der Hauch von Frühling mit dem Tageslicht geschwunden und es wieder sehr kalt geworden war, spürte ich eine Spannung. Die Stimmung war gedämpft. Doch ich achtete kaum darauf; denn während man mir draußen mitsamt dem Schlamm fast die

Haut abgeschrubbt hatte, war meine Schwester Gunardwilla eingetroffen.

»Was ist hier los, Kind?« fragte sie, nachdem ich sie stürmisch umarmt und ihr von der Balgerei mit den Hunden im Matsch und Regen erzählt hatte. Sie hatte den Winter im Norden bei ihrer Mutter verbracht, und ich war erstaunt, wie glücklich es mich machte, sie wiederzusehen.

»Oh …« Ich warf einen raschen Blick über den Herd und unterdrückte ein Kichern. Triyet saß neben dem König, aber nicht so nah wie sonst. Er war in ein Gespräch mit einigen Männern aus den Mittlanden vertieft. Das Gerücht ging um, daß der Kriegspfeil in den Ortschaften der Ai-Zir die Runde machte und daß mehrere Häuptlinge der Quiritani, die mit ihren Lehen unzufrieden waren, zu ihnen übergelaufen waren. Offenbar hatte Zayyar-a-Khattar, der König der Ai-Zir, die Niederlage verwunden, die er im Krieg vor vier Jahren hatte einstecken müssen. Als Zaweret mir draußen vor der Halle den Schlamm von der Haut schrubbte, hatte ich mitbekommen, daß die Krieger auf einen Sommerfeldzug hofften.

»Triyet hat mich ausgeschimpft, weil ich mich schmutzig gemacht habe, aber Vater hat es ihr verboten …« Bewundernd beobachtete ich, wie Gunardwilla eine ihrer goldenen Augenbrauen hob.

»Ich habe mich schon gefragt, wie lange sie sich seiner Gunst erfreuen darf«, sagte sie leise.

»Wie meinst du das?«

»Erinnerst du dich an eine Frau, die Blaracca hieß?« sagte Gunardwilla. »Eine schöne blonde Frau, die Wittib Brendigenos, den Leir wegen Rebellion getötet hat.«

Ich nickte. Die Herrschaft meines Vaters war zwar eine Aneinanderreihung solcher Machtproben, aber ich erinnerte mich dunkel an die Frau. Sie war freundlich gewesen und ziemlich schüchtern.

»Aber was hat sie mit Triyet zu tun?«

Gunardwilla lachte. »Es hat viele Triyets, viele Blaraccas gegeben, Kleines. Seit unsere königlichen Mütter tot sind, hat Vater sich eine Frau nach der anderen genommen.«

»Und streiten sie am Schluß alle mit ihm?«

»Ich glaube schon.« Sie grinste. »Mit Leir Blatonikos war nie leicht auszukommen.«

Ich zuckte die Schultern. Er war mein Vater. Da war alles verzeihbar.

»Nimm es dir nicht zu Herzen, Kleines. Es ist nicht wichtig.« Gunardwilla strich mir übers Haar. »Ich muß schnell noch draußen etwas erledigen. Paß auf, daß niemand mein Fleisch wegnimmt!«

Als sie gegangen war, konzentrierte ich mich auf meine Stirn und versuchte nachzumachen, wie sie eine Braue hochzog. Doch als ich mein Gesicht berührte, wurde mir klar, daß ich lediglich ein Stirnrunzeln fertiggebracht hatte. Seufzend beschäftigte ich mich wieder mit dem fleischigen Rinderknochen.

Nach dem Essen zog Triyet sich mit betonter Würde zurück. In einer Ecke der Halle hatten zwei junge Krieger ihren Schmuck abgenommen und trugen einen Ringkampf aus. Artocoxos und Vorcuns bewegten Figuren auf einem Spielbrett, und die Frauen, mit denen sie zur Zeit das Bett teilten, schauten zu. Talorgenos saß in einer Ecke mit einem der jüngeren Priester, der seine Bogenharfe stimmte. Falls es zum Krieg kommen sollte, würden des Priesters Lieder von ruhmreichen Taten sehr gefragt sein.

Die Hunde waren ebenso unerbittlich geschrubbt worden wie ich. Jetzt lagen sie in einem wirren grauen und scheckigen und braunen Knäuel zwischen Leir und dem Herd. Krah lag zwischen ihnen; seine zerlumpte Pelzkleidung machte es schwierig, zwischen Hund und Mann zu unterscheiden. Das einzige, was ich von seinem Körper sehen konnte, war die seltsam wehrlose Haltung einer sehnigen Hand.

Als Triyet gegangen war, kuschelte ich mich neben ihn, legte den Kopf auf Sturms pelzige Flanke und streckte mich längs zum Feuer aus. Nachdem wir uns wochenlang von geräuchertem Schweine- und gepökeltem Rindfleisch ernährt hatten, war das frische Wild, das die Jäger angebracht hatten, unbeschreiblich köstlich. Der Hund leckte mein Gesicht, dann senkte er mit einem zufriedenen Seufzer den Kopf. Satt und müde döste ich in der Wärme des Feuers.

»Ich teile zwar Triyets Hysterie nicht«, sagte Gunardwilla spöttisch, »aber ich verstehe sie. Erziehst du deine Tochter wirklich zur Gefährtin deiner Hunde?«

Ich hörte Leirs tiefes Lachen, öffnete ein Auge halb und sah meine Schwester auf der Bank neben dem König sitzen. Aber keiner klang verärgert. Ich glitt zurück in die Wärme der Hunde und des Feuers.

»Hältst du meine Worte für töricht? Sieh sie dir an!«

»Was schadet es?« vernahm ich meines Vaters tiefe Stimme. »Das Viehzeug tut ihr nichts, und der lange Bursche auch nicht – noch nicht. Laß sie liegen!«

»Schaden bringt es ihr gewiß nicht – bei all dem Fell kann man sie ohnehin kaum mehr von den Hunden unterscheiden. Vielleicht sollte der Basajaun ihr Gemahl sein, wenn es dich erheitert ...« Sie benutzte das alte Wort für den Wilden Mann, der tief im Wald hauste. »Denn welcher Krieger wird deine Tochter nehmen, wenn sie sich wie eine Maitagarri aufführt!«

»Ich bin kein Wildweib!« Ich setzte mich so heftig auf, daß Winsler, der seinen Kopf auf meinem Schenkel gebettet hatte, hinunterrutschte.

»Wirklich nicht?« Wieder lachte Leir und zauste mein Haar, als wäre ich einer seiner Hunde. »Dann mußt du etwas noch viel Wilderes und Schrecklicheres sein, eine Bärin, zum Beispiel, oder gar die große Schlange der Täler.«

»Und wenn, dann fresse ich *dich!*« Ich schlang die Arme um sein Bein, das unter der Wolle seines Beinkleids dick wie ein Baumstamm war, und schlug die Zähne in den karierten Stoff.

»Wild, ja«, sagte Gunardwilla. »Und was soll aus diesem Wildfang werden? Sie wird nicht damit zufrieden sein, am Spinnrad zu sitzen. Ich muß dich an dein Versprechen erinnern, Vater, und jetzt fordere ich es ein. Um meiner Schwester und um deinetweillen. Du mußt Cridilla mit mir nach Caiactis gehen lassen!«

Welches Versprechen? Ich ließ meines Vaters Bein los und starrte Gunardwilla an. Sie hatte schon früher von der Insel Caiactis gesprochen, wo die Kriegerinnen ihre Künste lehrten, aber ich hatte es für eine Ammenmär gehalten. Ich konnte es zwischen ihnen beinahe knistern hören. Es war eine Spannung, wie wenn ein Krieger die Klinge des Gegners mit der eigenen abfängt. Der kühne Schwung von Leirs Nase und Stirn fand sich in ihren sanften Zügen wieder, und der Feuerschein verlieh beider Haar den gleichen Goldschimmer.

»Die Schwäne laß ziehen, wohin sie auch fliehen.
Wer kann sie binden? Wer kann sie finden?
Läßt du heut das Küken gehn,
Wirst als Schwan es wiedersehn!«

Krahs Singsang verstummte. Er hatte die Augen nicht geöffnet. Vielleicht war ihm gar nicht bewußt gewesen, daß er laut gesprochen hatte. Diesmal war es gleich. Aber bei den Kriegern machte er sich unbeliebt, wenn er vor einem Feldzug jemandes Tod vorhersagte.

Ich drehte mich zu ihm herum, wollte mit ihm balgen, doch die Hand meines Vaters legte sich auf meine Schulter.

»Stimmt das?« fragte Leir leise und blickte zu mir herab.

»Vater – du wirst mich doch nicht zwingen, dich zu verlassen!« Ich klammerte mich an seine Finger. Nicht einmal die Hunde waren so tröstlich und beruhigend wie meines Vaters Hand. Sein Blick schweifte von mir zu meiner Schwester, und flüchtig blitzte Feindseligkeit in seinen Augen.

»Die Kuh hat mich schon im Stich gelassen. Willst du mir auch noch mein kleines Kälbchen wegnehmen?«

»Natürlich nicht, Vater«, entgegnete Gunardwilla mit Nachdruck. »Weder Cridilla noch ich würden dir je weh tun wollen. Aber sie wird als Kriegerin zu dir zurückkehren, als Meisterin des Schwertes!«

»Sie soll eine Schildmaid werden, wie du eine bist? Wo werde ich dann einen Gemahl für sie finden?«

Mit herausforderndem Lächeln sagte Gunardwilla: »Wäre es denn so schlimm, zwei Töchter zu haben, die dir den Rücken decken können?«

Leir lachte, und die anderen Männer, die sich bemüht hatten, so zu tun, als hörten sie nicht zu, stimmten in sein Lachen ein.

Talorgenos hatte den Platz zur Linken des Königs eingenommen. Für einen Mann von so kräftigem Körperbau konnte er sich erstaunlich unauffällig bewegen. Ich bemerkte, daß sein Blick nachdenklich auf mir ruhte – und plötzlich verkrampfte sich mein Magen. Daß Talorgenos nun dabei war, hatte dieses Gespräch zur Ratssitzung gemacht.

»Du wirst in diesem Jahr und wahrscheinlich auch noch im nächsten die meiste Zeit in den Mittlanden sein, Vater, im Kampf gegen die Ai-Zir und zum Ausbau unserer Verteidigung«, fuhr Gunardwilla fort. »Du kannst Cridilla nicht mit dir nehmen. Und sie wird zu groß, als daß sie sich von deinem Gesinde etwas sagen ließe. Willst du sie hier verwildern lassen? Es ist besser, du gibst sie mir mit! Du weißt, daß sie auf der Insel sicher ist.«

Leir lehnte sich zurück und langte nach seinem Becher. »Weiser, was rätst du?« fragte er Talorgenos.

Der Priester biß sich in den Daumen, denn so hatte man seinesgleichen gelehrt, ihr verborgenes Wissen zu erschließen. Einen Augenblick später erschauderte er, und sein Geist war wieder bei uns.

»Sie ist Glücksbringerin des Landes, Tochter der neunten Welle; sie ist der Kelch mit Eurem Leben. Doch wenn der Sämling dem Schoß der Erde entsprießt, muß er kräftig wachsen, um sich dem Sturm zu stellen. Hochkönig, Ihr habt das Band geknüpft, als das Kind geboren wurde. Eiche und Erde und Feuer erinnern sich. Heute morgen lagen die Vorzeichen von Veränderung in der Luft. Ich glaube, Ihr müßt Eure Tochter gehen lassen.«

Leirs Blick hatte sich nach innen gewandt, und seine Augen zeigten einen Ausdruck, den ich den ›Königsblick‹ nannte und der für gewöhnlich bedeutete, daß er etwas plante. Krah setzte sich auf und schob die Hunde zur Seite, doch meine Augen blieben auf meines Vaters Gesicht gerichtet, als wollten sie sich die geschwungenen Brauen, die hohe furchige Stirn, das feste Kinn und die lange Linie der Wangenknochen einprägen, die noch der Winterbart bedeckte.

»Auch ich glaube«, murmelte er schließlich, »daß sie eines Tages zu kämpfen lernen muß ...«

»Dann habe ich dein Wort?« Gunardwilla streckte ihm die Hand entgegen, und als Leir sie nahm, stand ich auf, und es war mir gleich, daß alle meine Tränen sehen konnten.

»Kind meines Herzens ...« Er zog mich auf seinen Schoß, und ich klammerte mich an ihn. Es war lange her, seit ich das letzte Mal auf seinem Schoß gesessen hatte. Ich spürte den kräftigen Schlag seines Herzens unter der rauhen Wolle seines Wamses und fühlte mich getröstet.

»Hast Angst gehabt, dein Vater würde dich für immer fortschicken?« Sein Bart kitzelte mich am Ohr. »Nie, mein Kleines – das darfst du niemals denken! Es ist nur für eine Weile, dann kommst du zu mir zurück.«

Es nieselte, als wir aus Udrolissa ritten, und so konnte niemand erkennen, ob die Nässe auf meinen Wangen Regen oder Tränen war. Ich saß hochaufgerichtet auf Schwänchens rundem Rücken und tat so, als wäre dies eine Reise wie jede andere. Doch jeder vom Regen geschwollene Bach, jedes erblühende Dickicht barg Erinnerungen für mich, und jede Eiche innerhalb eines Tagesritts von der Burg war ein alter Freund. Wir kamen an Äckern vorüber, die dem Wald mit Eisenäxten abgerungen worden waren, und Landleute, die sich plagten, neue Furchen in die aufgeweichte Scholle zu ziehen, blickten von der Pflugschar auf, als wir vorüberritten. Am Nachmittag waren wir bereits in dem tiefen Wald, der das höher gelegene Land bedeckte, wo der Nith von den Tälern herabrauschte. Manchmal vermeinte ich aus den Augenwinkeln eine Bewegung hinter uns zu sehen, wußte aber nicht, was es sein könnte.

In dieser Nacht waren wir in einer von mehreren Hütten zu Gast, die sich unterhalb der heiligen Quellen an den Hang eines Hügels schmiegten. Gunardwilla stieg hinauf, um mit der Priesterin zu sprechen, ich aber blieb am Feuer. Ich hatte mich für die Nacht in meinen Umhang gewickelt und döste bereits, als ich ein Wispern über mir hörte.

»Wird sie denn sicher sein in Eurem nördlichen Land?« Es war die Stimme einer alten Frau. Ich öffnete die Augen einen winzigen Spalt und sah im Glühen des niedergebrannten Feuers ein verwaschenes blaues Gewand und ein Profil, das so zerklüftet war wie ein Moorlandfelsen.

»Was ist Sicherheit, Mutter Tamar?« entgegnete Gunardwilla. »Ich danke den Feinden, denen der Schwanenherr entgegenzieht. Sonst hätte er das Kind nie weggehen lassen. Man wird sie Dinge lehren, die sie beherrschen muß.«

Ich verspürte ein Prickeln, als die Priesterin mir übers Haar strich. Doch ich hielt die Augen geschlossen und tat, als würde ich schlafen, bis die Priesterin und meine Schwester weggingen.

Später, als das Feuer nur noch ein Schwelen unter der Asche war, bemerkte ich, daß jemand anders bei mir war. Eine gedrungene pelzige Gestalt beugte sich über mich. Ich erschrak und dachte schon, der Basajaun selbst wäre gekommen, doch ein gemurmeltes Wort und eine sanfte Berührung meiner Lider ließen mich wieder in tiefen Schlaf versinken.

In meinem Traum eilte ich über eine schimmernde silberne See mit Inseln, die abwechselnd nebelverhüllt und klar waren. Seltsame Kuppen, die aus den Gebeinen der Nacht geformt zu sein schienen, leuchteten auf, wenn das Licht darüberwanderte. Voller Erwartung eilte ich weiter. Und plötzlich rannte ich auf einer Wiese mit jemandem um die Wette, den ich nicht recht sehen konnte. Ich dachte, es sei mein Vater, doch als ich einen Blick wagte, wurde mir klar, daß der andere Läufer nicht größer war als ich. Der Schein seines goldenen Haares fiel auf das Gras vor ihm, und dann flammte sein Kopf einen Herzschlag lang so rot wie Feuer. Und in diesem Moment schoß er an mir vorbei und war fort.

Als ich erwachte, hätte ich das alles für einen Traum gehalten, doch auf dem Pelz neben mir lag eine schwarze Feder vom Flügel einer Krähe und ein wenig von Zawerets dickem Gelee. Obwohl ich mir immer noch keinen Reim darauf machen konnte, welche Bewandtnis es mit dem rothaarigen Jungen hatte, wußte ich jetzt, wer der Schatten im Wald hinter mir gewesen war.

Am Morgen setzten wir unsere Reise fort. Der Weg verlief durch dichte Wälder, in denen die ersten Veilchen im Unterholz die Köpfchen hoben, die letzten Schneeglöckchen noch neben den Bächen nickten und hellgelbe Himmelsschlüssel die Kelche öffneten, sobald ein Sonnenstrahl sie traf. Bald folgten wir dem Tal der Verbeia westwärts. Wenn der Nebel sich lichtete, konnten wir den grünen Rand des Moors jenseits der Bäume sehen und dann ein Rotbraun und Braun, wo das Gras den kräftigeren Moorpflanzen gewichen war. Hin und wieder erspähten wir auch Rauch von kleineren Ansiedlungen in den Bergen und dann und wann weidende Schafherden, doch oft ritten wir stundenlang durch eine scheinbar menschenleere Landschaft.

»Leer?« sagte Gunardwilla und lenkte ihr Pferd neben mein Pony. »Ist der Wald leer, nur weil sich keine Tiere sehen lassen? Die Menschen in den Flußtälern haben gelernt, unsichtbar zu bleiben, seit die Quiritani kamen. Es stimmt allerdings, daß es nun Gegenden in diesen Bergen gibt, wohin nur das Hexenvolk geht – die Senamoi, von denen Krah stammt«, erklärte sie.

»Sie errichten ihre Zelte aus Tierhäuten im Windschatten von Berghängen und bleiben eine Zeitlang, um zu jagen, ehe sie weiterziehen. Zu Lebzeiten der Großmutter deiner Mutter, als die Jahreszeiten wärmer waren, gab es dieses Nomadenleben nicht. Damals erstreckten sich fruchtbare Äcker, wo jetzt nur noch Schafe Futter finden. Doch die Göttin wandte ihr Antlitz von uns ab und verdüsterte die Sonne. Jetzt sind es die wärmeren, geschützten Tieflande, um deren Besitz die Menschen sich bekriegen.«

»Ist das der Grund, weshalb die Krieger der Ai-Zir im Süden gegen unseren Vater in den Kampf ziehen?« Ihre Worte erinnerten mich daran, weshalb ich weggeschickt wurde.

Gunardwilla antwortete mit einem abfälligen Lachen. »Sie kämpfen, weil sie Männer sind.«

»Wenn der Kampf etwas so Schlimmes ist«, entgegnete ich, »warum muß ich dann mit dir in den Norden ziehen, um den Gebrauch von Waffen zu lernen?«

»Ein Mann kämpft um des Ruhmes willen, eine Frau aus Notwendigkeit!« Mit funkelnden Augen wandte sie sich ab, und Schwänchen bäumte sich auf, als ich unwillkürlich am Zügel zog.

»Auf der Insel wirst du lernen, Wild aufzuspüren, Vögel zu fangen und auch, einen Mann mit Lanze oder Schwert zu töten. Du wirst lernen, wie der Wolf kämpft, wie der Adler in der Luft tanzt und wie der Lachs flußaufwärts schwimmt. Falls du dich als tüchtig erweist, kannst du vielleicht sogar alles über den Bären lernen. Sowohl Mädchen wie Knaben werden dort ausgebildet. Aber es sind die Kriegerinnen, Frauen aus einem noch älteren Geschlecht als dem unserer eigenen Königinnen, die dort herrschen. Wäre deine Mutter Kriegerin gewesen, würden die Quiritani jetzt vielleicht nicht über dieses Land herrschen.«

»Aber du und ich, wir sind doch auch Quiritani«, gab ich zu bedenken. Gunardwilla hatte schon immer so geredet, und nie hatte ich es so recht verstanden. Ich sah den harten Ausdruck auf ihrem Gesicht, mit dem sie plötzlich sehr ihrer Mutter ähnelte, jener braunen, verbitterten Königin von Alba, die ich nur ein einziges Mal gesehen hatte, als Leir dort einen seiner alljährlichen Besuche machte. Eine Zeitlang ritten wir stumm unter wispernden Erlen dahin.

»Einst dachte ich das auch«, erwiderte Gunardwilla schließlich. »Leirs Blut und das meiner Mutter kämpften in meinem Innern, bis ich glaubte, ich müßte meine Klinge nehmen und sie mir ins Herz stoßen, um Ruhe zu finden. Wir haben zweierlei Blut und Geist, Schwester, aber zweigeteilt kann der Geist nicht leben. Ich habe mich für meiner Mutter Geist und Blut entschieden, und wenn ich einmal einen Eid geleistet habe, stehe ich für immer dazu. In meinem Herzen bin ich meiner Mutter Kind.«

»Ich habe meine Mutter nie kennengelernt«, flüsterte ich. »Ich habe nichts damit zu tun.« Ich wollte die Fersen in Schwänchens Weichen drücken und davongaloppieren.

»Kleine Schwester, hat dir nie jemand erzählt, wie Leir dieses Land erobert hat?«

»Talorgenos hat die Geschichte hundertmal in der Halle besungen.«

»Nicht die ganze Geschichte!« Gunardwilla lachte bitter. »Er singt davon, wie die Helden gegen die wogende See kämpften. Aber erzählt er, wie die Krieger der Ai-Akhsi, in alle Winde verstreut, die aufgeweichten Weiden nach dem Vieh absuchten, das in jenem Sturm, als die Quiritani kamen, davongespült worden war?« Ich schüttelte den Kopf, weil ich kein Wort hervorbrachte.

»Dann höre mir zu, wie Zaweret, die alles miterlebte, es mir berichtet hat. Den Menschen des Großen Hauses verrieten der Rauch der brennenden Wohnstätten und später die Flammen, die sich wie bleiche Blüten vor dem Hintergrund des sich verdunkelnden Himmels öffneten, das Kommen der Quiritani. Ein versammeltes Heer hätte die Plünderer, die von der See kamen, schnell zurückschlagen können, doch die Zeit reichte nicht, die Truppen zusammenzurufen. So waren da nur die Hauswehr und der König mit seinen beiden halbwüchsigen Söhnen, die sich dem Eroberer stellten.«

»Söhne ...?« unterbrach ich sie. »Dann hatte meine Mutter schon vor mir Kinder?«

»Wußtest du das nicht? Ja, Königin Fieret hatte Söhne. Aber es war ihnen verwehrt, Männer zu werden«, fuhr Gunardwilla fort. »Die Königin blieb mit den Frauen im Haus, als die Fackelreihen der Feinde sich über die Udra näherten. Sie wartete, hörte das Klirren von Eisen auf Bronze, Schreie und Stöhnen. Und man erzählt, daß ihr Gesicht unbewegt blieb, als Leir die Türbehänge zur Seite riß und vor ihr stand, die Hände noch rot vom Blut ihrer Kinder.

›Dein Mann ist tot‹, sagte er in dem Kauderwelsch der Händler. ›Jetzt gehört dies alles mir ...‹

›Ich trauere um ihn, aber es ändert nichts. Das Land gehört mir, denn ich bin das Land ...‹, antwortete sie.

›Dann werde ich dich nehmen!‹ erwiderte Leir, und er schloß die Tür.

Fieret widersetzte sich ihm nicht. Sie hatte gewußt, daß es so geschehen mußte. Denn wie könnte ein Kriegsherr herrschen, wenn nicht durch die Königin? Doch ehe sie sich ihm hingab, belegte sie ihn mit dem Zauber, daß er nie eine Frau verfluchen konnte.

Sie war älter als er, fast über das Gebären hinaus, doch angeblich hat Leir sie geliebt. Vielleicht lag es zum Teil daran, daß er soviel unterwegs war. Zuerst zog er nach Norden, um Alba zu erobern, wo er Aglidet, meine Mutter, als seine zweite Frau heiratete. Dann zog er gen Süden und unterwarf Belerion. Dort nahm er Dara von den Ai-Utu zu seiner dritten Frau.«

»Und meine Mutter?« unterbrach ich Gunardwilla. »Wie war sie? Was empfand sie für ihn?«

»Mit der Zeit, glaube ich, ward sie ihm zugetan«, sagte Gunardwilla widerstrebend. »Aber ich bin ihr nur einmal begegnet. Bevor du geboren wurdest. Sie war eine freundliche Frau, doch auch stark wie diese Berge.« Sie deutete zu dem ansteigenden Hochmoor.

»Aber als sie mir das Leben schenkte, starb sie ...«, sagte ich leise. »Mein Vater hätte sie noch heute, wäre ich nicht gewesen.«

Erst jetzt wurde mir klar, daß ich nie genauer darüber nachgedacht hatte. An meine Mutter konnte ich mich nicht erinnern, nur an Zawerets warmen Busen und ihre Wiegenlieder. Ich glaube, zum ersten Mal hatte ich aus dem Klatsch der Frauen von meiner Geburt gehört. Sie hatten sich in meinem Beisein darüber unterhalten, weil sie mich für zu jung hielten, es zu verstehen.

»Leir zwang Fieret kein Kind auf, obwohl er sich einen Erben für den Norden ersehnte«, sagte Gunardwilla. »Man wird dich lehren, eine Empfängnis zu verhindern, sobald dein Mondblut zu fließen beginnt. Und nie darfst du dir die Schuld am Tod deiner Mutter geben, Cridilla. Die Königin wollte eine Tochter, damit dieses Land eine Herrin bekäme.«

»Vater sagte letztes Jahr, daß ich Mutter immer ähnlicher werde.«

Das war im Herbst gewesen. Wir hatten das Vieh von den Almen abgetrieben und auf dem Heimweg, als der Abend anbrach, ein Lager aufgeschlagen. Ich erinnerte mich an Sterne, das Singen der Männer und den nussigen Duft von im Feuer gerösteten Getreidekörnern. Offenbar waren alle anderen Stammesfürsten auch mit der Ernte und dem Vieh beschäftigt, denn seit Wochen hatte es kein Gerücht über Unruhen gegeben. Während dieser goldenen Tage war Leir wie ein Wilder geritten und hatte gelacht wie ein Junge. Und er hatte all seine Begeisterung und Fröhlichkeit mit mir geteilt.

»Er hat mir erzählt ...«, ich schluckte, »daß er sie sehr geliebt hat. Es ist meine Schuld, daß sie starb.«

»Oh, ganz bestimmt *glaubt* er, sie geliebt zu haben«, sagte Gunardwilla trocken. »Es ist erstaunlich, wie oft der Tod eine Ehe in besserem Licht erscheinen läßt. Leir hatte elf Jahre Zeit, seine erste Königin zu verklären – obwohl ich zugeben muß, daß deine Mutter wirklich eine wunderschöne Frau war. Und Fieret hat sich nie offen gegen ihn gestellt.«

Ich spürte Tränen unter meinen Lidern brennen und wandte rasch das Gesicht ab. Der König hatte Gunardwillas Mutter nie geliebt. Wie könnte sie es da verstehen? *Auch ich werde mich nie gegen dich stellen, Vater – ich werde es an dir gutmachen*, rief mein Herz. *Nur bitte, hol mich wieder heim!* Doch Schwänchen trottete weiter dahin, und die Hügel blieben stumm.

Die nächsten beiden Tage ritten wir westwärts durch die Täler und bogen dann nach Norden ab, als der gewaltige Berg in Sicht kam, auf dessen Gipfel eine weitere von Leirs Festen errichtet wurde. Auch die Bemalten hatten einige Bergfesten erbaut, lange bevor die Quiritani kamen, damals, als das Klima sich änderte und der Boden keine Ernten mehr hervorbrachte. Aber nun war es meines Vaters Volk, das die befestigten Gipfel brauchte, um das Land rundum beherrschen zu können. Rigodunon, die Königsburg, sollte die bisher größte Feste werden.

Den Rest dieser Woche blieb der mächtige Berg unser Begleiter, doch schließlich kam das Meer in Sicht. Sein Geruch schlug uns entgegen, und nun begannen wir scharf nordwärts zu reiten, durch ein Land langgestreckter Seen zwischen felsigen Tälern. Zehn Tage, nachdem wir Udrolissa verlassen hatten, kamen wir hinunter zu den grünen Wiesen, wo der Fjord von Soulonagos tief ins Land schnitt. Ferne Hügel erhoben sich blauend am Horizont, doch auf der Ebene vor uns zeigte eine flechtenüberwucherte Säule die Grenze des Landes Alba an. Wir hielten kurz, um den Jungen Gott zu ehren, indem wir

Schlüsselblumenkränze auf seinen stehenden Stein legten. Dann ritten wir gen Westen, wo die Nebelinsel lag, in Gunardwillas Land.

Wanten und Spanten ächzten. Das Schiff drehte in den Wind und glitt wieder auf die zerklüfteten Klippen an der Küste zu. Mein Magen reagierte auf die Richtungsänderung mit neuerlicher Übelkeit, die mich rasch nach der Reling tasten ließ. Seit wir vor über einer Woche bei Hochbank an Bord gegangen waren, litt ich, zur Belustigung der Schiffsbesatzung und zu Gunardwillas kaum verhohlenem Zorn, an Seekrankheit. Wer hätte auch gedacht, daß die Tochter eines Helden, der die See gezähmt hatte, eine Schiffahrt nicht vertrug?

Ich klammerte mich an die Reling und heftete den Blick auf die wildschöne Form des Landes voraus, wobei ich mich verzweifelt bemühte, die tosenden grauen Berge nicht zu beachten, die sich zu beiden Seiten des Schiffes auftürmten. Es waren Schatten unter ihren schäumenden Hängen, starrende Augen, winkende Fangarme. Nach dem ersten Tag auf See hatte ich die Erfahrung gemacht, daß ich lieber kein festes Frühstück zu mir nehmen sollte. Aber dies war die letzte Insel – den Göttern sei Dank.

Das Schaukeln des Schiffes beruhigte sich, als wir um die Spitze bogen und in das geschützte Gewässer der tief eingeschnittenen Bucht glitten. Das gebleichte, ehemals braune Segel flatterte und knallte, als es herumgedreht wurde. Ich setzte mich auf und war schon bei diesem geringen Nachlassen der Schaukelbewegung erleichtert. Hinter uns tanzten weitere Segel über die Wellen. Das Volk des Nordens hielt sich an die Felsenküsten. Reisen über Land war hier beschwerlich, aber der Seeweg war offen, und Fischerkähne waren in diesen Gewässern so zahlreich wie die Enten auf unserem Fluß zu Hause.

Ich holte tief Atem. Mit dem Salzgeruch der See nahm ich den Duft von Gras und Nadelbäumen auf. Der verschleiernde Nebel lichtete sich plötzlich. Der Schein der Sonne zauberte Farbe auf die zerklüfteten Klippen, und die goldenen Strahlen zogen leuchtende Streifen übers Wasser. Silber sprudelte den Berghang herab und schlängelte sich durch die grüne Wiese am oberen Ende der Bucht. Für einen Augenblick kam ein Fels in Sicht, der wie eine Feste aussah, doch dann schloß die Wolkendecke sich wieder, und nur noch der felsige Hang war zu sehen.

Die Planken erzitterten, als das Schiff auf den Kiesstrand glitt. Ein Krieger blies lange auf seinem Horn, ein melancholischer Klang, und von irgendwoher zwischen den Tannen erschallte die Antwort. Dann zog Gunardwilla mich auf die Füße, und von den Felsen wogte eine Welle von Leibern herab, deren Geheul das Möwengeschrei übertönte. Ich klammerte mich hastig an Gunardwillas Arm, denn ich erinnerte mich an Krahs Geschichten von Felsenkobolden und an die Gesichter, die ich im Meer gesehen hatte.

Gunardwilla lachte. Hagere Gestalten in Kleidung aus Pelz und Leder umringten uns und redeten in einer Mischung verschiedener Sprachen auf uns ein. Glänzende Augen schimmerten durch flatterndes, sonnengebleichtes Haar, zerkratzte Arme und Beine verschwammen in einem wogenden Durcheinander brauner Gliedmaßen. Ich ließ den Ärmel meiner Schwester los. Wenn das Kinder waren, durften sie nicht wissen, daß ich Angst hatte.

Aber Kinder wie diese hatte ich nie zuvor gesehen. Sie zitterten vor Erwartung, zu kämpfen oder herumzutollen, wie meines Vaters Hunde. Und wie die Hundemeute ließ ein kurzer Pfiff sie augenblicklich erstarren.

Ich holte unwillkürlich Luft, und meine Augen wurden groß, als zwei dunkelhaarige Kriegerinnen durch die nun schweigende Menge kamen, gefolgt von einer muskelbepackten Gestalt. Kräftige Beine ragten unter einem Lederkilt hervor, und unter einem offenen Umhang aus Bärenpelz, der bis zu den Fersen reichte, waren muskulöse Arme zu sehen. Gold glitzerte an Ohren und Hals, und ein goldverziertes Lederband hielt mehrere Zöpfe ergrauenden Haares zusammen. Als der Umhang zurückschwang, sah ich erschlaffte Brüste über einem muskulösen Bauch, und noch ehe meine Schwester es sagte, wußte ich, wer diese Frau war.

»Man nennt sie die Bärin – Bärmutter –, Artona in unserer Sprache. Die beiden anderen sind Geistbärin und Schattenbärin, ihre Töchter«, erklärte Gunardwilla mir leise. »Sprich achtungsvoll zu ihr! Auf dieser Insel ist sie mächtiger als jede Königin.«

Wäre ich fähig gewesen, ein Wort hervorzubringen, hätte ich meine Schwester beruhigen können. Diese Frau erinnerte mich an meinen Vater, wenn er sich zum Kampf bereitmachte, und den Humor, der in ihren grauen Schlitzaugen funkelte, fand ich alles andere als beruhigend.

»Gunardwilla! Schlank wie eine Tanne!« Bärmutter breitete die Arme aus, und Gunardwilla begab sich in diese Umarmung, die sie hätte zerquetschen können. »Das also ist die Kleine!« Bärmutter blickte mich an. Ich richtete mich gerade auf und zwang mich, fest in diese schneidend scharfen Augen zu blicken. »Wird groß werden wie du, Gunardwilla. Begegnet mir furchtlos.« Sie lachte. »Tochter aus königlichem Geblüt, nicht zu leugnen. Die Kindermeute soll schauen, aus welchem Holz sie geschnitzt ist.«

»Die Überfahrt war schlimm für sie …«, begann Gunardwilla. Doch die Frau unterbrach sie.

»Um so besser. Es gibt keine Ausnahmen. Oder soll ich die Maid verhätscheln?« Die Kinder hinter ihr zitterten vor Erwartung, und mein Magen verkrampfte sich. Ich blickte Gunardwilla flehend an, aber sie schüttelte den Kopf. Die Bärin betrachtete mich stirnrunzelnd.

»Willst du lernen, Kriegerin zu werden, Mädchen? Willst du dich Herausforderungen stellen? Immer die Wahrheit sagen und gehorchen?«

Als ihre Augen mich durchdrangen, spürte ich, wie sich etwas in meinem Innern regte. Es war keine Furcht. Vielleicht hatte die Sonne wieder zwischen den Wolken hervorgespitzt, doch was ich gesehen hatte, war wie das Blitzen einer Schwertklinge gewesen, und ich wußte, daß ich diese Klinge eines Tages auf dem Schlachtfeld schwingen würde, falls ich mich bewährte. Ich erschauderte gleichermaßen vor Angst und Stolz und Erregung. Ich blickte die Kriegerin an und hob den Arm zum Salut wie die jungen Männer, wenn mein Vater aus der Burg marschierte.

Statt unseren Begleitern folgte uns nun die Horde Kinder, als Gunardwilla und ich hinter der Bärin den gewundenen Weg zu der Feste hinaufstiegen, die der flüchtige Sonnenstrahl gezeigt hatte, und der feste Boden unter den Füßen schenkte mir neue Kraft.

Entlang der Mauer standen Steinhütten und ein größeres rundes Haus mit Strohdach. Wildbret, Haferfladen und dünnes Bier wurden uns vorgesetzt. Gunardwilla unterhielt sich mit Bärmutter, ihren Töchtern und den beiden Männern, die hier anscheinend die einzigen Erwachsenen waren.

Aufgeregt tuschelnd beobachteten mich die Kinder und ich sie, durch halbgeschlossene Lider. Da die Mädchen noch keine Brüste und die Jungen keinen Bartwuchs hatten, war es nicht leicht, zu erkennen, wer welchen Geschlechts war. Die meisten waren wie die Menschen aus dem Volk meiner Mutter: kräftig gebaut, mit blondem bis braunem Haar. Doch es gab auch zwei langbeinige schwarzhaarige Mädchen von Krahs Rasse darunter und ein Junge, dessen rotes Haar im Dämmerlicht wie eine Fackel leuchtete.

Und dann war das Mahl plötzlich beendet. Die Bärin winkte einem der dunklen Mädchen zu.

»Weide, das ist Cridilla, eure neue Gefährtin – sie wird in der Feldmaushütte schlafen, bis sie sich einen Platz im Clan errungen hat. Führe sie hin.«

Ich blickte Gunardwilla an, doch ihr Gesicht war steinern. »Schwester …«, flüsterte ich. Konnte sie mich hören?

Während ich auf ihre Antwort wartete, nahm ich meinen Umhang ab und öffnete den Gürtel, an dem mein Beutel und mein Bronzedolch hingen, und allmählich wurde mir klar, daß ich keine Antwort bekäme. Erst hatte mein Vater mich im Stich gelassen, jetzt ließ mich auch meine Schwester allein. Nach kurzem Überlegen öffnete ich die Brosche am Hals. Ich bedauerte, mich auch von meiner übrigen Kleidung trennen zu müssen, aber sie würde hier ohnehin nicht lange halten. Gunardwilla schaute mir bei meinen Vorbereitungen zu und zog eine

Braue hoch, doch ich hatte nicht die Absicht, ihr in die Augen zu blicken.

Sie warteten im Hof auf mich. Weide trat zur Seite, als der Ring sich um mich schloß. Ich duckte mich sprungbereit und war mir der Blicke der Erwachsenen bewußt, die mich durch die Tür beobachteten.

»Wollt ihr alle gleichzeitig auf mich losgehen, oder gibt es einen unter euch, der's mit mir aufzunehmen wagt?«

Ein etwa neunjähriger Junge trat näher. Ich vermutete, daß er als letzter vor mir auf die Insel gekommen war und die Gelegenheit nutzen wollte, sich zu beweisen. Dann packten wir uns, und nun zählte nichts mehr außer Kraft und Siegeswille.

Der Junge war geschmeidig und stark, doch ich war flinker. Nach kurzem Kampf rollte er zur Seite, und der nächste Gegner stürzte sich auf mich. »Quiritani-Luder!« zischte mir jemand ins Ohr, und ich hörte, wie mein Kittel riß. Die Hundemeute meines Vaters war sanfter gewesen. Plötzlich wurde mir klar, daß es im Grunde nichts anderes war als ein Kampf unter Hunden. Ich mußte den Anführer des Rudels stellen und besiegen oder mich rasch ergeben.

Aber ich hatte Mühe genug, nur auf den Füßen zu bleiben. Ich kämpfte instinktiv, entschlossen, soviel Schaden anzurichten, wie ich konnte, ehe die anderen mich zu Boden zwingen würden. Schon bald rasselte der Atem in meiner Brust, und nicht einmal mehr mein wilder Zorn verlieh mir die Kraft, meine Arme und Beine schnell genug zu bewegen, um die Tritte und Schläge abzuwehren. Dann wurde ich mir vage einer Gestalt in meinem Rücken bewußt, die mich jedoch nicht angriff. Ich schirmte Gesicht und Leib mit den Armen ab und spürte, wie ein wenig Kraft in meine Glieder zurückströmte.

»Zur Wand«, hauchte mir eine Quiritanistimme ins Ohr. Ich spürte, daß mein Gefährte sich bewegte, und folgte ihm. Irgend etwas ragte vor uns auf. Ich berührte kühlen Fels, drehte mich um und fühlte eine Schulter neben meiner. Spitze Steine stachen mir in Rücken und Gesäß, doch da ich mich nun abstützten konnte, kam ich wieder zu Atem, und ich schlug wild nach dem ersten Gesicht, das in Reichweite kam.

Noch ein paar halbherzige Attacken der Meute, dann waren sie plötzlich verschwunden. Der Pfiff, der sie zurückrief, war nur noch eine Formsache. Keuchend schloß ich die Augen. Das Rauschen des Blutes in meinen Ohren ließ nach. Aber ich wußte, daß mir bald einige Stellen an meinem Körper ziemlich weh tun würden. Gunardwilla stand noch an der Tür und beobachtete mich, aber ich blickte nicht zu ihr. Ich blinzelte Schweiß – vielleicht war es auch Blut – aus den Augen und wandte mich meinem Gefährten zu.

Sogar in der fortgeschrittenen Dämmerung erkannte ich das flammend rote Haar. Es war der sommersprossige Junge mit dem schmalen Gesicht. Seine Lippe war angeschwollen und blutete, aber er grinste mich schief an.

»Agantequos, Sohn des Vorequos von den Moriritonen, dein Verbündeter«, sagte er, als ich sein Lächeln erwiderte. »Hier nennt man mich Pferd.«

Achthundert Jahre war sie so, bis sie ein Mannkind gebar, und schon am Tag seiner Geburt war es stärker als seine Mutter. Sie setzten an zum Kampf …

Rennes, Dindsenchas

Zwei Jahre lebte ich auf der Nebelinsel ohne ein einziges Wort, das mich an zu Hause erinnert hätte. Während ich die Künste des Überlebens lernte, verschmolzen Sonnen- und Sturmtage zu einer endlosen Gegenwart. Als ich endlich Muße fand, mich an die Vergangenheit zu erinnern, trennte mich eine Kluft, so tief wie das Meer, von dem Kind, das ich gewesen war. Oft fror oder hungerte ich, war erschöpft oder aufgeregt, und immer teilte ich mit meinen Truppgefährten jede Freude und jedes Leid. Nur langweilig war mir nie. Mir gefiel mein neues Leben, so wie dem flüggen Schwan das Fliegen gefällt, und nie dachte ich daran, daß es enden könnte.

Und dann kam mein Vater, um mich wieder nach Hause zu holen.

Es war Sommer. Mitten im Schritt erstarrte ich beim schrillen Schrei des Fischadlers und spähte zum Himmel, bis ich die Silhouette des Vogels erblickte. Der ruhige, kräftige Schlag der gewölbten Schwingen trug ihn am Berghang entlang, so gemächlich, als sähe er drunten nichts Interessanteres als das sich im Wind wiegende Gras.

»So teilt er seinem Weibchen mit, daß es hier keine lohnende Beute gibt«, sagte Pferd. »Sieh dir die Spuren an – 's war Mittag, als der Adlertrupp hier entlangkam.«

»Da wir jetzt Falken sind, sollten wir lauschen«, flüsterte

Sturmvogel und befreite eine Strähne struppigen braunen Haares aus einem Zweig der überhängenden Fichte.

»Sie sind zu weit voraus, als daß wir sie überholen könnten«, meinte Hänfling stirnrunzelnd.

Weide und Sturmvogel nickten zustimmend, und Salamander, der Krah so ähnlich sah, seufzte. Im Laufe der zwei Jahre, die ich nun schon auf Caiactis verbracht hatte, waren wir sieben unzertrennlich geworden; wir hatten uns gemeinsam vom Feldmaus- zum Falkentrupp hochgekämpft und dabei die Lebensweise der Hasen und Otter gelernt. Wir hatten geschworen, einander bei der Ausbildung zu helfen und alle höheren Grade gemeinsam zu erreichen, bis wir als Bären aufgenommen wurden.

An diesem Tage bestand unsere Aufgabe darin, die gefiederte Standarte des Adlertrupps zu erobern, ohne gefangengenommen zu werden.

»Müssen wir die Felsen hinaufklettern?« fragte Weide ängstlich. »Ich würde euch dabei nur aufhalten.«

»Es ist die einzige Möglichkeit, in den Rücken des Adlertrupps zu gelangen ...«, gab Pferd zu bedenken.

Vor uns hob sich die Greisin aus dem Moor wie ein Berg aus den Schatten des Anbeginns der Welt. Es würde eine schwierige Klettertour werden, und Weide war nicht schwindelfrei. Ich schnallte den Gürtel um meinen Wildlederkilt fester und lächelte ihr aufmunternd zu. Meine Beine waren von der gleichen Farbe wie das Leder, kreuz und quer mit den Narben von Kratzern und Schrammen überzogen und tief sonnengebräunt.

»Ich bleibe hinter dir«, versicherte ich Weide. »Ich lasse dich nicht fallen.«

»Danke, Otter!« Sie rief mich bei dem Namen, den ich mir nach dem ersten Kampf erwarb, bei dem ich meine Zähne eingesetzt hatte.

»Seile«, sagte Pferd plötzlich. »Wenn wir uns mit Seilen aneinanderbinden, können wir einander über die gefährlichen Stellen ziehen ...«

Seine Sommersprossen hatten sich auf dem Rücken zu einem dichten Braun vereint, ansonsten war seine Haut unter dem Flaum kupferfarbiger Härchen leicht rosa wie immer. Ich sah, wie seine blauen Augen glänzten, und fand seine Idee gut. Pferd hatte meist so gute Einfälle.

»Der alte Lod drunten im Tal hat einen Strick, mit dem er Schafe aus dem Sumpf zieht …«, sagte ich bedächtig. Wir alle fingen zu grinsen an.

Zwei Stunden später blickten wir hinunter auf die schmale Bucht. Ich kniff die Augen zusammen und beschirmte sie mit einer Hand, denn die Sonne glitzerte auf dem Wasser. Nichts rührte sich auf dem Hang unter uns. Aber da war etwas auf dem Meer …

»Was ist das?« fragte Pferd neben mir. Er war weitsichtig, und ich machte ihm Platz, damit er besser sehen konnte. »Ein Schiff«, sagte er schließlich. »Es segelt auf die Burg zu. Am Bug flattert ein Pferdeschweifbanner.«

Nicht einmal für Gunardwilla würden sie die königliche Standarte aufziehen, dachte ich benommen. Während meiner ersten sechs Monate auf der Insel hatte ich mich jede Nacht in den Schlaf geweint, hatte gehofft, mein Vater würde mich holen lassen, und hatte Gunardwilla wegen ihres Verrats gehaßt. Dann hatte ich allmählich meinen Platz unter diesen jungen Wilden gefunden, die Bärin zu Kriegern ausbildete. Und nach einer Weile hatte ich sogar aufgehört zu träumen.

»Dein Vater …«

Ich nickte, erinnerte mich an Leirs ansteckendes Lachen, an die Energie, welche die Luft um ihn knistern ließ – und die Aura von Furcht, die er verbreitete. Hier war alles einfacher. Die anderen verstummten und warteten, was ich tun würde.

»Ich will nicht fort.«

»Sei froh, daß du weg kannst«, sagte Pferd leise. Er legte einen Arm um meine Schultern, und ich lehnte mich an ihn. »Mein Vater hat mich vor drei Jahren hierher geschickt, um mich vor seinen Feinden in Sicherheit zu bringen. Falls er nicht mehr lebt, muß ich nach Morilandis zurück, sobald ich ein Mann bin, und sie töten.«

»Wenn der König mich fortholt, werde ich hierher zurückkommen!« Plötzlich erschien mir der Gedanke schrecklich, Pferd im Stich zu lassen. Seit jenem ersten Kampf hatten wir immer Schulter an Schulter gestanden. Und die anderen – sie waren jetzt meine wirkliche Familie.

»Otter, du mußt zu ihnen hinuntersteigen«, sagte Ente. »Wir werden den Adler für dich erobern und dir deine Feder geben, sobald du zurückkommst.« Die Gefährten lächelten, und mein Herz wurde leichter. Alles war wieder in Ordnung – vorerst.

Leir hat mich in mein eigenes Land und zu meinem Volk zurückgebracht, dachte ich, als ich zu den Häuptlingen blickte, die sich bei den Ratsbäumen unterhalb der neuen Burg des Königs versammelt hatten. Aber ich fühlte mich hier nicht mehr wie zu Hause. Vielleicht hatte mein Vater mich deshalb von der Insel weggeholt. Es würde gewiß länger als einen Monat dauern, bis Otter von der Nebelinsel wieder Cridilla von Briga war.

Das Tuch, das man zum Schutz über uns im Geäst der Bäume aufgespannt hatte, bauschte sich und flatterte, wenn der Wind durch die Kronen fuhr. Hier, wo Briga an die Mittlande grenzte, schien die Sommersonne warm. Das Licht, das durch das grobe Gewebe fiel, überzog die Gesichter der Anwesenden mit einem Gittermuster ähnlich jenem ihrer Wämser. Licht und Schatten, Dunkelheit und Helligkeit wechselten mit dem Wind und waren so trügerisch wie die Worte, die hier gesprochen wurden. Die Wirklichkeit hinter dem Schein – das war es, was der König suchte. Auf der Nebelinsel war das Leben nicht so laut und farbenfroh, aber wenn einer von uns Bärmutter etwas berichtet hatte, konnte man sicher sein, daß es die Wahrheit war.

»Ich bitte Euch um Gerechtigkeit, Hochkönig!« Nextonos hatte sich aufgerichtet und pochte auf seinen Status als einer der ältesten Kampfgefährten meines Vaters. »Bezahlt mir das Vieh, das Eure Arbeiter schlachteten, und den Blutpreis für meinen Hirten!«

»Herr, diese Arbeiter haben Eure Straße gebaut!« warf Giahad, der Straßenbauer, ein. Er war einer von den alten Priestern der Ai-Akhsi, den man seines Geschicks im Umgang mit Zahlen wegen verschont hatte – denn das war eine Magie, die den Quiritani fremd war.

»Vom Grat bis zur Steig durch das Sumpfland südlich von hier«, fuhr er fort, »ist der Weg geräumt, so wie Ihr es befohlen habt. Brücken wurden über die Flüsse geschlagen und die Senken aufgefüllt. War es nicht Euer Wille, daß wir von den Clans versorgt werden, in deren Gebiet wir arbeiten? Nextonos' Mann hat Euer Gesetz gebrochen, als er uns die Nahrung verweigerte!«

Leir blickte stirnrunzelnd auf die Männer hinunter. Über die groben Bretter seines Throns war das Fell der Schimmelstute gebreitet, die man geopfert hatte, ihn zum Hochkönig zu machen, und das weiße Zepter seiner Macht hielt er in der Hand. Ich saß auf einem Kissen aus Schaffellen und hielt meines Vaters Füße. Es war alter Brauch, daß des Königs Füße, wenn er Gericht hielt, auf dem Schoß einer Maid ruhten, damit es ihn an die Göttin erinnere, von der er seine Macht ableitete.

Es erschien mir seltsam, Stütze eines Königs zu sein, wo ich erst einen Monat zuvor noch wie eine Wilde durch das Hochland von Caiactis gestreift war. Ich fragte mich, weshalb ich erwählt worden war und nicht meine Schwester Gunardwilla, die auf der Burg wartete. Meine andere Schwester, Rigana, hatte inzwischen einen kleinen Sohn namens Cunodagos. Sie kamen mir jetzt wie Fremde vor. Mit meinem zu Zöpfen geflochtenen und mit einem bestickten Band zusammengehaltenen Haar kam ich mir sogar selbst fremd vor. Die Wolle meines neuen Kittels kratzte, aber Bärmutter hatte uns gelehrt, stillzusitzen.

»Es war euer Recht, darum zu bitten«, gab Nextonos zu, »aber ihr seid wie ein Rudel Wölfe über die Herde hergefallen. Was habt ihr denn von meinem Mann anderes erwartet?«

»Wir haben ihn gebeten ...«, entgegnete der Straßenbauer. »Wir hatten Hunger ...«

»Er hätte euch nicht ...«

»Seid still!« überbrüllte der König sie. »Nicht Wölfe seid ihr, sondern Hunde, die den anderen das Futter neiden!« Das weiße Zepter deutete auf den Häuptling. »Du hast gewußt, daß die Straßenbauer versorgt werden müssen und hast ihnen das Essen verweigert. Für diese Pflichtversäumnis bezahlst du sechs Kühe!«

Nextonos' Gesicht lief rot an, und die Spannung zwischen ihm und dem König war beinahe greifbar. Die Hand an seiner Seite schloß und öffnete sich, und ich war sicher, er hätte nach seiner Klinge gegriffen, wäre den Männern hier das Tragen von Waffen erlaubt gewesen. Doch ehe er irgend etwas tun konnte, hatte Leir sich Giahad zugewandt und mit finsterem Blick dessen Lächeln vertrieben.

»Und du! Hast du gedacht, du baust die Straße zu deinem eigenen Vergnügen? Hätte ich nicht die Pflicht, meinem Volk zu dienen, könnte ich geruhsam auf meiner Burg sitzen.« Er deutete über die Wiese zum Wall der neuen Burg, die morgen eingeweiht werden sollte. »Aber ich kann dem Volk nicht dienen, wenn ich es nicht erreichen kann. Wenn du die Leute tötest, für die die Straße gebaut wird, was nutzt dann deine Arbeit?«

»Er schuldet mir noch einen Blutpreis!« rief der Häuptling, der einen Vorteil witterte.

»So ist es ...«, bestätigte der König. Er blickte zu mir herab, und das Funkeln in seinen Augen verriet mir, was er sagen würde. Ich murmelte die Worte mit ihm: »Er schuldet dir sechs Kühe!«

Alle in Hörweite fingen zu lachen an. Der alte Calcagos von der Ostküste schlug sich vergnügt auf die Schenkel, und sogar Bitwitos vom hohen Rigodunon lächelte. Die Männer von Alba flüsterten hinter vorgehaltenen Händen, und die Abgesandten von Banalisioi, den weißen Klippen an der Südküste, runzelten nachdenklich die Stirn. Die Häuptlinge hätten den König bewundert, wenn er die Streitenden bestraft hätte, doch die Gegner mit Worten ausmanövriert zu sehen, war sogar noch besser. Leirs Lachen dröhnte, und sowohl Giahad wie auch Nextonos setzten sich wütend.

»Hört zu, meine Gefährten«, rief der König, als das Lachen verklang. »Sind wir zu stolz, von den Menschen zu lernen, die schon vor uns hier waren? Mehr noch als sie sind wir auf schnelle Verbindungswege angewiesen, denn obwohl ihr eifrig dabei seid, eigene Stämme in die Welt zu setzen« – auch darauf erfolgte Gelächter –, »ist unsere Zahl noch gering in diesem Land, und wir müssen zusammenstehen. Weil unser Volk in den Landen jenseits der See nicht zusammenhielt, sind wir jetzt hier!«

Ich dachte interessiert darüber nach. Mein Vater wollte die Straßen zur Kontrolle oder, wie er sagte, um die Einheit der Stämme zu fördern. Aber wozu hatte das Alte Volk sie benutzt?

»Wir haben lange geredet, Brüder, und meine Kehle ist trocken. Erfrischen wir uns! Sobald die Sonne die Spitze jener Eiche erreicht, kehren wir zum Rat zurück.«

Die Stimmen tosten um uns wie ein Wildbach, als die Männer sich erhoben. Artocoxos trat kurz zum König und murmelte etwas, dann schlug er die Richtung ein, die Nextonos genommen hatte. Leir schwang die Füße von meinem Schoß und streckte sich.

»War das die Lektion, die ich lernen sollte?« Ich blickte zu ihm auf.

Mein Vater grinste. »Es war genauso, wie ich es dir gesagt habe, nicht wahr? Wenn man weiß, was jemand denkt, weiß man, was er sagen wird. Es ist gar nicht so schwer, ihm einen Schritt voraus zu denken.«

»Was werden sie jetzt tun?«

»Reden, bis ihr Zorn abkühlt. Ich habe Artocoxos geschickt, um dafür zu sorgen, daß sie genügend Bier haben und ihren Waffen fernbleiben. Wenn sie morgen aufwachen, werden auch sie darüber lachen.«

Ich erhob mich und spürte, wie mir der Schweiß über den Rücken lief. Am liebsten wäre ich aus diesen Wollsachen geschlüpft und im Wald verschwunden, der am Fuß des Hügels wuchs. Aber mehr als nur Stolz ließ mich aufrecht und ruhig an meines Vaters Seite verweilen.

Ich hatte versucht, ihn zu hassen, als er mich abholte. Aber er war wie ein Freudenfeuer vor grauen Steinen, das alle in seiner Nähe wärmte. Und er hatte gewußt, daß er sanft wie ein Tierbändiger vorgehen mußte, bis ich willig zu seiner Hand kam.

Während wir heimwärts segelten, erinnerte ich mich allmählich wieder daran, wie sehr ich ihn geliebt hatte. Zwei Jahre auf der Insel hatten mich zu keiner besseren Seefahrerin gemacht, und mein Vater hielt jedesmal tröstend meinen Kopf, wenn ich mich über die Reling übergeben mußte. Als wir die heimatliche Küste erreichten, war mir, als hätte es die zwei Jahre der Trennung gar nicht gegeben.

Leir hatte meine Reaktion so genau vorhergesehen wie die seiner Männer. Aber es war mir egal. Es genügte mir, hier bei ihm zu stehen.

»Die Häuptlinge befürchten natürlich, daß ich die neuen Straßen zu ihrer Überwachung benutzen werde«, riß seine Stimme mich aus meinen Gedanken.

»Und wirst du das?«

»Zum allgemeinen Wohl, um aus dieser Insel eines Tages ein geeintes Königreich zu machen. Damals, im Großen Land, als ich ein Junge war, hörte ich einen Händler von Ländern erzählen, die so groß waren, daß man viele Tage brauchte, sie zu durchqueren, und doch wurden sie nur von einem Mann beherrscht. Noch ehe ich Fuß auf ihre Küste setzte, bekämpfte mich die Insel der Mächtigen. Doch mit Klugheit und Stärke werde ich siegen.«

Ich starrte ihn an. Ich sah die Burgen, die Vater errichten ließ, jetzt in einem anderen Licht. Ich hatte immer gedacht, sie sollten Brigas Südgrenze vor den Ai-Zir schützen, doch in Wahrheit mußten sie einem anderen Zweck dienen, wenn man in Betracht zog, daß Leir auch König von Alba und Belerion war. Die Burg von Ligrodunon, die wir morgen weihen würden, befand sich im Zentrum der Insel.

»Für die Häuptlinge ist nur ihr Stammesgebiet von Bedeutung.« Leir schob meinen Arm unter den seinen »Mein Vater hat sich eingebildet, fliegen zu können. Verrückt! Aber bin ich nicht auch verrückt, mir einzubilden, ich könnte die ganze Insel unter meine Herrschaft bringen? Sei's drum! Schon der Versuch allein wird in den Gesängen der Barden weiterleben.«

Ich runzelte die Stirn. Der Norden war mein Land, so wie Belerion das Land Riganas war, und Alba das Land Aglidets und Gunardwillas. Jedes Land hatte seine eigene Göttin, und doch hatte Leir ihre Königinnen geheiratet und gedeckt wie ein Hengst seine Stuten … War es dasselbe?

»Verstehst du?«

Man belügt den Anführer nicht ... In den zwei Jahren hatte Bärmutter uns eine kompromißlose Ehrlichkeit eingedrillt. Man durfte schamlos mit seinen eigenen Taten prahlen, doch, wie sehr man auch übertrieb, es mußten Tatsachen dahinter stecken. Man durfte einen anderen beschuldigen, doch stets mußte man die Wahrheit der Beschuldigung beweisen können. Lügen war das einzige Vergehen, das Verbannung rechtfertigte.

Der König wartete auf meine Antwort. Er braucht mein Verständnis, dachte ich. Warum würde er mir sonst seinen Traum erzählen? Wahrlich, in diesem Augenblick wollte ich ihm beipflichten, doch meine Zunge weigerte sich.

Schließlich lachte er. »Schon gut, mein Herzblatt. Wie könnte ich erwarten, daß du erkennst, was ich nicht einmal in Worte kleiden kann. Für den Augenblick genügt es, daß du zuhörst.«

Ich umarmte ihn, und sein Körper fühlte sich so fest in der Erde verwurzelt an wie die Mauern seiner neuen Burg. Das ist die Wahrheit, dachte ich in diesem Augenblick, doch wie mein Vater spürte ich etwas, für das mir die Worte fehlten.

Der Ruf der Carynxen brach die Stille des Morgens; die langen Signalhörner schmetterten, bis die Luft erbebte. Die Erde vibrierte unter dem tiefen Herzschlag der Trommeln. Ich spürte, wie das dumpfe Dröhnen durch meinen Körper pulsierte, und wünschte mir meinen Vater, der bei den Priestern war, an meiner Seite oder Gunardwilla, die auf der Burg geblieben war, oder Krah, den ich nirgendwo sehen konnte. Die Häuptlingsfrauen neben mir gestikulierten heftig. Gestreifte Umhänge bauschten sich im Wind. Die Eichenpriester kamen durch das Burgtor.

Sie fächerten nach beiden Seiten aus. Talorgenos erschien zwischen ihnen. Er hatte die Halbmaske seines Gänsefedernkopfputzes nach vorn gezogen, und das Fell eines Fuchshengstes umhüllte seine Schultern. Ihm folgte der König, ganz in Weiß gewandet, mit einer Schleppe, die über das Gras schleifte. Ein grelles Wiehern schloß an das Schmettern der Hörner an, als die Männer einen edlen dreijährigen grauen Hengst herbeiführten, der noch nie geritten worden war. Der Zügel aus geflochtenem Gras schien zu schwach, eine solche Kraft zu bändigen, doch das Pferd schritt stolz dahin, als käme es bereitwillig.

Der Priester verkündete, daß für ein wahres Opfer dessen Einverständnis erforderlich sei, und dieses Opfer müsse ein vollkommenes sein, denn es diene der Weihe der neuen Burg, die Leirs Zentrum der Macht werden solle.

Der Blutbaum wurde vor dem Tor eingepflanzt. Es war eine Eberesche, deren Zweige zu einem Kunstwerk geschnitten waren. Ihr Wipfel stellte einen Vogel dar, der auf die Versammelten hinunterblickte. Die Priester und Häuptlinge schlossen einen Kreis um den Baum, und die Frauen stellten sich ihnen gegenüber. Ich warf einen Blick über die Schulter, als sie mich in ihren Kreis zogen, und entdeckte Krah schließlich am äußeren Rand der Menge. Einer der älteren Krieger, die manchmal freundlich zu ihm waren, hatte eine Hand auf seine Schulter gelegt – ob schützend oder besitzergreifend, vermochte ich nicht zu sagen.

Ich spürte Schweiß über meinen Rücken laufen. Der Tag war so hell und warm wie die vorangegangenen. Talorgenos trat nach vorn, und die Silberglöckchen an dem weißen Zweig in seiner Hand blitzten plötzlich in der Sonne auf. Mein Vater wandte sich ihm zu.

Ihre Blicke begegneten sich, und sie schauten sich unverwandt an, während Leir die Brosche seines weißen Umhangs mit der Schleppe öffnete und ihn fallen ließ. Dann löste er den breiten, mit Goldplättchen verzierten Gürtel, und sein Kilt fiel ebenfalls zu Boden. Die Frauen erschauerten, als sie die Sonne auf seiner mächtigen Brust und den kräftigen Schenkeln schimmern sahen. Er griff nach dem gräsernen Zügel des Hengstes, und das Spiel seiner Muskeln unter der Haut glich dem unter dem glänzenden Fell des Tieres, das er hielt.

»Führe ihn ...« Talorgenos' Stimme klang gedämpft durch die Maske. »Gemeinsam werdet ihr reisen und gemeinsam geweiht.«

Der Hengst senkte den edlen Kopf, als Leir ihn zu dem Baum zog. Ein geschickter Wurf, und der Zügel wickelte sich um den Stamm; der einem Vogel nachgebildete Wipfel schwang leicht hin und her. Talorgenos ging im Kreis um Mann und Pferd herum, und sein silberner Zweig klingelte unentwegt, als er der sanften Rundung des Pferderumpfes folgte, über den stolz erhobenen Schweif schwang und schließlich über des Königs Haupt anhielt.

Leir warf den Kopf zurück und rief: »Dies ist der Baum im Mittelpunkt der Welt. Wer ihn erklimmt, wird unsterblich!«

Der Hengst scheute nervös vor dem ständigen Schütteln und Klirren des Zweiges und wickelte dabei den Zügel immer fester um den Stamm, bis das Tier sich kaum noch zu bewegen vermochte. Männer stellten aus körnigem Lehm geformte Schalen um ihn herum auf, um so zu verhindern, daß er umkehrte. Dann streuten sie Kräuter auf die brennenden Kohlen in den Schalen, und würziger Rauch stieg in dünnen Schwaden auf.

»Das Haupt dieses Hengstes ist das Morgengrauen!« rief Talorgenos, und der Trommelschlag wurde schneller. *»Die Sonne ist sein Auge und sein Atem der Wind!«*

Der Hengst zitterte jetzt, und das Weiße seiner Augen wurde sichtbar, obwohl mein Vater seinen Kopf streichelte und beruhigend auf das Tier einredete.

Talorgenos bewegte sich schneller. Die Stimme, mit der er sprach, war nicht seine eigene.

»Sein Rücken ist breit wie das Rund des Himmels,
Die Sonne geht auf in seiner Stirn
Und senkt sich in der Furche seines Hinterviertels.«

Talorgenos schwang den Zweig über den Rücken des Hengstes, und der buschige Schweif hob sich herausfordernd. Sanft strich der Zweig nun über die glänzenden Flanken, und des Hengstes Glied spitzte aus der schützenden Haut. Er stampfte mit den Hufen, sichtlich immer unruhiger; dennoch versuchte er noch nicht, sich zu befreien.

»Durch seinen Phallus fließen die Flüsse«, rief der Priester. *»Und er pißt Regen.«*

Die Trommeln donnerten plötzlich. Das Pferd riß den Kopf zurück, doch der Baum war fest eingepflanzt, und der Stamm hielt. Die Trompeten schmetterten, und ein erwartungsvolles Raunen ging durch die Menge.

»Dieses Pferd ist die Erde und der gestirnte Himmel,
Dieses Pferd ist das Roß, das zwischen den Welten reist;
Dieses Pferd ist das Opfer.«

Nun stand der Priester neben dem König. Ich sah das Schimmern der doppelschneidigen Bronzeaxt in seinen Fäusten, und mein Herz hämmerte.

»Komm, mein Schwan, laß uns ins Jenseits fliegen!« rief der König. Die Axt hob sich sanft wie ein Schmetterling im Wind. Ein unkontrollierbarer Schauder ließ mich erzittern. Und dann sauste die geschwungene Klinge herab.

Rot sprühte von der Klinge, als der weiße Körper sich aufbäumte, und die Mähne flog wie die Schwingen eines Schwanes. Der Kopf sank gegen den Stamm, und roter Lebenssaft kam in Stößen von einem Herzen, das seinen Tod noch nicht ahnte, und ergoß sich in den bronzenen Kessel, ein roter Schauer, der Priester und Krieger segnete und des Königs Körper färbte. Der süßliche Geruch des Blutes vermischte sich in der feuchten, warmen Luft mit dem beißenden, würzigen Duft der brennenden Kräuter.

»Jetzt fliegt ihr, jetzt steigt ihr in die Lüfte!« rief Talorgenos. Artocoxos fing den König auf, als ihm die blutige Axt entglitt. »Jetzt trägt er Euch in den Himmel, in das Land der Götter. Hört das Donnern seiner Hufe, da er über die Wolkenfelder galoppiert! Ich sehe den Thron des Mächtigen. Der Große König stützt sich auf sein gewaltiges Zepter – er erhebt sich, er nimmt das Opfer an!«

Der ohrenbetäubende Jubel der Menge dröhnte über die Wiese. Krah kauerte zitternd auf dem Boden. Die Krieger hatten den toten Hengst bereits auf den Rücken gedreht und zogen ihm das Fell ab. Augenblicke später hing es schon von einer Stange. Ein weiterer schneller Schnitt öffnete die Bauchdecke, und Talorgenos las in den dampfenden Eingeweiden.

Ich sah, wie mein Vater die Lippen bewegte, konnte die Frage aber nicht hören. Der Eichenpriester beugte sich vor und schüttelte seinen Zweig über dem Opfer.

»Eine gute Ernte sehe ich und ein gutes Jahr«, rief er. »An den Gedärmen haftet Fett, sie sind fleckenlos. Doch hier ist ein Knoten, es wird Krieg geben!« Die Krieger jubelten. Ich aber sah ihr eigenes Blut fließen und verdrängte die Vision.

»Ich sehe langes Leben für den König und Reichtum für das Land!«

Talorgenos schnitt ein Stück rotes Fleisch von dem Schenkel des Hengstes und preßte es auf Leirs Lippen, dann schnitt er weitere Stücke heraus, die er den anderen Männern reichte. Sodann wurden die abgetrennten Schenkel zum Kessel gebracht.

Jemand übergoß den König mit Wasser aus einem ledernen Kübel, und er schüttelte sich schaudernd. Sie legten ihm Kilt und Umhang wieder an, doch er mußte sich immer noch auf Artocoxos' Schulter stützen, als sie ihren Umgang rund um die Burg begannen. Talorgenos tauchte einen Ebereschenzweig in den Kessel und besprühte die festgetretene Erde und die hölzernen Befestigungen mit dem Blut des Hengstes. Wo die Tropfen trafen, sah ich ein Schimmern, wie vom Dampf im Schwitzhaus, wenn Wasser auf die Steine gegossen wird. Dann schritten die Männer außen um die Burg herum.

Als Trommeln und Singsang leiser wurden, kam ich wieder zu Atem und stampfte mit den Füßen, um auf die Erde zurückzufinden. Noch nie zuvor war mir bei einer Opferung schwindelig geworden. Aber etwas Ähnliches hatte ich bereits einmal gesehen ... In meiner Erinnerung war ein Bild von hohen Steinen, die sich schwarz vom Mittwinterhimmel abhoben, und von einem bemalten Gesicht mit furchterfüllten Augen. Langsam drehte ich mich um. Krah hatte sich erhoben und schaute dem verschwindenden Zug mit einem Blick nach, aus dem Angst wie auch Verlangen sprach.

Als die Männer den Umgang beendeten, war der Schritt des

Königs wieder fest, doch mir schien, als stiege rund um die Burg durchscheinender Nebel auf. Neunmal waren sie rund um die Burg gezogen. Nun weihte Leir mit dem letzten Blut des Hengstes die Torpfosten, und ich sah einen schimmernden Schleier zwischen ihnen.

»Ihr werdet unüberwindlich sein.« Der König zog einen Strich zwischen dem Pfosten. »Kein Feind wird zwischen euch Zugang finden. Dieser Berg ist für immer heilig!«

Es war wie der atemberaubende Augenblick zwischen Blitz und Donner. Gleich einem Echo vom Himmel erklang das Rumpeln eines Streitwagenrades, das über Steine rollt. Plötzlich schoben sich Wolken über den Horizont, doch der Donner war aus größerer Nähe gekommen. Der Gott lachte, und ich hörte sein Lachen über dem Jubeln der Menge.

Ein Priester tauchte den Ebereschenzweig in die Blutschale und segnete die Versammelten. Das Gedränge der Massen schob mich vor das Angesicht meines Vaters. Ich sah, daß seine Augen noch geweitet und blicklos waren; ein Blutspritzer klebte auf seiner Stirn. Und dann berührte das Blut meine Lippen, und der Rhythmus der Trommeln pulste durch meine Beine, und ich tanzte mit der Menge. Ich spürte in meinem Fleisch, daß die Macht in der Erde, in der Luft und im Opferblut ein und dieselbe war.

»Nun ist die Burg geweiht«, sagte der König. »Der Tausch ist durch das Blut des Hengstes besiegelt, seine Kraft für den Segen der Götter.«

Sie hatten vor dem Schrein in der Mauer Bänke aufgestellt. Eine hohe für meinen Vater und zwei niedrigere für Gunardwilla und mich. Leir nahm einen tiefen Schluck aus seinem Methorn, und ich rückte ein Stück weg; denn zu nahe neben ihm zu sitzen war so, als würde man sich zu dicht ans Feuer wagen.

Ligrodunon war schon lange Zeit, ehe mein Vater den Bau dieser Burg geplant hatte, ein heiliger Berg gewesen. Die neuen Mauern umgaben die Festhalle, ein paar Häuser und den rechteckigen Schrein, auf dessen Bildnisse das letzte Hengstblut gespritzt worden war. Draußen hatten die Leute mit dem Festmahl begonnen, und innerhalb des Kreises saßen die Häuptlinge mit ihren Frauen, und die Mägde brachten bereits Met und Bier.

Noch ein wenig benommen von der Kraft, die mich bei der Opferung durchströmt hatte, brach ich mir ein großes Stück Brot ab und fing zu kauen an. Gunardwilla sah bleich und abgespannt aus, und jetzt erst bemerkte ich, daß sechs Krieger der Ai-Siwanet, des Volkes ihrer Mutter, im Gras neben ihr saßen.

»Die Straßen, die wir erbauen«, fuhr der König fort, »werden länger. Der Frieden, den wir mit unseren Vettern im Südosten geschlossen haben, hält. Und um unsere Stämme noch enger miteinander zu verbinden, hat Magloscutios von den Weißen Klippen uns seinen jüngeren Sohn Maglaros gesandt, damit er mit meiner Tochter Gunardwilla in Alba herrsche.«

Und wie wirst du dich fühlen, wenn er dich einem alten Mann gibt, um seine Bündnisse zu besiegeln, hatte Gunardwilla mich bei Riganas Hochzeit gefragt. Doch nun war sie es, die verheiratet wurde. Ihr Brautpreis war die Unterstützung der im Süden lebenden Quiritani, doch davon würde sie nichts gewinnen. Es war Maglaros, der ein Land zum Regieren bekam.

Ich fragte mich, was Gunardwilla sich mit ihrem Gemahl einhandeln würde. Maglaros war jung, hochgewachsen und hatte dichtes rotbraunes Haar. Zwei hagere schwarze Hunde lagen neben ihm, und hin und wieder kraulte er ihre seidigen Ohren. Vielleicht tat er es nur aus Verlegenheit; denn eine Braut, die eher zur Schlacht bereit zu sein schien als fürs Hochzeitsbett, war zweifellos einschüchternd.

»Mit welchem Recht soll er über Alba herrschen, o mein Vater?« Gunardwillas Stimme war kalt. Zum erstenmal, seit wir uns niedergesetzt hatten, wandte Leir ihr das Gesicht zu.

»Mit dem Recht des Brautbundes, Tochter«, erwiderte er.

»Ich habe weder einen Bund geschlossen, noch habe ich mich einverstanden erklärt, Braut zu werden ...« In der einsetzenden Stille war deutlich der durch die Entfernung gedämpfte Lärm der Feiernden zu hören. Gunardwilla schaute sich im

Kreis um, und als ihre Augen die meinen trafen, las ich das Flehen darin.

Als die Meute der Kinder auf der Insel über mich herfiel, hast du zugesehen und gelächelt, dachte ich.

»Du bist meine Tochter ...«, begann der König.

»Deine Tochter«, unterbrach sie ihn, »aber nicht deine Sklavin. Soll ich wie eine Färse beim Jahrmarkt verschachert werden? Kein Mann wird sich der Freuden meiner Schenkel gegen meinen Willen erfreuen, und kein Mann wird über Alba herrschen außer durch mich!«

Die Falkenfederbüschel im Haar der Ai-Siwanet-Krieger wippten. Die Quiritanimänner beugten sich vor, ihre Augen funkelten in Erwartung einer Auseinandersetzung, doch die Gesichter der Frauen waren starr wie Masken.

»Durch dich und durch mich!« Leirs Stimme klang plötzlich rauh. »Ich habe dir das Leben gegeben, Mädchen, und ich kann es dir nehmen.«

»Dann töte mich!« Gunardwilla sprang auf und riß am Ausschnitt ihres Gewandes. »So tränke denn die Erde mit meinem Blut!« Im Sonnenschein war ihr Busen wie die Brust eines Schwanes. Maglaros schaute sie an, und irgend etwas erwachte in seinem Blick. Doch Leir erhob sich. Ich spürte, wie die Luft um ihn erzitterte, und mir wurde kalt im Magen.

»Vater – tu's nicht!« flehte ich. Ich hatte gedacht, daß ich meine Schwester haßte, weil sie mich im Stich gelassen hatte, doch nie und nimmer wollte ich, daß der Zorn unseres Vaters sie zerschmetterte.

Er bemerkte mich nicht einmal. So nah seinem Antlitz im Sonnenschein sah Gunardwilla ihm ähnlicher denn je.

»Dich töten? Das wäre Verschwendung!« stieß Leir hervor. »Wenn du dich weigerst, eines Mannes Gewicht auf deinem Leib zu ertragen, werde ich dich an einen Pflock binden wie eine störrische Stute und dich dazu verurteilen, meine Gäste auf deinem Rücken den Berg hinaufzuschleppen.« Obwohl sein Zorn nicht gegen mich gerichtet war, traf er mich wie ein Schlag.

»König der Quiritani, du machst dir und mir Schande!«

Gunardwillas Gesicht wurde zuerst weiß, dann rot. »Würdest du deine Alleinherrschaft kampflos aufgeben? Du hast dieses Land durch Eroberung an dich gebracht! Warum willst du es diesem Mann leichter machen? Wer mich beherrschen will, muß mich zuvor besiegen, ehe ich als Scheide für sein Schwert diene!«

»Ein Zweikampf! Laßt sie kämpfen!« brüllte Nextonos, und die anderen stimmten in seinen Ruf ein. Damit hatte Leir nicht gerechnet. Doch so wütend er auch war, er verstand die Forderung. Maglaros erhob sich. Sein Blick wanderte von Leir zu Gunardwilla.

»Laßt mich meine Kraft mit Eurer Tochter messen, o König. Es ist eine ehrenhafte Herausforderung und ein würdiger Preis.«

Gunardwilla musterte ihn abschätzend und nachdenklich, als sähe sie zum erstenmal mehr in ihm als eine Strohpuppe, wie die Bauern sie aufstellten, um das Vieh und die Vögel von den Äckern fernzuhalten.

Leir war noch immer zornig, doch die gefährliche Spannung hatte nachgelassen. Der König wußte sehr genau einzuschätzen, wie weit er bei seinen Männern gehen durfte, sonst hätte er sich gewiß nicht lange gehalten. Sie hatten geschmaust und gezecht, und nun waren sie auf Unterhaltung erpicht.

»So kämpft denn«, sagte er zu Gunardwilla. »Falls Maglaros siegt, wird er dein Herr sein. Falls du ihn bezwingst, wirst du als Jungfrau leben und sterben!«

Ich biß mir auf die Lippe, denn ich sah verborgene Gedanken in der Tiefe seiner Augen, wie Forellen in einem Waldteich. Nicht um das Recht auf Jungfernschaft hatte meine Schwester gebeten, sondern um das Recht zu wählen.

Einer der Albakrieger brachte Gunardwillas Waffen. Ai-Siwanet und Quiritani stellten sich im Kreis auf. Zwei der Männer aus dem Süden halfen Maglaros beim Entkleiden. Gunardwilla zog sich ohne Hilfe und so selbstverständlich aus, als befänden sie sich auf dem Übungsplatz der Insel, wo Bärmutter darauf wartete, sowohl Sieger wie Besiegte mit Worten zu kritisieren, die schneidender waren als jede Klinge. Plötzlich wünschte ich mir heftig, wieder dort zu sein, trotz des kargen Essens, der harten Betten und des kalten, nassen Seewinds.

Gunardwilla war vollbusig geworden und hatte Fleisch an Hüften und Schenkeln zugelegt; dennoch war ihr Körper noch hochgewachsen und schlank, und sie bewegte sich mit der anmutigen Geschmeidigkeit, die sie bei Bärmutter gelernt hatte. Sie hielt Schwert und Schild, als wären sie Teil ihrer Hände. Die leuchtend blaue Tätowierung der Inseltruppengattungen war nicht zu übersehen – Wolf und Adler, Hirsch und Lachs kräuselten sich in abstrakten Linien über ihre Schultern, den Rücken und die Schenkel.

Maglaros' Bewegungen waren vorsichtiger. Sein Körper war mit den roten Malen von Kampfnarben gezeichnet, die sich allerdings sich ausnahmslos auf seinen Armen und Beinen befanden. Dies war nicht sein erster Kampf, und gewiß hatte er die vorherigen nicht durch Tollkühnheit überlebt.

»Fang schon an, du Memme von Banalisioi ...«, reizte Gunardwilla ihn, als sie in den Kreis trat. »Oder bist du nicht mehr so versessen auf meine Umarmung – jetzt, da du meine Krallen gesehen hast?«

»Noch habe ich jeden Gegner im Zweikampf besiegt und Dutzende in der Schlacht getötet! Ich fürchte die Waffen einer Schildmaid nicht, auch wenn in ihren Blicken Dolche sind und Widerhaken auf ihrer Zunge!«

»Und Eisen in ihren Fäusten!« rief Gunardwilla und sprang auf ihn zu.

Maglaros' Schild fing den ersten Hieb ab. Sein Schwert fuhr herum, doch Gunardwilla war behende ausgewichen. Ihre Klinge zuckte vor, und er sprang zurück. Eisen klirrte und scharrte, als Maglaros ihr Schwert zur Seite schlug und ihre Verteidigung durchbrach. Gunardwilla drehte sich und stieß ihren Schild mit aller Kraft gegen seinen. Ich sah, wie er schwankte, doch nun war es Gunardwilla, die zurückschnellte und außer Reichweite sprang, als sie erkannte, daß ihr Gewicht zu gering war, den Gegner zu Boden zu schicken.

Die Männer atmeten tief durch. Die Gegner wußten nun um die Stärken und Schwächen des anderen und gingen den

Kampf jetzt ernsthaft an. Gunardwilla verlagerte ihr Gewicht abwechselnd von einem auf den anderen Fuß; ihr Schwert war wie ein Blitz, als die Sonne darauf fiel. Ein Muskel zuckte entlang Maglaros' Schulterblatt. Gunardwilla knurrte tief in der Kehle, ihr Schwert stieß vor, und als sie herumwirbelte, durchzog eine rote Linie Maglaros' Arm. Es war das erste Blut, das floß, doch niemand schien darauf zu achten. Mir wurde plötzlich klar, daß Gunardwilla beabsichtigte, ihren Gegner zu verstümmeln, während Maglaros sie am Leben lassen mußte, wenn er etwas gewinnen wollte.

Sie muß ihn töten, dachte ich, als ich Maglaros wie einen Fels stehen sah. Er wird niemals nachgeben.

Wieder griff Gunardwilla an, und diesmal kam sie nicht mehr so flink aus seiner Reichweite. Sie beherrschte die Waffen perfekt, doch sie war aus der Übung. Ein drittes Mal stürmte sie auf ihn ein, und plötzlich schien es, als ob ein Fels lebendig würde. Maglaros' Schwert und Schild stießen gemeinsam vor und schleuderten Gunardwilla zurück. Schweiß glänzte auf ihrer Haut; ihr Gesicht war gerötet, und ihre Augen funkelten.

Sie kreischte wie ein wildes Tier, und einige Krieger wichen murmelnd zurück. Doch es war nicht der Schrei des Raben in der Schlacht, der Männern den Mut raubte. Maglaros' Augen wurden noch wachsamer. Er wartete, bis sie wieder attackierte – und diesmal sprang er ihr entgegen. Sie versuchte, ihm auszuweichen, doch ihre erlahmenden Glieder gehorchten ihr nicht mehr. Sie hatte sich erst halb von ihm gelöst, als sein Arm in die Höhe schwang und auf ihren ungeschützten Kopf niederfuhr.

Ich hörte ein Geräusch wie von einer Axt, die von einem Stamm abprallt, während ich noch gar nicht begriffen hatte, was geschehen war. Gunardwillas Schwert und Schild flogen aus ihren kraftlosen Händen, und erst als sie fiel, wurde mir klar, daß Maglaros mit der Flachseite der Klinge auf sie eingeschlagen hatte.

Ringsum stießen die Zuschauer den angehaltenen Atem aus. Maglaros starrte auf die Frau hinunter, die ihn herausgefordert hatte und nun mit gespreizten Gliedmaßen auf dem Rücken lag. Dann ließ er Schwert und Schild ins Gras gleiten. Gunardwilla stöhnte leise und begann sich zu regen, und in diesem Augenblick wurde mir bewußt, daß Maglaros immer noch eine Waffe besaß. Als Gunardwilla die Augen öffnete, warf er sich auf sie und zwängte sich zwischen ihre Schenkel.

Ihre Begattung war wie die wilde, heftige Paarung der Wildkatzen, die in den Bergen herumstreifen. Während ihre Nägel ihm den Rücken aufrissen, schlossen sich ihre muskulösen Beine wie Zwingen um seinen Körper. Fleisch rang gegen Fleisch um einen unmöglichen Sieg. Ächzte er aus Anstrengung oder aus Leidenschaft? Und war es Wut oder Triumph, wonach ihre Erwiderung klang? Selbst ich konnte die Kräfte zwischen ihnen spüren. Doch ob es Anziehung war oder Haß, wußte ich nicht. Und in den kommenden Jahren fragte ich mich des öfteren, ob sie selbst es gewußt hatten.

Schließlich rollte er von ihr, und seine Männlichkeit war nun schlaff. Sie blieb keuchend liegen und starrte zum Himmel.

Maglaros stand auf. »Komm, Herrin von Alba«, sagte er kühl, »Ich habe mit dir gelegen, und jetzt ist es an der Zeit, den Bund mit dem Hochzeitsfest zu besiegeln.« Er streckte ihr die Hand entgegen. Sie sagte keinen Ton, als die Frauen ihr beim Ankleiden halfen, und sie schwieg, als Maglaros sie zu seinen Gefährten aus dem Süden führte und sie sich zu ihnen setzte. Plötzlich fuhr ein kalter Windstoß über das trockene Gras.

»Trinken wir auf die Gemahlin von Maglaros, dem Sohn des Magloscutios«, rief mein Vater.

Ich werde nicht heiraten! Niemals! sagte ich mir da.

Als die anderen beifällig ihre Trinkhörner hoben, verließ ich sie und ging zum Schrein. Der Wind blies nun stärker. Mit einemmal ertrug ich das Gewicht meiner Festkleidung nicht mehr. Keuchend zog ich das Gewand aus gemusterter Wolle über den Kopf, breitete die Arme aus und hieß den reinigenden Regen willkommen.

Nicht einer von ihnen wurde erwählt, ehe sein Haar zu Zöpfen geflochten war und er den Lauf durch Irlands Wälder begonnen hatte, wo sie seiner Fährte folgten und ihn zu verwunden trachteten …

Silva Gadelica, I: 92

Keuchend stürmte ich voran und genoß das flinke Spiel der harten Muskeln meiner Waden. Dieser Lauf war meine letzte Prüfung auf der Nebelinsel und das Ziel, das ich mit allen Kräften angestrebt hatte, seit es mir vor zwei Jahren gelungen war, meinem Vater die Erlaubnis zur Rückkehr auf die Insel abzuringen. Ich war an diesem Tage fünfzehn Winter alt geworden, und wenn ich diese letzte Prüfung bestand, würde ich Aufnahme im Bärentrupp finden.

Ich hörte Blätter rascheln und wußte, daß meine Verfolger durch den Eichenhain hinter mir kamen. Auch ich hatte diesen Weg genommen, doch ohne daß mich irgendwelche Äste gestreift hätten. Das kunstvolle Flechtwerk meines Haares war unberührt, und noch immer hafteten die Daunenbüschel an den Haselruten, die ich trug.

Ich lief den Berg hinunter, durch unendliche Schattierungen von Grün in Gras und Laubwerk, für die ich jedoch nur am Rande ein Auge hatte. Gefallene Blätter bedeckten den Hang wie ein Teppich. Es sah wie ein günstiger Weg aus, doch mochte ein Zweig unter den Blättern liegen, und wenn ich ihn zerbrach, war meine Fährte für die Bärin und ihre Töchter um so leichter zu erkennen, denn sie vermochten den Flug eines Falters im Nachtwind zu verfolgen. Wenn ich Spuren hinterließ, hatte ich meine Prüfung ebensowenig bestanden, wie wenn meine Verfolger mich erwischten.

Der schnelle Lauf war kein Problem; jeder Jugendliche, den die Bärin ausbildete, könnte ein Reh einholen oder quer über die Insel und zurück laufen, ohne zu ermüden. Doch ich mußte mich wie ein Geist über das Land bewegen, ohne eine Spur zu hinterlassen.

Meine Ohren verrieten mir, daß die anderen auf dem Hang hinter mir aus dem Wald herausgekommen waren; meine Augen erforschten das Gelände voraus. *Sei flink ohne Hast.* Diese Worte der Bärin hallten noch in meinen Ohren wider. *Lauf wie das Reh, voll Anmut.*

Ich hatte den ersten wesentlichen Abstand zwischen mich und den verfolgenden Wolfstrupp gebracht. Ich hatte mich warm gelaufen, schwitzte jedoch noch nicht. Meine von vier Jahren Ausbildung gestählten Muskeln gehorchten meinem Willen. In dieser Zeit auf der Insel hatte ich mich vielen Herausforderungen gestellt, und sie waren ständig gewachsen, als ich vom Falkentrupp zum Lachstrupp aufstieg, als ich die Dichtkunst lernte, als ich mit den Adlern flog und mit den Wölfen lief und schließlich in den Trupp des Rotwilds aufgenommen wurde. Nur noch der Trupp von Bärmutter stand im Rang und Ansehen höher.

Meinen Vater hatte ich seit fast zwei Jahren nicht mehr gesehen. Falls ich in diesem Rennen siegte, würde ich vielleicht Ausbilderin. Dann müßte ich nie mehr nach Hause.

Vor mir standen windgekrümmte Kiefern. Ich sprang in ihren Schatten, huschte an der ersten vorbei und fiel in langsameren Schritt. Jetzt wurde mir klar, weshalb man mich auf diesen einladenden Pfad gelockt hatte. Eine riesige Kiefer lag quer über dem Weg, und das Gewirr der Äste und Zweige war undurchdringlich und reichte mir fast über den Kopf. Um hinüber zu gelangen, hätte ich Flügel gebraucht. Doch wenn ich umkehrte, lief ich meinen Verfolgern direkt in die Arme.

Dieses Hindernis mußte die erste Hürde der Prüfung sein. Daß diese Hürde kommen würde, hatte ich gewußt, nur nicht wann und wo.

»Und hast du etwa keine Flügel, Tochter des Schwans?«

Ich fuhr zusammen und schaute um mich. Hatte Schattenbärin sich hier irgendwo versteckt, oder sprach sie zu meiner Seele? *»Zweifle nicht daran!«* Ich bezwang das kribbelnde Gefühl in meinem Rücken.

Schattenbärin hatte mir die Antwort gegeben. Aber ich konnte nicht fliegen …

Ich würde über dieses Astgewirr springen müssen, ohne zu wissen, was mich dahinter erwartete. Die Federn an meinen Haselstöcken flatterten, als ich sie an den Bäumen vorbeimanövrierte – und plötzlich erkannte ich, daß es vielleicht eine Möglichkeit gab.

Ich betrachtete das Ästedickicht. Dann machte ich ein paar Schritte rückwärts, hielt meine Stöcke ganz fest und nahm Anlauf.

Die Kiefern schossen an mir vorbei, und dann war der gestürzte Baum vor mir. Ich sprang und stieß die verlängerten Arme nach unten. Die Stöcke trafen den rauhen Stamm. Ich spürte, wie sie sich unter meinem Gewicht bogen, als ich mich abstieß, doch sie brachen nicht entzwei, und der Schwung trug mich über die höchsten Äste des gestürzten Baumes hinweg. Im Fallen schwenkte ich die Stöcke gleich einem Flügelschlag, um sicher mit federnden Knien und Fußgelenken auf dem Boden zu landen.

Der Aufprall war hart, und ich wartete, bis sich mein Blick wieder klärte. Hinter dem Stamm des umgestürzten Baumes war es tief und steil hinuntergegangen, doch der Boden war mit Kiefernnadeln weich gepolstert. Wieder erklang das Heulen hinter mir, als ich weiterlief, doch ich vermeinte auch leises Lachen aus dem Wald zu hören.

Ich rannte nun, schneller als zuvor. Geschmeidig und leichtfüßig flog ich über Äste und Zweige, Wurzeln und Steine dahin.

Im vergangenen Jahr war ich zur Größe einer Frau herangewachsen. Ich war nun größer als Pferd, mein rothaariger Gefährte. Aber er war schwerer als ich, denn mein Körper war schlank und sehnig, mit langen, festen Muskeln; mein Busen knospte erst, und meine Schenkel waren so schmal und hart wie die eines Knaben. Das einfache Essen, das man uns auf der Insel vorsetzte, verlieh uns Kraft: den Armen und den langen Muskeln des Rückens und Bauches die Kraft, den Speer zu werfen und einen Schild zu heben, den Beinen die Kraft zum schnellen Lauf. Wir Mädchen, so wurde gesagt, bekämen unsere Mondblutung erst, wenn wir ein wenig Fett und Fleisch angesetzt hätten. Doch ich war schlank wie eine Tanne, und ich war froh darüber.

Der Weg führte immer noch abwärts. Ich hörte bereits das Plätschern des Baches, wo Erlen und Weiden auf den zerbröckelnden Felssimsen um Nahrung rangen. Ich verlangsamte meinen Schritt ein wenig. Jeden Augenblick mochte mich eine neue Prüfung erwarten, und als ich sah, wie das Laubwerk sich über das Wasser streckte, glaubte ich zu wissen, worin sie bestehen würde.

Der Boden fiel vor mir ab. Ich glitt den Uferhang hinunter und sah eine Barriere aus Grün vor mir. Die Lücke zwischen ihr und dem Boden war etwa kniehoch. Jemand rief auf dem Hügelkamm, und ich zuckte zusammen, als spürte ich bereits den Stich der spitzen Lanzen meiner Verfolger.

»Scheust du vor den Fängen des Wolfes zurück? Mußt den niedrigen Weg nehmen, um dem Feind zu entkommen!«

Das war Geistbärins Stimme. Ich beugte mich nach vorn, krümmte mich spähend nach rechts und links, um zu sehen, wo sie war, und diese Bewegung erinnerte mich an das geschmeidige Schlängeln der Otter durch das Gras. Otter! Die Gefährten hatten mir diesen Namen gegeben. Konnte ich mich so geschmeidig wie eine Schlange bewegen?

Ich schnellte nach vorn, wobei ich die Haselstöcke hochhielt, so daß meine Oberarme und Ellbogen mein Gewicht abfingen, als ich auf dem Boden landete. Es war feucht, ich konnte das Wasser in der Nähe spüren. Während ich unter den grünen Blättern entlangkroch, streiften biegsame Zweige meinen Körper. Ich krümmte mich mit ihnen, versuchte, mich unter ihnen hindurchzuwinden und so nachgiebig und geschmeidig zu sein wie sie.

Schon bald fiel es mir leicht, mich vorwärts zu bewegen, und ich glitt unter dem niedrigen, dunklen Dach der Erlen wie ein stromauf schwimmender Aal zum Bachbett hinunter.

Schließlich brachte mich eine geschmeidige Drehung in den Sonnenschein. Für einen Moment blieb ich keuchend liegen, wollte die kühle, feste Erde nicht missen. Doch voraus glitzerte der Bach, und auf der anderen Uferseite erstreckte sich das offene Moor. Mit einer raschen Bewegung war ich auf den Füßen; die kriechende Schlange wurde zu einem behenden Reh. Ein rascher Sprung brachte mich über das Wasser, und ich rannte wieder los.

Der Wind war kühl auf meiner erhitzten Haut, während ich durch das Heidekraut sprang. Ein Gefühl des Stolzes sang in meinen Adern wie starker Met. Hinter dem nächsten Hügel führte der letzte Hang hinab zum Strand und zu den Felsblöcken, wo ich mich verteidigen würde. Das einzige, was mir fehlte, war Pferd an meiner Seite.

Unmittelbar hinter dem Hügelkamm befand sich ein dichter Birkenhain. Auf der einen Seite erhoben sich zerklüftete Steilfelsen, auf der anderen fiel die Felswand fast lotrecht ab. Den Weg durch dieses Wäldchen fortzusetzen würde meine Verfolger länger aufhalten als mich.

Ich lief ein wenig langsamer und bemühte mich, meinen Rhythmus beizubehalten, doch je näher ich dem Birkendickicht kam, desto undurchdringlicher erschien mir das Gewirr aus weißen Baumstämmen.

Ein Blick zurück zeigte mir, daß der Wolftrupp eine Kette entlang des Moores gebildet hatte und schnell vorankam. Mir blieb keine Zeit, das Hindernis zu umgehen. Verzweiflung schärfte meine Konzentration.

»Bist ein Geist, Kind. Und siehst Geist in allem, wirst frei zwischen den Welten fliegen.«

Mitten aus dem Hain erklang die Stimme der Bärin.

Wie bewegte sich ein Geist? Meine Augen wurden blicklos, und für einen Moment sah ich das Gewirr der fleckigen silberweißen Stämme und Äste als ein vibrierendes leuchtendes Muster. Es mußte ein Energiestrom sein, der durch ein Muster aus Kräften wogte, die den meinen ähnlich waren.

»Wisse, daß alle Dinge aus Licht bestehen …«

Ich selbst auch? Ich spürte, daß ich mich langsam bewegte, vorwärts glitt. Silbernes Licht umfloß mich, und Birken bogen sich um mich herum, als ich hindurchdrang.

Als die Welt wieder fest wurde, erkannte ich, daß der Birkenhain hinter mir lag. Vor mir befanden sich der Rand des Moores und die blaue Weite des Himmels, erfüllt vom Geruch des Meeres. Ich spürte meinen Körper wieder, so als wäre ich flüchtig etwas anderes gewesen. Ich konnte nicht stehenbleiben, um Fragen zu stellen, denn von der anderen Seite des Dickichts hörte ich Murmeln, als meine Verfolger sich fragten, ob ich einen Umweg gemacht oder das Dickicht durchquert hatte.

Unter mir spülten die Wellen auf den kiesigen Strand. Ein Sprung trug mich halb zu ihm hinunter. Leichtfüßig hüpfte ich über wirr herumliegende Felsblöcke und ließ mich in eine bauchtiefe Mulde zwischen ihnen fallen, als der erste der Verfolger vom Wolftrupp oben auf der Klippe erschien.

Endlich hatte ich einen Moment Zeit, mich zu fragen, wie sie es geschafft hatten, mir so rasch zu folgen. Hatten sie dieselben Hindernisse überwinden müssen wie ich? Oder hatte ein Blendzauber auf mir gelegen, daß ich den leichten Weg nicht hatte sehen können?

Wie auch immer. Ich hatte sie hinter mir gelassen, und mein guter Stierhautschild war in meiner Faust. Nun würde ich meinen ersten ernsten Kampf ausfechten, bei dem Pferd nicht an meiner Seite war. Aber ich fühlte mich unbesiegbar, und als meine Gegner den Hang herabstürmten, stieß ich meinen Kampfschrei aus.

Stumm fächerten sie aus und formten einen Halbkreis um mich. Es waren ihrer neun, alle nackt und mit geschwärzten Gesichtern, und jeder hatte sich einen Wolfschwanz ins Haar gebunden. Die Sonne glitzerte auf den scharf geschliffenen Klingen ihrer Speere.

Neun Speere, und obwohl mein Schild aus gehärteter Stierhaut war, würden die Klingenspitzen ihn durchdringen, falls sie direkt darauf trafen. Nach dem Gesetz brauchte kein Ehrenpreis für jene bezahlt zu werden, die bei der Ausbildung auf der Insel den Tod fanden, ob sie nun durch einen Unfall starben oder während der Prüfungen getötet wurden. Die Brüder und Schwestern meines eigenen Trupps konnten mir nicht helfen. Eine Möwe flog tief über meinen Kopf, und es kostete mich Willenskraft, nicht zusammenzuzucken. Dann sah ich am Klippenrand über uns die Umrisse der Bärin und ihrer Töchter in ihren Umhängen aus dunklen Fellen.

Ich erinnerte mich, daß ich selbst um diese Prüfung gebeten hatte, und stemmte meine Füße fester in den Sand.

Ein langgezogenes Wolfsheulen zerriß die Stille. Seevögel flatterten kreischend auf; die Luft war von heftig schlagenden Schwingen und Schlangenformen erfüllt. Bevor ich überlegen konnte, wie ich den Angreifern entgegentreten sollte, prallten die ersten drei Speere seitlich gegen meinen Schild, während ich mit einem meiner Haselstöcke vier weitere zur Seite schlug. Ein huschender Schatten in der Luft war meine einzige Warnung, daß einen Atemzug später zwei weitere Speere geworfen wurden. Ich riß die Arme hoch und stieß sie nach außen, und die letzten beiden Speere schossen dicht an mir vorbei, der eine links, der andere rechts.

Meine Haut brannte. Brüllend stürmte ich aus der Senke hervor. Schattenbärin versicherte mir später, daß meine Zöpfe noch ordentlich geflochten gewesen waren, als ich die Felsblöcke erreichte, also mußten die Bänder, die sie zusammengehalten hatten, sich gleich darauf gelöst haben.

Ich brauchte eine Weile, bis mir klar wurde, daß niemand mich angriff. Überall ringsum waren Leute, und der Lärm, den ich hörte, war ihr Jubeln.

Funken sprühten wie goldene Sterne auf, als Ente ein dickes Kiefernscheit aufs Feuer warf. Ich riß einen Bissen Wildbret von dem Lendenstück, das Pferd mir eben gereicht hatte, und wischte mir den Mund mit dem Handrücken ab. Zufrieden taten meine Gefährten vom Rotwildtrupp es mir gleich. Den ganzen Strand entlang brannten Feuer, und der köstliche Duft von brutzelndem Fleisch vermischte sich mit dem Geruch des Meeres.

»Du mußt dir meines Sieges sehr sicher gewesen sein, daß du den weiten Weg von Artodunon bis hierher soviel zu essen mitgeschleppt hast«, sagte ich zwischen zwei Bissen. »Was wäre gewesen, wenn ich es nicht geschafft hätte?«

»Dann hätten wir's für das Totenmahl verwendet.« Pferds Antwort war ungemein ernüchternd, und Sturmvogel und Weide, die am nächsten saßen, lachten. Doch in Pferds Stimme schwang etwas mit, das mich beunruhigte.

»He ...« Ich stieß ihn an. »Du hast doch nicht etwa an meinem Sieg gezweifelt?«

Plötzlich wurde mir etwas bewußt: Es gab niemanden, der die Prüfung nicht bestanden hatte und noch am Leben war. Ich war froh, daß mir dieser Gedanke nicht früher gekommen war. Die frische Bärentätowierung auf meinem Bauch schmerzte noch, aber das kümmerte mich nicht. Es gab reichlich Fleisch und Fässer voll Heidebier, und die schmalen Gesichter der Gefährten, mit denen ich enger verbunden war als mit meinen eigenen Schwestern, leuchteten im Feuerschein.

Pferd bedachte mich mit einem eigenartigen Blick, dann grinste er plötzlich. »So wie du aus der Senke gestürmt bist, der erzürnten Göttin der Raben gleich? Einen Augenblick später, und wir hätten dir eines der Fässer über den Kopf kippen müssen, um dich abzukühlen.«

Hänfling und Ente kicherten, und selbst Salamander begann zu grinsen.

»Und das köstliche Bier vergeuden?« Ich leerte mein Horn, und Weide nahm es, um nachzufüllen.

Jemand am Feuer neben dem unseren hatte eine Trommel dabei, die er nun über die Flamme hielt, um das Fell zu straffen. Augenblicke später pochte ein Rhythmus über den Sand, der mir sofort ins Blut ging. Weide kam mit meinem Trinkhorn zurück. Dies war nicht das dünne Bier, das uns für gewöhnlich vorgesetzt wurde, sondern ein stärkeres, mit Honig gesüßtes Gebräu, weil ich jetzt Kriegerin war. Ich spürte den Trommelschlag in meinem Bauch und stemmte mich abrupt auf die Füße.

Pferd starrte zu mir auf. »Fühlst du dich nicht gut?«

Gut … Was für ein ausdrucksloses Wort, meine Seligkeit zu beschreiben! Die Sterne tanzten über mir, während die Kinder der Trupps am Strand tanzten. Plötzlich machte sich alles, was ich fühlte, in einem langen Heulen Luft.

»Ai … ai … ai … die Otter bin ich!
Alle, die ihr seid, seht und fürchtet mich!
Unter Bären ein Bär, wer es wagt, komme her!«

Zwei der kleinsten Mädchen quietschten und purzelten zur Seite, als ich auf sie zuschwankte.

»Ein Reh, wenn ich springe, ein Schwan mit der Schwinge,
Ai … ai … ai … Kriegerin bin ich!«

Meine Arme schwangen hoch. Ich war zu betrunken zum Tanzen, aber die Kraft des wilden Tieres schwoll in mir, und meine Brust- und Schultermuskeln spürten den mächtigen Schlag großer weißer Schwingen.

»Mit des Adlers Blick, ein Fuchs an Geschick,
Lachs flink und klug, ein Falke im Flug,
Ein Luchs, so schlau, wie ein Wolf so grau,
Jäger und gejagt, bei Tag und bei der Nacht,
Die Schlange im Ried, daß keiner mich sieht …
Geister in den Bäumen schaue ich in Träumen …«

Ein Rausch, der nichts mit dem Bier zu tun hatte, erfaßte mich. Wer war ich? *Was* war ich? Ich spürte meinen Körper dahinschwinden und wußte, daß ich es in einem Moment verstehen würde.

»Ai … ai … ai … die Otter bin ich!
Alle, die ihr seid, seht und fürchtet mich!«

Dann kam mir der Sand entgegen. Als ich wieder sehen konnte, lag ich am Feuer, und Bärmutter beugte sich über mich.

»Otter! Wo hast du dieses Lied gelernt?«

Die Worte waren von mir, aber die Weise und der Rhythmus? Ich runzelte die Stirn, versuchte mich zu erinnern und sah Feuerschein zuckend auf Buchenstämme in einem weit entfernten Wald fallen und eine schlanke Gestalt, auf deren Wangen Tränen glitzerten, während sie sang.

»Von einem Mann namens Krah ...«, stammelte ich. »Aus den Hochmooren – meines Vaters Mann ...«

»Einer von der Alten Rasse hat es dich gelehrt?« Trotz ihrer Jahre waren ihre Zähne noch fest und weiß und blitzten, als Bärmutter lachte. »So ist das also! Sing das Lied nicht wieder, Kind, bis du weißt, was es bedeutet!«

Ich nickte. Mein Kopf hämmerte, und mein Magen drehte sich um. Als sie gingen, blickte Schattenbärin über die Schulter und zwinkerte mir zu. Doch ich war bereits dabei, meinen Mageninhalt den Wellen zu opfern.

Nebel verbarg den Horizont über der See, und das dunkle Wasser zu meinen Füßen zischte hungrig. Sobald ich konnte, eilte ich zum Feuer zurück.

»Bis du gelernt hast, wie ein Krieger zu trinken, solltest du nicht soviel Bier in dich hineingießen«, riet mir Pferd, als ich wieder neben ihm saß.

Ich knuffte ihn. »Paß bloß auf, mein Freund, daß du nicht einen Mundvoll abbekommst! Könnte es sein, daß du neidisch bist?« Mir schien, daß ihm das Blut in den Kopf stieg, doch es war im Licht des niederbrennenden Feuers nicht genau zu erkennen.

»Neidisch? Kannst du so etwas glauben ...«

Abrupt stand er auf und stapfte davon.

»Hat Pferd auch zuviel getrunken?« fragte Hänfling. Sie hatte einen Korb mit Haferfladen gebracht und hielt ihn mir entgegen.

Ich schüttelte den Kopf, aber ich wußte genausowenig wie sie, was mit Pferd los war.

Bald darauf machten die ersten Jungen und Mädchen es sich im Sand bequem und schliefen ein, wo sie gerade lagen. Ich wollte nach Pferd schauen, doch von den Aufregungen des Tages war ich plötzlich so erschöpft, daß ich Entes Angebot annahm und zu ihr am Feuer unter ihren Umhang schlüpfte.

Schneeweiße Schwingen stießen herab und rauschten im Wind. Mein Hals streckte sich in die Länge, und der gleichmäßige Schlag der mächtigen Flügel trug mich empor. Die Welt, aus der ich aufgestiegen war, blieb unter mir zurück. Wolken wallten vor mir; ich stieß durch den Nebel und glitt plötzlich über weiße Schwaden, die den Himmel bedeckten wie Wellen die See. Jubelnd stieg ich höher, suchte das Licht …

»Warum so überrascht, Schwanentochter? Wußtest du nicht, daß du Schwingen hast?«

Ich setzte einen Flügelschlag aus, drehte den Kopf und sah einen dunklen Schatten neben mir, eine Krähe, die mit plumpem Geflatter an meiner Seite blieb, wie schnell ich auch flog.

»Warum hast du es mir nie gesagt?« fragte ich. »Wer würde auf der Erde bleiben, wenn er in den Himmel aufsteigen kann?«

»Eben drum. Bleibst du zu lange in dieser Gestalt, verlierst du vielleicht deine eigene. Und Schwingen sind nicht das einzige Wunder«, kam die Antwort, begleitet von einem belustigten Krächzen. »Du bist Schlange, und du bist Schwan, und wenn du möchtest, bist du auch Reh und anderes Getier. Alle Gestalten sind in dir.«

»Zeig es mir …«, bat ich.

»Wirst als nächstes die Gestalt der wehrhaften Schlange annehmen«, erwiderte er. »Kehr zu deinen Truppgefährten zurück, Otter! Jetzt werden Fänge gebraucht!«

Wind brauste in meinen Ohren. Ich stürzte hinab, hinein, wurde zurückgeholt in eine plumpe Gestalt, schlug um mich …

Rauhe Wolle kratzte über meine Arme, als ich mich freikämpfte. Hinter mir schrie jemand. Ich richtete mich auf. Der Strand war ein Durcheinander sich bewegender Schatten, die sich in verschwommenen Umrissen vom grauen Frühmorgenhimmel abhoben. Funken sprühten auf, als jemand durch die schwelende Glut des niedergebrannten Feuers stolperte.

Ein langgegezogenes Wolfsgeheul übertönte das Gebrüll. Mit viel Mühe gelang es mir, den Arm durch die Schildschlaufe zu schieben, während ich mit der anderen Hand einen Haselstock ergriff. Mein Schädel hämmerte im Takt meines rasenden Herzschlags.

Eine dunkle Gestalt war plötzlich über mir, und ich sah den braunen Schimmer einer Klinge. Furcht durchzuckte mich, doch mein Körper reagierte bereits. Bronze dröhnte gegen meinen Schild, und mein Stock tat einen peitschenden Hieb. Ein Aufheulen erfolgte, als das Schwert des Feindes durch die Luft wirbelte, und mein Stock traf mit sattem Knall seinen Arm.

Mein Angreifer taumelte, und ich stürzte mich auf das Schwert, das er fallengelassenen hatte, und ehe er sich fangen konnte, hatte ich meinen Stock in meiner Schildhand, das Schwert ergriffen und zugestoßen. Mit einem erstickten Gurgeln fiel er.

Mein Atem ging rasselnd, als ich zusah, wie das Leben aus seinen Augen schwand. *Wie ein sterbendes Reh ...* Im zunehmenden Licht konnte ich seine Tätowierung lesen. Er stammte vom Wildkatzenvolk der nördlichen Inseln.

Der Wind blies Nebelschwaden zwischen mich und die anderen, als ich nach Pferd Ausschau hielt. Verschwommene Gestalten kämpften um mich herum wie Krieger in einem Traum. Ich stürmte darauf zu und blinzelte, als sich etwas, das zu groß für eine menschliche Gestalt war, aus dem Getümmel aufrichtete und nach rechts und links hieb wie eine Bärin, die ihre Jungen beschützt.

Eine weitere Gestalt sprang hervor. Ich sah schwarzes Haar flattern und das Blitzen einer blauen Klinge. Das war Geistbärin, nackt wie die Männer, die sie angriffen, und lachend. Ich schüttelte den Kopf, um die Benommenheit zu vertreiben, und plötzlich wurde die Gestalt hinter ihr zu Bärmutter mit einem langen blitzenden Messer in jeder Hand. Doch die Laute, die sie von sich gab, waren nicht die Kampfschreie einer Frau, und in dem Augenblick, als ich sie erkannte, verwandelte sie sich:

Bären- und Frauengestalt wechselten mit schwindelerregender Schnelligkeit. Wo die Tatzen herabsausten, fielen die Gegner.

Bereits jetzt lagen verkrümmte Gestalten regungslos um sie herum. Doch vom Meer kamen weitere Schatten, und Kinder flüchteten vor ihnen in alle Richtungen über den Strand. Über dem Brüllen unserer Feinde klangen ihre Schreie dünn wie das Kreischen von Möwen.

Zwei der Falkentruppmädchen stützten einander, als sie zu der Klippe hinter uns humpelten. Hin und wieder hielten sie an, um Steine vom Strand aufzuheben und ihre Gegner damit zu bewerfen. Ich sprang zwischen sie und den herannahenden Feind und fragte mich, ob mir selbst die Behendigkeit einer Otter viel gegen drei stämmige Männer mit Schwertern helfen würde. Als ich mich zur Verteidigung duckte, traf ein Wurfspeer einen von ihnen in den Hals. Die beiden anderen stürmten fluchend auf mich zu. Bronze klirrte, als ich das Schwert des vorderen zur Seite schlug. Ich taumelte und ging zu Boden, als die Klinge des zweiten meinen Stierhautschild durchhieb.

Ich rollte herum, versuchte, meinen Arm zu befreien, und kam auf die Beine, den Haselstock in der Linken schwingend und das erbeutete Schwert stoßbereit in der Rechten. Meine Gegner waren stark, aber ich war viel flinker und von einer Wut getrieben, wie ich sie noch nie zuvor verspürt hatte.

Als sie auf mich zukamen, zischte ich herausfordernd, schlug zu, wirbelte herum und hieb aufs neue auf sie ein. Mein Kriegername schallte wie ein Schlachtruf.

»Otter!«

Der Ruf kam nicht aus meiner Kehle! Ich drehte mich um, schwang das Schwert und erblickte feurig rotes Haar. Dann fuhr eine Lanze an mir vorbei, und Pferd war an meiner Seite. Rücken an Rücken kämpften wir in alterprobter Manier. Gemalte Totems auf einem rechteckigen Schild stießen auf mich zu, als ein Insulaner heranstürmte.

»Zur Seite!« rief ich Pferd ins Ohr. Ich duckte mich und stach im gleichen Moment zu, als eine Klinge die Luft durchschnitt, wo eben noch mein Kopf gewesen war. Pferd ächzte, aber ich zog gerade die Klinge aus dem Schenkel des Mannes und wagte nicht, nach ihm zu sehen. Mein Gegner fiel schreiend zurück, und seine Kameraden hielten einen Moment inne. Als ich mich aufrichtete, spürte ich, wie Pferd neben mir taumelte.

»Zur Klippe«, keuchte er. »Mit dem Fels im Rücken sind wir sicher …« Sicherheit? In dieser kurzen Atempause zweifelte ich daran. Bärmutter und ihre Töchter bildeten immer noch das Zentrum des wilden Schlachtgetümmels. Wäre Pferd unversehrt gewesen, hätte ich versucht, mich ihnen anzuschließen. Die meisten Kinder, die noch laufen konnten, zogen sich zurück, und durch den jetzt dichteren Nebel sah ich ein weiteres Schiff der Insulaner herankommen.

Ein Stück strandabwärts, wo ein Bach ins Meer rauschte, öffnete sich die Klippe.

»Dorthin …« Ich stupste Pferds Schulter mit der meinen und spürte etwas Nasses, Warmes. »Kannst du laufen?«

»Ich bleibe …«, begann er, doch schon stürmten die Insulaner aufs neue heran, und ich sprang an ihm vorbei. Sein Blut brannte auf meiner Haut. Ich kreischte wie beim Angriff des Wolfstrupps und teilte mit Schwert und Stock einen Hagel von Hieben aus. Als meine Gegner sich zur Flucht wandten, hielt nur Pferds Hand um meinen Arm mich davon ab, sie zu verfolgen.

»Ich werde fliehen«, krächzte er, »um dich von weiteren Torheiten abzuhalten. Hilf mir, Cridilla.«

Der Klang meines Namens brach den Bann. Seevögel kreischten, als ich meine Schulter unter Pferds unverletzten Arm schob und ihn zum Bach brachte. Dieselbe Wut, die ich im Kampf verspürt hatte, gab mir nun die Kraft, Pferd in Sicherheit zu bringen. Erst als wir tief in der Klamm waren, die der Bach durch die Klippe geschnitten hatte, wagte ich anzuhalten. Pferd sackte gegen mich, während ich versuchte, die breite Schnittwunde in seiner Schulter mit meiner Hand zusammenzudrücken.

»War das ein Schrei?«

Einen Augenblick spannte sich jeder Nerv zur Verteidigung oder Flucht. Doch außer Pferds keuchendem Atem waren das melodische Gurgeln des Baches und der ferne Ruf eines Seeadlers die einzigen Geräusche, die ich hören konnte. Ich ließ mich zurück ins Farnpolster fallen, stützte mich auf einen Ellbogen und blickte auf Pferd hinunter. Die Kampfbesessenheit erschien mir nun wie ein Alptraum. Jetzt spürte ich die Angst.

»Es ist nur ein Vogel, der sein Abendessen im Meer sucht.«

Ich strich über Pferds schweißgetränktes Haar, das fast die gleiche Farbe hatte wie die blutdurchweichten Stoffschichten, die ich über seine Schnittwunde gebunden hatte, und schob die Strähnen aus seiner Stirn zurück. Das dunkle Blut ließ seine Haut erschreckend bleich aussehen, aber zumindest floß kein frisches mehr. Wenn ich ihn warm und ruhig halten konnte, war er in Sicherheit.

»Ob die Insulaner uns noch suchen?« wisperte er.

»Ich weiß es nicht ...« Der Himmel jenseits des Farns, der die Klamm säumte, war mit sanftem Rot überzogen. Zumindest was das Wetter betraf, versprach es ein schöner Tag zu werden.

»Ich habe Weide und Sturmvogel fallen sehen. Ob die Männer sie wohl alle getötet haben?«

Ich unterdrückte eine scharfe Erwiderung, denn ich wußte, daß er vom Schock seiner Verwundung noch halb benommen war, und mir wurde bewußt, daß ich Angst hatte, die Antwort zu erfahren.

Hier, wo der Rand der Klamm steil über dem Bach hing, hatte ich ein nahezu flaches, wenn auch nicht ganz ebenes Fleckchen gefunden, das mit Mooskissen und Farnen vom letzten Jahr gepolstert war und dem junge Erlen und frischer Farn Sichtschutz boten.

Wie lange, fragte ich mich, würden wir hier sicher sein?

»Verhalte dich ruhig!« mahnte ich Pferd. »Ich werde mich umsehen, was es hier an Holz gibt. Ich glaube, diese Zweige würden den Rauch eines Feuers verbergen. Du mußt etwas essen, und im Bach gibt es Fische.«

»Tu es nicht! Falls die Männer nach Überlebenden suchen, werden sie dich sehen.« Er drehte unruhig den Kopf. »Du hättest dich nicht um mich kümmern sollen! Du könntest längst weit weg sein!«

»Du warst bereits weit weg!« entgegnete ich und kauerte mich auf die Fersen. »Warum bist du zurückgekommen?«

Pferd grinste, und irgend etwas in meinem Leib verkrampfte sich plötzlich.

»Warum wohl? Sollte ich dir den ganzen Ruhm lassen, wo du doch schon so stolz auf den Bären auf deinem Bauch warst, daß du kaum noch ein Wort mit mir geredet hast? Nein, dann wär' kein Auskommen mehr mit dir gewesen, Mädchen.«

»Ach? Und du hast dich wohl nur verwunden lassen, um von mir getragen zu werden?« brauste ich auf. »Agantequos, Sohn des Vorequos, willst du nicht einmal jetzt bei der Wahrheit bleiben? Ohne dich würde ich nicht mehr leben!«

Langsam schwand das Lachen aus seinen Augen. »Du hast nicht mehr gewußt, was du tust. Deine Gegner waren in der Überzahl, und du warst kampfbesessen!«

Ich blieb beharrlich. »Du aber nicht! Als wir sicher am Feuer saßen, bist du weggerannt. Warum? Und weshalb bist du zurückgekehrt?«

Er versuchte, die Schultern zu zucken. Ich beugte mich über ihn, um ihn zu halten, konnte ihn aber nicht dazu bringen, mir ins Gesicht zu sehen.

»Cridilla, ich war nicht neidisch!« sagte er plötzlich. »Als ich sah, wie du diese Speere abgewehrt hast, glaubst du, ich hätte anderes als Erleichterung und Freude verspürt? Aber ob du nun die Prüfung bestanden hättest oder nicht, für unsere Kameradschaft bedeutete es das Ende. Und ehe du auf die Insel kamst, hatte ich keinen wirklichen Freund!«

Ich starrte ihn an. »Ich auch nicht ...«, wisperte ich. »Ich auch nicht ...«

»Während der Prüfung durfte ich dir nicht beistehen.« Er streckte die Hand aus und ergriff meinen Arm. »Doch als du gegen die Männer von den Inseln kämpftest, hätte niemand mich von deiner Seite fernhalten können!«

»Das ist nicht das Ende unserer Freundschaft!« rief ich. »Das werde ich nicht zulassen! Wir stellen unseren eigenen Trupp zusammen! Und sobald deine Schulter geheilt ist, bilde ich dich für *deine* Prüfung aus!«

»Und dann?« Wieder wurde sein Gesicht düster. »Du gehörst in dieses Land, doch ich bin hier ein Verbannter. Eines Tages wird dein Vater dich heimholen, und du wirst nicht wiederkehren.«

»Ich werde dich nicht verlassen!«

Endlich wich sein Blick mir nicht mehr aus, doch ich zuckte zusammen, als ich in seine blauen Augen sah.

»Cridilla, du bist noch keine Frau, obwohl du Kriegerin bist, und ich bin noch kein Mann. Aber ich bin alt genug, um zu wissen, daß ich nie wieder eine Frau wie dich finden werde.«

»Ich habe geschworen, niemals zu heiraten«, sagte ich. »Aber wenn ich je meine Meinung ändern sollte, dann nur deinetwegen!«

»Würdest du mich küssen, um dieses Versprechen zu besiegeln?«

Ich blickte ihn an. Machte er sich über mich lustig? Seine geschwungenen Lippen wirkten weich, so gar nicht wie Maglaros' zum Hohn verzogener Mund oder die mit einem kratzigen Bart überdeckten Lippen von Senowindos. Und plötzlich wollte ich sie berühren.

»Wenn ich es tue, bist du dann artig und läßt mich für dich sorgen?«

»Dieses Mal ...«

Rasch drückte ich meinen Mund auf den seinen. Unbeholfen legte er den unverletzten Arm um meine Schultern, und ich drückte mich an ihn, spürte sein Herz in seiner Brust pochen, und mir wurde plötzlich bewußt, wie heftig meines klopfte.

Wir sind Kameraden, dachte ich. *Das ist alles!* Aber in diesem Augenblick wußte ich, daß Pferd recht hatte. Was immer aus Bärmutter und den anderen geworden war, zwischen uns würde es nie mehr so sein wie zuvor.

Eines Samhainabends saßen Ailill und Maeve mit ihrem gesamten Gefolge in Cruachans Hügelfeste ... Tief waren die Finsternis der Nacht und ihr Grauen, denn es war die Zeit, zu der sich stets die Dämonen zeigten. Jeder der Männer stellte sich, wenn es an ihm war, tapfer den Gefahren und kehrte dann rasch ins Haus zurück.

Die Abenteuer Neras

Krah, hörst du? Deine Brüder rufen dich ...«

Unterhalb der hohen Mauer von Ligrodunon erhoben sich Vögel kreischend aus den kahlen Bäumen, stoben auf wie alte Asche in der Abendglut. Krah legte den Kopf schief und lauschte, bis der rauhe Hall ihrer Rufe in der Stille der winterbrachen Felder verklang.

In den vergangenen Nächten hatte Reif die Stoppeln und die letzten Blätter versilbert. Es war kaum zu glauben, daß es bereits wieder Samonios war. Doch seit dem Angriff auf Caiactis war ein halbes Jahr vergangen, zwei Drittel der Zeit war ich bereits wieder zu Hause.

Hinter uns auf dem Burghof sorgten die Vorbereitungen für das Fest für rege Betriebsamkeit. Der köstliche Geruch von Fleisch und der würzige Duft von wildem Knoblauch und Kräutern stiegen aus dem großen Kessel auf. Schweine- und Rindfleisch wurden dort in zusammengebundenen Linnenbeuteln gesotten.

»Auf dem Platz vor den Pferchen haben sie Reste vom Schlachtfest gefunden«, sagte Krah. »Jetzt rufen sie andere zu ihrem Mahl.«

»So feiern auch sie des Jahres dunkle Wende ... Nun, ich wünsche ihnen Spaß bei ihrem Fest«, erwiderte ich.

In dieser Woche war das Vieh getötet worden, das wir nicht durch den Winter füttern konnten, und nicht einmal der aufkommende Wind vermochte die Luft ganz zu reinigen. Bei jedem Atemzug erinnerte ich mich an den Geruch des Blutes, das Pferd vergossen hatte, als er mich verteidigte. Menschen und Tiere bluteten auf gleiche Weise. Und starben, damit andere leben konnten.

So war auch Bärmutter gestorben, damit jene Kinder sich retten konnten, die nicht beim ersten Ansturm der Feinde gefallen waren.

War das der Grund, daß ich mich in dieser ersten Nacht von Samonios so rastlos fühlte? Die Eichenpriester lehrten, daß die Geister der Toten in dieser Nacht aus dem Jenseits zurückkehrten, um ihre Sippe zu besuchen. Hatte Bärmutter mich zu ihrer Sippentochter gemacht, als sie ihr Totem in die Haut meines Bauches tätowierte? Konnte sie mich hier finden? So viele Tagesreisen südlich der Insel, die ihre Heimat gewesen war? Ich hatte noch nie einen Geist gesehen, doch heute nacht war alles anders als sonst. Ich beobachtete, wie die Sonne rötlich glimmernd hinter dem schwarzen Astwerk versank und wie die Schatten unter den Bäumen hervorkrochen, und plötzlich fror ich.

»Sei nicht bitter, Kleines ...« Krahs Gesicht war noch im Schatten.

Ich konnte nichts gegen das Zittern in meiner Stimme tun. »Ich bin so groß wie du und eine Kriegerin, und ich flattere wie ein Vogel im Käfig gegen diese Mauern!«

»Jeder ist gefangen, auch du; nur wenige erkennen die Bande.«

»Ich dachte, *du* würdest es verstehen!« Ich zupfte an dem dicken gold-braun-karierten Wollstoff meines Gewands. In den ersten Wochen, nachdem des Königs Männer mich von den Inseln heimgebracht hatten, war mir gewesen, als würde ich unter den Kitteln und Umhängen der Quiritani ersticken. Doch trotz des Fetts, das während dieser vier Monate im Königshaus meine Knochen gepolstert hatte, begann ich meine Widerstandskraft gegen Kälte einzubüßen, und das machte mir angst.

»Was der Blinde schaut, bringt den anderen Licht,
Was aus Dunkel graut, gibt dem Sänger Sicht –«

Er lachte plötzlich und zog seine langen Beine an, so daß es aussah, als ob er auf der Mauer hockte. »Aber nicht für einen selbst. Niemals …«

Ich kam näher und versuchte, seinen Gesichtsausdruck zu erkennen. Und plötzlich wurde mir bewußt, daß Silberfäden sein schwarzes Haar durchzogen, obwohl er immer noch wie ein junger Bursche aussah. Wann war es dazu gekommen? War alles, was ich so sicher gewähnt hatte, heute in Gefahr?

»Warum nicht, Krah? Auf der Insel sang ich dein Lied, und Bärmutter sagte mir, es sei ein Lied der Macht. Könnte ich es jetzt singen, würde ich trotz der Jahreszeit nordwärts fliegen.«

»Selbst dumme Gänse wissen, daß man im Herbst gen Süden zieht.« Er legte den Kopf wieder schief.

»Vögel im Käfig, sieh an, Krähe und Schwan!
Ist die Freiheit vertan?
Fällt die schwarze Nacht, wer hält noch Wacht?«

»Oh, wie hält mein Vater es mit dir aus?« rief ich.

Eine geschwungene Braue zuckte, als er sich zu mir umdrehte. »Leir hat sein eigenes Gesetz. Wie die Sonne, wie das Meer …«

»Wozu braucht er dann dich? Warum bleibst du hier?«

In diesem Augenblick wirkten selbst die geschnitzten Götterbildnisse lebendiger, denn in der Luft um die heiligen Statuen war immer ein vager Schimmer. Doch Krah hatte all seine Kräfte im Innern verschlossen. Im schwindenden Licht schien er in seinem groben grauen Wollgewand noch weniger stofflich zu sein als die Geister. Ich streckte die Hand aus, wagte es dann aber doch nicht, nach seinem Arm zu greifen.

»Krah! Verlaß mich nicht!«

»Braucht die Blume die Biene oder die Eiche die Mistel? Braucht der Regen das Meer?« Er lächelte mich schief an, und für einen Moment war der Blick seiner erdbraunen Augen ungezähmt und scheu wie der eines wilden Tieres.

»Bin erst von zu Hause fort – werd' nicht wieder weglaufen, nicht einmal jetzt, da ich das Kommen der Geister spüre und Angst habe. Werde dich nicht verlassen – noch *ihn* ...«

Ich folgte seinem Blick und sah, wie mein Vater den Hof mit seinem unverkennbaren forschen Schritt überquerte. Wenigstens er würde immer da sein. Ich war dankbar für seine Kraft, obwohl ich mich über die selbstherrliche Art ärgerte, mit der er mich zu sich zurückgeholt hatte.

Als Kind hatte ich meines Vaters Burg für den Mittelpunkt der Welt gehalten. Ich hatte mir auch keine Gedanken darüber gemacht, was Krah gewesen war, ehe die Männer von Udrolissa ihn gefangengenommen hatten. Doch jetzt war auch ich entwurzelt. Er hatte seine Bestimmung verloren. Würde das auch mir passieren?

»Krah ...« Ich schluckte. *»Lehre mich!«*

Seine Augen musterten mich mit undeutbarem Blick, der mich schmerzlich an Bärmutter erinnerte. *Er besitzt das Wissen ...*, dachte ich. *Warum spielt er hier den Narren für uns?* Aber er schüttelte den Kopf.

»Was kann ich dir geben? Du wächst. Bald wirst du andere Lehrer haben ...«

»Wie meinst du das?« begann ich, doch er hatte bereits das Gesicht abgewandt. Ich hörte unten Schritte.

»Cridilla! Ah, Kind, da bist du ja!«

Obwohl er sich kaum rührte, war die Weisheit, die ich in Krah erkannt hatte, von einem Moment auf den anderen verschwunden. Während Rigana die Leiter heraufstieg, schien er kleiner zu werden.

»Die Eichel wächst, wie sie gesteckt wird – doch aus einer Eberesche läßt sich keine Eiche ziehen!« Er blickte von mir zu meiner Schwester und deutete mit spöttischem Gesicht eine Verbeugung an. Als Rigana die Stirn runzelte, verschwand er plötzlich mit Klappern und Klingeln von Knöchelchen und Glöckchen.

Ich starrte ihm nach. Von seinem seltsamen Zierat war nicht das geringste Geräusch ausgegangen, als wir uns unterhalten hatten.

Rigana schauderte. »Wie kannst du diese Kreatur nur ertragen? In seiner Nähe läuft es mir kalt über den Rücken!«

»Unser Vater …«

»Ich weiß, der König ist vernarrt in ihn«, unterbrach sie mich. »Doch das bedeutet nicht, daß er die richtige Gesellschaft für die Herrin von Briga ist!«

»Seit dem Tod meiner Mutter hat es keine Herrin von Briga mehr gegeben!« entgegnete ich. »Diese Zeit ist vorbei.«

»Ach, wirklich?« Sie lächelte seltsam, und ich verschränkte die Arme über meinem knospenden Busen. Nun fühlte ich mich aus anderen Gründen unbehaglich. Rigana musterte mich wie mein Vater eine Färse, die er zum Stier bringen wollte. »Du bist wirklich noch ein großes Mädchen«, sagte sie schließlich. »Aber du machst dich gut heraus. Mit der Zeit wirst du es verstehen.«

Ich spürte, wie ich errötete. Bärmutter und ihre Töchter waren Frauen und zugleich Kriegerinnen gewesen, doch seit mein Körper sich veränderte und ich zur Frau reifte, hatte ich wenig Gelegenheit gehabt, mich darauf einzustellen. Noch im vergangenen Sommer hatte ich mich mit der Leichtfüßigkeit eines jungen Rehs bewegt, doch neben Riganas zartgliedriger Vollkommenheit fühlte ich mich jetzt mißgestalt und plump.

»Armes Kind, es ist wirklich schwer. Aber es ist eine Macht, die in deinem Körper heranwächst. Wenn deine Regel beginnt, wirst du ihre Geheimnisse lernen. Nicht einmal Gunardwilla versteht sie zu nutzen, doch sie ist ja auch ein Streitroß. Du wirst schöner als sie. Werfen die jungen Burschen dir eigentlich schon Blicke nach?«

Ich funkelte sie an, denn ich war überzeugt, daß sie sich über mich lustig machte. Pferd hatte mich gemocht, doch er war schließlich mein Kamerad. Es war Rigana, der die Blicke der Krieger folgten, wenn sie mit dem Methorn durch die Halle schritt. Sie und ich hatten uns sogar darüber amüsiert, weil die Frau, die zur Zeit das Bett mit unserem Vater teilte, eifersüchtig war.

»Bist du zu mir heraufgeklettert, nur um mir das zu sagen?«

Rigana zog eine schwarze Braue hoch. Sie war nun in der Blüte ihrer Schönheit. Ihr Gürtel war mit Medaillons aus ziseliertem Gold besteckt und eng geschnallt, um zu zeigen, daß ihre Taille schlank war, obwohl sie ein Kind geboren hatte, und ihre wohlgerundeten Brüste drohten die rote Wolle ihres Gewandes zu sprengen.

»Bist du noch ein Kind, Cridilla, oder weißt du schon, warum meine Worte dich so streitbar machen?« Sie lächelte eigenartig. »Nun, es spielt jetzt keine Rolle. Dein Vater ruft nach dir. Die Fackeln von Samonia sind angezündet, und die Menge strömt herbei.«

Ich konnte bereits Gesang hören.

Schatten fallen, Dunkel naht, die Nacht zieht bald herauf,
Zündet Fackeln, bringt das Holz, schichtet es zu Hauf'.
Winters Winde uns versehren –
Feuer muß dem Bösen wehren!

Ich blickte über Riganas Schulter und sah das Funkeln von feurigen Punkten auf dem Hof. Im Westen loderten bereits Flammen auf dem Gipfel des Leuchtfeuerberges. Die Leute aus den Siedlungen in den Tälern der Soretia würden zusehen. Früher hatten sie ihr eigenes Totenfest um die Tage der ersten Ernte gehalten, doch jetzt kamen immer mehr, um es zur selben Zeit wie die Quiritani zu feiern.

Fackelschlange, kreisend rund, erfüllt den Raum mit Licht,
Feuer flammt im Weltengrund, bringt die Geistersicht,
Zeigt den Weg herbei den Seelen –
Möge Unheil uns verfehlen!

Mir stockte der Atem, als die Feuerpunkte innerhalb der Burgmauern zusammenströmten und den Berg mit einer flammenden Schlange zu umrunden begannen. Als der Zug sich von uns fort bewegte, wurde der Gesang allmählich leiser.

Dunkel weicht dem Fackelschein, es öffnet sich das Tor;
Leben reicht dem Tod die Hand, Sippe schließt den Chor.
Kommt herbei ans Licht, ihr Frommen –
Heute nacht seid ihr willkommen.

»Komm«, sagte meine Schwester, und ihre Stimme war sanfter, »steigen wir hinunter und feiern mit.«

Die Festhalle meines Vaters war lang, wie in seiner Heimat üblich, und eine Feuergrube verlief durch ihre Mitte. Die Speisen standen auf niedrigen Brettertischen, vor denen sich die Krieger auf frischen Binsen ausgestreckt hatten. Für die Häuptlinge gab es mit Fellen gepolsterte Bänke am Ende der Halle, gegenüber jenen der hochgeborenen Damen. Der Platz des Königs war zwischen ihnen am Kopfende der Feuergrube. Krah kauerte neben ihm, so vertraut und unbeachtet wie einer der Hunde.

Riganas Ehrenplatz war neben meinem, doch sie hatte sich bereits früh am Abend den anderen Frauen angeschlossen, die den Kriegern Met brachten. Wo sie vorüberging, wurden die Stimmen der Männer leiser.

Ich konnte Riganas Lachen und das melodische Klingeln ihrer Halsketten hören, jedesmal wenn sie sich vorbeugte, um ein Trinkhorn zu füllen. Nur Senowindos schien ihren anmutigen Gang nicht zu bemerken. Er hatte einen mageren Sklavenknaben, der ihn ständig mit Trinkbarem versorgen mußte, und seit die Fackeln in die Halle gebracht waren, hatte er auf kaum etwas anderes geachtet als den Inhalt seiner Schale.

Ich rutschte unbehaglich auf dem weichen Pelzpolster hin und her und sehnte mich danach, an den Rippenknochen eines frisch erlegten Wildes zu nagen, und nach einem Platz auf einem alten Fell, das auf dem harten Erdboden lag. Ich war einen solchen Überfluß nicht gewöhnt. Schon nach wenigen Bissen saftigen Schweinefleisches hatte mein Magen sich aufgelehnt, und ich hatte nicht gewagt, das Stück Rinderlende, das mein Vater mir hatte zukommen lassen, mehr als nur zu kosten.

Ich biß von einem Stück dick mit Honig begossenen Haferfladen ab und ließ dann meine Hand unter dem Tisch verschwinden. Eine warme Schnauze stupste daran, und der Rest des Haferfladens verschwand. Einen Augenblick später hob sich Sturms grauer Kopf hoffnungsvoll über die Tischplatte, und ich drückte ihn schnell wieder hinunter. Die Hunde hatten sich dicht um mich gelegt, und niemand schien bemerkt zu haben, wohin der größte Teil des Essens verschwunden war, das man mir vorgesetzt hatte.

Krah bewegte sich nun inmitten der Menge. Er jonglierte Dolche und Armreifen und Galläpfel, schlug Purzelbäume und ging auf den Händen, um die Zuschauer zum Lachen zu bringen. Am Ende der Halle tat sich etwas, und Krah beendete seine Vorstellung in einem Regen verschiedenster Gegenstände, die er flink in seinem Flickenumhang verschwinden ließ, als eine Trommel Schweigen gebot.

»Trinkt, o Krieger der Quiritani, auf den Ruhm toter Helden!« Talorgenos stand am hinteren Ende der Feuergrube. Sein Kopfschmuck aus Gänsefedern warf geflügelte Schatten an die gekalkten Wände der Halle. Als seine klare Stimme erklang, setzte in der Halle schlagartig Stille ein.

»Laßt uns unsere Brüder Uratos, Sohn des Ilicos, und Bitwitos den Schwarzen ehren, die im Kampf mit den Männern des Schimmeltals gefallen sind. Schwert- und Schildbrüder, wir grüßen euch und heißen euch willkommen ...« Er drehte das silberverzierte Zeremonienhorn um und goß einen dünnen Strahl Met ins aufzischende Feuer. In einem einzigen langen Zug leerten die Krieger ihre Hörner.

Die Rinderfelle, die vor der Tür hingen, waren zur Seite gebunden, und das Feuer flackerte in einem plötzlichen Windstoß, der Rauch aufwirbelte. Vor meinen tränenden Augen schien der Rauch sich zu verfestigen, und für einen Moment sah ich Männergestalten.

Ich setzte mich auf und wischte mir mit dem Ärmel über die Augen. Die Luft war nun wieder still, und der Rauch war zu dünnem Dunst geworden, der durch das Ried über den Balken abzog. Doch Leir hatte sein Horn noch nicht geleert.

»Auf Uratos und Bitwitos«, rief der König nun, »und auf Trost und Uxelos und Rotbein und alle die anderen guten Gefährten, die uns verlassen haben. Sie sind gesegnet, denn sie fielen im Kampf, doch wir vermissen sie!«

Ich zog die Knie an und legte meinen Schal um die Schultern. Zum erstenmal blickte ich nun bewußt auf die Leute in meiner Umgebung. Die Krieger erschienen mir jünger als jene Männer, die sich vor vier Jahren um meinen Vater geschart hatten; sie waren hochgewachsen und, anders als Leirs alte Gefährten, von sich eingenommen. Ihr Haar war sorgfältig eingefettet und zu Zöpfen geflochten, und ihre Gesichter waren glatt, mit gepflegtem Schnurrbart und rasiertem Kinn.

Mir war gleich bei meiner Rückkehr aufgefallen, daß die Kriegerschar kleiner war und zur Hälfte aus Männern bestand, die ich nicht kannte, doch ich hatte angenommen, daß unsere kampferprobten Krieger anderswo fochten. Der König hatte befohlen, daß ich in den Süden, nach Ligrodunon, gebracht würde, doch es war Artocoxos, der mich dort willkommen hieß. Er war kräftig und stämmig wie eh und je, nur sein Bart war mit den Jahren grau wie ein Bärenpelz geworden. Ich hatte meinen Vater kaum gesehen, bevor er zum Fest eingetroffen war. Ich hatte kühl zu ihm sein wollen, wenn er endlich Zeit für mich fand. Doch er sah so müde aus, wie ich ihn nie zuvor gesehen hatte.

Leir erhob sich und hielt das Trinkhorn hoch. Heute abend war sein Haar wie ein Pferdeschwanz gebunden, sein Gold wirkte dunkler, beinahe kastanienbraun, und von Weiß durchzogen, das im Feuerschein wie Kupfer leuchtete. In seinem Gesicht waren die Anstrengungen des kürzlichen Feldzugs zu lesen; die Haut war verwittert wie Eichenborke, und die Wangen waren leicht eingefallen.

»Die Schädel meiner Feinde grinsen über den Torpfosten, doch noch ist mein Schwert nicht befriedigt. Überall sammeln sich unsere Widersacher. Die Ai-Zir haben unsere Rinder gestohlen … Das ist nichts Neues«, fügte er hinzu, als jemand lachte. »Und auch verständlich, denn wer von uns hat so etwas noch nicht getan? Doch die Rinder zu töten, nachdem sie zusammengetrieben wurden, sie abzuschlachten, nur um der Zerstörung willen, das ist unverzeihlich …«

Eine aufgedunsene Kuh, deren starre Beine anklagend gen Himmel ragten ... das klägliche Muhen eines verlassenen Kalbes im Chor mit dem Krächzen gierig hackender Krähen ...

Ich zwang mich, den Worten meines Vater zu folgen. Es ging nicht um die gelegentlichen Überfälle unter den Quiritani, an die man gewöhnt war, sondern um etwas Ernsteres. In einem großen Teil der Insel waren die Bemalten noch nicht unterworfen. Mein Blick schweifte zu Rigana, die jetzt bei ihrem Gemahl saß und ihm die Schultern massierte. Auch sie beobachtete meinen Vater, doch ich konnte ihren Blick nicht deuten.

»Ich dachte, daß alle Stämme in Frieden miteinander leben könnten, doch das ist nun vorbei. Es ist *eine* Insel, es muß auch *ein* Volk sein!«

»Krieg!« brüllte einer der jüngeren Männer. »Töten wir die Ai-Zir und nehmen wir uns ihr Land!«

Feuer, das den Himmel erfüllt, und Blut, das übers Land fließt ...

Ich blinzelte. Ich hatte noch nie ein Dorf brennen sehen. Woher war diese Vision gekommen? Ich war nicht mehr krank gewesen, seit ich zur Insel aufgebrochen war. Ich fragte mich, ob ich jetzt krank wurde.

»Wir sind zu wenige«, kam der Einwand. »Laßt uns ein Bündnis mit den Ai-Zir schließen und Frieden halten, bis genügend Krieger herangewachsen sind oder bis wir über das Meer Verstärkung holen konnten.« Zustimmendes Murmeln setzte ein.

»Das wäre klug, wenn es ehrliche Männer gäbe, die einen solchen Pakt achteten. Wir hatten Bündnisse mit den Stämmen im Norden Albas geschlossen. Doch seit drei Monaten werden meine Tochter Gunardwilla und ihr Gemahl in Wotadinion belagert, nachdem die Stämme das Land verwüstet haben. Gunardwilla ist schwanger und kann nicht kämpfen. Aber das ist es nicht allein. Ihr alle wißt von den Gelübden, welche die Unantastbarkeit der Nebelinsel gewährleisten. Die Kriegerinnen gehören der Alten Rasse an, doch sie stehen über allen Sippen und Grenzen. Während der vergangenen vier Jahre hat Cridilla, meine Jüngste, dort in Sicherheit zugebracht ...«

Leir wandte sich mir zu, und ich sah Zorn in seinen Augen blitzen. Galt er mir?

»Doch in diesem Sommer haben Männer der Nachbarinseln die Bärin und die meisten Kinder getötet, die in ihrer Obhut waren. Wäre meine Tochter nicht bereits Kriegerin gewesen, würde auch sie nicht mehr leben.«

Es war nicht Zorn in seinen Augen, sondern Angst um mich. Mein Herz schlug heftig. Plötzlich hatte ich wieder eine Vision und sah meine Leiche wie eine geschlachtete Kuh in ihrem Blut liegen. War das wirklich ich? Nein, die Gestalt war kleiner, stämmiger, und da war Blut zwischen den erschlafften Schenkeln.

Das ist nicht geschehen! Das bin nicht ich! Ich keuchte und preßte die Fäuste auf meine Augen, um dieses Bild zu vertreiben.

In der Halle machte sich Empörung Luft. »Laßt die Maid selbst berichten!«

»Erzähl uns, Tochter, wie die Bärin der Insel fiel!« forderte Leir mich auf.

Ich öffnete die Augen, und Bärmutters Ausbildung half mir, meine Beherrschung wiederzugewinnen. Jetzt blickten alle auf mich. Ich mußte daran denken, daß ich meine eigene Kriegerschar zu betrauern hatte. Ich streckte mein Horn aus, um es füllen zu lassen, und stand auf.

»Fünf Trupps Kinder waren auf der Insel«, begann ich. »Das jüngste war erst sechs.« Rasch erzählte ich die Geschichte.

Mehr als die Hälfte der Kinder hatte den Überfall nicht überlebt. Ein paar, die nirgendwo hingehen konnten, waren bei Geistbärin und ihrer Schwester geblieben. Auch ich wäre geblieben, obwohl Bärmutters Tod den Eid aufhob, den ich ihr geleistet hatte, und obwohl es keine Schule mehr gab, an der ich Ausbilderin hätte sein können. Pferd war auf der Insel geblieben. Er war noch zu schwach für eine Reise gewesen, als Leirs Männer kamen, um mich abzuholen. Pferd hungerte im Norden, und ich war allein in diesem üppigen Gefängnis.

»Deshalb fordere ich euch auf, die ihr Krieger seid: Trinkt auf jene, die eurer Gesellschaft würdig wären, hätten sie weiterleben dürfen! Ich rufe die Geister von Bärmutter, von Weide und Sturmvogel, Ente und Salamander ...« Ich zählte sie alle auf ... Ich wollte die Erinnerung fortblinzeln, welche die Gesichter meiner Toten an mir vorüberziehen ließ, als wieder ein

Windstoß durch die offenen Türen fuhr. Flackernder Feuerschein jagte huschende Schatten durch die Halle, hell und dunkel und wieder hell, verwirrende Visionen. Tief in meinem Leib brannte ein Schmerz, und meine Haut war kalt. Ich fächerte den Rauch aus meinen Augen fort, doch plötzlich konnte ich nicht mehr klar sehen.

Ein schlankes Mädchen mit zerzaustem dunklen Haar erschien am Rand meines Blickfelds. Ich wandte den Kopf, um sie besser erkennen zu können, doch sie glitt in den Schatten zurück. *Weide …*, dachte ich. *Ich rief sie, und sie ist gekommen … Die Toten kehren zurück, und dieses Jahr kann ich sie sehen!*

Zitternd schlug ich die Augen auf. Bei jedem Krieger, der an einem fleischigen Knochen nagte oder Met in die Kehle goß, stand ein Schatten, der sich von dem schimmernden Energiehauch nährte, der die Nahrungsmittel umgab. Eine Heerschar füllte die Halle – doppelt so viele Krieger, wie Leir sie hätte mustern können.

»Es waren die Krieger der Ai-Zoma, die Wildkatzen der Inseln, die Caiactis überfielen …«, rief der König. »Dieselben Krieger, die meine älteste Tochter und ihr noch ungeborenes Kind bedrohen! Unsere Feinde im Süden sind geschlagen, doch die Ai-Zoma fauchen und knurren wie eine Wildkatze, die sich an die Lämmer heranwagt, weil der Hirtenhund tot ist. Wollen wir dulden, daß sie uns verhöhnen?«

»Laßt sie die Menschen von Alba verhöhnen. Warum sollen wir dort unser Blut vergießen?« Ich sah einen dunklen Talkessel, wo Raben krächzend die Zahl der Gefallenen verkündeten …

»In der Schlacht werde ich ein Held sein. Alle werden meine Taten preisen …« Ich schaute mich um und erkannte erst jetzt, daß Leir noch sprach. Diese Bemerkungen hatte ich nicht mit den Ohren meines Körpers vernommen.

»Wenn der Frühling die Pässe öffnet, werden wir sie lehren, wer über dieses Land herrscht!« Artocoxos war aufgesprungen und schüttelte die Fäuste. Hätte sein Schwert nicht an der Wand hinter ihm gehangen, läge es jetzt in seiner Faust.

Schwerter blitzten im Sonnenschein über wutverzerrten Gesichtern …

»Und wer herrscht über die Quiritani? Durch diesen Krieg wächst Leirs Macht!«

Ein Speer schwirrte durch die Luft.

»Was wird sein, wenn alle vom Wildkatzenstamm gefallen sind?« Der plötzliche Schatten eines erhobenen Schildes …

»Ich werde sie alle töten, und die Barden werden Lieder über mich singen!«

Ich preßte die Hände auf die Ohren. Mir war, als hätte man mir die Haut abgezogen. Was geschah nur mit mir?

Nun brüllten alle Krieger wild durcheinander. Artocoxos und Senowindos standen neben dem König und hämmerten mit den Fäusten auf den Tisch, während Rigana lächelte. Die Schatten der Gefallenen wurden fester, deutlicher, als würden sie sich nicht nur von den Opfergaben nähren, sondern auch von der Kraft des Zorns der Männer. Und die Sklaven schafften immer wieder Met für die Krieger heran. Heute nacht würde es genug für sie alle geben.

Ich blickte mich verzweifelt in der Halle um, entdeckte Krah und ging zu ihm. In seinen dunklen Augen war das Weiße zu sehen, wie bei einem verängstigten Pferd – sie schauten dasselbe wie ich. Doch während ich Krah beobachtete, stellte der Krieger, den er mit seinen Possen unterhalten hatte, ihm eine Frage, und Krah nickte schaudernd. Der Mann hob seinen Umhang, und Krah kroch darunter und vergrub das Gesicht im Fell, das an der Seite der schmalen Bank herunterhing. Dann fiel der Umhang, und ich konnte nur noch Krahs Gesicht an der Schulter seines Beschützers sehen und dessen Hand, die sein dichtes schwarzes Haar streichelte.

Ich blieb abrupt stehen, denn ich erkannte, daß Krah seine eigene Zuflucht vor den Geistern von Männern gefunden hatten die nicht seinesgleichen waren. Nun konnte ich keinen Trost mehr bei ihm suchen. Doch selbst wenn ich zu ihm gegangen wäre, dachte ich nun, hätte er mir nicht helfen können. Wir wären wie zwei Kinder gewesen, die sich aus Angst vor den Dämonen der Dunkelheit aneinanderkauerten.

Doch was konnte ich tun? In der Halle herrschte Tumult. Männer forderten Talorgenos auf, einen Stier zu töten und in dieser Nacht, in der Vergangenheit und Zukunft sich vereinten, in seiner Haut zu schlafen, um den Ausgang des bevorstehenden Krieges prophezeien zu können. Die Geister scharten sich in Wirbeln eisiger Luft um mich und streckten die Hände aus. Was wollten sie von mir?

»Habe ich es nicht gesagt, Mädchen? Die Macht ist bereits dein …«

Ich keuchte, denn obgleich diese Worte, wie alle anderen, in meinem inneren Ohr erklangen, war mir die Stimme wohlvertraut. Eine pelzige Gestalt formte sich aus den Schatten. Ich erkannte die steifen, spitzen Ohren der Kapuze, sah Gold bleich darunter schimmern und helle, scharfe graue Augen.

»Artona – Bärmutter …« Mehr als ein Wispern brachte ich nicht hervor.

»Hast gedacht, könntest mich loswerden, indem du so weit fortgingst? Wach' jetzt über alle meine Kinder …«

Ich lachte leise. Damals auf der Insel hatten wir immer geglaubt, daß Geister der Bärin dienten, denn nichts, was wir anstellten, blieb ihr verborgen. Doch jetzt war *sie* der Geist und half mir … Krah hatte gesagt, ich würde bald andere Lehrer haben. Das mußte er damit gemeint haben!

»Mir ist übel, mein Magen tut weh, und ich habe Angst!«

Dann geh zur Grube, Kind. Die frische Luft draußen wird deinen Kopf wieder klar machen. Du mußt nicht hierbleiben.

Natürlich. Das würde das beste sein. Warum war ich nicht selbst darauf gekommen? Die Krieger soffen und fraßen und prahlten bereits mit ihren Heldentaten. Bestimmt würde ich niemandem fehlen, wenn ich jetzt die Halle verließ. Ich wickelte den Schal fester um mich und ging zur Tür.

Ich trat in eine Welt, in der die Dunkelheit dem Wind Form verlieh. Dahintreibende Wolken verhüllten die Sterne und ließen sie alsbald wieder auffunkeln. Eine feuchte Kälte hing in der Luft und kündete vom Nahen des Winters. Fackeln flackerten wild von den Türpfosten der Methalle und warfen schwankende Lichtpfade über das herbstliche Gras. Licht waberte auf den weißen Knochen alter Schädel in den Wandnischen des Schreins und ließ die schrumpfenden Lippen der neueren Trophäen in scheinbarer Selbstverspottung grinsen.

Zu dieser Stunde begaben keine Lebenden sich ins Freie, doch obwohl die Schar der Geister in der Halle geblieben war, wisperten andere Stimmen in der stürmischen Dunkelheit. Vielleicht hatte der Blutgeruch sie geweckt. Sie unterhielten sich über Feste und Opferungen zu einer Zeit, lange ehe Leir Blatonikos seine Mauern errichtet hatte.

»Bärin, wohin willst du mich führen?« fragte ich. »Wenn ich da hinausgehe, wirst du mich beschützen?«

»Mein Volk ist noch viel älter als das ihre ...«, antwortete sie. *»Hab keine Angst!«*

Noch nie zuvor hatte ich etwas Ähnliches wie diesen dumpfen Schmerz verspürt, der in meiner Magengrube pochte, nicht einmal, als ich zu viele grüne Äpfel verschlungen hatte oder seekrank gewesen war. Ich eilte zu den Notdurftgruben und wählte eine, wo beim Aufflackern der Fackeln hin und wieder Licht auf den Weg fiel, so daß ich mich zurechtfinden konnte. Es war in Festnächten dann und wann schon vorgekommen, daß betrunkene Krieger in die Gruben gefallen waren.

Der Schmerz ließ kaum nach, als ich mich erleichtert hatte, und erst, als ich mich aufrichten wollte, sah ich das verschmierte Blut an meinen Schenkeln.

Ich bin verwundet ... Ich erinnerte mich wieder an meines Vaters Vision von dieser Frau, die wie ich aussah und tot dalag, während Blut aus ihrem Schoß ins Stroh floß. *Jetzt bezahle ich den Preis dafür, daß ich geboren wurde!* Ich berührte mich und roch den Schlachtgeruch, der den ganzen Tag die Luft erfüllt hatte.

»'s ist nicht Tod, der aus dir fließt, Mädchen, sondern Macht ...«

Ich blickte auf und sah Bärin. Ihre Gestalt war im wabernden Licht nun klar zu erkennen, als hätte ihr die Kraft in meinem Blut ermöglicht, eine Form anzunehmen, die ich deutlich sehen konnte. Andere Geister schwebten hinter ihr, doch sie stand schützend dazwischen.

»Mein Mondblut ...« Endlich verstand ich. Ich hatte es nicht gewollt. Ich sah keinen Sinn darin, zumal es nur andere hungrige Geister herbeirief. »Bringt der Zyklus einer Frau immer solchen Schmerz?«

»'s wird leichter fließen, wenn du dich nicht dagegen wehrst. Geh jetzt ins Frauenhaus und bitte Zaweret, dir Schafgarbe und roten Klee und Kamille zu geben.«

Unwillkürlich mußte ich lächeln. Ein Geist, so mächtig er auch sein mochte, konnte keinen Tee kochen.

»Wenn du lächeln kannst, Kind, hast du etwas gelernt, das kein Feind dir wieder nehmen kann.«

Ich richtete mich auf und streifte meine Röcke glatt. Sie waren bereits befleckt, und der Wind war eisig. Erst an der Tür zum Frauenhaus wurde mir bewußt, daß Bärmutter im Licht schwand.

»Verlaß mich nicht!« flehte ich sie an.

»Hab keine Angst. Werd' immer kommen, wenn du mich brauchst«, antwortete sie, und dann war sie eins mit dem Wind.

»Ist jemand hinter dir?« fragte Zaweret und wandte sich vom Herd ab, als ich eintrat. »Was brauchst du, Herzblatt? Du bist so bleich!« Ich zuckte die Schultern, und plötzlich erkannte ich, daß sich eine Wunde in meinem Herzen geschlossen hatte, die blutete, seit ich Bärmutters Leichnam sah – und das, obwohl mein Mondblut floß. Ich fragte mich, ob vielleicht nun immer jemand an meiner Seite sein würde.

»Ich brauche Tücher«, murmelte ich, »und eine Kanne Tee von der Schafgarbe und vom Rotklee.«

Einen Moment lang starrte Zaweret mich an. Dann verzogen ihre runden Wangen sich zu einem Grinsen.

»Herrin ...« Sie verneigte sich vor mir, wie die Menschen in Belerion sich vor Rigana verneigten. Doch nie, niemals je vor mir.

Augenblicke später schien es, als bemühten alle ihre Mädchen sich um mich. Ich wurde gebadet, mit allem Nötigen versorgt und in die Kammer gebettet, wohin die Frauen der Burg sich manchmal zurückzogen, um ihre Ruhe zu haben, wenn ihr Mondblut floß. Und dann war Rigana bei mir und blickte mit dem gleichen geheimnisvollen Lächeln, das ich schon am Nachmittag bemerkt hatte, auf mich herunter.

»Ich *wußte* es! Ah, Schwester, den ganzen Tag habe ich die Veränderung in dir gespürt, doch kaum zu hoffen gewagt, daß deine Zeit endlich kommt!«

»Hoffen?« Ich lachte, doch es klang nicht mehr so bitter wie zuvor. Zawerets Tee wirkte bereits; vielleicht lag es aber auch daran, daß ich nun wußte, was mit mir geschah. »Ist die erste Mondzeit einer Frau immer so eigenartig?«

Rigana lachte. »Es ist nicht ungewöhnlich, wenn das erste Blut an Samonia kommt. Doch ein besseres Omen könnte es nicht geben. Oh, mein Liebes, was wirst du für eine Königin sein!«

»Wie meinst du das?«

»Deine Initiation, Kind, was sonst? Die Zeremonien, durch die dir Wissen um deine Macht zuteil wird. Gleich in der Frühe werde ich Boten zu Frau Asaret und den anderen senden ...« Sie setzte sich neben mein Bett und nahm meine Hand. »Wenn das Wetter es gut meint, können sie in einem Monat hier sein. Das gibt uns Zeit genug, vor Mittwinter zum Ritual zur Schoßhöhle zu reisen.«

»Die Höhle droben in den Hochtälern beim Berg der Winde?« fragte ich ungläubig. »Mitten im Winter? Das wird Vater nie zulassen!«

Rigana blickte mich an und lachte aufs neue. »In diesem Fall hat Leir nichts zu sagen, mein Liebes. Dies sind die weiblichen Mysterien. Er darf es nicht wagen, sich einzumischen, und er wird es gar nicht erst versuchen. Selbst ein quiritanischer Schwertschwinger fürchtet die Mondmacht einer Maid, ehe sie gelernt hat, diese Macht zu beherrschen. Und du bist die Königstochter von Briga. Es ist zu Leirs Vorteil, wenn du deine volle Macht als Frau und Königin erlangst.«

Offenbar hatte ich Rigana noch immer zweifelnd angeblickt, denn als sie sich erhob, tätschelte sie meine Hand.

»Schlaf jetzt, meine Schwester. Gib deinem Körper die Ruhe, seine Verwandlung zu vollenden. Und mach dir keine Gedanken wegen unseres Vaters – bis deine Initiation beendet ist, wirst du weder ihn noch sonst einen Mann zu Gesicht bekommen.«

Du bist weißer als der Schwan auf dem See im Moor,
Du bist weißer als die Möwe, die mit dem Strom treibt,
Du bist weißer als der Schnee auf dem hohen Gipfel,
Du bist weißer als die Liebe der Engel des Himmels.

Schottischer Volkszauber, Carmina Gadelica

Der erste Schnee dieses Winters war in der vergangenen Nacht gefallen. Über den Kalksteinwänden schimmerten die Berge im Morgenlicht, und das Eichenlaub auf den unteren Hängen glitzerte weiß. Von dem Feuer, in dem die Priesterinnen Steine für das Schwitzhaus erhitzten, stieg kräuselnd dünner Rauch auf, und der Atem der Frauen zerfaserte als weiße Wölkchen in der stillen Luft. Ich thronte auf einem Stoß Satteldecken und bemühte mich, inmitten dieser Geschäftigkeit möglichst unbeteiligt zu erscheinen.

Nach Samonios waren wir von Ligrodunon aus durch frostgebleichtes Feld ins Hochland aufgebrochen. Von dem heiligen Ebereschenzweig, der vor uns hergetragen wurde, baumelten Quasten aus buntem Garn, und das Klingeln von Silberglöckchen begleitete uns durch das Land. Niemand, ob von der Alten Rasse oder der neuen, hätte gewagt, uns aufzuhalten, nachdem er den Kuhschädel gesehen hatte, der an den heiligen Stab gebunden war.

Als die bewaldeten und halb gerodeten Hänge der Täler dem weiten steinigen Moorland gewichen waren, hatte ich eine unerwartete Erregung verspürt. Und dann hatte ich am Horizont die heiligen Berge erblickt, die über das Land wachten. Erst in diesem Augenblick war mir klargeworden, daß dies mein Land war und daß vielleicht wirklich ein Sinn in dem uralten Ritual lag.

»Amaunet kam aus dem Land der Banalisioi, als du geschlafen hast«, sagte Rigana neben mir. »Damit sind es bereits fünf ...« Sie zählte sie an den Fingern ab. »Frau Asaret, die Älteste des Bundes; die alte Tamar; Ilifet, das ist die mit dem Schweinslederumhang; und Urtaya von den Ai-Zir, die Wächterin der Steine der Göttin auf der Ebene.«

Bei diesen Worten blickte ich auf. Den letzten Botschaften nach, die wir erhalten hatten, war das Volk des Bullen immer noch unser Feind. Doch Rigana erinnerte mich daran, daß dieses Ritual viel wichtiger war als die Kriege der Männer. Gewiß hat sie recht, dachte ich, wenn es sogar die Ti-Sahharin, die Dunkle Schwesternschaft, zu dieser Jahreszeit von zu Hause fortlockt! Drei von ihnen hatten den Weg zu uns gefunden, obwohl ihre Heimat in größerer Ferne lag als die unsere. Ich fragte mich, ob es wohl stimmte, daß die großen Priesterinnen Vogelgestalt annehmen und mit dem Wind reisen konnten.

»Aber es könnte bei diesen fünf bleiben, falls der Schnee Ekki in ihren Bergen im Westen festhält«, fuhr Rigana fort. »Denn es besteht wenig Hoffnung, daß die Leute von Alba in diesem Jahr die Belagerung durchbrechen können.«

Ich seufzte. Der Gedanke, wie es Gunardwilla jetzt wohl ergehen mochte, bereitete mir Unbehagen. Ich konnte mir nicht einmal vorstellen, daß sie schwanger war, und ich wollte nicht darüber nachgrübeln, ob sie am Leben blieb und ihr Kind zur Welt bringen konnte. So lenkte ich mich ab, indem ich zu erraten versuchte, was mit mir geschehen würde.

Das Leben meines Volkes, ob nun Ti n'Izriran oder Quiritani, wurde von den großen Zeremonienzyklen beherrscht, welche die Jahreszeiten des Lebens und des Landes bestimmten. Ich war damit aufgewachsen, doch nun war ich zum erstenmal der Mittelpunkt eines Rituals. Wäre ich ein einfaches Mädchen gewesen, hätten ein oder zwei Wochen im Frauenhaus genügt, mich auf meine Frauwerdung vorzubereiten. Doch mich hatte man den ganzen letzten Mond alles über die Vorgänge im weiblichen Körper gelehrt und wie man mit Männern und Kindern umging, und nun näherte sich bereits Mittwinter. Was, bei Danas Busen, gab es für mich noch zu lernen? Und wieso konnte es nur hier geschehen?

»Bist du ungeduldig, kleine Schwester?« Rigana lachte. Ihre Kapuze war zurückgeglitten, und ihr Haar hob sich fast erschreckend schwarz vom glitzernden Schnee ab. Ich blickte sie überrascht an, denn sie machte einen heiteren Eindruck.

»Als man mich beim Mutterborn und im Hügel der Königinnen initiierte – in einem der stürmischsten Lenze, an die ich mich erinnern kann –, dachte ich, die Zeremonien würden nie enden.«

»Warum tut man es dann?« fragte ich. Ich hatte mich auf der Nebelinsel voll Vertrauen in die Fähigkeiten meines Körpers der Prüfung gestellt, mit der Gewißheit, alles meistern zu können. Jetzt aber hatte mein Körper mich verraten, und nach den Visionen beim Fest von Samonia begann ich zudem noch an meinem Verstand zu zweifeln. Sogar das Wasser des heiligen Quells schien Geheimnisse zu wispern, während es aus dem Berg über uns durch einen mit Steinen eingefaßten Lauf zum Teich gelenkt wurde.

»Weil wir die Königinnen sind ...«, Riganas Stimme klang nun tiefer, und ich erschauerte, »... und unsere Fruchtbarkeit die Fruchtbarkeit des Landes ist. Von allen Kindern der Großen Mutter muß nur dem Menschen ihr Gesetz gelehrt werden. Jedes Land hat seinen ureigenen Zyklus des Lebens, so wie jede Frau alle Frauen und doch nur sie selbst ist. Um jede Frau muß auf andere Weise geworben werden. Dasselbe gilt für das Land, und wie sollen die Menschen, die ins Land kommen, dies wissen, ohne daß wir es sie lehren?

Das Wissen wird verlorengehen, falls wir an diesen Dingen nicht festhalten. Unsere Freuden und Leiden sind bedeutungslos angesichts dieser Notwendigkeit. Aber wir sind bedroht. Im Land der Weißen Klippen ist das Geschlecht der Königinnen bereits ausgestorben. Es gibt nur noch die Priesterin, das Wissen zu bewahren.

Sieh dir Urtaya an ...« Sie deutete auf eine stämmige Frau, die ein rotes Stierfell trug. »Sie bringt die Grüße ihrer Königin, doch ihre Herrin ist alt und hat nur Söhne geboren. Auch einige Priesterinnen sind greise, und die Ausbildung ihrer Nachfolgerinnen in den Landen, wo die Quiritani herrschen, ist schwierig.«

»Hat Gunardwilla mich deshalb zur Nebelinsel gebracht?« fragte ich. »Gehörte auch Bärmutter zu eurer Schwesternschaft?«

»Artonas Weisheit war sogar noch älterer Natur als unsere«, erklang eine Stimme hinter uns. »Du kannst dich glücklich schätzen, sie als Lehrerin gehabt zu haben.«

Rigana grüßte die Hinzugetretene, und ich nickte verlegen. Es war Frau Asaret, die mich davor bewahrt hatte, als Kind von einer Otter gebissen zu werden. Asaret schien nicht älter geworden zu sein. Sie trug Zierat aus Gagat und Bernstein und einen Umhang aus Hasenfellen über ihrem dunkelblauen Wollgewand.

Zwei Priesterinnen waren ihr gefolgt.

»Herrin«, sagte Ilifet, »die Steine sind zum Bersten heiß, und der Boden um sie ist bereitet. Seid Ihr hier fertig?«

»Kehrt die Kohlen weg, deckt die Steine auf und laßt Tamar die Hütte herrichten. Die Maid ist bereit für ihre Läuterung.« Sie wandte sich zu mir. »Du bist bereit?«

Drei Priesterinnen hoben die große, bienenkorbähnliche Hütte aus Haselrutengeflecht und trugen sie wie einen umgedrehten Korb zum Feuer, wo sie das Gebilde über dem Haufen glühender Steine absetzten. Während die Frauen das Geflecht mit Fellen behängten, damit keine Hitze entweichen konnte, machte ich mich daran, meine warme Kleidung auszuziehen.

Ich war hungrig, denn seit dem Sonnenuntergang am Vortag hatte ich fasten müssen, und nach dieser Säuberung mußte ich erst noch die Nachtwache durchstehen, ehe es etwas zu essen gab. Vielleicht nickte ich nur, weil ich mich schämte, nach all der Mühe, die diese Frauen meinetwegen auf sich genommen hatten, unwillig zu erscheinen.

»Jetzt ist es soweit!« sagte Rigana heftig. Ich seufzte und ließ zu, daß sie mir das Gewand über den Kopf zog.

»Ich werde es tun«, versicherte ich ihr. »Doch ich verstehe immer noch nicht …«

»Wenn du aus der Schoßhöhle kommst, dann wirst du verstehen ...« Sie sah mich mit großen Augen an, und für einen Moment hatte ich das Gefühl, in ihre Seele hineinblicken zu können. »Oh, mein Liebes – wenn du verstehst, was es bedeutet, eine Königin zu sein, werden du und ich und Gunardwilla gemeinsam die Welt erneuern.«

Die heiße Luft in der dunklen Enge der Hütte raubte mir nach der eisigen Kälte im Freien den Atem. Ich hielt mich tief an die feuchte Kühle des Erdbodens, und es war mir gleich, was diese Frauen von mir dachten. Die Priesterinnen saßen im Kreis an der geflochtenen Wand, ihre weiblichen Formen waren durch das Glühen der erhitzten Steine nur schemenhaft zu erkennen. Eine von ihnen murmelte ein Gebet zur Erde, unserer Mutter. Nach kurzer Zeit wurde ich mir des Moschusgeruchs der Frauenleiber bewußt, der sich mit dem Duft der würzigen Kräuter vermischte, welche sie auf die Steine gestreut hatten.

Das Klappern einer Rassel ließ mich auffahren.

»Hört, meine Schwestern, nun sind wir am Ort des Beginns; jetzt sind wir am Ort der Erneuerung.«

Frau Asarets Stimme klang seltsam fremd.

»*Sa – sa* – so ist es – so ist es.« Die anderen Frauen wiegten sich.

»Klammere dich nicht an deine Mutter; denn sie muß sterben, und du selbst wirst Mutter werden.«

»So sei es«, antwortete ich, denn ich hatte nie meiner Mutter Liebe gekannt. Und doch empfand ich den Schmerz des Verlusts, und in diesem Augenblick erkannte ich, wie sehr ich mich nach ihr gesehnt hatte.

Wieder klapperte die Rassel.

»Vergöttere nicht deinen Vater«, erklang die Stimme aus der Dunkelheit; »denn er wird sterben, und du wirst einem anderen Mann Kinder gebären ...«

Liebte ich meinen Vater zu sehr? Manchmal glaubte ich, ihn zu hassen. Aber ich hatte ja nicht die Absicht, einen Mann zum Gemahl zu nehmen, also würde es vermutlich nicht von Belang sein, noch einmal mit »so sei es« zu antworten.

»Blick nicht zurück auf die Spiele der Kindheit, denn nun kommt die Zeit, die Welt neu zu erbauen ...«

Ich runzelte die Stirn. Ich war nicht der Meinung, daß die Männer, die auf der Nebelinsel durch mein Schwert gefallen waren, den Tod durch Kinderhand gefunden hatten! Andererseits, wenn ich es recht bedachte, hatte das Verhalten der Krieger in meines Vaters Halle an Samonia mich sehr an das Prahlen von Kindern beim Spielen erinnert.

Ich hatte auf Schwänchens Rücken mit sorgloser Freude Rinder getrieben. Doch nun war das Pony alt geworden, und die unbeschwerten Ausritte waren bald vorbei. Gewiß, der König hatte versprochen, daß ich mir aus seiner Herde ein Pferd aussuchen durfte. Doch so sehr ich mit der Zeit auch ein anderes Pferd lieben mochte – immer mußte ich nun daran denken, daß ich auch dieses Tier einst verlieren würde.

Es waren nicht die Freuden der Kindheit, die ich aufgeben mußte, sondern die Unwissenheit, die mich ihren Wert nicht hatte erkennen lassen.

»Was in meinem Gestern kindisch war, gebe ich nun auf ...«, sagte ich schließlich.

Es gab noch weitere Fragen – zu viele, die auf Verhaltensweisen zielten, über die ich eigentlich hätte hinausgewachsen sein sollen. Und doch war ich oft in den Wäldern herumgestreift, wenn ich auf der Burg hätte mithelfen sollen. Und ich brachte es nicht fertig, die Wahrheit zu verschleiern, selbst wenn Takt es erfordert hätte. Und wenn ich nicht dazu gedrängt wurde, vermied ich es, in Gesellschaft das Wort zu ergreifen. Jemand, vermutlich Zaweret, mußte ihnen gesagt haben, was sie von mir fordern sollten.

Doch sie verlangten nicht von mir, meinen mühsam erlernten Umgang mit Waffen aufzugeben. Vielleicht befürchteten sie, von Bärmutters Geist heimgesucht zu werden. Oder sie wußten, daß Waffen, in der Not geführt, nichts Kindisches waren. Schließlich beendete die Rassel die Befragung.

»Was du gewesen, ist vorbei. Was du sein wirst? Erwähle nun einen neuen Namen: Schwarzsau oder Schimmelstute, Dunkle Schlange der Tiefe, Weiße Rabin, die Erde und Himmel verbindet …« Es folgten so viele Namen, daß mir der Kopf schwirrte. »Du bist das Ebenbild der Göttin, und alle ihre Gesichter werden die deinen sein.«

Inzwischen glühten die Steine nur noch schwach. Ich spähte in die Dunkelheit rundum und spürte die Anwesenheit der anderen Frauen mehr, als daß ich sie sah. Es hätte kühler werden müssen, doch die Luft war immer noch drückend. Ich hatte das Gefühl, zu schmelzen und eins zu werden mit dem schlammigen Boden.

»Dies ist die Göttin, die aller Mutter ist! Am Ende eines jeden Zeitalters vernichtet sie die Welt, auf daß sie aus ihrem Schoß neu erstehen möge. Göttin bist du, weil Allmutter im Zyklus deines Schoßes mit jedem Mond dieses Mysterium aufs neue offenbart!«

»Dies ist die Macht des Mondblutes«, erklang eine Stimme von der anderen Seite des Kreises. »Blut, für das Leben vergossen, nicht für den Tod. Blut zur Reinigung, nicht zur Befleckung. Blut, das dem Acker Fruchtbarkeit schenkt, deines Körpers Beweis der Unsterblichkeit …«

Frauenstimmen sprachen nun im Chor um mich herum. Es hörte sich an, als würden sie nicht nur jetzt und hier sprechen, sondern zu jeder Zeit und an jedem Ort, an dem Frauen diese Zeremonie vollzogen. Ich konnte in der drückenden Hitze kaum noch atmen. Gewiß befanden sich nun mehr Frauen hier bei mir als jene fünf, die mit mir die Hütte betreten hatten. In der Luft über uns formten sich Unsichtbare – Königinnen und Priesterinnen, deren Ahnenreihe ungebrochen bis in jene ferne Vergangenheit reichte, als die hohen Steinkreise in diesem Land errichtet worden waren.

»An deinen Mondtagen wirst du Macht besitzen«, sagte eine andere Frau. »Alle Menschen ohne das Wissen fürchten diese Macht. Und weil sie nicht verstehen, versagt ihre eigene Magie. Aus diesem Grund sondern wir Frauen uns ab, wenn das Blut am stärksten fließt – oder lernen, wie sich unsere Kräfte beherrschen lassen. Erwähle deshalb diese Tage für deine eigenen, mächtigsten Zauber …«

Ich nickte, denn ich erinnerte mich, wie die Geister der Toten sich um mich geschart hatten. Und ich erkannte, daß mein Körper mir eine Macht verlieh, die Männer nur durch ein Opfer erlangen konnten.

»So wie Ebbe und Flut der Großen See sind die Gezeiten deines Körpers. Salzig süßes Blut, salziges Wasser des Meeres, beides folgt dem Ruf des Mondes.« Diese Stimme war leise und tief.

»Das Blut deines Schoßes ist wie das Wasser, das in den verborgenen Höhlen unter der Erde fließt. Aus diesen Brunnen strömt das Leben der Welt, den Durst des Körpers zu stillen, das Verlangen der Seele zu nähren.« Die Worte waren ein Hauch, der tief in mein Inneres drang.

Die Stimmen verklangen. Ich hockte auf den Knien, die Hände in den schlammigen Boden gepreßt, und holte tief Luft.

»Aus Erde und Wasser kommt deine Macht, auszulöschen oder zu erneuern. Schwöre nun, die du der Kelch des Blutes von Königinnen bist, daß du dem Land dienen wirst, wie das Land es verlangt. Nicht Tod, sondern Leben soll deine Opfergabe sein!«

Erwartungsvolle Stille, beinahe greifbar, senkte sich um mich herab.

Ich mußte daran denken, wie das Blut des Schimmels unter der Axt hervorgeschossen war und wie ich für einen Augenblick meines Vaters erschreckende Verwundbarkeit gespürt hatte. So viele Opfer hatte es an Stelle der endgültigen Opfergabe gegeben. Und doch – was sie von mir verlangten, war auf seine Weise noch schrecklicher.

»Alles, was lebt, muß sterben, damit alles, was gestorben ist, neugeboren werden mag. Dies ist das Tun der Frau. Du hast die Macht, zu vernichten oder zu heilen, so daß die heiligen Wasser weiterhin fließen …«

Ich wußte nicht, ob diese Worte laut gesprochen worden waren. Ich glaubte zu ersticken.

»Ich werde es tun …«, wisperte ich und spürte als Antwort ein Zittern der Erde unter mir. Doch wußte ich noch immer nicht, was dieses Gelübde bedeuten mochte.

»Aus Erde und Wasser bist du gekommen; aus Erde und

Wasser sollst du wiedergeboren werden!« rief Frau Asaret jubelnd. »Nun werde durch uns geboren. Nun streife dein altes Leben ab, Schlange von Briga, und erstehe neu ...«

Die Tierhäute wurden vom Eingang der Hütte zurückgezogen, und Tageslicht strömte ins Innere. Jemand legte kurz die Arme um mich. Als die Frau mich losließ und durch die Öffnung kroch und die Felle hinter ihr zusammenschlugen, wurde es wieder dunkel. Dann umarmte mich die nächste, eine nach der anderen. Die letzte zog mich zum Eingang. Ich beschirmte die Augen, als sie mich ins Licht führte.

Frau Asaret wartete am Ufer; die anderen Priesterinnen hatten eine Gasse zwischen mir und dem Teich gebildet und hielten nun Birkenruten in den Händen. Während wir im Schwitzhaus gesessen hatten, waren weitere Personen angekommen. Ich sah eine mir unbekannte Priesterin, und hinter ihr, neben Rigana, blitzte Gunardwillas Goldhaar.

Bis zu diesem Moment war mir nicht bewußt gewesen, wie sehr ich sie hier vermißt hatte. Doch mir blieb keine Zeit, mich zu freuen. Jemand schob mich vorwärts. Ich biß mir auf die Lippe, als mich die erste Birkenrute traf, und begann zu laufen.

»Streif ab deine Haut!« sangen die Priesterinnen. »Streif ab deine Haut! Mach vom Alten dich frei und erstehe neu!«

Ich stürmte weiter, doch die Frauen waren dicht um mich herum; der Schweiß lief mir in die Augen und blendete mich; meine überhitzte Haut brannte. Vier Frauen – fünf ... Ich zählte sie im Vorüberlaufen. Und dann, ehe ich zu Asaret gelangte, stand mir noch eine Frau im Weg; ihre Haut war von den Totems auf ihrem Leib blau wie die einer Kriegerin. Ihre Rute peitschte mein Fleisch, und ich sah, wie groß sie war, und die Art, wie sie stand, und die geschmeidige Kraft ihrer Bewegung. *Bärmutter* ... Ich drehte mich um, wischte mir den Schweiß aus den Augen, streckte die Arme aus.

Doch da war niemand.

Frau Asaret aber lachte. Sie umarmte mich und zog mich ins kalte Wasser des Teichs.

»Du hast sie gesehen?« rief sie. »O gesegnetes Kind! Sieben Priesterinnen! So waren denn doch unser sieben hier!«

Sie drängten sich um mich und rieben mein glühendes Fleisch mit groben Lappen, als wollten sie mir die Haut abziehen. Ich taumelte, doch kräftige Hände hielten mich aufrecht. Ich war aus der schwülen, dunklen Enge des Schwitzhauses zurück in der sonnigen Helle, und all mein Kummer war verschwunden. Mein Geist pendelte schwindelerregend hin und her zwischen den Grenzen meines Körpers und der ganzen weiten Welt.

»Haltet mich ...«, flüsterte ich, »sonst schwebe ich davon!«

Frau Asaret drückte mich an ihren weichen Busen. *Warum wollten sie, daß ich meine Mutter aufgebe?* fragte ich mich benommen. *Meine Mutter ist hier!* Ich genoß die wundervolle Kühle des Wassers, das die Frauen über meinen erhitzten Körper gossen, und die Wärme der festen Hände.

»Laß meine Arme dich halten, Tochter – bist sicher hier bei uns ...«, sagte die Priesterin liebevoll. Mein Kopf sank auf ihre Schulter. Ich weinte und wußte nicht, warum.

»Bist gereinigt – bist erneuert – bist geheilt ...«, wisperten die Priesterinnen. Ihre Hände berührten mich nun sanft, und das Schluchzen, das mich schüttelte, erstarb allmählich.

Mein Blut pochte kräftig durch meine Adern, so daß mir die kalte Luft angenehm war. Ich war noch nie so sauber gewesen. Eine Leichtigkeit blieb zurück, als befände ich mich nicht ganz in meinem Körper. Doch ich konnte jetzt wieder klar sehen, so klar wie nie zuvor. Jeder Stein, jeder Baum schien in einem eigenen Licht zu schimmern, und die Frauen – ob schlank oder rundlich, ob mit hängenden oder festen Brüsten – waren plötzlich alle von wundervoller Schönheit.

Frau Asaret nahm eine Schale aus schwarzem, vom vielen Gebrauch glatt gewordenem Stein und hielt sie unter den Wasserstrahl, der in den Teich sprudelte. In einer Nische darüber stand eine Figur aus glanzlosem Metall. Über einem glockenförmigen Rock wölbten sich zwei runde Brüste aus dem Oberkörper. Die Züge waren vom Alter unkenntlich geworden, doch mir schien, daß sie lächelte.

Die Priesterin hob die Schale an meine Lippen, und ich schluckte keuchend das wundervoll frische Wasser, das meinem Körper die Feuchtigkeit wiedergab, die ich ausgeschwitzt hatte. Doch gewiß war es mehr als nur gewöhnliches Wasser: Ich hatte das Gefühl, als würde es statt Blutes durch meine Adern rinnen.

»Liebste, wir haben dich wiedergeboren ...«, sagte Frau Asaret, als sie mir zurück auf festen Boden half. »All unser Wissen haben wir an dich weitergegeben. Nun ist es an der Göttin, zu dir zu sprechen.«

»Bist du müde, Kleines?« fragte Rigana und lenkte ihr Pferd näher heran. »Jetzt dauert es nicht mehr lange. Siehst du den Schatten dort? Da ist die Höhle ...«

Wir folgten nun dem Fuß der Geröllhalde unterhalb einer zerbröckelten Kalksteinwand. Nach meiner Läuterung hatten die Frauen mich in einer Pferdesänfte zuerst über den Fluß und dann durch das Tal und den Pfad an der langgezogenen Klippe hinauf zu den Felsen gebracht. Es war etwa eine Stunde Wegs gewesen.

Ein halblauter Befehl ließ die Pferde anhalten. Gunardwilla half mir aus der Sänfte. Ich war froh über ihre Hilfe, denn ich war immer noch nicht völlig mit der Welt verbunden.

»Geht es dir gut?« flüsterte ich und umarmte die Schwangere, deren Leib sich gerade erst zu wölben begann. Eine ungewohnte Wachsamkeit sah ich in ihren Augen, doch sie schien stark wie eh und je zu sein, und ihre helle Haut war gerötet von der Kälte.

»Ich bin hier, kleine Schwester – sagt das nicht genug?« Für einen Moment traf ihr Blick sich mit Riganas; dann wandte sie ihre Aufmerksamkeit wieder mir zu. »An dich mußt du jetzt denken, Kind. Diese Gelegenheit wird nicht wiederkommen. Geh mutig, und kehre mit einer Vision zurück, die uns allen Freude und Hoffnung bringt!«

Im Westen wachte Rigodunon, langgestreckt und terrassenförmig aufgetürmt, über das Land. Die Täler lagen reglos unter dem Schnee, und nichts deutete darauf hin, daß ihre Stille je von Menschen gestört worden war. Was sollte ich hier erfahren?

Frau Asaret kam nach hinten zu uns. Unter ihren Fellstiefeln knirschte der Schnee.

»Sieh vor dir den Schoß von Briga – betrete ihn und werde neugeboren!« Die Priesterin deutete auf die Höhle. »Kalt wird er dir erscheinen, doch ist die Höhle wärmer als die Luft im Freien. Jetzt steht die Sonne im Mittag. Wenn sie aufs neue dorthin zurückkehrt, kommen auch wir wieder. Hast du verstanden?«

Ich nickte. Die Eichenpriester lagen drei Tage und drei Nächte in der Dunkelheit, wenn sie auf ihre Visionen warteten. Und Krahs Volk weihte seine Sänger auf schlimmere Weise ein, indem man sie in eisigem Wasser beinahe ertränkte oder sie an Bäume hängte. Ich hatte keinen Grund, vor einer einzigen Nacht in einer Höhle Angst zu haben.

Doch während wir aufwärts klommen, wurde der Schatten im Felsen zum Rachen eines furchterregenden Untiers, das nur darauf wartete, mich zu verschlingen. *Dort lauert der Tod …*, dachte ich da, doch ob der des Körpers oder des Geistes, wußte ich nicht.

Dann bückte ich mich unter dem Überhang und stieg hinein.

Das Licht, das durch den Eingang fiel, zeigte mir einen unebenen Erdboden, der nach hinten zu schräg abfiel und tiefer führte, als ich ihm vorsichtig folgte.

Der Stollen wurde breiter. Hier und da waren tiefe Spalten in der Höhlendecke, wo der Fels sich verschoben hatte. Ich stolperte und sah die Scherben eines Topfes und das Grün von angelaufener Bronze. Es war eine Harnischspange, jene Art von Gabe, wie man sie zur Besänftigung eines Geistes zurückließ. Die Frauen hatten diese Höhle ›Schoß‹ genannt, doch ich fragte mich, ob ›Grab‹ nicht zutreffender wäre.

Der Gang machte voraus eine Biegung. Ich hörte das Scharren des froststeifen Felles, als die Frauen es wieder vor den Eingang zogen, und ging auf die Geborgenheit verheißenden flachen Nischen in der Wand zu. Ein paar Atemzüge lang war noch ein dünner Lichtstreifen am Rand des Eingangs zu sehen, dann verschwand auch er, als die Frauen draußen vor dem Eingang Steine aufzuhäufen begannen.

Schwärze umflutete mich. Die Dunkelheit im Schwitzhaus war drückend gewesen, doch sie hatte Geborgenheit ausgestrahlt und erschien mir nun, verglichen mit dieser Finsternis, geradezu freundlich. Nur allzusehr war mir bewußt, daß die Höhle, in der ich mich befand, fast die Größe der Methalle meines Vaters besaß. Zwar hatte ich nichts Furchterregendes entdecken könnnen, ehe die Dunkelheit gekommen war, aber konnte ich da sicher sein?

Ich bemühte mich, durch das Rauschen des Blutes in meinen Ohren und das Rasseln meines Atems in der Brust etwas zu hören. Langsam wurde mir der Hauch kalter Luft an der Wange bewußt, das ferne Tropfen von Wasser und das Klappern eines fallenden Steins.

Du bist eine Kriegerin des Bärentrupps! sagte ich mir. *Willst du deinen Ausbildern Schande machen?*

Plötzlich war ich überzeugt, daß ich mir hier lediglich eine triefende Nase und Halsschmerzen holen würde. Aber ich schuldete es jenen, die mich liebten, das zu tun, was sie von mir erwarteten. Vorsichtig ging ich weiter bis zur Höhlenwand und breitete meine Pelze auf dem Boden aus.

Vergebens strengte ich die Augen an, um die Finsternis zu durchdringen. Ich schloß sie; gleich darauf riß ich sie wieder auf und versuchte verzweifelt, irgend etwas zu sehen. Ich erinnerte mich an Krahs Geschichte von der Maid, die den Brunnen hütete, und ich verstand, warum die Fische ihre Augen nicht mehr gebraucht hatten.

Die Ohren jedoch konnte ich nicht verschließen, und die unbestimmten Geräusche, die ich vernahm, machten das Fehlen eines erkennbaren Lautes nur noch deutlicher. Wie hatte die Maid dies ertragen, allein mit ihren Gedanken? Am liebsten hätte ich geschrien. Doch ich hatte Angst, denn ich wußte ja nicht, was der geringste Laut in der Dunkelheit wecken mochte. Ich kauerte mich in meine Pelze und schauderte.

Nach einer schier endlosen Zeit wurde mir klar, daß nichts geschehen war – daß nichts geschehen würde –, daß nichts und niemand da war außer mir.

Es war unmöglich hier, die Zeit zu schätzen. Nicht einmal

nach meinem Magen konnte ich mich richten, denn ich war bereits hungrig gewesen, ehe ich die Höhle betreten hatte. Eine Zeitlang grübelte ich über jeden Schritt nach, den ich unternehmen könnte, bis ich schließlich einsah, daß ich ebensogut das tun konnte, weswegen ich an diesen Ort gekommen war. Etwas anderes gab es hier ohnehin nicht.

»Göttin«, flüsterte ich in die Dunkelheit, »ob du Ava genannt wirst oder Dana oder Sugë, Janet oder Verbeia oder Tamar, für mich bist du die Erhabene, bist du Briga, nach der dieses Land benannt ist …« Ich hielt inne, da ich plötzlich an all die Geister denken mußte, die sich so hungrig in der Halle meines Vaters eingefunden hatten.

»Wenn wir dir etwas bedeuten, dann höre mich an. Deine Kinder töten einander. Die Felder sind mit ihrem Lebensblut gedüngt.«

Ich lehnte mich zurück, erstaunt über das, was ich mich zu sagen entschlossen hatte. Ob die Göttin dieses Blutvergießen kümmerte, wußte ich nicht, mich jedenfalls bekümmerte es zutiefst, auch wenn ich selbst eine Kriegerin war. Ehre hatte ich zu erlangen gesucht, als ich über die Insel jagte. Doch das war gewesen, ehe ich gesehen hatte, wie das Blut meiner Freunde sich mit dem Wasser des Meeres vermischte. Männer mochten um Macht oder Ruhm kämpfen, doch jeder wußte, daß die gefährlichsten Tiere Weibchen waren, die ihre Jungen beschützten.

Tiefe Stille war um mich herum, während ich zu ergründen versuchte, welche Bedeutung diese Tatsache für mich als Kriegerin hatte. Dann keimte ein anderer Gedanke in mir auf.

»Hohe Göttin«, sagte ich, »nie kannte ich die Mutter, die mich gebar. War es meine Schuld, daß sie starb? Meine Schwestern möchten, daß ich ihren Platz einnehme, und manchmal auch mein Vater, das kann ich fühlen. Ich möchte, daß er mich liebt …« Plötzlich erinnerte ich mich an die Wärme von Leirs starker Hand auf meiner Schulter, und meine Augen füllten sich mit Tränen. »Aber ich bin nicht meine Mutter! Ich kann nicht das sein, was sie war!«

Eine Tiermutter wird ihr Leben für ihre Jungen geben. Dann dachte ich: *Doch warum ist meine Mutter gestorben? Was war der Grund, daß sie ihr Leben aufs Spiel setzte, um mich zu gebären?*

»Herrin von Briga, liegt dir nur an diesem einen Land oder an allen Ländern? Was bezweckt mein Vater mit seinen Feldzügen? Gibt es keinen Weg in dein Bett, außer durch Blut? Meine Schwestern sagen, Leir herrscht nur über die Lande dieser Inseln, weil er deren Königinnen geheiratet hat. Aber er hat Tod in ihren Feldern gesät, ehe er Leben in ihrem Schoß säte. Wie kann er mit diesem Land verbunden sein?«

Ich holte Atem und bemerkte, daß ich zitterte. Machst du dir Sorgen um deinen Vater oder um dich selbst, fragte ich mich.

Göttin, fuhr ich stumm fort, *hilf mir! Das Volk meines Vaters und das meiner Mutter bekriegen einander ...* Nun verstand ich, was Gunardwilla mir einst über ihren eigenen Kampf erzählt hatte. Hätte ich in diesem Moment eine Waffe gehalten, hätte ich dann vielleicht mein Blut – das Blut meiner Mutter und das meines Vaters – in die Erde fließen lassen, um dieser inneren Zerrissenheit ein Ende zu machen?

Doch ich hatte keine Möglichkeit, mir etwas anzutun, und nach einer Weile verlangsamte sich mein Puls, und ich beruhigte mich wieder.

Vielleicht hatte dieses Wachen doch irgendeinen Sinn. Zum erstenmal in meinem Leben hatte ich die Gelegenheit, über alles gründlich nachzudenken. Seltsame Funken tanzten vor meinen Augen und verschwanden, wenn ich versuchte, sie zu betrachten. Doch nun hatte ich keine Angst mehr, die Lider zu schließen. Ich wickelte mich wieder in die Pelze und legte mich in eine Mulde zwischen zwei Steinen.

Bilder erschienen vor meinem inneren Auge und verblaßten, ehe ich sie betrachten konnte, während ich immer tiefer in die wohltuende Dunkelheit sank. Und plötzlich saß ich in meines Vaters Festhalle in Ligrodunon. Krah erheiterte die Krieger mit Purzelbäumen. Sie lachten, doch Krahs Augen waren traurig. Ich rief ihn an, aber er schien mich nicht zu hören.

Mein Geist flog nordwärts und fand Pferd, der Walbein zu einem Messergriff von der Form eines schlanken Mädchens schnitzte. Doch immer und immer wieder hielt er in seiner

Arbeit inne und starrte blicklos vor sich hin. Eine Frau in einem Umhang aus Bärenpelz trat aus der Hütte hinter ihm. Dann legte sie den Arm um ihn, und ich sah nichts mehr.

Weiter und weiter schweifte mein Blick in die Ferne. Ich sah Bauern ihr Saatgut auslesen und Krieger die Eisenklingen ihrer Speere schärfen. Ich sah ein Mädchen, das sich auf dem Gebärstuhl plagte, umstanden von Frauen, die Zaubersprüche murmelten, während der Schädel eines vor kurzem getöteten Kriegers, noch von Blut triefend, auf einem Pfosten vor der Tür aufgespießt war. Ich sah Rotwild in den Bergen des Nordens Schnee vom Gras scharren und Wölfe geduldig ihren Fährten folgen.

Und dann war ich scheinbar wieder zurück in der Methalle. Doch nun waren die Fackeln heruntergebrannt, und die Krieger schnarchten auf ihren Bänken an den Wänden. Nur am Ende der Feuergrube leckte dann und wann eine Flamme aus den Kohlen empor, beleuchtete die festen Züge meines Vaters und weckte einen Funken in seinen offenen Augen.

»Glaubst du, es geht ihr gut?« flüsterte er. »Sag mir, wird sie noch dieselbe sein, wenn sie zu mir zurückkehrt?«

Etwas rührte sich neben ihm. Krah schob die Hunde zur Seite und setzte sich auf.

»Herr«, begann er, »woher soll ich das wissen?«

Des Königs Hand packte ihn plötzlich am Fell seines Umhangs. Himmelblaue Augen blickten in erdbraune.

»Du weißt es!« zischte Leir. »Mich kannst du mit deinen Spielchen nicht täuschen! Du weißt alles …«

Krah wimmerte, und die Hunde bewegten sich unruhig.

Abrupt ließ der König ihn los.

»Ich bin hier!« rief ich ihnen zu. *»Könnt ihr mich denn nicht sehen?«*

Sie drehten sich nicht um. Krah lehnte sich zurück und rieb sich den Nacken, dann lachte er. »Schwänchen fort, an altem Ort, wohin sie zieht, die Schlange sieht … Möchtet Ihr eine Geschichte hören, Herr?«

Leir nickte und nahm einen tiefen Schluck aus seinem Horn.

»So hört die Geschichte von der Hüterin der Quelle«, begann Krah. Doch diesmal erzählte er sie anders. Diesmal war es der Stern, der auf der Suche nach der Maid durch das Loch in der Höhlendecke schien, und diesmal floh sie vor ihm. Doch überall wurde ihr Wasser gebändigt, wurde gezwungen, in Quellen und Fontänen an die Erdoberfläche zu schießen, und überall, wo sie ins Freie kam, war der Stern.

»Das ist nicht das richtige Ende!« rief ich. *»Die ganze Geschichte geht anders …«* Doch sie konnten mich nicht hören …

Die Halle löste sich auf, und mit einem schmerzhaften Ruck erwachte ich, fuhr von meinem Fellager hoch und starrte in die Dunkelheit.

Es war *kalt*! Die Temperatur mußte tief gefallen sein, denn die Luft in der Höhle war eisig. Frierend zog ich meine Pelze um mich, doch auch sie waren klirrend kalt. Ich atmete tief und versuchte, das Blut in meinen Adern zum Singen zu bringen, so wie in dem Augenblick, als ich aus dem Schwitzhaus getreten war. Doch die Kälte wurde nur noch schneidender. Sie wand sich um meinen Körper, und meine Arme und Beine wurden gefühllos.

Das ist der Tod, den ich meiner harren spüre …, dachte ich verschwommen, denn auch mein Verstand wurde taub, und alle Furcht fiel von mir ab. Ich spürte, wie ich zu Boden glitt, als jedes Gefühl mich verließ – nein, ich spürte, daß ich in die Tiefe sank, daß ich von einer Eisschlange verschlungen und ins Nichts gezogen wurde.

Dies waren die eisigen Wasser, vor deren Umarmung ich mich bei der Überfahrt auf See gefürchtet hatte. Doch nun hatten sie mich verschlungen, und es gab nur den einen Weg, den Weg in die Tiefe …

Doch seltsam … je tiefer ich sank, desto besser konnte ich mich bewegen. Ich besaß keinen Körper, aber das Etwas, das ich noch war, folgte der Strömung zu einem unvorstellbaren Ziel. Allmählich wurde mir bewußt, daß es Stein war, der sie lenkte, poröser, von Wasser durchdrungener Stein. Wasser, Wasser …

Ich spürte das Gewicht von Wasser um mich, das durch Druck von unten durch glatte Kanäle emporstieg. Ich gab mich dieser Bewegung mit wachsender Erregung hin, und eine Stimme, die meine war und doch nicht meine, rief: *»Wasser ist das Leben des Landes!«*

Ich war eine Schlange aus Wasser, sich windend und drehend, eine emporquellende Kraft, durch nichts aufzuhalten. Und plötzlich schoß ich hinaus ins Freie und spürte, wie ich wuchs, wie aus den Schuppen Federn wurden und Federn sich zu Schwingen formten. Doch mein geschmeidiger Hals war immer noch jener der Schlange, und mein scharfer Schnabel biß in den Himmel.

Unter mir lag das Land in der Starre des Winters. Doch ich konnte spüren, wie das Wasser sich überall bewegte, wie es sich schwerfällig unter einer dicken Schicht aus Eis und Schnee im See und im Waldweiher drehte, wie es kraftvoll unter dem Eispanzer von Flüssen, Bächen und Quellen dahinfloß.

Plötzlich flammte Licht auf. Rauhe Stimmen riefen einen Namen, den ich einst gekannt hatte. Verschwommene Gestalten eilten auf mich zu.

»Heilige Briga, sie ist erfroren! Seht doch, es sind Eiskristalle im Pelz! Rigana! Rasch, die Decken!«

Ich schlug verzweifelt mit den Schwingen gegen die Hände, die mich wieder an einen Körper fesseln wollten, doch sie waren zu stark.

»Cridilla, kannst du mich hören? Oh, Göttin, ich habe sie gewarnt, was passieren könnte! Wenn sie stirbt, wird der König uns alle töten! Cridilla ...«

Ich blinzelte. Es war Gunardwilla, die mich trug, Gunardwilla, die meinen Namen rief. Das Licht wurde heller. Jetzt halfen andere mit. Frauen streiften Pelzhandschuhe und Stiefel aus, noch warm von ihren Körpern, und zogen sie mir an. Stimmengewirr ließ meine Ohren klingen.

»Die Vision ...« Riganas Gesicht erschien vor mir. »Cridilla, was hast du gesehen?«

Ich starrte sie an und wand mich, als meine Hände und Füße vor Schmerz zu pochen begannen. »Die Schlange ...«, krächzte ich, und plötzlich verstummten alle und horchten auf. »Die Schlange und der Schwan sind eins ...«

Rigana blickte mich verständnislos an. »Sie spricht im Fieber …«, flüsterte jemand. »Sie kann uns jetzt nichts sagen.«

Ich ließ den Kopf an Gunardwillas Schulter fallen. Und als ich zum leeren Himmel blickte, spürte ich einen kühlen Kuß auf meiner brennenden Haut. Vom Himmel schwebten die kalten weißen Federn des Schwans herab.

Zweite Spirale

DER FLUG DES SCHWANS

Im
sechsunddreißigsten
Jahr der Herrschaft
Leirs

»Deiner Königsmacht werden Schranken gesetzt,
doch des Vogels Herrschaft wird edel sein,
und diese Verbote wirst du künftig beachten müssen ...«
Die Zerstörung von Da Dergas Herberge

Im Winter schließt die Kälte das lebenspendende Wasser ein und läßt das Land erstarren, als würde nichts sich je wieder regen. Im Rückblick erscheint es mir, als wären die vier Jahre nach meiner Initiation ein immerwährender Winter gewesen. Welche Veränderungen meine Nachtwache in Bewegung gesetzt haben mochte, sie blieben so unsichtbar wie Samen, die den verspäteten Kuß der Sonne erwarten. Die Priesterinnen brachten mich ins Haus meines Vaters, wo ich gesund gepflegt wurde. Rigana kehrte zu ihren Liebhabern in den Süden zurück und Gunardwilla zu ihren Kriegen im Norden. Ich aber blieb bis zu meinem neunzehnten Jahr beim König in Briga, begleitete ihn auf seinen Reisen und war eingeweiht in alle seine Pläne, und es gefiel mir.

Dann, kurz vor dem Fest der Maiden, als Wasser stetig wie Trommelschlag vom Strohdach des großen Hauses tropfte, das mein Vater nahe der Soretia erbaut hatte, begann sich alles zu ändern.

An diesem Tag schien es mir, daß sich endlich wieder zu regen begann, was so lange eiserstarrt gewesen war – nicht zuletzt in mir selbst. Über Jahre hinweg war mein Leben so kalt und unbewegt gewesen wie der weiße Überzug, den die Nacht immer noch auf Hof und Feld zurückließ. Doch nun wandelte jeder Morgen die Kruste aus Eis und Schnee zu Lachen, die von den Füßen der Sendboten zu Schlamm zertrampelt wurden. Die Luft war erfüllt von den Streitgesprächen der Krieger, dem Rauschen von Wasser und den Rufen zurückkehrender Zugvögel.

Ein Dutzend von uns war heute schon am frühen Morgen von Abonolissa, des Königs Haus, mit Köcher, Bogen und Netzen losgeritten, in der Hoffnung, ein paar Wasservögel zu erlegen. Unsere Pferde platschten vorsichtig den aufgeweichten Pfad hinunter, während die jungen Lämmer herumtollten, als hätten sie Flügel. Das Einzugsgebiet der Soretia war ein sanftwelliger Landstrich. Die Bäume in den bewaldeten Senken sahen aus, als hätte sich seit gestern ihre Farbe geändert. An den Spitzen ihrer Zweige leuchtete frisches Grün, und ich hätte jubeln können vor Freude und Lebenslust.

War es der Geruch der Luft, der mich plötzlich an die Nebelinsel erinnerte? Meine Beine zitterten, als ich nur mühsam an mich hielt, meiner Stute nicht die Fersen zu geben und in wildem Galopp über die Wiesen zu jagen. Ich hatte das Gefühl, daß auch mein Vater die Untätigkeit kaum mehr ertragen konnte; denn welchen Grund hätte es sonst für diesen Ritt durch den Schlamm geben können? So schlecht war es um unsere Vorräte wahrhaftig nicht bestellt, als daß wir hätten jagen müssen.

Wir waren nicht die einzigen, die der Sonnenschein ins Freie gelockt hatte. Auf den höheren, trockeneren Feldern bereiteten die Bauern ihre Äcker für die Pflugschar vor. Von den oberen Hängen erklangen Flöten, und als wir näher kamen, hörten wir Gesang.

Eisblumen schmelzen, am Zweig die Knospe lugt,
Grün wird die Erde, sehnt sich nach dem Pflug;
Mach dich bereit,
Himmlische Maid – gib Leben dem Land!

Als wir auf einer Höhe mit ihm waren, trat ein Bauer auf die Straße.

»Ho, Vater der Krieger – gewährt uns eine Gunst.«

Leir hielt an. Er erwartete die übliche Bitte um eine milde Gabe oder um Gerechtigkeit. Der König hatte seinen Umhang aus grün, grau und weiß kariertem Wolltuch über die Schultern zurückgeworfen. In den letzten Jahren hatte das Gold seines Haares und Bartes sich von einem matten Braun fast unmerklich zu Silber gewandelt, und in der klaren Morgenluft schien das Licht durch Fleisch und Knochen zu schimmern. Aus der Ferne konnte ich immer noch das Lied hören.

Lämmer in den Auen, Schwan sieht Schwänchen zu,
Trächtig sind die Sauen, die Stute gibt noch Ruh';
Mach dich bereit,
Himmlische Maid – gib Leben dem Land!

Meine Stute spürte meine Stimmung und tänzelte gereizt. Ich zügelte das Tier. Artocoxos hielt sich wie üblich eine halbe Pferdelänge hinter dem König, während ich zu meines Vaters Linken ritt; die anderen folgten uns in unregelmäßigen Abständen. Des Königs Gefolge war während dieses Winters gewachsen. Außer seinen Kampfgefährten verbrachten nun auch zwei Häuptlinge, Loutrinos, Sohn des Carantis, und Nextonos von der Hochburg, mehr Zeit in unserer Halle als bei ihren Stämmen. Ich versuchte, nicht zu beachten, wie oft ihre Blicke auf mir ruhten.

Leir spannte alle Männer, die darauf aus waren, sein Eidam zu werden, seit mein erstes Mondblut geflossen war, für seine Interessen ein. Es störte mich nicht, solange es nicht ernst wurde, zumal ich oft das Gefühl hatte, daß mein Vater ebensowenig wie ich selbst wollte, daß ich mich vermählte. Aber Loutrinos und Nextonos waren hartnäckiger als die meisten meiner hoffnungsvollen Freier. Heute hatte ich meinen ältesten braunen Kittel mit einem verschnürten Wildledermieder angezogen und darüber einen abgetragenen, braun und grau gestreiften Umhang. Dennoch hingen ihre Blicke an mir, während wir auf den König warteten.

Sonne aus dem Dunkel, die die Saaten weckt,
Erde aus dem Mantel, der die Welt bedeckt;
Mach dich bereit,
Himmlische Maid – gib Leben dem Land!

»Was will der Landmann?« Loutrinos war ein großer, kräftiger Krieger, der erst seit wenigen Jahren auf der Insel lebte und hin und wieder Schwierigkeiten mit der alten Sprache hatte.

»Er bittet den König, die erste Furche zu ziehen ...«, erklärte ich leise. »Hier ist es Brauch, die Kraft des Königs zum Segen des Landes zu erbitten.«

»Wie in meiner Heimat.« Loutrinos lenkte sein Pferd näher an meines, und Nextonos machte ein finsteres Gesicht.

Der König schüttelte ungeduldig den Kopf, und der Bauer sah, daß ich die Szene beobachtete. Er verbeugte sich tief, dennoch sah ich das Flehen in seinen Augen.

»Ich glaube, ich soll zu ihnen kommen«, sagte ich rasch und ritt an die Seite des Königs, ehe die beiden Männer etwas sagen konnten.

»Wir haben keine Zeit, in jedem Acker zwischen hier und dem Fluß herumzustochern!« brummte Leir. »Was hat der Mann denn letztes Frühjahr getan, als ich in Belerion war? Können diese Kerle wenigstens ihre Weiber beackern, ohne daß ich dabei bin?«

»Aber Vater! Du weißt doch genau, daß der Mann in deinem Namen die erste Furche ziehen würde, wenn du nicht gerade hier wärst. Mit diesem einen Mal tust du es für alle Landleute ...« Ich legte die Hand auf seinen Ärmel und lächelte.

»Ist die Erde vorbereitet?« fragte ich, ohne die Hand von meines Vaters Arm zu nehmen.

»Ja, Herrin, mit Fenchel und Salz, Seife und Mannessamen«, versicherte der Bauer mir, »und auch die Opfergaben für die Mutter wurden dargebracht.«

Ich wandte mich meinem Vater zu. »Siehst du? Es wird nicht lange dauern. Dann geht es weiter zum Fluß.«

»Bist du sicher?« brummte Leir. »Heute morgen hat Talorgenos einen Raben auf der Spitze einer Eiche krächzen hören, und ich hatte seltsame Träume. Aber du hast recht! Es ist niemandem gedient, wenn wir hier herumstehen und reden.« Seufzend schwang er sich von seinem Hengst, und ich folgte ihm.

Der Bauer führte uns zum oberen Rand eines langen Stoppelfelds, auf dem Mist vom letzten Herbst verstreut lag. Der Boden war weich unter meinen Füßen, und der kräftige Geruch von feuchter Erde und frischem Grün stieg mir in die Nase. Die ersten Frühjahrskräuter spitzten bereits durch die kalte Scholle, und die fransigen gelben Blüten von Huflattich – ein gutes Mittel gegen Erkältung und Husten – leuchteten am Rain. Mein Vater machte immer noch ein verdrießliches Gesicht. Konnte er denn das keimende Leben im Boden nicht spüren? Ich grinste aufmunternd, und Leir lächelte nachsichtig.

Er nahm seinen Jagdspeer und schritt zur Ecke des Feldes. Licht spiegelte sich auf der blanken Klinge.

»So diene ich dir, o Göttin ...«, rief der König. »Öffne deinen Schoß! Bring Fülle hervor zum Wohle der Menschen!« Mit einer raschen Bewegung stieß er den Speer in die feuchte Erde und öffnete einen klaffenden Spalt.

»Habt Dank, Herr. Nun wird der Boden wahrlich fruchtbar sein«, sagte der Bauer zufrieden. Derweil waren weitere Landleute herbeigekommen. Ein Junge peitschte mit einer Gerte auf die Flanken der zottigen schwarzen Ochsen, um sie in die richtige Stellung zu bringen, und die Männer machten sich ans Pflügen. Keiner achtete mehr auf uns.

Leir schüttelte den Kopf, als wäre ihm klargeworden, daß auch er hier nur ein Werkzeug gewesen war – wie die Ochsen und der Pflug –, und schritt zu den Pferden zurück. In diesem Augenblick hörte ich den trommelnden Hufschlag näher kommender Pferde.

Der König richtete sich auf, und die königliche Autorität, die er nach dem Furchenritual verloren zu haben schien, straffte seine Schultern, als drei Männer in Sicht kamen, deren zottige Pferde derart mit Schlamm bespritzt waren, daß man ihre Farbe nicht mehr erkennen konnte.

»Zayyar ...«, riefen sie, und die Hände der Krieger fuhren an ihre Schwerter. »Zayyar-a-Khattar, der große Bulle der Ai-Zir, ist tot!«

Die Blicke der Krieger waren ungläubig oder verständnislos, doch in meines Vaters Augen vermeinte ich Trauer zu sehen. Dann begann er Befehle zu erteilen, und kurz darauf ritten Sendboten in alle Richtungen. Diese Neuigkeit änderte alles. Seit fast zehn Jahren waren die Krieger, sobald die Rinder auf ihre Almen getrieben waren, gen Süden marschiert. Was würden sie jetzt ohne einen Feind tun?

Als der König seine Anweisungen erteilt hatte, waren nur noch wenige von uns bei ihm.

»Werdet Ihr zur Halle zurückkehren, Herr?« fragte Artocoxos.

Leir zuckte müde die Schultern. »Wozu? Zayyar wird nie mehr mit seinen Kriegern gegen uns ziehen, und die Häuptlinge finden sich erst zur Frühjahrswende zum Rat ein. Wir setzen unsere Jagd fort.«

Ich beobachtete ihn neugierig, als wir weiterritten. Es erstaunte mich, daß der Tod seines Erzfeindes ihn nicht mit überschwenglicher Freude erfüllte; statt dessen hatte sein Blick sich nach innen gewandt. Als wir uns dem Fluß näherten, schlug uns der Lärm der Wasservögel entgegen, die sich hier zum Nisten eingefunden hatten, doch Leir schien es nicht zu hören.

Die anderen hingegen diskutierten eifrig.

»Jetzt werden die Ai-Zir Frieden schließen wollen«, rief Artocoxos, »noch ehe Gras auf des alten Mannes Grabhügel sprießt.«

»Das hört sich an, als wärst du enttäuscht«, sagte ich erstaunt.

»Ah, es ist wie damals bei meinem ersten großen Kampf mit dem Bären, der mir das Bein aufriß.« Er seufzte. »Es war ein harter Kampf, doch als ich den Bären besiegt hatte, war es leer in meinem Innern. Er war ein Gegner, an dem man sich messen konnte, und als ich gegen ihn kämpfte, fühlte ich mich so lebendig wie nie zuvor.«

»Was ist mit den Neffen des alten Bullen? Werden sie sich nicht um den Thron streiten?« rief Nextonos. Ich fragte mich, ob er jetzt befürchtete, daß die Feste auf einem der höheren Berge nördlich der Wasserscheide, die der König ihn zu bauen beauftragt hatte, nun nicht mehr nötig sein würde.

»Genau das sind jetzt ihre Schwierigkeiten«, sagte Artocoxos. »Drei Stierkälber stoßen sich auf der Ebene von Ava die Hörner ab, und nicht einer von ihnen reicht auch nur annähernd an den alten Bullen heran, was Klugheit und Kraft betrifft. Wenn sie miteinander fertig sind, wird keinem genug Gefolge bleiben, daß er sich einem Feind stellen könnte.«

Loutrinos nickte weise. Sein Land lag weiter im Süden, und ich vermutete, er war erleichtert darüber, daß die Krieger des Bullen seine Herden in diesem Jahr nicht wieder forttreiben würden.

Gegen wen, fragte ich mich, würden die jungen Männer, die während dieses langen Krieges Blut geleckt hatten, jetzt kämpfen?

Enten flogen quakend auf, als wir uns dem Ufer der Soretia näherten, und Leir hob eine Hand.

»Seid still, und ehrt mit eurem Schweigen das Dahinscheiden eines edlen Kriegers.« Die anderen Männer senkten unter des Königs funkelndem Blick die Augen. Dann wurde seine Miene sanfter. »Ganz abgesehen davon, daß wir bei einem solchen Lärm nichts zum Abendessen nach Hause bringen werden. Wir müssen Zweiergruppen bilden ...«

»Es wird mir eine Ehre sein, die Prinzessin zu begleiten«, sagte Nextonos hastig.

Der König blickte von ihm zu Loutrinos, der eben den Mund öffnete, um dieselben Worte zu sagen. Zum erstenmal, seit er die Neuigkeit aus dem Süden erfahren hatte, verzogen Leirs Lippen sich zu einem Lächeln.

»Sucht euch als Partner, wen ihr wollt. Prinzessin Cridilla jagt mit mir!«

Wie Häuptlinge, die sich bei der Ratssitzung zu Wort meldeten, nahmen die Wasservögel einer nach dem anderen ihre Unterhaltung wieder auf. Unter Bärmutters Anleitung hatte ich gelernt, vollkommen stillzusitzen, und in seinem karierten Umhang war mein Vater im verwaschenen Braun und frischen Grün des Röhrichts kaum zu sehen. Während wir regungslos auf der Lauer lagen, kehrten die Stockenten allmählich aufs offene Wasser zurück.

»Genau wie Loutrinos …«, wisperte ich. Ich deutete auf einen Erpel, der sein glänzendes Sommergefieder bekam und beharrlich hinter einer gesprenkelten Ente herpaddelte.

»Und Nextonos?« Leir zeigte mit einem Kopfnicken auf einen anderen Erpel, der sich daranmachte, den ersten wegzudrängen, während die Ente gleichgültig weiterschwamm. Er blickte mich an, und ich grinste. »Stören dich die beiden?«

Ich zuckte die Schultern. »Nur, wenn sie *dich* stören. Sollen sie doch von mir träumen, solange es deiner Macht dienlich ist. Aber denk daran, was du geschworen hast, als ich nach meiner Initiation so lange krank lag: daß ich keinen Mann zu heiraten brauche, wenn ich ihn mir nicht selbst erwähle!«

Die pelzigen Kätzchen der Weiden hinter uns waren halb geöffnet, und ihre hängenden Zweige warfen Schatten auf das braune Uferwasser und das Gesicht des Königs, der die Stirn runzelte.

»Beim Frühjahrsrat wird deine Vermählung wieder zur Sprache kommen. Die Häuptlinge sind entschlossen, dich zu verheiraten …«

Ich blickte ihn an und zog eine Braue hoch, genauso, wie Gunardwillas es tat – ein Trick, den ich erst nach langem Üben zu beherrschen gelernt hatte.

»Warum? Die Ehen meiner Schwestern sind nicht dazu angetan, einen neidisch zu machen …« Ich hielt inne und fragte mich, wieviel von dem Klatsch über seine älteren Töchter dem König zu Ohren gekommen sein mochte.

Es war ein offenes Geheimnis, daß Gunardwilla und Maglaros sich ständig stritten, wenn sie nicht gerade Krieg führten, und Riganas Appetit auf Männer war jedermann in Belerion bekannt, außer Senowindos. Doch wenn mein Vater nicht wußte, wie seine Töchter mit den Gatten umsprangen, die er ihnen gegeben hatte, dann lag es daran, daß er es nicht wissen wollte.

Und sie waren meine Schwestern, auch wenn wir uns in den letzten Jahren kaum gesehen hatten. Ich sah keinen Grund, den Zorn meines Vaters auf sie herabzubeschwören.

»Vielleicht bin ich selbstsüchtig«, sagte er zerknirscht, »dich hier bei mir haben zu wollen. Aber mit wem könnte ich sonst so vertraut reden? Für meine Krieger muß ich stets der König bleiben …«

Und für deine Frauen der Hengst … Aber inzwischen dienten die Frauen, die das Bett mit meinem Vater teilten, wohl hauptsächlich nur noch dazu, es warm zu halten.

»Ich bin die dahintreibende Wolke«, sagte ich laut. »Ich bin der fließende Strom. Solange ich frei bin, sind deine Worte bei mir sicher …«

Der Erpel, der mich an Loutrinos erinnert hatte, paddelte davon. Nun schaukelten die rundlichen Taucher hintendrein, und der blasse Flaum ihrer Kehrseite schien flüchtig aufzuleuchten, bevor sie unter Wasser verschwanden. Krickenten tummelten sich zwischen ihnen und fügten der Versammlung ihre eigenen Farben hinzu. Als wir unseren Platz aussuchten, hatte ich die weiße Kurve eines Schwanenrückens ein Stückchen flußauf gesehen und wußte, daß sein Weibchen in der Nähe damit beschäftigt sein mußte, ihr Nest im Röhricht zu bauen.

Flußab ertönten ein Aufschrei und ein Platschen, als hätte ein Bogenschütze gefehlt und wäre dabei ins Wasser geplumpst. »Schadet nichts«, flüsterte ich, als die Vögel sich wieder beruhigten. »Manche Fehler rächen sich auf ihre Weise.«

»Manche Siege ebenfalls«, sagte Leir plötzlich. »Nicht nur die jungen Männer werden sich nun fragen, was ihnen ihre Waffenkunst jetzt nutzt, da der Große Bulle nicht mehr ist.«

Ich dachte an die Tätowierungen auf meinem Rücken und meinem Bauch, die nie jemand zu sehen bekam. Noch immer übte ich mit den Kriegern, doch mein Schwert war in seiner Scheide geblieben, seit ich in meines Vaters Halle zurückgekehrt war. Vorsichtig spannte ich die langen Wadenmuskeln, um die Vögel nicht aufzuscheuchen. War das wirklich ich gewesen, die quer über die Insel mit dem Wind um die Wette gelaufen war?

»Ist das eine Graugans?« fragte ich schnell, als sich im Röhricht etwas bewegte.

»Zu früh dafür«, antwortete mein Vater. »Sie werden sich erst bei Sonnenuntergang niederlassen. 's ist nur ein Reiher, siehst du?«

Da erspähte ich den grauen Rücken des Vogels, den sich nun anmutig biegenden blassen Hals, und ich sah die kleine Forelle in seinem Schnabel.

Gute Jagd, Schwester, dachte ich. Zum erstenmal seit Monaten fragte ich mich, ob das alles war, was das Leben mir bieten würde. In dieser Hinsicht waren mein Vater und ich uns gleich, doch das behielt ich für mich.

»Das Land braucht einen König ...«, sagte ich laut.

»Soll ich meinen Speer in einen Schuh statt in den Acker stoßen? Ich hatte vergangene Nacht einen Traum«, sagte er, »und fragte mich, ob das Omen für mich bestimmt war ...«

»Was hat Talorgenos gesagt?«

Leir verzog das Gesicht. »Bei seinem ewigen Geplapper über Raben und Omen hatte er keine Zeit, mir zuzuhören. Wenn er wissen will, was der König träumt, soll er seine Vögel befragen!«

»Aber zu mir sprechen die Vögel nicht, Vater«, sagte ich sanft. »Erzähl mir von deinem Traum.«

»Ich stand an einem See und sah eine Schar Schwäne paarweise aufsteigen, und jedes Paar war mit einer goldenen Kette verbunden. Das einzige Geräusch war das Rauschen ihrer Schwingen. Nie zuvor hatte ich etwas so Schönes gesehen wie diese zum Himmel aufsteigenden weißen Vögel. Ich wollte mit ihnen fliegen, doch die Erde ließ mich nicht los. Aber als der letzte Schwan um die Halle kreiste, sah ich, daß seine Kette gebrochen war. Ich rief ihm zu, mich mitzunehmen, denn ich wäre ein Sohn des Schwans ...«

»Und dann?« fragte ich, als er verstummte.

»Dann erschallte Donner, und eine Stimme grollte: *›Die Kette ist zerrissen, die Eiche geborsten; der Sieg geht, wohin der Fluch fallen wird!‹* Darauf kreiste der Schwan dreimal über meiner Halle, dann verschwand auch er. Ich erwachte weinend, und jetzt weiß ich warum. Denn wer ist noch geblieben, mir die Stirn zu bieten? Vielleicht war Zayyar der Glücklichere, denn er starb im Kampf ... wenngleich nur mit einem Keiler.«

Ich starrte ihn an. »Aber Königtum bedeutet doch mehr, als nur Schlachten zu gewinnen?«

Leir zuckte die Schultern. »Seit ich in dieses Land kam, war mir nie Gelegenheit gegeben, das herauszufinden ...«

Mir kann er solche Dinge sagen, dachte ich, so, wie er sie den Vögeln und dem Röhricht sagen kann. Des Königs Finger, die einen Speerschaft oder einen Schwertgriff so fest packen konnten, zupften jetzt unruhig an der grauen Wolle über seinen Knien. Seine Fingerknöchel schienen geschwollen zu sein, und ein Netz blauer Adern hob sich unter der verwitterten Haut ab. Wie lange war das schon so?

Warum überrascht dich das? fragte eine Stimme in meinem Innern. Ich schüttelte den Kopf, als summte eine Mücke in meinem Ohr. Es war doch nicht möglich, daß mein Vater alt wurde!

»Jetzt, da der alte Bulle tot ist, kannst du deine Straße fertig bauen«, sagte ich mit einem Anflug von Angst und Verzweiflung.

»Das kann ich jetzt, ja.« Seine Stimmung schien sich zu bessern. »Sieh nur, da kommen die Graugänse!«

Ich hob den Blick und sah die fliegenden Gänse ein offenes Dreieck in den Himmel zeichnen. Leir richtete sich mit gespanntem Bogen vorsichtig auf, um eine plötzliche Bewegung zu vermeiden, die sie warnen mochte. Ich griff noch nach meiner Waffe, als er seinen ersten Pfeil bereits abschoß. Ich sah den Schaft unter dem sich hebenden linken Flügel eines Gänserichs vorbeisausen. Leirs Blick folgte den Gänsen, als sie zum Wasser herabflogen und flußauf auf uns zukamen. Ein zweiter Pfeil sirrte; ich konnte nicht sehen, wo er flog; und dann der dritte, als die Gänse auf dem Wasser niedergingen, und wir hörten heftiges Flügelschlagen im Röhricht.

Plötzlich stiegen alle schreiend wieder auf, und die Enten stimmten hysterisch in das Gekreische ein. Ich schoß ein paar Pfeile in die flatternde Menge, und dann war die ganze Schar unterwegs zu einem weniger gefährlichen Rastplatz.

»Du hast zumindest einen Vogel getroffen ...«, sagte ich, als der Lärm nachgelassen hatte. »Sehen wir nach!«

Steif vom langen Sitzen brachen wir uns flußauf einen Weg durchs dichte Röhricht. Schließlich hörten wir etwas im Wasser platschen, und dann rauschte die Luft, als einer der nistenden Schwäne zum Himmel hochstieß. Leir schob die Binsen auseinander. Als er sich nicht rührte, watete ich neben ihn und spähte ihm über die Schulter.

Der Vogel, dessen Blut das Wasser färbte, war der andere Schwan.

»Es war mein Pfeil ...«, sagte ich in die Stille. »Ich nehme die Schuld auf mich. Laß ihn liegen, wo er gefallen ist ...« Mir war plötzlich heiß, dann wieder eiskalt.

Ich zupfte an Leirs Ärmel, versuchte, meinen Vater wegzuziehen. Doch er schüttelte meine Hand ab, trat hinaus ins Riedbett und beugte sich zum erschossenen Schwan hinunter.

»Mein Pfeil.« Er hielt den Jagdpfeil in die Höhe, den er aus der Brust des Schwans gezogen hatte, und ich sah die schwarzgraue Befiederung. »Und mein Los ...«

Die großen Schwingen des Schwans hingen herab wie die Falten eines weißen Umhangs, als er ihn aufhob und mit ihm ans Ufer stieg. Die Wunde war wie eine rote Blume im Schnee.

»Die Männer sollten es nicht sehen. Du darfst ihn nicht mit zur Halle nehmen!«

»Soll ich mich im Dunkeln verkriechen wie einer, der das Tageslicht scheut?« Seine Stimme wurde wieder fester. »Nie habe ich verleugnet, was ich getan, seit ich zum erstenmal zu den Waffen griff!«

»Aber diesmal war es nicht Absicht!« fuhr ich auf.

»Glaubst du, das tut jetzt noch etwas zur Sache?« Unter der Oberfläche seines Zornes glaubte ich die gleiche Trauer in seinen Augen zu sehen, die ich erkannt hatte, als Leir vom Tod des Fürsten der Ai-Zir erfuhr. »Niemals werde ich verleugnen, was ich getan!«

Ein Schatten verdunkelte sein Gesicht, als das Weibchen des Schwans über uns schwebte. Dreimal kreiste es gegen die Sonne; dann streckte es den langen Hals und flog in den Sonnenuntergang. Der König legte den toten Vogel zu Boden, tastete nach seinem Jagdhorn und blies einen langen, klaren Ton.

Erstauntes Gemurmel erhob sich, als die Krieger sahen, was wir erbeutet hatten, doch ein Blick Leirs ließ sie verstummen. Wir saßen in bedrückendem Schweigen auf, und das Lastpferd tänzelte nervös, als die Netzbeutel mit den Stockenten und Krickenten, welche die anderen Männer erlegt hatten, und dem toten Schwan befestigt wurden.

Während wir uns einen Weg durch das Dickicht von Erlen und Weiden zwischen Fluß und Äckern bahnten, kam uns Artocoxos entgegengeritten. Ich sah, wie er erbleichte, als er den Schwan gewahrte.

»Ich nehme an, einer der Krieger hat ihn getötet ...«, begann er. Ich lächelte säuerlich, als ich mich fragte, ob Leir wenigstens auf seinen alten Freund hören würde, wenn er schon von meinem Rat nichts wissen wollte.

Der König wandte sich ihm zu. »Es war mein Pfeil. Und mein Schuß. Und ich werde diesen Vogel verzehren!«

»Mein König, hört mich an ...« Artocoxos lenkte sein Pferd näher heran und murmelte mit seiner tiefen Stimme: »Alle hier kennen Euer *geasa*. Wenn Ihr den Vogel heimbringt, wird es sich wie ein Lauffeuer verbreiten. Man wird munkeln, daß es ein böses Omen ist, daß Zayyars Geist Euch verflucht hat, oder Schlimmeres ...« Doch er redete vergeblich, und sein Blick verriet, daß er es wußte. Leir hob die Hand, und der alte Krieger verstummte.

»Ich habe es getan und kein anderer ...«, sagte der König laut. Und erst jetzt erkannte ich, daß niemand ihn würde umstimmen können, weil er weder mir noch Artocoxos glaubte. »Mögen Erde und Meer und Himmel sich erheben und über mich kommen, wenn ich leugnen sollte, was ich gesagt habe!«

Ich riß die Zügel zurück; mir wurde bewußt, daß wir alle vor der Gewalt von Leirs Zorn zurückgewichen waren. Sein Gesicht war zu einer Maske erstarrt, wie sonst nur in der Schlacht; seine Augen traten hervor, und seine Adern pochten sichtbar unter der tiefroten Haut. Niemand wagte ihn aufzuhalten, als er sein Pferd den Pfad hinunterhetzte.

Im Schweigen, das darauf folgte, war das Plätschern von Wasser auf der steinigen Furt zu hören, dort, wo ein vom Regen geschwollenes Rinnsal sich zur Soretia hinunterschlängelte. Etwas Weißes flatterte auf, als des Königs Hengst ins seichte Wasser platschte, und eine große weiße Schwanengestalt stieg mit heftigem Flügelschlag himmelwärts. Aufspritzendes Wasser färbte sich in der Glut der untergehenden Sonne zu einem roten Fächer, als der Hengst sich aufbäumte. Und dann schwangen die Zügel frei, als Leir seltsam schlaff nach hinten fiel und das Pferd zu Boden stürzte.

Noch im vollen Lauf schwang ich mich von meiner Stute und duckte mich unter die Hufe des um sich schlagenden Hengstes, um zum König zu gelangen. Mein Vater lag ganz still, die Beine uferaufwärts gespreizt, der Kopf im Wasser. Eiskalte Gischt spritzte über uns, als der Hengst sich auf die Beine plagte, doch inzwischen hatte ich Leirs Kopf auf meinem Schoß und untersuchte ihn mit Hilfe der Kriegerheilkunst, die ich auf der Insel erlernt hatte, nach gebrochenen Knochen.

»Ist er tot?« flüsterte Artocoxos besorgt. Er warf die Zügel des Hengstes einem anderen zu und rutschte die Uferböschung herunter, um sich neben mich zu knien.

»Er lebt …« Ich bettete Leirs Kopf fester gegen meine Knie. Der Mund des Königs stand offen, mit schlaffem Unterkiefer; sein Gesicht war noch immer tiefrot, und sein Atem ging laut und langsam. Behutsamer tastete ich seinen Schädel ab. »Aber er ist vielleicht auf den Kopf gestürzt.«

»Herrin«, der Krieger beugte sich zu mir vor, »soll ich die Männer Stangen für eine Pferdetrage schneiden lassen?«

»Ja …« Meine Lippen zuckten. »Und hoffen wir, daß Leir zu sich kommt, ehe wir ihn darauf betten müssen, und uns mit Flüchen unsere Fürsorge dankt.«

Artocoxos erhob sich und brüllte den Männern, die stumm in einem Halbkreis am Ufer über uns warteten, Befehle zu, denen er mit der flachen Klinge seines Schwertes Nachdruck verlieh, als es ihm nicht schnell genug ging. Nextonos und Loutrinos kamen auf mich zu. Sie waren offenbar der Ansicht, daß Artocoxos' Befehle für sie keine Gültigkeit hatten. Ich wies sie an, aus Stricken ein Geschirr für ihre Pferde zu knüpfen. Die Tiere sollten die Bahre tragen, sobald sie fertiggestellt war.

War die Sonne bereits untergegangen? Noch immer überzog bleiche klare Flammenfarbe den Himmel, doch es ging keine Wärme davon aus. Daß ich so fror, mußte am eisigen Wasser liegen, in dem ich saß. In der Ferne kehrten Vögel klagend zu ihren Nestern zurück.

»Vater, kannst du mich hören?«

Leirs Schädelknochen schien unverletzt zu sein. Ich tastete vorsichtig die Wirbel seines Rückgrats hinunter, konnte aber keinen Bruch entdecken. Wieder forschte ich in seinem Gesicht. Er schien jetzt ein wenig leichter zu atmen, doch immer noch waren seine Züge schlaff und unbewegt. Ich legte die Hände an seine Schläfen und wünschte, ich hätte mehr von Frau Asarets Magie gelernt.

»Leir Blatonikus, höre mich!« Meine Stimme brach, und ich erkannte, daß ich keineswegs so ruhig war, wie ich gedacht hatte. »Wo dein verwundeter Geist auch umherirren mag, kehre jetzt in deinen Körper zurück. Bist du schwer verletzt, so muß ich wissen, wo die Wunde ist, bevor ich dich aus dem Wasser schaffen kann!«

Er tat einen tiefen Atemzug, dann einen zweiten. Seine Lider flatterten, doch nur das linke hob sich. Ich schauderte, als das Auge durch mich hindurch zum Himmel starrte. Hinter mir hörte ich die dumpfen Schläge, als Schwertklingen die Schößlinge am Ufer durchtrennten. *Beeilt euch,* dachte ich. *Ich habe Angst!*

»Vater! Wo bist du verletzt? Schau mich an!«

Er verzog das Gesicht, und allmählich klärte sich sein Blick und richtete sich schließlich auf mich.

»Fier…? Fi…«

Ich beugte mich dichter über ihn. »Was sagst du, Vater? Ich kann dich nicht verstehen …«

Er holte rasselnd Atem und versuchte es noch einmal. »Fie-reh…?«

Langsam wurde mir klar, daß er versuchte, den Namen meiner Mutter zu sagen.

»Ich bin Cridilla, Vater – sag mir jetzt, was dir fehlt!«

Das graue Auge betrachtete mich weiterhin mißtrauisch,

und dann verzog er finster das Gesicht, doch nur die linke Seite. Ich spürte, wie die Kälte des Wassers durch meine Gliedmaßen emporkroch.

»Wer – mich – 'schlagen?« fragte er.

»Niemand, Vater«, versicherte ich ihm. »Dein Pferd ist ausgerutscht, und du bist gefallen.«

»Kann Arm – nicht 'wegen ...«

Rasch betastete ich sein rechtes Schulterblatt, dann seine Armknochen. Er zuckte nicht zusammen, er schien nicht einmal zu spüren, was ich tat.

»Herrin«, rief jemand von oben, »wir haben Umhänge über die Bahre gelegt. Können wir ihn jetzt darauf legen?«

»Mich *'schlagen*«, wiederholte er, und als er mich anblickte, war das Mißtrauen in seinem Auge unverkennbar. »Will *Fiereh*!«

Ich winkte die Männer herbei. Vater schien sich nichts gebrochen zu haben, doch seine Haut wurde bereits so kalt wie die meine, und er mußte aus dem Wasser.

»Warum im Wasser?« fragte er, und seine Stimme klang nun etwas klarer. »Ertrunken ...«

»Vater, wir werden dich jetzt hochheben«, sagte ich behutsam. »Du hattest einen Unfall, und wir bringen dich zur Halle zurück ...«

»*Nicht* verletz'! Ausruhen ... nicht sagen ...« Er zwang sich, tief zu atmen. »Sag's Männern nicht!« Sein Auge schloß sich wieder.

»Er muß sich den Kopf angeschlagen haben«, sagte ich zu Artocoxos, als die Krieger Leir auf die Pferdetrage hoben, die sie gefertigt hatten. »Er ist immer noch benommen ...«

»Ich weiß von ähnlichen Fällen, nach einem Schlag auf den Kopf oder einem Sturz«, antwortete der alte Krieger behutsam. »He, ihr dort – ein bißchen vorsichtiger, verstanden? Glaubt ihr, ihr schleppt einen Getreidesack?« Er eilte zu den Männern und hielt die Trage fest, als sie zwischen den Pferden hochgehoben wurde.

Durchnäßt und zitternd schaute ich zu. *Es ist nur die Kälte,* sagte ich mir. *Nur die Kälte, die diesen harten Knoten in meinem*

Bauch knüpft und mein Herz wie die Trommel eines Trunkenbolds schlagen läßt.

»Herrin …« Loutrinos führte meine Stute zu mir. Er lächelte, und meine Faust ballte sich unwillkürlich in einem vergessen gewähnten Reflex, um ihn zu schlagen. »Die Männer sind jetzt bereit. Wir müssen uns sputen, um die Halle noch vor Anbruch der Dunkelheit zu erreichen.«

Die tiefen Schatten der Abenddämmerung drückten auf das Land, als wir in die Feste einritten. Männer kamen mit Fackeln zum Tor, und ihre Stimmen wurden schrill, als sie die Trage sahen. Ich konnte die Angst darin hören, die noch unverhüllter war als meine, wenngleich nicht so tief.

»Was zappelt ihr alle herum wie Fische im Netz? Der König lebt. Er ist nur gestürzt …« Artocoxos' polternde Stimme klang beinahe belustigt. Doch mir entging die Anspannung nicht, die darin mitschwang. »Rasch, Männer, tragen wir ihn ans Feuer.«

»Was ist geschehen?« Talorgenos war plötzlich neben mir. »Was ist mit dem König?« Inmitten der aufgeregten Hunde sah ich Krah hinter dem alten Priester stehen.

»Kein Wort über Eure Omen, Priester!« zischte ich und ließ mich vom Rücken der Stute rutschen. »Wir brauchen einen Heiler, kein leeres Geschwätz! Wenn Ihr auch nur ein Wort des Unheils prophezeit, pfähle ich Euch mit Eurem eigenen Stab an den Torpfosten!«

Sein Blick schweifte an mir vorbei zum Lastpferd, an dem die Tragnetze mit den erlegten Enten losgeschnürt wurden, und ich erinnerte mich erschrocken, daß ich vergessen hatte, den Schwan verschwinden zu lassen. Talorgenos' Augen weiteten sich. Ich sah ihn schaudern und wußte, welch eisige Finger über seinen Rücken gestrichen waren.

Krah stand noch hinter ihm, und seine Lippen bewegten sich. Ich trat einen raschen Schritt auf ihn zu, doch bevor ich ihm die Hand auf den Mund drücken konnte, heulte er los. Während ich ihn hielt, spürte ich, wie seine Brust unter diesem Laut anschwoll.

»Auch du wirst schweigen, Amantanos ...« Er erstarrte, als ich dieses quiritanische Wort für Dummkopf benutzte. Jetzt war wahrlich nicht die rechte Zeit für eine seiner kryptischen Weissagungen. »Bring die Hunde fort, und halte sie von uns fern. Wir müssen uns um den König kümmern.« Der eiserne Griff meiner Finger um seinen Arm mußte ihm weh getan haben, doch er gab keinen Laut von sich, als ich ihn losließ. Erst als er davonlief, hörte ich ihn wimmern. Die Hunde rannten mit eingezogenen Schwänzen und angelegten Ohren hinter ihm her.

»Artocoxos ...«, rief ich, und der alte Krieger drehte sich zu mir um. »Laß das schreckliche Ding verschwinden, ehe noch mehr es sehen!« Er blickte zu dem Vogel und nickte, aber er konnte seine Gefühle nicht verbergen.

»Ich werde Euch alles erzählen ...«, wandte ich mich wieder Talorgenos zu. »Aber laßt uns, im Namen der Mutter, erst den König ins Haus bringen!«

Eine sittsame Frau ist ein Drache, der niemand zu nahe kommt.
Die Tochter eines Königs ist eine Flamme der Gastlichkeit, eine unbetretbare Straße.
Ich habe Gefährten, die mir folgen und mich beschützen
vor jedem, der mich fortholen will gegen ihren Willen …

Die Brautwerbung um Emer

E*ja, ai, eja ai … eja … ai!*«

Das Lied, das die Kinder beim Seilhüpfen sangen, wurde lauter, als ich durch das Tor von Ligrodunon ritt und einer Magd mit einem Korb voll heißer Haferfladen auswich. Es fiel mir schwer zu glauben, daß seit meines Vaters Unfall der Mond fast zweimal zu- und abgenommen hatte, doch die Wiese vor der Burg füllte sich mit Kriegern und Knechten, als die Häuptlinge zur Ratssitzung kamen, und in der Burg war kaum genug Platz, alle unterzubringen, die dort einquartiert werden sollten.

»Für wen ist das?« fragte ich und deutete auf den Korb.

»Nehmt Euch gleich einen, Herrin, solange sie noch warm sind.« Sie lächelte schüchtern. »Zaweret hat sie gebacken, und bestimmt werden Euch die gierigen Weiber im Frauenhaus nichts übriglassen.«

Ich hob eine Ecke des Tuches, das über die Fladen gebreitet war, und sog den köstlichen Duft genießerisch ein. Auch die Wärme, die davon aufstieg, war mir willkommen; denn obwohl die Frühjahrssaat bereits sproß, war die Morgenluft noch kalt. Es hatte geregnet, doch nun vertrieb der leichte Wind die Wolken. Blasser Sonnenschein glitzerte auf Pfützen und ließ das feuchte Rieddach der Methalle dampfen.

»Wie geht es dem König heute, Herrin?«

Mein Lächeln blieb. Ich hätte die Frage erwarten müssen – jeder auf der Burg machte sich schließlich Gedanken darüber, und die meisten erkundigten sich weniger höflich.

»Zufriedenstellend. Das kalte Bad hat seinen alten Knochen zwar nicht gutgetan, aber nichts wird ihn vom Rat fernhalten.«

Ich behielt mein Lächeln bei und hoffte inbrünstig, daß ich recht hatte. Talargenos hatte behauptet, der König leide an einem Elfenfluch, aber ich hielt seine Krankheit lediglich für eine Erkältung. Trotz seiner Verdrossenheit war zu erkennen, daß seine Kräfte zurückkehrten. Ein so lächerlicher Anlaß wie ein Sturz in kaltes Wasser würde seine Herrschaft jedenfalls nicht beenden.

»Die Mutter segne ihn.« Das Mädchen deckte die Fladen wieder zu und ging damit weiter zum Frauenhaus.

Sie segne uns alle, dachte ich, während ich meinen Weg zur Festhalle fortsetzte.

Wildmann, tanze, Wildmann, spring,
Wildmann, spiele, Wildmann, sing!
Eja, ai, eja ai … eja … ai!
Eja, ai, eja ai … eja … ai!

Ich blieb abrupt stehen, als ich sah, wer da über das schnell geschwungene Seil hüpfte. Es war ein Spiel für Kinder, doch sie hatten Krah dazu gebracht, mitzumachen. Seine Arme flogen, und er hüpfte von einem Fuß auf den anderen über das Seil.

»Höher, höher!« schrie ein Junge schrill. »Noch schneller!«

Die beiden kleinen Mädchen schwangen das Seil, so schnell sie nur konnten, und ihre Gesichter waren gerötet vor Anstrengung. Sie rackerten sich genauso ab wie der Mann, der mit seinem klingenden klappernden Umhang zwischen ihnen sprang.

»Aasfresser! Amantanos! Spring, Basajaun!« schrie ein anderer Junge, und etwas flog an Krahs Kopf vorbei und klatschte an die Wand.

Wildmann, dreh dich, Wildmann, hei,
Wildmann, lache, Wildmann, schrei!
Eja, ai, eja ai … eja … ai!
Eja, ai, eja ai … eja … ai!

Mein Lachen schwand. Warum blieb Krah? Warum ließ er sich das gefallen? Da sah ich die prächtige Kleidung der Kinder und runzelte die Stirn. Das Haar des älteren Jungen war dunkel, und die Haltung seines Kopfes erinnerte mich … Als er sich umdrehte, erkannte ich Cunodagos, den Sohn Riganas. Dann waren die Mädchen vermutlich ihre Zwillingstöchter. Sie sahen Rigana ähnlicher als ihrem Vater – der so gut wie jeder sein konnte, außer Senowindos, wenn man dem Klatsch glauben durfte. Der jüngere Knabe war ebenso kostbar gekleidet, und sein Haar war fuchsbraun. *Morigenos,* dachte ich, das einzige Kind meiner Schwester Gunardwilla.

Ich ging auf sie zu, und Krah machte einen verzweifelten Überschlag aus dem Seil und landete atemlos vor meinen Füßen.

Cunodagos drehte sich um, und sein Gesicht verdunkelte sich vor Zorn.

»Guten Morgen, Neffe …«, sagte ich mit gezwungenem Lächeln. »Es tut mir leid, daß ich euren Spielgefährten entführen muß, aber der König braucht ihn.«

Seine Miene veränderte sich, als hätte er eine Maske aufgesetzt. Er hatte einen Augenblick benötigt, bis ihm klar geworden war, wer diese Frau in dem abgetragenen braunen Umhang sein mußte. Der weniger abgebrühte Morigenos blickte schuldbewußt drein. An der Wand waren dunkle Kleckse, und ich vermutete, daß die Handvoll Schlamm, die ich hatte fliegen sehen, nicht die erste gewesen war. Die beiden Mädchen hatten das Seil fallen lassen. Sie standen nun keuchend da und schienen nicht weniger froh über die Erlösung zu sein als Krah.

»Der König kann ihn nie lange entbehren«, fuhr ich fort. »Ich glaube nicht, daß er die Zeit haben wird, noch einmal mit euch zu spielen.«

»Ich habe gehört, daß er des Großkönigs Hund ist …«, sagte Cunodagos.

Ich rieb die Hand an meinem groben Kittel und unterdrückte das Verlangen, sie auf die rosige Wange des Jungen zu schlagen, der mich unschuldig anlächelte. Ich beherrschte mich nur deshalb, weil ich keine Zeit hatte, mich eingehender mit den Kindern zu befassen. So lächelte ich nur honigsüß und überließ es Cunodagos, sich zu fragen, wieviel ich wohl gesehen hatte.

»Steh auf ...«, sagte ich leise zu Krah, und dann, als wir außer Hörweite der Kinder waren, die sich bereits heftig zankten: »Warum hast du nicht um Hilfe gerufen, du dummer Kerl?«

»Auch wenn Leirs Samen meist auf steinigen Boden fällt, ist's manchmal wohl um dessen Fruchtbarkeit bestellt ...« Die schwarzen Wimpern verdeckten die Augen. »Was ist mit dem König – was ist mit mir?«

Langjährige Erfahrung half mir, die scheinbar wirren Worte zu deuten. »Es geht ihm gut!« sagte ich ärgerlich. »Und weder er noch ich werden dich je verstoßen!«

Krah zuckte die Schultern und zupfte getrockneten Schlamm aus seinem Haar. »Wenn der König nicht mehr bei Sinnen ist, braucht er keinen Amantanos, und du wirst bald heiraten ...«

»Ist das alles, worüber du dir Sorgen machst?« Ich lachte. »Ich habe das Wort meines Vaters, daß er mich nicht zwingen wird, einen Gemahl zu wählen. Und du kennst doch meinen Ruf! Welcher Mann, glaubst du, würde eine Otter ehelichen? Du hast gerade selbst gesehen, wie dieses Kind mich angeschaut hat!«

»Ich habe Augen ...« Er schüttelte sich wie ein Hund, und die Bitternis fiel von ihm ab. »Aber die Schlange ist nicht verdammt, ungeliebt zu leben. Kennst du die Geschichte vom Wurm in den Klippen?«

»Nein, aber komm mit mir zum Haus des Königs, dann werde ich sie mir anhören«, sagte ich versöhnlich. Vielleicht wird die Geschichte Leir erheitern, dachte ich.

Doch Krah begann schon zu erzählen, während wir dahinschritten. Es war eine Geschichte über eine Königstochter, die von einer Weisen Frau der Alten Rasse in eine große Schlange verwandelt worden war, weil der König die Weise Frau ungerecht behandelt hatte. Die Schlange hauste in den Klippen von Varn. Sie war stets hungrig, und je mehr sie fraß, desto größer wurde sie, und je größer sie wurde, desto größer wurde ihr Hunger.

Als Krah erzählte, wie die Schlange schießlich alle Schafe, Rinder und Getreidevorräte gefressen hatte, ja, sogar die Männer, die man ihr als Gatten angeboten hatte, schlüpften wir durch den dicken Fellvorhang, der des Königs Schlafraum von der Halle abtrennte.

»Wo – warst du?«

Er war wach und bei klarem Verstand. Ich trat zu ihm und zwang mich, andere Zeiten zu vergessen, als er kaum zu reden imstande gewesen war. Ich zeigte ihm meinen Korb.

»Ich habe frische Heilkräuter für dich gepflückt, Vater. Beim letzten Mal hat der Huflattich dir sehr gut gegen den Husten geholfen …«

Leir verzog das Gesicht, aber er schien guten Mutes zu sein. Zufrieden stellte ich fest, daß die Lähmung der rechten Gesichtshälfte verschwunden war. Der Göttin sei Dank, es ging ihm tatsächlich besser! Meine Angst um ihn war unbegründet gewesen.

»Und Krah war gerade dabei, mir eine seiner Geschichten zu erzählen …«

»Dann erzähl, Junge«, forderte der König Krah auf, der unruhig am Eingang stand.

»So hört denn …« Er schlug rasch ein Rad. »Vielleicht vernehmen alte Ohren, was junge nicht verstehen.«

Leir deutete auf den Fuß seines Bettes, und Krah setzte sich mit verschränkten Beinen auf die Pelze.

»Da war ein junger Krieger, der liebte die Maid, die nun die gräßliche Schlange war. Er brachte der Weisfrau Geschenke und fragte sie, wie er das Mädchen von dem Zauber befreien könnte …«

Ich legte einen trockenen Ast auf das Reisig der kleinen Feuerstelle, dann wandte ich mich Krah zu und blickte ihn düster an, denn ich ahnte jetzt, wohin das führen würde.

»Und was hat ...«, Leir hustete, »die Weise Frau gesagt?«

»›Du mußt sieben Eimer nehmen und sie mit der Milch von sieben weißen Kühen mit roten Ohren füllen‹, sagte die Frau. ›Zieh ein Kriegshemd aus sieben Schichten Elchleder an und gehe mit den Milcheimern zur Schlange. Sie wird die Milch verlangen, doch bevor du ihr einen Eimer gibst, mußt du sie eine Haut abstreifen lassen.‹ Der Krieger tat, was die Weise Frau ihm geraten«, fuhr Krah fort. »Und als die Schlange die Milch trinken wollte, sagte er: ›Schlange, streif eine Haut ab!‹« Krahs Augen glitzerten von leisem Spott, wie ich ihn nur zu gut kannte.

»Und dann?« fragte der König.

»Hat sie ihn hoffentlich gefressen«, brummte ich, doch die beiden Männer schienen es gar nicht zu hören.

»Die Schlange zischte: ›Warum soll ich eine Haut abstreifen, wo du doch so gerüstet bist? Zieh einen Kittel aus, Sterblicher!‹ Der Krieger tat's, und die Schlange ringelte sich und wand sich und schlüpfte aus ihrer äußeren Haut und trank die Milch, die er ihr gab. Und so geschah es beim zweiten Eimer Milch und beim dritten und bei allen übrigen, bis zum sechsten. Schließlich lagen ein Haufen Kriegshemden aus Elchleder da und ein Haufen abgestreifter Schlangenhäute.«

Ich spuckte auf einen der Steine, die im Feuer lagen, und als er zischte, nahm ich ihn mit der Haselstockzange heraus und warf ihn zum Erhitzen des Wassers in den Kessel. Augenblicke später verbreitete sich der Geruch der Huflattichblätter im ganzen Raum. Ich schaute mich nach dem Honig um.

»Und was war mit der letzten Haut?« fragte der König.

Krah stieß sein helles Lachen hervor. »›Mann, zieh deinen Kittel aus‹, sagte sie, und er antwortete ›Maid, streif deine Haut ab‹! Und er tat es, und sie tat es. Da goß er den letzten Kübel Milch über sie, und der Zauber hatte seine Wirkung verloren.«

»Und dann – hat er er ihr noch was anderes genommen, hm?« Leir lachte, und ich funkelte sie beide an.

»Er ward ihr Gemahl.« Krahs Blick war unergründlich.

»Meinst du ... diese Maid sollte auch heiraten?« fragte der König.

»Krah, so langsam bedaure ich, daß ich dich gerettet

habe …« Ich drehte die Kelle in der Hand. Da wurde mir bewußt, daß Leirs Lachen verstummt war.

»Sie wird mich verlassen …«, flüsterte mein Vater. »Ein Mann wird sie mir wegnehmen …«

»Sie wird euch beiden kochenden Tee über die Köpfe schütten, wenn ihr nicht endlich mit diesem dummen Gerede aufhört!« rief ich. »Ich bin *hier*, Vater!« Heiße Flüssigkeit spritzte mir auf die Hände, als ich die Kanne absetzte. »Schau mich an! Bitte, schau mich an!« Ich kniete mich ans Bett des Königs und nahm seine Arme. Langsam, viel zu langsam kehrte sein Blick aus jener anderen Welt zurück, in die er gestarrt haben mochte, und richtete sich auf mein Gesicht.

»Wirst du bei mir bleiben?« fragte er. »*Sie* hat mich allein gelassen!« In sein Gesicht war Farbe zurückgekehrt, doch sein Fleisch hing weich und schlaff an den Knochen. Bestürzt erkannte ich, daß der Glanz in seinen Augen Tränen waren.

»Habe ich dich je um etwas anderes gebeten, Vater, als bei dir bleiben zu dürfen?« sagte ich sanft. »Bei welchen Göttern soll ich es dir schwören? Wenn *du* mich nicht von deiner Tür verstößt, werde ich niemals gehen!«

Dröhnende Stimmen erklangen im anderen Teil der Halle. Ich blickte verärgert zum Türbehang, doch die Stimmen wurden nur noch lauter.

Ich stand auf. »Gunardwilla kommt, Vater. Sie darf dich so nicht sehen! Warte, ich wasch' dir schnell das Gesicht ab – so, und jetzt laß dich rasch noch kämmen.«

Der König blinzelte müde, während ich ihn vorzeigbar machte, und als meine Schwester hereinkam, waren seine Augen wieder hart, und der einzige Hinweis auf seine Krankheit war der Tee, den ich ihm gerade einschenkte.

»Aber ich werde nicht heiraten!« Ich blieb mitten im Schritt stehen und drehte mich zu Rigana herum. »Das hab' ich dir bereits gesagt!« Sonnenlicht fiel durch das junge Laub des Birkenhains unterhalb der Burg und ließ ihr Gesicht blaß schimmern und ihre Augen grün glänzen wie das Wasser im Bach.

»Du kannst es mir nicht verdenken, daß ich mich erkundige. Es ist eine der drei großen Fragen, die den Rat beschäftigen.«

»Das Zwiegespräch über unseres Vaters Gesundheit habe ich bereits gehört«, sagte ich verärgert. »Was ist die dritte Frage?«

»Oh – sie wollen wissen, ob wir beabsichtigen, einen Krieg gegen die Ai-Zir zu führen.«

Ich nickte, und wir schlenderten weiter.

Im frischen Gras waren unsere Schritte kaum zu hören. Der dunkle junge Krieger, der uns begleitete, war sogar noch stiller als wir. Er besaß die Anmut einer Raubkatze und Augen wie ein treuer Hund. Rigana nannte ihn Ilf, also war er ein Halbblut. Ich fragte mich, ob er Riganas Bett teilte.

»Deshalb wollen die Häuptlinge wissen, ob Vaters Zustand es erlaubt, daß er in den Kampf zieht. Aber weshalb das plötzliche Interesse an mir?« sagte ich schließlich.

»Nun, welches Land grenzt an das der Bullen? Sag nur nicht, du hast dir noch keine Gedanken darüber gemacht, Cridilla!« Rigana blickte mich an, als wäre ich ein einfältiges Kind. »Du könntest dein Land durch einen Feldzug zu doppelter Größe führen!«

»Ich bin nicht die Königin der Ai-Zir.«

»Die Ai-Zir haben ihre Königin im vergangenen Sommer verloren.« Rigana blieb stehen, als wir eine Lichtung erreichten, auf der die ersten Himmelsschlüssel blühten, und lächelte. »Du siehst also …«

Ja, allmählich sah ich klar. Es war nicht Dummheit gewesen, sondern die Sorge um meinen Vater, daß ich die Neuigkeit, die uns kurz vor seinem Unfall erreichte, nicht in ihrer ganzen Tragweite begriffen hatte.

»Ich will mit dir nicht darüber streiten«, erwiderte ich. »Briga ist groß genug für mich.«

»Aber wird es auch groß genug sein für den Mann, den du heiraten wirst?« sagte sie geduldig.

Ich seufzte. Fing das schon wieder an! Ich war froh gewesen, daß Gunardwilla sich um unseren Vater kümmerte und ich eine Weile aus dem Krankenzimmer kam, aber jetzt sehnte ich mich beinahe dorthin zurück.

»Der König hat geschworen, mich nicht zu einer Heirat zu

zwingen«, sagte ich ruhig. »Vielleicht nehme ich mir einen Liebhaber, wenn ich ein Kind haben möchte.«

Der Krieger hinter uns eilte herbei, wich jedoch verlegen wieder zurück, als er erkannte, daß Rigana nur lachte.

»Oh, kleine Schwester, kleine Schwester! Immer, wenn ich glaube, dich endlich zu kennen, überraschst du mich wieder! Du willst also herrschen wie in den alten Zeiten? Ohne einen Mann zum König zu machen? Oh, du bist eine Kriegerin, ich weiß. Ich erinnere mich an die Tätowierungen auf deiner Haut, wo kein Mann sie sehen kann. – Aber willst du deine Krieger auch selbst in die Schlacht führen?« Sie entdeckte ein trockenes Fleckchen in der Nähe blühender Veilchen, breitete dort ihren Umhang aus und nahm Platz.

Ich und Krieger in die Schlacht führen? Über dieses Land herrschen? Unser Vater war der König, und er würde es bleiben! Ich blieb stehen und blickte auf Rigana hinunter.

»Setz dich, Kind ...«, forderte sie mich lächelnd auf. »Du ragst wie ein junger Baum über mir auf.«

Neben dir komme ich mir auch so vor, dachte ich, als ich mich mit überkreuzten Beinen in die Nähe setzte. Ja, wie eine dicke und knorrige Eiche, während Rigana ein Weißdorn ist, der seine Dornen hinter zarten Blüten versteckt.

»Ich lache dich keineswegs aus, Schwester.« Sie tätschelte meine Hand. »Es ist gar kein so schlechter Gedanke, eine Königin allein herrschen zu lassen. Doch der Rat wird niemals zustimmen, und wir können die alten Gebräuche noch nicht alle wiederaufleben lassen. Einstweilen müssen wir die Männer noch glauben lassen, daß wir ihr eigen sind. Aber in der Dunkelheit kann keine Waffe sie gegen die Macht zwischen unseren Schenkeln verteidigen. Doch die Zeit wird kommen, da die Männer sich erinnern, warum es das Geschlecht ihrer *Mütter* ist, das zählt. Dann werden die alten Clans ihre Länder zurückerhalten, und die Festtage der Göttin werden von ihren Königinnen zelebriert.«

»Meinst du?« Ich zog eine Braue hoch. »Ich habe deinen Sohn gesehen, Rigana. Glaubst du wirklich, daß er seine kleine Schwester wird herrschen lassen?«

»Ihre Kinder werden jedenfalls meines Sohnes Erben sein.« Ihre Stimme wurde schärfer. »Wenn du und ich und Gunardwilla zusammenhalten, schaffen wir es. Deshalb müssen wir dich mit einem Mann vermählen, den du beherrschen kannst. Oder hast du gar soviel Angst davor, mit einem Mann das Lager zu teilen?«

Ich spürte, wie ich errötete. »Angst? Nein! Ich ... weiß nicht. Ich habe es nie versucht.«

Wieder lachte Rigana. »Du törichtes Kind! Du bist noch nie mit einem hübschen Burschen in den Wald gegangen, um Belosgrün zu holen? Hast dich noch nie in der Mittsommernacht in eine Wiese gelegt? Dein Haar hat den Glanz von poliertem Holz, und deine Haut ist zart. Und du bist an den richtigen Stellen rund geworden ...« Sie musterte mich von Kopf bis Fuß. »Du hättest keinen Mangel an Liebhabern, würdest du deine Reize nicht hinter dieser gräßlichen Kleidung verstecken.«

Ich strich verlegen die Wolle meines Kittels glatt. Natürlich scherzte sie nur, aber ich konnte die Röte nicht aus meinem Gesicht vertreiben.

»Hat noch keiner die Brosche an deiner Schulter geöffnet, um nach deiner Brust zu fassen und mit einer Warze zu spielen, bis sie fest wird?« Sie lehnte sich zu mir herüber, doch ihre Stimme war so laut, daß sie weit zu hören sein mußte. »Und hat kein Mann dich so gehalten, daß du sein Verlangen spüren konntest, oder deine Schenkel gestreichelt und mit seinen Fingern nach den Geheimnissen zwischen ihnen geforscht?« So fuhr Rigana fort, und ich erkannte, daß die Geschichten, die ich über sie gehört hatte, ihr bei weitem nicht gerecht wurden. »Es ist ein sehr süßes Gefühl, Cridilla, einen Mann zwischen den Schenkeln zu spüren und ihn vor Lust aufschreien zu hören ...«

Vom Baum her kam ein unterdrückter Laut, und plötzlich wußte ich, weshalb Rigana so laut redete. Wenn sie mit dem jungen Krieger schon nicht schlief, so versuchte sie doch zumindest, ihn zu verführen. Vielleicht genoß sie es aber auch nur, Begehren in ihm zu wecken. Ich verspürte eine ungewohnte Glut in meinem eigenen Fleisch, und meine Brüste prickelten. Unbehaglich rutschte ich ein Stückchen im Gras.

»Rigana, zur Zeit spielt es keine Rolle, ob es mir gefallen würde, von einem Mann bestiegen zu werden oder nicht …«

Sie hob die Hand und unterbrach mich. »Weil unser Vater dir versprochen hat, daß du nicht zu heiraten brauchst – ich weiß. Aber glaubst du denn, er wird ewig leben? Oder warst du einfach zu lange in seiner Nähe, daß es dir nicht aufgefallen ist? Leir ist alt, Cridilla – *alt*! Glaubst du wirklich, die Stammesfürsten lassen dich allein herrschen, wenn er stirbt?«

Ich ertappte mich, daß ich nur abwehrend den Kopf schüttelte.

»Es war lediglich ein Sturz«, sagte ich benommen. »Seine Kräfte kehren zurück. Vielleicht kann er nicht mehr an der Spitze einer Heerschar in die Schlacht stürmen, aber das können andere für ihn tun. Doch wer außer ihm könnte alle Häuptlinge zusammenhalten wie Schafe in einem Pferch?«

»Du, ich und Gunardwilla …« Sie beugte sich vor, und jedes ihrer Worte hämmerte auf die weiche Erde ein. »Wir könnten es. Wenn wir zusammenstehen, wird die Göttin wieder herrschen!«

Herrschte sie denn nicht mehr? Ich hatte sie doch bei meiner Nachtwache in der Höhle gespürt! Aber allmählich begriff ich, was Rigana wollte: daß die Göttin allein und über alles herrschte! Ich konnte sehen, wie wir drei, mit schimmernden Goldreifen um den Hals und über uns kreisenden Raben, an der Spitze einer Heerschar dahinritten wie die dreifältige Kriegsgöttin der Quiritani. Leir hatte befürchtet, ein Gemahl könne mich ihm wegnehmen. Aber die Verlockung meiner Schwester war viel gefährlicher, auch wenn der König es nicht wußte.

Sie beobachtete mich immer noch. Ihre Augen funkelten in dem vor Leidenschaftlichkeit bleichen Gesicht. Nie war sie mir schöner vorgekommen.

»Rigana, ich kann dir keine Antwort darauf geben. Leir lebt, und das ist alles, was mich kümmert. Aber ich werde dir nicht im Weg stehen, wenn du das Land der Ai-Zir willst …«

»Leir lebt …!« spöttelte meine Schwester. »Aber eines Tages wird er sterben. Ich quäle dich nicht zu meinem Vergnügen mit diesen Gedanken. Du bist meine Schwester, und ich will nur dein Glück. Du bist nicht mit Leir verheiratet, aber es läuft auf das gleiche hinaus. An einen alten Mann gebunden, vergeudest du dein Leben – das weiß ich!«

Als sie tief Atem holte, erinnerte ich mich an Senowindos und schwieg.

Selbst unser Vater hatte in den letzten Jahren aufgehört, Frauen nachzustellen, und seine Manneskraft war wahrhaftig erstaunlich gewesen. Rigana hatte eine gewisse Entschuldigung für ihre Liebesabenteuer. Aber die Vorstellung, daß wir uns in einer auch nur annähernd ähnlichen Lage befänden, war ungeheuerlich!

»Du bist wütend ...« Rigana seufzte. »Hältst du mich für machtgierig? Ich leugne nicht, daß es mir Spaß macht, Männer nach meiner Pfeife tanzen zu lassen. Aber darauf sind Gunardwilla und ich nicht aus. Wir müssen die alte Ordnung wiederherstellen, ehe sich Mutter Erde selbst gegen uns wendet. Das Klima wird schlechter. Vor zwei Jahren hatten wir eine Mißernte. Es ist eine Versündigung am Land, einem König die Oberherrschaft zu überlassen. Möchtest du, daß dein Volk ohne eigene Schuld zugrunde geht?«

»Du redest Unsinn, Rigana!« entfuhr es mir. »Leir herrscht bereits seit über dreißig Jahren. Hätte der Göttin dies mißfallen, wären wir alle längst verhungert!«

»In der Blüte seiner Jahre hat Leir Blatonikos der Göttin auch wohl gedient«, entgegnete Rigana bedächtig. »Aber wie gut kann er ihr jetzt noch dienen?«

»Du wirst es bei der Ratssitzung sehen!« sagte ich verzweifelt. »Leir ist immer noch stark. Immer noch mächtig!«

»Vielleicht. Aber denk daran, was geschieht, wenn der königliche Hengst zeugungsunfähig wird.«

Ich schüttelte den Kopf, und wieder roch ich das Blut des Pferdes, das zur Weihe der Burg geopfert worden war.

»Wir sind keine Tiere! Es ist nicht dasselbe!«

»Wir alle sind der Göttin Kinder! Wir alle sind ihrem Schoß entsprungen, und ihr Busen hat uns gestillt«, entgegnete Rigana fest. »Und letztendlich schulden wir ihr alle dasselbe!«

Der König stand am geschnitzten Eingang der Festhalle und unterhielt sich mit Senowindos. Er wirkte müde, aber es war nicht offensichtlich, wie sehr er seinen Stock brauchte, sich zu stützen. Und daß die linke Gesichtsseite schlaff war, wurde von Schnurrbart und Bart verborgen. Ich konnte ihn vom Hof aus beobachten, ohne selbst bemerkt zu werden. Gunardwillas Gemahl hatte mich aufgehalten, als ich von Artocoxos zurückkam, dem ich eine Nachricht überbracht hatte, und ich wollte nicht sein Mißtrauen erregen, indem ich an des Königs Seite zurückeilte.

»Glaubst du, wir werden Krieg gegen die Ai-Zir führen?« fragte ich laut.

Auf der Sitzung am Vortag hatte der Rat sich hauptsächlich mit unserem Erzfeind beschäftigt. Die Häuptlinge stritten sich noch, und die Kampfgefährten meines Vaters stützten sich in trügerischer Muße auf ihre Speere, bereit einzugreifen, sollte es zu Handgreiflichkeiten kommen. Sie waren gute Männer, angefangen von den jüngsten Kriegern wie Tomen, Drostagenos und Zanis, die von gemischtem Blut waren, bis zu den Veteranen wie Vorcuns und Nodontios, die seit Jahren an Leirs Seite ritten. Während der letzten vier Jahre hatten wir gemeinsam Waffenübungen gemacht und waren auf die Jagd geritten. Sie waren für mich wie Brüder, welche ich nie hatte.

Maglaros trat näher und lächelte, während die Sonne sein ergrauendes rotbraunes Haar schimmern ließ.

»Krieg gegen die Ai-Zir?« sagte er. »Vor zwei Monden hätte es keinen Zweifel an der Antwort gegeben. Es war schon immer die Absicht unseres Königs, den gesamten Süden in seine Hand zu bringen. Wir hätten ihn bereits erobert, wäre nicht des Königs – Krankheit.«

»Eine Erkältung ...« Diese Antwort war mir inzwischen zur Gewohnheit geworden.

»Gewiß«, pflichtete er mir freundlich bei. »Aber sie hat uns aufgehalten. Und die Leute zerreißen sich inzwischen die Mäuler ...«

Ich zuckte die Schultern. »Gerede hat es immer gegeben. Wäre es nicht des Königs Krankheit, hätten sie einen anderen

Gesprächsstoff gefunden – eure Feldzüge im Norden, zum Beispiel.« Die Strafexpedition, die Leir nach dem Überfall auf die Nebelinsel begonnen hatte, war von Maglaros und Gunardwilla erbarmungslos fortgesetzt worden.

»Oder sie würden Wetten abschließen, wer dein Gemahl wird ...«, sagte er im gleichen Tonfall. »Falls es einen geben wird. Gunardwilla hat mir erzählt, du hättest geschworen, keinen Mann zu nehmen.«

Das war immerhin ein anderes Thema als die Krankheit meines Vaters. Ich blickte Maglaros an, verbiß mir dann aber doch die Antwort, daß seine Heirat mit meiner Schwester mich in diesem Entschluß bestärkt hatte, mir keinen Gatten zu nehmen.

Maglaros war in den acht Jahren, seit er Gunardwillas Gemahl war, plumper und schwerer geworden. In einem Zweikampf wärst du wahrscheinlich schneller als er, dachte ich, während ich ihn heimlich musterte, aber auf dem Schlachtfeld hält er vielleicht länger durch.

»Eine Ehe kann ... Beschränkungen auferlegen, obgleich deine Schwester Rigana offenbar nicht dieser Meinung ist«, sagte er. »Bist du ihr womöglich ähnlicher als Gunardwilla?«

Er strich mit einem schwieligen Finger über mein geflochtenes Haar. Ein wenig bestürzt über Riganas Kritik, hatte ich mich für den heutigen Anlaß herausgeputzt – ich trug ein langes safrangelbes Gewand, mit stumpfgrüner Borte am Rocksaum und den Ärmeln, und alle meine Bernsteinketten um den Hals. Jetzt bedauerte ich es beinahe. Ich preßte die Lippen zusammen, als er fortfuhr:

»Du brauchst nicht zu heiraten, um einen Mann im Bett zu haben, und solange du deinen Vater hast, brauchst du auch keinen Beschützer. Aber eines Tages wird Leir nicht mehr König sein.« Er mußte mein Schweigen für Einverständnis gehalten haben, denn er trat noch näher heran. »Glaubst du, du könntest allein herrschen, kleine Schwester? Nein, du wirst einen Mann an deiner Seite brauchen! Aber du könntest es ohne Gemahl schaffen, wenn du einen mächtigen – *Freund* hättest.«

Ich wurde seiner bedeutungsschwangeren Pausen müde, doch ich hielt den Blick auf den Boden gesenkt. Er kam noch näher, und ich fragte mich schon, ob er gar versuchen würde, mich hier vor den Augen des halben Rates der Häuptlinge zu küssen.

»Maglaros«, sagte ich ruhig. »Ich weiß deine brüderliche Sorge um mich zu schätzen. Ich bin froh, daß es im Rat jemanden gibt, dem mein Wohlergehen so am Herzen liegt.«

»Dann wollen wir den Bund besiegeln?«

Ich warf einen raschen Blick auf den König. »Solange ich mir Sorgen um den König mache, kann ich noch keine Entscheidung fällen«, erwiderte ich rasch. »Aber ich werde mich an deine Worte erinnern.«

»Und darüber nachdenken ...«

Mit einer schlagfertigeren Zunge hätte ich ihm deutlich sagen können, was ich von seinem Vorschlag hielt, doch leider mangelte es mir an dieser Kunstfertigkeit.

Maglaros nahm meine Hand und drückte einen feuchten Kuß auf die Innenfläche. Ich riß sie zurück, und nur meine Disziplin als Kriegerin hielt mich davon ab, den Dolch an meiner Seite zu zücken.

Das tiefe Dröhnen des Ratshorns ließ alle Gespräche verstummen. Talorgenos rief die Häuptlinge zurück in die Halle.

»Ich muß gehen. Mein Vater braucht mich!« Ich benahm mich vollkommen kopflos, aber nur einen Augenblick länger, und ich hätte mich verraten.

Ich eilte in die Halle und rieb meine Hand heftig am Rock ab, als Maglaros mich nicht mehr sehen konnte.

Hinter einer Säule blieb ich stehen, um meine Fassung wiederzuerlangen, während die Häuptlinge an mir vorübereilten.

In den vergangenen Jahren hatte Leir hauptsächlich von Ligrodunon aus regiert, und er war den Handwerkern aus anderen Ländern ein guter Arbeitgeber gewesen. Die Stützpfeiler waren mit geschnitzten und gemalten Spiralen versehen, welche die konzentrischen Kreise und Mäander des älteren Stils abgelöst hatten. Gewebte und bestickte Behänge aus farbiger Wolle hielten an den Wänden die Kälte ab.

Als meine Wangen wieder kühl waren, schritt ich den Gang entlang zum Thron, auf dem Leir bereits Platz genommen hatte. Seine Augen waren geschlossen, als würde er Kraft für die unvermeidliche Auseinandersetzung des Nachmittags sammeln.

»Ich bin hier, Vater ...« Ich tippte mit dem Finger auf sein Knie. Leir öffnete ein Auge.

»Und nicht zu früh. Sie brüllen bereits wie eingepferchte Kühe. Artocoxos, es ist Zeit zu beginnen!«

Ich lächelte zu ihm hinauf, dann löste ich die Lederbänder seiner Schuhe, damit ich seine Füße auf den Schoß nehmen konnte. Sie waren kalt.

Artocoxos hob den Rednerstab.

»Wir haben entschieden, daß kurz nach Mittsommer die richtige Zeit für einen Angriff auf die Ebene von Ava ist, wenn die Rinder sich auf den Almen befinden und die Ernte eingebracht ist. Jetzt gilt es, über Stärke und Ausrüstung zu beschließen.«

»Nicht so schnell ...«, ertönte eine Stimme rechts vom König. Bitwitos von Rigodunon stand auf und streckte die Hand nach dem Stab aus. »Ich bin der Meinung, daß wir zuerst unsere Verteidigung in der Heimat absichern müssen, ehe wir unsere Krieger in neue Lande hinausschicken. Die älteren Töchter unseres Königs sind bereits mit mächtigen Kämpfern verheiratet, die ihre Länder verteidigen können, doch die jüngste hat keinen Gemahl. Gewiß ist es nur vernünftig, zu fragen, was aus Briga wird, sollte der König fallen.«

Plötzlich summte es in der Halle wie in einem Bienenstock. Ich warf einen besorgten Blick auf das Gesicht des Königs. *Denk an dein Versprechen, Vater – denk daran, was du mir geschworen hast!*

»Ich habe keine Gemahlin, und ich bin reich!« Loutrinos breitete seine muskulösen Arme aus. »Und ihr alle kennt meinen Ruf als Krieger. Ich werde für die Maid sprechen, wenn es euch recht ist!«

»Loutrinos ist erst seit wenigen Jahren in diesem Land!« fuhr Nextonos auf. »Ich kenne das Land und die Leute, und ich baue eine starke Feste auf meinem Berg. Gebt mir das Mädchen, und ich werde sie verteidigen.«

»Ich brauche keinen Verteidiger! schrie ich stumm und schaute mich mit funkelnden Blicken in der Halle um.

Ein heftiger Streit über die Ansprüche der beiden Widersacher setzte ein. Erst als die Füße meines Vaters zuckten, wurde mir bewußt, wie fest ich sie umklammert hielt.

»Warte ...«, knurrte er leise. »Bringe sie nicht gegen dich auf.«

Selbst bei diesem Lärm hätte ich mich klar verständlich machen können. Die Bärin hatte uns gelehrt, auch im Toben einer Schlacht unsere Stimme zu erheben. Ich verstand jetzt allmählich, weshalb Rigana Macht wollte. Der Rat brachte *mich* gegen sie auf.

»Wenn sie einen Gemahl aus Briga nimmt, wird er hier zu mächtig ...«, rief einer.

»Wie wär's mit einem Prinzen aus den westlichen Bergen oder einem Mann aus den Niedermooren? Die Vermählung der Prinzessin Cridilla könnte uns ein Bündnis einbringen!«

»Das wäre wohl eher eine Verpflichtung«, protestierte ein anderer. »Wir können uns nicht darauf einlassen, anderer Leute Grenzen zu verteidigen, ehe wir nicht unsere eigenen gesichert haben.«

»Dadurch würden sie zu stark!«

Der Tumult wuchs. Ich konnte Leirs Anspannung spüren, doch solange er sich ruhig verhielt, mußte auch ich es.

»Dann laßt sie einen Gemahl von jenseits des Meeres nehmen, der hier keine Eroberungsabsichten hat!« An der Tür ertönte eine Stimme, die durch den Lärm schnitt wie ein Schwert durch Stroh. »Ich biete der Prinzessin Cridilla einen Gemahl aus Morilandis im Großen Land!«

Ich zuckte zusammen. Meine Augen weiteten sich, und das Stimmengewirr verebbte, als die Männer sich umwandten oder die Hälse verrenkten. Über blonde und braune, schwarze und graue Köpfe hinweg sah ich flammendrotes Haar. Plötzlich war mein Mund trocken. Als die anderen Platz machten, um den Neuankömmling durchzulassen, schüttelte ich fassungslos den Kopf und sagte mir, daß es nicht möglich sein konnte. So groß war Pferd nie gewesen.

Ein aschblonder Bursche, mit einer Harfe an der Schulter, ging ihm voraus, und ein anderer, stämmig wie eine Eiche, stapfte hinter ihm her. Zwei große rotblonde Krieger schritten links und rechts von ihm, doch aller Augen waren auf ihren Führer gerichtet.

Pferd hatte für gewöhnlich einen Wildlederkilt und einen Umhang aus mottenzerfressenem Pelz getragen. Dieser Mann jedoch war in eine Tunika aus safrangelber Wolle und mit Goldfäden bestickter Borte gekleidet; darüber trug er einen tiefroten Umhang vom Mittelmeer, der sich eigentlich mit der Farbe seines Haares hätte beißen müssen, aber dies war nicht der Fall. Eine Halskette aus den Zähnen der Raubtiere, die er getötet hatte, war der einzige Schmuck gewesen, den Pferd besessen hatte, doch um den Hals dieses Mannes lag ein schwerer Reif aus geflochtenem Gold, fast so massiv wie der, den mein Vater trug. Und Pferd war so hager gewesen, daß die Knochen sich unter seiner narbigen sommersprossigen Haut abgezeichnet hatten. Dieser Krieger jedoch war von kräftiger Statur, mit gewaltigen Muskeln, und die Haut des scharf geschnittenen Gesichts war von der Sonne rotbraun gebrannt. Vor dem Thron machte er halt und stand da, als wäre die Pracht der Halle meines Vaters nur der Rahmen für seine geschliffene Anmut, so wie die gedrehte Bronzescheide die polierte Makellosigkeit des Schwertes umhüllt.

Doch sein Haar war immer noch leuchtend genug, ein Feuer damit zu entzünden, und als er sich umdrehte, konnte ich seinem Lächeln nicht widerstehen. Alle anderen waren Schatten, und er die Sonne.

»Agantequos, Sohn des Vorequos, Häuptling der Moriritonen und König von Morilandis, grüßt Euch, Herr, und bittet um das Gastrecht in Eurer Halle!«

»Mir scheint, daß es Euch bereits zuteil geworden ist«, knurrte der König.

»Nur mit Eurem Wohlwollen. Aber ich bin von weither gereist …«

»Zumindest kommt Ihr nicht heimlich, um unseren Schatz zu stehlen.«

»Ich bin gekommen, ein ehrbares Angebot für Eure Tochter zu machen. Es mangelt mir nicht an Reichtum, Herr, sei's an Rindern oder Gold.«

Er hatte mich noch immer nicht angeblickt, und plötzlich war ich dankbar dafür, denn gewiß ließ mein heftig pochendes Herz die Bernsteinperlen meiner Halsketten erzittern. Dann aber kam mir der schreckliche Gedanke, daß Pferd vergessen hatte, wie ich aussah. Ich erhob mich langsam, und in diesem Moment richtete er den Blick wie durch Zufall auf mich – und ich sah in seinen Augen denselben Ausdruck wie damals vor so langer Zeit, als er mich überredet hatte, ihn zu küssen.

Bis zu diesem Moment war es einfach gewesen. Bis jetzt hatte meine größte Angst darin bestanden, daß die Häuptlinge meinem Vater ihren Willen aufzwingen würden. Aber ich hatte gewußt, was *ich* wollte. Bis jetzt ...

»Er kann Gastrecht verlangen, aber nicht die Prinzessin«, sagte Maglaros. »Ihr könnt sie nicht von der Insel wegheiraten, Fremder!«

»Nur vorübergehend«, entgegnete Pferd. »Cridillas erste Tochter könnte Briga erben und ihr erster Sohn das Land, das mir gehört.«

Sofort loderten die Flammen hell auf. Es hörte sich durchaus vernünftig an, doch mit einem Satz war es Pferd gelungen, sowohl das Mutterrecht der Bemalten als auch das Vaterrecht zu bestätigen, das die Quiritani durchzusetzen versuchten. Er hatte so gut wie alle in der Halle aus der Fassung gebracht.

»Genug!« donnerte der König plötzlich. »Ihr habt das Recht, mich zu beraten! Deshalb habe ich euch reden lassen. Ich habe eure Argumente angehört, bis ich ihrer müde wurde. Aber ich bin der Vater der Maid, und ich bin der König. Es ist an mir, zu bestimmen – und durch das Wort, das ich ihr gegeben habe, liegt die Entscheidung bei Cridilla!«

Mein Vater wußte, daß ich nicht heiraten wollte. Er wußte, daß es im ganzen Land keinen Mann gab, der mein Herz hätte höher schlagen lassen. Aber er wußte nicht, was zwischen uns gewesen war, als Pferd verwundet auf der Nebelinsel gelegen hatte. Durch den Eid, den mein Vater mir geschworen hatte, stand es mir frei, zu gehen. Doch durch den Eid, den ich ihm geschworen hatte, mußte ich bleiben.

Und zum erstenmal, seit ich Caiactis verlassen hatte, wußte ich nicht, was ich tun wollte.

»Das ist Torheit«, erklang ein Wispern. »Sie hat ihn verhext!«

»Vergeßt eure Sorge um Briga«, rief Leir mit Donnerstimme. »Ich kann das Land verteidigen und auch mein Kind. Und wenn wir das Land der Ai-Zir erobert haben, wird ihr Erbe sogar noch größer sein!«

Rigana erblaßte, und Senowindos machte ein finsteres Gesicht. Gunardwilla wirkte beunruhigt, doch Maglaros' Gesicht war unbewegt. War er mit ihrem Einverständnis an mich herangetreten, oder hinterging er uns alle? Die anderen brüllten wieder durcheinander. Pferd war, erstaunt über diesen Tumult, etwas zur Seite getreten. Ich konnte seine Augen auf mir spüren und wandte entschlossen den Blick ab.

»König der Quiritani, wähnt Ihr Euch unsterblich?« rief Loutrinos. »Der Fluß und die Schwäne sagen etwas anderes!«

Ich biß mir auf die Lippe. Wir hatten uns bemüht, die Geschichte geheimzuhalten, aber Loutrinos war schließlich dabeigewesen.

»Wenn es dem König an Kraft gebricht, ist es unser Recht, einen anderen zu wählen!« erklang die Stimme eines Häuptlings weiter hinten, der nicht genug Mut hatte, sein Gesicht zu zeigen. »Und das werden wir! Mit oder ohne Euren Segen, alter Mann!«

Ich rutschte zur Seite, als Leirs Füße auf den Schemel stampften.

»Ich bin der König!« Seine Stimme donnerte durch die Halle. »Durch Eroberung, durch Schwur und durch mein Tun. Wer das zu bezweifeln wagt, sage es mir ins Gesicht, und ich werde ihn aus dieser Halle jagen!«

Männer duckten sich unter seinem Zorn wie Weizen im Sturm. Er wirkte doppelt so groß wie andere Männer, und seine Schläfenadern schwollen bedrohlich an.

»Geht!« brüllte er. »Ihr alle! Die Ratssitzung ist aufgelöst! Beim Mittsommeraufmarsch werden wir sehen, wer hier herrscht. Geht mir aus den Augen! Hinaus – ihr alle – sofort!«

Ich glaubte, Donnergrollen zu vernehmen, doch vielleicht war es nur meines Vaters Stimme, die von den Wänden widerhallte, oder das Stampfen der Füße, als die Männer zur Tür eilten. Artocoxos trieb sie hinaus, nicht ohne besorgte Blicke über die Schulter zu werfen. Ich sprang auf, als Leir die Stimme versagte. Dann schlug die große Tür zu, und er begann zu schwanken.

Und er glaubte, sie mit dem zweiten oder dritten Sprung einzuholen. Doch war er ihr nicht näher als zuvor. Er trieb sein Pferd an, sein Letztes zu geben, erkannte jedoch, daß es müßig wäre, ihr zu folgen.

Da sprach Pwyll. »Maid«, sagte er, »um seinetwillen, den du am meisten liebst, warte auf mich.«

»Das will ich mit Freuden tun«, sagte sie ...

Pwyll, Fürst von Dyfed

Nach der Ratssitzung opferten die Eichenpriester einen Stier, und Talorgenos lag eine ganze Nacht, in seine Haut gehüllt, in Trance. Durch Wasser sollte Leir geheilt und das Land eins werden, besagte seine Vision. Und das heilkräftigste Wasser der Insel kam von den Quellen von Sulis, wo vor langer Zeit ein großer König vom Aussatz geheilt worden war. Dorthin also mußte Leir reisen, und wenngleich seine Krankheit ihn noch starrsinniger und reizbarer gemacht hatte, erklärte er sich schließlich einverstanden.

Die Heilquellen lagen verborgen in den Bergen zwischen dem Land der Ai-Zir und der Sabrinamündung, unweit der Straße nach Belerion, an der Senowindos seine Streitmacht sammelte. Unseren eigenen Leuten gegenüber behauptete Artocoxos, Leir mache bei den heiligen Wassern nur eine Rast auf einer Reise in den Südosten, seine dortigen Untertanen zu besuchen, und die Geschichten über des Königs Krankheit wären lediglich eine Kriegslist, um den Feind zu täuschen. Es war eine glaubwürdige Geschichte. Als wir schließlich losritten, wurde mir deutlich, zu welch einem Gefängnis Ligrodunon geworden war.

Wir kamen nur langsam voran, denn Leir ermüdete schnell, doch es machte mein Herz leichter, als ich sah, daß seine Kräfte durch die körperliche Anstrengung von Tag zu Tag wuchsen. Die Kampfgefährten und ein Teil der Krieger ritten mit uns, außerdem Talorgenos und seine Schüler, meine Leibmägde, die Spurenleser und die Hunde. In Kriegszeiten war der König manchmal mit kleinerem Gefolge gereist. Nun aber, da man Leir herausgefordert hatte, war es wichtig, mit angemessener Gefolgschaft zu reiten.

Meine Freier trotteten mir hinterdrein wie Hengste einer paarungsbereiten Stute, ja, sie warfen sogar die Köpfe zurück, rollten mit den Augen und blähten die Nüstern, wann immer mir einer zu nahe kam. Wäre Pferd nicht unter ihnen gewesen, hätte ich gelacht. Bei so vielen Rivalen half ihm nicht einmal seine Geschicklichkeit im Anschleichen, um nahe genug an mich heranzukommen, ohne daß die anderen es bemerkten. So verließ er sich schließlich darauf, daß ich für eine Gelegenheit sorgen würde, damit wir uns unterhalten könnten. Aber ich tat nichts dergleichen.

Da Zaweret sich sowohl um das Gefolge des Königs wie auch um die Kriegerschar kümmerte, erfuhr ich alles, was ich wissen wollte, ohne mit Pferd zusammenzukommen. Sein Ansehen bei den Männern wuchs. Sie sagten, daß er wahrhaftig ein Häuptling aus den Landen jenseits der Meerenge sei. Morilandis lag nahe einem heiligen Felsen, der sich an der Küste aus dem Wasser erhob. Pferds Gefährten prahlten damit, wie sie Vergeltung an seines Vaters Feinden genommen hätten, und behaupteten, daß viele große Krieger nun dem Sohn – Agantequos – folgten. Er wäre jung und stark und hartnäckig. Aber das wußte ich ja alles schon.

Ich sagte mir, daß mein Vater mich bräuchte und daß ich keine Zeit für Tändeleien hätte. Aber ich glaube, in Wirklichkeit hatte ich Angst.

Nach zwei Wochen erreichten wir die Ufer des Aman, dessen Windungen wir in die bewaldeten Berge folgten, wo sich die heißen Quellen befanden. Es war ein Kalksteingebiet wie meine eigenen Talgründe, von engen, steilwandigen Schluchten durchschnitten. Hier in den Bergen war der Aman tief und floß schnell. Er war zwar mit kleinen Booten befahrbar, doch es gab nur wenige Übergänge.

Das schöne Wetter hielt während unserer Reise an, und die Wiesen waren bunt von Blumen. Auf dem Fluß schwammen Gänse und Enten aller Arten, doch Schwäne sahen wir keine.

Und dann erspähten wir auf einem Berg am anderen Flußufer die Steinmauern einer Burg und darunter Dampfschwaden zwischen den dunklen Bäumen. Hier beschrieb der Aman einen großen Bogen und verbreiterte sich zu einer Furt. Der Wind trug flüchtig einen Geruch wie von fauligen Eiern heran. Zwei Rinnsale dampfenden Wassers sprudelten zwischen den Bäumen hervor in den Fluß, dies konnte nur bedeuten, daß der Wald vor uns die heiligen Quellen beherbergte.

Frauen in dunkelblauen Gewändern warteten auf der anderen Seite der Furt. Mit einem Haselzweig in der Hand trieb Talorgenos sein Pferd als erster durchs Wasser.

»Cridilla …« Mein Vater rief mich an seine Seite. »Wer sind diese Frauen?«

Ich beschirmte die Augen und fragte mich, ob Frau Urtaya hier sein mochte. Das könnte unangenehm werden, obwohl der Schrein als geheiligter Boden galt. Doch es war Frau Asaret, der Talorgenos den Zweig überreichte.

»Eine von ihnen ist die Priesterin von Belerion. Die anderen gehören zum Schrein, nehme ich an.«

»Werden sie uns Unterkunft in der Burg gewähren? Ich möchte nicht wie ein Tier auf dem Erdboden nächtigen. Und ich hoffe, sie sind hier nicht zu fromm, ein warmes Mahl zu kochen.«

Mein Vater war müde. Im Verlauf der Reise hatte ich diesen Tonfall nur zu gut kennengelernt. Ich murmelte etwas Beruhigendes und trug dem jungen Zanis auf, sich zu den Priesterinnen zu begeben und sie um Zutritt zu den heiligen Quellen zu bitten.

»Wer ist die Göttin, die hier verehrt wird?« Ich hatte die Stimme zum Flüstern gesenkt. Unter den Eichen herrschte eine ehrfurchtgebietende Stille. Am hinteren Ende der Becken wuchs Schilf aus dem schwarzen Schlamm, doch in der Nähe, wo Kies ein festeres Ufer bildete, waren die Felsblöcke rot von frisch vergossenem Blut. Eine Flamme flackerte auf dem Steinaltar neben dem Becken.

»Sie ist das Feuer und das Wasser, sie ist die Macht, die aus der Tiefe quillt«, antwortete Frau Asaret leise. »Nennt sie Erhabene, wenn Ihr möchtet – Briga in Eurer Sprache. Sie steht über allen Titeln und Rängen.«

»Aber wie lautet ihr wahrer Name?« Es war mir plötzlich wichtig, daß ich ihn erfuhr.

Die Priesterin schüttelte den Kopf. »Hier nennen wir sie Sulis, die Öffnung, den Schoß der Welt, doch ihr wahrer Name kann nur vom Herzen gesprochen werden. Laßt Euch vom Feuer verschlingen, fließt mit dem Wasser, dann werdet Ihr vielleicht erfahren, wie Ihr sie nennen müßt, und sie wird es hören ...«

Ich blickte wieder auf die blutbefleckten Steine. Das Becken ist wie ein Eingang zum Schoß der Göttin, dachte ich bei mir.

»Was ist mit meinem Vater? Wird man ihn bald herbringen?«

»Solange Ihr hier seid, braucht der König Euch nicht zu kümmern. Wenn er sich ausgeruht hat, wird er im heilenden Wasser des östlichen Beckens baden. Jeden Tag wird er kommen, solange er hierbleibt. Doch dies ist die Zuflucht für Frauen, und dies ist das Feuer, das kein Mann erschauen darf. Eure eigene Reinigung sollte Euch jetzt beschäftigen.«

Das Wasser im Becken reichte bis über die Hüften und war blutwarm. Ich versuchte, die Luft anzuhalten, atmete jedoch keuchend ein und hustete, als mir der Gestank in die Lunge drang. Eine der jüngeren Priesterinnen kicherte. Ich atmete erneut, nicht so tief, und diesmal ertrug ich es. Meine Haut prickelte, wo das Wasser sie berührte. Langsam ließ ich mich ins Becken gleiten.

Von irgendwoher kam der Gesang von Frauenstimmen.

»Hier gibt es Ruhe; hier gibt es Trost;
Schützende Arme, weich bettend die Brust;
Hier darfst du sein ...«

»Laß die Mutter dich halten – laß die Mutter dich heilen«, sagte das Wispern um mich. »Hab keine Angst, du bist sicher und geborgen. *Sa* ... *sa* ... sink hinab und entspanne dich.«

»Hier ist kein Aufruhr; hier ist kein Hetzen;
Hier ist kein Haß, kann dich keiner verletzen:
Hier bist du mein ...«

Es war, als würde ich von einem großen Tier verschluckt. Die Stoffstreifen, die als Opfergabe an die Äste gebunden waren, flatterten im Wind. Ich konnte mich nicht entsinnen, wann ich mich je so entspannt gefühlt hatte; ganz gewiß nicht bei der Läuterung, der ich mich bei meiner Initiation hatte unterziehen müssen. Aber damals hatte ich auch keine Heilung benötigt. Benommen schloß ich die Lider und spürte eine starke Hand, die meinen Kopf über Wasser hielt. Es gab einen Grund, daß ich hierhergekommen war – etwas, das ich versuchen sollte, aber es war mir nicht mehr wichtig. Die Zeit floß davon und verlor sich in einer ewigen Gegenwart vollkommener Zufriedenheit.

»Hier ist der Ursprung; hier ist die Quelle;
Hier das Geheimnis, das Zentrum der Welle;
Ewiges Glück ...«

»Cridilla, kommt zurück – kehrt wieder in Euren Körper ein ...«

Die Stimme war so sanft; warum sollte ich mich ihr widersetzen? Allmählich spürte ich, daß ich in meinen Körper zurückgekehrt war. Aber da war ein Unterschied. Ich fühlte mich jetzt leichter. Ich hatte meinen Vater getragen, seit dem Tag, da er den Schwan getötet hatte. Und weil diese Last für kurze Zeit von mir genommen war, erkannte ich es erst jetzt.

»Hier ist das Herz, und hier ist der Ort;
Hier kehrst du immer, gehst du auch fort,
Zu Mir zurück ...«

Frau Asaret streckte die Hände aus. Ich seufzte; dann richtete ich mich auf und schüttelte mein nasses Haar aus.

»Nun, Kind, dürft Ihr Eure Opfergabe darbringen.«

An den heiligen Quellen wurde kein Blut vergossen. Sie waren ein Ort, an dem sogar Todfeinde unbeschadet nebeneinander Heilung suchen konnten. Keinem Lebewesen durfte hier Gewalt angetan werden. Selbst der Kriegstrupp, der sich von Fleisch ernährte, mußte außerhalb der Zuflucht sein Lager aufschlagen. Talorgenos hatte mich darauf vorbereitet; deshalb hatte ich Getreide und Öl als Opfergabe mitgebracht.

Frisch gekleidet in ein dunkelblaues Gewand, ähnlich dem der Priesterinnen, folgte ich Frau Asaret zum heiligen Feuer. Über den Altar war ein Strohdach errichtet, gestützt von vier starken Säulen, in deren Sockel Mäander, Kreise und Spiralen geschnitzt waren, die hinab in den Erdboden verliefen.

An einer Säule sah ich ein geschnitztes Männergesicht von buschigem Bart und Haar eingerahmt; auf einer anderen waren die drei Mütter abgebildet. Ihnen gegenüber, an der dritten Säule, erblickte ich eine sitzende bärtige Gestalt, und auf der vierten war eine Frau in primitiver Darstellung zu sehen; ein Halbmond krönte ihr Haupt; ihre Brüste waren unbedeckt, und sie trug einen steif ausgestellten Rock, der dieselben Verzierungen besaß wie die Sockel. Ich starrte darauf und versuchte mich zu erinnern, wo ich so etwas schon gesehen hatte.

»Ja – es ist der Göttin am heiligen Born sehr ähnlich, wo Ihr Eure Weihe erfuhrt ...«, sagte die Priesterin leise. »Aber dies Abbild ist älter, denn im Lauf der Jahre verrottet sogar Eiche und muß neu geschnitzt werden.«

»Dann bin ich noch in meinem eigenen Land ...« Ich schaute zu dem Bild auf. »Denn die Göttin ist auch hier.«

»Ihr werdet sie vielleicht an noch ungewöhnlicheren Orten als diesem finden ...«, entgegnete Frau Asaret. »Doch nun ist es an der Zeit, daß Ihr Euer Opfer darbringt.

Die jungen Männer, die zur Zeit zum Schutz des Königs eingeteilt waren, beschäftigten sich auf der Wiese vor dem Hain mit Würfelspiel, während Nabelcos, der Barde, den Pferd von jenseits des Meeres mitgebracht hatte, für sie spielte. Es war eine leichte Pflicht, denn ihr Herr befand sich bei den Priesterinnen in Sicherheit, und die übrigen Krieger hielten nach den Ai-Zir Ausschau. Artocoxos verteilte die Aufgaben, um die Männer zu beschäftigen, damit sie keine Streitereien anfingen.

Als ich am dritten Morgen nach unserer Ankunft vom Frauenhaus herunterkam, sah ich meine drei Freier einander unter den Eichen belauern. Ich blieb abrupt stehen, denn nach drei Tagen in den Quellen war ich wieder voller Energie und brauchte ein wenig Bewegung. Aber es war zu spät. Sie hatten mich bereits entdeckt und kamen auf mich zu.

Ich verschränkte die Arme vor der Brust, blickte von einem zum anderen und wünschte, ich hätte ein schlichteres Gewand angezogen. Aber es hätte auch nichts genutzt. Nextonos oder Loutrinos würden die Tochter des Großkönigs selbst dann heiraten, wenn sie Sackrupfen trüge, und Agantequos hatte mich ohnehin nie anders als im Wildlederkilt gesehen, als er auf der Nebelinsel noch Pferd und ich Otter gewesen war.

Loutrinos streckte mir einen Blumenstrauß entgegen und lächelte ein wenig selbstgefällig, weil er etwas für mich hatte, während die anderen beiden mit leeren Händen dastanden. Man mußte Loutrinos seine Hartnäckigkeit wahrhaftig zugute halten. Jeden Tag, seit Beginn der Reise, hatte Zaweret mir einen Strauß von ihm gebracht, den ich ebenso regelmäßig an meine Stute verfütterte. Loutrinos trug eine feine Tunika aus kremfarbener Wolle mit farbigen Streifen, und er schwitzte darin, denn für einen Frühlingstag war es sehr warm.

Mir blieb nichts übrig, als die Blumen zu nehmen. Sie waren leuchtend wie Sonnenschein: Himmelsschlüssel und Sumpfdotterblumen und die ersten gelben Sternblumen. Ich berührte sie sanft, sie konnten ja nichts dafür, daß ich den Mann nicht mochte, der sie gepflückt hatte.

Nextonos schob sich an ihm vorbei. »Herrin, da Ihr keine Heilung benötigt habt, haben die Quellen Eure Schönheit noch gesteigert! Würdet Ihr mit mir spazierengehen?« Er war nicht so vornehm gewandet wie der andere junge Häuptling; sein Lederwams wäre passender für einen Ausritt gewesen.

Ich blickte an ihm vorbei. Der Wald wuchs dicht und grün und kühl an den Hängen über uns. Auf den felsigen Höhen von Caiactis war ich wie ein Reh gesprungen. Dies war zwar nicht die Nebelinsel, doch plötzlich wollte ich die Berge dieses westlichen Landes kennenlernen.

»Ich werde spazierengehen. Aber wer wird mich begleiten …?« Ich lächelte sie honigsüß an. »Es soll derjenige sein, der mich dort oben auf diesem Berg als erster einholt …«

Ich reichte die Blumen Zaweret, die mit hochgezogenen Brauen zuhörte. Nach kurzem Überlegen gab ich ihr auch meinen Schal. Ich bedauerte, daß meine Fußsohlen nicht mehr abgehärtet genug waren, um barfuß zu laufen, doch meine Schuhe hatten Sohlen aus Stierhaut. Immer noch lächelnd, raffte ich meine Röcke hoch.

Zaweret blickte mich an. »Was soll ich Eurem Vater sagen, wenn er nach Euch fragt?« Die Wasser wirkten ihre heilende Magie, doch obwohl Leir von Tag zu Tag kräftiger wurde, war des Königs Verlangen nach meiner Gesellschaft wie das eines Kindes, das sein Lieblingsspielzeug verloren hat und sich an seine Mutter klammert, bis es ein neues bekommt.

»Sag ihm, daß ich nicht lange fort bin. Die Bewegung wird mir guttun. Ich bin noch vor dem Abendessen zurück.«

Loutrinos starrte mich erstaunt an. Ich blickte auf seinen Umfang und zweifelte nicht daran, daß er rasch hinter den anderen zurückbleiben würde. Trotz seines Alters war Nextonos in weit besserer körperlicher Verfassung, und er blickte mich mit wachsender Entschlossenheit an. Pferd gab sich trügerisch ernst, doch seine Augen verrieten ihn: Er war überzeugt, daß ich diesen Wettlauf nur deshalb veranstaltete, weil er den anderen an Ausdauer und Schnelligkeit überlegen war. Ich war mir da nicht so sicher. Schon damals, auf der Nebelinsel, als wir etwa gleich groß gewesen waren, hatte ich schneller laufen können als er. Jetzt war er größer und schwerer – wie hatte er nur so wachsen können? Wahrscheinlich kann er mich im Kampf besiegen, dachte ich, als ich seine Schultern betrachtete. Doch konnte er mich im dichten Wald überholen, und noch dazu am Hang? Und vermochte er die Spuren gut genug zu lesen, um mir folgen zu können, wenn ich ihn hinter mir gelassen hatte?

Wollte ich überhaupt, daß er mich einholte? Ich konnte mir diese Frage nicht beantworten. Aber wer mich schlagen wollte – das wußte ich –, würde mehr als sein Bestes geben müssen.

Mit dem Gruß eines Kriegers rannte ich los. Anfangs lief ich langsam, um meine Muskeln zu lockern, obwohl ich sicher war, daß Loutrinos glaubte, ich täte es seinetwegen. Dann steigerte ich die Geschwindigkeit so weit, daß ich mit einem kanternden Pferd hätte Schritt halten können, als ich den Waldrand erreichte.

Mein erster Atemzug in der würzigen Waldluft wirkte wie starker Met. Ich fühlte mich so beschwingt, daß ich das Gefühl hatte, endlos dahinlaufen zu können. Als hinter mir die Männer durchs Unterholz brachen, mußte ich daran denken, wie ich auf der Nebelinsel dem Wolfstrupp davongeeilt war, und lachte.

Die Berge des Westlands waren dicht mit hohen Haselnußsträuchern und Buchen bewaldet. Ich hörte jemand hinter mir – dem Keuchen nach war es Nextonos. Doch von den drei Männern brauchte ich nur den einen zu fürchten, den ich nicht zu hören vermochte. Ob er wütend war, daß ich ihn und seine Rivalen neckte? Ein Händler aus den Landen um das Mittelmeer hatte uns die Geschichte von der Prinzessin erzählt, die versucht hatte, ihren Freiern davonzulaufen. Ein vor ihre Füße geworfener Apfel war ihr zum Verhängnis geworden. Ich fragte mich, mit welchem Trick Pferd wohl versuchen würde, mich abzulenken.

Warum war er eigentlich hinter mir her? Er hatte sein eigenes Land, um das er sich kümmern mußte. Und gewiß gab es heiratswillige Mädchen in seinem Volk; Maiden mit goldenem Haar, die ihm nützliche Bündnisse einbringen konnten, wenn er sie zur Frau nahm.

Ein morscher Ast gab unter meinem Fuß nach, und beinahe wäre ich gestürzt. Als ich mein Gleichgewicht wiedergewonnen hatte, wurde mir plötzlich klar, weshalb ich Pferd die ganze Zeit auf Distanz gehalten hatte: weil er nicht in dieses Land gehörte. Ich mochte zwar nicht den Machthunger meiner Schwestern besitzen, aber Briga würde ich niemals aufgeben.

Voraus sah ich junge Erlen, also mußte Wasser in der Nähe sein. Als ich einen sanften Hang hinunterrutschte, schoß irgend etwas aus dem Laubwerk hervor. Um ein Haar wäre ich wieder gestürzt, dann grinste ich, als ich den weißen Spiegel einer jungen Ricke sah.

Lauf, Schwester, führ sie in die Irre! Ich rannte nun ein wenig langsamer und vorsichtiger. Bald konnte ich das Rauschen von Wasser hören und wußte, daß nicht einmal Pferd mich mehr aufzuspüren vermochte, sobald ich erst zwischen den Felsblöcken war.

Ich hatte das Bett des Baches erreicht, der unterhalb der Burg den Hang hinabfloß. Das Wasser stand niedrig für diese Jahreszeit; blanke Steine ragten wie Knochen heraus, doch das Bachbett war ein Pfad, dem selbst ein Kind hätte folgen können. Ich atmete jetzt keuchend, aber ich sprang sicheren Fußes von Stein zu Stein den Hang hinauf. Wo der Bachlauf schmäler wurde, drängten die Bäume sich dichter heran, doch hinter ihnen erspähte ich freies Gelände. Ich wand mich durch nachgiebiges Buschwerk und gelangte zu einem steilen, mit Gras bewachsenen Hang unterhalb eines Kalksteinfelsens, der völlig von Bäumen umgeben war. Im Schatten von Haselbüschen sprudelte das Wasser aus einem Spalt im Felsen in ein vom Wasser geformtes Felsbecken.

Ich schöpfte eine Handvoll, trank es durstig und machte mich daran, meine Kleidung auszuziehen. Dann kniete ich mich neben das Felsbecken und bespritzte mich mit dem klaren Wasser. Es war so rein wie das Wasser im Hügelland meiner Heimat und wohltuend kalt. Mir war so warm von der Sonne und der Anstrengung, daß die Tropfen trockneten, kaum daß sie meine Haut berührten.

Schließlich fühlte ich mich erfrischt genug. Am Rand des Wassers kniend, blickte ich in das Felsbecken.

In der leicht gekräuselten Oberfläche spiegelte sich bruchstückhaft mein Gesicht. Dort war mein Nasenrücken zu sehen, da meine Stirn, ein haselnußbraunes Auge funkelte darunter, und darüber schimmerte ein zerzaustes Büschel brauner Locken. Ich beugte mich weiter vor und sah nun Linien von Tätowierungen, und das dunkle Auge einer Brustwarze blinzelte mich aus dem Wasser an.

All das ist Teil von mir, jedes einzelne ist Wirklichkeit ..., dachte ich und zog einen Finger durchs Wasser, um diese einzelnen Teile zu einem anderen Bild zusammenzufügen. Ich formte sie zu einer monströsen Schönheit wie die Sumpfmaiden aus Talorgenos' Geschichten. *Aber wo ist der Mittelpunkt? Was ist mein wahres Ich?* Das Kräuseln des Wassers schien auch mich selbst zu durchziehen. Ich starrte und spürte, wie das innerste Wesen meines Ichs sich aufzulösen begann, sich veränderte – wie würde mein neues Selbst sein?

Da hörte ich ein Geräusch aus dem fast vergessenen Teil der Welt, der nicht ich war ... Ein Seufzen, das Streifen von Kleidung an Ästen ... Blinzelnd drehte ich mich um.

Was ich sah, war die weiße Haut eines Männerbauchs, auf der sich das in Blau gestochene Abbild eines Bären beim Spiel der Muskeln streckte und zusammenzog. Ich kannte diese Tätowierung von der Nebelinsel, doch für einen Augenblick vermochte ich mir in meiner Benommenheit nicht vorzustellen, was ein derart Tätowierter hier wollte. Sein Oberkörper war von einer gerafften Tunika bedeckt, doch als er sie über den Kopf zog, sah ich das Brusthaar wie Kupferdraht in der Sonne glitzern.

Noch ehe er sich von dem Kleidungsstück befreite, wußte ich, wer der Tätowierte sein mußte. Doch noch als ich bereits das flammendrote Haar sah und ihn fluchen hörte, leugnete ein anderer Teil von mir die Erkenntnis. Der Junge namens Pferd, den ich kannte, hatte den mageren Körper eines Knaben. Und wann war er im Bärentrupp aufgenommen worden?

Vorsichtig stand ich auf. »Heißt das, du hast die Wette gewonnen?« fragte ich im Plauderton.

Er riß den Kopf herum wie ein verschrecktes Tier. Seine blauen Augen weiteten sich, und dann sah ich, daß er noch erröten konnte wie ein Knabe, obgleich er den Körper eines

Mannes besaß. Als er antwortete, war seine Stimme gefaßt, aber das Herz schlug ihm bis zum Hals.

»Um ehrlich zu sein, nein. Ich habe deine Fährte am Hang verloren. Aber das Laufen hat mich durstig gemacht. Erlaubt mir, Herrin, von Eurem klaren Wasser zu trinken, dann gehe ich.«

Er hatte mich gehetzt, doch nun klang seine Stimme ängstlich.

»Alles Wasser gehört der Mutter ...« Ich schob die Erlenschößlinge zur Seite und machte ihm Platz. »Du brauchst meine Erlaubnis nicht.«

»Nein?« Jetzt lächelte Pferd zum erstenmal, und schlagartig wurde mir bewußt, daß wir beide nackt waren. Das hatte auf der Insel nie eine Rolle gespielt. Dort war ich mit seinem Körper genauso vertraut gewesen wie mit dem eigenen.

Doch damals waren wir Kinder gewesen, und nun schaute er mich an, als sähe er mich zum erstenmal. Und so war es auch – denn jetzt war er nicht Pferd, sondern Agantequos. Verstohlen musterte ich ihn. Sein Körper war muskulös, seine Haut milchweiß, außer im Gesicht und an den Armen, wo die Sonne sie gebräunt hatte, und blaue Adern traten an Schultern und Armen hervor. Seine Männlichkeit war ebenfalls gewachsen, umgeben von einer Wolke feurigen Haares.

Der Junge, an den ich mich erinnerte, hatte sich manchmal unbeholfen bewegt, doch dieser Mann beugte sich mit geschmeidiger, beherrschter Kraft zum Wasser hinunter. Er war so durstig wie ich zuvor. Gewiß schwitzte auch er. Als er sich aufrichten wollte, spritzte ich Wasser auf seinen Rücken und wich rasch zurück, als er herumwirbelte. Sonnenstrahlen glitten durch das Laubdach und ließen jeden Tropfen aufblitzen.

»Du wolltest doch Abkühlung, oder nicht?« Als ich seinen Gesichtsausdruck sah, fing ich zu lachen an.

»Wollte ich das?« schnaubte er, und plötzlich lag Heiterkeit in seinen blauen Augen. »Dann müßt Ihr zu Ende bringen, was Ihr begonnen habt. Badet mich, Herrin von Briga. Da Euer Vater und sein Gefolge sich in den heiligen Wassern suhlen wie eine Herde Schweine an einer Furt, bleibt kein Platz, wo ein armer Wanderer auch nur seine Zehe hineinstrecken könnte. Bitte wascht mich, Herrin, auf daß ich Heilung finde.«

»So hast du also Schmerzen?« fragte ich. »Du siehst nicht krank aus.« Ich rupfte ein Büschel weichen, trockenen Grases aus und ballte es zu einem Schwamm zusammen.

»Ich bin verwundet, wo niemand es sehen kann«, antwortete Agantequos ernst.

»Dagegen kann ich nichts tun. Aber ich werde dir den Rücken schrubben.«

Er grinste, dann drehte er sich um, und ich tauchte den Grasball ins Wasser und wusch die glatten Muskeln, die zu seinen Schultern führten. Als wir verstummten, begann eine Grasmücke im Kreuzdorn erneut mit ihrem Trillern. Irgendwo zwischen den Steinen quakte ein Frosch, und die Insekten nahmen ihr friedliches Summen wieder auf.

Agantequos' Haut war erstaunlich glatt. Die Totems der verschiedenen Trupps der Insel bewegten sich unter meinen Händen, narbenlos bis auf kleines gerötetes Mal am Schwanz des Lachses.

»Das ist von einem Speer ...«, stellte ich fest.

Agantequos drehte sich halb um. »Hier hat er mich getroffen ...« Als er den Arm hob, sah ich eine andere, viel größere Narbe an seiner Seite. »Aber nur durch Fleisch und Sehnen. Der Stoß, mit dem ich es dem Gegner heimzahlte, traf besser, direkt ins Herz.«

»Wer war es?« Es war keine gewöhnliche Stich- oder Schnittwunde, wie man sie sich in der Schlacht holte; die Wunde stammte von einem Zweikampf.

»Der Mann, der meinen Vater getötet hat.« Agantequos tippte auf seinen goldenen Reif. »Nach Ende meiner Ausbildung auf der Nebelinsel kehrte ich ins Große Land zurück und lebte wie ein Wolf in den Wäldern, während ich das Land auskundschaftete. Dann begab ich mich in die Festhalle der Burg meines Feindes und forderte ihn heraus. Als er blutend am Boden lag, riß ich ihm dieses Gold vom Hals. Und die Krieger, die ihm gefolgt waren, hießen mich ihren neuen König.«

»Oh, Pferd, wie bin ich froh!« Ich wußte, wie sehr seine Verbannung ihn geschmerzt hatte. »Und sitzt du nun sicher auf dem Thron deines Vaters?«

»Na ja, es gibt noch ein paar schlechterzogene Hunde, die hin und wieder knurren, aber ich werd' sie noch zum Kuschen bringen.« Er grinste.

»Auch aus der Ferne?« fragte ich scharf, denn nur zu gut erinnerte ich mich, daß mein Vater stets unterwegs gewesen war, um seine streitsüchtigen Häuptlinge im Zaum zu halten. »Du hättest nicht kommen sollen!«

»Es war nicht nur die Heimat, die ich vermißt habe, Cridilla ...«

Er berührte meine Schulter mit einem von Schwertgriff und Speerschaft schwieligen Finger. Ein unkontrollierbarer Schauer lief mir über die Haut.

Ich stieg ins Wasser, doch er folgte mir. Seine Hand streichelte und tätschelte mich, wie man es bei einer nervösen Stute tun mag, und meine Haut prickelte bei seiner Berührung.

»Ich kann meinen Vater nicht verlassen«, wisperte ich, während ich diese starke Hand beobachtete, wie sie über meinen Arm strich, hinauf und hinunter. »Ich kann mein Land nicht verlassen. Und du kannst Morilandis nicht meinetwegen im Stich lassen.«

»Cridilla, weißt du, wie schön du geworden bist?«

Was hatte das damit zu tun? Ich blickte ihn an, und mir stockte der Atem. Rigana hatte gesagt, daß Männer mich begehren würden, aber ich hatte es für eine Schmeichelei gehalten. Agantequos jedoch meinte es ehrlich. Verriet es mir der Glanz in seinen Augen?

»Dein Haar schimmert in der Sonne wie ein eichener Speerschaft, der glatt und glänzend geworden ist von den Händen, die ihn hielten. Aber es ist lebendiger, wie das Fell eines Streitwagenpferdes, und auch so weich ...« Er packte mein Haar, als wäre ich eine Stute, und die Locken wickelten sich um seine Finger. Ich blickte sie staunend an, dann erschauerte ich, als seine Hand wieder zu meiner Schulter hinunterglitt.

»Deine Haut ist weich wie ein Blütenblatt oder die flaumige Unterseite eines frischen Blattes im Frühling ...«

»Sie ist braun …«, widersprach ich, während ich auf das Weiß seiner Brust und seines Bauches blickte. War seine Haut auch so weich?

»Sie ist wie Gold!« Er drehte mich so, daß der Sonnenschein durch die wispernden Bäume auf mich fiel. Doch was ich sah, war das Leuchten seines Haares in der Sonne.

»Vom … Kuß der Sonne vollendet. Soll ich sie beneiden?« Seine Stimme wurde zu einem Murmeln. »Oder soll ich es ihr gleichtun? So …« Plötzlich beugte er sich vor, und ich spürte seine weichen Lippen auf meiner Schulter und erschauerte unter dem Gefühl, das durch meinen ganzen Körper strömte.

Ich wich zurück. »Hör auf!«

»Magst du das nicht?« Seine blauen Augen lachten.

»Das spielt keine Rolle! Es kann nichts daraus werden!« Ich rieb mir den Arm, wo er ihn geküßt hatte, als könne ich so das Prickeln vertreiben.

»Für mich spielt es eine sehr große Rolle«, entgegnete er ruhig. »Doch wenn ich dich nicht berühren darf, muß ich mich wieder ganz auf den Eindruck meiner Augen verlassen. Dein Körper«, fuhr er ruhig fort, »ist so geschmeidig und anmutig wie je, doch jetzt besitzt er auch Kraft. Deine Arme und Beine sind schlank und glatt, aber ich kann das Spiel der Muskeln unter der Haut sehen. Und immer noch bist du eine gute Läuferin wie damals. In deinen Bewegungen ist die gleiche Vollkommenheit wie im Sprung eines Rehs.«

Ich erinnerte mich an den Hirsch, der auf meinen Rücken tätowiert war, und wie ich damals auf der Insel mit dem Wind um die Wette lief, und mir wurde bewußt, wie gut mir dieser Lauf durch den Wald getan hatte.

»Und du bist gewachsen, wie der halbwilde Fuchshengst, den ich einmal hatte« – ich legte den Kopf zurück, um ihn zu mustern –, »voller Kraft und Eigensinn!« Einige Männer wurden mit den Jahren langsamer, aber ich war sicher, daß Agantequos immer flink und von jener scheuen Wachsamkeit sein würde, an die ich mich aus unserer Kindheit so gut erinnerte.

»Deine Brüste sind wie die sanften runden Hügel, auf denen die Schafe weiden«, fuhr er fort, als hätte ich überhaupt nicht gesprochen. »Und die Wölbung deiner Hüften ist wie die der Hänge, die dem geheimen Tal und den heiligen Quellen Schutz bieten. Ich möchte auf diesen Hängen weiden, Cridilla; ich möchte trinken aus jener süßen Quelle …«

Seine Stimme war plötzlich rauh geworden, und ich wich einen weiteren Schritt zurück.

»Genug – hör auf! Ich hätte nicht erlauben dürfen, daß du überhaupt damit anfängst.«

»Du hast es aber erlaubt«, erwiderte er, »und nun gibt es nur einen Weg.«

»Ich kann dich nicht heiraten!« rief ich über das Summen in meinem Kopf hinweg und suchte den Sinn in diesen Worten.

»Ich möchte das Lager mit dir teilen …«, sagte er. »Muß ich noch deutlicher werden? Ich wollte es schon damals, auf der Insel, als ich noch zu jung war, es überhaupt zu verstehen. Wir waren die zwei Hälften eines Ganzen, Cridilla, und ich bin es leid, allein zu sein.«

»Ich werde keinem Mann gehören!« flüsterte ich. »Kannst du den Lachs besitzen, der im Fluß schwimmt?« Ohne zu überlegen, begann ich mich zu wehren, wie ich es vor so langer Zeit auf der Insel gelernt hatte.

»Dann werde ich der Otter sein!« Wasser platschte wie ein leuchtender Schleier zwischen uns empor, als er in den Bach sprang. Sein flinker Angriff stieß ins Leere, als ich geschmeidig auswich. Seine Hand schloß sich um meinen Arm, doch die nasse Haut entglitt seinen Fingern, und ich sprang ans andere Ufer hinauf.

»Kann der Otter eine Falkin nehmen?« spottete ich und bereute es, als ein noch kräftigerer Sprung als der meine ihn direkt hinter mir landen ließ und sein Arm mich flüchtig an sich preßte. Ich entschlüpfte ihm, kam aber nicht weit, denn hinter mir befand sich nun die Felswand. Sprungbereit erwartete ich ihn.

»Der Adler kann die Falkin vom Himmel holen«, keuchte er, als er die Arme hob und sie um leere Luft schlang. Wir tänzelten umeinander, und unsere Gliedmaßen erinnerten sich an alle Bewegungen, die wir vor langer Zeit so geduldig erlernt hatten.

Der Grasfleck, auf dem wir uns umkreisten, war viel zu

klein, ihm auszuweichen. Ich sah das bunte Knäuel meiner Kleidung am anderen Ufer des Baches, doch wann immer ich einen Ausfall dorthin versuchte, stand mein Gegner mir bereits im Weg. Die Welt schrumpfte zu diesem felsumsäumten Kreis, und ich spürte, daß ich in Panik zu geraten drohte.

»Der listige Hase kann dir entkommen!« rief ich plötzlich, und neue Kraft regte sich in meinen Beinen, als ich zu den Felsen hinter mir sprang. Da hörte ich das Knurren einer Wildkatze in meinem Rücken.

Der Rand des sich wiegenden Grases auf dem Hügel tauchte vor mir auf. Ich zog mich hoch, duckte mich keuchend und schaute mich auf der Lichtung und zwischen den Bäumen um. Da hörte ich den Jäger und sprang auf.

Er hatte meine Schnelligkeit und Anmut gelobt. Oh, jetzt würde ich laufen – in der schnellsten Gestalt, die ich kannte.

Ich stürmte los wie ein Reh, das aus seinem Versteck springt, als er über den Rand des Abhangs hinter mir kam. Die Bäume huschten an mir vorüber, als ich schneller wurde. Doch wann immer ich sprang, sprang auch mein Verfolger; er machte Satz um Satz im Einklang mit mir. Er war nicht mehr die Wildkatze. Hätte ich über die Schulter schauen können – ob ich dann ein Geweih aus seiner Stirn hätte ragen sehen?

»Lauf du nur ...«, spöttelte er schnaufend hinter mir. »In welcher Gestalt – kannst du mir entkommen, wenn die – Zeichen in deinem Fleisch – die gleichen – wie die meinen sind?«

Ich drehte mich um, ihm zu antworten, und stolperte. Er prallte gegen mich, und wir stürzten zu Boden.

Als ich auf dem Rücken lag, spürte ich, wie ich mich erneut verwandelte. Und obwohl auch er das Zeichen des Bären trug, würde er Wunden zu lecken haben, wenn unser Kampf vorüber war.

Ich warf die Arme um ihn, und meine Finger wurden zu Krallen, die tiefe Furchen ins Fleisch seines Rückens zogen. Ich hatte die Zähne gefletscht, mein Raubtiergebiß streifte seine Schulter, und dann machte er sich aus meiner Umklammerung frei. Kratzend und reißend rollten wir über den Boden. Schweißglatte Haut entglitt greifenden Händen, verschmolz und löste sich wieder. Während wir rangen, grollte in meiner Kehle ein Laut, der nicht menschlich war. Ich umklammerte ihn und drückte zu, ohne auf seine Gegenwehr zu achten, und als er mich von sich zu schleudern versuchte, grub ich die Zähne in seinen Arm.

Der Geschmack seines Blutes ließ mich innehalten. Ich riß den Kopf zurück, denn plötzlich befanden wir uns wieder auf der Insel, und der Geruch seines Blutes war betäubend in meiner Erinnerung. Wir blieben keuchend liegen, zu erschöpft, um mehr als das Rasseln unseres Atems und das Pochen unseres Herzens wahrnehmen zu können. Und dann stemmte er sich hoch und küßte mich.

Für einen Augenblick waren sein Blut, die Berührung seiner Lippen und mein hämmernder Pulsschlag eins; dann stieß ich ihn mit aller Kraft von mir.

»Hältst du mich für Gunardwilla«, zischte ich, »daß du mich niederringen und schänden könntest wie Kriegsbeute?«

Er blieb liegen, wie er gefallen war. »Was meinst du damit?«

Ich schloß die Augen, als ich das Bild wieder vor mir sah. Ich hatte es ihm nie erzählt. Als ich nach diesem gräßlichen Hochzeitsfest auf die Nebelinsel zurückgekehrt war, hatte ich versucht, die Erinnerung zu verdrängen. Ich hatte erklärt, niemals zu heiraten, den Grund dafür jedoch verschwiegen.

Ich spürte, daß er wartete. Und so erzählte ich ihm – im Gras sitzend, während der Schweiß auf meinem nackten Körper trocknete – wie meine beiden Schwestern geheiratet hatten.

»Ich werde dir nie Gewalt antun …«, sagte Agantequos schließlich. Und dann: »Jedenfalls ist es nicht wahrscheinlich, daß dein Vater dich zu einer Heirat mit mir zwingen wird …«

Plötzlich gluckste ich vor Lachen, als ich ihn anschaute. Auf seinem Arm war ein Halbkreis blauroter Male, und wo meine Zähne durch die Haut gedrungen waren, tropfte helles Blut. Ich beugte mich über ihn und leckte es fort.

Abrupt erstarrte er. Ich konnte die Erregung spüren, die in ihm wuchs, als ich ihn berührte. Seine Finger krampften sich ins Gras.

»Cridilla …«, stieß er hervor, »laß mich dich lieben.«

Ich fuhr mit der Zunge über meine Lippen, die nach ihm

schmeckten. Ich war wieder zu Atem gekommen, aber das Blut hämmerte in meinen Schläfen.

Ich konnte Bienen über den Glockenblumen summen hören und ein Rascheln im Gras, als eine Maus vorbeihuschte. Doch nichts sonst rührte sich auf der weiten baumlosen Kuppe. Ich sah, daß sein Fleisch bereit war, mir zu dienen, und ein Feuer loderte unter meiner Haut auf.

»Du hast mich nicht besiegt ...«, flüsterte ich.

»Wie könnte ich das je behaupten, wenn ich es bin, der die Narben trägt?«

Wieder lachten seine Augen. Ich sank hinab auf seine Brust, und so, wie ich es auf der Insel getan hatte, ließ ich meine Lippen seine berühren.

Agantequos' Hände waren sanft wie die Hände des Schäfers um ein neugeborenes Lamm; sie waren fest wie die Hände des Reiters, der sein Pferd während eines Sturms durch das Moor führt. Alles, was seine Augen angebetet hatten, priesen nun seine Hände, und was seine Hände berührt hatten, schmolz unter dem Gebet seiner Lippen. Ich hatte mich für kalt gehalten, kalt wie die Feuerstelle des vergangenen Tages, doch mein Fleisch war wie Zunder, der nur darauf wartete, daß seine Berührung ihn aufflammen ließ.

Ich lernte die süße, verzehrende Berührung der Lippen kennen und dürstete immer noch danach, als seine Küsse einem feurigen Pfad von meinem Hals zu meinen Brüsten folgten. Als sein leuchtendes Haar meine Haut streifte, schlugen die Flammen zum Himmel empor. Seine Zunge glitt spielerisch erst über die eine, dann die andere Brustwarze, bis sie steif aufragten, und als er daran sog, erwachte ein unbeschreibliches Gefühl zwischen meinen Schenkeln. Ich wimmerte und versuchte, ihn wegzuschieben, ohne ihn loszulassen, und er lachte.

Und wieder kam mein Atem keuchend. Meine Beine zuckten vor Verlangen, sich zu bewegen, doch nun beherrschte allein die bebende Kluft dazwischen meinen Körper, und sie öffnete sich unter der fordernden Berührung seiner Finger wie eine Blume in der Sonne. Instinktiv preßte ich dagegen, und sein Atem war so heftig wie der meine.

Hat er mich besiegt? fragte ich mich. *Oder mein eigener Körper? Ist es Verrat oder ein Sieg?*

Es gab nur noch diesen einen Mittelpunkt allen Seins. Agantequos war Feuer, doch in mir begannen sich die heiligen Wasser zu regen. Ich keuchte, als die Flut einsetzte und Agantequos wieder auf mich glitt.

»Laß mich in dein Herz, meine Königin …«, hauchte er. »Nimm mich in dir auf …«

Blind suchten meine Lippen die seinen. Ich spürte sein Gewicht auf mir, seine starken Hände hoben meine Hüften, und meine Beine schlossen sich um ihn. Dann erschauerte ich bis auf den tiefsten Grund, als ich ihn willkommen hieß.

Und dann war ich die Falkin, die in den Himmel emporsteigt; ich war das Reh, das sich unter dem Gewicht des Bocks aufbäumt; ich war der Lachs, Schuppenhaut an Schuppenhaut im Wasser des Flusses. Die Kraft seiner Stöße preßte mich tief in die Erde, und wo unsere Körper verschmolzen, wurde die Lust beinahe zur Pein.

Wieder spürte ich das Anschwellen der mächtigen Flut. Ich ließ das Bewußtsein nach außen fließen und keuchte, als die Wogen der Lust über alle Dämme hinwegschäumten. In diesem Augenblick *war* ich die Erde, und jene Macht, die ich in den heiligen Quellen gespürt hatte, bahnte sich in mir einen Weg. Ich hörte jemanden stöhnen, doch der Schrei, der sich in meinem eigenen Bauch sammelte und durch meine Kehle brach, hallte von Berg zu Berg.

Eine Ewigkeit später wurde ich mir des leisen Rauschens von Wasser bewußt. Agantequos und ich lagen noch eng umschlungen am Hang, doch irgendwo, ganz in unserer Nähe, floß Wasser. Ich drehte den Kopf und sah das Schimmern von Feuchtigkeit im Gras. Vielleicht war es die ganze Zeit dagewesen, und wir hatten es nur nicht bemerkt. Ich streckte die Hand aus, das Wasser zu schöpfen, und stillte meinen Durst aus dem klaren Quell, der aus dem Spalt im Berg sprudelte.

Denn es ist des Fürsten Falschheit, die Wetter wider die Natur über die Sündhaften bringt und die Früchte der Erde verdorren läßt.

Alte Gesetze Irlands, III: 25

Das war die seltsamste aller Frühjahrsfluten. Jetzt verstand ich endlich, was mein Vater sich bei all den Frauen ersehnte, die er mit in sein Bett genommen hatte. Bei Agantequos hatte ich es gefunden, und als wir den Berg hinunterkamen und wieder zu den heiligen Quellen gelangten, war ich sicher, daß ich von all dem Glück, das in mir strahlte, wie eine Fackel leuchtete. Doch die Augen waren blind für dieses Licht, obgleich ich meinen Liebsten, wenn er mir nahe war, wie eine verborgene Flamme spürte. Vielleicht hätte Frau Asaret mein Glück bemerkt, doch ich ging ihr aus dem Weg. Und ich kehrte allein zur Burg zurück.

Meine Welt war nicht mehr dieselbe, doch äußerlich blieb alles gleich. Wäre bekannt geworden, daß mein Herz einem Mann aus fremden Landen gehörte, hätte mein Vater einen Gutteil seines Verhandlungsspielraums mit anderen Fürsten eingebüßt.

Agantequos wußte, weshalb ich ihn nicht heiraten konnte. Er sagte, daß es keine Rolle spiele, doch das stimmte nicht. Er mußte sich beherrschen, die Hände nicht nach mir auszustrecken, wenn ich an ihm vorüberging, und mir fiel es schwer, auch nur den Blick von ihm zu nehmen. Unsere Vereinigung hatte für uns beide alles verändert.

Wann immer ich jetzt Wasser trank, mußte ich an den klaren Quell auf der Hügelkuppe denken und spürte aufs neue das Prickeln, wo die Liebe mich berührt hatte, bis mein Körper zu glühen begann. Schaute ich in eine Flamme, sah ich Agantequos' Haar, und sein Feuer griff auf mich über. Ich entdeckte die Welt in den Hügeln und Tälern meines Körpers wieder, und jeder Atemzug verlieh meinem Geist Flügel. Alles war verklärt durch diese Liebe, und selbst als die regenlosen Tage sich immer länger aneinanderreihten, als die Menschen meinen Vater wieder mit heimlichen Blicken bedachten und aufs neue zu tuscheln begannen, machte ich mir keine Sorgen.

Agantequos folgte Leirs Troß, als wir durchs Land zogen, voll des ungestillten Feuers, denn die Gelegenheiten, da wir uns unbeobachtet sehen konnten, waren selten. Doch einmal, am Vorabend von Belotennia, konnten wir uns unbemerkt davonstehlen, als das Burgtor offenstand und die Haine unter der süßen Lust Verliebter erzitterten. Als ich am Morgen mit Schlüsselblumen und Maßliebchen bekränzt zurückkehrte, mochte es schon sein, daß die Leute ahnten, was ich getan hatte, doch ich achtete darauf, daß sie nicht erfuhren, mit wem.

Dies war mein erstes Geheimnis. Das zweite bewahrte ich sogar vor Agantequos: daß ich sein Kind im Schoß trug. Meine Schwangerschaft bereitete mir keinerlei Unpäßlichkeit, im Gegenteil – ich hatte mich nie so wohl gefühlt. Und auch meines Vaters alte Kraft kehrte zurück. Alles würde weitergehen wie zuvor. Auch wenn mein Liebster in sein Heimatland zurückkehrte, konnte ich mein Kind dazu erziehen, einst allein über Briga zu herrschen.

Und so ging alles seinen gewohnten Gang, während die Tage länger wurden und sich dem Mittsommer näherten. Die Hitze erlaubte mir, ein einfaches Wickelkleid mit Schulterspangen zu tragen, das die Arme frei ließ und dessen lose Falten die zunehmende Rundung meines Bauches noch verbargen. Alle Gespräche drehten sich um die bevorstehende Ratsversammlung, und auf der Straße, den Hügel nach Ligrodunon hinauf, war ein ständiges Kommen und Gehen von Sendboten.

Auf den ersten Blick schien Leir sich vollständig erholt zu

haben. Vielleicht waren seine Bewegungen ein wenig langsamer geworden, doch sein Schritt war fest, seine Stimme klar und sein Temperament so aufbrausend wie früher.

Dann kam der Abend der Sommersonnenwende; morgen würde der Rat zusammentreten. Den ganzen Tag war es in der Halle hitzig zugegangen. Nun scharten sich die Leute um das Feuer, das auf der Wiese hinter der Burg entfacht worden war. Doch als ich in die Halle ging, um den Umhang meines Vaters zu holen, hörte ich, daß ich nicht allein hier drinnen war.

»Und ich sage, ein solches Opfer darzubringen ist ein Eingeständnis der Schuld ...« Artocoxos' scharfe Stimme überraschte mich. »Wir sollten einen Stier opfern. Es ist schließlich nicht das erste Mal, daß wir Dürre haben, und nie hat man deshalb mit dem Finger auf den König gezeigt. Wenn wir einen Menschen opfern, werden die Leute sagen, daß mein Herr eingesteht, für die Dürre verantwortlich zu sein!«

»Aber sie zeigen jetzt schon mit Fingern auf ihn«, ertönte Talorgenos' tiefere Stimme. »Die Leute sagen, daß er seine königliche Macht verloren hat und daß Blut das Land tränken muß. Wir sollten dankbar sein, wenn ein Opfer sie zu beruhigen vermag. Sollten die Felder ganz verdorren, fordern die Götter vielleicht des Königs Leben.«

Unwillkürlich legte ich die Hände schützend über meinen Bauch und lauschte. Ich war vor Angst und Wut wie gelähmt.

»Die Götter? Oder die Männer, die fett geworden sind in dem Frieden, den Leir für sie errungen hat, und die jetzt nach seiner Macht gieren?« fragte Artocoxos bitter.

Ich atmete in einem langen Seufzer aus. Männer – es konnten nur Männer sein, denen der Sinn nach solch einem Opfer stand. Aber wenn sie es tatsächlich darbrachten, würden sie feststellen, daß Leirs Töchter den Zorn der Göttin über sie herabbeschwören konnten.

»Denkt Ihr etwa, ich deute die Omen nach irgend jemandes Willen? Dem des Königs, zum Beispiel?« Talorgenos' Stimme klang nun schärfer. »Leir hat sein eigenes Tabu gebrochen! Der Preis dafür muß bezahlt werden! Er selbst hat sich damit einverstanden erklärt. Die Opferung wird heute nacht stattfinden.«

»Um Eure Zunge zum Schweigen zu bringen, würde ich mich mit allem einverstanden erklären ...«, murmelte Artocoxos leise. Dann sagte er: »Und wer ist das Opfer?«

»Einer der Gefangenen vom Feldzug im letzten Sommer. Das Los hat ihn bestimmt. Ihm wird bereits das Festmahl aufgetischt. Wenn die Sonne untergeht, bringen die Krieger ihn zum Feuer.«

Ihre Stimmen wurden leiser, dann öffnete jemand die Tür der Halle, und ich hörte ein Murmeln wie das ferne Rauschen des Meeres. Ich fröstelte, obgleich die Luft noch warm war, und holte auch meinen eigenen Umhang, ehe ich wieder zu den anderen zurückkehrte.

Auf dem welligen Gelände östlich der Burg waren Fellzelte und Schutzhütten aus geflochtenen grünen Zweigen aus dem Boden gewachsen. Nur die Wiese war freigeblieben, wo sich im schwindenden Licht der langen Sommerdämmerung die Leute um den Weidenkäfig auf dem Scheiterhaufen scharten.

Gedämpftes Murmeln, in dem eine unterdrückte Erregung mitschwang, wogte durch die Menge, während ich zu der Tribüne ging, die man für den König errichtet hatte. Die Quiritani hatten der Sonnenwende nie große Bedeutung beigemessen, doch für die Bemalten war es ein wichtiger Tag. Und seit die Eichenpriester von den Weisen der älteren Rasse gelernt hatten, den Zeitpunkt der Sonnenwende genau zu berechnen, fügten sie dem alten Fest ihre eigenen Rituale hinzu.

Viele Angehörige des Talvolks waren zur Sonnenwendfeier gekommen. *»Die Herrin ... die Herrin von Briga ...«*, hörte ich sie beim Vorübergehen wispern. Und erneut dachte ich an die schlummernde Macht der kleinen Wellen, wenn sie auf den Strand spülen.

Ich war auf halbem Weg zu meinem Vater, als ich hörte, wie jemand meinen Namen rief. Gunardwilla und Rigana standen beisammen, ihre Gefolgschaften hinter ihnen. Ich war den beiden seit ihrer Ankunft ausgewichen, doch jetzt folgte ich ihrem Ruf, denn im Dämmerlicht würden sie mich nicht so eingehend mustern können. War die Sonnenwendfeier erst vorüber, war es mir egal, ob sie von meiner Schwangerschaft erfuhren oder nicht, denn nach der Ratssitzung wollte ich kein Geheimnis mehr daraus machen.

»Cridilla, wo warst du denn den ganzen Tag?« fragte Rigana. »Geht es dir gut?«

»So muß es wohl sein«, antwortete Gunardwilla. »Sie leuchtet wie ein frisch gestriegeltes Pferd. Doch vom Faulenzen in Vaters Halle ist sie fett geworden.«

»Es geht mir gut«, antwortete ich knapp, »doch die Unterbringung aller Häuptlinge und ihrer Frauen hält mich ziemlich auf Trab. Verzeiht mir, daß ich euch nicht begrüßt habe. Aber ich bin sicher, daß es euch und eurem Gefolge an nichts mangelt.«

»Du brauchst dich nicht zu entschuldigen, Schwester«, sagte Rigana lächelnd.

Ihre Augen glänzten in der anbrechenden Dunkelheit. Die Jahre hatten ihre Schönheit noch vertieft, während die Zeit von Gunardwilla, die ein hübsches Mädchen gewesen war, merklich Tribut gefordert hatte. Ich dachte an Agantequos' schwärmerische Worte und fragte mich, wie er mich in einigen Jahren sehen würde. Würde sein Blick mir dann immer noch in staunender Anbetung folgen, so wie Senowindos Rigana anschaute, wenn er nicht zu betrunken war? Oder würde er seine Gemahlin vergessen, um irgendeine Maid anzuhimmeln, die ihm gefiel, so wie Maglaros mich umworben hatte?

»Es gibt wichtigere Dinge«, fügte Gunardwilla hinzu. »Wir alle werden bald mehr als gut versorgt sein.« Ich blickte sie scharf an, und sie lachte. »Spielst du immer noch die Unschuldige? Weißt du nicht, daß die Häutplinge Leir morgen zwingen werden, seine Lande zwischen seinen Töchtern aufzuteilen?«

Ich hatte es nicht gewußt. Ich war so sehr mit Agantequos und meinem Kind beschäftigt gewesen, daß ich mich nicht mehr unter die Leute mischte, um Neuigkeiten aufzuschnappen, wie ich es sonst immer getan hatte. Und Krah, dem nichts entging, hatte mir nichts gesagt. War er in dem Glauben, ich wüßte es bereits oder daß ich nicht mit ihm reden wollte?

»Aber warum?« brachte ich schließlich hervor.

Rigana blickte mich erstaunt an. »Leir hat bereits bewiesen, daß er unfähig ist zu herrschen! Endlich ist die Zeit der Königinnen angebrochen. Cridilla, dies ist der Augenblick, den ich dir versprach! Erinnerst du dich, als du zur Frau gemacht wurdest? Damals sagte ich dir, daß wir drei eines Tages über das Land herrschen würden!«

»Aber Vater ist immer noch …«

»Nein. Ich habe mich schon viel zu lange den Launen eines altes Mannes gefügt!«

»Und ich habe für mein Land geblutet. Es ist mein Recht, zu herrschen!« stimmte Gunardwilla ein. »Willst du deine Jugend vergeuden, Schwester? Mit nichts anderem als den Füßen eines Tattergreises im Schoß?«

»Es sind die Füße eines Königs!« entgegnete ich und dachte an das neue Leben in meinem Schoß. »Wir würden wie Wölfe aufeinander losgehen, hätte er uns nicht Einigkeit gegeben!«

»Wir sind Wölfe! Nur das Knurren des Rudelführers hält uns davon ab, einander an die Gurgel zu springen«, sagte Gunardwilla grimmig. »Allein die Macht der Mutter kann uns wirklich vereinigen. Wir sind drei, Cridilla, wie die Mutter drei Gesichter hat! Es ist unsere Bestimmung!«

Ich seufzte, als ich daran dachte, wie mein Geist eins mit dem Land geworden war, als ich in Agantequos' Armen gelegen hatte.

»Wir sind das Leben des Landes, das ist wahr. Aber nicht wir allein. Den König zu entmachten kann nichts Gutes bringen …«

Gunardwilla drehte sich verärgert um, doch Rigana packte mich am Arm.

»Närrin! Glaubst wohl, er wird alles dir allein geben? Oder hoffst du, er wird seinen Thron mit dir teilen, weil er in dich vernarrt ist? Oder möchtest du gar das Bett mit ihm teilen? Dann hüte dich vor dem Zorn der Göttin! Sie würde dieses Land vertilgen!«

»Die Göttin ist meine Zeugin, daß ich mit keinem Mann wider ihr Gesetz gehandelt, noch diesen Wunsch gehegt habe. Die Erde und das Meer und der Himmel mögen mich zermalmen, wenn ich lüge!« antwortete ich, doch gelang es mir nicht, das Zittern in meiner Stimme zu bezwingen.

»Rigana, du gehst zu weit!« Gunardwilla war so bestürzt wie ich.

»Dann sieh du zu, daß sie Vernunft annimmt! Bei der Allmutter – sie hat keinen Grund, so undankbar zu sein, nach allem, was wir für sie getan haben!« rief Rigana.

»Es wird alles gut, Cridilla«, sagte Gunardwilla rasch. »Wenn du dem alten Mann schön tust, läßt er dich deinen Gemahl selbst wählen. Nextonos wäre vielleicht am besten geeignet. Er ist alt genug, sich von dir um den Finger wickeln zu lassen, wenn du vortäuschst, ihn zu lieben. Und er genießt hohes Ansehen.«

»Um einen Mann zu wählen, brauche ich Leirs Erlaubnis nicht!« Ich schauderte bei dem Gedanken, daß Nextonos mich berühren könnte. Und dann machte ich meiner Wut Luft: »Und ganz gewiß keine Hilfe von dir! Treib du lieber deinen Mann in dein Bett zurück, Gunardwilla. Denn ich werd' ihm die Männlichkeit abschneiden, falls er mir noch einmal nachstellt!«

Rigana kicherte, und ich fuhr zu ihr herum. »Auch deine Hilfe brauch' ich nicht, die du dein Bett für alle offenhältst! Wagst es, die Göttin anzurufen, die sich allein den Jahreszeiten hingibt, doch dir ist jede Stunde recht!«

Sogar in meiner Wut hatte ich die Stimme nicht gehoben. Aber das Schweigen, nachdem ich geendet hatte, war wie die Stille in der Tiefe der Schoßhöhle, in der lautlose Schreie widerhallten. Auch wenn meine Worte der Wahrheit entsprachen – wie ich sie gesagt hatte, tat mir plötzlich leid. Um Entschuldigung bittend, streckte ich die Hände aus, doch die Gesichter meiner Schwestern waren wie versteinert.

Am Burgtor schmetterten die Hörner. Die gebleichten Gewänder der Eichenpriester schimmerten im Dämmerlicht, als sie mit ihrem Gefangenen auf den Platz vor der Feste kamen. Schluchzend durchbrach ich den Kreis der Wächter und suchte Zuflucht bei meinem Vater.

Die Häuptlinge saßen auf der Tribüne des Königs und tranken. Leirs Gesicht war im Schatten, doch ich kannte seine Silhouette und den Silberschimmer seines Haares. In diesem Augenblick, als ich zu ihm hinaufblickte, erschien er mir wie ein Fels vor dem sich verdüsternden Himmel. Dann stand ich neben ihm, und er war wieder mein Vater. Er wandte sich mir zu, und ich reichte ihm den Umhang.

»Verzeih ...«, begann ich.

»Schon gut, Kind. Noch friert mich nicht ... aber du zitterst ja!« Er streckte den Arm aus, und dankbar kuschelte ich mich an seine Schulter. In der Dunkelheit hatte sich nichts verändert – Leir war noch immer der starke Vater, der mir in der Kindheit Schutz gegeben hatte. Ich spürte, daß Agantequos in der Nähe war, wagte aber nicht, mich nach ihm umzusehen.

»Das gefällt mir nicht«, murmelte ich, als der gespenstische Zug sich näherte. Sie hatten dem Gefangenen einen von Leirs Umhängen umgeworfen, und das Strohgeflecht um seinen Hals sah im schwindenden Licht wie ein Torques aus. Zwei Priester stützten den Mann, der sich umschaute, als wüßte er nicht, wo er sich befand. Einmal lachte er sogar.

»Verleiht der schwarze Trunk Flügel, ist der Geist ohne Zügel«, sagte ein Schatten zu unseren Füßen.

Natürlich, man hatte dem Opfer irgend etwas eingeflößt! Ich blickte hinunter. Krah kauerte an Leirs anderer Seite, beinahe unsichtbar in den Schatten.

»Möchtest du vielleicht auch einen Trunk, *Amantanos?*« sagte einer der Häuptlinge. Krah schaute zu ihm hinauf; dann erschauderte er. Seine Augen wurden blicklos, doch er sprach, ehe ich ihn davon abhalten konnte:

»Krieger, gieß ein ... wo wird dein nächstes Fest sein ...? Wo kein Trunk mehr labt, in einem Hügelgrab!«

»Sei verflucht, Überbringer böser Omen!« Die Finger des Mannes machten ein Abwehrzeichen.

Er entfernte sich, und ich hörte ihn verärgert auf seine Gefährten einreden. Meine Finger schlossen sich um Krahs Schulter, und wieder erschauderte er.

»Hättest du nicht zum Schein mit ihm trinken können?« rief ich. »Jetzt wird das Gerede wieder anfangen, und das ist wahrhaftig der schlechteste Zeitpunkt dafür!«

»Trinken läßt den Geist eilen, wo Dämonen weilen ... Wenn ich einen Becher leerte, würde ich nur noch in Prophezeiungen sprechen!« Ich sah das wilde Funkeln in seinen Augen. »Weißt du noch, als ich an der Esche hing?«

Ich nickte. Nie würde ich vergessen können, wie ich Krah gefunden hatte.

»Einmal wandelte ich in der Geistwelt, und die Geister fraßen meine Knochen. Aber nicht alle Geister und nicht alle Knochen. Geister sammeln sich jetzt, und ich habe Angst.« Seine Finger krallten sich in meinen Rocksaum.

Ein hörbarer Atemzug der Menge ließ mich aufblicken. Krahs Gerede hatte mich abgelenkt, und vielleicht war das seine Absicht gewesen. Jetzt war der Gefangene am Scheiterhaufen. Als sie ihn zum Weidenkäfig hoben, schien er ein wenig zu sich zu kommen, denn jetzt wimmerte er leise. Doch die Eichenpriester entkleideten ihn mit erbarmungsloser Geschicklichkeit, bis er nackt war wie mein Vater, wenn er die Opferung durchführte.

Immer noch schweigend, fesselten die Priester ihr Opfer, und nach kurzer, nutzloser Gegenwehr sackte er in seinen Banden zusammen. Die Menge hielt den Atem an, und in der Stille war das rauhe Keuchen des Opfers der einzige Laut.

Dann zog das plötzliche Aufflammen einer Fackel aller Augen auf sich. Talorgenos trat herbei und hob die Flamme, so daß wir durch das Weidengeflecht das Schimmern schweißüberströmter Haut sehen konnten.

»Donnerer, wir schicken dir diese Opfergabe, auf daß das Rumpeln der Räder deines Streitwagens uns willkommenen Regen bringe!« rief Talorgenos. Dann stieß er die Fackel in den Scheiterhaufen.

Die Eichenpriester umringten das Feuer, als Rauch zwischen den Zweigen aufzusteigen begann. Die Flammen würden nur Asche zurücklassen, deshalb mußten die Priester an der Art und Weise, wie der Mann starb, die Vorzeichen lesen.

Während die Flammen höher leckten, zitterte der Weidenkorb, als würde der arme Mann an seinen Fesseln zerren. War es die Schlinge oder die Droge, die ihn am Schreien hinderte?

»Er wehrt sich. Gut«, murmelte der König. »So, wie ich es tun würde.«

Leir war offenbar zufrieden, denn das Opfer nahm seinen Platz ein. Doch die Vorzeichen waren nicht gut – selbst ich wußte, daß der Mann willig sterben mußte.

Endlich hörten die Bewegungen auf. Der Rauch, vielleicht auch die Droge, hatten dem Opfer die Sinne geraubt. Binnen weniger Augenblicke war der Scheiterhaufen ein Feuerkegel, in dem die Stangen des Käfigs wie Eisengitter aussahen. Dann fingen auch sie zu brennen an, und das Opfer war im Herzen des Feuers, doch wir konnten nur einen wabernden Flammenvorhang sehen. Erst als uns in der aufgeheizten Luft der Geruch von verbrennendem Fleisch würgend in die Nase stieg, wußten wir, daß der Donnerer das Opfer angenommen hatte.

Wir mußten zuschauen, bis der Scheiterhaufen zu einem Häufchen glühender Kohlen zusammenfiel; so verlangte es das Ritual. Der König durfte den Blick nicht davon wenden, und solange er aufrecht stand, wagte auch ich nicht, die Augen zu senken. Krah umklammerte meine Fußgelenke so fest, daß es schmerzhaft gewesen wäre, aber ich hatte jedes Gefühl unterdrückt. Ich fragte mich, warum er nicht in die Arme eines der Krieger geflüchtet war, denn das war seine gewohnte Zuflucht, wenn er Angst hatte. Doch vielleicht wollten sie ihn nicht mehr, nun, da Silber sein Haar durchzog. Nach einer Weile streckte ich den Arm aus und streichelte über die rauhen Strähnen, als wäre er ein Hund.

Als das Feuer so weit niedergebrannt war, daß man sich ihm nähern konnte, gingen die Leute darauf zu und zündeten ihre Fackeln daran an und rannten eilig damit weg, um das heilige Feuer zu ihren Äckern zu bringen.

Jetzt war die ganze gewaltige Menge in Bewegung. Ich schauderte heftig und schmiegte mein Gesicht an meines Vaters Schulter.

»Es ist schon gut«, murmelte er und strich mir übers Haar. »Es ist vorbei, und niemand hat mir weh getan. Hab keine Angst.«

Nach einer Weile richtete ich mich auf. Funken tanzten wie Glühwürmchen durch die Felder unterhalb der Burg, als die Bauern das Feuer durch ihr Getreide trugen, um es gegen alles

Böse zu feien. Aber war das Opfer wirklich angenommen worden? Würde der Donnerer Regen senden?

Ich hob den Blick und sah die feurigen Sterne wie verstreute Glut am wolkenlosen Mittsommerhimmel.

In dieser Nacht träumte ich, daß Bärmutter, zum Kampf gerüstet, zu mir kam. Ihre Lippen bewegten sich, doch ich konnte sie nicht hören. Dann wechselte das Bild, und ich sah in der Ferne das Weiß dahinfliegender Schwäne. Ich wollte ihnen folgen, aber ich war an die Erde gebunden.

Ich erwachte früh, und meine Augen waren noch naß von den Tränen meines Traums. Im Morgengrauen stieg ich den Hang hinunter, um Wasser aus der Quelle zu holen. Natürlich war das üblicherweise die Aufgabe der Mägde, doch an einem hohen Festtag besaß das erste Wasser aus dem Quell besondere Kräfte. Auch andere Frauen waren in derselben Absicht gekommen, doch sie waren nicht so töricht, mir den Vortritt zu verweigern.

Wir warteten stumm und lauschten dem Lied der erwachenden Vögel. Dann erklang von der Burg über uns der Hörnerschall der Eichenpriester, und ich sah das Licht der neugeborenen Sonne zwischen den Blättern erglühen. Ich ließ das kalte Wasser in meine Bronzekanne rinnen. Sie war ein schönes Stück, sanft gewölbt und mit einem Spiralmuster im neuen Stil am Henkel und um den Rand. Die anderen Frauen warteten hinter mir; denn ob heilig oder nicht, jeder brauchte Wasser, um den Tag zu beginnen.

Ich lächelte. »Ich werde jeder von euch ein wenig aus meiner Kanne eingießen, und die Kraft des Wassers wird sich auf das eure übertragen. Es ist genug in meiner Kanne, so daß es für den Morgentrunk des Königs allemal reicht ...«

Sofort erhoben sich Lachen und fröhliches Geplauder, das den Gesang der Vögel übertönte. Die Frauen unterhielten sich immer noch, als ich bereits den Weg zur Burg hinaufstieg.

»Sie ist eine gütige Herrin«, hörte ich. »Ob sie schon weiß, daß die Häuptlinge des Nordens sich verschworen haben, ihren Vater zu stürzen?«

»Es hat nichts mit Cridilla zu tun«, entgegnete eine andere Frau. »Sie ist trotzdem Brigas Königin.«

Ich schritt schneller aus, denn ich wollte erfahren, ob mein Vater wußte, was geredet wurde. Es erschien mir wichtiger, als den Versuch zu machen, den Frauen die Bedeutung von Treue zu erklären.

Auf halbem Weg machte ich Rast neben der alten Eiche, um zu Atem zu kommen – und wurde in die Schatten hinter dem Baum gezogen. Wasser schwappte über den Rand der Kanne. Ich unterdrückte den Schrei des Erschreckens, denn ich hatte die starke Hand erkannt.

»Agantequos ...« Ich hob das Gesicht, bot die Lippen seinen Küssen dar.

Seine Linke schob sich in die wogende Fülle meines Haars, die Rechte glitt die Linie meines Halses entlang und suchte meine Brust unter den losen Falten am Ausschnitt meines Gewandes. Wir waren seit Wochen keinen Augenblick mehr allein gewesen, und seine Berührungen brannten wie Feuer. Er versuchte, mich an sich zu ziehen, doch ich hielt die Kanne an die Brust gedrückt, denn er sollte nicht merken, daß ich schwanger war.

»Cridilla – so können wir nicht leben!« sagte er heiser. »Komm mit mir, was auch immer heute nachmittag geschieht.«

»Ich liebe dich. Aber habe ich dich gebeten, dein Land aufzugeben, um bei mir zu bleiben?«

Agantequos seufzte. »Auf der Insel war es leichter ...« Als ich mich an ihn lehnte, fuhr er fort: »Ich werde die Männer nicht im Stich lassen, die für mich gekämpft haben ...«

»Und ich werde meinen Vater nicht allein lassen. Warum ist das so schwer zu verstehen?« Sehnsucht hatte sein Gesicht noch schmäler gemacht, und ich sah die dunklen Ringe von Schlaflosigkeit unter seinen Augen.

»Mein Verstand begreift es«, flüsterte er, »aber mein Herz ist voll Leid, und mein Körper schreit vor Verlangen.« Seine Hand glitt über meine Brüste, und das vertraute Prickeln durchzog mich. Du mußt zur Burg zurück, gemahnte ich mich, doch ich konnte mich nicht von der Stelle rühren.

Agantequos erstarrte plötzlich, als er meine Brüste umschloß.

»Cridilla!« Seine Stimme zitterte. »Bekommst du ein Kind?«

»Ich bin guter Hoffnung, ja …« Ich hatte nicht daran gedacht, wie voll und fest meine Brüste geworden waren.

»Mein Kind …« Seine Stimme war nur noch ein Hauch. »Jetzt *mußt* du mit mir in die Heimat kommen, ins Große Land.«

»Wieso? Glaubst du, ich kann das Kind nicht allein beschützen?« Ich riß mich los und verschüttete dabei noch mehr Wasser. »Es ist *mein* Kind! Gewiß, ich habe geschworen, daß du mein Gatte wirst, sollte ich mir je einen Mann nehmen. Aber noch bin ich frei!«

»Ich werde vor dem Rat mein Recht als sein Vater einfordern!«

»Wenn du das tust, werde ich deine Vaterschaft leugnen!«

»Was wird Leir sagen? O Cridilla, wirst du denn immer nur ihm die Liebe geben, die mir gehört?«

»Du bist ein Teil von mir!« rief ich. »Die Liebe meines Herzens ist dein! Aber ich bin auch ein Teil meines Vaters. Wenn ich ihn verlasse, wie kann ich da dir treu sein?«

»Cridilla, ich will dich! Ich will mein Kind!« Agantequos griff nach mir, und als ich herumwirbelte, schwappte das restliche Wasser aus der Kanne.

Ich möchte meinen Mann und mein Kind und meinen Vater lieben! Tränen brannten in meinen Augen. *Ist das ein unerfüllbarer Wunsch?*

»Wenn es eine Tochter ist, muß sie in ihrem eigenen Land geboren werden!« keuchte ich. »Aber wenn es ein Sohn wird, gebe ich ihn dir!« Ich drückte die leere Kanne an mich und rannte zur Burg zurück.

Gewiß war dieser Mittsommerrat die größte Versammlung der Quiritani, welche die Insel der Mächtigen je gesehen hatte. Die Häuptlinge bildeten mit ihrem Gefolge ein buntes, strahlenförmig von der schwarzen Narbe des Feuers nach außen verlaufendes Muster auf der Wiese. Der König thronte in der Mitte. Er *war* der Mittelpunkt. Seine Kraft, seine Unbeugsamkeit und manchmal auch seine List hatten aus wenigen Schiffsbesatzungen tollkühner junger Männer diese Massen hervorgebracht. Erkannten die Menschen nicht die Größe seiner Leistung? Konnten sie in ihren Herzen nicht ein bißchen Dankbarkeit finden, wenn schon kein Erbarmen?

Ich lehnte die Wange an eine der Stützen, die das Sonnendach hielten. Andere, nicht ganz so hohe Baldachine schützten meine Schwestern und ihre Gemahle. Gefolgsleute hielten Umhänge über die Köpfe ihrer Häuptlinge gebreitet, und manche hatten ihre Gewänder hochgezogen, um sich vor der Sonne zu schützen, die Hitze ausstrahlte wie ein geschmolzener Schild. Einige saßen sogar mit flachen Strohhüten da, von der Art, wie die Bauern sie trugen. Dieser Tag mochte zwar der Wendepunkt des Jahres sein, da die Tage kürzer wurden und die Sonne an Kraft verlor, doch jetzt war noch nichts davon zu bemerken. Sogar der Himmel wirkte ausgebleicht, als würde die Dürre der Erde sich bis zu ihm hinauf erstrecken. Die Luft flirrte. *Das wird ihre Stimmung wahrhaftig nicht heben,* dachte ich und wischte mir den Schweiß von der Stirn. *Auch die meine nicht ...*

»Wer wird den Heldenanteil von diesem Braten schneiden, wenn er gar ist?« fragte Krah und ließ den Blick über die sonnengeröteten Gesichter der Anwesenden schweifen. Unwillkürlich mußte ich lachen. Dann ließen die Trommeln jeden Laut verstummen, und als ihr Dröhnen endete, lag Stille über der Versammlung.

Vater, das Herz deines Enkelkindes schlägt unter deinen Füßen, dachte ich, als ich sie auf meinen Schoß hob. *Spürst du es nicht?* Doch die Häuptlinge hatten sich bereits aufgesetzt wie erwartungsvolle Hunde, denn mein Vater hatte begonnen.

»Wer spricht als erster?« fragte er leise, an Artocoxos gewandt.

»Nextonos ...«

Der Mann, dem der König Land und Gold gegeben, stellte sich in den geschwärzten Kreis, den das Feuer zurückgelassen hatte. Er nahm den Stab des Sprechers, und schon nach den ersten Worten schwand des Königs Lächeln.

»... und so spreche ich für die Häuptlinge. Leir kann nicht länger König sein. Er sagt, daß wir unsere Verluste durch die Plünderung des Südens wettmachen und die Erde mit dem Blut der Ai-Zir tränken. Doch wie will ein König, der nicht einmal sein eigenes Land zu regieren vermag, über ein anderes herrschen? Soll Leirs Fluch auch auf das Land der Ai-Zir übergehen? Voll Bedauern sag' ich dies, denn ich habe an des Königs Tafel gegessen und in der Schlacht an seiner Seite mein Blut vergossen. Doch niemand, der sich um sein Volk sorgt, kann die Beweise leugnen. Gerechtigkeit und Sieg hat Leir uns gegeben, doch die Ernte bleibt uns versagt. Die Zeit dieses Königs ist abgelaufen!«

Beifälliges Murmeln setzte ein, doch vorerst noch gedämpft, als befürchteten die Häuptlinge, der Himmel würde sie niederstrecken, auch wenn sie rechtens in der Versammlung sprachen. Aber der treulose Himmel blieb klar.

Leir lachte rauh und streckte die Hand nach dem Sprecherstab aus.

»Ich geb' den Thron nicht her! Zwar habt ihr mich gewählt, doch den Bund gesegnet haben die Götter! Ihr habt nicht die Macht, das Band zu durchtrennen, das mich mit diesem Land verbindet!«

»Die Götter selbst haben es durchtrennt!« erschallten die Rufe. »Die Omen verkünden es! Eure Königinnen sind tot; Euer Totem ist geflohen; Eure Herrschaft ist nicht mehr heilig!«

»Die Omen sind gut!« rief Artocoxos wütend. »Talorgenos, sagt es ihnen!« Der Eichenpriester wirkte besorgt, und in meinem Leib begann sich die kalte Schlange der Angst zu winden.

»Sprecher der heiligen Worte, sagt es uns!« forderte Nextonos ihn auf. »Ist das Herz des Opfers verbrannt?«

»Nein ...«

»Und der Schädel?«

»Geborsten, doch nicht verbrannt ...«

»So sagt denn, sind dies gute oder schlechte Omen, Priester? Das Volk braucht diese Antwort«, fuhr Nextonos unerbittlich fort, »und Ihr müßt sie geben!«

»Die Omen sind schlecht«, antwortete der Priester schließlich.

»Seid ihr Kinder?« rief Artocoxos zornig, »daß ihr euch von einem Stück verbrannten Fleisches oder dem Flug eines Vogels schrecken laßt? Ist denn kein Mann unter euch, der den Mut hat, zu seinem Schwur zu stehen?«

»Ich stehe zum König!« ertönte eine feste Stimme hinter uns.

»Auch ich!«

»Und ich!« – »Und ich!«

Zumindest Leirs Kampfgefährten und sein Gefolge waren ihm treu ergeben, auch viele aus dem Norden Brigas und den anderen Landen, die Leir erobert hatte, doch nur vereinzelte Rufe erklangen aus den Reihen der übrigen.

»Alter Mann ...« Nextonos Gebärde schloß die ganze Versammlung ein. »Ihr mögt ja noch Zähne haben, aber könnt Ihr gegen uns alle kämpfen?«

Langsam erhob sich Leir, und ich fürchtete um ihn.

»Besiegen kann ich euch!« In jedem Wort schwang rauh und quälend sein Zorn mit, doch seine Stimme war klar. »Ich habe mich größerer Übermacht gestellt und den Sieg errungen! Doch selbst wenn ich fiele – ich wäre keine leichte Beute!« Er verzog die Lippen zu einem freudlosen Grinsen. »Lange hättet ihr an den Wunden zu lecken, die dieser alte Wolf euch schlagen würde. Ihr hättet die Schuld des Königsmords zu tragen, und lachend würd' ich schauen, wie mein Blut in den durstigen Boden sickert!«

Ein Schauder lief durch die Anwesenden. Ich beugte mich vor und legte schützend die Hände um meinen Leben tragenden Schoß, doch durch die geschlossenen Lider sah ich nur Rot: Blut, das den Himmel befleckte, Blut ringsum ... Ich hatte gekämpft, doch nie in einem solchen Krieg, wie er den Worten meines Vaters folgen mochte. Auch andere sahen das Verhängnis voraus, und ihre Stimmen schienen in der Luft zu klirren.

»Wollt Ihr Verderben über Euer Volk bringen – Ihr, der Ihr diesem Land so lange gedient habt?« Ich schlug die Augen auf und sah Frau Asaret in ihrem dunklen Gewand wie einen Schatten in der Sonne stehen.

»Es ist wahr, ich habe ihm gedient. Wie könnte ich es jetzt im Stich lassen?« entgegnete der König trügerisch sanft. Sein Blick ruhte kurz auf mir, ehe er fortfuhr: »Doch selbst ein großer König muß sich dem Willen der Götter beugen. Glücklicherweise lebt das alte Geschlecht in den drei Königreichen fort. So sie mich weiterhin stützen, wie es einem König gebührt, dann danke ich ab.«

Atemlose Stille setzte ein. Die Versammelten waren wie betäubt, als hätte man ihnen Elfengold angeboten, das sich bei Berührung in trockenes Laub verwandeln mochte – oder in Schlimmeres, das sich auf sie stürzen und sie töten würde.

»Kein Wolf, ein Fuchs!« sagte Krah ganz leise. »Doch selbst ein alter Fuchs geht manchmal in die Falle. Überschätzen diese Jäger sich?«

»Und was ist mit Euren anderen Ländern?« fragte schließlich einer der Häuptlinge. »Was ist mit den Clans, deren Lande Ihr zerstört habt? Und die Reiche der Ai-Zir? Wem werden sie gehören, wenn wir sie erobern können?«

Leir täuschte Verwunderung vor und strich sich über den Bart. »Nun ja ..., ich werd' sie wohl unter meinen Töchtern aufteilen müssen ... Werdet ihr euch mit diesen Bedingungen einverstanden erklären? Werdet ihr den Eid darauf ablegen, bei der Erde, dem Himmel und dem Meer?«

Er spielte mit ihnen! Es fiel mir schwer, nicht zu lachen. Mein Vater hatte nicht den Verstand verloren – ähnliches hatte ich ihn schon viele Male tun sehen. Er war lange genug König, daß er gelernt hatte, sich ein wenig zu beugen, um zu erreichen, was er wollte. Zweifellos beabsichtigte er, seine eroberten Lande an Briga anzuschließen und durch mich zu herrschen.Und eins wußte ich: Sobald die anderen einander zu treten begannen, wie Pferde, die zum erstenmal gemeinsam vor den Streitwagen gespannt sind, würden sie froh über Leirs starke Hände an den Zügeln sein.

Die Bestätigung erfolgte mit zunehmender Begeisterung. Zwar mochten einige der Jüngeren enttäuscht sein, daß es nicht zum Kampf kam, doch die erfahrenen Clanführer sahen mit Erleichterung, wie der rote Schatten des Krieges sich von ihren Landen entfernte, und hatten nicht die Absicht, Leirs Entscheidung in Frage zu stellen.

»Es ist ein großes Geschenk, das ich anbiete ...« Leir lächelte listig, und ich sah Maglaros' Mienenspiel, als er verstand. Er beugte sich vor, um Gunardwilla etwas ins Ohr zu flüstern, als der König fortfuhr. »Und wie soll ich entscheiden? Ich habe meine Töchter seit ihrer Geburt geliebt und beschützt. Möge jede mir nun sagen, wie sie es mir vergelten will!« Zuversichtlich lehnte er sich zurück, und ich hob seine Füße wieder auf meinen Schoß

Fordere mich auf, nach den Waffen zu greifen und deine Streiterin zu sein! In stummer Bitte blickte ich zu ihm auf. *Oder dir meine Liebe durch gewaltige Heldentaten jenseits des Meeres zu beweisen. Aber verlange nicht, daß ich mich hier vor die Häuptlinge der ganzen Insel stelle und sage, was ich empfinde!*

Schon trat Gunardwilla vor, schwitzend und mit grimmigem Gesicht, und die Sonne fiel auf ihr glanzloses Haar. *Zumindest ist sie mit Worten nicht besser als ich,* dachte ich erleichtert, als sie nach dem Sprecherstab griff.

»Ich war immer stolz darauf, die Tochter eines großen Königs zu sein ...«, sagte sie bedächtig. »Ich ließ mich zur Kriegerin ausbilden, um wie er zu sein. Ich betete, ein Mann zu werden, um des Königs Sohn sein zu können, doch die Götter verweigerten es mir und gaben mich einem Gemahl.«

Ich erstarrte vor Erstaunen, denn ich erinnerte mich sehr wohl an unser Gespräch auf dem Weg durchs Hügelland. *Im Herzen bin ich meiner Mutter Kind,* hatte sie gesagt.

»Jetzt habe ich einen Sohn«, fuhr Gunardwilla fort, »und ich suche in ihm nach Zeichen, daß er eines Tages wie sein Großvater wird.« Vielleicht sagt sie sogar die Wahrheit, dachte ich. Aber es ging ihr nicht darum, irgendeine Ähnlichkeit zu finden. Aller Augen wandten sich dem Jungen zu. Morigenos zuckte unter der starken Hand seines Vaters, ohne einen Laut von sich zu geben.

Doch Gunardwilla war noch nicht fertig. »Aber welchen Platz nehmen Gemahl oder Kind im Angesicht eines solchen Vaters ein? Leir ist die Sonne und die Sterne. Er ist ein Gott, der unter Sterblichen wandelt.« Sie blickte Leir an, und ihr Gesicht war eine Maske. »Steht es dir da nicht zu, stets den Heldenanteil an meinem Tisch zu bekommen, Vater, und auf dem Thron in meiner Halle zu sitzen?«

Vater! Ich schaute zu Leir auf und sah, daß er lächelte. *Hörst du denn nicht, wie sie lügt?* Funkelnd blickte ich auf Talorgenos' gesenkten Kopf. *Wahrsprecher! Zwinge sie, zu gestehen!* Auch Maglaros mußte wissen, daß sie log – Gunardwilla hatte nie ein Geheimnis aus ihren wahren Gefühlen gemacht. Aber bestimmt war er es gewesen, der ihr geraten hatte, was sie sagen sollte.

Krah gab einen seltsamen würgenden Laut von sich, aber da er unter den Falten von Leirs Robe versteckt war, konnte ich nicht sehen, ob es Furcht oder Lachen war.

Abrupt kam Gunardwilla zum Ende ihrer Rede. Sie blickte sich unsicher um, und Maglaros runzelte die Stirn. Da kniete sie sich nieder und drückte die Stirn fest in die Asche des Opferfeuers. Ich erinnerte mich plötzlich, wie stolz Gunardwilla ausgesehen hatte, als sie hinausgetreten war, um gegen Maglaros für ihre Unabhängigkeit zu kämpfen. Jetzt aber konnte ich nur noch Bedauern für sie empfinden. Wie groß mußte die Verzweiflung sein, die einen solchen Stolz zu brechen vermag?

Aber Leir, der so gut in den Herzen der Menschen lesen konnte, wußte gewiß, was Gunardwilla in Wahrheit für ihn empfand. Ich entspannte mich ein wenig, als ich Leirs zufriedenes Lächeln sah. Denn ich war sicher, daß der alte Fuchs seine wahren Gedanken dahinter verbarg.

»Meine älteste Tochter liebt mich, wie ich sie liebe«, sagte der König. »Sie wird über Alba herrschen mit dem Gemahl, den ich ihr gab. Weiteres werde ich erst entscheiden, wenn ich gehört habe, was ihre Schwestern sagen.«

Als Gunardwilla zu ihrem Gemahl zurückstolperte, nahm Rigana ihren Platz in dem Kreis ein. Sie war ein prächtiger Anblick in ihrem roten Gewand und dem goldenen Geschmeide, das sich leuchtend von der bleichen Haut ihres Halses und ihrer Handgelenke abhob wie auch von ihrem dunklen Haar. Gunardwilla hatten die Männer weise nickend zugehört, Rigana jedoch betrachteten sie mit begehrlichen Augen.

»Meiner Schwester Worte sind wohlgesetzt, doch kühl. Ich

komme aus einem freundlicheren Land …« Riganas Stimme strich wie liebkosend über die Menge. *Sie* hatte den Text gewiß nicht von ihrem Gemahl gelernt, denn Senowindos schien unter seinem Sonnendach zu schlafen.

»Und ich wollte nie ein Mann sein …« Ein leises Echo folgte ihrem weichen Lachen, dann richtete sie den Blick auf den König. »So war ich immer dankbar, mein Vater, daß du deinen Arm schützend über mich gehalten hast. Und du kannst meiner Liebe gewiß sein. Denn wer könnte in solcher Geborgenheit aufwachsen und seinen Vater nicht lieben? Gewiß weißt du, wie sehr ich dich verehrt habe …«

Gewiß weißt du, daß auch sie lügt, dachte ich. *Vater, sieh mich jetzt mit lachenden Augen an,* flehte ich stumm, *damit ich weiß, daß auch du es erkennst!*

»Mein Vater, mein König! Nie hat es einen Mann gegeben, der dir ebenbürtig wäre. Worte können nicht sagen, was mein Herz für dich empfindet. Nichts Schöneres könnte es für mich geben als deine Entscheidung, dein Zuhause an meinem Herd zu finden!«

»Hört ihr, wie meine Kinder mich lieben?« rief Leir.

»Eine Wölfin läuft zu jedem Aas«, murmelte Krah, doch der König schien es nicht zu hören. *Was hört er wirklich?* Panik regte sich in meinem Bauch. *Tut er das alles nur, um seine Häuptlinge zu beeindrucken, oder glaubt er diese Schmeicheleien wahrhaftig?*

»Meine zweite Tochter möge mit meinem alten Kampfgefährten in Belerion herrschen, da sie ihre Ergebenheit bewiesen hat!« Leir holte tief Atem, dann legte er mir die Hand auf meine Schulter.

»Und, Cridilla, mein Liebstes, nun bist du an der Reihe. Sprich gut, mein Kind, auf daß mein Herz sich erfreue.« Eine solche Liebe schwang in seiner Stimme, daß Tränen in meine Augen stiegen. Ich streckte den Arm aus, um seine Hand zu fassen.

»Und welche Wahrheit glaubt Ihr von ihr zu erfahren, mein König«, erschallte eine Stimme voller Hohn, »wenn sie Euch nicht einmal anvertraut hat, daß in dem Bauch, auf dem Eure Füße ruhen, ein Kind wächst?«

Wir sitzen hier auf dem Strand
Stürmisch die Kälte;
Es klappern meine Zähne. Eine große Tragödie
Ist die Tragödie, die mich erfaßt hat.
Das Buch der Eroberungen von Irland

Die Stille war wie die Ruhe vor dem Sturm.

»Ist das wahr?« Leirs Stimme durchschnitt das Schweigen. »Trägst du ein Kind?«

Ich blickte von Maglaros, der boshaft triumphierend grinste, zurück zu meinem Vater. Eigentlich, dachte ich benommen, müßte er sich doch freuen.

»Und wenn es so ist?« begann ich, aber der König riß bereits die Füße von meinem Schoß, als wäre ich plötzlich unrein. Als er sich heftig zu mir herumdrehte, hatte er die Finger um sein weißes Zepter gekrampft.

Ich sprang auf. Niemand sollte denken, daß ich auf den Knien lag und um Gnade flehte. Woher wußte Maglaros von dem Kind? Hatten meine Schwestern es vergangene Nacht erahnt, oder hatte Maglaros eine meiner Mägde zum Spionieren auf mich angesetzt?

»Wer ist der Mann?«

Es war die Stimme des Königs, der einen Richtspruch fällte. Wo war Agantequos? Trotz der Freunde, die er sich unter Leirs Kampfgefährten gemacht hatte, war ich hier sein einziger Verbündeter. *Sei still,* flehte ich. *Bei deinem Leben, mein Liebster, schweig!*

»Talorgenos!« rief Leir. »Berühre ihren Schoß mit deinem

Stab, auf daß die Kreatur darinnen den Namen ihres Vaters herausschreit!«

Meine Hände legten sich schützend um meinen Bauch.

»Ich bin eine freie Frau, und der Vater des Kindes ist ein freier Mann. Das ist die einzige Frage, die du zu stellen das Recht hast! Es ist kein Krieger in deiner Halle, der Anspruch auf dieses Kind erheben könnte!«

»So ist es. So sagt es das Gesetz. Sie hat nichts Unrechtes getan ...«, ertönte ein Murmeln aus der Menge, und Talorgenos nickte zustimmend.

»Mein König«, rief einer, »Ihr habt die Befragung nicht zu Ende geführt ...« Erwartungsvolles Schweigen breitete sich aus.

»So sag mir denn, wie du mich liebst ...«, forderte Leir mich mit schwerer Stimme auf. »Du, die ich über alles liebte ...«

Ich öffnete den Mund, um zu antworten, brachte jedoch keinen Laut hervor. Ich blickte auf die sonnengeröteten Gesichter rundum. Ich sah verletzende Neugier darin und in einigen boshafte Befriedigung – doch in den Augen der Männer von Briga las ich entschlossene Treue, die mir Mut gab.

»Du bist mein Vater und hast mein Leben lang für mich gesorgt. Wie könnte ich da anders, als dich lieben?« sagte ich schließlich.

»Ist es nicht eher Dankbarkeit denn Liebe?« sagte Leir bitter. »Deine Schwestern waren beredter. Kannst du sonst nichts vorbringen?«

Ich blickte ihn an. Was es sonst noch vorzubringen gab? Wenn er in all den Stunden, die wir in den vergangenen Jahren miteinander verbrachten, meine Liebe nicht erkannt hatte – was sollten da bloße Worte?

»Deine Schwestern lieben mich mehr als Gemahl oder Kind, mehr sogar als das Leben«, sagte er. »Wie weit geht *deine* Liebe?«

Sie lügen, dachte ich zornig. *Ich war bereit, alles aufzugeben, um bei dir zu bleiben! Kannst du denn den Unterschied zwischen falschem und echtem Gold nicht erkennen?*

»Ich verteidige dich mit meinem Leben ...«

»Das ist eines jeden Kriegers Pflicht seinem König gegenüber!«, unterbrach mich Leir.

Eine Gefolgschaft schuldet ihrem Häuptling stets Aufrichtigkeit. So lautet einer der unverrückbaren Grundsätze, den wir von Bärmutter gelernt hatten. Weil Leir mein Vater und mein König war, durfte ich ihn nicht einmal jetzt mit Schmeicheleien täuschen.

»Und ich, Vater, schulde dir einer Tochter Liebe. Doch auf die Liebe, die ich einem Gemahl geben würde, hast du kein Anrecht …«

»Und welche Liebe hast du *ihm* gegeben – dieser Schlange, die zwischen deine Schenkel glitt?«

Ich blinzelte ungläubig. Ich konnte nicht recht glauben, was ich gehört hatte.

»Weißt du das nicht? Welche Liebe hast du denn meiner Mutter gegeben? Ich gab meinem Liebsten, was ich dem Vater meines Kindes schuldete, so wie ich dem Kind in meinem Leib die Liebe einer Mutter geben werde. Was würde sie dir nützen?«

Der König schwankte, und Artocoxos sprang auf, um ihn zu stützen. Hörte er mich überhaupt?

»Sie hat geschworen …«, murmelte er, »geschworen, das Kind wäre mein … aber … nie sicher …«

»Vater! *Hör* mir zu!«

»Nenn mich nicht Vater!« Sein Blick wurde plötzlich wieder klar. »*Dort* sind meine Töchter!« Der Schwung seines Armes, als er auf Gunardwilla und Rigana deutete, raubte ihm das Gleichgewicht, und nur der starke Arm des alten Kriegers hielt ihn aufrecht.

»Sie lieben dich für das, was du ihnen wert bist – siehst du das denn nicht?«

Aber Leir murmelte wieder. »Nicht meine Tochter … nicht meine. Ein treuloses Weibsstück … lacht über mich, wie alle … hinter meinem … Rücken.« Wie sich entfernender Donner wurden seine anklagenden Worte immer leiser. Wind spielte mit den Rändern des Sonnendachs, ein heißer Wind, der den Mund austrocknete und keine Erleichterung brachte.

»Die übrigen Länder«, sagte Nextonos schließlich. »Wie werdet Ihr sie aufteilen, mein König?«

»Mögen Gunardwilla und Rigana sie in Nord- und Südgebiete teilen«, antwortete er mürrisch. »Welche Rolle – spielt es jetzt noch?«

»Ich würde Eure Tochter auch mit dem Kind nehmen und Briga an ihrer Statt regieren ...«, erbot sich der Häuptling. Die Männer meines eigenen Landes hatten zu murren begonnen, doch sie verstummten und warteten ab, was der König antworten würde.

»Welche Tochter?« Leir begann lauthals zu lachen. »Nicht meine! Kann sie nicht weggeben! Habe es geschworen – bei der Erde, der Eiche und dem Feuer.« Seine Stimme schwankte. »Möge das Meer – mich verschlingen – wenn ich mein Wort breche!«

»Gunardwilla! Rigana! Laßt nicht zu, daß er mir das antut!« rief ich, doch ihre Gesichter schienen aus der Eiche geschnitzt, bei der Leir geschworen hatte. Talorgenos faßte nach des Königs Arm und redete mit flüsternder Stimme heftig auf ihn ein, doch Leir stieß ihn von sich.

»Ich weiß, was ich tue! Sprecher, verkündet ihre Verbannung! Haltet ihr mich – für wahnsinnig? Ich verstoße und enterbe sie. Verfluche ... ich verfluche sie ... wie das Weib, das sie geboren hat!«

Ich wich zitternd vor ihm zurück. Er durfte mich nicht verfluchen! Es gab einen Grund, daß er es nicht durfte! Welchen, fragte ich mich verzweifelt. Welchen? Doch selbst wenn ich mich zu erinnern vermocht hätte, wäre ich nun hilflos gewesen. Immer war ich es gewesen, die versucht hatte, Leirs Zorn zu besänftigen, doch jetzt war ich selbst der Anlaß seiner Wut.

»Und Briga?« fragte Nextonos verzweifelt.

»Wollt Ihr das Mädchen auch ohne das Land nehmen? Oder Ihr?« Er wandte sich Loutrinos zu und lachte, als dieser zurückwich. »Ihre beide wart ja geil genug auf die Schlange!« Seine Augen streiften blicklos über mich hinweg, als wäre ich verschwunden.

»Ich werde sie nehmen ...« Plötzlich war Agantequos an

meiner Seite. »Mit oder ohne Land.« Die untergehende Sonne erstrahlte wie ein Leuchtfeuer in seinem Haar.

»Der Mann aus der Fremde?« Leir blickte ihn an. »Dann seid Ihr ein Narr. Sie wird auch Euch verlassen!«

Agantequos' Miene blieb unbewegt. Er streckte förmlich seine Rechte nach mir aus, als hätten wir einander nie berührt.

»So nehmt sie! Tragt sie über die neunte Welle hinweg! Soll auch Briga verwaist sein!« Leir kicherte plötzlich. »Gunardwilla und Rigana können es unter sich aufteilen …« Er peitschte mit seinem Zepter durch die Luft. »*Sie* sind wahrlich meine Töchter. Sie werden sich um mich sorgen! Ihr wolltet die Macht?« Er zog die Lippen zurück, so daß seine langen gelben Zähne, die denen eines Totenschädels glichen, entblößt wurden, und schaute grinsend in die Runde. »Nehmt sie euch …« Leir zerbrach sein weißes Zepter und schleuderte die Stücke davon.

»*Zwei Kuckucksschwestern in dem Nest … von Tand …*«, sang eine dünne Stimme klagend in der Stille.

»Das Schwanenei verletzt, wie ihr seht,
Man fand –
Wenn keiner diesen Scherz versteht,
Weh dem Land!«

Bei anbrechender Dunkelheit kam der Wind. Blitze zuckten über den fernen Bergkuppen, als wären die Götter im Streit. In der schwülen Dunkelheit wartete ich mit Agantequos darauf, daß Zaweret meine persönliche Habe packte und herausbrachte. Düstere Stille herrschte um die Burg, als läge jemand auf dem Totenbett, und vielleicht war es mehr als nur Schein. *Cridilla, Tochter des Leir, ist tot,* dachte ich voller Trauer, *und wer weint um sie?* Schweiß rann mir den Rücken hinab, doch ich fröstelte.

»Beruhige dich, Liebste! Du bist sicher bei mir, und bald sind wir weit fort von hier …« Agantequos strich mir das feuchte Haar aus der Stirn. Hinter uns konnte ich seine Männer unruhig murmeln hören. Keir und Gruncanos waren die Hochgewachsenen. Cuno, der Stämmigere, stand hinter ihnen, und Nabelcos lehnte in der Nähe an einer Wand.

Es war mir nicht bewußt gewesen, daß ich geschluchzt hatte. Ich schmiegte mein Gesicht an Agantequos' Schulter, und er zog seinen Umhang über mich. Obwohl die Kälte aus mir selbst kam, war es tröstlich – solange ich nicht daran dachte, wie oft meines Vaters Arme mich warm und geborgen gehalten hatten.

Die Felle vor dem Eingang der Halle bewegten sich. Ich zuckte zusammen, als jemand sie zur Seite schob, doch es war Zaweret, deren Gestalt durch die Bündel, die sie schleppte, unförmig aussah. Jemand folgte ihr, genauso beladen. Ich erkannte Krah, als er ins Freie trat.

»Sind die Pferde bereit?« fragte Zaweret im Flüsterton, als sie uns erreichte.

»Vor dem Tor«, antwortete Agantequos.

Wir verteilten die Bündel und schritten durch die Dunkelheit, so unsichtbar für alle, wie Geister am Abend von Samonia, die sich scheuten, des Königs verfluchte Tochter anzusehen. Außerhalb der Burg war es ein wenig heller. Fünf Pferde zerrten an den Zügeln, mit denen sie angebunden waren, und blähten nervös die Nüstern in der Gewitterluft. Wir luden das Gepäck auf.

Da scharrte Metall hinter uns, und das Pferd, das ich hielt, warf ängstlich den Kopf zurück. Agantequos wirbelte herum. Er griff nach seinem Schwert, und Cuno und Gruncanos eilten schützend vor ihn. Der Barde Nabelcos trat schnell einen Schritt nach vorn, um für seinen Herrn zu sprechen.

»Wir suchen keinen Kampf …«, erklang eine Nordländerstimme aus der Dunkelheit. »Folgt uns ohne Widerstand!« Die Dunkelheit bewegte sich, und wir waren von Bewaffneten umzingelt.

Agantequos erstarrte mit halb gezogener Klinge.

»Wohin?«

»Nur zu den Königinnen, Euren Schwestern, Herrin.«

Ich blickte auf die dunkle Silhouette und glaubte einen von Gunardwillas Kriegern zu erkennen.

»Macht Euch keine Sorgen wegen Eurer Habe ...«, fuhr er fort. »Wir lassen einen Burschen als Wache hier, falls jemand Euren Männern hier Fragen stellen sollte. Aber jetzt kommt mit. Eure Schwestern warten schon eine Weile, und sie gehören nicht gerade zu einer geduldigen Sippe.«

Bei dem Gedanken an meine Schwestern hatten meine Hände sich wie zu Klauen verkrampft, aber mir blieb wohl keine Wahl, als zu ihnen zu gehen.

Ich nickte und hörte, wie Agantequos' Schwert zurück in die Scheide glitt.

»Sei willkommen, Schwester«, empfing mich Rigana.

Ich blinzelte, geblendet von Licht und Farbe. Viele Wandbehänge waren aneinandergefügt worden, um eine Festhalle im Freien zu errichten, und ein Kreis aus Männern mit Fackeln bildete die Wände. Ich sah die hochgewachsenen Gestalten von Quiritani-Kriegern und andere, die stämmiger waren, Ai-Utu und Siwanet-Krieger vom alten Blut, und zum erstenmal, seit Leir das Land erobert hatte, sah ich sie mit ihren Waffen.

Doch aller Glanz schien von den beiden Königinnen auszugehen. Rigana trug noch ihr rotes Gewand; Gunardwilla eins von der Farbe gefallenen Laubes. Beide waren mit Goldschmuck beladen. Ich war froh, daß Agantequos mir seinen prächtigen, blau und grün karierten Umhang um die Schultern gelegt hatte.

»Das ist mir eine feine Gastlichkeit, eure Einladung mit der Schwertspitze vorzubringen!« fauchte ich, und Maglaros grinste mich an wie einer seiner schwarzen Hunde. Senowindos saß mit seinem Gefolge am Ende der Einfriedung und blinzelte, als würde er sich fragen, wie ich hierhergekommen war.

»Hat man dir etwas angetan?« fragte Gunardwilla. »Nun, schreibe es unserer Ungeduld zu, daß wir dich auf schnellstem Wege zu uns bringen ließen. Es sollte keine Mißachtung deiner Würde sein.«

»Wohl kaum«, spottete ich, »denn wie mißachtet man die Würde einer Enterbten?« Ich spürte, wie mein Zorn wuchs.

»Enterbt?« fragte Rigana kühl. »Dieser quiritanische Emporkömmling hat nicht das Recht, Brigas rechtmäßige Königin zu verstoßen!«

Ich starrte sie an, während Gunardwilla ein Trinkhorn füllte und sich vorlehnte, um es mir zu reichen.

»Komm, Kind, setz dich zu uns, und laß uns miteinander reden.«

Ich warf einen raschen Blick auf Agantequos und sah, daß er mir ermutigend zuzwinkerte. Dann setzte er sich zu den Kriegern, und ich ging zu einem Kissen, das meine Schwestern neben sich für mich bereithielten.

»Von eurer schwesterlichen Besorgnis war am Nachmittag nichts zu bemerken!« Der Met war kühl und süß, und ich nahm einen tiefen Schluck.

»Auf der Ratssitzung konnten wir dir nicht helfen!« sagte Rigana. »Wir mußten um unsere eigenen Rechte kämpfen. Jetzt aber haben wir gesiegt!«

»Und ihr wollt Briga nicht?« fragte ich. Das Zögern war kaum merklich, und schon lachte Gunardwilla.

»Briga würde *uns* nicht wollen, Liebes. Es ist dein Land. Und nun ist die Zeit gekommen, daß du deinen rechtmäßigen Platz als Königin von Briga einnimmst!«

»Ich verstehe nicht ...« Ich blickte von Gunardwilla zu Rigana und trank einen weiteren Schluck Met. »Briga war bereits mein. Es bedurfte nur noch der Bestätigung durch ...«, ich stellte fest, daß ich meines Vaters Namen nicht über die Lippen brachte, »durch den König. Hätte dein Gemahl, Gunardwilla, ihn nicht gegen mich aufgebracht, wäre dies heute nicht geschehen!«

»Maglaros trifft keine Schuld«, Gunardwilla lachte. »Es war Leirs altbekannte Dummheit, die seine Liebe tötete. Du magst uns die Schuld geben, daß wir ihn gezwungen haben, seinen Wahnsinn zu offenbaren und dir weh zu tun, aber gib uns nicht die Schuld an deines Vaters Untat!«

»Die Königin von Briga darf ihre Königinnenwürde keinem Mann verdanken, noch darf sie dulden, daß ein Mann für sie regiert!« sagte Rigana. »Du warst für Leir nur ein Werkzeug, ein Mittel zur Macht. Aber das hättest du gewiß nicht geglaubt, wenn wir dir nicht die Augen geöffnet hätten?«

»Ihr habt Vater belogen! Warum also sollte *ich* euch glauben?« Ich lehnte mich zurück und blickte sie zornig an. Ein Windstoß ließ die Fackeln flackern. Auf den Gesichtern meiner Schwestern spielten Licht und Schatten.

»Weil du uns seit deiner Geburt kennst und weißt, was wir ersehnt und geplant haben«, antwortete Rigana. »Erinnerst du dich an deine Initiation, Cridilla? Haben wir es dir damals nicht gesagt?«

Das Metfeuer, das in meinem Magen brannte, zeigte mir eine Vision von drei Königinnen, die ruhmreich regierten. Aber damals hatte ich mich nicht gefragt, wo in diesem goldenen Traum ein Ort für den König war.

»Jetzt werden wir den uns gebührenden Platz einnehmen.« Gunardwillas Stimme hallte wie ein Bronzegong. »Jetzt werden wir die alten Bräuche aufs neue einführen. Die Große Göttin wird wieder herrschen! Ihre Priesterinnen werden wie in alten Zeiten über allen anderen stehen, und ihre Priester werden aus ihren Verstecken kommen.«

»Denn ihr gebühren Ruhm und Ehre und alle Opfergaben, und ihr göttlicher Gemahl wird ihr Loblied singen«, sprach Rigana, und ich erkannte, daß meine Schwestern den gleichen Traum träumten.

Nicht viel anders hatte ich Kinder beim Spielen reden hören. Und dann hatten sie manchmal darüber gestritten, wer den größten Ruhm erringen würde, oder sie hatten das Spiel beendet, um Blaubeeren zu pflücken oder Steine auf ein Ziel an einem Baum zu werfen. Aber wir waren erwachsene Frauen. Wir waren Königinnen!

Und doch sehnte ich mich nach Riganas Vision, während ich ihr lauschte, und erkannte, daß auch ich mit diesem Traum aufgewachsen war.

»Dann wird das Goldene Zeitalter wiederkehren!« triumphierte Rigana. »Dann wird die Sonne scheinen und der Regen zur richtigen Jahreszeit fallen, und die Winter werden so mild sein, daß wir das brachliegende Land an den Hängen wieder bestellen können. Wenn die Göttin uns aus ihrem Füllhorn gibt, wird allen Menschen Wohlstand zuteil. Auf jeder Wiese werden fette Rinder weiden; jede Kornkammer wird von Getreide überquellen. Und kein Mensch wird einen anderen seinen Herrn nennen, denn es wird fruchtbares Land für alle geben und Frieden unter der Sonne ...«

»So war es zur Zeit der Königinnen«, sagte Gunardwilla leise. »So wird es in Briga sein, wenn du herrschst ...«

Die Erinnerung riß mich jäh aus diesem Traum, und ich schlug die Augen auf.

»Wo sollte ich denn herrschen? Mein Leben ist verwirkt, wenn ich nach neun Sonnenuntergängen noch hier bin!«

»Verwirkt durch wen? Dies sind nicht mehr Leirs Länder!« Rigana lachte triumphierend. »Er selbst hat seine Herrschaft abgetreten. Er hat Brigas Geschick in unsere Hände gelegt, und wir werden dir Zuflucht gewähren.«

»Ihr glaubt, das wäre so leicht getan?« Ich starrte sie an. »Es gibt viele, für die Leir auch künftig der König sein wird. Königinnen seid ihr durch Geburt, doch nur durch seine Zustimmung habt ihr das Recht zu herrschen. Solange ich lebe, hat Briga *ihn* König genannt! Wer immer seine Würde übernimmt, tritt ein schweres Erbe an, denn Leir war ein großer König! Und gegen seinen Willen zu herrschen ist unmöglich.«

»Das wissen wir. Sag, Cridilla – hatte er die Absicht, seine Herrschaft durch dich zu festigen? Ja, das hatte er! Und dies war ein Grund mehr, dich scheinbar hintergehen zu müssen. Denn sonst hätte sich nichts geändert!«

»Und wie soll der Thron für mich errungen werden?« fragte ich.

Rigana lehnte sich vor und ergriff meine Hand. »Belerion und Alba werden uns folgen, wie die Herde der Leitkuh folgt. Aber Briga muß erobert werden. Die Häuptlinge, die Leir eingesetzt hat, würden sich dir widersetzen. Doch die alten Mächte sind stärker, als du glaubst! Seit einer Generation lecken die Bemalten nun schon ihre Wunden, und ihr Zorn auf den Eroberer Leir ist gewachsen. Die Ai-Akhsi würden für dich kämpfen, Cridilla. Das Volk deiner Mutter – ihrer Königin!«

Ich stützte den Kopf auf die Hände. Es war schwer, durch den roten Schein der Fackeln etwas zu sehen. Brächte ich Krieg nach Briga, würden Blut und Feuer herrschen.

»Die Fürsten der Quiritani haben starke Burgen«, sagte ich bedächtig. »Steinerne Festen wachen über den Nordosten, und die Burg Rigodunon beherrscht das Hügelland. Und hier im Süden sind es Ligrodunon und Nextonos' Hochburg ...« Ich zählte langsam die Namen auf.

Wußten meine Schwestern, wie stark diese Festen waren? Wie oft hatte ich den Gesprächen gelauscht, wenn mein Vater mit den Häuptlingen über den Bau dieser Burgen sprach! Ich kannte die Zahl der Steine einer jeden Mauer! Doch in jenen sorglosen Tagen war ich nie auf den Gedanken gekommen, mich zu fragen, wozu der König solche gewaltigen Festen brauchte. Vermutlich, weil meine Schwestern in einem Punkt recht hatten: Die Bemalten in Briga hatten die fremden Eroberer nie als rechtmäßige Herrscher anerkannt. Die Burgen waren erbaut worden, um Leirs Regentschaft zu sichern. Und an diesen Burgen der Quiritani würde jeder Aufstand scheitern, da war ich mir gewiß.

»Euer Plan läßt sich nicht verwirklichen, ohne das Volk zu vernichten, dem ich dienen wollte«, sagte ich und warf einen raschen Blick auf Maglaros. Auf wessen Seite mochte er stehen? Auch er war ein Quiritani.

»Dann muß das Volk gespalten werden«, sagte Gunardwilla entschlossen. »Nimm Nextonos oder einen anderen zum Prinzgemahl. Er bringt willkommene Verstärkung in die Ehe!«

»Und was ist mit meinem Kind?« fragte ich leise.

»Nextonos hat doch geschworen, daß er es anerkennen wird. Es ist seit alters her das Vorrecht einer Königin, zu entscheiden, wann und wem sie ein Kind gebären will.«

»Also soll ich um der Macht willen heiraten? Wo bleibt da die *Freiheit* einer Königin?«

Rigana zuckte die Schultern. »Auch Gunardwilla und ich haben der Macht wegen geheiratet, und wir hatten noch weniger Freiheit als du. Du darfst nicht erwarten, daß dir die Macht ganz ohne Opfer in den Schoß fällt!«

»Ich habe bereits die Liebe meines Vaters verloren!« erwiderte ich heftig. »Muß ich jetzt auch noch den Vater meines Kindes zurückweisen? Ich habe einen Mann! Er ist der einzige, der mich nie hintergangen hat!«

»Dann behalte ihn!« fauchte Gunardwilla. »Er ist unwichtig! Wirst du dir Briga nehmen und dich uns anschließen, Schwester? Du mußt dich entscheiden!«

Wieder strich der Wind durch das Zeltlager. Aus der Ferne war Geschrei zu hören, als ein Zelt Feuer fing. Wählte ich den Krieg, würde es überall so sein ... Und wofür? Es würde mir meines Vaters Liebe nicht zurückbringen.

Ich wandte mich zu Agantequos um.

»Du hast das Recht, mich zu beraten«, sagte ich steif. »Was soll ich tun?«

Er schluckte, doch sein Gesicht blieb unbewegt. »Ich kann – dir nicht raten, Cridilla ...«

Plötzlich lachte ich. »Er versteht mich! Er weiß, daß ich frei sein muß, um treu sein zu können! Warum hat mein Vater das nicht erkannt? Warum nicht?« Jemand drückte mir das Methorn in die Hand, und ich nahm einen tiefen Schluck und genoß sein süßes Feuer.

»Wähle ...«, zischte Rigana.

»Schwester«, fiel Gunardwilla ein, »du mußt dich entscheiden!«

Ich richtete mich unsicher auf. »Ich habe genug von euch allen! Führt Krieg, soviel ihr wollt – ich werde die Fackel nicht an meine eigenen Felder halten! Ihr habt versucht, mich für eure Zwecke zu benutzen, ihr alle, und mein Vater war der Schlimmste; denn er ließ mich glauben, daß es aus Liebe geschähe! Ich gehe mit dem einen Mann, der mich nie belogen hat. Er wenigstens sagt mir ehrlich, wozu er mich haben will!« Als ich taumelte, fing Agantequos mich in seinen Armen auf.

»Dann geh!« schrie Gunardwilla. »Aber bilde dir nicht ein, du könntest eines Tages um das Königreich betteln, das du jetzt fortwirfst! Du bist nicht mehr unsere Schwester!«

»Hinweg mit ihr!« kreischte Rigana, doch es war meines Vaters Stimme, die ich zu hören glaubte. Ein Blitz zuckte. Ich sah die Gesichter meiner Schwestern als bleiche Totenschädel, und hinter ihnen den durchscheinenden Geist von Bärmutter. Sie weinte ...

»Unser Schutz sei Euch bis zur Küste gewährt, Mann aus dem fremden Land«, sagte Gunardwilla, »aber ich rate Euch – macht Euch sogleich auf den Weg!«

Vor Kummer und Schmerz schluchzte ich laut.

»Ihr seid es, die weinen werdet! Ihr seid es, die brennen werdet!« Worte waren mir nie leichtgefallen, jetzt aber brachen sie aus mir hervor. »Ich sehe brennende Felder und blutgetränkte Erde. Wehe den Meineidigen!«

»Ihr Geist ist verwirrt«, sagte Gunardwilla zu Agantequos. »Geht, solange ihr könnt ...« Ihre übrigen Worte übertönte der Donner.

Die Schlacht der Götter tobte weiter, als wir zu den Pferden zurückeilten. Ein Blitz hatte in eine der Rundhütten eingeschlagen, und das Strohdach stand in Flammen. Die Menschen eilten zwischen den Häusern umher und brüllten einander zu, Decken zu bringen, um damit das Feuer zu ersticken, daß es sich nicht ausbreite. Und jedem Blitz folgte dichtauf ohrenbetäubender Donner. Agantequos' starke Hand auf meinem Arm war meine Rettungsleine, als wir dahinrannten – ein verlorenes Paar zwischen den schattenhaften Gestalten, die vor der Burg hin und her liefen.

Krah und Agantequos' Männer standen immer noch wartend bei den Pferden. Maglaros' Wächter hingegen war von einer größeren Gestalt abgelöst worden. Einen Augenblick keimte Hoffnung in mir. Dann loderte eine Flamme an der brennenden Rundhütte auf, und ich erkannte Artocoxos.

»Herrin«, sagte er zwischen zwei Donnerschlägen, »wenn Ihr von hier fortgeht, verläßt das Licht dieses Land. Ich habe versucht, mit dem König zu reden, doch er ist wie von Sinnen.«

»Das gilt heute nacht für uns alle, mein guter Artocoxos ...« Ich hörte selbst, wie schrill mein Lachen klang. »Bleibt bei ihm. Er wird Euren Rat jetzt mehr denn je brauchen. Und gebt mir Nachricht, was hier geschieht, falls Ihr einen vertrauenswürdigen Sendboten findet.«

Artocoxos hob meine Hand an seine Stirn, als wäre ich nun, in der schwärzesten Stunde meines Lebens, seine Königin geworden. Ich zuckte zusammen, als ein Büschel brennender Strohhalme meinen Arm streifte. Wieder grollte Donner, jedoch schon in größerer Ferne.

»Und du …« Ich wechselte die Sprache, als ich mich Krah zuwandte. »Du mußt bei ihm bleiben und ihn zum Lachen bringen …«

Krah schluckte und schüttelte sich wie ein Hund.

»Wenn bei Lichte kein Gesichte,
Wenn am Feuer man erfriert
Und man Tochter Mutter nennt,
Dann ein Narr den andern kennt.«

Er fiel auf die Knie und legte die Arme um mich. »Ich lache, Herrin, kannst du es hören?« Doch Krahs Tränen tropften auf meinen Arm. Dann schlug der Wind um und trug den Rauchgeruch zu den Pferden, und meine Stute bäumte sich auf.

»Sitz auf, rasch!« rief Agantequos. Ich klammerte mich an die Mähne der Stute und ließ mich von ihm auf ihren Rücken heben.

Und schon ritten wir den Hangweg hinunter. Hinter mir glaubte ich die dunklen Umrisse meiner Freunde gegen den roten Hintergrund des Feuers zu sehen. Doch Bärmutters durchscheinender Geist schwebte voraus.

Eine kalte Stimme in meinem Inneren fragte: Warum blickst du zurück? Soll der alte Narr doch allein leben, da er dich verstoßen hat. Für das Unheil, das ich voraussah, war er selbst verantwortlich. Auf mich jedoch wartete ein neues Leben jenseits des Meeres. Warum weinte ich jetzt um Leir?

Doch ich vermochte die Tränen nicht aufzuhalten, als wir uns immer weiter von Ligrodunon entfernten. Die Blitze zuckten nun nur noch vereinzelt hinter fernen Bergen, und der Donner war zu einem dumpfen Rollen geworden, doch das Gewitter hatte nicht einen Tropfen Regen gebracht.

Nach jener ersten Nacht hörte ich zu weinen auf, aber die Frau, die Agantequos zu den Kalkfelsen im Land der Banalisioi führte, war eine leere Hülle. Der Kauffahrer, der uns übers Meer zum Großen Land bringen würde, wartete bereits. Er war so rundbäuchig und kräftig wie die Pferde, die wir zurückließen.

»Und das ist die Braut?« Der Händler war ein kleiner bleichhäutiger Mann, den ich keinem mir bekannten Stamm zuordnen konnte. »Dann habe ich die Wette verloren, denn nie hätte ich gedacht, daß sie mit Euch kommen würde. Aber sie sieht krank aus. Ist schwanger, nicht wahr?« Er blickte Agantequos respektvoll an.

Ich saß am Strand und ließ die groben Körner durch die Finger rieseln, als hätte ich nie zuvor Sand gesehen. Nebel hing dicht über dem wogenden Wasser und verbarg bereits das Fischerdorf und die Klippen und die Eichenwälder und die Hügel, wo das Gras sich viel zu früh goldbraun färbte. Nur dieser kleine Flecken, wo Land und See sich trafen, war wirklich.

»Cridilla, wir müssen aufbrechen …«

Es gab einen Grund, nicht an Bord zu gehen. Welchen? Ich konnte mich nicht entsinnen. Ich ließ mir von Agantequos auf die Füße helfen. Er legte seinen dicken Umhang um mich, hob mich auf die Arme und watete zur Seite des Schiffes, um mich an Deck zu bringen, gut verpackt wie ein Schatz, den er erbeutet hatte.

Ich blieb dort kauern, wo er mich abgesetzt hatte, und beobachtete, wie der bleiche Sand und die graue Küste im Nebel verschwanden, als wir losruderten. Und dann peitschte das lederne Segel, das Schiff sank die Dünung hinab, und mein Magen verkrampfte sich warnend. Nach einem zweiten Schlingern kroch ich zur Reling und gab mein Frühstück dem Meer.

Nicht einmal das hast du überwunden, dachte ich müde. Schließlich war ich während der Jahre meiner Ausbildung häufig in einem schwankenden Boot aus fellüberzogenem Weidengeflecht rund um die Nebelinsel gepaddelt. Aber das lag sechs Jahre zurück, als mein Körper und mein Herz noch stark und kräftig gewesen waren.

»Mein armes Liebstes ...« Agantequos legte den Arm um meine Schultern. »Ich wußte nicht, daß es so schlimm für dich wird. Aber du wirst dich daran gewöhnen.«

Er irrte sich. Ich ahnte jetzt schon, daß es so schlimm werden würde wie früher. Doch wenn ich noch vor Ende der Überfahrt verhungerte – es war gleichgültig.

Der Nebel schloß sich nun rings um das Schiff. Obwohl wir dicht an der Küste waren, wirbelte noch immer Sand im Wasser, von den Wellen aufgewühlt. Unter uns war das Wasser trüb und schien von Kräften bewegt, die nichts mit den Gezeiten zu tun hatten. Auch meine Sinne waren in Aufruhr; ich nahm die Welt mit übernatürlicher Klarheit wahr – und doch wie durch einen Schleier.

Ich beugte mich weit hinaus über die Reling, um besser sehen zu können.

»Cridilla – du wirst über Bord fallen, Liebste! Was ist denn dort unten?« Agantequos lächelte und schloß mich wieder in die Arme.

»Es ist eine Schlange ... in der Tiefe. Frau Asaret hat es mir erzählt. Sie hat versucht, meinen Vater zu verschlingen ... jetzt will sie mich ... holt mich ...«

»Nicht, solange ich bei dir bin ...«, murmelte Agantequos und drückte mich an sich. »Nicht, solange ich dich beschützen kann!« Es gab Dinge, vor denen mich weder seine noch meine Kraft schützen konnten, aber es half ein wenig, seine beruhigenden Worte zu hören.

»Ist sie von Wahn befallen?« hörte ich ein Wispern über das Plätschern der Wellen hinweg. Es war Cuno, glaubte ich – seine Stimme war tiefer als die der anderen. »So wie ihr Vater, der sich für einen Schwan hielt und zu fliegen versuchte?«

»Es war ihr Großvater, Dummkopf ...« Benommen fragte ich mich, woher der Barde diese Geschichte kannte. Ich wußte nur wenig über die Familie, die mein Vater zurückgelassen hatte. Aber ich fühlte mich so elend, daß mir alles gleich war.

»Nun, jedenfalls ihre Familie – alle von Wahn besessen. Welch eine Verbindung! Der Rat wird nicht erfreut darüber sein!«

»Sei still! Sie ist jetzt unsere Herrin ...«

Hatte Agantequos es gehört? Und wenn schon. Auch das war mir jetzt gleich. Jenes große Land, zu dem er mich brachte, konnte kaum grausamer sein als Briga, das ich für immer verließ. Ich stöhnte und klammerte mich an Agantequos' starken Arm, als das Schiff unter uns krängte. Ein feuchter Wind besprühte uns mit Gischt.

»Im Großen Land wird's dir besser gefallen …«, versuchte Agantequos mich aufzumuntern. »Moridunon hat starke Mauern, mit Holz gestützt und mit Erde und Steinen gefüllt. Jeden Abend essen und trinken hundert tapfere Krieger in meiner Halle. Es gibt fette Rinder und Schafe mit dicker Wolle, und keine andere Frucht auf Erden ist so süß wie die Äpfel auf unseren Bäumen …«

Ich brachte ein Lächeln zustande. »Auf der Nebelinsel hast du von Dunst gesprochen, der die Sonne verschleiert, wenn sie über den Marschen aufgeht, und vom Duft der Apfelblüten im Frühling.«

Für einen Moment schwankte das Schiff magenumdrehend auf dem Wellenkamm; dann rollte es die andere Seite hinunter. Ich würgte und eilte zur Reling. Das Segel klatschte laut, und der Kapitän brüllte Befehle. Dann gelang es den Männern, das plumpe Ding herumzudrehen, und plötzlich schnellte das Schiff im zunehmenden Wind vorwärts.

»Sogar das Schiff beeilt sich«, sagte Agantequos. Er befeuchtete ein Tuch und wischte mir behutsam das Gesicht ab. »Und sieh nur – der Wind jagt den Nebel davon!«

Ich hob den Kopf. Die graue Decke, die so sehr auf meine Stimmung gedrückt hatte, löste sich auf. Herabstoßende Seevögel erschienen und verschwanden durch wirbelnde Luftströmungen, und irgend etwas schimmerte in der Ferne.

Und als eine Bö übers Schiff jagte, sah ich hinter uns weiße Klippen wie die Mauern einer Feste, die mächtiger war als alle Burgen meines Vaters. Eine Feste wahrhaftig, denn diese Kalkfelsen verteidigten die Insel der Mächtigen, meine verlorene Heimat.

Ich lehnte mich schwer an die Reling, und meine salzigen Tränen fielen in die salzige See.

Eine Versammlung ohne Tadel, ohne Trug,
Ohne Schmach, ohne Schande,
Ohne Streit oder Raub,
Ohne Diebstahl oder Vergeltung …
Weizen und Milch auf allen Höhen,
Frieden und schönes Wetter, um ihretwillen,
ward den Stämmen der Griechen zuteil,
Gerechtigkeit zu üben.
Die metrischen Dindsenchas, IV

Drei Tage und drei Nächte segelten wir, ohne Land zu sehen, nur geleitet von der trüben Sonne und einem meist verschleierten Sternenhimmel. Befanden wir uns in einer anderen Zeit, einer anderen Welt?

Als endlich ein niedriger grauer Streifen am Horizont sichtbar wurde, hatte ich dem Meer alles gegeben, was in mir war, und fühlte mich wie ein Geist auf dem Weg ins Jenseits.

Doch als wir uns der Küste näherten, erwartete uns eine sehr irdische Landschaft. Jenseits der Dünen erstreckte sich eine sanfthügelige, bewaldete Gegend, aus der sich da und dort Rauch zum Himmel kräuselte, um anzuzeigen, daß hier Menschen lebten. Auf der Landspitze bewegte sich etwas, dann erklang klarer Hörnerschall. Man hatte uns gesehen.

Wir bogen um die Spitze einer Landzunge und sahen einen gewaltigen Felsen aus dem Mahlsand emporragen. Er war viel größer als der heilige Seeberg in Belerion, und seine Kuppe war sogar mit stehenden Steinen gekrönt.

»Der Berg des Gehörnten!« rief Cuno. »Wir sind bald zu Hause!«

Wir ruderten auf eine kleine Ortschaft mit riedgedeckten Steinhäusern an der inneren Biegung der Landzunge zu. Am steinigen Strand liefen Leute zusammen. Ich blickte Agantequos besorgt an.

»Sie haben uns erwartet«, sagte er zuversichtlich. »Sie werden jubeln, wenn sie sehen, daß ich ihnen eine Königin mitgebracht habe!«

Ich war Prinzessin von Briga durch Geburt, doch nach welchem Recht konnte Agantequos mir ein Land geben, das ich nicht kannte? Es war nicht nur das trügerische Wasser unter dem Kiel, das mir angst machte.

»Die Leute werden eher glauben, daß du ihnen eine alte Hexe bringst ...« Ich strich unbeholfen durch mein Haar, das nach der zweiwöchigen Seereise in wirren, glanzlosen Strähnen herunterhing.

»Nicht, wenn sie deinen Bauch sehen!« Er legte die Hand auf meinen Schoß, der sich in der letzten Woche zu wölben begonnen hatte, als wäre das darin schwimmende Geschöpf von der Seekrankheit seiner Mutter vollkommen unberührt geblieben. Ich legte meine Hand auf die seine, und für einen Moment war alles wieder gut.

Dann scharrte der Kiel über Steine, und die Riemen stießen uns noch ein Stück den Strand empor. Das Schiff legte sich leicht auf die Seite und blieb in den gegen den Rumpf schlagenden Wellen erzitternd stehen. Die Wartenden eilten auf uns zu. Agantequos hob mich an Land, und ich setzte den Fuß auf die Erde meines Exils. Während wir den Hang zum Dorf hinaufstiegen, atmete ich tief ein. Zum erstenmal, seit ich Ligrodunon verlassen hatte, regte sich Interesse in mir. Dieses Land mochte mir zwar fremd sein, aber zumindest war der Boden fest.

Agantequos' Burg lag auf einer Anhöhe, die von dicht bewaldeten Hügeln umgeben war. Sie war nicht so eindrucksvoll wie Ligrodunon, und unter den Ausbesserungen, die Agantequos befohlen hatte, waren noch die Brandspuren am Holz des großen Tores zu sehen. Für mich war der Mittelpunkt der Geborgenheit unser Bett in der Halle. Wenn ich warm in Agantequos' Armen lag, wußte ich, daß hier das Herz der Welt war.

Auf den Feldern reifte das Getreide zur Ernte heran. Die Dorfbewohner mähten Gras auf den Wiesen, doch viele der jungen Männer und Frauen des Clans hielten sich mit den Rindern noch auf den Almen auf. Auf der Burg gab es frischen Flachs und neugeschorene Wolle, die gesponnen werden mußte, genau wie zu Hause. Ich war froh, daß ich die tägliche Arbeit mit den anderen Frauen übernehmen konnte und hatte ausnahmsweise kein Verlangen, die Spindel gegen den Speer zu tauschen. Mein Zustand brachte uns einander näher, und wenn ich schon keine Mitgift hatte, machte ich den Menschen hier doch ein größeres Geschenk: einen Erben aus des Königs Geschlecht.

Es war leicht zu erkennen, welche der Frauen Agantequos' Bett geteilt hatten, ehe er zu mir gekommen war. Es handelte sich hauptsächlich um Mädchen aus dem Dorf, die als Mägde auf die Burg geholt worden waren, alle braunhaarig wie das Volk meiner Mutter – wie ich. Diese Menschen hatten die Erinnerungen an eine Zeit verloren, ehe die Quiritani gekommen waren. Als die Mädchen sahen, daß ich keine Abneigung gegen sie hegte, freuten sie sich, mir zu dienen. Vor allem Brenna und Eloret wurden meine ständigen Begleiterinnen. Das machte mich bei den goldhaarigen Frauen, die gehofft hatten, Königin zu werden, nicht beliebter, aber es tat mir gut, jemanden zu haben, der mir ergeben war.

Und so verging der Pferdemond, und der Erntemond schwoll am Himmel. Jeden Tag prüften die Bauern die Ähren nach ihrer Reife. Dorfbewohner luden die Waren, die sie auf dem großen Jahrmarkt feilbieten wollten, auf Tragtiere, und die Eichenpriester bereiteten sich auf die Feier dort vor, die dort stattfinden sollte.

»Natürlich gehen wir auf den Jahrmarkt!« rief Agantequos, als wir engumschlungen unter den Bettpelzen lagen. »Ich muß die Rolle des Jungen Gottes im Ritual übernehmen. Und zum Rindermarkt gehen wir auch. Ich schulde dir einen Brautpreis. Dann kannst du deine eigene Herde gründen.«

Ich küßte ihn, denn ich war Quiritani genug, Reichtum an der Zahl der Rinder zu messen. Agantequos mußte erkannt haben, wie ich mich ohne jedes Eigentum fühlte.

»Und wenn du erst die Rinder hast, wird es ein leichtes sein, Männer zu finden, die sich darum kümmern – junge Krieger, die im Ansehen steigen möchten. Und wenn das Kind auf der Welt ist, sollst du deine eigene Kriegerschar bekommen und sie selbst führen.«

»Dann möchtest du nicht, daß ich am Spinnrad alt und grau werde?«

Seine Finger fuhren über die Tätowierung auf meinem Bauch, der sich über dem wachsenden Kind wölbte, und ich griff erschauernd nach seiner Hand.

»Glaubst du, ich hätte sonst eine Kriegerin aus dem Norden gefreit?« Seine Hand wanderte tiefer, und ich kicherte, denn ich wußte, was jetzt sein Wunsch war.

Da trat das Kind in meinem Leib, und wir blieben ganz still liegen und beobachteten staunend, wie der Bär auf meinem Bauch sich reckte und streckte.

»Das wird ein großer Krieger, der unter dem Zeichen des Bären wächst …«

»Eine Kriegerin«, verbesserte ich ihn.

»Wie ihre Mutter!« Er grinste und küßte mich, und dann glitten unsere Beine in der süßen Vereinigung der Liebe ineinander, und lange sprachen wir beide kein Wort.

Das Lugusfest war gekommen, und die Ernte war in vollem Gange. Während wir an der reifen Gerste vorbeiritten, kam Wind auf und beugte die Ähren, daß die Grannen im Sonnenschein funkelten und das ganze Feld schimmerte. Auf einem anderen Acker wurden Garben gebunden; die Stoppeln glitzerten, und Vögel pickten eifrig Körner zwischen den geraden Reihen.

Hinter uns ritten Agantequos' und mein eigenes Gefolge. In unseren hellen Umhängen und funkelnd von Gold und Bernstein boten wir einen prächtigen Anblick im Sonnenschein.

Mein Gemahl plauderte in fiebriger Erregung mit seinen Gefährten. Im Gegensatz zu Agantequos war Leir vor den Zeremonien immer schweigsam und reizbar gewesen. Schließlich ritten wir auf die Marschwiese vor dem großen Felsen des Gehörnten, die zu dieser Jahreszeit trocken genug war, als Festplatz zu dienen. Hoch über alle Hütten und Stände hinweg ragte eine Stange, an der ein aus Stroh gebundenes Abbild des Gottes, mit Stierhörnern und einem Schlangengürtel um den Leib, befestigt war. In einer Hand hielt er einen prallen Beutel, in der anderen einen Stab, um den sich widderköpfige Schlangen wanden.

Die Eichenpriester kamen herbei, um Agantequos für die Zeremonien herzurichten, derweil seine Gefährten über den Festplatz schlenderten, um sich die Rinder anzusehen oder bei irgendeinem Spiel mitzumachen. Ich durfte mich mit den Frauen auf dem Markt umschauen. Aus ganz Morilandis waren Leute hierhergekommen, die irgend etwas feilzubieten hatten; doch es waren auch Kaufleute und Händler aus anderen Ländern da: Männer vom Volk der Carnuten hatten Rinder nordwärts zum Markt hierhergetrieben; Hellenen hatten Amphoren voll starken südländischen Weins gebracht; auch Etrusker fehlten nicht, sie verkauften Bronzearbeiten und Töpfereiwaren; Ligurer und Turdetanier aus Iberien boten Silbergeschmeide und schön gemusterte Stoffe an und jammerten, wie sehr der Kampf zwischen Tartessos und Gades den Handel behindere, und nicht nur am Mittelmeer wurde die Welt von Kriegen erschüttert.

»... Kämpfe östlich von hier, sagt man ...«, hörte ich eine Männerstimme in der Nähe. Ich fuhr fort, Stickgarn auszuwählen, spitzte aber die Ohren.

»Ständig gibt's Kämpfe. Um Kühe oder Frauen. 's ist immer das gleiche.« Sein Begleiter lachte.

»Es ist ein fremdes Volk. Zieht mit Weib und Kind in großen Karren westwärts und treibt seine Herden hinterdrein. Nicht Rinder wollen sie, sondern Land. Werden um Leben und Tod kämpfen, es zu kriegen, denn sie haben nichts zu verlieren.«

»Sollen sie. Der König wird beim Rat an Samonios schon

einen Weg finden. Aber jetzt hab' ich Durst, und der alte Brochagnos braut gutes Bier. Komm mit!«

»Nimmst du's so leicht?« fragte der erste, während ihre Stimmen mit der Entfernung schwächer wurden. »Wohin mit den Stämmen, die sie vertreiben? Wenn sie an deinem Tor rütteln, Alter, wirst du gegen sie kämpfen, wenn du dein Land nicht verlieren willst!«

Ich tauschte ein wenig von meinem kostbaren Salz gegen das rote Garn und schlenderte weiter. Was ich gehört hatte, ging mir nicht aus dem Kopf. Über dergleichen hatte ich mit Vater gesprochen, wenn wir des Abends vor dem Feuer saßen. Seltsam, daß offenbar überall Ähnliches wie in meiner Heimat vor sich ging. Wer vertrieb diese Neuankömmlinge? Sie waren wie die Gischt der Fluten, welche die Hänge herabrauschen, angeschwollen durch den Regen, der auf weit entfernten Höhen gefallen war.

Ich hielt Ausschau nach Kräuterhändlern, in der Hoffnung, Scharfgarbe zu finden. Am Rand des Marktplatzes waren einige Händlerinnen, die Kräuter verkauften. Die erste, die ich sah, war eine rundliche Frau mittleren Alters, rothaarig wie viele Quiritani, doch trug sie ein Gewand von so tiefem Blau, daß es beinahe schwarz aussah, wie es die Priesterinnen auf der Insel trugen.

»Würd' sagen, im vierten Mond seid Ihr und über die Morgenübelkeit hinaus?« Die klaren Augen der Frau wanderten von meinem Bauch wieder zu meinem Gesicht. »Und es ist Euer erstes, glaub' ich, denn Eure Muskeln sind noch fest. Doch Eure Hüften sind breit genug. Es wird Euch nicht schwerfallen ...«

Sie erwartete keine Antwort. Errötend fragte ich nach den Kräutern.

»'s ist nicht Schafgarbe, was Ihr jetzt braucht, Kind. Zuviel davon könnte verfrühte Wehen bringen. Nehmt lieber Kamille zur Beruhigung und Himbeerblättertee zur Anregung.«

»Ihr versteht sehr viel davon, wie mir scheint ...«, sagte ich, während die Frau in ihren Körben nach den Kräutern suchte.

»Ich bin Hebamme ...«

»Seid Ihr eine Weisfrau, eine Priesterin?« Gab es bei den Quiritani so etwas überhaupt? Die heitere Gelassenheit und Selbstsicherheit dieser Frau erinnerte mich an Frau Asaret.

»Gewiß – ah, Ihr seid die fremde Halbblutkönigin. Aber weshalb überrascht Euch das?«

»Weil in meinem Land nur Frauen aus dem Volk meiner Mutter Priesterinnen sind.«

»Alle Völker müssen Priesterinnen – und Priester – haben, Kind, und die Göttin ehren. Denn wie sonst könnten sie überleben? Unsere eigenen Überlieferungen haben das Wissen jener vor uns stets bereichert.«

»Wo wohnt Ihr? Wenn meine Wehen einsetzen, würdet Ihr zu mir kommen?« Bis jetzt war mir gar nicht bewußt gewesen, wie sehr ich fürchtete, ohne die Hilfe einer Frau mit der alten Weisheit gebären zu müssen.

»Oh, wir alle kennen Mutter Nesta«, warf Brenna hinter mir ein. »Sie reist von Burg zu Burg und hilft, wo unsere eigenen Frauen nicht weiterwissen.«

Die Priesterin blickte mich an. »Ihr seid die Tochter des Schwans und eine Kriegerin. Ich habe viel über Euch gehört ...«, murmelte sie. »Und ich sehe, daß auf der Insel der Mächtigen die Königinnen noch auf die alte Weise ausgebildet werden. Ihr braucht nicht nach mir schicken zu lassen, Kind. Wenn es soweit ist, werde ich es wissen.«

»Was wißt Ihr vom Schwan?« fragte ich sie.

Ehe sie zu antworten vermochte, zerriß das Schmettern von Hörnern die Luft. Ein plötzlicher tiefer Trommelschlag pochte über den ganzen Festplatz. Die Sonne war schon fast zum Horizont gesunken, und das Abendrot spiegelte sich funkelnd auf dem Meer.

»Die Zeremonie beginnt.« Mutter Nesta packte ihre Kräuterbündel in die Körbe, und Eloret half ihr, das Fell zusammenzurollen, auf dem sie gesessen hatte. »Eines Tages werd' ich's Euch sagen. Jetzt aber müssen wir uns zur Opferdarbringung begeben.«

Auf dem sumpfigen Streifen unterhalb des Felsen hatte man Weidengeflecht zur Bühne ausgebreitet. Die weißgewandeten

Priester standen bereit, das Ritual zu vollziehen; ihre Fackeln flackerten blaß unter dem noch hellen Himmel. Die Anwesenden sammelten sich in grober Sichelform auf dem festeren Boden. Es waren ruhelose, bunte Menschenmassen, deren Farben mit dem schwindenden Licht verblaßten.

Mit meinen Mädchen und der Priesterin nahm ich meinen Platz in dem für mich aufgestellten offenen Pavillon ein. Das Pochen der Trommeln war wie der Herzschlag des Kindes in meinem Schoß. Eine Gänsehaut lief mir über den Arm, als ein Priester auf die Bühne trat und seinen Stab hob.

»Das Korn zehrt von der Erde,
Das Volk zehrt vom Korn,
Die Erde zehrt vom Volk;
So war es, so ist es, so wird es sein –
Alles, was wachset und lebet auf Erden,
Ist Esser und Äse, Aussaat und Ernte:
Heil dem Helden, der sie heimholen wird.«

Es war jenem Ritual ähnlich, das Talorgenos und die anderen Priester vollzogen, nachdem wir die Rinder von den Almen geholt hatten. Hinter den Priestern flammte der Himmel auf, als verzehrte er die Opfergabe bereits, während die uns zugewandte Seite des Felsens zu einem offenen Tor in die Dunkelheit wurde.

Auf der Bühne erschien eine Gestalt in Umhang und Maske und Rock aus Stroh, das wie Gold schimmerte. Selbst sein Schild und der Speer waren aus geschickt geflochtenem Stroh gefertigt. Die Trommeln erwachten plötzlichem zu neuem Leben, und Flöten trillerten. Die Gestalt begann speerschwingend auf der Bühne zu tanzen.

Mein Körper zuckte im Takt der Musik, als meine Muskeln sich unwillkürlich an die Übungstänze erinnerten, die Pferd und ich auf der Nebelinsel gelernt hatten. Ich kannte den Tänzer und den Tanz, doch nie zuvor hatte ich dieses Leuchten gesehen, das um ihn strahlte. Ich vermochte den Blick nicht abzuwenden.

Er ist entrückt, dachte ich. Er kann nicht fallen!

Die Trommeln pochten in meinem Blut. Erst als Mutter Nesta mich am Arm faßte, wurde mir bewußt, daß ich einen Schritt auf ihn zu gemacht hatte.

»Noch nicht, Kind. Ihr könnt jetzt nicht zu ihm gehen …«

Ein Schauder durchlief die Menge, als eine andere Gestalt sich zu dem strahlenden Gott gesellte. Auch sie war männlich, doch das Stroh, das sie umhüllte, war geschwärzt. Ich sah geflochtene Hörner und eine Schlange aus Stroh um den Leib. Wie das Abbild des Gottes auf dem Marktplatz trug die Gestalt einen Stab, um den sich Schlangen mit gehörnten Widderköpfen wanden.

Das Zischen von Rasseln begleitete nun das Pochen der Trommeln. Der Schwarze Gott bewegte sich langsam auf seinen Rivalen zu, doch jeder seiner bedächtigen Schritte war kraftvoll. Sie umkreisten einander wie die besten Streiter zweier Heere, die einander herausfordern, bevor die Schlacht beginnt.

»Warum trägt er Schlangen um den Leib und an seinem Stock?« wisperte ich. Das war in der Heimat, auf der Insel, nicht so gewesen.

»Er kommt vom Felsen«, erklärte mir die Priesterin, »in dem die Macht der Schlange wächst. Er steigt aus der Tiefe empor, im Namen der Schlangenmutter, die dort lebt. Der Felsen birgt ihre Macht. Der Dunkle Gott kommt, den Menschen ihre Früchte zu verwehren.«

Ich starrte sie an, versuchte, mich zu erinnern. Bei meiner Vision in der Höhle hatte ich die Schlange nicht gesehen – ich war sie gewesen und hatte mich zum Himmel emporgeschlängelt. Meine Macht aber war frei in die Welt hinaus geflossen.

»Warum?« flüsterte ich. »Warum muß es so sein?«

»Nehmt Ihr die Gaben der Göttin als selbstverständlich? Wenn Eure Zeit gekommen ist, werdet Ihr verstehen, was es bedeutet, Leben auf die Welt zu bringen. Doch sie ist nicht ohne Erbarmen. Der Junge Gott ist ihr Kind und ihr Streiter.«

Die beiden Götter stampften mit den Füßen und wirbelten umeinander, fintierten und parierten in einem tödlichen Tanz. Der Dunkle Gott war furchteinflößend. Zwar besaß er nicht Agantequos' Geschmeidigkeit, aber er verfügte über beunruhigende Kraft. Der Strahlende Gott jedoch *mußte* in ehrlichem Kampf siegen, und die Zuschauer mochten sich fragen, ob ihm der Sieg gegen diesen schrecklichen Gegner gelang oder ob das Volk zum Hungern verdammt sein würde.

Die Eichenpriester umstellten die Kämpfer und schlossen plötzlich mit einem Aufschrei den Kreis, und für einen Moment herrschte Stille. Dann erklang ein Brüllen aus dem Innern der Erde, und irgend etwas stürzte mit lautem Krachen auf die Bühne und tobte in einem Rhythmus, der nicht von den Trommeln kam.

Die Priester öffneten den Kreis, und der Dunkle Gott war in ein Ungeheuer verwandelt, das im Fackelschein brüllte. Ich blinzelte und erkannte, daß es ein schwarzer Stier war, wie man ihn unter den wilden Rindern auf den Bergen finden mochte, und daß er spitze, gewundene Hörner besaß. Im letzten Licht der Abenddämmerung ragte der Felsen wie des Stiers schwarzer Schatten empor, eine klaffende Tür in das Land, aus dem es keine Wiederkehr gibt. Ich schauderte, denn ich vermochte jetzt die Macht in ihm zu spüren – und seinen wilden Zorn.

Der Strahlende Gott hatte seinen Speer gegen eine langschäftige Axt mit zwei Klingen getauscht. Jetzt zogen die Priester sich ein wenig zurück und formten mit ihren Gewändern eine weiße Barriere hinter ihm. Vor ihm jedoch würde das Tier die Freiheit sehen und nur eine einzelne Strohfigur, die ihm den Weg dorthin versperrte. Und er würde den Feind riechen.

Wäre die Bühne mit gefallenen Blättern bedeckt gewesen – nicht eines hätte sich bewegt, als Agantequos vorwärts glitt. Doch der Wind blies aus seinem Rücken, und der Stier witterte ihn und schnaubte wütend. Gewaltige Muskeln kräuselten sich an seinem kräftigen Nacken, als er sich in Bewegung setzte. Dies war kein behender Hirsch, wie Pferd und ich ihn auf der Insel gejagt hatten, sondern eine Kreatur von mörderischer Kraft. Wieder hielt Nesta mich davon ab, zu Agantequos zu eilen.

»Er muß es tun …«, flüsterte die Priesterin. »Er muß den Alten Gott töten. Ihr dürft Euch nicht einmischen …«

Selbst wenn ich es versucht hätte, wäre es zu spät gewesen, denn der Stier griff an. Agantequos wirbelte herum; die Bronzeklinge fuhr blitzend nieder, und die ganze Welt widerhallte vom Wutgebrüll des Stieres. Dann ging es im Begeisterungssturm der Menge unter. Der Stier taumelte, und die Bronzeklinge drang aufs neue tief in seinen Leib. Ein gewaltiger Windstoß rauschte an uns vorbei, und die Eichenpriester zerrten den im Todeskampf zuckenden, um sich schlagenden Stier zum Rand der Bühne, um das herausrinnende Leben in den am Boden aufgestellten Gefäßen aufzufangen.

»Jetzt«, sagte Nesta zufrieden, »wird die Mutter die Ernte freigeben. Man wird das Blut auf den Felsen schütten, und sie wird den Geist des Toten in ihren Schoß ziehen, um ihn wiederzugebären. Wir aber werden das Fleisch essen und leben.«

»Ist es die einzige Möglichkeit?« fragte ich. »Muß das Alte stets vernichtet werden, um Neues auf die Welt zu bringen?«

»O nein, es gibt einen anderen Weg.« Sie tätschelte meinen Bauch. »Wie Ihr erfahren werdet. Doch selbst dieser Weg ist nicht ohne Gefahr zu beschreiten. Aber der Zyklus der Jahreszeiten muß weitergehen. Die Göttin muß frei sein.«

Ich seufzte und entsann mich der Dinge, die meine Schwestern zu mir gesagt hatten. »Wenn wir in meinem Land wären, würde ich Euch zu Frau Asaret führen. Es wäre interessant zu hören, was ihr einander zu sagen hättet.«

»Gern würde ich eine Bewahrerin des alten Wissens kennenlernen«, antwortete Mutter Nesta nachdenklich. »Gern würde ich wissen, was wir gelernt und was wir vergessen haben.«

Die Stangen unseres Pavillons zitterten, als die Menschen sich um die Bühne drängten. Das aus Stroh geformte Abbild des Gehörnten Gottes auf der Stange war bereits dem abgetrennten Kopf des Stiers gewichen, und der riesige Leib wurde rasch zerlegt, um im Kessel gekocht zu werden. Der Strahlende Gott stand noch auf der Bühne und schwenkte triumphierend die blutige Axt.

»Der Gott muß mit der Göttin liegen!« rief jemand. »Gebt dem Helden seine Braut.«

Ich kann es nicht ..., dachte ich, als die Menge auf mich zuschwenkte. *Des Alten Königs Blut klebt noch an seinen Händen.* Doch es war, als würde ich von einer Flut erfaßt. Die schwache Barriere aus Weidengeflecht wurde überrannt, und Mutter Nesta und meine Mädchen konnten nur noch dafür sorgen, daß ich aufrecht zum König getragen wurde.

Die Stangen waren glitschig vom Blut des Stiers. Stroh kratzte meine Haut, als die Menge mich in die Arme des Strahlenden Gottes hob. Ich schwankte; boten sie mir Schutz, oder nahmen sie mich gefangen? Ich wußte nur, daß ich nicht zurückweichen konnte.

»Seht eure Göttin!« rief Agantequos. »Seht eure Königin!« Und die Menge brüllte als Erwiderung, so wie der Stier gebrüllt hatte. Ich spürte, wie die Macht ihres Glaubens mich wie starker Met berauschte.

»Der Gott! Ihr seid der Junge Gott, der Streiter!« rief das Volk.

»Und sie ist die Göttin, die fruchtbare Mutter des Menschengeschlechts!« Agantequos zog den Stoff meines Gewandes straff um meinen Leib. In meinem Rücken strömte seine Kraft in mich hinein, und von vorn schlug mir die Erwartung der Menschen wie Feuersglut entgegen.

»Du mußt ihnen ein Zeichen geben ...«, flüsterte Agantequos mir ins Ohr.

Ich blickte auf das Volk, an das meine Vermählung mich gebunden hatte, und hob die Arme zum alten Segen. Einer der Priester drückte mir die widderköpfigen Schlangen in die Hand, die zuvor um den Stab des Schwarzen Gottes gewunden waren. Das Bild vor meinen Augen wurde verschwommen; für einen Moment sah ich Schlangen aus geflochtenem Stroh; im nächsten Augenblick lebten sie und wanden sich in meinen Händen.

Doch ich hatte keine Furcht. Ich war die Schlange. Lächelnd reckte ich die Arme empor, hielt die Schlangen in die Höhe. Gewiß hatte ich das schon früher getan ... zu einer anderen Zeit, an einem anderen Ort, hatte ich eine jubelnde Menge gesegnet. Doch meine Brüste hätten entblößt sein müssen. Kraft wogte durch den gewaltigen Felsen hinter mir, und in diesem Augenblick erkannte ich, was ich tun mußte.

Langsam streckte ich die Hände mit den Schlangen aus, öffnete mich vollkommen dieser Kraft, die so gewaltig war, daß sie mich vernichtet hätte, wäre sie in meinem Innern geblieben. Doch die Schlangen waren in einem Muster geflochten, mit dem ich die Kraft zu lenken vermochte. Einer gewaltigen Woge gleich brauste sie durch meinen Körper und durch die ins Stroh geflochtenen Spiralen hinaus, über das wartende Volk und das Land hinweg. Einen Augenblick der Ewigkeit stand ich mit ausgebreiteten Armen da, in einer Ekstase des Segnens. Dann versiegte die Kraft, und ich sank rückwärts in Agantequos' Arme.

»*Ja, sie lehren ihre Königinnen das alte Wissen jenseits des Meeres …*« Mutter Nesta hatte diese Worte gesprochen, aber ich hörte sie nicht mit den Ohren des Körpers. Ich vernahm viele Stimmen. Das Land, das ich für so fremd gehalten hatte, rief meinen Namen.

»Ihr seid die Göttin!« ertönte der Ruf, und in diesem Augenblick war es so.

An diesem Abend aßen Agantequos und ich das Fleisch des besiegten Stieres. Dann geleitete man uns zur Kuppe des Felsens. Am Strand unter uns feierten Paare, die sich beim Fest einander versprochen hatten, ihre Vermählung. Fackeln glitzerten auf den Feldern wie verstreute Sterne. Doch für den König war neben den stehenden Steinen ein Bett bereitet.

»Du hast mir nichts von diesem Teil der Zeremonie erzählt …«, sagte ich, als unsere Begleiter gegangen waren.

»Ich kannte ihn selbst nicht«, antwortete Agantequos. »Zwar habe ich die Rolle des Jungen Gottes nicht zum erstenmal gespielt, doch nie zuvor habe ich die Göttin geheiratet.« Er schnallte seinen Gürtel auf und warf den Kilt zu Boden; dann griff er nach mir. Für einen Moment widerstand ich den Gefühlen, die er so unausweichlich in mir weckte.

»Du hast nie zuvor jemanden geheiratet …«, sagte ich bedächtig. »Mich von jenseits des Meeres mitzubringen, mag als Heirat durch Eroberung gelten; zwar haben wir uns gepaart, doch eine Hochzeit haben wir nie gefeiert.«

Er schaute mich an. Sein Blick war leicht verschleiert. Vielleicht lag es an seiner Leidenschaftlichkeit, vielleicht aber auch am Met, den er beim Fest getrunken hatte. »Cridilla«, sagte er schließlich, »seit unserer Kindheit auf der Nebelinsel weiß ich, daß du die einzige Frau bist, die ich heiraten könnte.«

»Und jetzt hast du mich. Bist du zufrieden?« Erstaunt lauschte ich meinen eigenen Worten. Mein Körper sehnte sich nach seiner Umarmung, doch mein Verstand hatte sich daraus befreit.

»Habe ich dich?« Er starrte mich an. »Hat das Schiff die See? Weißt du, wie oft ich dich des Nachts betrachte und nicht wage, die Augen zu schließen, aus Angst, du könntest verschwinden? Heirat durch Eroberung? Denkst du wirklich so von mir? Ich versuche, ein König zu sein, Cridilla, und du bist meine Königin. Die Götter wollen es, das Volk, das Land und ich. Und das weißt du! Denn auch ich konnte spüren, wie die Kraft durch deinen Körper ins Land floß.«

»Mein Körper versteht es«, flüsterte ich. »So wie er versteht, dem deinen zu begegnen und dein Kind zu tragen. Es ist mein Verstand, der noch immer betrauert, was ich verloren habe.« Ein Nachtvogel schrie auf dem Hang unter uns, doch hier oben war es still. Ich blickte auf die stehenden Steine, deren Umrisse sich vom Sternenhimmel abhoben.

»Die Steine beobachten uns«, sagte ich. »Was wollen sie von mir?«

»Sie erwarten, daß du deine Pflicht als Königin tust«, erwiderte er heiser.

»Aber ich gehöre nicht zu diesem Land …«

»Du bist eine Frau. Ich glaube nicht, daß es von Bedeutung ist, woher du kommst. Denn wie sollen die Riten fortleben, wenn das Geschlecht einer Königin erlischt? Heute abend warst du für das Volk eine Priesterin. Glaubst du nicht, daß es der Göttin einerlei ist, wo ihre Dienerinnen geboren sind?«

Ich erinnerte mich an das Gefühl, die Schlangen schon viele Male zuvor einem Volk an einem anderen Ort, in einem anderen Körper, gezeigt zu haben. Diese Macht hatte nichts mit dem Blutband zwischen mir und meinem Land zu tun.

»Wenn du dich dem Land hingeben kannst, gehörst du zu ihm. Wenn du dich mir hingibst, werde ich König sein«, sagte Agantequos flehend. Das Gefühl, daß etwas um uns lauschte, wuchs.

»Haben die Eichenpriester dich das gelehrt?«

»Geistbärin hat es mich auf Caiactis gelehrt, nachdem du fort warst.«

Seine Stimme hatte sich zu einem Wispern gesenkt, aber ich lachte, denn plötzlich verstand ich vieles. Jetzt wußte ich, wo er die Liebeskünste erlernt hatte, mit denen er mein Verlangen zu wecken vermochte.

Agantequos kniete nieder und drückte die Handflächen auf die feuchte Erde.

»Göttin dieses hohen Ortes, erhöre mich. Sprich zu dieser eigensinnigen Frau, die nicht verstehen will, daß sie für mich dein Abbild ist. Ich liebe sie, aber dir muß ich dienen. Ich flehe dich an, lehre sie zu verstehen!«

Ich hielt den Atem an, denn Energie erfüllte die Luft um uns, und ich sah einen Schimmer von Licht über den Steinen flackern.

»Berühre den Boden, Cridilla ...« Agantequos' Stimme war plötzlich ehern, und ich konnte die Macht des Jungen Gottes spüren.

Aber es war die Kraft der Erde selbst, die mich ins kühle Gras zog. Agantequos und ich knieten nun beide, doch seine Züge lagen im Schatten. Er war ein Mann und bereit, mir zu dienen – und plötzlich war nur noch dies von Bedeutung. Ich streckte die Hand aus, und er legte seine darauf, Handfläche an Handfläche. Licht begann um uns zu schimmern. Ich sah sein Gesicht, klar und entschlossen wie das des Gottes, dessen Abbild er für mich war. Seine Augen weiteten sich, als er mich anblickte.

»Sohn des Vorequos, willst du mit mir liegen?« Die Stimme war nicht die meine.

»Das will ich ...«, antwortete er fest, doch ich konnte das Erschauern spüren, das seinen Körper durchlief. Auch ich zitterte. Aber ich wollte nicht aufhalten, was nun geschah.

Jemand nahm hinter mir Form an.

Es war die Stimme der Göttin, die durch mich sprach. Ihre Hände öffneten die Brosche, die mein Gewand zusammenhielt, legten sich unter die Brüste, die schwer wie reife Früchte geworden waren. Der König benetzte die Lippen, als er sah, wie die dunklen Warzen fest wurden.

»Bist du bereit, dein Leben und deine Kraft in meinem Dienst zu geben?«

»Das habe ich geschworen, als ich das weiße Zepter der Königswürde nahm ...«

»Dann komm zu mir ...«

Die andere Gestalt umgab mich nun völlig. Ich kauerte mich behutsam auf die Fersen, öffnete die gewobene Schärpe meines Gewands und zog die Stoffalten zur Seite. Weiche Hände strichen sinnlich über die straffe Wölbung meines Bauchs, und die Augen des Königs verschleierten sich vor Lust. Dann glitten meine Finger zwischen meine Schenkel und öffneten die süßen Lippen dort, und er stöhnte.

Ein Schauer lief durch Agantequos' Leib, und ich lachte leise. Er beugte sich vor, um zuerst die eine Brust zu küssen, dann die andere. Mein Atem ging schneller.

Dann beugte er sich tief hinab und liebkoste die Pforte, die ich ihm geöffnet, und ich wollte schreien vor Verlangen. Der feuchte Odem der Nacht war erfüllt von meiner Lust. Agantequos' Nasenflügel blähten sich, als er tief Atem holte.

Ich öffnete die Schenkel weit und sank zurück ins Gras, und der König kam zu mir, und als sein Phallus mich streifte, loderte die schwelende Glut in meinem Körper zur Flamme auf. Dann schlossen sich meine Finger um den harten Schaft seiner Männlichkeit und lenkten ihn durch die Pforte.

Als meine Beine seine Hüften umschlossen, umklammerte der König meine Schultern. Seine Kraft erfüllte mich, doch es war nicht genug. Ich wimmerte und schlang die Arme um ihn und schlug meine Nägel in seine schweißglatte Haut. Dies war mehr als die vertraute süße Befriedigung des Fleisches, deren Wonnen meinem Körper so willkommen geworden waren. Mit jedem Stoß wurde das Licht um uns heller, doch so mächtig er auch in mich drang – sie, die Besitz von meinem Körper ergriffen hatte, forderte eine tiefere Erfüllung.

»Bitte …«, wisperte er. »Bitte …«

»Was wirst du mir geben?« Ich sprach es nicht laut, doch Agantequos hielt inne und erbebte wie eine gespannte Bogensehne, und ich wußte, daß er es gehört hatte.

»Samen und Blut, Samen und Blut … mein Leben ist mein Tribut!«

»So sei es …« Bestürzt hörte ich meine eigenen Lippen seine Opfergabe annehmen.

Doch dann krümmte sich mein Körper vor Lust, und ich vergaß die Worte. Agantequos schrie auf in einer Agonie der Erlösung, und ich spürte den befreienden Strom bis hinab in den Mittelpunkt der Welt, wo sich die Leere füllte.

Und dann gab es eine Zeitlang weder Agantequos noch Cridilla, nur eine vollkommene Wesenheit, die alles mit ihrer unendlichen Liebe umfing: die zwei Menschen, die eng umschlungen auf der Felskuppe lagen und alle, die einander im Sand des Strandes liebten, und die Rinder und die Bäume und das wachsende Korn.

Der menschliche Geist konnte ein solches Wissen nicht lange ertragen. Wir stürzten in unsere eigenen Körper zurück, und Agantequos brachte gerade noch die Kraft auf, seinen Umhang um uns beide zu ziehen, ehe uns des Schlafes schwarze Schwingen gnädiges Vergessen bescherten.

Aber obgleich meines Gemahls Arme um mich lagen, wanderte mein Geist in diesen frühen Morgenstunden umher. Ich war wieder in Ligrodunon, doch es waren die Krieger von Belerion, die neben dem Feuer in der Methalle schliefen, und meine Schwester Rigana und ihr Gemahl Senowindos ruhten nun in des Königs Bett. Ich schwebte zu einem der kleineren Nebengebäude. Meines Vaters Kampfgefährten lagen, in ihre Umhänge gehüllt, schnarchend in einem Schuppen an der Burgmauer, und aus dem Innern drang gedämpft ein Liedfetzen.

»Ein Wolf, die Schafe zu hüten,
Von Stieren bewacht ein Rind –
Wunder mag ich wohl weisen …«

Du bist nicht Körper, du bist Geist, dachte ich, denn wie ein Schatten glitt ich durch den vorgezogenen Fellvorhang an der Tür ins Innere. Eine Öllampe flackerte neben der kalten Feuerstelle, und mein Vater lag auf einem Strohsack ausgestreckt. Krah kauerte auf dem Boden neben ihm. Er war es, der sang.

»Der Mann wird zum Kind …«

Er hielt abrupt inne, und ich erkannte, daß er mich zu sehen vermochte.

»Bist du hier, uns zu verhöhnen, strahlend wie die Sonne?« wisperte er.

»Was macht mein Vater in dieser Hütte?« fragte ich.

Krah schüttelte den Kopf, als könnte er nicht hören. »Hast gut daran getan, fortzugehen. Überlaß die Einfältigen ihrem Schlaf, Nachtwanderin! Hier hast du nichts verloren!«

Er machte eine verabschiedende Geste, und ich wirbelte zurück durch die Dunkelheit.

Ich erwachte im Morgengrauen, geborgen in den Armen meines Gemahls. Mein Körper erinnerte sich der süßen Zufriedenheit, die der Liebe folgt, doch meine Augen brannten, und als Agantequos mich fragte, ob ich geweint hätte, konnte ich nicht antworten. Er zog mich an sich, und diesmal teilten wir den Trost unserer Körper als Sterbliche, und eine Zeitlang war alles wieder gut.

O Nessa, Gefahr bedroht dich;
Möge ein jeder sich erheben, wenn du gebärst …
Hab keine Sorge, o Weib,
Das Haupt von Hunderten und von Heerscharen
Der Welt wird er sein, dein Sohn.

Die Geburt des Conchobar, Irischer Text

Nach dem Fest begann für mich eine Zeit inneren Friedens, denn ich spürte, daß die Moriritonen mich als eine der Ihren betrachteten und daß ich mit ihrem Land verbunden war. In jener Zeit wünschte ich mir nichts weiter, als Agantequos eine fruchtbare Königin zu sein. Und so vergingen die goldenen Tage der Ernte, und die dunkleren Tage, als der Winter sich näherte.

Zum Fest von Samonios verließ Agantequos Moridunon, um sich zur Ratsversammlung in der Freistatt der Carnuten zu begeben. Das Kind in meinem Schoß war schon zu groß, als daß eine Reise angenehm für mich gewesen wäre, so blieb ich bei meinen Frauen auf der Burg. Dort erreichten mich die Sendboten von zu Hause.

Seit Tagen plätscherte der Regen schier unentwegt; er schlug dumpf auf das dichte Rieddach der Halle und spritzend in die sich ausbreitenden Lachen. Selbst wenn er eine Pause einlegte, tropfte und sickerte überall Wasser herab. Jene, die das Vieh versorgen mußten, versanken bis zu den Knien im Schlamm. Selbst im Innern der Halle vermochten die Feuer kaum die feuchte Luft zu vertreiben, und der beißende Rauch, der kräuselnd zum hohen Dachgiebel stieg, vermischte sich mit dem Geruch nasser Wolle.

»Es regnet immer noch ...« Einer der Knechte schüttelte seinen Umhang aus Öltuch aus und hängte ihn an den Haken neben der Tür. Der feuchte Luftzug, der ihm in die Halle gefolgt war, löste sich auf, als die dicken Felle am Eingang wieder fest eingehängt waren.

»Möge die Göttin Erbarmen mit jenen haben, die bei diesem Wetter unterwegs sein müssen«, sagte ein Mann, der hinter dem Herd Zaumzeug ausbesserte. »Vor allem jetzt, bei Anbruch der Nacht.«

»Ob unser Herr wohl bald zurückkehren wird?« fragte Eloret und rührte die Hafersuppe um. »Wir müssen wieder Getreide mahlen, und vom Weizen in der Speichergrube an der Südmauer ist nicht mehr viel übrig.«

»Wenn wir bei diesem Wetter eine neue Grube öffnen, könnte Wasser hineinlaufen.« Brenna warf einen raschen Blick auf mich, und ich nickte. »Dann müßten wir das ganze Getreide hereinbringen. Vielleicht friert es, ehe die Krieger heimkehren. Ein starker Frost wird alles wieder abdichten.«

Ich zupfte eine weitere Handvoll Wolle aus dem Korb neben mir, befestigte sie am Rocken, der sich zwischen meinen Fingern drehte, und zog die Fasern hinunter zur Spindel, wo sie sich um den Flügel wickelten, während die Spindel wirbelte.

»Aber es wäre gut, wenn wir noch einen Schinken hereinholten«, fuhr Brenna fort.

»Das stimmt ...«, pflichtete ich ihr bei und fragte mich einmal mehr, wieso diese Frau, die jahrelang selbst den Haushalt geführt hatte, nun so frohgemut meine Billigung suchte. »Ich würde dir ja gern helfen, aber zur Zeit bin ich selbst eine wandelnde Bauchwurst.«

»Das macht nichts, Herrin«, Brenna lachte. »Der Reichtum in Eurem Speicher ist unserem Volk mehr wert als Nahrung.«

Das Kind in meinem Schoß trat heftig mit den Beinchen, und ich tätschelte meinen Bauch. »Sei friedlich, kleine Kriegerin, sie lobpreisen dich. Aber ... Reichtum? Ich komme mir vor wie eine Kuh vor dem Kalben.«

»Das geht vorüber«, warf eine der älteren Frauen ein. »Ihr werdet's bald erfahren, wenn Ihr Euch im Stroh aufbäumt.«

Ich drehte meine Spindel wieder. Wo Frauen zusammen waren, gab es immer eine, die guter Hoffnung war, und alte Weiber, die ihr mit Geschichten über ihre eigenen Entbindungen Angst machen wollten. Nach meinen Initiationsriten hatte man mich in der Geburtskammer mithelfen lassen, und ich hatte das Wunder erschaut, daß ein Kinderkopf zwischen den gespreizten Beinen der Mutter hervorkam.

Ich wußte alles über das Gebären, doch als mein Körper anschwoll, begann ich zu zweifeln. Mindestens noch ein Mond würde bis zu meiner Entbindung vergehen. Wenn nicht irgend etwas schiefging, würde der König frühestens in einer Woche zurück sein. Ich konnte mir nicht wünschen, daß er eher käme, und ich mußte auf die Geburt des Kindes warten. Aber zu wünschen, daß dieses Regenwetter aufhörte, konnte nicht schaden.

»Sing für uns, Sobwiaca.« Ich lächelte das jüngste meiner Mädchen an. »Ich bin das Prasseln des Regens und das Knistern des Feuers müde!«

Sie begann ein Ratelied, und bald hallte der Kehrreim von den Wänden wider.

Als wir draußen Männerstimmen und das Wiehern eines Pferdes hörten, verstummten wir und starrten auf die Tür, als hätte unser Gesang die Männer früher als erwartet heimgeführt.

Doch der erste, der durch den Fellvorhang hereinkam, war einer unserer Hirtenjungen. Ihm folgten zwei fremde Krieger in karierten Umhängen; sie waren so durchnäßt und schlammbespritzt, daß sie kaum zu erkennen waren. Dann aber nahm der größere seinen Umhang ab und reichte ihn einer der Frauen, und die Spindel entglitt meinen Händen.

»Vorcuns!« rief ich und erhob mich. »Bist du's wirklich, Mann? In Brigas Namen, was machst du hier?«

»Ich bin es«, antwortete er. »Zumindest mein armer ertränkter Geist! Herrin, ich werde Euch alles berichten; doch gestattet, daß ich mich zuvor einen Augenblick an Eurem Feuer ausruhe.«

Der zweite Mann schüttelte maulwurfsgraue Locken aus,

und mir wurde klar, daß es nur Nodontios sein konnte. Auch ihn hatte ich zunächst nicht erkannt.

»Holt trockene Kleidung für unsere Gäste! Sobwiaca, bring ihnen heiße Brühe.« Ich klatschte in die Hände, und eilends gehorchten die Frauen.

»Eine Königin in ihrer eigenen Halle! Ah, Euch wiederzusehen ist alle Mühsal wert!« sagte Vorcuns.

Ich lächelte, war aber zu sehr damit beschäftigt, ihm aus den nassen Sachen zu helfen, als daß ich etwas darauf geantwortet hätte. Als wir es den beiden Männern am Feuer bequem gemacht hatten, war Vorcuns wieder ernst.

»Wie geht es dem König?« fragte ich.

»Wie dem Platzhirsch, der seinen letzten Kampf verloren hat, aber immer noch zu stark ist, sich davonjagen zu lassen«, antwortete Nodontios bedächtig.

Ich starrte ihn an und bemühte mich, den Zorn, der mir Kraft gegeben hatte, nicht von Mitleid verdrängen zu lassen. Hatte Leir sie gesandt, um mich zu bitten, zu ihm zurückzukehren?

»Oder zu eigensinnig«, fügte Vorcuns hinzu. »Seid versichert, er ist immer noch mein König, und ich werd' wohl in seinen Diensten fallen. Aber einen starrköpfigeren alten Mann gibt es nimmer!«

»Hätte er denn wortlos zusehen sollen, wie die Königinnen die Heerschar auflösten?« fragte sein Begleiter zornig.

»*Umordnen*, wie's Gunardwilla genannt hat. Die kriegerischsten Männer in ihre Truppen und die hübschesten in die Riganas«, sagte Vorcuns und spuckte ins Feuer. »Aber du hast recht. Er wäre ein schlechter König, hätt' er dazu geschwiegen. Einer von Zayyars Neffen stellt sein eigenes Heer auf, sagt man. Aber es war unklug von Leir, darauf zu beharren, mit allen Kriegern durchs Land zu ziehen.«

Ich blickte von einem zum anderen. »Wann hat er je klug gehandelt? Aber was läßt er mir ausrichten?«

Sie wechselten einen raschen Blick und wichen dem meinen aus.

»Ein böses Wort? Ich werde es ertragen, zweifelt nicht daran.«

Sie schwiegen immer noch. Ich blickte sie durchdringend an, bis Vorcuns mir nicht mehr auswich.

»Nicht der König hat uns geschickt, Herrin, sondern Artocoxos ...«

Wieder durfte mein Gesicht meine Gefühle nicht verraten. Ob ich dem Ruf meines Vaters gefolgt wäre, wenn er mich angefleht hätte zurückzukehren? Oder wäre ich dem Vater meines Kindes treu geblieben? Ich wußte es nicht. Aber es schmerzte, gar nicht erst vor diese Entscheidung gestellt worden zu sein.

»Und welche Botschaft bringt ihr mir von Artocoxos?« fragte ich schließlich.

»Er läßt Euch sagen, daß Ihr das Glück des Landes mit Euch genommen habt«, antwortete Nodontios. »Ihr blüht auf, doch Eure Schwester Gunardwilla hatte eine Fehlgeburt. Auf dem Weg hierher kamen wir an viehreichen Höfen und wohlgenährten Menschen vorbei. Zu Hause ist es anders. Der Regen kam zu spät fürs Getreide, doch gerade recht, die Ernte zu vernichten. Im Herbst mußte viel Vieh geschlachtet werden, weil nicht genügend Futter da ist, die Tiere durch den Winter zu bringen. Das Schlachtvieh aber war so mager, daß das Fleisch kaum bis zum Frühjahr reichen wird.«

»Wißt Ihr, wen die Leute jetzt einen quiritanischen Ochsen nennen?« Vorcuns verzog das Gesicht zu einem gequälten Lachen. »Eines Bauern Weib! Denn weil's Vieh jetzt tot ist, werden die Weiber im Frühjahr den Pflug ziehen müssen.«

»Gebt ihr mir die Schuld daran?« rief ich. »Es herrschte Dürre, lange bevor ich die Insel verließ!«

»Sollen wir die Schuld dem König anlasten?« fragte Nodontios. Ich schwieg abrupt. Für den König war bereits ein Mann getötet worden. Es gab nur noch eine größere Opfergabe.

»Dem König?« fragte ich. »Aber mein Vater ist nicht mehr Hochkönig! Nun ist's an meinen Schwestern und ihren Gatten, die Götter zu besänftigen!«

»Leir zieht mit seinem Gefolge immer noch wie ein König durchs Land«, entgegnete Vorcuns. »Längst weiß niemand mehr, wer wirklich herrscht. Nur eins weiß ein jeder: daß die

Göttin über uns erzürnt ist. Und doppelt erzürnt, seit Ihr fort seid!«

»Verlangt ihr, daß ich euch jetzt rette?« fragte ich verärgert. »Daß ich dies Land verlasse, an das ich durch die Hohe Heirat und den Vater meines Kindes gebunden bin? Wo wart ihr denn, als ich aus Ligrodunon vertrieben wurde?«

Das Kind in meinem Schoß trat heftig mit beiden Beinen. Ich verschränkte rasch die Arme über dem Bauch, um es zu beruhigen.

»Herrin!« Vorcuns hob ergeben die Hände. »Wir sind Getreue Eures Vaters. Als Ihr fortgingt, war er vor Wut bereits von Sinnen. Unsere Herzen weinten in jener Nacht, aber wir haben's nicht gewagt, den König noch mehr zu erzürnen.«

Ich wandte mich ab. Auch ich hatte in jener Nacht bittere Tränen geweint.

»Der König ist verwirrt, und er hat den Starrsinn eines alten Mannes«, sagte Nodontios vorsichtig.

»Und ich den einer Frau! Ihr habt euch die Grube, in der ihr nun liegt, selbst gegraben. Vielleicht werde ich zuhören, wenn nicht Artocoxos, sondern Leir selbst jemanden schickt, um mich zu bitten!«

Meines Vaters Männer waren immer noch unsere Gäste, als Agantequos zwei Wochen später heimkam.

»Sie wollen warten, bis das Kind geboren ist, um die Kunde nach Hause zu tragen«, erklärte ich, als ich ihm in saubere Kleidung half. Schatten von mangelndem Schlaf lagen um seine Augen, und ein grimmiger Zug zeichnete seinen Mund. Doch niemand war verwundet, und die Erleichterung darüber wog alles andere auf. Denn wenn stolze Männer einander mit dem Schwert in der Faust begegneten, ging es selten ohne schlimme Wunden ab.

»Nach Hause?« Agantequos runzelte die Stirn. »Dein Zuhause ist hier! Ich will nicht, daß diese alten Männer Erinnerungen in dir wecken!«

»Diese alten Männer lehrten mich Bogenschießen und setzten mich auf mein erstes Pony! Meines Vaters Gefährten haben hier Gastrecht; du wirst sie nicht fortschicken!«

»Das werde ich auch nicht«, gab er nach, »sofern sie mir nicht den ganzen Eintopf weggegessen haben. Wenn du einen Vater für dein Kind willst, solltest du diesem Verhungernden lieber schnell etwas zu essen geben!«

In dieser Nacht lagen wir aneinandergekuschelt in unserem Bett, und alles war wieder gut. Der Bart, den Agantequos sich hatte wachsen lassen, kitzelte meinen Hals, als seine Lippen darüberfuhren.

»Gab es keine Mädchen, die dein Bett beim Rat hätten wärmen können?« flüsterte ich und drehte den Kopf, daß er mich küssen konnte.

»Keine, die so rund und prall ist wie du …« Seine Hände streichelten meinen Bauch und hielten inne, als das Kind darin sich umdrehte und mit einem winzigen Ellbogen stieß.

»Ist das ein Maulwurf in einem Sack, was Ihr da habt, Herrin?« neckte er mich, als das Kind wieder still lag.

Ich lachte. »Sie kommt auf die Mutter, nicht auf den Vater. Erzähl mir von der Ratsversammlung.« Ich spürte, wie sein Lächeln schwand. »Die Wahrheit, Liebster! Nicht die heroischen Phrasen, die du deinem Volk verkünden wirst.«

Er seufzte. »Fremde Stämme sind unterwegs. Sie nennen sich Veneti und Venelli, und ihnen folgen andere – wilde Krieger, hungrig nach Beute. Ein Land nach dem anderen erobern sie, und wenn es keinem Volk gelingt, sie aufzuhalten, werden die Überlebenden bald vor unseren Toren jammern, und dann ist es nur eine Frage der Zeit, bis die Eroberer selbst daran pochen.«

»Und dann?« fragte ich leise.

»Wir werden es den anderen gleichtun«, antwortete er bitter. »Kämpfen und fallen – oder fliehen.«

»Fliehen? Wohin, Agantequos?« flüsterte ich. »Würdest du dein Volk auf die Insel der Mächtigen bringen?«

»Für dieses Land habe ich mein Blut gegeben, und diesem Land bin ich verschworen!« sagte er mit fester Stimme. »Gerade du weißt, durch welche Gelübde ich gebunden bin. In ein anderes Land gehen? Genausogut könntest du von mir verlangen, eine andere Frau zu lieben.«

»Aber mich hast du gebeten, mit dir zu gehen ...«

Er erstarrte, und ich hielt den Atem an. Würde er sagen, es sei nicht dasselbe?

»Cridilla ...«, antwortete er schließlich. »Bereust du das Versprechen, das du mir gegeben hast?«

»O Liebster, ich brauchte doch eine Zuflucht! Ich stehe zu meinen Schwüren, doch aus gutem Grund weiß ich, daß man sie manchmal nicht halten kann. Sollte es dazu kommen, so bitt' ich dich, ziehe die Möglichkeit wenigstens in Betracht, auf die Insel zu flüchten!«

»Das werde ich ... Aber ich hoffe, daß es nie nötig sein wird. Und falls es doch so kommen sollte, dann nicht in diesem Winter«, fügte er hinzu und schlang die Arme fester um mich, »und auch nicht im nächsten Jahr.«

Der Winter schritt voran, und das Wetter wurde schlechter. Hier nannte man diese Zeit die schwarzen Monate. Mir schien, daß es nicht einmal im Norden, wenn tiefster Winter uns nur ein paar Stunden Tageslicht gönnte, je so kalt gewesen war. Als die Wintersonnenwende nahte, hängten die Frauen würzig duftende Tannenzweige über die Türöffnungen, wanden Efeuranken um die Stützpfosten der Halle und verzierten sie mit Stechpalmenzweiglein.

»Bald wird die Sonne aus der Göttin Dunkelheit wiedergeboren«, sagte Brenna, »wie das Kind aus Eurem Schoß. Feiert man diesen Tag nicht auch in Eurer Heimat?«

Ich schluckte, um den Druck in meiner Kehle zu lösen. »Die Rückkehr der Sonne wird überall im Land gefeiert.«

Ich dachte an jene Sonnenwende zurück, als der Stier geopfert wurde und ich Krah gerettet hatte; und an eine andere, an einem anderen Ort, wo die Männer Hirschgeweihe trugen und tanzten. Einmal hatte ich mit den Priesterinnen die längste Nacht des Jahres hindurch gewacht und die Sonne über den stehenden Steinen aufgehen sehen. Jeder Ort ahmte auf seine Weise die Erneuerung des Lichtes nach und half mit seiner Magie bei dieser mächtigen Geburt. Beim Mittwinterfest in diesem Jahr würde es vielleicht zu Verzweiflungsriten kommen. Es war so viel Schlimmes geschehen, daß die Leute befürchten mochten, der Frühling würde nie mehr wiederkehren. Und wenn die Menschen Furcht hatten, taten sie manchmal schreckliche Dinge.

Die längste Nacht kam, und wir schlachteten einen Eber zu Ehren der Erdgötter. Draußen braute sich wieder ein Sturm zusammen, doch ein Eichenstamm, der seit Mittsommer zu diesem Zweck bereitlag und reichlich mit Trankspenden der Männer übergossen wurde, um das Feuer im Innern der Halle zu schüren, prasselte fröhlich in der langen Feuerstelle. Alle von Agantequos' Kampfgefährten hatten sich in Moridunon zum Fest eingefunden, desgleichen viele Häuptlinge des Landes, die zu ihm standen. Wir hatten genügend Met für eine lange Nacht bereitet, und auch vom starken braunen Bier, das in der Gegend gebraut wurde, war reichlich vorhanden.

»Setz dich, Liebste. Ich habe die zartesten Stücke für dich zur Seite gelegt …«, rief Agantequos mir zu. Der Mann neben ihm flüsterte ihm etwas ins Ohr, und Agantequos lachte lange und laut.

»Sobald ich mich um das Brot gekümmert habe …«

Ich wischte die Hände an dem Tuch ab, das ich über mein Gewand gebunden hatte, und bog den Rücken durch, um die Kreuzschmerzen zu mildern, die mir schon den ganzen Tag zu schaffen machten. Dann eilte ich schwerfällig zum hinteren Ende der Halle, um nachzusehen, ob die frischen Brotlaibe bereits vom Backofen auf dem Hof hereingebracht worden waren.

»Herrin, Ihr solltet Euch setzen!« Brenna kam mit schnellen Schritten auf mich zu, das warme Brot in ihren Schal gewickelt. »Wir kommen gut zurecht.«

»Was ist mit dem gesottenen Rindfleisch und der Gerste? Ist die Gans am hinteren Spieß schon durchgebraten? Wenn der Regen ärger wird, müssen wir das übrige Essen hereinbringen.«

»Alles gart, wie es soll, Herrin, und wird fertig sein, ehe der Sturm losbricht! Sobwiaca, Kind, komm, hilf der Königin, sich niederzusetzen …«

»Ich will mich nicht setzen!« entgegnete ich ärgerlich. »Zwar kann ich den Männern den Met nicht reichen, aber einen Laib Brot vermag ich noch zu tragen. Gebt es mir!«

Die beiden Frauen wechselten einen verständnisvoll ergebenen Blick, als ich das Brot aus Brennas Schal riß.

»Hier ist Brot. Und einen gesegneten Festtag wünsche ich euch.« Ich brach Stücke ab, um sie Vorcuns und Nodontios zu reichen.

»Ein Trinkspruch auf die Herrin!« Vorcuns schwang sein Horn zu den Lippen. »Auf die Königin von Briga – Gesundheit und ein langes Leben!«

»Nennt sie nicht bei diesem Namen! Sie ist jetzt die Königin von Morilandis!« Agantequos' Stimme übertönte Vorcuns' Worte. Ich wandte mich um, als die Gespräche ringsum ins Stocken gerieten.

»Ist bloß – ein Segen.« Vorcuns machte eine weitausholende Gebärde, und ich erkannte, daß er bereits übermäßig dem Met zugesprochen hatte.

»Sie braucht Euren Segen nicht, alter Mann! Ich kann sie beschützen!« rief Agantequos scharf.

»Kleiner König«, der Krieger blinzelte über das Feuer, »wollt Ihr mich *beleidigen*?«

»Niemand beleidigt irgend jemanden!« rief ich. »Mein Gemahl, das sind deine Gäste! – Vorcuns, sind das die Manieren, die du in meines Vaters Halle gelernt hast?« Der ältere Mann senkte verlegen den Kopf, doch Agantequos' Augen funkelten noch wütend.

»Cridilla, komm her! Dein Platz ist an meiner Seite!«

Ich ging zu meinem Gemahl, aber ich setzte mich nicht.

»Hör zu!« sagte ich in der alten Sprache, die wir auf der Nebelinsel gesprochen hatten. »Die Bärin sucht sich die Höhle, die sie will! Wäre ich nicht behindert durch dein Junges, würd' ich dich lehren, so zu mir zu reden!«

Geschmeidig sprang er auf und langte nach mir. Ich schlug nach ihm, geriet ins Taumeln und verlor das Gleichgewicht. Er bekam mich an den Schultern zu fassen, und ich funkelte ihn an, wütend über meine Hilflosigkeit.

»Bist meine Frau, Cridilla, hast du das vergessen? Diese Männer haben dir nichts zu bedeuten!«

»Ich bin niemandes eigen!« fauchte ich ihn an. »Trink die ganze Nacht, wenn du willst, aber ohne mich!« Ich riß mich von ihm los und stolperte zu dem Fellvorhang, der unser Bett verbarg. Das metschwere Lachen und Grölen der Männer folgte mir.

Gut gegerbte, warme Wolfsfelle lagen auf dem Bett. Schwerfällig legte ich mich nieder, und lautloses Schluchzen schüttelte mich, während ich mich in die Pelze vergrub und einen Ausweg aus meinem Elend suchte. Als ich wieder zu mir kam, war es ums Feuer ruhiger geworden, aber der Regen wurde vom Sturm gegen die Halle gepeitscht. Immer noch hatte ich Schmerzen. Ich hätte auf Brenna hören und mich hinsetzen sollen, dachte ich benommen.

»Cridilla?« Feuerschein fiel flüchtig über die Pelze, als die Felle der Abtrennung kurz zur Seite geschoben wurden. »Bist du wohlauf?« Das Bett gab unter Agantequos' Gewicht nach, als er sich setzte.

»Ich hab' Schmerzen«, murmelte ich in die Pelze, »und du bist ein Ungeheuer!«

»Nein, nur ein Mann, dem zu viel Met die Zunge gelockert hat. Ein Mann, der immer noch nicht glauben kann, daß die Königin aller Frauen jede Nacht bei ihm liegt ...« Er beugte sich zu mir hinunter und schlang die Arme um mich.

Regen trommelte auf das Rieddach über uns. Ich seufzte und streckte mich aus, um mich umzudrehen, damit Agantequos mich küssen konnte. In diesem Moment spürte ich warme Nässe zwischen den Schenkeln.

»O nein, ich hab' ins Bett gemacht!« entfuhr es mir. »Ruf Brenna!« Noch mehr Flüssigkeit strömte, als ich mich plagte, mich aufzurichten. Ich war bereits halb aus meinem Gewand und zitterte, als Brenna kam.

»Oh, ich werde das Bettzeug wechseln ...« Sie blickte mein arg zugerichtetes Gewand genauer an und begann zu lachen. »Aber nicht für Euch. Das ist das Fruchtwasser aus Eurem Schoß, Herrin. Ihr müßt Euch jetzt zum Gebärbett im Frauenhaus begeben!«

Ein neuerliches Zittern durchfuhr mich, und ich klammerte mich an den Bettpfosten, bis es verebbte. »Aber es ist zu früh!«

Brenna zuckte die Schultern und half mir in ein frisches Nachtgewand. »Das Kind wählt die Zeit selbst.«

Agantequos hörte es und starrte uns an. »Das Kind?«

»Ja, mein König. Ihr werdet bald Grund zu einem Trinkspruch haben. Doch einstweilen müßt Ihr die Herrin den Frauen überlassen.«

»Ich werde sie tragen«, sagte er heiser. Ich wollte protestieren – da durchfuhr mich wieder ein Schmerz, und ich legte Agantequos nur zu gern die Arme um den Hals und ließ mich im stürmischen Wind durch die Dunkelheit tragen. »Ich liebe dich«, flüsterte er, als er mich auf das Strohbett legte, das für meine Niederkunft vorbereitet war.

Ich wollte ihm antworten, doch eine neuerliche Wehe ließ mich aufstöhnen, und ich konnte nur seine Hand quetschen.

Während der restlichen Nachtstunden tobte der Sturm, verebbte und begann aufs neue – und mit ihm die Wehen. Bevor der Morgen graut, ist es überstanden, dachte ich, während ich zwischen den Wehen verschnaufte. Doch als das erste dünne Grau durch die Spalten der Felle an den Fenstern spitzte, plagte mein Körper sich immer noch.

Ich vernahm Agantequos' Stimme am Eingang und hörte, wie die Frauen ihn fröhlich wegschickten. Doch ich hörte auch, was sie redeten, als sie glaubten, ich wäre erschöpft eingenickt. Benommen fragte ich mich, warum es falsch sein sollte, wenn die Wehen langsamer kamen. Vielleicht würde dieses unerbittliche Ziehen dann endlich aufhören. Aber schon kam wieder eine Wehe – ich verkrampfte mich und biß die Zähne zusammen. Schließlich war ich eine Kriegerin und würde nicht vor Schmerzen schreien.

»Herrin, Ihr dürft Euch nicht dagegen stemmen!« mahnte Brenna. »Entkrampft die Muskeln, fließt mit dem Strom, entspannt Euch!«

»Ich bin müde …«, murmelte ich. »Laßt mich ausruhen …«

»Schläft eine Kriegerin mitten in der Schlacht?« fragte die andere Frau.

»Eine Kriegerin kämpft in der Schlacht!« Ich seufzte, als sich die Faust, die meinen Bauch zusammendrückte, langsam öffnete. »Aber jetzt bin ich das Schlachtfeld! Laßt mich ruhen – ich versuche es an einem anderen Tag wieder.«

»Wenn erst das Fruchtwasser geflossen ist, müßt Ihr durchhalten, Herrin, sonst könntet Ihr und das Kind sterben.« Brenna wischte mir mit einem feuchten Tuch den Schweiß ab. »Kommt, trinkt noch ein bißchen Tee ...«

Ich schluckte die bittersüße Mischung von Schafgarbe und Himbeerblättern und legte mich wieder zurück. Der Regen plätscherte und floß in Hunderten von Rinnsalen zum Bach. Konnte ich diesen angeschwollenen Bächen zum grauen Fluß folgen, der das Meer suchte?

Ich bemühte mich, mit dem Strom zu schwimmen, doch beim Gedanken an die See überwältigte mich eine neue Wehe, und wieder wehrte ich mich dagegen.

Ich konnte nichts tun, als den Schmerz zu ertragen. Von Zeit zu Zeit verlangten die Frauen, daß ich hin und her ging, und die eine oder andere stützte mich, sobald eine Wehe kam. Wenn ich im Stroh lag, massierten sie meine Rückenmuskeln oder legten mir warme Tücher über den verkrampften Leib.

Schließlich hatte ich nicht mehr die Kraft, mich zu erheben. Ich hörte die Besorgnis aus den Frauenstimmen, aber es war mir gleich. In diesem Jahr hatte die Göttin beschlossen, das Licht in ihrem Schoß gefangenzuhalten, und wir alle würden in der Dunkelheit versinken.

Erst als die Tür sich öffnete und ich einen feuchten Luftzug spürte, richtete ich mich auf.

»Ist es Agantequos?« wisperte ich. Männer wurden von der Gebärkammer ferngehalten, aber ich wollte ihn plötzlich an meiner Seite.

»Es ist jemand, über dessen Kommen Ihr froh sein werdet«, sagte Brenna mit dem entschlossenen Frohsinn, den sie die ganze Zeit beibehalten hatte. Doch in ihrer Stimme hörte ich diesmal eine so tiefe Erleichterung, daß ich die Augen öffnete.

Von Mutter Nestas Umhang tropfte das Wasser ins Stroh neben mir. Ihr Blick wanderte über meinen geschwollenen Leib wie der eines Kriegers beim Anblick des Feindes.

»Verstärkung ...«, flüsterte ich. Sie lachte und legte ihre durchnäßte Kleidung ab.

»Ich sagte Euch, daß ich kommen würde!« Sie breitete Beutel und Bündel auf einem Tuch aus.

»Ich – habe auf Euch gewartet.«

»Ich seh's. Nun denn, vielleicht geht's jetzt schneller voran.«

Brenna berichtete ihr wispernd über den bisherigen Verlauf der Wehen, doch ich hörte nicht zu, denn wieder überschwemmte mich eine Woge von Schmerz. Als sie verebbt war, hatte die Priesterin alles bereitgelegt, was sie brauchte. Ich spürte einen leichten Druck, als ihre Hände über meinen Leib fuhren, obwohl ihre Handflächen ihn nicht berührten.

»Komm her, Sobwiaca, du hast das Gesicht ...« Sie berührte die Stirn des Mädchens. »Schau sie an und sag mir, was du siehst.«

»Ich sehe – das Lebensglühen um sie herum«, kam die zögernde Antwort. »Über dem Bauch ist es am hellsten. Und wenn die Wehe kommt, lodert es eine Armlänge weit heraus.«

»Schau jetzt tiefer. Kannst du einen leuchtenden Punkt sehen?«

»Das Licht des Kindes? Ist es dieses schwache, gleichmäßige Glimmen?«

»Ja.« Mutter Nesta nickte zufrieden. »Zwar kann ich die Lebenskraft spüren, aber es ist sehr nützlich, wenn man jemanden hat, der sie sehen kann. Beobachte sie weiter, Kind, denn ich werde beschäftigt sein, und sag mir sofort Bescheid, wenn sich etwas ändert.«

Ich verstand jetzt, warum die verängstigten Rosse vor einem Streitwagen ruhiger werden, wenn sie eine erfahrene Hand an den Zügeln spüren. Sogar als die Priesterin ihre Finger ölte und in meinem Innern tastete, hatte ich weniger Angst. Sie war wie eine der Weisfrauen in meiner Heimat.

»Mutter«, sagte Sobwiaca, »das Licht des Kindes flackert jetzt ein wenig.«

»Dann ist es an der Zeit, zum Ende zu kommen.« Mutter Nesta zog einen niedrigen Hocker neben das Bett und nahm meine Hand. »Vertraut Ihr mir?«

Ich nickte. Männer erreichten diesen Punkt manchmal in der Schlacht, wenn es ihnen gleichgültig wurde, ob sie am Leben blieben oder starben.

Sie gab mir einen Tee, der trotz der Honigsüße noch bitter von Lorbeerblättern und merkwürdig beißend von dem schwarzen Zeug schmeckte, das sie von Raigrashalmen schabte. Und als ich mich zurücklehnte, zeichnete sie Symbole über meinem Schoß. Ich konnte die Luftbewegung auf der Haut spüren, als ihre Hand sie schrieb, und etwas rührte sich tief in mir. Bei dem festen Druck ihrer Hand auf meiner Stirn schlossen sich meine Lider.

»So, meine Kleine – Ihr müßt jetzt loslassen. Laßt Euch treiben. Fließt, wie der Fluß zum Meer ... Die Wellen wogen durch Euch, aber Ihr fühlt nur ihre Kraft ...« Ich trieb auf dem Murmeln ihrer Worte dahin.

Da brandete die erste große Woge gegen meinen Schoß, und ich schrie. Immer wieder zogen meine Muskeln sich zusammen.

»Aufhören! Laßt es aufhören!« Die gewaltigen Wogen zogen mich hinab. Ich trat mit den Füßen, dann brachte der feste Druck von Mutter Nestas Händen mich wieder zur Besinnung. Eine neue Welle schwoll an, doch diese war anders. Plötzlich begann ich zu verstehen. Diesmal schrie ich, und als die Verkrampfung nachließ, spürte ich, daß die Frauen mich aufsetzten. Jetzt stützte Brenna meinen Rücken, und zwei andere Frauen hielten meine angewinkelten Knie fest. Ich wand mich und versuchte verzweifelt, neue Kraft zu schöpfen.

»Noch nicht ...« Die Priesterin beugte sich zwischen meine Schenkel und machte das Schutzzeichen über meinen Bauch. »Wartet, bis Euer Leib sich bewegt und preßt dann mit ihm. Jetzt den Atem anhalten, Kind, es dauert nicht mehr lange.«

Ich konnte nicht antworten, denn der Bär auf meinem Bauch zog sich zusammen und dehnte sich sogleich wieder, und ich spürte bereits die Kräfte im Innern wachsen. Ich ließ den Atem mit einem dünnen Laut entweichen, der schwoll und schwoll, als die Hände der Priesterin mit kräftigen Bewegungen abwärts strichen und die Energie lenkten und stärkten.

»Du bist ein Samen im Grund«, sang sie.

»Du bist eine Frucht auf dem Baum,
Im Daun des Schwanen ein Ei,
Jetzt kommt die Zeit, mach dich frei!«

Immer wieder preßte ich. Der Schmerz schien mich auseinanderzureißen, doch nur noch eins war von Bedeutung: mich von dem Druck im Innern zu befreien.

»Es ist bald geschafft!« rief Sobwiaca. »Seht doch – der Kopf, es hat blondes Haar!«

Ich rang nach Atem und fragte mich, wo ich die Kraft hernehmen sollte, noch einmal zu pressen.

»Singt! Schreit!« rief Mutter Nesta. »Das ist Eure Schlacht. Brüllt Euren Schlachtruf hinaus!«

Ich erinnerte mich an Bärmutter, an ihren trotzigen Kampfruf, als die Feinde sie niederstreckten. Mußte ich nicht genauso kämpfen, wenn ich ein neues Leben auf die Welt brachte?

»Ai ... ai ... ai ... die Otter bin ich!«

Neue Kraft durchströmte mich, und als ich preßte, spürte ich etwas Glitschiges zwischen den Schenkeln. Ich sah ein verzerrtes rotes Gesichtchen und einen winzigen Arm.

»Langsam jetzt! Ich helfe der anderen Schulter heraus ...«

Doch ich konnte nicht mehr innehalten. Keuchend preßte ich aufs neue und spürte einen warmen Strom und eine unendliche Erleichterung, als das Kind aus meinem Körper glitt.

Licht pulsierte in der Kammer. Ein dünner, zorniger Schrei ertönte, und dann hielten die Frauen ein kleines zappelndes Wesen mit einem winzigen Penis und geschwollenen purpurnen Hoden in die Höhe. Brenna wischte ihm den Mund und die Nase ab, dann legte sie ihn auf meinen schlaffen Bauch. Bei der Berührung verkrampfte mein Leib sich wieder, und erneut spürte ich etwas Warmes, Nasses, als die Nachgeburt hinausglitt.

Mein Sohn, dachte ich, doch als das Neugeborene das Gesichtchen verzog, sah ich darin das Gesicht meines Vaters.

Ich sank in Brennas Arme zurück. Mutter Nesta murmelte den Geburtssegen, während sie die Nabelschnur durchtrennte. Von draußen erklang das Gebrüll von Männern und das plötzliche Donnern von Schwertklingen auf lederbespannten Schilden. Jemand preßte mir Tücher zwischen die Beine und murmelte besorgt, aber es war mir egal. Es war vorbei, und ich trieb auf einer ruhigen See.

Dann sah ich verschwommen Agantequos' Gesicht, das sich über mich beugte, und ich lächelte. »Ein Sohn …« Meine Lippen bewegten sich, doch ich brachte keinen Laut hervor.

»Sie blutet immer noch«, sagte jemand. Aber Frauen bluteten nach der Entbindung immer. Wieso machten sie sich Sorgen?

»Ihr Lebenslicht flackert«, erklang Sobwiacas erregte Stimme, und ich sah die plötzliche Angst in Agantequos' Miene.

»Cridilla, verlaß mich nicht!«

Er umklammerte meine Schultern, doch seine Stimme schien von weither zu kommen. Für einen Moment schien ich auf meinen eigenen Körper hinabzublicken. Agantequos schrie auf, und Mutter Nesta reichte Brenna das Kind, um nach mir zu sehen. Aber die Kammer ward von Licht durchflutet, und seufzend ließ ich mich von ihm forttragen.

Ich trieb in einem Meer aus Licht und fragte mich, weshalb die See mir je Angst gemacht hatte. Aber plötzlich begannen die Wellen zu schaukeln. Ich versuchte mich über Wasser zu halten, doch ich sank … nein, ich wurde in einen nassen dunklen Schlund gesogen, der jegliches Gefühl verschlang – außer der Angst. Durch endlose Schlangenwindungen glitt ich in die Tiefe, und allmählich wurde mir bewußt, daß sich jemand vor mir befand: eine stämmige, pelzgewandete Figur, die sich unbeirrt voranbewegte.

»Bärmutter!« rief ich. »Wartet doch! Wo bin ich?«

Abrupt konnte ich den Raum um uns sehen, der von einem seltsamen Leuchten, wie von Mondschein, erhellt wurde. Aus natürlichem Fels gehauene Throne standen im Kreis um ein Becken.

»Bist im Schoß der Göttin, Kind«, erklärte mir Bärmutter. »Immer wieder wird sie in die Tiefe gestoßen. Dennoch ist es ihr Schoß, aus dem alles wiedergeboren werden muß. Und wenn der Gott stirbt, bringt sein Blut sie zurück auf die Welt.«

»Bin ich tot? Ich verstehe nicht.«

Das Licht um uns wurde heller, und ich sah, daß auf allen Thronen jemand saß.

»Tod und Leben sind für einen Krieger dassselbe, habe ich dir das nicht gesagt?«

Auf dem nächsten Thron saß eine Frau mit dem königlichen Zeichen von Briga auf der Stirn. Ich trat an Bärmutter vorbei, und die grauen Augen richteten sich auf mich.

»Seid Ihr meine Mutter?«

»Wenn du meine Tochter bist, warum hast du dein Land verlassen?« ertönte die Frage.

»Warum hast du mich allein gelassen?« stellte ich die Gegenfrage.

»Ich gab mein Leben, um dem Land eine Königin zu schenken.«

Jetzt konnte ich sehen, daß auf allen Thronen Frauen saßen. Je länger ich mich im Kreis umsah, desto größer wurde er.

»Und ich habe meines gegeben, um meinem Gemahl einen Sohn zu schenken!« entgegnete ich.

»Noch nicht!« erklang eine neue Stimme, leise, aber klar. Eine verschwommene Gestalt nahm zwischen mir und dem Becken Form an. »Euer Körper wird leben, wenn Ihr zu ihm zurückkehrt!« Ich riß erstaunt die Augen auf. Wenn Mutter Nesta über die Macht verfügte, mir hierher zu folgen, war sie eine größere Priesterin, als ich geahnt hatte.

»Warum soll ich zu den Schmerzen zurückkehren?«

»Euer Gemahl weint um Euch. Euer Sohn braucht die Liebe seiner Mutter.«

»Was bedeuten sie schon?« ertönte ein Wispern rundum im Kreis. »Sie sind nur Männer!«

»Ich war ein Mädchen, und du hast mich verlassen!« rief ich

meiner Mutter zu. An diesem Ort, in diesem Augenblick, konnte ich erkennen, wie sehr sie mir gefehlt hatte. Da sah ich, daß ihre Wangen naß von Tränen waren.

»Wollt Ihr Euer Kind dazu verdammen, den gleichen Verlust zu erleiden wie Ihr?« fragte Mutter Nesta.

»Deine Geburt war gefahrvoll für mich, aber ich habe sie um unseres Volkes und der Zukunft des Landes willen gewagt«, antwortete mir meine Mutter. »Ich opferte mein Leben willig und aus Liebe, damit das Opfer angenommen würde.«

»Und wer hätte mich lehren können, was das bedeutet?« fragte ich heftig.

»Wie sollen die Söhne lernen, die Große Mutter zu lieben, wenn nicht eine Frau sie stillt?« rief Mutter Nesta.

»Wie sollen die Krieger lernen, den Tod nicht zu fürchten, wenn nicht eine Frau sie lenkt?« fiel Bärmutter ein.

»Wie sollen die Väter lernen, dem Land zu dienen, wenn nicht eine Frau es sie lehrt?« fragte meine Mutter.

Alle meine Mütter seit Anbeginn der Zeit warteten auf meine Antwort. Ihre Gestalten verschwammen, als sähe ich sie durch Regenschleier.

»Mutter, nimm mich an deine Brust, dann werde ich gehen.« Ich ging mit unsicheren Schritten auf sie zu.

Als sie die Arme nach mir ausstreckte, erstrahlte sie. Und dann war sie riesig – oder war ich zum Kind geworden? Ich lag an ihren sanften Busen geschmiegt, in den Schlaf gewiegt durch den gleichmäßigen Schlag ihres Herzens. Ein inneres Leuchten durchpulste mich. Hier war die Geborgenheit, die ich mir immer ersehnt hatte.

»Mutter, laß mich nicht gehen …«, wisperte ich, und die Antwort ertönte rund um mich her.

Jetzt, da du mich kennengelernt hast, wisse, daß meine Liebe immer bei dir sein wird …

Das Wunder um uns schwand. Ich trieb zum verlorenen Licht der Welt empor …

Und dann öffnete ich die Augen meines Körpers und sah, wie der Schmerz in Agantequos' Gesicht freudigem Staunen wich, und ich streckte die Arme nach meinem Kind aus.

Dritte Spirale

DIE SCHLANGE DER TIEFE

Winter:
Im ersten Jahr
der Herrschaft der
Königinnen

Bevor mein Rücken krumm war, war ich stark,
mein Speer in der Schlacht traf als erster ins Ziel –
Ich bin gebeugt, ich bin traurig, ich bin elend …
Stürmisch ist der Wind, weiß schimmert's am Waldesrand;
der Hirsch erkühnt sich, der Hügel ist kahl,
schwach ist der Alte, langsam bewegt er sich …
Dreimal gebeugt bin ich und alt, ich bin launisch, mich
schwindelt,
ich bin töricht, ich bin zänkisch,
die mich liebten, lieben mich nicht mehr.

Canu Llywarch Hen

Mein Lied war ein Hauch in der Dunkelheit, nicht lauter als das Atmen des Mannes, der an meiner Seite schlief. Ich liebte diese friedvollen Augenblicke, wenn die einzige Wirklichkeit das Kind in meinen Armen war und der Fluß der Milch, die es stillte. Mein Atem stockte, als der Kleine auf die Warze biß und die Milch mit beinahe schmerzhafter Fülle floß.

Belinos hatte schon von Anfang an kräftig gesaugt, doch selbst neun Monate nach seiner Geburt überraschte mich die Reaktion meines Körpers. Er hatte es eilig gehabt, auf die Welt zu kommen, und er konnte seitdem nicht schnell genug wachsen. Manchmal bildete ich mir ein, daß er nur auf die erste Gelegenheit gewartet hatte, gezeugt zu werden, und als wäre alles, was ich durchgemacht hatte, nur geschehen, damit dieses Kind das Licht der Welt erblickte.

Ich sollte dankbar sein. Mein Sohn war ein so hübscher und strammer Säugling, wie eine Mutter ihn sich nur wünschen konnte. Er war so robust wie die Lämmer, die unsere Schafe im Frühjahr bekommen hatten, und die Kälber und Fohlen. Im Volk hegte niemand mehr Zweifel daran, daß ich Agantequos' rechtmäßige Gemahlin war. Warum nur konnte ich nicht so zufrieden sein wie jedes andere fruchtbare Muttertier mit seinen Jungen?

Mit sanften Händen verlagerte ich Belis beachtliches Gewicht auf meinem Leib, denn die Glut des Herdfeuers war längst erloschen, und jetzt, zur Erntezeit, würde die Sonne erst in etwa einer Stunde aufgehen. Von den Kriegern, die in der Halle schliefen, drang vereinzeltes Schnarchen herüber. Doch ich, die ich dereinst im Lärm eines ganzen zechenden Kriegsheers hatte schlafen können, erwachte jetzt schon beim ersten leisesten Laut eines Säuglings.

Die Frauen auf der Burg hatten befürchtet, daß ich das Kind nie würde stillen können. Keirs Frau hatte kurz vor mir entbunden, und ein paar Tage lang hatte sie neben ihrem eigenen Töchterchen auch Beli gestillt. Doch Mutter Nestas Kräuter waren sehr heilkräftig. Als mein Kind für seine Namensgebung bereit war, hatte ich mich wieder völlig erholt. Seither erfreuten sich mein Kind und ich bester Gesundheit. Ich stillte den Kleinen auch tagsüber noch, aber es gab nicht eine Mutter mit Milch in der Burg, die ihn nicht ebenfalls bereits gestillt hatte. Nur des Nachts gehörte er mir ganz allein.

»Sei friedlich, kleiner Krieger.« Ich unterbrach sein Saugen mit dem Finger, als er ungeduldig wurde, und legte ihn an die andere Brust, die mitfühlend bereits wie ein Quell zu fließen begonnen hatte. »Es ist genug für dich da.« Er saugte eifrig weiter, und ich schloß die Augen, denn meine Worte hatten mich an die Neuigkeiten erinnert, die der letzte Sendbote von zu Hause übermittelt hatte.

Im Großen Land gab es Getreide in Hülle und Fülle auf den Äckern und reichlich Milch und Honig auf den Höhen, doch auf der Insel der Mächtigen hatte die Göttin die Menschen zu einem unfruchtbaren Jahr verdammt. Kinder, die ausgetragen werden konnten, kamen auf eine Welt, in der die Reichen sich bei jedem Schritt mißtrauisch umschauten und die Armen sich für Brot verkauften. Was es an Nahrungsmitteln gab, wurde unter den Kriegerscharen der Königinnen verteilt. Mein Mitleid galt jenen, die in solchen Zeiten friedlich ihre Äcker bestellen wollten.

Beli, der meine Bitterkeit spürte, hörte zu saugen auf und begann wieder zu quengeln.

»Sei still, mein Kleiner, dann sing' ich dir noch ein Wiegenlied ...« Als ich endete, lag Beli schlafend in meinen Armen. Behutsam löste ich seine Fingerchen aus meinem Haar und legte ihn in seine Schlafstatt neben dem Bett. Er wachte nicht einmal auf, als ich seine Windel wechselte, und als ich ihn wieder zudeckte, hörte ich sein ruhiges Atmen.

»Schläft er?« erklang ein Murmeln, als ich mich zurück in das warme Nest kuschelte, das meines Gemahls Körper unter den Pelzen geschaffen hatte. Mein Atem stockte, als Agantequos mich an sich zog und die letzten Tropfen Milch von meiner Brust zu lecken begann. Nach der Entbindung hatte er lange Zeit nicht gewagt, mich zu berühren, doch jetzt war ich vollkommen genesen, und meine Schenkel öffneten sich, um ihn zu empfangen, so wie sich die Blume der Sonne öffnet.

Jedesmal, wenn wir uns in Liebe vereinten, schien es schöner zu werden. Selbst als wir auf der Nebelinsel zusammen jagten und kämpften und lebten, hatten wir einander nicht so vollkommen gekannt wie jetzt, da kein Fleckchen des Körpers mehr geheim war und da es keine Reaktion, keine Empfindung mehr gab, die der andere nicht schon erforscht hätte. Ich nahm seinen Atem auf; sein Schweiß vermischte sich mit meinem. Und wenn der Augenblick der Flut nicht länger hinauszuzögern war, wurden wir zu einer einzigen lodernden Flamme und sanken eng umschlungen in den Schlaf, wenn dies Feuer erloschen war.

Doch in den stillen Stunden vor dem Morgengrauen träumte ich, und in meinen Träumen war ich allein.

Ich schwebte in einer Nebelwelt und suchte schwindelerfüllt nach etwas Festem, das mir Halt geben könnte, bis ich mit einemmal in einem finsteren Moor stand. Mit jedem Augenblick wurde die Vision wirklicher, und ich erkannte, daß ich mich auf dem Weg befand, der vom Haus der Priesterinnen zur Hügelfeste führte. Nebel wogte um die Gipfel. Ich vermochte den Weg voraus zu sehen und die dunkle Masse der Hügelstätte seitlich davon. Die feuchte Luft trug von irgendwo vor mir gedämpfte Geräusche herbei: Schreie und das Klirren von Schwertern.

Drei Raben flatterten auf diesen Schlachtenlärm zu. Ich rannte an schlafenden Rindern am Hang vorbei zur Burg. Auch hier herrschte dichter Nebel, doch die Luft über der Burg glühte vom Schein verborgener Feuer. Je näher ich kam, desto lauter wurde das Gebrüll, und zwei verschwommene Gestalten stürmten aus dem Tor, gefolgt von einer Meute lärmender Männer mit Trinkhörnern in den Händen.

Ich blieb stehen, belustigt über diesen Tumult. Dem Lärm nach hätte man meinen können, ein Feind greife die Burg an. Doch ich kannte solche lautstarken Männerkämpfe seit meiner Kindheit. Sie waren unvermeidlich, wenn junge Krieger wie Jagdhunde in Rotten gehalten wurden. Diese Raufereien boten den Streithähnen die Möglichkeit, Dampf abzulassen, und für alle anderen auf der Burg waren sie manchmal eine willkommene Unterhaltung.

Die Klingen klirrten und scharrten, wenn die beiden Kämpfer gegeneinander prallten. Der Ältere stieß seinen Gegner weg, und der junge Krieger stürzte und rollte ein Stück den Hang hinunter, ehe er wieder auf die Füße kam. Der ältere, ein hochgewachsener Mann, stützte sich keuchend auf sein Schwert, und nun erkannte ich, daß es Vorcuns war. Ich war überrascht, denn er war nie ein Streithahn gewesen.

Wild stürmte der Jüngere den Hügel hinauf, wurde jedoch langsamer, wo der Hang steiler war. Vorcuns erwartete ihn mit schrillem Schlachtruf. Beide Männer hieben gleichzeitig aufeinander ein, und wieder war es der Jüngere, der zurücktaumelte. Blut spritzte zwischen Hals und Schulter hervor, und er sank zu Boden.

Einen Augenblick herrschte entsetztes Schweigen. So weit hätte es nicht kommen dürfen. In der plötzlichen Stille klangen zwei Stimmen auf, die ich zuvor nicht gehört hatte.

»Und ich sage dir, eine solche Zuchtlosigkeit dulde ich nicht!« Diese Stimme hatte mir geraten, mich gegen den König zu erheben, als ich sie das letzte Mal vernommen hatte. »Der Hof einer Königin ist kein Tummelplatz für wilde Hunde. Selbst als du jung warst, hast du kaum für Zucht gesorgt. Wie weit kann ich da deinen Beteuerungen denn noch trauen?«

»Soviel wie ich den deinen!«

Das war eine Männerstimme, knirschend vor Zorn, eine Stimme, die ich kannte und doch nicht kannte. Die beiden kamen nun durch das Tor, und ich sah meine Schwester Rigana und einen alten Mann, der einst König gewesen war.

Der Schreck verschleierte meinen Blick. Mühsam rang ich um Fassung.

»Du hast gesagt, daß du mich liebst ...« Leirs Stimme klang nörgelnd. »Alle haben es gehört ...« Seine Hand deutete auf seine Kampfgefährten, die hinter ihm aus der Burg geeilt waren. »Aber du und deine Schwester, ihr habt mein Gefolge aufgelöst, und die Krieger und das Gesinde, das mir geblieben ist, werden von deinen Leuten immerzu beleidigt. Hast du mich belogen?«

»Ich war nur einverstanden, dich bei mir aufzunehmen, Vater. Von deinen Männern war nicht die Rede!«

Rigana blickte finster auf Leirs Kampfgefährten. Das Fackellicht hob die außergewöhnliche Schönheit meiner Schwester noch hervor. Sie hatte die Schärpe ihres Gewands eng zusammengezogen, und die Augen der Männer folgten ihr, selbst als Rigana über sie schimpfte. Sie bemerkte die Blicke der Krieger; da erstrahlten ihre Augen, und ihr Gang wurde sinnlicher.

Nur Artocoxos, der funkelnd über die Schulter seines Königs starrte, schien gegen ihren Zauber gefeit.

»Vater, wir können dich beschützen und versorgen. Wozu brauchst du noch eines Königs Gefolge?«

Leir schüttelte den Kopf, als verstehe er nicht.

»Er ist ein König, Weib!« rief Artocoxos Rigana zu. »Er darf nicht ohne Gefolge sein. Das ist Gesetz ...«

Rigana lachte auf. »Gesetz? Er selbst hat seine Königswürde abgelegt. So hört denn meinen Richtspruch ...« Plötzlich wirkte sie größer, als hätte die Macht, die sie für sich beanspruchte, sie wachsen lassen. Selbst Leir, der stets alle überragt hatte, erschien jetzt klein und schmächtig.

»Einer meiner Krieger liegt tot vor mir. So höre, welchen Preis ich dafür fordere. Ich will weder Gold noch das Leben seines Mörders, Vater, sondern die Auflösung deiner Gefolgschaft. Nur fünf der dreißig Krieger sollen bleiben, dir zu dienen. Die anderen mögen zu ihren Sippen zurückkehren oder sich verdingen, wo immer sie wollen. Im Namen von Erde und Himmel – dies ist mein Wille, und so wird es geschehen!« Sie kniete sich nieder, und ihre Finger krallten sich in den Boden.

Krah war an die Seite seines Herrn gehuscht. Als Rigana endete, fuhr Leirs Hand zu dem silberdurchzogenen schwarzen Kopf und tätschelte ihn gedankenverloren, wie man ein Pferd oder einen Hund streicheln mag, um ihm die Angst zu nehmen.

»Es ist eine Königin, die gesprochen hat, und somit ist das dritte Eurer *geasa* gebrochen, Herr!« erklang aus den Schatten am Tor Talorgenos' Stimme, knarrend wie eine vom Blitz getroffene Eiche, wenn sie zu Boden fällt. »Ihr habt Euer Gefolge verloren, Ihr habt eine Frau verflucht, und Ihr habt den Schwan getötet. Damit, Leir Blatonikos, ist Eure Herrschaft beendet …«

»Vater!« schrie ich, doch während der Priester sprach, wogte eine schwarze Welle zwischen mich und die Fackeln, und die Vision verschwand.

»Cridilla! Cridilla, Liebste – was hast du?«

Ich blinzelte benommen, als die Behänge um das Bett zurückgerissen wurden und Licht darauf fiel. Ich setzte mich auf, und Agantequos' Griff um meine Schultern lockerte sich.

»Du hast geschrien …«

Ich stieß den Atem in einem langgezogenen Schluchzen aus. »Was habe ich gesagt?«

»Du hast dreimal gerufen: ›*Das Glück hat das Land verlassen!*‹ Was hast du damit gemeint?«

Stirnrunzelnd suchte ich die Wahrheit durch die Schleier des Traums.

»Ich träumte von meinem Vater … und Rigana. Zu Hause geschehen schreckliche Dinge.«

»Hier ist dein Zuhause!« Er ließ mich los. »Hast du mit dem Kind nicht genug, dich zu sorgen, daß du noch den Kummer aus der Vergangenheit erwecken mußt?«

»Das war nicht die Vergangenheit. Es war, als befände ich mich dort, Pferd! Letzte Nacht wanderte mein Geist nach Belerion! Schon früher hatte ich Wahrträume. Einmal sah ich sogar dich und Geistbärin. Doch so wie heut nacht habe ich nicht mehr geträumt, seit ich übers Meer gekommen bin.«

Agantequos war leicht errötet, als ich Geistbärin erwähnte, als könnte ich neben der Dankbarkeit noch andere Gefühle hegen, daß sie ihn gelehrt hatte, ein so zärtlicher und erfahrener Liebhaber zu sein.

»Und das ist gut so, wenn Träume dich so quälen …«, sagte er, und seine Stimme war nun sanfter. »Komm, Liebste, ich kann die Morgensuppe über dem Feuer riechen.« Er legte die Hand auf meinen Arm.

Ich zog ihn zurück. »Rigana hat meines Vaters Gefährten aus dem Haus gejagt. Jetzt ist er ganz allein! Ich hätte niemals fortgehen dürfen!«

»Cridilla!« Agantequos schüttelte den Kopf. »Ich entsinne mich sehr gut, daß es dein Vater war, der dich verstoßen hat! Deine Schwester wird ihn schon nicht verhungern lassen!«

»Nein?« murmelte ich. »Sie hat früher schon gelogen! Wieso hat mein Vater nicht erkannt, daß Rigana ihre Versprechen bricht, sobald es ihr gefällt?«

»Jetzt hat er's wohl erkannt, nehm' ich an. Aber du kannst nichts tun, Cridilla. Komm, frühstücke jetzt, sonst hast du keine Milch für unseren Sohn!«

»Unser Sohn!« rief ich. »Und wie gedenkst du ihn zu erziehen, mein König? Was für ein Sohn wird Belinos sein, wenn er mit der Geschichte aufwächst, wie wir seinen Großvater im Stich ließen, als er alt wurde? Wie wird er sein, wenn *wir* einst alt sind? Es war Leirs Zorn, der gegen mich stand, nicht seine Liebe. Ich wußte es, denn seine Launen waren immer schon so stürmisch wie das Meer. Wäre ich geblieben, hätte er mir rasch verziehen …«

»Im Namen der Mütter, Cridilla! Du sprichst von deinem Vater, als wäre er der einzige, der dich je geliebt hat! Ist es nicht vor allem unser Kind, dem deine Fürsorge gelten muß? Und mir?«

Agantequos war verärgert, doch weder sein Zorn noch seine Worte konnten die Sorge aus meinem Herzen vertreiben. Ich war wie ein Krieger, der plötzlich die Schmerzen einer längst geheilten Wunde spürt. Wie konnte meines Vaters Leid immer noch die Kraft haben, mich so zu beunruhigen?

Erschrocken über unsere lauten Stimmen, fing Belinos an zu weinen. Ich hob ihn hoch, tätschelte seinen Rücken und murmelte ihm Trost zu. Doch selbst mir erschien meine Stimme fern und unsicher.

Der Winter näherte sich mit schnellen Schritten, und der Wind war beißend. Agantequos und die Männer waren auf Jagd nach Wild, doch alle anderen verließen kaum die Feuerstelle.

»Großmutter, sag mir, was höre ich klagen?«
»'s ist nur der Wind, Kind, der Wind, der da weht –«
»Großmutter, 's klingt, wie um Abschied zu sagen!«
»'s ist nur das scheidende Jahr, das vergeht.«

Nabelcos' Stimme war wie der Wind, der um die Burg wehte – wechselnd an Kraft und Klang, klar und hell bei den Fragen des Kindes, flüsternd und schwankend bei den Antworten der Großmutter.

»Großmutter, sag mir, wen höre ich schreien?«
»'s ist nur der Rabe, der ruft seine Brut –«
»Großmutter, sag, muß es immerzu schneien?«
»Der Schnee deckt die Erde so sanft und so gut.«

Ich besserte Zaumzeug aus, während Belinos sich auf unsicheren Beinchen aufrichtete, um von einer Frau zur anderen zu tapsen, die um den Herd saßen. Hin und wieder plumpste er aufs Hinterteil und starrte staunend wie ein Kätzchen auf die frischgesponnene weiche Wolle. Es fiel mir schwer, zu glauben, daß seit seiner Geburt schon fast ein Jahr vergangen war, und daß es noch längere Zeit zurücklag, seit ich Nachrichten von zu Hause bekommen hatte.

»Großmutter, sag, was bedeutet dies Schweigen?«
»Der Frost schlägt die Kinder der Erde in Acht –«
»Wo sind die Blumen, die nirgends sich zeigen?«
»Sie schlafen im Boden, der Bär hält die Wacht.«

Seit der Zeit bei Bärmutter auf der Insel schienen mir ein ganzes Lebensalter vergangen zu sein, und den nächsten Frühling glaubte ich beinahe ebenso fern. Ich stand am Kreuzweg von Vergangenheit und Zukunft, und weder die eine noch die andere erschienen mir wirklich.

»Großmutter, sag, bleibt die Nacht ewig lange?«
»Sie geht, wenn der Winter das Sonnenkind zeugt.«
»Und wann wird das sein? Denn ich warte so bange –«
»Schlaf, Kind, du wirst sehn, wenn der Morgen aufsteigt.«

Mein eigenes Sonnenkind langte nach den Harfensaiten. Der Harfner zupfte einen Akkord mit einer Hand, während er mit der anderen den Jungen zu Brenna zurückschob. Der Feuerschein flackerte, so daß Belinos' Haar aufleuchtete und Brennas Gesicht im Schatten lag. Und ich sah Jugend und Alter dort sitzen.

»Großmutter, sag mir, was um dich sich windet –«
»Es sind nur die Schatten, die im Kreise sich drehn –«
»Großmutter, sag, warum die Dunkelheit schwindet!«
»Schau in meinen Kessel, dann wirst du verstehn ...«

Es war nur ein altes Kinderlied, aber plötzlich hatte ich Angst. Ich legte mein Werkzeug zu Boden, hob Belinos von Brennas Schoß und drückte ihn an mich, bis er wild strampelte. Die Ahle fiel auf den Boden, und Belinos fing zu weinen an.

Brenna streckte die Arme nach ihm aus, hielt jedoch inne und starrte an mir vorbei. Ich gab ihr das Kind, bemerkte diesmal aber kaum, wie schnell es ihr gelang, Belinos wieder zum Lachen zu bringen, denn meine ganze Aufmerksamkeit galt dem Fremden an der Tür. Seine Haut war faltig, wie bei einem, der stark vom Fleisch gefallen ist; das von Schmutz fleckige Gewand war einst schneeweiß gewesen, und obwohl sein wallendes Haar und der Bart jetzt ungepflegter waren, als ich es in Erinnerung hatte, war seine Ausstrahlung immer noch so stark, daß alle in der Halle sich ihm neugierig zuwandten.

Welche Unbillen konnten sie gezwungen haben, ihn zu mir zu schicken?

»Herrin ...« Er trat auf mich zu, und plötzlich wurde unser Wiedersehen zum Ritual; denn er grüßte mich auf die förmliche Weise, wie er früher meinen Vater gegrüßt hatte.

»Talorgenos ...« Ich stockte. »Haben sie Euch ebenfalls vertrieben?«

Er kniff die Augen zusammen. »Wie meint Ihr das?«

»Ich habe Euch in einem Traum gesehen. Ich sah Vorcuns' Zweikampf und hörte Eure Worte.«

»Artocoxos hat recht getan, daß er mich bat, Euch aufzusuchen ...« Für einen Moment schloß Talorgenos die Augen. »'s ist wahr, man hat auch mich vertrieben. Die Königinnen haben die Eichenpriester des Landes verbannt«, sagte er schwer. »Einige von uns wurden auf Geheiß Eurer Schwestern hingerichtet – als Sühneopfer für jene Priester der alten Götter, die getötet wurden, als wir ins Land kamen. Des Königs Haushalt ist aufgelöst, und seine Kampfgefährten wurden vertrieben. Aber sie nahmen es nicht so einfach hin! Nodontios und noch einige fielen im Kampf, andere wurden des Landes verwiesen, und wieder andere traten in den Dienst Königin Riganas, um ihre Heimat zu retten. Der König ist voller Zorn nach Norden aufgebrochen, um Hilfe bei Gunardwilla und Maglaros zu suchen. Er ist überzeugt, daß wenigstens eine seiner Töchter ihm die Treue hält.«

Ich blinzelte die Tränen aus den Augen. »Wie geht es meinem Vater? Ich hab' ihn in meinem Traum gesehen, doch nur für einen Moment ...«

»Ich lese die Omen. Ich mache sie nicht. Um den König steht's wie um eine Eiche, die vom Blitz getroffen ist und die vielleicht schon der nächste Sturm zu Fall bringt. Nur der Zorn treibt ihn noch an, denn seine Kraft ist dahin.«

»Dann wird er fallen. Gunardwilla wird nicht anders handeln als ihre Schwester«, sagte ich bitter. Sobwiaca brachte einen silberverzierten Becher mit Bier, und ich bot ihn dem alten Mann an. »Aber hättet Ihr nicht über den König wachen können, und sei's auch nur aus der Ferne?«

»Rigana hätte mich getötet, wäre ich geblieben«, antwortete Talorgenos. »Aber ich bin nicht gekommen, an Eurem Feuer mein Leid zu klagen, sondern um Euch heimzuholen.«

»Dann seid froh, daß wir Euch bereits den Gasttrunk gereicht haben«, sagte Brenna heftig, »sonst würde mein Herr sich Euren Kopf holen, daß Ihr sein Weib zu stehlen versucht!«

»Beruhige dich ...«, wandte ich mich müde an sie. »Man könnt' ja glauben, Talorgenos wäre mein Liebhaber. Was sagt Artocoxos?«

»Er wird bei Leir bleiben, solange er kann, aber auch er fleht Euch an, zurückzukehren. Wenn nicht Eures Vaters wegen, dann um das Wohl Eures Landes willen.«

Ich starrte ihn an. »Was meint Ihr damit?«

»In Alba und Belerion wütet der Krieg«, antwortete Talorgenos, »aber es ist Briga, um das wir wahrlich fürchten! Kaum einen Landstrich gibt's, in dem nicht Blut vergossen wird, weil Männer sich für die eine oder andere Königin entscheiden oder des Königs Macht erhalten möchten oder gar selbst als Fürsten herrschen wollen. Die Göttin ist erzürnt, und die Felder bringen keine Früchte hervor. Die Bauern wollen nicht säen, wenn sie nicht ernten können, und wer nicht in den Kämpfen stirbt, der wird Hungers sterben.«

»Was, um der Herrin willen, könnte ich denn tun?« rief ich.

»Um der Herrin willen? Ihr seid die Herrin von Briga. Glaubt Ihr, nur Eure Priesterinnen könnten dies begreifen? Das Volk würde zu Euch stehen, und mit Eurem Segen würde das Land wieder Früchte tragen.«

»Ich bin die Königin von Morilandis«, antwortete ich ihm.

»Ich habe einen Gemahl und ein Kind.« Ich spürte den kalten Luftzug, als die Tür erneut geöffnet wurde und Männerlachen erklang.

Talorgenos' ließ den Kopf sinken. »Das ist wahr – aber in diesem Land herrscht Friede, Herrin, und Eure Heimat braucht Euch so sehr!«

»Friede?« ertönte eine Stimme. »Wo die Veneti vor unserer Haustür stehen?« Agantequos kam herbei, ein erlegtes Reh auf den Schultern. Seine Haut war noch gerötet von der kalten Luft. Er musterte Talorgenos argwöhnisch von Kopf bis Fuß. »Was macht Ihr hier?« Rote Tropfen sprühten von dem baumelnden Rehkopf auf die Binsen.

Noch einen Augenblick zuvor schien der alte Priester müde und niedergeschlagen, doch Agantequos' Unhöflichkeit erinnerte ihn daran, daß einst ein ganzes Königreich sein bloßes Stirnrunzeln gefürchtet hatte.

»Agantequos!« Ich trat zwischen sie und sah erleichtert, daß beide sich entspannten. »Nie soll gesagt werden, daß jemand aus Leirs Haushalt keine gastliche Aufnahme in der Halle seiner Tochter fand!«

»Ich hätte einen seiner Kampfgefährten vorgezogen ...«, sagte mein Gemahl, und seine Stimme klang nun gleichmütiger. »Wir könnten jederzeit noch einen guten Krieger brauchen.« Er hob das Reh von seinen Schultern, und einer seiner Männer schleppte es weg.

»Sohn des Großen Pferdes, ich bringe eine Botschaft von Artocoxos, dem Hauptmann der Kampfgefährten, von denen Ihr sprecht. Wir ersuchen Euch um ein Bündnis, Herr!« sagte Talorgenos ruhig. »Der König wurde wider Recht und Natur entmachtet. Doch seine Feinde sind geschwächt von den Kämpfen untereinander. Artocoxos ist gewiß, daß schon eine kleine Streitmacht erfahrener Kämpfer Leir den Thron wiedergewinnen könnte.«

Agantequos blickte ihn an. »Ich muß Euch die Bitte abschlagen. Ihr wißt sicher noch nicht von den Stämmen, die aus dem Osten in unsere Lande eindringen. Die ersten Ankömmlinge plündern bereits unsere äußeren Siedlungen an den Grenzen.

Man muß nicht Omen deuten können, um zu wissen, daß die Hauptmacht des Feindes bis zum Frühjahr hier sein wird. Und dann brauche ich jeden Krieger, den ich nur finden kann. Wenn diese Bedrohung abgewendet ist, kann ich Eurem König vielleicht zu Hilfe kommen.«

»Bis dahin mag es bereits zu spät für des Königs Mannen sein – und sicherlich zu spät für Leir.«

»Dann bringt ihn zu uns ...«, bot mein Gemahl ihm an und ging zu der hohen, mit Wolfsfellen gepolsterten Bank, die in der Halle sein Thron war. »Wir können ihm hier Zuflucht gewähren.«

»Glaubt Ihr, wir hätten ihn nicht angefleht, eine Flucht in Erwägung zu ziehen?« entgegnete Talorgenos bitter. »Er wollte nichts davon hören, nicht einmal, als ich es ihm riet – und früher hörte er auf meinen Rat! Er meidet den Namen seiner Tochter. Ich glaube – er schämt sich.«

Agantequos schnaubte ungläubig. »Hat er das gesagt?«

»Das würde er niemals tun! Er mag alt sein, aber er ist ungebrochen. Und noch etwas hält ihn in der Heimat – er hat zu lange um die Insel der Mächtigen gekämpft, als daß er sie jetzt verlassen könnte.«

Mein Gemahl nickte und lehnte sich zurück. »Es gab auch für mich eine Zeit, da mein Leben mir ein geringer Preis für mein Land schien. Es bräuchte mehr als Angst, mich jetzt zu vertreiben.« Die Sorgenfalten zwischen seinen Brauen vertieften sich.

»Dann werdet Ihr verstehen, daß ich meine Mission nicht allein Leirs wegen unternahm«, fuhr Talorgenos fort. »Eure Gemahlin stammt aus dem Alten Volk, dem Geschlecht der Königinnen. Die Weisen vom Alten Volk und die Priester der Quiritani sind sich einig, daß es ohne sie keine Rettung für Briga gibt.« Er wandte sich wieder mir zu, und nun war seine Stimme wie früher: die eines Gehorsam gewohnten Priesters. »Ist es nicht so, Prinzessin? Hat man Euch, als Ihr zur Frau wurdet, nicht Gelübde auferlegt, die Euch an das Land binden?«

Ich starrte ihn an und erinnerte mich. Ich hatte gedacht, daß durch meines Vaters Fluch alle Verpflichtungen nichtig geworden seien, doch die Verbindung mit dem Land des Alten Volkes war die wahre Wurzel der Treue, die ich gebrochen hatte, als ich die Heimat verließ.

»Cridilla hat sich vor langer Zeit entschieden. Soll Briga eine andere Herrin wählen. Meine Gemahlin ist jetzt hier die Königin!«

»Erlaubt, daß die Herrin mir antwortet. Oder ist sie eine Sklavin ohne eigenen Willen?« Talorgenos blickte mich an.

»Die Insel der Mächtigen hat sie verstoßen!« rief Agantequos. »Ich gab ihr die königliche Würde zurück!«

Endlich fand ich meine Stimme wieder. »Hast du dir gar meine Verbannung gewünscht, so daß du mich für dich haben konntest? Soll ich meine Wahl bereuen? Dann sprich nur so weiter!« Die Leute waren rings um uns zurückgewichen, teils bestürzt, teils erheitert. Belinos wimmerte in Brennas Armen.

»Cridilla, sie werden dich nie herrschen lassen! Glaubst du, die Feldfrüchte fangen unter deinen Sohlen zu sprießen an, wenn du nach Briga zurückkehrst? Du kannst nicht helfen!«

Agantequos sprach aus, was ich selbst mir vor noch gar nicht so langer Zeit gesagt hatte. Nur – warum sah ich es jetzt anders?

»Ich kann nicht zulassen, daß du alles für einen alten Mann opferst, der zu blind war, dich zu schätzen!« fuhr er fort. »Er hat dich nie geliebt, Cridilla! Er hat dich nie wirklich verstanden!«

Ich wand mich bei jedem Wort. Talorgenos' Blick schweifte zwischen mir und meinem Gemahl hin und her, und ich mußte daran denken, daß er sein Leben lang Könige beraten hatte.

»Darf das für mich von Bedeutung sein?« Ich straffte mich.

»Kannst du es leugnen? Der Ritus, den wir auf der Insel des Gehörnten vollzogen, bindet dich an dieses Land. Du kannst mich nicht verlassen! Mich nicht, dieses Land nicht und unser Kind nicht!«

Plötzlich packte mich der Zorn. »Ich kann nicht? Das lasse ich mir von keinem sagen, auch von dir nicht!«

Eine Flut kränkender Worte sprudelte in mir hoch, doch ich wußte, wenn ich ihnen freien Lauf ließe, würde nichts sie mehr ungesagt machen. Vielleicht hatte ich Angst, sie auszusprechen, vielleicht spürte ich auch, daß nicht Agantequos der wirkliche Grund meines Zorns war.

Ich schritt zur Tür, zog meinen Umhang vom Wandhaken und spürte des Eichenpriesters brennenden Blick, als ich durch die Tür ging. Ich hörte Agantequos' Verwünschung und Brenna, die ihn zu beruhigen versuchte. Sie hatte mich schon des öfteren die Halle verlassen sehen, wenn Belinos' hartnäckiges Weinen oder das unaufhörliche Plappern der Frauen mich ins Freie getrieben hatte.

Ein leichter Nieselregen verschleierte immer noch die Berge. Ich schritt durch das Burgtor und den Hang hinunter. Die Rinder auf den Burgweiden hoben die Köpfe, grasten jedoch sogleich weiter, als ich an ihnen vorbei war. Am anderen Bachufer stieg am Fuß des Berges ein Hang steil zu einem zerklüfteten Felsen an, auf dem wir bei Gefahr Krieger als Späher postierten.

Mein Ziel war nicht der Gipfel, sondern der Überhang ein Stück darunter, wo ein Rinnsal aus einem Felsspalt sickerte. Ich kletterte schnell hinauf, und als ich oben angelangt war, mußte ich warten, bis mein Pulsschlag sich wieder beruhigt hatte. Dann kniete ich nieder und erfrischte mich mit dem Wasser, das sich in dem ausgehöhlten Stein sammelte, dessen Überlauf den Hang hinunterrann.

»Herrin des Lebens in der Tiefe des Borns!« rief ich. »Hilf mir, meine Mutter! Was soll ich tun?«

Das Wasser war eisig. Ich erhob mich und lauschte der Musik des überquellenden Wassers. Allmählich füllte die friedliche Stille meine Seele. Durch den Nebel erklang das Muhen einer Kuh und aus noch größerer Ferne die Brandung des Meeres. Im Lauf des letzten Jahres waren mir diese Geräusche vertraut geworden, doch plötzlich erschienen sie mir fremd.

Warum hatte mein Vater sich geweigert, Zuflucht bei mir zu suchen? Sollte ich dem Eichenpriester glauben oder meinem Gemahl? Ich war sowohl an das Land gebunden, in dem ich nun lebte, wie an das Land meiner Geburt. Ich schwankte und zog mich am Rand des Überhangs hoch. Unter mir sprühte

Gischt auf die spitzen Felszacken, die aus dem Wasser ragten. Ich brauchte mich nur fallen zu lassen …

Aber wenn der Tod eine Lösung wäre, hätte er mich bei der Geburt meines Kindes ereilt. Schaudernd wandte ich mich wieder dem Wasser im hohlen Stein zu.

»Wie kann ich zugleich dem alten und dem neuen Leben die Treue halten?« Dunst stieg von dem stillen Wasser empor, als ich diese Frage wisperte. »Wie kann ich für Mann und Kind da sein, wenn meine Seele noch trauert, weil ich die Liebe meines Vaters verloren habe? Wenn auch das Meer uns trennt, so bin ich doch nicht frei!«

Das graue Schimmern vor mir gab keine Antwort. Ich beugte mich darüber, um zu trinken, und keuchte, als die eisige Flüssigkeit durch meine Kehle rann. Fröstelnd kauerte ich mich auf die Fersen. Da blitzte ein Licht vom Wasser auf. Ein Sonnenstrahl war durch eine Lücke im Nebel gedrungen, und nun war ich in ein klares Licht gehüllt. Die Felder und Wälder lagen noch im Nebel verborgen, doch in der Ferne sah ich das gleißende Glitzern des Meeres.

In diesem Augenblick wußte ich, was ich tun mußte.

Als ich den Hang wieder hinunterkletterte, erhob sich eine Gestalt aus dem Nebel. Einen Moment hielt ich sie für einen Geist, doch der Wolkenschleier war lediglich der graue Schal um Mutter Nestas verwitterte Züge, und die bewegten Blätter waren Kräuter, die sie unter den Bäumen gesammelt hatte. Vielleicht konnte sie mir bei jenem Teil meines Planes helfen, über den ich mir noch nicht im klaren war.

»Im Namen der Mutter«, sagte ich, »würdet Ihr etwas für mich tun?«

Sie legte den Kopf schief. »Ich habe gespürt, daß Ihr mich braucht, und werde tun, was in meiner Macht steht.«

»Ich werde mit dem Eichenpriester zur Insel der Mächtigen übersetzen. Agantequos würde mich davon abhalten«, sagte ich rasch, »darum muß ich es heimlich tun. Es sind genügend Frauen auf der Burg, die sich Belinos' mit Freuden annehmen werden. Ihr müßt meinem Gemahl versichern, daß ich nur gehe, um meinen Vater zu retten, und daß ich versuchen werde, mit einigen seiner Kampfgefährten zurückzukehren, um unsere Streitmacht zu verstärken. Vor der Wintersonnenwende bin ich wieder daheim.«

»Ich kann es ihm ausrichten ...« Mutter Nesta schloß die Augen und schwankte. »Aber ich spüre, daß etwas kommt, das alle Pläne zunichte machen könnte.«

»Was meint Ihr damit?« fragte ich scharf. »Seht Ihr Unheil für mich voraus?«

»Ich sehe ... Veränderung. Nichts wird so kommen, wie wir es erstreben. Ich sehe Völker auf Wanderung und Feuer und Wasser. Ich sehe neun Priesterinnen um die heiligen Steine tanzen ...«

»Ich tue nur, was ich tun muß ...!« rief ich. »Wenn ich mein altes Gelübde nicht erfülle, kann ich das neue nicht halten. Werdet Ihr mir helfen?«

»Ja. Doch an dem Tag, da Ihr mich wiederseht, müßt Ihr tun, worum ich Euch bitten werde.«

Ich versprach es ihr. Sie hatte mir keine andere Wahl gelassen. Und tief in meinem Herzen traute ich ihr. Und dann kehrte ich zur Burg zurück.

In dieser Nacht liebten Agantequos und ich uns mit verzweifelter Wildheit, aber wir sprachen kein Wort. Hätte er versucht, mit mir zu reden, hätte ich ihm vielleicht alles erklärt. Doch unser Streit lag wie ein blankes Schwert zwischen unseren Seelen, und nicht einmal die leidenschaftliche Glut unserer Körper fand einen Weg an dieser Wehr vorbei.

Am nächsten Tag, nachdem Agantequos losgeritten war, da Plünderer einen unserer Höfe an der Grenze des Landes überfallen hatten, küßte ich mein Kind und ließ Talorgenos rufen, und gemeinsam ritten wir zu dem Dorf an der Küste, wo sein Schiff wartete, um uns heimzubringen.

Doch von jenem Augenblick an ward sie zur Kriegerin, und mit ihren Mannen machte sie sich auf, den Urheber jener Tat zu suchen. In jedem Bezirk Erins zerstörte und plünderte sie, so daß ihr Name hernach zu Nessa verändert ward, ob der Größe ihrer Kraft und ihres Mutes.

Die Geburt des Conchobar

Am Tanz der Riesen grinsten Totenschädel von den grob gehauenen Steinen herab, die den westlichen Horizont wie Tore ins Jenseits umrahmten, als der kurze Tag sich dem Ende zuneigte. Mich schauderte. Ich hatte Vorcuns gebeten, auf dem Weg gen Norden an dieser Stätte vorbeizureisen, weil ich den gewaltigen Steinkreis noch nie gesehen hatte. Aber jetzt bedauerte ich es.

»Jemand hat hier Menschenopfer dargebracht ...«, bemerkte Vorcuns neben mir. »Vor kurzem erst. Die Gebeine wurden gekocht, aber sie sind nicht alt. Meint Ihr, es waren die Ai-Zir?«

Talorgenos schüttelte den Kopf. »Die Bemalten nahmen keine Köpfe, ehe wir Quiritani ins Land kamen, und die Priesterinnen würden an den heiligen Steinen kein Blut vergießen. Dies ist das Werk von Menschen, die in ihrer Verzweiflung nicht verstehen, zu welchem Zweck der Kreis errichtet wurde. Die Steine verabscheuen, was hier geschehen ist. Könnt Ihr ihren Zorn nicht spüren?«

Ich war erstaunt, wie deutlich ich es spüren konnte. Schon als meine Füße den Boden der Insel betraten, hatte ich die Empfindung gehabt, daß irgend etwas mich begrüßte, und das Gefühl der Heimkehr wurde mit jedem Schritt gen Norden stärker. Aber es war ein von Pein gequältes Willkommen.

»Der Kreis sammelt am Mittsommermorgen die Kraft der Sonne und gibt sie an das Land, auch ohne die Steine mit Blut zu tränken«, fuhr Talorgenos fort. »Das wissen die Ai-Zir. Sie leben lange genug mit dem Tanz, als daß sie es wagen würden, seine Kräfte aus dem Gleichgewicht zu bringen.«

»Wer immer sie waren, sie hatten Streitwagen ...« Vorcuns nahm seinen Rundgang um den Steinkreis wieder auf. Er schritt in Sonnenrichtung und achtete darauf, nicht den Pfad zu überqueren, der vom Zentrum des Kreises zum verwitterten Visierstein führte, welcher über die Ebene blickte. »Streitwagen, und Krieger, die beim Ritual zugeschaut haben«, fuhr er fort. »Hier ist deutlich zu erkennen, daß einer sich auf seinen Speer lehnte.«

Ich warf einen schnellen Blick über die Schulter. Es interessierte mich jetzt weniger, wer diese Menschen gewesen waren, als wohin sie sich begeben hatten. Die weite Ebene der Mittlande verlor sich in der ankommenden Dunkelheit. Auf der heutigen Tagesreise nordwärts waren wir keiner Menschenseele begegnet, doch es mochten sich Kundschafter zwischen den Bäumen entlang der Wasserläufe verborgen gehalten haben oder in den langen, mit hohem Gras bewachsenen Senken. Vorcuns hatte die mittlere Route für sicherer gehalten als die durch den westlichen Teil von Riganas Königreich oder die durch den Osten, wo die Banalisioi alte Rechnungen beglichen. Aber das Gebiet, wo der Große Bulle einst geherrscht hatte, befand sich in keinem besseren Zustand als der Rest des Landes.

Schon jetzt hungerten die Dörfer; denn schwere Regenfälle hatten einen großen Teil der Ernte vernichtet. Kinder starrten mit tiefliegenden Augen in eingefallenen Gesichtern aus Türen, als wir vorüberritten. Mein Magen verkrampfte sich, da ich in ihnen meinen eigenen Sohn sah. Morilandis könnte genauso verwüstet werden, falls sich die Stämme, die heimatlos durch das Große Land zogen, als zu stark erwiesen.

Aber die Leute versteckten sich nicht vor uns. Vielleicht sahen sie in drei einsamen Reisenden keine Gefahr. Oder sie besaßen nichts mehr, was des Plünderns wert gewesen wäre.

»Gehen wir!« rief ich. »Ich möchte nicht in der Nähe der Steine sein, wenn die Dunkelheit anbricht.« Samonios war nicht mehr fern, und die Grenzen zwischen den Welten wurden durchlässig. Und die Geister der Menschen, die hier am Tanz des Riesen verzweifelt und qualvoll gestorben waren, wären gewiß keine angenehme Gesellschaft.

Es wurde rasch dunkel. Als wir unsere Pferde durch das verfilzte Gras auf eine Reihe niedriger Bäume zulenkten, spürte ich, wie sehr mein Rücken von dem langen Ritt schmerzte. Ich sehnte mich nach einer Rast, doch hier wollte ich sie auf keinen Fall einlegen. Plötzlich bewegte sich die Dunkelheit unter den Bäumen. Meine Stute warf den Kopf zurück und wieherte warnend. Ich langte nach meinem Schwert. Der plötzliche Schreck hatte alle anderen Gedanken vertrieben. Ein Pfeil sirrte an meiner Wange vorbei, und ich erstarrte, die Finger um den kalten Knauf meiner Waffe gekrampft.

»Rührt euch nicht ...«, warnte jemand in der alten Sprache.

Die Schatten wurden zu stämmigen Gestalten in Stierhautumhängen, und hinter diesen Ai-Zir-Kriegern erschienen noch größere Schemen-Reiter in karierten Wollumhängen, denen das Schwinden des Tageslichts die Farbe geraubt hatte. Vorcuns fluchte, und ich strengte mich an, etwas zu erkennen. Dann sah ich den laufenden Hasen auf den Schilden der vordersten Quiritani – das Zeichen meiner Schwester Rigana.

Rigana hatte ihr Lager einen Nachtritt nördlich von Avas Schrein aufgeschlagen. Als wir an der gewundenen Reihe stehender Steine vorbeikamen, die zu diesem zweiten und größeren Kreis führte, war ich so müde, daß es mir fast gleich war, was mich dort erwartete. Die Krieger meiner Schwester liefen zusammen und beobachteten unseren Einritt ins Lager. Es waren kräftige, braunbärtige Kämpfer mit Kammhelmen und Harnischen aus gehärtetem Leder sowie jüngere Männer mit noch frischer Kriegertätowierung auf der Haut. Wir hielten vor dem größten Rundhaus an, und ich rieb mir die Augen, weil die Mäander, die auf die weißgetünchte Wand gemalt waren, vor meinem Blick verschwammen. Zu beiden Seiten des überdachten Vorbaus wölbten sich die Sichelhörner des Bullen. Offenbar war es Rigana nicht nur gelungen, dieses Volk im Kampf zu besiegen – es schien sie als ihre Große Königin zu verehren.

Der anmutige Halbblutjüngling, der Rigana zum Frühjahrsrat begleitet hatte, und ein hochgewachsener Quiritani mit kurzem, steif hochgekämmtem rotblonden Haar standen an der Tür Wache und beäugten uns mißtrauisch. Aus dem Innern waren Frauenstimmen zu hören.

Der Fellvorhang wurde zur Seite geschoben, und ein Mädchen in blauem Umhang kam heraus und flüsterte den beiden Wachen etwas zu. Ich schwang mein Bein über den Rücken der Stute und glitt steif zu Boden.

»Diese Männer gehören zu meinem Gefolge. Es darf ihnen nichts geschehen ...«, sagte ich laut, als der Quiritani nach dem Zügel von Talorgenos' Pferd langte.

»Natürlich nicht!« ertönte Riganas Stimme aus dem Innern des Rundhauses. »Vorcuns kann bei meinen Kriegern nächtigen, und Frau Asaret wird sich um den Eichenpriester kümmern. Wer unter deinem Schutz steht, dem soll nichts geschehen, selbst wenn ich ihn in Acht und Bann geschlagen habe. Du bist meine Schwester, nicht meine Gefangene.«

Ob Rigana es aufrichtig meinte, hätte ich vielleicht bei einem Fluchtversuch herausgefunden, doch als ich das Haus betrat, verbiß ich mir die Erwiderungen, die mir auf der Zunge lagen. Nun, da Rigana von meiner Anwesenheit auf der Insel wußte, konnte ich die Gelegenheit nutzen, einiges von ihr zu erfahren.

Am Herd drehte sie sich zu mir um und musterte mich. Obwohl sie aufblicken mußte, um mir ins Gesicht zu schauen, kam ich mir plötzlich wie eine tolpatschige Bauernmaid vor. Doch merkte sie mir dies offenbar nicht an, denn als sie den Blick von mir abwandte, sprach ein Hauch Bewunderung aus ihrem Lächeln.

»Die Ehe bekommt dir«, stellte sie fest. »Du hast dich herausgemacht.«

Ich war froh, daß der Fellvorhang hinter uns zugefallen war, denn gewiß verriet mein Gesicht meine Verwirrung. Zwar hatte

Agantequos mir seine Bewunderung versichert, was mein Aussehen betraf, aber er war voreingenommen. Frauen, vor allem Schwestern, waren kritischer.

Wir setzten uns an den Herd, und eine Magd schöpfte uns dampfenden Tee in zwei Hornbecher mit Silberrand. Es fiel mir schwer, das Zittern meiner Hände zu unterdrücken; erst jetzt, da meine Finger sich an dem Becher wärmten, spürte ich, wie durchfroren ich von dem langen Ritt war. Zeig keine Schwäche, riet mir dieselbe innere Stimme, die mich während des Rittes aufrecht gehalten hatte. Ihr seid beide Königinnen. Du darfst keine Angst zeigen!

Ich musterte meine Schwester verstohlen im Feuerschein und war froh, daß die Höflichkeit mir untersagte, ihre Bemerkung über mein Äußeres zu erwidern; denn sie sah schlecht aus – so stolz und mächtig sie auch sein mochte, wie das Gold um ihren Hals und die Handgelenke sowie die kostbare Borte am Saum ihres Gewandes bewiesen.

»Und jetzt hast du ein Kind …«, fuhr Rigana fort.

»Einen Sohn«, antwortete ich. »Belinos …« Meine Brüste schmerzten beim Gedanken an ihn, obwohl die Milch nahezu versiegt war. Diesen Preis war ich zu zahlen bereit gewesen, doch die schmerzliche Sehnsucht, das warme, rosige Bündel in den Armen zu halten, hatte ich nicht erwartet.

»Wer hätte gedacht, daß wir drei nach all unseren Vorsätzen nur Söhne haben würden … Aber du kannst es noch nicht gehört haben. Meine kleinen Töchter sind vor einem Mond an der Pest gestorben.«

Ihre Züge verzerrten sich flüchtig, wie die glatte Oberfläche eines Flusses sich um einen herausragenden Ast kräuselt. Ich schluckte, als ich an Belinos dachte. Wenn ihm nun etwas zustieß, während ich fern von ihm war? Und was Rigana betraf, konnte ich kein Mitgefühl vortäuschen – ich hatte mich mit zuviel Haß für unsere Begegnung gewappnet.

»Es ist nicht mehr, als auch andere erlitten haben …« Rigana gewann ihre Fassung wieder. »Mein Opfer. Vielleicht schenkt die Göttin mir noch einmal eine Tochter, wenn eines Tages wieder Frieden herrscht.«

Und wer würde der Vater sein, fragte ich mich, denn Senowindos war nirgends zu sehen.

»Aber ich glaube, die Göttin lächelt bereits«, fuhr Rigana fort, »denn hätte sie dich nicht hierhergebracht, wäre mir keine andere Wahl geblieben, als dich aufzusuchen ...«

»Als wir uns das letzte Mal sahen, hast du mich verflucht!«

»Oh, jetzt sind wir alle verflucht!« Es war keine Belustigung in Riganas Lachen. »Zweifellos hat Vorcuns dir von den Heimsuchungen erzählt, unter denen dieses Land gelitten hat. Du gehörst hierher, Schwester, und ich bin froh, daß du es erkannt hast. Ich glaube, erst jetzt wird die Göttin sich uns wieder zuwenden, da du in die Heimat zurückgekehrt bist.«

Ich starrte sie an. »Willst du mir die Schuld für all das Unheil geben? Ich bin gekommen, den König zu befreien!« Hastig biß ich mich auf die Lippe. Rigana würde mich niemals gehen lassen, wenn sie erfuhr, daß ich Leir ins Große Land mitnehmen wollte.

»Bist du deshalb wütend?« fragte sie und nippte an ihrem Tee. »Damals schien es die einzig vernünftige Möglichkeit zu sein. Unser Vater ist alt, Cridilla, und die Kraft, mit der er sein Gefolge einst führte, hat ihn verlassen. Es ist schlimm genug, ein Haus mit zwei Gebietern zu haben, aber noch schlimmer ist es, eine Hälfte des Hauses wohlbehütet zu wissen, während die andere in Schmutz und Unordnung versinkt! Gunardwilla hatte sogar noch weniger Geduld als ich. Sie hat Leirs Gefolge auf den alten Artocoxos beschränkt – und auf diese jämmerliche Kreatur, die du als Kind mit heimgebracht hast.«

»Er heißt Krah.« Ich schluckte. »Wo sind sie jetzt?«

»Meine Kundschafter haben berichtet, daß der Alte von Gunardwillas Hof fortgelaufen ist, wie zuvor von meinem. Ihre Leute verfolgen ihn. Denn so schwach Leir auch ist, kann er doch Unruhen in Briga verursachen, und Gunardwilla – besser gesagt Maglaros – hat den Ehrgeiz, aus Briga und dem Norden ein vereinigtes Königreich zu machen.«

»Du hast Kundschafter an Gunardwillas Hof?« Ich versuchte mir ein klares Bild von dem zu machen, was sie sagte.

»Sie berichteten mir, daß unsere Schwester noch starrköpfiger ist als je zuvor und daß sie mehr und mehr Gefallen am

Töten findet. Es sind sechs Monde vergangen, seit ich von ihr selbst gehört habe. Ich bin nicht deine Rivalin, Cridilla. Der Süden ist mein, und mehr begehre ich nicht. Ich werde mit Alba brechen und dir helfen, Briga zurückzugewinnen, falls du dich mit mir verbündest.«

Langsam trank ich meinen Tee aus. Er war inzwischen kalt geworden, aber ich brauchte Zeit, mir meine Antwort zu überlegen.

»Setz den alten Narren auf deiner Burg als König ein, wenn du willst«, fuhr Rigana fort. »Es ist nicht mehr von Bedeutung. Entscheidend ist, daß du nun die Riten vollziehen kannst, denn du bist rechtzeitig für Samonia gekommen! Wenn genug geopfert wird, sind die Götter im nächsten Jahr vielleicht gnädiger.«

Ich suchte immer noch nach einer Antwort, als der Vorhang hinter uns geöffnet wurde und Frau Asaret erschien. Es war offensichtlich, daß Rigana von meinem Einverständnis überzeugt war, und ich machte sie nicht auf ihren Irrtum aufmerksam. Doch hätte ich nicht geschworen, zu Agantequos zurückzukehren, wäre der Verlockung ihres Vorschlags nur schwer zu widerstehen gewesen.

Und doch, hier geschah so allerlei, das ich nicht verstand. Ehe ich nicht meinen Vater gefunden hatte, durfte ich keine Entscheidungen treffen, die mich noch fester binden würden, als es ohnehin schon der Fall war.

Am nächsten Abend konnte ich endlich mit der Priesterin sprechen. Ich hatte fast den ganzen Tag geschlafen, und so fühlte ich mich bei der abendlichen Mahlzeit kräftig genug, mit den Fragen zu beginnen. Die Gegend um den Steinkreis, den man Tanz der Riesen nannte, war nie bewohnt gewesen, doch hier, bei Avas Schrein, duckten die Häuser sich zwischen die Steine. Mir war, als hießen sie mich willkommen.

Wohin ich mich im Lager auch begab, überall wurde ich bewacht. Doch niemand wich meinen Fragen aus. Trotz der Pest und des Krieges verfügte meine Schwester über eine Streitmacht von vielen hundert Mann, und auf ihren Ruf würden noch mehr herbeieilen. Die Neffen des alten Bullen hatten einander umgebracht, und die letzte Prinzessin der Ai-Zir war gestorben. Ein Blutband aus alter Zeit verlieh Rigana das Recht auf die Herrschaft. In ihrem Lager hielten sich mehr Männer vom Volk des Bullen als Quiritani auf, doch die einzige Priesterin, die ich gesehen hatte, war Frau Asaret. Senowindos war auf der Hügelfeste und lag, den Gerüchten nach, im Sterben. Wenn Rigana durch das Lager schritt, wurde sie von einem Gefolge gutaussehender junger Männer begleitet, doch zumindest in der Öffentlichkeit ließ sie nicht erkennen, ob einer von ihnen den Thron mit ihr teilen würde, wenn Senowindos erst tot war.

Als die Königin auf einer Ratssitzung war, kam Frau Asaret zu mir.

»So werdet Ihr Euren Platz in Briga endlich einnehmen?« Asaret setzte sich neben mich und schob einen trockenen Ast ins Feuer. Sie strahlte immer noch jene friedliche Gelassenheit aus, die mich an einen tiefen, ruhig dahinfließenden Bach an einem stillen Sommertag erinnerte.

»Möchtet Ihr das?« fragte ich leise. »Rigana sagt, es sei unabdingbar, daß die zur Königin Geborene die Zeremonien durchführt.«

»Das hängt davon ab, welche Zeremonien Ihr durchzuführen beabsichtigt ...«

Ich stieß den Atem aus. »Ich war am Tanz der Riesen. Ich sah, was man dort getan hat.«

»Greuel!« zischte die Priesterin plötzlich. »Das Blut besudelt die Steine. Frau Urtaya hat sich nach Sulis zurückgezogen, und ich bin nur geblieben, weil ich hoffe, hier Schlimmes verhindern zu können. Aber Rigana hört nicht mehr auf mich!«

»Man hat mich gelehrt, daß Opfer gebracht werden müssen, wenn die Götter erzürnt sind.«

»Glaubt Ihr, die einzig annehmbaren Opfergaben müssen blutig sein?« rief sie. »Gewiß, manchmal muß Blut fließen, doch das ist nicht Zweck der steinernen Kreise! Und was an Blut vergossen wird, muß willig gegeben werden! Die Königinnen und ihre Gemahle herrschen nur, weil sie bereit sind, sich selbst dem Land zu geben, für das Land zu leben oder, falls nötig, zu sterben. Der alte König wurde gestürzt, doch niemand hat seine Bürde auf sich genommen!«

»Aber meine Schwestern haben mir versichert, das Goldene Zeitalter würde zurückkehren, wenn die Königinnen regierten ...«

Frau Asaret seufzte. »Das hatte auch ich gehofft. Aber die Quiritani sind bereits zu lange hier. Die alten Zeiten sind tot, und man kann sie nicht mehr zum Leben erwecken.«

»Habt Ihr Euch darüber so lange mit Talorgenos unterhalten?«

Sie lächelte schwach. »Es schien mir an der Zeit. Seit einer Generation haben die Menschen sich geändert. Selbst die Götter! Auf quiritanische Namen hören sie, und mehr noch – unseren Seherinnen erscheinen sie manchmal gar mit quiritanischen Gesichtern! Die alten Bräuche sind nicht mehr, und das Land liegt in den Wehen, etwas Neues zu gebären. Aber ich fürchte, es wird eine Totgeburt.«

»Ich verstehe«, erwiderte ich. »Ich wäre fast gestorben, als ich mein Kind gebar.«

Ihre grauen Augen blickten mich durchdringend an, und ich vermochte ihnen nicht auszuweichen. »Warum seid Ihr am Leben geblieben?«

»Im großen Land gibt's eine quiritanische Weisfrau, Mutter Nesta mit Namen. Sie ist mir in die Anderswelt gefolgt und hat mich gezwungen, mich zu entscheiden« – ich zog die Erinnerung schmerzhaft aus der Dunkelheit –, »der Göttin und dem Land zu dienen ...«

»Und ...«, sagte Frau Asaret leise. »Ihr habt getan, was keine Eurer Schwestern tun wollte. Ich würde diese Quiritani-Priesterin gern kennenlernen.«

»Und ich würde gern hören, was ihr beide einander zu sagen habt!« Mein Lächeln schwand, als ich Stimmen vor der Tür hörte.

»Heute nacht werden die Wachen sehr schläfrig sein«, sagte die Priesterin plötzlich. »Wenn die Eule dreimal schreit, dann nehmt Euer Bündel, und kommt zu mir heraus.«

In dieser Nacht und den ganzen folgenden Tag ritten wir nordwärts, so schnell unsere Pferde uns trugen. Als die Sonne aufging, zogen bereits Wolken von Westen heran, und Regen fiel auf ein Land, dem das sterbende Jahr bereits alle Farben genommen hatte. Unsere Pferde stapften durch aufspritzende Pfützen und plagten sich durch das verfilzte Gras des vergangenen Sommers. Aber Frau Asaret begleitete uns, und vielleicht verwirrten ihre und Talorgenos' Zauber die Verfolger und hielten sie auf, denn wir bekamen sie nie zu Gesicht, während wir zügig nach Norden ritten.

Am Abend des zweiten Tages führte Vorcuns uns zu einem Hof am Rand des Hügellandes, den einer der Kampfgefährten bewirtschaftete, welcher sich in Leirs Diensten eine Lähmung zugezogen hatte. Wasser tropfte aus den Traufen des hübschen Rundhauses und stand in Lachen auf dem Boden, doch aus der Mitte des Strohdachs stieg kräuselnd Rauch in den Himmel, und es roch nach Gegartem.

»Ist's hier ungefährlich?« Frau Asarets Stimme war heiser vor Erschöpfung. Ich blickte sie besorgt an. Auch ich war müde, obwohl ich nur reiten und nicht auch noch Schutzzauber hatte wirken müssen.

Vorcuns zuckte die Schultern. »Wir müssen etwas essen und uns aufwärmen. Ilix und ich standen Rücken an Rücken auf dem Schlachtfeld. Er wird uns nicht verraten, wenn er uns einläßt.«

Als wir am nächsten Morgen weiterritten, begleitete Ilix uns mit seinem Sohn. Und sie blieben nicht unsere einzigen Gefährten. Während wir weiter gen Norden zogen, eilte die Kunde über unsere kleine Gruppe uns voraus. Männer strömten aus den Bergen herbei wie Bäche bei Hochwasser; sie ritten auf kräftigen Pferden und bargen ihre Waffen unter den Umhängen, um sie trocken zu halten. Es waren Quiritani, die zu mir kamen, weil ich meines Vaters Tochter war. Sogar Nextonos ritt von seiner neuen Burg herab, als wir daran vorbeizogen, und obwohl er mir nicht in die Augen zu blicken wagte, glaubte ich seinem Treuegelübde.

Doch auch andere kamen, zu Fuß und mit einfachen gehämmerten Speeren bewaffnet – stämmige Männer mit dem braungelockten Haar des Volkes meiner Mutter, deren Kriegertätowierung beim einen oder anderen unter den Ärmeln seines Kittels hervorlugte. Und auch Halbblütige schlossen sich uns an, in deren Adern das Blut des Alten Volkes floß. Sie kamen, weil ich die Tochter meiner Mutter war.

Zuerst war mir ihre Begleitung als Schutz willkommen. Doch von einem Tag zum anderen wurde aus dem Schutz ein kleines Heer. Die Entscheidung wurde mir abgenommen. Während wir weiter nordwärts zogen, nach Udrolissa, wuchs die Zahl meiner Begleiter so an, daß sie mehr als ausreichte, einen Krieg damit zu führen. Inzwischen war es zu spät, sie zurück nach Hause zu schicken, und ich würde die Hilfe dieser Männer vielleicht brauchen, um mit Leir zur Küste zu gelangen. Vielleicht würden mir einige sogar übers Meer ins Große Land folgen, um Agantequos im Krieg gegen die fremden Völker beizustehen.

Zwei Tage vor Samonia erspähte ich die Pfeile, die sich dunkel gegen den grauen Winterhimmel abzeichneten. Doch mir blieb keine Zeit, Erinnerungen nachzuhängen, denn Artocoxos, zerzaust und zottelig wie ein alter Bär, der aus dem Winterschlaf erwacht war, kam von der Burg heruntergeritten. Er war allein.

Ich saß fröstelnd auf der erhabenen Bank im Haus meiner Geburt. Flammen schlugen aus der langen Feuergrube, doch mehr als ein Jahr war vergangen, seit die Königinnen diesen Stützpunkt aufgegeben hatten, und das Gesinde war zu seinen Sippen zurückgekehrt. Die klamme Feuchtigkeit des Strohdachs würde wohl nicht so schnell trocknen. Artocoxos hatte viele der Kampfgefährten um sich geschart; andere waren mit mir hierher gekommen. Es war noch ein Tag bis Samonia, doch als ich die alten Recken Drost und Catuweros, Rotbein und Tomen und Zanis, Hundebauch und Ilix betrachtete, kamen sie mir wie Geister vor, die aus ihrem Grabhügel gekrochen waren, um in unserem alten Zuhause am Festmahl teilzunehmen.

Mir gegenüber saß Artocoxos und kaute an einem Stück Wildbret, doch ich bekam keinen Bissen herunter. Der Feuerschein warf einen trügerischen Goldhauch über sein graues Haar, doch seine faltige Haut vermochte das flackernde Licht nicht zu straffen, und auch die halb verheilte Wunde, die sich über seinen Arm zog, konnte es nicht verbergen.

»Hat Gunardwilla den Angriff auf euch befohlen?« fragte ich ihn aufs neue.

»Jedenfalls brüllte dieses Geschmeiß ihren Namen, also wird's wohl so sein«, murmelte er. »Leir glaubte es auch. Eine finstere Nacht war's, und der Wind blies so stürmisch, daß er jeden gegen die Felsen schmetterte, der nicht auf der Hut war. Der König beschwor den Himmel, ihn zu zermalmen, und der Donner hämmerte herab, aber sein eigener Körper wollt' ihm nicht gehorchen, und Krah zerrte ihn davon. Ich stellte mich zwischen zwei Felsblöcke und hielt die Schar aus dem Norden auf, bis die beiden in Sicherheit waren ...«

Ich streckte ihm den Krug mit Bier entgegen. Artocoxos nahm einen tiefen Schluck, lehnte sich zurück und wischte sich die Lippen und den langen Schnurrbart mit dem Handrücken ab.

»Wie viele Feinde hast du erlegt?« Vorcuns Augen blitzten.

»Sechs oder sieben – dann hatten sie genug. Aber die alten Tage sind vorbei. Ich wollt' dem König folgen, bin gestürzt. Wenn nicht ein Hirt, der ein verirrtes Schaf suchte, über mich gestolpert wär', würden meine Knochen auf dem Moor bleichen.« Er hieb sich mit der Faust auf den Schenkel. »Herrin, verzeiht mir! Ich konnte meinen König nicht mehr finden.«

Ich legte ihm die Hand auf den Arm. »Glaub mir, Bärbein, ein Jüngerer wäre nicht mehr auf die Beine gekommen, hätte er soviel Blut verloren. Es ist ein Wunder, daß du noch lebst!«

»Cridilla«, sagte Vorcuns. »Eure Schwestern gebärden sich wie tollwütige Säue! Die Göttin hat Euch ein Heer gegeben. Ihr müßt jetzt Anspruch auf Euer Reich erheben!«

Ich drückte den Umhang auf meine schmerzenden Brüste. »Ich bin nur gekommen, um meinen Vater in Sicherheit zu bringen! Hast du vergessen, daß ich einen Gemahl und ein Kind habe?«

»Und was ist mit all den anderen Vätern und Gatten und Kindern?« entgegnete Vorcuns. »Wollt Ihr sie ...«

»Genug!« knurrte Artocoxos. »Was ist das alles wert ohne den König?«

»Du hast jeden Hirten in den Hügellanden auf die Suche nach ihm geschickt ...«, rief Drostagnos. »Der König ist tot, oder die Alten haben ihn geholt! Cridilla, Ihr seid jetzt unsere Führerin!«

»Nicht, ehe ich nicht weiß, was aus meinem Vater geworden ist ...«

»Dann werdet Ihr lange warten müssen«, brummte Hundebauch.

»Ich wüßte vielleicht, wie wir erfahren könnten, wohin Leir sich begeben hat«, ertönte eine Stimme hinter mir. »Doch es braucht Mut!« Die Männer machten achtungsvoll Platz, als Frau Asaret ihren dunkelblauen Umhang zurückwarf und sich ans Feuer kniete, um die Hände darüberzustrecken. »Ich kann Euch auf den Geistweg schicken, Herrin.«

Aus den Augenwinkeln bemerkte ich, wie einer der Männer das Schutzzeichen machte, doch ich beugte mich vor. »Wann?«

»Morgen, wenn Ihr möchtet.«

»Aber morgen ist Samonia!« rief Talorgenos und blickte sie bestürzt an.

»Gerade nach Eurem Glauben ist's die günstigste Zeit, sich mit Geistern in Verbindung zu setzen.« Die Priesterin lächelte.

Es war ein karges Festmahl für Samonia – ein paar Rehe, welche die Männer erlegt hatten, Gerstenfladen, harter Käse und ein wenig Dörrobst, das eine Frau aus dem Dorf gesotten hatte. Die Schweine und Rinder, die in besseren Jahren bis zur Winterschlachtung durchgefüttert worden wären, waren längst geschlachtet und verzehrt.

Ich schämte mich, die Dörfler überhaupt um etwas bitten zu müssen, doch die Leute gaben es gern, denn sie betrachteten unsere Anwesenheit als eine Rückkehr zu jenen Tagen, die golden in der Erinnerung funkelten.

Nachdem ich das Mahl gesegnet hatte, überließ ich Talorgenos die Trinksprüche, als wir mit dem Bier zum Gedenken anstießen. Heute sollten die Krieger ihre dahingeschiedenen Kameraden willkommen heißen. Frau Asaret und ich hatten eine andere Aufgabe zu erfüllen.

Als wir in die Dunkelheit hinaustraten, wirbelte ein eisiger Wind von den Hügeln. Er rupfte die letzten welken Blätter von den Bäumen und fuhr raunend durch das Ried des Daches, das längst hätte erneuert werden müssen. Aber vielleicht hörte ich nicht das Raunen des Windes, sondern das Wispern der zum Fest zurückgekehrten Geister. Wenn sie die Burg so trostlos sahen, würden sie da nicht glauben, sie hätten sich verirrt? Ich erinnerte mich, wie ich die Geister in jener Nacht gesehen hatte, als mein erstes Mondblut floß ... Jetzt war ich nicht in diesen Tagen, aber vielleicht hatte das Gebären mich dafür empfänglich gemacht, denn mit jedem Atemzug prickelte meine Haut unter dem unverkennbaren Pulsschlag der Macht.

»Ehe die Quiritani kamen«, sagte Frau Asaret, während wir den Hang hinabstiegen, »soll diese Nacht wie alle anderen gewesen sein.«

»Aber die Geister kehren wirklich zurück! Spürt Ihr sie denn nicht in der Luft?« rief ich.

»Ja, ich spüre sie. Und es ist ein schauerliches Gefühl für mich! Denn mich wurden Dinge gelehrt, die anderen verborgen bleiben. Seit einer Generation werden in dieser Nacht die Geister gerufen. Inzwischen haben sie sich daran gewöhnt, in unsere Welt zurückzukehren.«

»Meint Ihr damit, sie würden fernbleiben, wenn wir sie nicht mehr willkommen hießen?«

Frau Asaret wandte mir das Gesicht zu, doch es war nur ein verschwommener weißer Fleck in der Dunkelheit.

»Denkt Ihr, die Anderswelt ist irgendwo in weiter Ferne, wie ein unbekanntes Land jenseits des Meeres? Nein, sie liegt über der Welt, die wir kennen, wie die Falten eines Umhangs, von dem einzelne Teile die Erde berühren, während andere fern des menschlichen Wissens liegen. Für manche öffnen sich die Türen mühelos und unbemerkt, während andere sie nur mit Sinnen finden können, die durch Zeit, Ort oder Ritual geschärft sind.«

»An einem Ort wie den Pfeilen?« fragte ich. Vor uns ragten die vier Steinsäulen steil zu den Sternen empor.

»Und zu einer Zeit wie Samonia«, bestätigte Frau Asaret. »Die großen Gezeiten kommen und gehen, im Menschen genau wie auf der Erde, ohne daß er Einfluß darauf hat. Doch die Gestalten, welche die Menschen dem Geist geben, haben ihre eigene Wirklichkeit. Sie mögen schwinden, doch wie die Male, die wir dem Land aufprägen, bleibt immer etwas zurück. Selbst wenn das Volk Eures Vaters niedergeworfen werden sollte so wie das meine, wird doch etwas von seinem Geist bestehen bleiben. Und jemand, der willentlich und wissentlich die alten Namen ruft, wird Antwort bekommen. Ich habe von Wald überwucherte Steinkreise gesehen, wo immer noch Macht ist.«

»Die Pfeile haben Macht ...« Ich erinnerte mich, wie ich es als Kind gespürt hatte.

»Sie stehen an einem Kreuzweg der Geisterpfade. Sie sind in beiden Welten zugleich. Wenn Ihr entschlossen seid, das Wagnis dieser Reise auf Euch zu nehmen, werden die Steine das Leuchtfeuer sein, das Euch den Weg zurück weist.«

Ich habe so etwas schon früher getan. Warum hab' ich nun Furcht, fragte ich mich. Angst verkrampfte mir den Magen, doch ich beschleunigte meine Schritte den Hang hinab.

Holz für die Festfeuer war nördlich und südlich und östlich und westlich der Pfeile gestapelt. Ich setzte das Reisig und die Kienspäne ab, die ich in meinen Umhang gewickelt hatte. Frau Asaret nahm davon und legte ein paar Späne und Zweige auf jede Feuerstelle. Als sie eine nach der anderen entfachte, stellte ich mich hinter sie und breitete den Umhang aus, um die Flämmchen vor dem Wind zu schützen, bis sie zur mächtigen Lohe aufloderten, die zu den Sternen emporpeitschte.

»Legt Euch in die Mitte der Verbindungslinien zwischen den Steinen«, forderte die Priesterin mich auf, »und hüllt Euch warm ein.«

Die Glöckchen an ihrem gegabelten Stab klingelten, als sie um den Steinkreis herumging. Nach der ersten Umrundung spürte ich, wie der Wind erstarb. Außerhalb des Kreises schlug der Wind die kahlen Weißdornzweige immer noch gegeneinander, doch die lodernden Flammen der Feuer brannten nun ruhig. Als Asaret ein zweites Mal rundum ging, gesellte sich zum Klingeln der Glöckchen ein eigenartiges Summen. Der Druck innerhalb des Kreises ließ plötzlich nach.

Erst bei der dritten Umrundung wurde mir klar, daß es Asarets Stimme war, die ich hörte. Der Rhythmus ihrer Vibrationen schwang in meinen Knochen mit. Doch inzwischen fühlte ich die halbgefrorene Erde nicht mehr, auf der ich lag. Meine Gliedmaßen waren zu Blei geworden, doch mein Geist schwebte und verwandelte Asarets Worte in Bilder.

Ich sah die Feuer durch einen Lichtpfad miteinander verbunden, als die Priesterin die Barriere wob. Außerhalb des Kreises war Finsternis, während der Glanz im Innern zu sprühen anfing und davonwirbelte in Richtung Sonne, getrieben von einer Kraft, deren funkelnde Pünktchen ich jetzt zu sehen vermochte. Mein Geist versuchte sich loszureißen wie ein angebundenes Boot, aber noch hielt das Fleisch ihn fest. Die Priesterin beendete die siebente Umrundung, näherte sich mir in spiralförmiger Linie und blieb vor meinen Füßen stehen. Mein Geistblick sah das Licht, das von ihren zur Seite ausgestreckten Armen ausging und sie in gewaltige Schwingen zu verwandeln schien.

»Schlange von Briga, geh nun! Das Tor ist geöffnet. Geh, meine Tochter, der leuchtende Weg erwartet dich!« Die Worte brausten durch mich hindurch und wirbelten mich davon.

Zuerst vernahm ich einen Ton, einen allgegenwärtigen Widerhall, der mich an das Singen von Harfensaiten erinnerte. Als das Bild vor meines Geistes Augen sich festigte, sah ich das Land unter mir mit Adern aus Licht durchzogen. Eine breite Vene kam vom großen Steinkreis, in dessen Zentrum ich lag. Der heilige Hain am Fluß unterhalb von Udrolissa war die Nabe eines Strahlenkranzes. Ein anderer leuchtender Weg verlief von weiter unten am Fluß nach Norden und Süden, so weit ich sehen konnte.

Eine Zeitlang war ich in diesen Anblick versunken.

Anfangs hielt ich die leuchtenden Wege für Flüsse aus Licht, dann erkannte ich, daß es unzählige menschenförmige Lichtpünktchen waren, die dahinströmten und sich auf den Geistpfaden drängten wie Besucher auf dem Weg zu einem Fest. Ich erkannte Uxelos, einen Kampfgefährten meines Vaters, und ich erinnerte mich, daß jetzt in der Halle das Bier des Gedenkens getrunken wurde. Der alte Krieger war in Rüstung und Waffen, doch das Alter schien von ihm abgefallen zu sein. Sein Haar sah frisch gebleicht und füllig aus und der schwarze Keiler wie gerade erst auf seinen Schild gemalt. Was würde er von den ausgemergelten, zerlumpten Männern halten, die ihn zurückgerufen hatten?

Und wie Uxelos prangten alle dahinziehenden Krieger in Wehr und Waffen; auch die anderen Männer, die Frauen und die Kinder waren prächtig gewandet. Doch es waren ihrer so viele! Sie drängten sich zu den Ortschaften und riefen den Frauen zu, zu empfangen und neue Körper für sie, die Geister, wachsen zu lassen, auf daß sie ins Leben zurückkehren könnten. Doch ich sah auch dunkle Stellen im Lebensnetz, dort, wo niemand geblieben war, der die Geister hätte willkommen heißen können, und das Klagen derer, die kein irdisches Zuhause mehr hatten, erfüllte die Luft mit Mißklängen.

Weiter eilten sie, die Toten aus allen Zeiten und allen Landen. Ich vermeinte, Salamander und Weide zu sehen, die meine Truppgefährtinnen auf der Nebelinsel gewesen waren. Ich sah Loutrinos, den die Pest dahingerafft hatte, und Senowindos, der in Belerion an Altersschwäche gestorben war. Tote Kampfgefährten meines Vaters zogen im Lichtstrom dahin, und andere Krieger von anderen Völkern. Plötzlich erschrak ich, als ich Cuno wiedererkannte, einen von Agantequos' Männern. Hatte es etwa auch in Morilandis Krieg gegeben?

Ich wollte mehr sehen, doch mein Geist wurde festgehalten. Unter mir befand sich ein hellerer, größerer Lichtpunkt – Frau Asaret. Sie hielt Wache über ein längliches, in einen Umhang gewickeltes Bündel, und betroffen wurde mir klar, daß es mein Körper war, den ich zurückgelassen hatte. Also war ich frei zu wandern und mußte mich nun auf meine Aufgabe konzentrieren. Doch wie sollte ich in dieser Nacht, da so viele über die Geiststraßen zogen, einen bestimmten lebenden Menschen finden?

Auch ich würde jemanden rufen müssen.

»Bärmutter! Artona!« schrie ich. »Deine Trupptochter braucht dich! Kriegerin, beim Blut, das du vergossen hast, höre mich!« Ich wartete, doch nichts regte sich. Früher war sie immer erschienen, ohne daß ich sie hatte rufen müssen. Wo war sie jetzt? »Mutter, denk daran, wie du mich gelehrt hast, dem Rehbock auf der Fährte zu bleiben und dem Otter im Bach auf der Spur! Mutter, ich brauche deine Fähigkeit, Spuren zu lesen! Höre mich, hilf mir, komm jetzt zu mir!«

Das Lichtnetz um mich dehnte sich, und als mein Blick sich wieder klärte, sah ich Bärmutter vor mir, stark und riesig, in ihren Pelzumhang gehüllt, so wie ich sie in Erinnerung hatte.

»In Alba sitzen sie beim Festmahl. Deine Schwester briet einen jungen Ochsen am Spieß, dessen Blut sie für mich vergoß, und ihre Krieger trinken goldenen Met zu meinen Ehren.«

Ich starrte sie an. Hätte auch ich ihr eine Opfergabe darbringen sollen? Aber brauchten die Lebenden das bißchen, das wir an Nahrungsmittel hatten, nicht nötiger als jene, die dahingeschieden waren?

»Ich kann dir nicht mehr geben als die Knochen des Rehbocks, der den Hunger meiner Männer nicht stillen konnte«, entgegnete ich bitter. »Und sie haben nur saures Bier, mit dem sie ihrer verlorenen Brüder gedenken können. Doch ohne deine Hilfe gibt es im nächsten Jahr vielleicht gar keine Männer und kein Bier mehr – und auch keine Opfergaben.«

Herausfordernd begegnete ich ihrem stumpfen Blick. Ich hatte sie im Leben nie verstanden, warum sollte es jetzt anders sein? Doch plötzlich lächelte sie.

»Knochen sind die Saat. Geb' mich mit Knochen zufrieden.«

»Kannst du meinen Vater finden?« fragte ich.

»Um zu sehen, wo er ist, muß man wissen, wo er war. Erinnere dich, wie vertraut du mit dem Wald gewesen bist! Auch der Geist hinterläßt seine Spuren.« Ihre Gestalt verwandelte sich, sie breitete die Arme aus, und plötzlich war sie ein Fischadler und hob sich mit weiten Schwingen in die Lüfte. »Komm!« erklang ihr kreischender Schrei.

Für einen Moment packte mich Entsetzen; dann aber erinnerte ich mich an meine Prüfung auf der Insel. Von einem plötzlichen Glücksgefühl erfüllt, streckte ich die Arme aus, um den Himmel mit den breiten weißen Schwingen eines Schwans zu umarmen. Der Fischadler flog nordwestwärts, und ich folgte ihm.

Die Nacht wirbelte von Energien, für die ich keinen Namen hatte. Mit meiner Willenskraft verlieh ich ihnen vertraute Formen, machte sie zu Windgestalten, die meine Geistform zu tragen vermochten. Das Lichtnetz erstreckte sich in alle Richtungen, und ich spürte, daß manche Fäden zu Orten führten, die weit von der mir bekannten Welt entfernt lagen. Sie riefen mich, doch ich widerstand der lockenden Musik und flog weiter.

Dort, wo die Straße, die vom Schrein der Jungen Götter südwärts führte, sich durch die Berge emporschlängelte, hatte Artocoxos den König aus den Augen verloren. Es war eine wilde Gegend, voll dichtbewaldeter Täler und steingekrönter Hügel, in der schwer voranzukommen war, selbst für jemanden mit Krahs Erfahrung im Wald- und Bergland. Doch die Geiststraße erstreckte sich unbeirrbar dahin.

Plötzlich stieß der Fischadler hinab.

Mein Schwingenschlag stockte. Da unten war etwas, etwas wie der Hauch eines Geruchs oder eines halb gehörten, halb vergessenen Liedes. Ich segelte in einer weiten Spirale auf das sturmgepeitschte Land zu und sah schließlich zwei glimmende Punkte, die weder Tier noch Baum waren, im Windschatten eines Felsüberhangs kauern.

»Vater!« schrie mein Geist.

Beide Männer bewegten sich. Ich sah den Wind der Welt Leirs Haar zausen. Er taumelte auf die Füße und hob drohend die Fäuste zum Himmel.

»Fahr hernieder, verfluchter Blitz – verbrenn meine Seele! Feuer und Donner sollen auf mein Haupt fallen, wenn sie nur meine Feinde zerschmettern. Die gepeinigte Erde ist zu Tode verwundet! Worauf wartet ihr noch? Stürmt herab und macht ein Ende! Alles ist zerstört, was ich vollbracht. Warum plag' ich mich noch weiter? O ihr schrecklichen Götter, wenn ihr's müde seid, mit mir zu spielen, dann habt Erbarmen und tötet mich!«

Ein Blitz flammte auf, und ich sah meinen Vater zweifach; seine Züge waren deutlich hervorgehoben, und seine Geistform war gefangen wie ein klagender Wolf. Ich flog zu der dunkleren Gestalt, die sich an seine Knie klammerte.

»Krah, kannst du mich hören? Ich bin hier!«

Der Lebensschimmer um den zweiten Mann bewegte sich, als er aufblickte.

»Tu mir nichts! Ich tu' dir nichts!«

»Krah!« rief ich aufs neue. »Ich bin es, Cridilla! Den Göttern sei Dank, daß wir euch gefunden haben!« Der Adler hielt sich mit den Krallen an den Ästen einer windgeschüttelten Birke fest, und ich landete mit flatternden Schwingen auf dem Fels. »Wie seid ihr hierhergelangt? Habt ihr zu essen? Warum kann mein Vater mich nicht sehen?« Meine Worte überschlugen sich, als ich näherkam.

»Alle suchen ihn, aber ich kenne die verborgenen Pfade«, sagte Krah. »Kann nichts tun, Otter. Schlafe fest. Geh heim!«

»Ich bin in Udrolissa«, erklärte ich, »bei Artocoxos und der Kriegerschar. Bleibt hier, wir werden euch holen.« Wieder zuckte ein Blitz, und ich sah, wie alle Kraft in Leirs Gesicht sich in Verzweiflung auflöste.

»Vater!« rief ich. »Kannst du mich denn nicht hören? Ich bin gekommen, dich heimzubringen ...« Das Lebenslicht meines Vaters flackerte wie Fackelschein, wenn der Wind das Dach der Halle schüttelte.

»Die Heerscharen der Toten kommen heim ...«, wimmerte er, als neuerlicher Donner krachte. »Die Räder ihrer Streitwagen rattern durch die Wolken. Horch! Hörst du sie? Der grausame Wind peitscht mir ihre Klagen ins Gesicht!« Er fiel auf die Knie. »Erbarmen! Bei meiner Ehre – ich hab' versucht, euch zu retten, liebe Gefährten! Meine Töchter haben mich verraten! Oh, eure Augen, eure Blicke! Es sind zu viele, viel zu viele tot! Beim Zorn der Götter, laßt mich in Ruhe! Fort mit euch!« Er schlug die blaugeäderten Hände vors Gesicht.

»Vater, ich lebe! – Krah, du kannst mich sehen! Sag ihm, daß ich hier bin!«

Ganz kurz schüttelte Krah bibbernd den Kopf. Dann richtete

er sich steif auf die Knie und zerrte meines Vaters knochige Schultern.

»Was? Was soll ich sehen?« murmelte Leir. »Ich hab' schon zu viel Arges erblickt!« Doch er drehte sich um und starrte, während ich meine Schwingen ausbreitete, ihn zu umarmen, und einen Augenblick fühlte ich wie Schwan und Frau zugleich.

»Cridilla …« Leir richtete sich abrupt auf, zeigte auf mich und schrie mit furchtbarer Stimme: »Ein Geist! Dämon! Trugbild! Warum suchst du mich heim? Heut' ist Samonia, und die Toten kommen! Ah – so ist auch sie tot! Zwei Töchter sind zu Dämonen geworden, und die dritte hab' ich in den Tod getrieben! Wenn ich zu den Geistern spreche, bin dann auch ich ein Geist?« Zu meinem Entsetzen brach er plötzlich in Gelächter aus. »Du bist tot, und sie ist tot und ich! Ich hab' die eine getötet, die ich mehr geliebt habe als alles auf der Welt!«

»Nicht tot!« widersprach Krah verzweifelt. »Ihr Geist wandelt den Traumweg als Schwan!« Wieder drehte er seinen Herrn zu mir um. Ich schlug mit den Schwingen, und Leirs dünne Locken wirbelten im Wind. Seine Augen weiteten sich.

»Verhöhn mich nicht. Ich hab' dich getötet! Mein Pfeil traf den Schwan!«

Nach Wein- und Metfest brachen sie eilig auf, Männer, die sich in Schlachten einen Namen gemacht, die den Tod nicht fürchteten … Ich trauere bitter um Mynyddawgs Mannen, zu viele wahre Sippenbrüder habe ich verloren; von dreihundert Streitern, die sich nach Catraeth aufmachten, kehrte nur einer zurück.

Aneurin, Goddodin

Über Nacht waren Wolkenmassen aus dem Norden herangetrieben, und vom bleichen Himmel fielen Flocken, die eisige Küsse auf Stirn und Wangen hauchten, doch auf dem Boden schmolzen. Inmitten des geschäftigen Treibens des erwachenden Lagers saß einsam und allein der Mann, der einst Hochkönig der Insel der Mächtigen gewesen war. Die Schneeflocken hafteten auf Leirs Wimpern, so reglos saß er da, und zauberten Sterne auf den schweren Umhang, den Krah ihm umgelegt hatte. Einmal streckte er die Hand aus, um eine Flocke zu fangen, und lächelte, als sie in seiner Hand schmolz.

Ein Mann, der zusammengerollte Wolldecken trug, verlangsamte den Schritt, als er sich dem König näherte; dann ging er vorsichtig um Leir herum, ohne daß dieser Notiz von ihm nahm. Wohl ein dutzendmal hatte ich eine solche Szene beobachtet, seit ich darauf wartete, daß das Wasser im Kessel endlich zu sieden begann. Mein Vater schien in einer anderen Welt zu leben.

Mein Geistflug war anstrengend gewesen, doch schon am folgenden Nachmittag wählte ich zwei Handvoll Männer der Kriegerschar aus, um den König zu holen – darunter all jene, die von Leirs alten Kampfgefährten übrig waren –, und wir brachen sogleich auf. Der Trupp war stark genug für den Fall, daß wir unvermutet auf Feinde stießen. Den Rest meines Heeres ließ ich mit Talorgenos in Udrolissa zurück und versprach, nach ihnen zu senden, sollte ich sie benötigen.

Dennoch hatten wir fast drei Wochen gebraucht, um zu meinem Vater und Krah zu gelangen. Wir waren der großen Straße durch das Hügelland gefolgt, denn nach dem Samoniafest hatte das Wetter sich verschlechtert, und durch den Schlamm wären die Pferde nur langsam vorangekommen. Krah hatte eine Höhle als Unterschlupf für den König und sich gefunden, in der sie auf uns gewartet hatten, doch sie waren zu geschwächt, als daß wir schnell hätten reiten können. Und seit Samonia schien nur noch Leirs leere Hülle in der wirklichen Welt zu weilen.

»Sein Zustand bessert sich nicht ...«, sagte ich zu Krah, der neben mir kauerte und an einer Käserinde kaute.

»Er wandelt durch Traumwiesen und pflückt Schneeflocken wie Blumen ...« Krahs Stimme zitterte schmerzlich. »Vielleicht ist er der Glücklichere ...«

Vielleicht, dachte ich. Aber dieser völlige Verlust von Macht über sich und andere erschütterte mein Vertrauen in die Wirklichkeit.

»Krah, wie steht es mit *dir*?« Ich legte ihm flüchtig die Hand auf die Schulter.

Er blickte zu mir auf. Seine Augen waren groß und dunkel wie die eines erschrockenen Rehs. An diese Augen erinnerte ich mich, doch sein Gesicht war nur noch Haut und Knochen, und plötzlich schämte ich mich dafür. Ich war so besorgt um meinen Vater gewesen, daß ich den Mann, dem er sein Leben verdankte, kaum beachtet hatte.

Krah benetzte die Lippen.

»Am Jahresende weisen Unheilszeichen –
Geister kreisen im grauen Gewölk,
Raben rufen, raunen Warnung –«

Er zuckte müde die Schultern, und seine früher so beredten Hände waren leblos. »Habe Angst – bin vor langer Zeit aus den Bergen weggelaufen, aber die Alten vergessen nicht. Zuviel Angst zu leben. Aber noch nicht wie *er* …« Er deutete auf Leir. »Hab' die Füße noch auf der Erde …«

»Krah …«, begann ich, doch was konnte ich ihm schon sagen? Falls wir unbehelligt nach Udrolissa zurückkehrten, nahm ich mir vor, würde ich schon wieder Fleisch auf seine Knochen bringen. Zumindest wußte ich, was ich für Krah tun konnte. Doch was dem König fehlte, wußte ich nicht.

Ich füllte einen Becher mit Kamillentee aus dem Kessel, der dampfend über den Kohlen hing, und reichte ihn Krah. Dann brachte ich einen zweiten Becher Tee zu der stummen Gestalt auf der anderen Seite des Feuers.

»Hier hast du Tee, Vater. Er wird dich wärmen.« Ich kniete mich nieder und reichte ihm den Becher.

»Der Trank der Anderswelt ist würzig.« Er hob den Becher und atmete tief den Dampf ein. »Ich danke dir, Maid. Früher hat meine Tochter mir am Morgen immer Tee gebracht. Ich würde sie so gern sehen, aber das ist verboten.« Er raunte verschwörerisch: »Denn sie wurde in einen Schwan verwandelt …«

»Vater, ich *bin* Cridilla! Aus Fleisch und Blut, genau wie du! Ich legte eine Hand auf seinen Arm und zuckte zusammen, als ich die Knochen unter der Haut spürte. »Vater, *sieh mich an!*«

Er beugte sich vor, und ich zwang mich, in seine fast blicklosen Augen zu schauen.

»Du hast wahrhaftig Ähnlichkeit mit ihr, Maid. Aber meine Tochter war eben erst Frau geworden. Du hingegen bist erwachsen.«

Ich kauerte mich auf die Fersen zurück und wischte mir Schneeflocken aus den Augen. Vielleicht waren es auch Tränen. Er sah mich nicht. Hat er dich *je* wirklich gesehen, fragte ich mich.

»Herrin, die Männer sind zum Aufbruch bereit.« Artocoxos blickte von Leir zu mir. »Das Pferd meines Königs wartet. Wenn Ihr die Güte hättet, ihm zu helfen.« Er preßte die Lippen vor Kummer und Schmerz zusammen, doch es gelang ihm, seiner Gefühle Herr zu werden, und er hob den Arm zum Ehrengruß. »Die Männer harren Eurer Befehle.«

Ich erhob mich. Ich hatte gehofft, daß mein Vater mir die Bürde des Heerführers abnehmen würde, sobald ich ihn gefunden hatte. Vielleicht würde es sich ändern, wenn wir erst wieder in Udrolissa waren; aber jetzt hatte es ganz den Anschein, als würde die Treue der Männer mehr denn je mir gelten, und ich durfte sie nicht enttäuschen. Denn mit Leir war nicht zu rechnen: Mein Anblick hatte das letzte Glied der Kette zerbrochen, die ihn noch mit der Wirklichkeit verbunden hatte.

Es schneite nicht mehr, und unter der Wolkendecke war die Luft klar. Vor uns stieg Rauch hinter den Felsmauern von Rigodunon auf, das auf einer flachen Kuppe sich stufenförmig auftürmender Felsmassen wachte. Auf unserem Herritt hatte es geregnet; so waren wir unbemerkt an der Burg vorbeigelangt. Doch inzwischen mußte Bitwitos von uns gehört haben und würde auf unsere Rückkehr warten.

»Gegen Mittag werden wir unterhalb der Burg sein«, sagte Artocoxos, der meinem Blick gefolgt war.

»Was, meinst du, werden sie tun?«

»Bitwitos schuldet dem König viel, doch von Rigodunon aus könnte er übers Hügelland herrschen. 's hat seinen Grund, daß sie ihn Landherr nennen. Er war stets ein vorsichtiger Mann, und er sitzt abwartend in dieser Burg, seit die Unruhen ausbrachen. Er wird die Königinnen nicht erzürnen, indem er uns unterstützt, aber vielleicht läßt er uns ungehindert ziehen.«

Das mitleidlose graue Licht zeigte mir jede Furche, die ein Leben in Leirs Diensten in des alten Kriegsführers Gesicht gezeichnet hatte, und ich streckte in plötzlicher Dankbarkeit die Hand nach ihm aus.

»Artocoxos, laß mich sagen, was mein Vater nicht kann. Danke für sein Leben, so wenig er es auch schätzen mag. Du hättest so leicht einfach fortgehen können …« Ich errötete unter seinem traurigen Blick, denn genau das hatte ich getan.

»Anfangs war ich zornig auf Euch, weil Ihr Euch eine neue Heimat jenseits des Meeres gesucht habt …« Als hätte er meine

Gedanken gelesen, lächelte Artocoxos plötzlich. »Aber Ihr seid gewachsen. Ich hörte, daß Ihr einen starken Gemahl gewählt habt, der zu Euch paßt. Ich freue mich, wenn ich Euren Sohn –sehen darf.«

Ich nickte nur, weil ich keinen Ton hervorbrachte, und griff nach den Zügeln. Ob Agantequos mich noch liebte? Und Beli sich an mich erinnerte?

In der Nacht hatte ich geträumt, daß ich die Meerenge überquerte, doch diesmal in Begleitung vieler Schiffe, und der Widerschein ihrer Buglaternen hüpfte auf den Wellen. An Deck schliefen die Menschen dicht aneinandergedrängt. Irgendwo weinte ein Säugling. Doch am Heck des ersten Schiffes wachte ein Mann, die Hand am Ruder und den Blick auf den Mond gerichtet. Es war Agantequos; sein Gesicht bot ein Spiel von flackerndem Licht und schwarzen Schatten. Ich rief ihm zu und sah, wie sein Blick einem Seevogel folgte, der vor dem Mond kreiste. Als ich aufwachte, glaubte ich noch den Schrei der Möwe zu hören, doch es konnte auch mein eigener gewesen sein.

War es eine Vision gewesen, die Wirklichkeit sein würde, oder ein Auswuchs meiner Ängste? Laß dich nicht davon beeinflussen, ermahnte ich mich. Ich mußte weitermachen und hoffen, daß Bitwitos sich auf die Treue besann, die er seinem König schuldete. Es war ein langer Weg nach Udrolissa, und jetzt, so nahe an Mittwinter, würde das Wetter sich nicht bessern.

Rigodunon war ein düsterer Schatten zu meiner Linken, als wir nach Osten abbogen. Doch niemand stellte sich uns in den Weg, als wir die Doe überquerten und unseren Weg um den Berg herum fortsetzten. Im Süden lagen die Hänge unter einem dunklen Schleier kahler Bäume verborgen. Darüber bohrten sich die steinernen Gebeine des Berges in wettergebleichten Narben aus dem verfilzten Gras, als wäre der gesamte Gipfel eine vergrabene Feste und das von Menschenhand errichtete Bauwerk, das ihn krönte, nur ein Spielzeug, wie die Sandburgen, die Kinderhände am Strand bauten. Meine durch die Reise auf der Geiststraße geschärften Sinne erkannten, daß der scheinbar solide Fels des Massivs Höhlenkammern und Gänge und Wasserläufe barg, in die nie ein Sonnenstrahl drang. Krah blickte beim Vorbeireiten unbehaglich hinauf, aber ich fragte ihn nicht, welche Omen er dort las.

Kurz nach Mittag sahen wir in der feuchtkalten Luft Rauch aufsteigen. Vor uns war der Wald Feldern gewichen, und alsbald sah ich voraus mehrere kleine Häuser, die aus dem Felsgestein gewachsen zu sein schienen. Schafe blökten an den grasigen Hängen über uns. Eine kleine Gestalt löste sich aus der Herde und rannte zum Dorf. Immerhin besaßen die Leute hier noch Schafe. Ich fragte mich, ob sie uns eines fürs Abendessen verkaufen würden, denn zur Jagd hatte uns die Zeit gefehlt.

Wir ritten etwas langsamer, als der Fuß des Berges sich zu einer breiten Klamm öffnete, wo ein Weg dem Wildbach folgte, der von der Höhe herabbrauste. Ein zweiter Weg, der quer über den Hang verlief, führte zu dem Dorf. Ich drehte mich zu Artocoxos um und wollte ihn bitten, einen Mann hinunterzuschicken, als mein Pferd warnend wieherte.

Ich erstarrte und langte nach meinem Schwert.

Ein anderes Pferd erwiderte das Wiehern. Dann herrschte kurz Schweigen, und ich konnte deutlich das Klappern vieler Hufe auf dem steinigen Weg hören. Mein Magen verkrampfte sich. Zwar hatte der lange Ritt mich wieder abgehärtet, doch es war über zwei Jahre her, seit ich etwas Bedrohlicheres in der Hand gehalten hatte als einen Spindelschaft, und der Tag, da ich mir meine Aufnahme im Bärentrupp erkämpft hatte, lag fast sieben Jahre zurück.

Fluchend zog Artocoxos seinen Schild vom Rücken über den Arm und galoppierte an mir vorbei. Da sah ich den ersten Reiter um den Felsvorsprung vor uns biegen. Es war ein dunkelhaariger Mann, der ein Luchsfell um die Schultern geschlungen hatte und dessen Arme mit blauen Spiralen tätowiert waren, dem Zeichen der Ai-Zoma; Alba hatte sich offenbar mit den wilden Stämmen des Nordens verbündet. Hufeklappernd folgten dem Tätowierten weitere Reiter. Fellumhänge und zerlumpte Röcke flatterten über Lederkitteln, als sie ihre Pferde mit den Fersen zum Galopp antrieben. Hörner schmetterten.

Dann erschien ein Krieger mit einer Standarte: gefärbtes Roßhaar flatterte von einem schwankend emporgereckten ausgestopften Falken mit ausgebreiteten Schwingen. Dahinter stürmten zwei Pferde auf uns zu, die einen Streitwagen zogen, in welchem ein großer Mann saß, glitzernd von goldenem Geschmeide. Es war Maglaros vom Volk der Banalisioi. Maglaros, Gemahl meiner Schwester Gunardwilla, Herrscher von Alba. Endlich erkannte ich meinen wahren Feind.

»Siwanet! Ai-Siwanet! Der Falke schlägt die Beute!« brüllten die Krieger und fächerten aus, als der Weg breiter wurde. Eine Lanze schoß an mir vorbei und klapperte über die Steine. Eine zweite sirrte heran; ich hörte einen Aufschrei und sah, daß der Schaft aus Catuweros' Leib ragte. Der Feinde waren so viele! Gunardwilla mochte zwar die andere Hälfte der Streitmacht von Alba führen, doch die Männer, die Maglaros nun gegen uns schickte, genügten vollauf, meinen kleinen Trupp zu überrennen. Jetzt wünschte ich mir die Krieger herbei, die ich zu Hause zurückgelassen hatte.

»Krah, nimm des Königs Zügel und halte dich hinter uns!« rief ich und zog den Kinnriemen meines Helmes fester. Weitere Speere schossen auf uns zu.

Artocoxos riß sein Pferd herum und brüllte: »Kehrt um, rasch, sonst umzingeln sie uns! Zurück in die Klamm!«

Der erfahrene Krieger hatte sofort erkannt, daß nur dort ein kleinerer Trupp hoffen konnte, einen großen abzuwehren, weil in der Klamm die Felswände enger beisammen standen. Meine Stute versuchte, sich dem Zügel zu widersetzen, als ich sie den Weg zurücklenkte, den wir gekommen waren. Einer der Krieger aus dem Norden stürmte auf mich zu. Unbeholfen schlug ich nach ihm und fluchte, als er auswich. Im Großen Land gab es Stämme, die zu Pferde kämpften, doch die Quiritani hielten an ihren Streitwagen fest, während das Volk meiner Mutter ausschließlich zu Fuß in den Kampf zog. Ich spürte bereits, wie mein Sattelpolster ins Rutschen kam und drückte mit den Knien fester dagegen. Falls ich so einen Hieb noch einmal versuchte, würde das Polster unter den Bauch der Stute rutschen und ich auf dem Boden landen.

Ich gelangte zur Biegung und trieb mein Pferd weiter. Die anderen stoben vor mir auseinander wie Blätter im Wind. Aus den Augenwinkeln sah ich das Glitzern des Baches und riß den Kopf der Stute herum, um zu verhindern, daß sie hineinstürzte, wie es bereits einem Pferd geschehen war, das nun im Wasser platschte. Eisen klirrte, als sein Reiter Schwerthiebe mit einem Feind austauschte, der abgesessen war, um sich auf ihn zu stürzen, während er sich noch plagte, aus dem Bach zu kommen.

Vor mir stolperte ein Pferd. Ich wich zurück und sah einen Schatten neben mir. Ein Speer stieß nach mir. Ich packte den Schaft und ließ den Zügel fallen. Die Wucht riß mir beinahe den Arm aus dem Gelenk, als das andere Pferd unter seinem Reiter durchging und den Speer mitriß. Ich ließ den Schaft los und sah, wie der Mann schreiend gegen den Felsen geschleudert wurde. Doch bei dem Ruck war mein Sattelgurt gerissen, und ich vermochte mich gerade noch an der Mähne festzuhalten und vom Rücken der Stute zu schwingen, ehe ich abgeworfen werden konnte.

Ich schlug ziemlich hart auf dem Rücken auf und hörte meinen Schild zu Bruch gehen; die Schlaufe riß, und der Schild rutschte davon, während ich mich herumrollte. Doch mein Schwert war noch in der Scheide an meiner Hüfte. Ein Schatten flog über mich hinweg; dann hagelten Steinchen auf mein Gesicht, als das Pferd davonpreschte, das über mich hinweggesprungen war. Nach Atem ringend, plagte ich mich auf die Füße und griff nach einem herrenlosen Speer.

Männer und Pferde standen entlang der Klamm. Ein paar Schritte entfernt lag Hundebauch stöhnend auf dem Boden. Der Streitwagen hatte ein Stück unterhalb angehalten, und Männer, die abgesessen waren, versammelten sich um ihn. Ich hörte Artocoxos von irgendwo über mir brüllen. Im gleichen Augenblick bemerkten mich die Krieger von Alba und stürmten, kläffend wie Hunde, den Pfad hinauf.

Mein Arm schwang zurück. Schon als der Speer meine Hand verließ, wußte ich, daß er sein Ziel treffen würde. Die Schlange der Schlacht zischte durch die Luft, und ein Mann schrie, als sie ihm durch das Auge in den Kopf drang und ihn rücklings zu

Boden schleuderte. Doch die anderen kamen unbeirrt näher, und selbst um eine Kriegerin, die sich der Bärin als Lehrmeister rühmen durfte, war es schlecht bestellt. Ich zerrte mein Schwert aus der Scheide und wandte mich zur Flucht.

»Cridilla, *hinter Euch!*« brüllte Artocoxos.

Ich warf einen raschen Blick über die Schulter und sah irgend etwas verschwommen durch die Luft auf mich zu kommen, und noch während ich zu Boden hechtete, spürte ich, wie Eisen meine Schulter aufriß. Der Speer schlitterte über die Steine und bohrte sich in die Hangseite. Meine Schulter brannte. Der Boden erbebte unter den Schritten meiner Verfolger. Mir blieb keine Zeit, mich zu fragen, wie tief der Speer gebissen hatte. Ich kämpfte mich hoch, und beinahe wäre das Schwert unter einer Woge lähmenden Schmerzes meinen Fingern entglitten.

Ich sah wirbelnde Beine und das Blitzen von Klingen und duckte mich, wobei ich das Schwert vorstieß und unter die Deckung des ersten Gegners rammte. Als die Klinge in seinen Leib fuhr, fiel er ächzend und sich krümmend auf mich, und wir stürzten beide zu Boden. Ich spürte den Aufprall, als ein Hieb, der mir galt, in den Rücken meines toten Feindes drang, und die warme Nässe seines Blutes spritzte mir über den Arm.

Ekel und Schock ließen mich den Schmerz vergessen. Über mir tobte ein Durcheinander um sich schlagender Arme und stampfender Beine. Ich schob den Toten von mir und riß mein Schwert aus seinem Leib, denn schon fuhr aufs neue eine Klinge herab. Noch während ich zur Seite rollte, hieb ich auf gut Glück zu, durchschnitt die Sehnen an den Knien eines Feindes und kam selbst auf die Knie, während er fiel.

Speerschäfte peitschten über mir wie Äste im Sturm. Irgend etwas krachte über meinem Kopf, und instinktiv riß ich mein Schwert hoch, um zu parieren. Ein Wutgeheul gellte, und plötzlich war eine Gestalt zwischen mir und den Speeren. Blinzelnd erkannte ich Artocoxos.

Ich schnappte nach Luft, taumelte auf die Füße und schwang das Schwert hoch, um seinen Rücken zu decken, als weitere Feinde heranstürmten.

Das Feuer loderte wieder in meiner Schulter und vertrieb meine Erschöpfung. Mir war, als würde jemand, den ich nicht sehen konnte, an meiner Seite kämpfen. Wenn Pferd und ich gekämpft hatten, waren unsere Körper zu einer Einheit verschmolzen. Doch was dieser unsichtbare Helfer ausstrahlte, war eine überwältigende Freude am Kampf. All die Geschicklichkeit, die ich Bärmutter verdankte, erwachte zu neuem, brodelndem Leben. Mein Schwert scharrte die Schneide einer Feindklinge empor und glitt durch die Lederpolsterung ins Herz des Mannes. Ein anderer Gegner nahm seinen Platz ein. Über das Klirren von Eisen hinweg hörte ich mein Lachen, während wir Schläge wechselten.

Dieser Mann war ein erfahrenerer Krieger. Seine Klinge fuhr von oben auf mich herab, und die meine zuckte hoch und parierte. Eisen knirschte, als sie aufeinandertrafen, und für einen Atemzug stemmte ich mich dem Druck entgegen; dann gab ich abrupt nach, und als der fehlende Widerstand das Schwert meines Gegners nach unten riß, holte ich weit aus und streckte ihn nieder.

Zwei reiterlose Pferde galoppierten an uns vorbei und platschten durch den Bach. Andere rannten ziellos vor den Bäumen umher. Hinter mir war ein Wirbel von Bewegung, gleich darauf flog ein Kopf wie ein Hurlingball an mir vorbei zum Bach. Artocoxos trat mit zufriedenem Grunzen einen Schritt zurück. Dann drangen zwei weitere Männer auf mich ein.

»Ergreift die Frau lebend!« erklang ein Ruf von unten. »Ich will die Frau und den König lebend!« Der Ansturm stockte, und hinter den Kriegern von Alba sah ich Vorcuns und drei andere Gefährten den Hang zu uns herabkommen.

»Lauft, Cridilla ...«, keuchte Artocoxos. »Ich halt' sie auf ...«

»Wir halten sie gemeinsam auf!« Einen Speerwurf entfernt hangaufwärts sammelte sich der Rest unserer Männer. Die Bäume waren dort dichter, und aus dieser Deckung schossen ein paar der Gefährten Pfeile ab. »Einen Schritt zurück, dann noch einen, solange sie verblüfft sind. Rasch!«

Ich griff hinter mich, faßte den Saum seines Kittels und zog.

Artocoxos stieß ein grollendes Lachen aus, und wir kämpften uns den Hang hinauf.

Im nächsten Augenblick stürzte sich unser Entsatz auf den Feind. Artocoxos gab mir einen Schubs, und die anderen nahmen mich in die Mitte. Nach ein paar Verwünschungen sah ich ein, daß ich mir den Atem lieber zum Kämpfen sparen sollte. Ohnehin bewegten wir uns alle auf die schützenden Bäume zu.

»Durchs Tal führt ein Weg hinauf zur Kuppe«, sagte Drostagnos, der in dieser Gegend geboren war. »Doch wir müssen den Rückzug durch die Klamm hinauf schaffen.«

Artocoxos brummte, und dicht beisammen wichen wir noch ein paar Fuß weiter zurück, mit Schwertern und Speeren gespickt wie ein Igel. Und dann waren wir zwischen den Bäumen. Ich stürmte voraus und hörte Äste knacken, als die anderen folgten. Vor mir sah ich Tageslicht – und Leir, der noch nach vorn gebeugt auf seinem Pferd saß, dessen Zügel von Krah gehalten wurden.

»Schnell, weiter!« rief ich und brachte das Pferd mit einem Schlag der flachen Klinge in Bewegung.

Das Tier schnaubte entrüstet und hetzte den Pfad hinauf, Krah hinterdrein. Und die Krieger vermischten sich im Kampf, wenn unsere Nachhut stehenblieb und lösten sich wieder voneinander, wenn meine Mannen weiterflohen.

Die Hänge wurden steiler, und plötzlich sahen wir, wo der Bach aus dem kahlen Fels rauschte. Die Talsohle dahinter war mit Gras bewachsen, und die unteren Kalksteinwände wiesen Einschnitte auf, die Höhleneingänge sein mochten. Dort war gutes Gelände für Flucht und für Kampf.

Die Wolken hatten sich auf die Berge über uns herabgesenkt, als wir uns vom Tal hinaufkämpften. Artocoxos deckte unseren Rückzug, und Maglaros folgte beharrlich, stets an der Spitze seiner Männer. Der aufkommende Wind heulte durch die Felsblöcke, und mein Gesicht prickelte unter den ersten Schneeflocken. Die Wunde in meiner Schulter hatte zu bluten aufgehört, doch der Blutverlust hatte mich geschwächt. Die Welt verlor für mich alle Wirklichkeit; sie reichte nur noch bis zum nächsten Schritt, zum nächsten Schwertstreich. Der Weg gabelte sich. Die Biegung nach rechts führte zu einer trockenen Weidenmulde empor, aus der hier und dort Felsblöcke ragten, die andere Biegung mündete in eine Felsschlucht.

»Nach rechts!« rief Drostagnos, packte die Zügel von Leirs Pferd und zerrte es mit sich.

Maglaros kam uns brüllend hinterher, doch trotz seiner zahlenmäßigen Überlegenheit hatte er schwere Verluste hinnehmen müssen. Wir folgten dem Pfad hinauf – und blieben abrupt stehen, als hinter jedem Felsblock in der Mulde Männer hervortraten.

Für einen Moment herrschte erschrockene Stille, als beide Seiten auszumachen versuchten, wessen Krieger das waren. Da bohrte sich ein Pfeil von oben in Drostagnos' Hals. Als er fiel, sprang ich hinzu, um nach den Zügeln von Leirs Pferd zu greifen, und als ich aufblickte, sah ich eine reglose Gestalt in rotem Umhang, die uns vom Berg beobachtete.

»Bitwitos!« Artocoxos' Brüllen hallte zwischen den Felswänden. »Zählst du nun auch zu dem Geschmeiß, das unter den Röcken der Königinnen schnüffelt? Willst du die Waffe gegen Leir erheben, deinen Herrn und König, dem du den Treueid geschworen?«

»Ich bin Landherr. Ich diene weder König noch Königin. Kehrt um. Hier endet euer Weg!«

»Du kriecherischer Wurm ...«, tobte Artocoxos. Er machte einen Schritt den Hang hinauf, und ein Pfeil bohrte sich vor seinen Füßen in den Boden.

»Ich werde euch nicht angreifen, aber Rigodunon bleibt euch verschlossen!«

Ich sehnte einen Pfeil herbei, um dieser dreisten Selbstgefälligkeit ein Ende zu machen, doch wir hatten alle unsere Pfeile gegen Maglaros verschossen, der mit einem Grinsen zuhörte, das mit jedem Augenblick breiter wurde. Artocoxos holte tief Atem und schaute sich um. Mir wurde beinahe übel. Genauso hatte ein in die Enge getriebener Bär in die Runde der Jäger gestarrt, bevor er auf die Speere losgestürmt war.

»Was geht vor?« fragte Leir blinzelnd. »Messen die Recken sogar hier sich im Kampf?« Ein Windstoß wirbelte Schnee zwischen uns auf, und er beugte sich vor, um besser sehen zu können.

»Sogar hier, mein König«, antwortete Artocoxos sanft. »Beweisen wir ein letztes Mal unseren Mut, um Euer Herz zu erfreuen! Mag es sein, wie es will – im Tod wie im Leben bin ich Euer Diener. Und zum alten Schwätzer am Lagerfeuer taug' ich eh' nicht … Maglaros!« Er wandte sich unserem Feind zu. »Ich, Artocoxos, Sohn des Escutios, fordere Euch! Zeigen wir dem König, wie Quiritanikrieger kämpfen!«

Ein Zweikampf von Streitern? Ich starrte den alten Recken an und fragte mich, ob wir den Männern aus Alba trauen konnten, daß sie uns weiterziehen ließen, falls Maglaros fiel. Artocoxos grinste unter seinem Bart, doch er hatte gesprochen, als sähe er seinen Tod voraus. Konnte er gegen den jungen, starken Maglaros gewinnen? Er war dermaßen mit Blut besudelt, daß niemand hätte sagen können, wieviel davon sein eigenes war. Die Kälte des halbgefrorenen Bodens drang durch die Sohlen meiner Schuhe, und ich zitterte.

Der alte Krieger blickte mich scharf an, und mir wurde bewußt, daß er keine Bedingungen genannt hatte. Leirs Pferd warf unruhig den Kopf herum. Ich zog es zum anderen Pfad, wo die Felswand ein wenig Schutz bieten würde. Wenn wir uns immer nur einen Schritt bewegten, würde es vielleicht nicht auffallen.

Unsere überlebenden Kampfgefährten – Vorcuns und Sigo und Ilix – hatten sich um uns geschart. Vorcuns' Klinge war im Kampf krumm geworden, und er versuchte verstohlen, sie an einem der Steine geradezubiegen. Sein Gesicht war von einer grauen Blässe, über die ich in einem weniger dramatischen Augenblick höchst besorgt gewesen wäre.

Die feindlichen Krieger redeten heftig aufeinander ein. Dann schüttelte Maglaros plötzlich den Kopf und packte seine Lanze. Artocoxos lachte.

»Oho, Gunardwilla ist nicht hier, dich zu beschützen! Komm her, wenn du dich nicht fürchtest, mir allein gegenüberzutreten, Mann der Königin!« rief er.

Maglaros fluchte und riß sich von seinen Kriegern los. »Laßt mich gehen!« Er starrte zu Artocoxos hinüber und rief: »Oder glaubt ihr, ich werde mit einem alten Narren nicht fertig?«

»Ich mag zwar doppelt so viele Jahre auf dem Buckel haben wie du, aber ich kämpfe auch doppelt so gut. Ich habe mehr Männer in den Tod geschickt, als in deinem ganzen Kriegsheer marschieren!« brüllte Artocoxos zurück.

Er ließ seinen beschädigten Schild fallen, fingerte an der Brosche herum, welche die Fetzen seines Umhangs zusammenhielt, und benutzte die Lumpen, um das Blut vom Leder abzuwischen, das seine Brust schützte. Irgendwann hatte er im Kampf seinen Helm verloren. Er drehte sich zu mir um, und ich strich mit zitternden Fingern durch sein struppiges Haar und flocht es oben auf dem Kopf zum Kriegerknoten zusammen.

Stumm reichte Vorcuns ihm den Speer mit der langen Spitze.

»Dein Schild taugt nur noch als Brennholz«, sagte Ilix rauh. »Nimm meinen.«

Der aus Bronze gehämmerte Eber unter dem Schildbuckel schimmerte stumpf, als Artocoxos die Hand durch die lederne Schlaufe schob. Das schwindende Tageslicht ließ ein letztes Mal den goldenen Armreif aufleuchten, den sein König ihm vor langer Zeit geschenkt hatte.

»Ich, Maglaros, Sohn des Magloscutios, nehme deine Herausforderung an«, ertönte der Ruf von unten. »Von den Inseln des Nordens bis Wotadinion singen die Barden von meinen Heldentaten. Einst warst du groß, Artocoxos, doch deine Zeit ist um. Du und dein Herr, ihr seid Geister, *alte* Geister, und es ist an der Zeit, euch in die Anderswelt zurückzuschicken!«

Artocoxos richtete sich hoch auf. »Laß uns sehen, ob das Alter meinem Arm die Kraft geraubt hat. Du hast deinen König verraten, und die Götter werden mir dein Leben in die Hände legen.«

Maglaros schritt auf uns zu, und ich mußte an jenen fernen Tag denken, als er und meine Schwester einander im Gras umkreist hatten.

»Töte ihn – ich will sein Blut fließen sehen!« sagte ich zu Artocoxos. Der alte Krieger fletschte die Zähne und schritt voran, um sich seinem Gegner zu stellen.

Maglaros erwartete ihn mit wurfbereiter Lanze. Doch plötzlich stürmte er auf den Gegner los, und an der geschmeidigen Bewegung, mit der Maglaros ausholte und den Speer schleuderte, erkannte ich vage Bärmutters Schule und wußte, daß Gunardwilla ihren Schwur gebrochen und Maglaros in der Kampftechnik des Bärentrupps unterrichtet hatte.

Artocoxos fing den Wurf mit der Mitte seines Schildes ab. Die Lanzenspitze durchstieß den Bronzeeber auf dem Buckel und die Lederschichten darunter und blieb erst im Lindenholz stecken. Noch während der Schaft wippend nach unten sank, als die Spitze sich unter seinem Gewicht bog, schleuderte Artocoxos seinen Speer, und nur eine rasche Ausweichbewegung bewahrte Maglaros davor, durchbohrt zu werden. Keinem der Gegner blieb Zeit, seinem Mißerfolg nachzutrauern. Artocoxos riß den Speer aus seinem Schild und warf ihn zur Seite; dann zog er sein Schwert.

Beide Männer hatten gute Waffen aus dem besten Eisen, die nicht stumpf wurden und sich nicht verbogen. Maglaros schlug zu, und sein Schwert traf dröhnend auf Artocoxos' Schild; die Klinge scharrte über den Bronzeeber. Der alte Krieger erwiderte den Hieb und drang auf seinen Gegner ein, doch dieser wich aus und sprang zurück. Leir beugte sich interessiert vor, und seine Augen blickten wach.

Maglaros griff sofort erneut an. Seine Klinge schmetterte gegen den Schwertarm seines Gegners, prallte klirrend auf Artocoxos' Waffe und glitt mit einem schrillen Laut ins Leere, so daß Maglaros taumelte. Er fing sich, doch das Schwert des Älteren fuhr wuchtig herab und hieb ein Stück vom Schild des Gegners. Ein Hagel weiterer Hiebe der schweren Waffe zerschmetterten den Schild vollends.

Maglaros sprang zurück und schleuderte die Reste des Schildes mit einem grimmigen Knurren zur Seite. »Hat mich ohnehin – nur behindert!« keuchte er, packte sein Schwert mit beiden Händen und schwang es in einem tiefen Bogen. Ich sah, wie die Spitze dicht über dem Knie Artocoxos' Schenkel aufschlitzte. Helles Blut quoll aus dem zerfetzten Beinkleid.

Vielleicht war es ein Fehler gewesen, den Schild zu zerschlagen, denn Bärmutters Hauptaugenmerk hatte immer auf der Fertigkeit mit der Klinge gelegen. Und obgleich Maglaros kein Jüngling mehr war, so war er doch zwanzig Jahre jünger als sein Gegner, und allmählich wirkte seine Schnelligkeit sich aus. Artocoxos stand wie ein bedrängter Bär da, während der Jüngere mit flinken Bewegungen seine Hiebe austeilte. Bald waren die Ecken von Artocoxos' Schild abgetrennt, und Blut tropfte aus Wunden an seinen Beinen und Armen.

Ich stampfte mit tauben Füßen auf, ohne die Kälte zu spüren. Leir wiegte sich bei jedem Hieb. Es war nicht leicht, durch die Schleier eisigen Regens etwas zu sehen, die der Wind zwischen uns peitschte und wiedeı mit sich riß.

Töte ihn, Artocoxos! betete ich stumm. *Göttin der Raben, laß es enden!*

Als hätte er mich gehört, schleuderte Artocoxos die Überreste seines Schildes zur Seite, und obwohl sein Blut den Boden tränkte, drang er mit wuchtigen, beidhändigen Streichen auf Maglaros ein und zwang ihn auf die Knie. Einen Augenblick verhielten sie keuchend, Maglaros mit abwehrend erhobener Klinge. Dann holte der alte Krieger zum tödlichen Hieb aus.

Maglaros stierte wie ein in die Enge getriebenes Frettchen. Als Atrocoxos' Klinge herabfuhr, stieß Maglaros sein eigenes Schwert nach oben. Es gab einen Laut wie von berstendem Eis, und die Hälfte von Artocoxos' zerbrochenem Schwert wirbelte in hohem Bogen durch die Luft, während die untere Hälfte in die Schulter seines Feindes schmetterte.

Maglaros' unbeschädigte Klinge fuhr in den Unterleib seines Gegners, doch es war die Wucht der Abwärtsbewegung des alten Kriegers selbst, die das Eisen tief ins Fleisch trieb. Der Banalisier rollte sich zur Seite und griff nach seiner verwundeten Schulter, als der Schmerz ihn durchraste. Artocoxos taumelte zurück, und die Klinge, die bis zum Heft in seinem Leib steckte, entglitt der Faust seines Feindes. Einen Augenblick stand er noch wie eine vom Blitz getroffene Eiche, dann fiel er, so langsam, daß ich das Atmen vergaß.

Längere Zeit war nichts zu hören als das Wimmern des Windes.

Leirs Stimme brach die Stille. »Warum steht er nicht auf?« Die Männer von Alba begannen sich hinter den Gefallenen zu regen.

»Du wirst ihn in der Anderswelt wieder kämpfen sehen«, antwortete ich und wunderte mich, daß ich weinte, denn gewiß würden wir bald alle dort wieder vereint sein.

»Lauft zum Paß«, flüsterte Vorcuns heiser. »Laßt sein Opfer nicht umsonst gewesen sein!«

Ich packte die Zügel und zerrte daran, und als Leirs Pferd schwerfällig lostrottete, lösten die Krieger meiner Schwester sich aus ihrer Benommenheit und kamen uns nach.

»Wohin willst du mich bringen?« fragte mein Vater. »Warum lassen wir Artocoxos hier?«

Die Wand rechts von uns war grasbewachsen, die linke hingegen kahler Fels, und der Hang dazwischen wurde immer steiler. Das Pferd stolperte und ging in die Knie. Ich zerrte es wieder hoch, doch jetzt hinkte das Tier, und einen Augenblick später blieb es zitternd stehen und tat keinen Schritt mehr. Hinter uns dröhnte Schwert auf Schild, und Klingen klirrten.

»Vater, sitz ab!« Ich faßte ihn am Ärmel. »Wir müssen rasch zu Fuß weiter, sonst töten uns die Feinde.«

»Aber ich *bin* tot ...«, begann er. Da schubste Krah ihn von der anderen Seite vom Pferd, und Leir landete vor meinen Füßen.

Über uns sah ich eine Klinge blitzen, und dann stürzte eine Leiche zwischen uns. Es war Sigo, dessen Kehle durchschnitten war. Der Mann, der ihn getötet hatte, hob das Schwert zu einem weiteren Streich, doch Leirs Hand hatte sich instinktiv um den Griff des Schwerts gelegt, das Sigo entfallen war. Er richtete sich auf und schlug zu, und der Gegner schrie und fiel.

Mochte der König verrückt sein – er besaß immer noch etwas von der Kraft und Schnelligkeit eines Kriegers. Während wir über das Geröll auf dem zunehmend schmaleren Hang zwischen den beiden Bergwänden hinaufkletterten, streckte Leir noch mehr als einen der Feinde nieder. Doch inzwischen waren wir nur noch zu fünft, und Krah war ohne Waffe, und obwohl Maglaros' Männer ohne ihren Heerführer nicht mehr so verbissen kämpften, waren es ihrer immerhin noch ein Dutzend.

»Krah, du könntest wenigstens Steine auf sie werfen ...«, keuchte ich, als ein Stoß von Ilix' Speer den vordersten der Verfolger mitten in die Schar der Nachrückenden schleuderte. »*Willst* du sterben?«

Krahs Gesicht zuckte, doch er blieb regungslos stehen. Sein Blick glitt über die rauhen Wände unter dem schmalen Streifen des bleiernen Himmels. Der Paß war hier so eng, daß wir ihn versperrten, wenn wir nebeneinanderstanden. Die Wände schützten uns vor dem ärgsten Wind, aber wir mußten aufpassen, nicht von herabfallenden Steinen getroffen zu werden. Plötzlich legte Krah den Kopf zurück und stieß einen gespenstisch schrillen Schrei aus.

Ich biß die Zähne zusammen, als der Schrei mit dem zunehmenden Heulen des Windes verschmolz. Dann ertönte ein Krachen, und der Boden erzitterte, als eine Geröllawine herabfuhr. Wirbelnder Schnee folgte ihr und raubte uns die Sicht, doch die Schreie verrieten uns, daß wenigstens ein paar unserer Feinde uns keine Schwierigkeiten mehr machen würden.

»Das ist unsere Chance!« rief Ilix. »Kommt!«

Wir schleppten uns weiter, und dann spürte ich, daß das lose Geröll dichtem Gras wich. Schnee peitschte uns entgegen, als wir den Schutz der Klamm verließen, und ich streckte die Hand nach dem König aus.

»Haltet euch aneinander fest!« brüllte ich in den Sturm.

Ich sah nun zu beiden Seiten sanft ansteigende Hügel in den wirbelnden Schneemassen, und die zunehmende Heftigkeit des Sturms ließ darauf schließen, daß wir aufs offene Moor hinauskamen. Bei diesem Wetter würde man uns nicht so leicht finden, falls es uns gelang, eine Höhle oder schützende Felsen zu erreichen.

Vorsichtig kämpften wir uns voran und hielten einander an Gürteln oder Umhängen fest, um nicht getrennt zu werden. Der Sturm war ein gefährlicher Verbündeter. Zwar verbarg er uns vor unseren Feinden, doch er peitschte Graupel ins Gesicht und unter die Kleider und raubte den Händen jegliches Gefühl. Obendrein wurde es rasch dunkel.

Nur meine Füße verrieten mir, daß wir irgendwann felsigen

Boden verließen und auf den breiten Kalksteinstreifen am Fuß des Berges gelangten. Wir stolperten von hartem Stein auf nachgiebigen Torfgrund, dann wieder auf feste Grasflächen.

Wenig später rutschte Leir aus und fiel zu Boden. Wir anderen kauerten uns heftig atmend um ihn. Er war nicht der einzige, der fast am Ende seiner Kräfte war. Würden wir bald bedauern, nicht den schnelleren Tod durch die Klingen unserer Feinde gewählt zu haben?

»Hier …«, krächzte Ilix. »Da ist ein Loch. Ich glaube, es ist groß genug für uns!«

Ich tastete mich hinter ihm her. Das letzte Licht des Tages zeigte einen schmalen Spalt, der schräg in die Erde verlief. Der Stein, den wir hineinrollten, polterte ziemlich lange in die Tiefe, ehe das Geräusch verstummte, doch wir brauchten ja nicht bis auf den Grund des Erdspalts zu steigen – nur tief genug, um vor dem Wind geschützt zu sein.

Einer nach dem anderen wanden wir uns durch den Spalt. Wir mußten, wie es uns schien, ziemlich weit kriechen, ehe wir an eine Stelle gelangten, die Platz genug bot, uns eng aneinandergedrängt auszuruhen. Ilix war überzeugt, daß sich tief unten eine Höhle befand, und er machte sich auf, sie zu erkunden.

Wir hörten hin und wieder Scharren von Steinen und dann und wann eine Verwünschung, als Ilix in die Tiefe kletterte.

»Hier muß eine Höhle sein! Ich fühle es!« hörten wir ihn schließlich rufen. Ich glitt bereits in den Gang hinein, dem er gefolgt war, als ich Steine krachen hörte, dann einen überraschten Aufschrei, der zu einem Entsetzensschrei wurde und verklang. Dann breitet sich Stille aus; nur noch das Heulen des Sturmes war zu vernehmen.

»Ihr Götter der Tiefe!« flüsterte Vorcuns und kroch neben mich. Einen Augenblick lauschten wir noch, aber es blieb still.

»Ich sollte nach ihm sehen …«, begann ich, doch Vorcuns' Pranke legte sich um meinen Arm, und für einen Moment konnte ich nur seinen schweren Atem hören.

»Er ist tot, Cridilla. Ihr könnt nichts mehr für ihn tun.«

»Hungrige Götter …«, kicherte Krah hinter uns. »Jetzt ist es sicher. Sie haben ihr Opfer.«

Vorcuns bedachte ihn mit einer heftigen Verwünschung. Ich aber zitterte zu stark, als daß ich hätte sprechen können, zumal ich die Angst in seinem Lachen hörte.

»Laß ihn in Ruhe. Wir alle sind an der Schwelle des Wahnsinns«, flüsterte ich schließlich. »Wir müssen Kräfte sammeln. Versucht, es euch auf den Steinen so bequem wie möglich zu machen.«

Ich kroch zurück und hüllte mich in den Umhang. Ich hörte, wie die anderen allmählich zur Ruhe kamen: Krahs schnellen Atem, der wie das Hecheln eines Tieres war, Leirs gelegentliches Husten, und Vorcuns' keuchendes Luftholen, das langsam leiser und regelmäßiger wurde. Der Stein war kalt unter mir, und meine Schulter schmerzte wieder. Du wirst nicht schlafen können, dachte ich und fiel im selben Augenblick widerstandslos in eine Finsternis, die so tief war wie der Abgrund, in dem Ilix verschwunden war.

Als ich erwachte, fiel ein Streifen bleichen Lichts von oben herab. Meine verwundete Schulter war steif geworden, jeder Muskel meines Körpers schien zu schmerzen, und ich fror.

Die anderen rührten sich nicht. Leir und Krah hatten sich aneinandergekuschelt, und Vorcuns, der allein lag, hielt sein Schwert an die Brust gedrückt. Sein Kopf ruhte in unnatürlicher Haltung auf dem Stein. Ich kroch zu ihm hinüber und flüsterte seinen Namen.

Doch nicht einmal, als ich ihn an der Schulter rüttelte, antwortete er mir. Ich berührte sein Gesicht. Es war kalt wie Lehm. Der letzte alte Kampfgefährte meines Vaters war tot. War es die Kälte gewesen, oder hatte sein Herz vor Entkräftung versagt? Ich blickte von dem Toten zu den Schlafenden und hätte am liebsten geweint wie ein Kind. Noch nie hatte ich mich so allein gefühlt.

»Vorcuns, hast du mich zu diesem Paß geführt, oder habe ich dich hergebracht?« Tränen brannten unter meinen Lidern, und plötzlich konnte ich sie nicht mehr zurückhalten. Ich beugte mich über den kalten Leichnam und weinte um Vorcuns und Ilix und Artocoxos und die anderen, am meisten aber um mich.

»Laß ihn liegen ...« Leirs Stimme ließ mich hochfahren, und ich starrte ihn an. »Das ist eine würdige Grabstätte für einen solchen Krieger. Aber wir müssen uns auf den Weg machen.«

Krah griff nach der Hand seines Herrn und küßte sie. Leir tätschelte abwesend seinen Kopf. Vorsichtig streckte er erst das eine, dann das andere Bein aus, und schließlich stemmte er sich den Spalt hinauf. Fassungslos folgte ich ihm.

Wir kamen in eine neue Welt. Unter uns erstreckte sich das Land in frosterstarrten Hügeln und Tälern. Doch hier auf den Höhen war alles weiß. Die bleiche Sonne ließ den frischen Schnee der vergangenen Nacht glitzern, und die eisige Luft brannte auf Wangen und Stirn. Es war vollkommen still.

»Vater ...?« sagte ich schließlich zögernd. Der König drehte sich um, und ich zuckte zusammen, als ich das Leid in seinen Augen las.

»Ich wäre lieber noch im Wahn ...«, sagte er bedächtig, doch mit klarer fester Stimme. »Wenn mir die Götter gnädig sind, schenken sie mir wieder Vergessen. Doch heute entsinne ich mich meiner Schmach. Du hättest mich in den Bergen sterben lassen sollen.«

»Ich liebe dich ...«, sagte ich hilflos. Es war die einzige Antwort, die es für mich gab. Ich stolperte auf ihn zu, und ehe ich ihn erreichte, breitete er die Arme aus und zog mich an sich. Ich spürte, wie er zitterte.

»Die Götter treiben ihr Spiel mit uns, Cridilla. Aber im Augenblick sind sie offenbar anderswo beschäftigt. Früher habe ich in diesen Bergen oft gejagt. Wenn wir gen Osten marschieren, kommen wir zum Fluß hinunter. Drunten im Tal gibt's vielleicht Leute, die uns einen Bissen zu essen und ein wenig Wärme gönnen.«

Mit einer Hand auf Krahs Schulter und auf der anderen Seite von mir gestützt, führte der König uns hinweg über das Moor.

Wie trostlos ist dies Leben, kein weiches Bett, eine kalte, karge Hütte, und gnadenlos der rauhe Schneewind.

Eiskalter Wind, blasse Schimmer einer kraftlosen Sonne, die Zuflucht nur ein einziger Baum auf der Kuppe des Hochmoors.

So erdulde ich den Regen, folge den Wildpfaden und zieh' über winterliche Wiesen, an einem bitterkalten Morgen.

Suibhne der Wilde, *Buile Shuibhne*

Wolken glitzernden Schnees fielen von dem Ast, nach dem ich griff, um auf dem steilen Pfad nicht auszugleiten. Rauhe Rinde zerkratzte meine Handfläche, und stechender Schmerz von meiner verwundeten Schulter durchzuckte mich, und dann schlitterte ich in aufsprühendem Schnee den Hang hinab und landete kopfüber im Ginstergestrüpp, und in der darauf einsetzenden Stille hörte ich Krahs helles Auflachen.

Gegen die Sonne blinzelnd, blickte ich finster zu ihm hinauf. In der vergangenen Nacht hatten wir bei einer Familie Unterschlupf gefunden, die ihren Lebensunterhalt mühsam dem kargen Boden in dieser Gegend abrang. Ich hatte erwartet, daß Essen und Wärme mir frische Kraft verleihen würden, doch ich mußte mich offenbar noch eine Weile gedulden, besonders, was meine linke Hand betraf.

»Otter ist neues Totem!« sagte Krah vergnügt. »Ist aber besser, man macht es so ...« Er zog sich einen seiner zerfledderten Pelze vor den Bauch, hechtete vorwärts und rutschte, mit dem Kopf voran, den Hang zu mir herab. Den Steinen wich er mit einem geschickten Schlenkern aus, so daß er, von Ohr zu Ohr grinsend, neben mir zu liegen kam. Es hatte keine Anzeichen von Verfolgern mehr gegeben, und seit wir am Morgen die gastliche Hütte verlassen hatten, war Krah so erstaunlich guter Laune, daß es mir plötzlich zuviel wurde.

Ich ballte mit der Rechten eine Handvoll Schnee und bewarf ihn damit. Krah rollte sich zur Seite und warf seinerseits einen Schneeball nach mir. In meiner Entschlossenheit, ihm sein Grinsen auszutreiben, vergaß ich sowohl unsere Reise als auch den Grund dafür. Rund um uns sprühte es weiß, als wollte der Schnee, der den Boden bedeckte, wieder zum Himmel aufsteigen. Krah huschte flink wie ein Wiesel um mich herum. Ich blieb hocken, wo der Schnee am tiefsten war, und warf die weißen Bälle in alle Richtungen gleichzeitig, wie ich es einst mit einer Schleuder und einem Beutel voll Steinen getan hatte, als ich Krähen aus den Getreidefeldern verscheuchte.

Dann hörte ich eine Verwünschung auf quiritanisch, und im nächsten Moment traf mich ein Schneeball im Rücken, härter und gezielter als Krah ihn hätte werfen können. Langsam drehte ich mich um.

Mein Vater, der es inzwischen den Hang herab geschafft hatte, während Krah und ich beschäftigt gewesen waren, streifte sich Schnee aus dem Bart.

»Hab ich dich erwischt ...«, sagte er unsicher. Bezweifelte er meine Bereitschaft zum Herumtollen oder seine eigene? Seit gestern war er wieder völlig bei Verstand, aber schweigsam und von einer bedachten Höflichkeit, die fast noch schwerer zu ertragen war als zuvor sein Wahnsinn.

»Offenbar kann ich noch zielsicher werfen ...« Leir hüstelte. Ich mußte unwillkürlich grinsen, und plötzlich war Lachen in seinen Augen, und sie leuchteten so strahlend blau wie der klare Winterhimmel. Für einen Moment schien sein Haar nicht weiß, sondern golden zu sein, und ich war wieder Kind in Udrolissa. Der lachende junge Mann, der mit mir im Schnee herumgetollt war, blickte jetzt aus meines Vaters Gesicht, und plötzlich war ich überglücklich.

Ich stand auf und breitete die Arme weit aus, als wollte ich dieses ganze schreckliche und schöne Land umarmen. Wir waren den Hang auf einem Schafspfad herabgekommen, der sich um die Felsen wand, und hatten darauf geachtet, daß wir uns nie vom Hintergrund abhoben. Um niemandem zu begegnen, hatten wir auch die Straßen entlang des Flusses gemieden. Der Felsen hinter mir verbarg die Kuppe des Rigodunon, doch auf der anderen Flußseite kauerte der Windberg wie eine große weiße Wildkatze, die Ausschau über das Hügelland hielt.

Durch die Bäume unter uns sahen wir das glitzernde Wasser des Flusses, der sich nach Südosten zur Verbeia schlängelte, die ihrerseits zur Udra zog und mit ihr schließlich ins Meer mündete. Wir brauchten dem Fluß nur zu folgen, um frei zu sein. Mein Atem stockte: Ich fühlte diese Gewässer, als würden sie durch meine Adern fließen. Ich spürte jeden, selbst den kleinsten unterirdischen Wasserlauf, jeden verborgenen Teich, der nie das Tageslicht sehen würde. Plötzlich war die Vision, die ich bei meinem Initiationsritus gehabt hatte, so deutlich wie damals vor sechs Jahren, als die Frauen mich aus der Höhle trugen.

In diesem Augenblick stand ich am sichersten Ort der Welt. Was konnten diese schwächlichen Kreaturen, die uns jagten, schon ausrichten? Ich war das Land!

Wieder flogen Schneebälle durch die Luft, als nun Leir und Krah einander bewarfen. Mein Vater lachte, und sein Lachen verstärkte mein Glücksgefühl. Ich sah den lachenden Gott über das Moorland tanzen, und er war der Geist, der dem Land Leben schenkte.

Dann zerplatzte ein Schneeball auf meinem Arm, und ich stürzte mich wieder in die vergnügliche Schlacht.

Nach einer Weile waren wir alle außer Atem. Die Sonne stand hoch am Mittagshimmel; so machten wir Rast auf einem kahlen Felsblock und aßen von dem Käse und den Gerstenfladen, die wir am vergangenen Abend gegen Leirs roten Wollumhang eingetauscht hatten. Den Rest des Eingetauschten trug er am Körper: einen losen Kittel aus Schafsfell, der aus der Ferne wie schmutziger Schnee aussah. Mein Umhang war von scheckigem Rotbraun wie der Adlerfarn aus dem vergangenen Jahr, und Krah, der stets im Winter nur ein paar Felle und Pelze mehr um sich schlang, bewegte sich wie ein seltsames Tier durch die Landschaft.

Als wir weiterzogen, begann die Sonne ihren Bogen gen Westen, und trotz der nächtlichen Ruhe, die wir genossen hatten, spürte ich die Anstrengung des Marsches. Vielleicht hatte mich aber auch die Schneeballschlacht ermüdet. Auf unserem Weg nach Norden hatten wir in einem kleinen Weiler Rast gemacht, ein Stück abseits der Straße von Rigodunon. Es waren nur zwei Steinhütten und ein Stück bewirtschaftetes Land mit einer eingezäunten Weide, aber die Leute waren sehr freundlich gewesen. Als wir um den Felsen herumkamen, suchte ich den Himmel nach dem Rauch ihrer Herdfeuer ab und hoffte auf einen Bissen zu essen und eine Gelegenheit, ein wenig auszuruhen. Doch der Himmel war makellos. Ich blieb stehen und streckte den Arm aus, um den beiden anderen zu bedeuten, ebenfalls anzuhalten.

»Was ist?« Leir legte die Hand fest auf meine Schulter.

»Nichts – und das gefällt mir nicht. Als wir auf dem Herweg hier Rast machten, gab es zwei Familien und eine kleine Schafherde. Es müßte doch irgend etwas von ihnen zu hören sein!«

Leir nickte. »Krah, Junge, schleich um die Felsen herum und sag uns, was du siehst.« Er unterdrückte ein Husten.

Die Pelze veränderten Krahs Gestalt, als er sich auf alle viere fallen ließ; vielleicht lag es aber auch daran, wie er sich bewegte, denn plötzlich sah ich statt Krah einen Hund mit dichtem Fell vorwärtstrotten. Zu schnell kehrte er zurück.

»Tot ...« Er sah aus, als würde er am liebsten hinausheulen. »Alle tot!«

Leir und ich schlichen vorwärts. Die Steine, welche die Hüttenwände gebildet hatten, waren geschwärzt, und verkohlte Deckenbalken hingen herab. Der Schnee rundum war zu Matsch zertrampelt.

»Zurück!« wimmerte Krah. »Die Geister werden uns hassen! Zurück!«

Möglich, dachte ich düster, denn höchstwahrscheinlich war dieser Weiler niedergebrannt worden, weil wir dort Zuflucht gefunden hatten. Aber die Scheune stand noch und könnte uns vor dem Wind schützen.

»Wir brauchen einen Unterschlupf. Es mag ja Geister geben, aber ich würde lieber sie besänftigen, als mich wieder mit Maglaros' Männern anzulegen. Haben die Mörder Wachen zurückgelassen?«

Nicht einmal Krah konnte irgend jemanden entdecken. Dennoch warteten wir bis Anbruch der Dunkelheit, ehe wir zu den Ruinen emporstiegen. Wir zerrten die verkrümmten Leichen der Erschlagenen in die größere Hütte und häuften Felsbrocken und die Überreste des Grasdachs auf sie. Es war eine armselige Bestattung, doch ihre sterblichen Hüllen würden vor Raubtieren geschützt sein, und ihre Geister würden Ruhe finden.

Die Angreifer waren grausam, aber nicht sehr gründlich gewesen. In einer der Vorratsgruben fanden wir Korn, das wir über dem Feuer rösteten, und der Kadaver eines Schafes, den die Kälte frischgehalten hatte, gab uns Fleisch. Wir aßen reichlich, doch obwohl wir die Leichen bestattet und Opfer dargeboten hatten, weigerte Krah sich, in der Hütte zu schlafen. Vermutlich hatte er eine Höhle in den Felsen gefunden, in der er sich die Nacht über verkroch. Als er am Morgen wieder erschien, war er steif vor Kälte und zerzaust, und er preßte die Hand meines Vaters, als müsse er sich vergewissern, daß sie auch wirklich zu einem lebenden Körper gehörte.

An diesem Morgen überquerten wir den Fluß und hielten Ausschau nach einem Weg übers Moor; denn jetzt konnten wir es nicht mehr wagen, die Straße am Fluß entlang zu nehmen. Am ungefährlichsten war es gewiß, uns durch das weitgehend unbewohnte Land weiter nördlich zu schlagen. Krah schien nicht erfreut darüber, doch er fand den Wildpfad für uns. Ich war zu sehr mit anderen Gedanken beschäftigt, als daß ich mich gefragt hätte, was ihm so zu schaffen machte. Leirs Schritt war heute schleppender, und der Himmel bewölkte sich wieder.

Mittag war vorüber, als Leir hustend anhielt, und ich erkannte, daß wir schon wieder eine Rast einlegen mußten. Wir waren nun tief im Moorland, und der Windberg blickte über unsere Schultern. Wir waren gut vorangekommen, denn der Wind hatte den größten Teil des Schnees davongeweht, aber das Moor schien kein Ende zu nehmen. Ich ging mit meinem Vater zu einem Flecken trockener Felsbrocken, und er sank darauf nieder. Ich bemühte mich, nicht darauf zu achten, wie rauh sein Atem ging, während ich ein paar Streifen vom gebratenen Fleisch verteilte, das vom Abend übriggeblieben war. Sein Husten hatte sich seit gestern verschlimmert, doch die Rast würde ihn wieder zu Kräften bringen. Sie mußte!

Ein Schatten glitt über meine ausgestreckten Hände. Ich blickte auf und sah ein Falkenweibchen zum Hang fliegen und kreisend zurückkehren.

»Was siehst du, Schwester?« wisperte ich. »Erspähst du unsere Feinde?«

»Sie ist hinter einem Hasen her«, sagte Krah. »Es gibt hier viele Hasen.«

Bei jedem Kreis kam die Falkin etwas tiefer, den scharfen Blick auf ihre für uns unsichtbare Beute gerichtet. Ich konnte jetzt die bleichen, aufgeplusterten Brustfedern sehen. Das Zucken eines Flügels richtete sie in der Luft auf. Für einen Moment schwebte sie und schien um ihr Gleichgewicht zu kämpfen, während der Wind die Randfedern ihrer Schwingen kräuselte.

Plötzlich stieß sie herab. Das Gestrüpp unter ihr erwachte zu heftigem Leben, als etwas Graues aus seinem Versteck schoß und über das freie Gelände huschte. Die Falkin schoß in einem steilen Winkel herab, und ihre Schwingenspitzen streiften das trockene Gras. Ein Schrei gellte, als sie zuschlug, dann erhob sie sich schwerfällig in die Lüfte, die Krallen fest in das Fleisch des zappelnden Hasen geschlagen. Als Jäger und Beute über uns waren, fiel ein einzelner Blutstropfen auf den Stein.

»So sind die Götter ...«, sagte Leir gleichmütig.

Ich blickte ihn scharf an.

»Das ganze Leben habe ich mich gegen das Schicksal aufgelehnt. Ich zwang die See, mich auf diese Insel zu tragen. Ich bezwang Königinnen. Doch selbst als ich in ihrem Bett lag, verlachten sie mich. Gestern noch war mir das Land wohlgesinnt; heut bin ich ein Fremder. Ich hab' mein Volk regiert, ich brachte die Opfer dar. Was hätte ich sonst noch tun können? Wie wir

Menschen uns auch plagen, die Götter warten nur darauf, uns niederzustrecken. Es ist sinnlos, davonzulaufen.«

Er schaute nach Westen, und als mein Blick dem seinen folgte, sah ich, wie sich am Horizont gewaltige Schneewolken ballten.

»Und wofür das alles?« rief er. »All die Kämpfe und die Träume?« Er schüttelte die Faust zu den Wolken. »Warum lebe ich noch?« Seine Stimme schwankte besorgniserregend, und ich spürte, daß der Wahnsinn in ihm lauerte wie ein Wolf, der darauf wartet, sich auf sein geschwächtes Opfer zu stürzen.

»Weil ich dich liebe!« Auch jetzt war es die einzige Antwort, die ich hatte. »Sollen wir etwa umkehren und unsere Kehlen Maglaros' Schwertern darbieten?« Furcht vor seinen Worten und Angst um ihn selbst schwang in meiner Stimme mit. Seine Augen funkelten fiebrig. Schutzlos, wie wir waren, befürchtete ich, daß vielleicht sogar die Schwerter aus Alba gnädiger sein würden als die Elemente, falls der Sturm auf dem offenen Moorland über uns hereinbrach.

»Bin davongelaufen ...«, sagte Krah leise. »Jetzt bringt der Kreis mich zurück. Es ist ihr Wille, immer ...« Er deutete in die Höhe, und ich war mir nicht sicher, ob er das Falkenweibchen meinte oder etwas, das dem Himmel sehr viel näher war. »Möchtet ihr eine Geschichte hören?«

Leir starrte ihn an, und einen Moment befürchtete ich, er würde Krah schlagen; dann aber schwand die Wildheit aus seinen Augen.

»Zu Anbeginn der Zeit kochte sie – die Weiße Herrin – ein Gebräu in ihrem Kessel. Sie hieß einen Jungen, es umzurühren, während sie frische Kräuter suchte. Zwölf Monde rührte der Junge im Kessel und noch einen Tag dazu, ohne von dem Gebräu zu trinken, denn die Weiße Herrin hatte es ihm verboten. Doch drei Tropfen spritzten auf seine Hand. Der Junge leckte sie ab, und da wußte er all ihre Geheimnisse und hatte Angst ...«

»Ich kenne diese Angst«, sagte mein Vater bedächtig. »Ich habe sie geschaut, als ich in die Augen von Frauen blickte.«

»Was hat der Junge getan?« fragte ich Krah scharf.

»Was konnt' er tun? Er rannte fort – aber jetzt kannte er die Magie der Weißen Herrin und flüchtete in Gestalt eines Hasen.« Unwillkürlich blickten wir alle auf den roten Fleck auf dem Stein. »Die Weiße Herrin jagte ihn als schwarzer Hund, drum mußte er andere Gestalt annehmen und wurd' zum flinken Fisch in einem Bach. Darauf wurd' sie zu einem Otter, ihn zu fangen, doch er glitt ihr durch die Pfoten und flatterte als Moorhuhn davon. Da wurd' sie zur Falkin, ihn aus der Luft zu schnappen. Er wollte sie überlisten und wurd' etwas so Kleines, daß sie's vielleicht nicht sehen könnte.« Krah hielt inne, lächelte schwach und fuhr mit den Fingern über den Stein. »Er wurde ein Weizenkorn auf dem Boden. Doch sie kannte jeden Stein und wurde zur Graugans und schluckte das Korn.«

»Auch diesen Tod kenne ich«, sagte Leir.

»Doch was sie ihm gab, war Leben«, entgegnete Krah. »Neun Monde wuchs er in ihrem Bauch, und als sie ihn geboren, warf sie ihn ins Wasser. Der Bach trug ihn mit sich fort, auf daß er im Land der Menschen ein großer Zaubersänger wurde. Und die Menschen nannten ihn Strahlenstirn.«

»Wäre er nicht vor ihr geflohen, hätte er sich nie verwandelt ...«, sagte ich bedächtig. »Er hätte nie gelernt, das Wissen zu nutzen, das der Kessel ihm gab ...«

Einen langen Augenblick schaute Leir mich an; dann kehrte sein Blick zu den Wolken zurück. Krah hatte die Lider geschlossen. Seine geschickten Finger lagen verschränkt auf seinem Schoß, wie ruhende Vögel. Als ich ihn betrachtete, kam mir ein anderer Gedanke.

»Krah, du kennst dieses Land ... du hast die Felsen angeschaut, als wären sie alte Freunde – oder alte Feinde. Bist du in dieser Gegend des Hügellandes geboren?«

Er seufzte nur leise, und ich hielt es für eine Bestätigung.

»Dann weißt du doch gewiß, wo wir Unterschlupf finden können. Am besten wäre eine Ortschaft abseits der Straße oder eine Höhle ...«

Er schüttelte den Kopf, und ich benetzte die Lippen und fuhr fort: »Oder ein Lager der Senamoi. Lebt dein Volk, das Alte Volk, in den Hochmooren? Sag schon! Es kann uns das

Leben retten – oder *ihm.*« Ich deutete mit dem Kopf auf den König.

»Er hat die Geisterkrankheit«, sagte Krah leise. »Schon jetzt brennt er. Zuerst waren's die Bemalten, die das Alte Volk getötet haben, dann waren's die Quiritani. Warum sollten die Senamoi euch jetzt helfen?«

»Deinetwegen – du bist doch einer von ihnen?«

»Halten Krah für tot … haben sich schon vor langer Zeit die Gesichter geschwärzt und das Haar geschoren … Kein Gastrecht für einen Geist, Tochter des Schwans.«

Ich spürte seinen Schmerz, aber ich konnte keine Rücksicht auf ihn nehmen. »Wir müssen es trotzdem versuchen«, drängte ich ihn. »Führe uns zu deinem Volk, Krah, oder wir werden alle drei zu Geistern, ohne Segen der Götter, ohne Grab, und müssen auf ewig durch die Moore streifen.«

Unter den dichten Wolken senkte die Dunkelheit sich noch früher als sonst über das Land, und obwohl nur wenig Schnee liegengeblieben war, erschwerte er das Vorankommen und die Sicht. Aber auch so kamen wir nur langsam weiter, denn Krah und ich mußten den König stützen, da er sich aus eigener Kraft nicht mehr aufrecht zu halten vermochte. Während mein Gesicht vor Kälte schmerzte, strahlte Leirs Stirn Hitze aus wie ein Herdstein. Er murmelte vor sich hin, während wir weiter vorantaumelten. Ich wußte, daß mein Vater im Fieberwahn sprach, doch es hörte sich an, als wäre sein Geist wieder umnachtet, so daß mir auch ohne den Sturm eiskalt gewesen wäre.

»Müde«, sagte er plötzlich. »Möcht' mich hinlegen.« Er blieb so abrupt stehen, daß ich beinahe gestürzt wäre.

»Noch nicht – nur ein kleines Stück weiter, dann kannst du dich ausruhen.« Genauso hatte ich auch meinen Sohn beruhigt.

»Warum?« Leir drehte den Kopf und starrte mir ins Gesicht. Er schwankte so sehr, daß ich mich nur mit Mühe auf den Beinen halten konnte.

»Möchtest du nicht etwas Heißes zu trinken und ein warmes Bett am Feuer?«

»Mir ist schon heiß ...« Er stierte in den rieselnden Schnee und lachte. »Schwanenfedern möcht' ich! Weich und kühl!«

»Was immer du willst, nur komm jetzt weiter!«

»Sind bald da«, sagte Krah unvermittelt Es waren seine ersten Worte seit langer Zeit. Ich fragte mich, ob er die Wahrheit sagte.

Wir stolperten wieder ein paar Schritte voran, und Leirs Murmeln wurde lauter. Plötzlich riß er sich los und taumelte davon. Krah brüllte und warf sich nach vorn. Ich hörte das Scharren von Füßen auf Stein und dann ein Ächzen, als sie zu Boden fielen. Ich wankte hinterher, stolperte über jemandes Beine und stürzte auf die beiden Männer.

»Die Schwäne ...«, murmelte Leir, der unter uns lag. »Seht ihr denn die Schwäne nicht?« Er befreite einen Arm und deutete zum Himmel. »Weiße Maid, tragt mich fort! Jetzt sehe ich sie! Sie ruft mich!«

Es stürmte nun heftiger. Ich hob ebenfalls den Blick und sah den Himmel weiß von Schneegestöber. Stirnrunzelnd schüttelte ich den Kopf, denn eigentlich hätte ich in der Dunkelheit der Nacht überhaupt nichts sehen dürfen. Licht kam von irgendwo aus der Nähe. Ein kaum wahrnehmbarer Schimmer verriet mir, wo der Fels endete. Dort fiel die Wand steil in die Tiefe, und als ich zum Rand des Felsabsturzes kroch, sah ich, daß unten Feuer brannte.

Mit viel Mühe gelang es uns, den König vom Felsrand wegzuzerren und den Pfad hinunter zu schaffen. Am Fuß des Felsen war es völlig windstill. Holzrauch stieg uns in die Nase, und ich hörte einen Hund bellen. Sogar Leir schien endlich zu begreifen, denn er riß sich los und taumelte ohne unsere Hilfe voran. Ich erspähte niedrige Unterschlüpfe aus Dickicht, und Krah rief etwas in seiner eigenen Sprache.

Plötzlich war rings um uns Bewegung. Eine tiefe Stimme ertönte, und ich verharrte mitten im Schritt, als mein Hals vor der eisigen Schneide eines scharf geschliffenen Bronzespeers zurückzuckte. Krah antwortete, doch die andere Stimme verlor nichts von ihrer Feindseligkeit. Jemand stieß uns zum Feuer. Leir stürzte zu Boden, und sie ließen ihn liegen. Ich wollte zu ihm, doch um mich herum funkelte Metall. Ich blickte in die Gesichter der Menschen und sah Neugier darin, aber auch Zorn und Angst. Eine Greisin brummelte etwas, und Krah wandte sich an mich.

»Sie sagen, hier gibt's nichts zu essen für Fremde. Die schwarze Meute jagt im Moor, und wir bringen Gefahr. Sie sagen, wir sollen gehen ...«

Ich blickte auf meinen am Boden liegenden Vater. »Dann soll er mich gleich töten!« rief ich und zerrte am Ausschnitt meines Kittels. »Besser jetzt ein schneller Streich, als Maglaros in die Hände zu fallen oder im Sturm zu erfrieren!« Der morsche Stoff zerriß, und ich stand nackt bis zu den Hüften in der Kälte.

Der Speer schwang zur Seite. Mit weit aufgerissenen Augen bahnte die Greisin sich einen Weg durch die Menge. Sie stellte Krah eine Frage, und plötzlich lachte er. Sie funkelte ihn an und wandte sich nun direkt an mich.

»Woher – der Bär?« fragte sie mich in meiner Mutter Sprache.

»Von der Nebelinsel – Caiactis ...«, antwortete ich so überrascht, daß ich gar nicht erst überlegte. »Von Bärmutter selbst.«

Für einen Augenblick starrte die Alte mich schweigend an; dann erteilte sie den Männern mit beinahe überschnappender Stimme Befehle. Krah lachte immer noch.

»Was ist los?« fragte ich ihn, als sie uns zu den Unterschlüpfen drängten. »Was haben sie vor?«

»Das ist der Bärenclan ...« Er grinste. »Hast dir hier Gastrecht erworben!«

Ich starrte ihn an, doch mein Blick verschleierte sich bereits vor Schwäche. Als ich mich bückte, um der Greisin in den Unterschlupf zu folgen, stürzte mir der Boden entgegen, und ich wußte nichts mehr.

Ich tauchte aus Brunnen tiefen Schlafs auf, tiefer als die grundlosen Seen der Höhlen. Durch geschlossene Lider spürte ich goldenes Licht und die Wärme der Felle, in die ich gewickelt war, und in diesem Augenblick war ich zufrieden. Dann versuchte ich, mich aufzurichten.

Offenbar hatte ich ein Geräusch verursacht, denn sofort eilte jemand herbei, um mir zu helfen, mich aufzusetzen. Ich plagte mich, die schlafverklebten Lider zu öffnen und sah ein Gesicht, das so verwittert war wie die Felsblöcke auf dem Moor. Da erkannte ich, daß nicht die Zeit die Züge der Greisin so gezeichnet hatte, sondern daß ihre Wangen und die Stirn mit Narben überzogen waren wie bei Krah.

»Mein … Vater?«

»In anderem Unterschlupf. Heiß – nicht gut für alten Mann, im Sturm zu wandern.«

»Ist es die Lungenkrankheit?« Sie raffte die meisten Alten dahin. Zwar war es für manche eine Gnade, doch falls Leir jetzt am Fieber starb, wären all die Opfer an Blut und Leben, die seinetwegen gebracht worden waren, vergeblich gewesen, ebenso wie alles Leid und alle Mühe, die wir überstanden hatten.

»Wir geben ihm Kräuter, aber Geist wandert in Anderswelt …«

Ich blickte sie scharf an und bemerkte jetzt erst, daß sie eine Halskette trug, an der Bärenkrallen und die Rückenwirbel von Schlangen abwechselnd aneinandergereiht waren; darüber trug sie eine kürzere Kette aus Gagat- und Bernsteinperlen.

»Mutter …«, ich redete sie an, als wäre sie Nesta oder Asaret. »Könnt Ihr ihm helfen?«

Ihr Gesicht blieb unbewegt, doch ihre Augen leuchteten.

»Glaubt Ihr's denn, Bemalte?«

»Mein Name ist Otter. Ich bin die Geiststraßen gewandert und habe andere Gestalten als die meine angenommen. Weisfrau, ich *sehe* Euch.«

»Und ich Euch – seid das Kind mit zweierlei Blut, von dem die Geister mir gekündet.«

Ich streifte meinen goldenen Armreifen ab. »Werdet Ihr ihm helfen und das als Lohn nehmen?«

»Wenn Geistsprecherin Otter vom Bärenclan hilft, braucht sie keinen Lohn.« Sie blickte mein Gold nicht einmal an.

Die Heilzeremonie wurde für den nächsten Tag angesetzt. Am Morgen zog ich mit den Jägern aus, um ein Reh für die Opferung zu erlegen. Als wir zurückkehrten, vergoldete das letzte Licht des Nachmittags die Ostwand des Felsens, von dem Leir beinahe hinabgestürzt wäre. Am Fuß der Wand plätscherte ein Bach. Die Fellzelte waren auf Grasflächen errichtet und wurden von einer riesigen, aus dem Fels gehauenen Höhle geschützt. Die Luft war erfüllt von würzigem Holzrauch.

Als die Dunkelheit einsetzte, wurde das Dickicht, das vor der Unterkunft der Weisen Frau wucherte, ein wenig gelichtet, so daß man ins Innere sehen konnte. Der Clan versammelte sich bereits. Zwanzig Leute, ein jeder so dunkelhaarig wie Krah, ließen sich stumm ringsum nieder. Sie alle waren mager; und sogar die Frauen mit Kindern an der Brust sahen alt und abgezehrt aus. Doch die wenigen Kinder hatten klare Augen und waren gesund. Es war offensichtlich, daß sie geliebt wurden. Ich verschränkte die Arme über den Brüsten und wünschte mir sehnsüchtig, meinen kleinen Sohn daran zu spüren.

Aber es war mein Vater, um den ich mich jetzt sorgen mußte. Dick in Felle gewickelt, lag Leir neben der Feuergrube, umgeben von Krah auf der einen und den Clanmüttern auf der anderen Seite.

»Setzt Euch an seinen Kopf«, forderte Geistsprecherin mich auf, »und *du* zu seinen Füßen!« Ihre Geste ließ Krah innehalten, als er sich davonzuschleichen versuchte.

Er starrte sie mit vor Angst weißumringten Augen an, und ich entsann mich, wie plötzlich er vor seinen Verfolgern geflohen war, als ich ihn das erste Mal gesehen hatte, und wie verängstigt er stets gewesen war, wenn die Priester sich der Macht bedienten.

»Wenn die Trommel spricht, bin ich verloren ... *Ihr* wißt es!« stammelte er, doch die Weisfrau lachte nur.

»Eben. Du wirst der Spur deines Herrn durch die Geistwelt folgen. Hast du gedacht, ich würde dich nicht erkennen, Sohn des Geflügelten? Dein Herr hat mir die Geschichte erzählt, ehe er starb. Hab keine Angst, kleiner Vogel. Diesmal wache *ich* über dich ...«

Voller Furcht blickte er sie an, sagte jedoch nichts mehr. Ermutigend legte ich ihm die Hand auf die Schulter, als ich an ihm vorbeiging. Trotz der Krähenfüße an seinen Augen und den Silberfäden in seinem Haar war er der schlaksige Bursche geblieben, den ich vor langer Zeit gerettet hatte. Ich war es, die alt wurde.

Dann sah ich, wie fahl meines Vaters Haut geworden war und wie straff sie sich um die Knochen spannte, nun, da das Fieber das Fleisch verbrannt hatte, und ich verspürte nur noch Angst. Ich setzte mich und hob Leirs Kopf auf den Schoß, ganz behutsam, um ihn nicht zu erschrecken, doch er rührte sich überhaupt nicht. Jeder Atemzug rasselte in seiner Lunge. Ich schaute mich im Kreis der Gesichter um. Alle waren mir fremd, sogar Krahs Antlitz. Warum machte ich das Sterben meines Vaters zum Schauspiel für diese Fremden?

Da ließ ein seltsamer Laut jeden Nerv zucken. Ein Seufzen ging durch die Menge. Geistsprecherin stand an der anderen Seite der Feuergrube. Sie hatte einen Umhang aus bemaltem Fell um ihren knochigen Körper geworfen. Ein leises, mißtönendes Summen drang aus ihrer Kehle, in das die anderen nach und nach einstimmten. Das Summen wurde tief und durchdringend, bis ich die Vibration in den Knochen spürte. Geistsprecherin stand mit dem Gesicht gen Norden gewandt, und dann hob sich ihre Stimme in einem schrillen Ruf über das Summen der Menge hinweg. Einen Moment warteten die Versammelten; dann antwortete ein Geräusch wie das Ächzen eines erwachenden Bären dem Ruf der alten Frau. Nun wandte sie sich nach Osten, und der dünne Schrei eines Hasen ertönte. Aus dem Süden erklang das Röhren eines Hirsches und aus dem Westen das Heulen einer Robbe.

Mit seltsam stockendem Schritt umrundete sie den Kreis, und die Knochen- und Metallzier an ihrem Umhang rasselte und klirrte rhythmisch. Neben mir blieb sie stehen und blickte in Leirs Gesicht. Eine andere Frau reichte ihr eine bemalte Trommel. In einer fließenden Bewegung kauerte die Greisin sich nieder und hielt die Trommel zwischen den Knien.

»Trommel sagt ihr jetzt Richtung«, flüsterte mir die Clanmutter an meiner Seite zu.

Geistsprecherin beugte sich wispernd über die Trommel, deren Fell mit halbverblaßten Zeichen bedeckt war. Die alte Frau holte ein paar Stücke geschnitzter Knochen aus einem Schlangenhautbeutel und legte sie in die Mitte des Trommelfells. Der Singsang der Menge wurde lauter. Die Greisin hob den mit einem Knauf versehenen Stab und schlug dreimal fest auf die Trommel.

Die Knochenteile hüpften auf dem Trommelfell und bildeten beim Aufschlagen ein neues Muster. Die Weise Frau betrachtete es; dann schob sie die Knochen zusammen und wiederholte dreimal diese Zeremonie, und nur das dumpfe Trommeln, das Prasseln der Knochen und das Murmeln der Greisin waren zu vernehmen. Schließlich schob sie die geschnitzten Knochenstücke in den Beutel zurück, erhob sich und schlug wild auf die Trommeln ein. Krah zitterte am ganzen Leib, als sie ihm mit schriller Stimme einen Befehl erteilte.

»Sie sagt ihm, Dämonen sind im Süden«, erklärte mir die Clanmutter. »Er soll sie suchen ...«

Krah schüttelte in heftiger Abwehr den Kopf; dann aber überwältigte ihn der Rhythmus der Trommeln. Die Gestalten um mich herum waren abwechselnd sichtbar und unsichtbar. Mir war, als würde ich fallen, obwohl ich mich nicht bewegt hatte.

Dann berührte die Greisin Krah zwischen den Brauen, und seine Augen rollten nach oben, bis nur noch das Weiße zu sehen war; dann kippte er zuckend nach vorn. Die Weisfrau gebot mit einer Geste Schweigen und begann einen neuen Singsang, eine ständig wiederholte Folge von Silben, in welchen die anderen einstimmten, als die Greisin sich nach vorn beugte und in Krahs Gesicht blickte, so forschend, wie sie zuvor auf das Trommelfell gestarrt hatte. Dann wisperte sie etwas. Ein paar Augenblicke später durchfuhr ein Schauder Krahs Körper, und er begann der Alten zu antworten.

Ich war mir ihrer Stimmen bewußt, konnte meinen Körper aber nicht mehr spüren und hatte das Gefühl, in der Nähe gewaltiger Abgründe und rauschender Wasser zu sein, und ich hörte wispernden Wind – so leise, daß er gerade noch zu vernehmen war.

»Er geht jetzt sehr tief und erzählt, was er sieht. Geister wollen ihn aufhalten, aber Sprecherins Macht ist stärker«, flüsterte die Frau neben mir.

In einem zweifachen Bild sah ich die Greisin tanzend auf die Trommel schlagen und Krah zu ihren Füßen zucken, und eine graue Bärin, wie sie dem ziellosen Flug eines schwarzen Vogels durch ein schattenloses Land folgte. Schemenhafte Gestalten erhoben sich, um Bärin und Vogel aufzuhalten, doch sie zogen weiter, bis sie zu einer Insel inmitten eines feurigen Sees kamen, wo sie ein weinendes Kind fanden.

Ich erkannte sein Gesicht als das meines Sohnes und erschrak so heftig, daß ich die Vision verlor. Als ich zu mir kam, kauerte Geistsprecherin keuchend vor mir, während Krah reglos dalag. Ich spürte, wie mein Vater sich bewegte, und blickte zu ihm hinunter. Seine Augen waren noch geschlossen, doch ich sah Bewußtheit auf seinen Zügen – und Schmerz.

»Mutter …«, murmelte er, »wohin gehst du? Warum hast du mich allein gelassen? Du bist im Feuer; du sinkst in den Boden!«

»Wir haben ihn zurück, aber immer noch greifen Fiebergeister an«, sagte Geistsprecherin. »Setzt ihn auf. Jetzt heilen wir …«

Ich wappnete mich und setzte mich mit gespreizten Schenkeln auf die Fersen. Leir stöhnte, als wir ihn, an mich gelehnt, aufsetzten und ich die Hände vor seinem Leib verschränkte. Ich drückte meinen Körper um ihn, während ich ihn mit den Schenkeln und abgewinkelten Armen hielt. Wieder änderte sich der Singsang. Geistsprecherin kauerte vor uns und bewegte die Trommel Leirs Körper hinauf und hinab, während sie den Takt schlug.

Meine Haltung erschien mir eigenartig vertraut, und als der Gesang eindringlicher wurde, erinnerte ich mich, daß ich in dieser Stellung mein Kind geboren hatte. Ich umfaßte den ausgemergelten Körper meines Vaters fester, doch mir war, als hielte ich Beli in den Armen. Falls ich hier starb – würde er dann glauben, ich hätte ihn im Stich gelassen?

Geistsprecherin schlug über Leirs Kopf die Trommel und bewegte sie dann angespannt horchend zu seinem Oberkörper hinunter. Schließlich hielt sie über seiner Brust inne, und ich konnte die Flüssigkeit in seiner Lunge hören, während er schwer atmete. Behutsam legte die Weisfrau die Trommel zur Seite und kam näher heran. Sie wölbte die aneinandergelegten Hände über Leirs Körper, als wollte sie einen Vogel einfangen.

Mein Vater keuchte und warf unruhig den Kopf an meinem Busen hin und her. Plötzlich schoß ein Energiestrahl meinen Rücken empor, und im selben Moment stießen Geistsprecherins Hände auf Leirs Brust hinab und zuckten wieder zurück. Sie schrie triumphierend auf und öffnete die Finger: eine Pfeilspitze aus Feuerstein lag auf ihrer Hand.

Leir war in meinen Armen erschlafft. Er atmete in tiefen, geräuschvollen Stößen, doch das gräßliche gurgelnde Geräusch war verschwunden. Ich ließ mich vorsichtig nach vorn auf die Knie fallen. Als ich meines Vaters Kopf hob, spürte ich den Schweiß herabperlen, doch seine Haut war kühl.

In jener Nacht träumte ich, über gewaltigen Menschenmassen zu schweben, die langsam über eine Ebene dahinzogen. Mit Bündeln schwerbeladene Karren holperten über den unebenen Boden. Kinder hockten obenauf oder klammerten sich an Frauen, die auf langsam dahintrottenden Pferden saßen, oder sie hatten die Ärmchen um den Hals von Kriegern geschlungen, die zu Fuß gingen. Die Schilde und Lanzen der Krieger waren auf die Karren geladen, doch ihre Schwerter hingen in Scheiden an ihren Hüften. Sie sahen mager und erschöpft aus, aber Entschlossenheit stand in ihren Gesichtern geschrieben.

Ich schwebte tiefer hinab und erkannte, daß mir einige der Gesichter vertraut waren. Einer der hageren Männer war niemand anders als Nabelcos der Harfner. Ich erkannte auch Mutter Nestas blaues Gewand. Besorgt kreiste ich über ihnen und entdeckte schließlich einen rothaarigen Kopf.

Agantequos. Ich erkannte ihn sogar in der Düsternis des Traums. Sein Gesicht war verschlossen, doch Tränen glitzerten in seinen Augen, während er dem dünnen Weinen der Kinder hinter ihm lauschte.

Agantequos, ich liebe dich. Ich bin bei dir! Kannst du mich denn nicht sehen? rief ich. Aber er hörte es nicht.

»Alter Mann reist bald«, sagte Geistsprecherin zu Krah, »aber du bleibst hier …«

Mein Blick kehrte von Leir, der auf einem der Steine oberhalb des Baches saß und den Mittwintersonnenschein genoß, zum Feuer zurück. Jenseits der Höhle fiel der Grund in sanften Wellen ab wie die Figur einer liegenden Frau. Leir hatte sich die vergangenen zwei Tage stockstill verhalten und nur über das Land geblickt, während Krah sich unter dem Blick der Greisin wie ein gefangener Vogel fühlte.

»Ich gehe mit dem König!« entgegnete er fest.

»Warum? Willst immer sein Hund sein? Bleib bei mir, dann kannst du Fährtensucher in der Geisterwelt werden. Ist gleich, von welchem Clan du kommst. Bist mein Sohn, wenn du willst, eh? Machst dich besser als alle, die ich gelehrt hab'. Wer soll zu den Toten gehen, wenn ich nicht mehr bin?«

»Zu spät …«, wisperte Krah. »Das Wasser, das zur See floß, ist fort. Das einmal verschenkte Herz kehrt nicht zurück. Ich hab' gesehen, wo der Kreis endet …«

Die Greisin brummte: »Hast Angst? Was mußt du fürchten, wenn du in den Welten wandelst?«

Krah hob den Kopf. »Tod. Hab' Angst, verlorenzugehen.«

»Pah! Bist immer noch Kind. Alles stirbt. Komm zu mir zurück, wenn der alte Mann tot ist.«

Der Speer entglitt meiner Hand.

»Was ist das für ein Gerede vom Tod? Mein Vater ist geheilt!«

Geistsprecherin blickte mich an, und ich erkannte, weshalb Krah Angst hatte.

»Er ist so alt wie ich. Und die Geister des Landes sind erzürnt. Er und du …« Sie blickte Krah an und schüttelte den Kopf. »Könnt nicht immer weglaufen!«

Doch Krah und mein Vater verstanden. Ich erkannte es, als ich den düsteren Ausdruck in Krahs dunklen Augen sah. Beide hatten auf dem Moor Ähnliches gesagt. Nur ich wollte mich nicht damit abfinden, daß alles umsonst war.

Von den Hängen unterhalb der Höhle erklang der Ruf eines jagenden Falken. Als er zum drittenmal ertönte, war Geistsprecherin auf den Füßen. Und dann vernahmen wir, von nicht so weit entfernt, den tiefen Schrei eines Schwans und das Wiehern eines Pferdes. Ohne die Reaktion der Weisfrau hätte ich mich vielleicht täuschen lassen, obwohl ich wußte, wie selten ein Schwan schreit und welch ungewöhnlicher Besucher im winterlichen Moor er ist.

»Reiter kommen …«, sagte die Greisin. »Geht zum Versteck, rasch!«

Krah rannte bereits zu meinem Vater, und ich sprang zum Unterschlupf, um nach unserer Ausrüstung zu greifen.

Der Stamm hatte seine Anweisungen, was zu tun war, falls Quiritanikrieger kamen. Als einer der Jäger uns eilig zur Höhle geführt hatte, gab es nichts mehr im Lager, das unsere Anwesenheit verraten hätte, nur die geballten Fäuste und angespannten Gesichter der Männer, als der Wind das Heulen von Hunden herauftrug.

Es war Nacht geworden, als der Falkenpfiff uns schließlich kundtat, daß wir die Höhle verlassen konnten. Doch selbst jetzt, da wir wieder reden durften, blieb Leir stumm. Während der langen Stunden im Versteck hatte ich beobachtet, wie er an den Enden seines Schnurrbarts kaute und blicklos auf die Steine starrte. Diese Geduld war ungewohnt für ihn. Worüber hatte er nachgedacht?

Ich blickte mich forschend um, als wir ins Lager zurückkamen. Der weiche Boden war zu Schlamm zertrampelt, und einer der Unterschlüpfe war zerstört, aber ich sah kein Blut. Nur eine Frau weinte lautlos.

»Was haben sie getan?« fragte Leir. »Wir müssen fort, bevor sie wiederkehren. Wir bringen euch in Gefahr, nicht wahr?«

»Drohungen! Immer Drohungen!« Geistsprecherin spuckte auf den Boden. »Haben gesagt, was sie tun werden, wenn wir euch helfen – aber haben auch eine Geisel genommen. Vixens Sohn.«

Die Leute murmelten klagend, und Vixen schluchzte auf. Ich biß mich auf die Lippe. Ich war nicht sicher, ob Leir soweit genesen war, daß er weiterziehen konnte. Doch nicht einmal meine Besorgnis vermochte ihn davon abzuhalten, solange wir das Leben der Menschen gefährdeten, die uns Zuflucht gewährt hatten.

»Morgen früh brecht ihr auf …«, sagte die Weisfrau. »Ehe der Morgen graut. Werd' Nebel steigen lassen, um die anderen zu verwirren. Und einen Führer geb' ich euch.«

»Wie können wir Euch danken?« sagte ich später, als die Wegzehrung, die sie entbehren konnte, eingepackt war und wir zum Aufbruch bereit waren. »Ihr habt meinen Vater erneut gerettet.«

»Hab' Euch gerettet!« Geistsprecherin legte die Handflächen auf meine Brust. »Das Blut von zwei Rassen ist in Euch und der Geist von dreien. Lebt, Otter, bringt dem Land Frieden!«

In der nächsten Nacht gewährte uns eine Frau der Senamoi Zuflucht, die mit einem Schäfer im nächsten Tal verheiratet war. Ihre Hütte war in die Erde gegraben, von Wald umwachsen und besaß ein gewölbtes Dach aus Gestrüpp, welches auf Ästen gebettet war, die auf niedrigen Steinwänden ruhten. Wir brachen schon in aller Frühe auf, denn sowohl südlich wie nördlich davon befanden sich größere Ortschaften, und eine Schar von Maglaros' Männern hielt sich noch immer im Dorf bachabwärts auf. Die Straße nach Süden war uns verwehrt, doch der Halbblutsohn der Senamoi führte uns an den Felsen hinter dem Dorf vorbei und hinaus aufs Moorland.

Der Schnee war zum größten Teil geschmolzen, aber es war düster und eiskalt. Leir kam nur langsam voran, er hielt jedoch nicht inne. Er sprach nicht ein Wort. Ich wußte nicht, ob aus Atemnot oder weil er grübelte, und ich wagte nicht, ihn zu fragen.

In dieser Nacht lagerten wir an der windgeschützten Seite eines niedrigen Hügels mit Namen Mu'her. Es sei ein heiliger

Hügel, erklärte uns der Junge, und die bläulichen Felsen, die in der Ferne schemenhaft zu sehen waren, wären noch heiliger, denn es handle sich um die Mauern des Hauses, in dem der große Gott Acoras wohne. Am nächsten Morgen, als wir nordwärts marschierten, leuchteten die Felsen im frühen Morgenlicht, als würden sie von innen erhellt. Wir waren in einem Land, in das Menschen nur kamen, wenn sie Visionen suchten. Ich lauschte dem Wind, der zwischen den zerklüfteten Felsen heulte, und schauderte, doch nicht nur der Kälte wegen.

Am Vormittag kletterten wir vom Pfad zum Rand des steilen Felsens hinauf, um dort von einem Quell zu trinken. Das Wasser war klar und frisch, aber als ich in das natürliche Becken blickte, sah ich mein vor Erschöpfung abgespanntes Gesicht und mein von Reif weißes Haar und wußte, ich sah das Antlitz meines hohen Alters.

Als unser Pfad nach Osten bog, erkannte ich, daß dieses Land zwar nur von wenigen Menschen, jedoch von einem Heer von Steinen bevölkert war. Krah hielt sich dicht an meiner Seite, doch Leir schritt kräftiger dahin. Beim Abstieg zum Nith blieb unser Führer stehen und deutete nach Südosten.

»Seht – das Steinvolk. Einst herrschte es über dieses Land. Jetzt sind sie starr und stumm, aber manchmal tanzen sie im Mondschein, und an den Festtagen …«

Ich ließ meinen Blick schweifen und war plötzlich froh, daß er gesagt hatte, es wären nur Steine, sonst wäre ich überzeugt gewesen, daß jemand dort stand. Ich blinzelte, denn es kam mir so vor, als bewegten sie sich. Und jenseits des Tales glaubte ich zwei hochgewachsene Gestalten in langen, fließenden Umhängen auszumachen, wie die Landleute sie tragen.

Der Junge folgte meinem Blick. »Das ist ihre Anführerin. Das ist die alte Jan-et, die Königin!«

Ich fuhr leicht zusammen, denn ich hatte erwartet, daß nur die Priesterinnen diesen Namen kannten.

»Fieret …«, sagte Leir plötzlich. Ich streckte die Hand nach ihm aus, und er lächelte beruhigend. »Genauso hat sie auch gestanden, wenn sie über die Hügel blickte. Ich denke in letzter Zeit viel an deine Mutter. Sie hat dieses Land geliebt.«

Ich klammerte die Finger fester um seinen Arm, als hätte ich Angst, er würde davonschweben. Sein Fieber schien den Wahnsinn verbrannt zu haben, doch seither war er seltsam, als würde ein Teil seines Ichs noch in der jenseitigen Welt umherwandeln.

»Deine Mutter war die Königin.« Leir hatte sich zu mir umgedreht. »Nun mußt du uns sagen, wie wir dem Land dienen müssen.«

Geistsprecherin hatte etwas Ähnliches erwähnt. Doch weder mein Vater noch die Weisfrau konnten mir raten, was ich tun sollte. Ich spähte auf die ferne Gestalt und spürte die Macht, die durch die Steine emporstieg. Es gab eine bestimmte Magie in den Wäldern und eine andere Magie in den Tiefen des Meeres. Dies hier war jedoch die Magie der Erde selbst, und nun, da die Sonnenwende nicht mehr fern war, strömte sie dichter zur Oberfläche.

»Nicht jetzt …«, flüsterte ich. »Nicht, wo sie uns hören kann. Ziehen wir weiter.«

Als wir sieben waren, wagten dreimal sieben nicht, uns anzugreifen; noch zwangen sie uns zum Rückzug, solange wir lebten. Ach, von den sieben sind nur drei übrig, Männer ungebeugt im Kampf.

»Elegie auf Howen ap Owein«, *Llawysgif Hendregadredd*

Vater! Krah!«

Ich holte Atem, um noch einmal zu rufen, und hustete, als der Nebel meine Worte verschluckte. Er war sehr schnell aufgekommen, hatte sich in den Mulden gesammelt und floß durch die Senken und über die Erhebungen des Moores hinweg. Behielt man auf dem Marsch den fernen Horizont im Auge, bemerkte man die weißen Schlangen gar nicht, die sich um den Fuß der Hügel wanden. Als ich ein paar Schritte zur Seite trat, um mich zu erleichtern, hatte ich nicht an Gefahr gedacht. Erst als ich zu den anderen zurückkehren wollte, geriet ich in die Nebelschwaden, die das Moor heraufwogten, und fand mich nicht mehr zurecht.

Ich rief erneut, dann lauschte ich auf Antwort. Einen Augenblick glaubte ich etwas zu hören, doch der Laut verklang, sobald ich mich bewegte. Ich hielt inne und vernahm nur meinen eigenen keuchenden Atem in der feuchten Luft.

Das andere Ufer des Nith war fremdes Gebiet für unseren Führer; deshalb kehrte er an dieser Stelle um. Doch von dort aus hätten wir eigentlich nicht mehr in die Irre gehen können, denn es war ein menschenleeres, ebenes Land mit weiter Sicht; wir brauchten lediglich dem Nith südostwärts zu folgen, bis wir aus dem Hügelland gelangten. Doch der Nebel verwehrte nun den Blick in alle Richtungen.

In dieser weißen See einen Pfad zu suchen war sinnlos. Doch der Nebel stieg vom Flußbett auf; vielleicht war er in größerer Höhe dünner. Ich kletterte quer über den steilen Hang und riß mir die Hände an dem rauhen Gestein auf; alle paar Fuß blieb ich stehen, um Atem zu holen und erneut zu rufen.

Das Land unter meinen Füßen und Fingern wurde zu Stein. Harter Fels ragte in kleinen Buckeln und scharfen Zacken aus einer dünnen Erdschicht, spaltete die Oberfläche mit Klüften, deren Sohlen mit gelbem Sand und Moos überzogen waren, und bildete steile Wände aus körnigem Gestein. Der Geruch von feuchtem Fels war in der Tiefe stark, doch je höher ich kletterte, desto deutlicher spürte ich Bewegung in der Luft. Als ich eine grasige Fläche erreichte, vertrieb der Wind den Nebel. Eine dunkle Gestalt erhob sich vor mir, und ich duckte mich keuchend.

Es war nur ein Felsblock – oder irgend etwas, das genauso stumm und regungslos dastand und dessen hohe, ein wenig ungeschlachte Gestalt wie eine Priesterin aussah, die ihr Tuch über den Kopf gezogen hatte und mit verschränkten Armen Wache über dem Moor hielt. Erst als ich die Hand ausstreckte, um die kalte, körnige Oberfläche zu berühren, konnte ich sicher sein, daß es sich wirklich nur um Stein handelte. Vorsichtig ging ich an dem Felsblock vorbei, denn auch der Boden war trügerisch.

Feuchter Nebel streifte mein Gesicht. Ich blickte über die Schulter und erschauderte, als die Umrisse des Steins zu etwas Monströsem verschwammen. Die stehenden Steine bei Udrolissa waren beeindruckend, und der Tanz des Riesen hatte mir Unbehagen, ja Angst bereitet, doch sie waren von Menschenhand gehauen. Diese Steine jedoch standen immer noch dort, wo die Götter sie aufgestellt hatten, in all ihrem Stolz und ihrer Macht.

Je dämmriger es wurde, desto erschreckender erschienen die Steine, aber ich wagte nicht anzuhalten, weil mich das unheimliche Gefühl quälte, beobachtet zu werden. Sobald ich mich umdrehte, nahmen Gebilde, die mir zuvor freundlich erschienen waren, bedrohliche Züge an. Aber ich wußte auch, daß ich einen gebrochenen Fuß oder Schlimmeres riskierte, wenn ich in der Dunkelheit über diesen steinigen Boden rannte. Ich verlangsamte meine Schritte, und als das letzte Tageslicht mir eine freie Fläche enthüllte, hielt ich an. So trügerisch der Schutz auch sein mochte, den die umgebenden Felsen versprachen, schien es mir doch der sicherste Fleck zu sein, den ich vermutlich finden würde. Vorsichtig machte ich noch ein paar Schritte und rief aufs neue, doch ich hörte nur das Knirschen von Sand und das Wispern des Windes zwischen den Felsen.

Die freie Fläche war, wie ich jetzt erkennen konnte, eine Mulde, die sich zur Mitte hin vertiefte. Ich kam mir wie ein Steinchen vor, das um den Rand einer Schüssel rollt und unwiderstehlich hinabgezogen wird. Aber ich widerstand dieser Anziehung. Fröstelnd kauerte ich mich, etwa auf halbem Weg zur Mitte der Fläche, auf den Boden, wickelte meinen Umhang enger um mich und bereitete mich darauf vor, bis zum Morgengrauen zu warten.

Die Eiseskälte und Dunkelheit waren mir seltsam vertraut. Plötzlich entsann ich mich der Höhle, in der ich meine Initiationswache gehalten hatte. Es war gar nicht so weit von hier entfernt gewesen und ungefähr zur selben Jahreszeit. Aber die sieben Jahre, die seit jener Nacht vergangen waren, kamen mir wie eine ganze Lebensspanne vor. Eine Zeitlang trübte die völlige Erschöpfung meine Erinnerung, doch als mein Körper vor Kälte taub wurde, gab es nichts mehr, was mich hätte ablenken können.

Frau Asaret hatte gesagt, an manchen Orten lägen die Anderswelt und die Welt der Lebenden dicht beisammen. Gewiß war hier einer dieser Orte. Die Mächte, die hier hausten, nahmen Formen an, die wenig mit jenen gemein hatten, die es in der Welt der Menschen gab.

Mein Bewußtsein öffnete sich weit, und plötzlich konnte ich die Zeit wie einen fließenden Bach sehen. Für die Sinne, die ich zurückließ, standen die Steine stockstill; wenn ich ein wenig zurückwich, um sie zu beobachten, konnte ich sehen, wie sie sich unter der Berührung von Wind und Wetter veränderten, Eiszapfen in der Sonne gleich. Doch wenn ich in den Bach tauchte, sah ich, daß jeder Stein für sich ein Muster darstellte und jedes Element in diesen Mustern ein rhythmisches Gebilde, das sich in eigenen Kreisen bewegte und mich tiefer hinabzog. Im unendlichen Raum wirbelten Lichtpunkte. Das Licht umriß die Dunkelheit, die Dunkelheit schuf den Hintergrund für den Tanz. Und ich war sowohl Licht wie Dunkelheit, Ebbe wie Flut.

Nichts ist ewig ... Nichts ist sterblich ... Alles verändert sich ... Alles ist von Bestand ... Es klang wie eine Stimme in der Stille, doch was ich wahrnahm, waren keine menschlichen Worte.

Ich verstehe nicht ..., rief mein Geist. *Zeigt mir Formen, die ich begreifen kann!* Ich fühlte etwas mit geduldiger Aufmerksamkeit warten, während ich meine Identität wiederzufinden suchte.

Im Raum vor mir begann ein Licht heller zu werden. Ich blickte hinein, denn nur meine Augen hatten einen Willen, und sah allmählich den kiesigen Boden und dann die Formen der Steine rundum. Doch nun erschienen sie mir nicht mehr unheimlich; ihre grotesken Proportionen waren wie Strohkostüme, wie sie bei Dorffesten getragen wurden und bei deren Anblick die Erwachsenen lachten und die Kinder Angst bekamen.

Vielleicht *waren* es Kostüme – steife und unförmige Kleidungsstücke für Wesen, deren Gestalten und Proportionen nur grobe Ähnlichkeit mit denen von Menschen besaßen. Aber sie tanzten mit der gleichen Hingabe wie die Dorfbewohner, sie stampften und wirbelten im Kreis herum mit rhythmischem Poltern und Knirschen von Stein. Und dann wurde der Kreis zur Spirale, spitze Silhouetten wirbelten zusammen, wie die Tänzer bei den Mittwinterriten in Abonolissa. Doch hier bildeten lebende Steine diese Schlange. Herum und herum wand die Schlange ihren Leib; wieder vernahm ich Worte:

»Tritt den Stein – reih dich ein!
Was einst war, wird wieder sein!
Eins und zwei – ist vorbei!
Zufall, Schicksal, was es sei!«

Jetzt sah ich eine Felsenschlange, deren schwarzweiße Zeichnung vor meinen Augen verschwamm, während sie sich wand. Ihr Rachen war weit aufgerissen, als wollte sie die ganze Welt verschlingen. Und dann, als Helligkeit und Schwärze zu einer leuchtenden Spur geworden waren, verschwand sie.

»Es ist wahr ...«, sprach ich zu mir selbst. *»Aber welche Bedeutung hat es für mich?«*

Wieder veränderte sich meine Wahrnehmung. In der Mitte des Kreises lag ein Ei, das wie die Sonne leuchtete, und dieses Leuchten wurde stärker. Ich blinzelte, und plötzlich konnte ich in dem Ei eine Gestalt sehen – menschlich, männlich, sobald sie deutlicher zu erkennen war.

»Wer bist du?« fragte ich, als das Bild klarer wurde. Ich sah einen blondhaarigen Jüngling, der einen Lichtspeer hielt. Als er grinste, mußte ich unwillkürlich lächeln.

»Nenne mich den Steinsohn«, antwortete er. »Wenn du ein Wunder erschauen willst, dann komm mit ...«

Ich weiß nicht, ob mein Körper ihm folgte oder nur mein Geist hinter ihm zwischen den Steinen dahinschwebte, doch da sein Leuchten mich leitete, hatte ich keine Angst vor ihnen. Im Handumdrehen, wie mir schien, befanden wir uns vor einem gewaltigen Felsen, durch den eine Öffnung führte. Er sah wie ein gewaltiges Abbild der durchlöcherten Feuersteine aus, welche die Menschen zur Abwehr von Bösem an der Südküste suchten.

»Durch dieses Portal können jene, die sterben, wiedergeboren werden ...«, erklärte der Jüngling. »Sieh selbst ...«

Ich schwebte näher heran. Am Ende des Ganges herrschte Tageslicht. In jener Welt war Sommer, und Sonnenschein blitzte auf windbewegten Blättern. Unter den Bäumen wandelten Leute. Ein Schimmern umgab sie, so daß ihre Züge nur schwer zu erkennen waren, aber mir schien, daß Artocoxos sich unter ihnen befand, von all seinen furchtbaren Wunden geheilt. Ich glitt näher heran und rief seinen Namen. In diesem Augenblick begann das Licht zu wirbeln. Flüchtig sah ich ein gewaltiges Rad aus Sternen an einem mitternächtlichen Himmel – und dann nichts mehr.

Als ich erwachte, vergoldete das klare Licht des Sonnenaufgangs die Steine. Ich taumelte auf die Füße und schaute mich um. Der Weg, den der Steinsohn genommen hatte, lag deutlich sichtbar vor mir. Noch während ich mir den Schlaf aus den Augen blinzelte, folgte ich dem Pfad zu dem Felsen mit der Öffnung. Doch als ich diesmal hindurchspähte, sah ich meinen Vater zusammengerollt im Windschutz des Felsen schlafen. Krah lag ein paar Fuß von ihm entfernt. Vor ihnen erstreckte sich der nebelbedeckte schräge Hang des Moores.

Ich rannte rufend um den Felsen herum. Sie lebten! Wir umarmten uns und lachten glücklich, daß wir einander heil und gesund wiedergefunden hatten. Irgendwie war Krah bei unserer Umarmung in die Mitte geraten, und vielleicht lag es an seiner Ausstrahlung, daß ich die Verbindung zu meinem Vater stärker als je zuvor empfand. Dann lösten wir uns, immer noch glücklich lachend.

Mit trockenem Heidekraut machten wir ein kleines Feuer, über dem wir mit Wasser aus geschmolzenem Eis und grob gemahlenen Körnern einen Brei kochten. Der Wind war frisch. Im Tageslicht verloren die seltsam geformten Steine ihren Schrecken, nicht jedoch ihre Faszination. Beim Essen betrachteten wir sie, während das Licht auf ihnen spielte, und jeder versuchte den anderen mit phantasievolleren Namen für die Felsen zu übertreffen.

»Der da sieht wie der Lochstein in Belerion aus«, sagte Leir plötzlich und deutete zu dem Felsen mit der Öffnung, durch die ich geblickt hatte. »Es war verboten, sich dem Lochstein zu nähern, doch dieser hier ist nicht den Geboten von Priestern oder Priesterinnen unterworfen. Ich möchte gern hindurchkriechen.«

»Nein!« rief ich bestürzt und erzählte ihm von meiner nächtlichen Vision. Krah schüttelte den Kopf und hielt den König am Gewand fest. Aber Leir lächelte nur.

»Um so mehr hab' ich einen Grund, es zu versuchen. Nach all den Fehlern, die ich begangen, und all dem Schlimmen, das ich getan, wär' mir nichts lieber, als wiedergeboren zu werden … Hab keine Angst, Tochter. Auch ich habe in der vergangenen Nacht geträumt. Alles wird gut.«

Ich musterte ihn eingehend. Eine neue, beinahe heitere Gelassenheit sprach aus seinen Augen, und als er sich dem Felsen näherte, war sein Schritt so sicher wie seit jenem Tag nicht mehr, als er versehentlich den Schwan getötet hatte. Einen Moment blieb er vor der Öffnung stehen, dann hob er die Hände.

»Das ist das heilige Zentrum!« rief er. »Das ist das Herz des Königreichs seit Anbeginn der Zeit! Das ist der Schoß! Ich komme hierher, um ein neuer Mensch zu werden. Möge vergessen sein, was ich gewesen! Mögen die Geister dieses Landes mich nun nach ihrem Willen lenken …«

»Er darf nicht …« Krah wollte ihm folgen. »Er wird ein anderer! Die Macht dort ist zu groß!«

Doch der König kroch bereits durch den Gang. Krah blieb schwankend stehen. Die plötzliche Schwere der Luft lähmte uns, so daß wir nur – zwischen Sorge und Staunen hin und her gerissen – zuschauen konnten, wie Leir sich durch das Loch im Stein zwängte. Ich spürte es, als er die Barriere passierte, denn der Druck in der Luft löste sich, und wir konnten zur anderen Seite eilen, um Leir aus dem Felsen zu helfen.

»Mir ist nichts geschehen, Kind. Was regst du dich so auf?« rügte mein Vater, als wir zum Aufbruch rüsteten. Ich schwieg und zwang mich zu einem Lächeln. Ich wußte, daß eine Veränderung erfolgt war, aber ich wußte nicht, welcher Art sie war oder was sie bedeuten mochte.

Als die Morgensonne stärker wurde, kam Wind auf und spielte mit dem Nebel auf dem Moor. Leir, Krah und ich folgten einem Wildpfad, der sich durch das Heidekraut schlängelte und auf dem wir den leicht feuchten Wind meist auf der rechten Wange spürten. Halbgefrorene Stengel brachen unter unseren Füßen, und wenn der wirbelnde Nebel sich kurz hob, glitzerte die weite Ebene vor uns. Doch dann senkten die Nebelschwaden sich aufs neue herab und schlossen sich, und wieder konnten wir nur die reifüberzogene Glockenheide zu unseren Füßen sehen.

Als der Nebel sich das nächste Mal lichtete, blieb Krah abrupt stehen. Ich folgte seinem deutenden Arm und sah eine grasüberwachsene Erhebung im Braun des Moores.

Ich blickte ihn fragend an.

»Wir müssen vorsichtig weitergehen«, flüsterte er. »Und ganz leise. Dies ist die Ebene der Hügelgräber. Die Geister toter Krieger wandeln hier sogar bei Tage.«

Ich blinzelte. Im Nebel fiel es einem nicht schwer, sich vorzustellen, daß Geister sich aus diesen Gräbern erhoben. Ich bemühte mich, jenes Gefühl von Ewigkeit zurückzurufen, das mich in der Nacht getröstet hatte, statt dessen aber hörte ich uralte Schlachtrufe im Wind. Ich sagte mir, daß wir nichts zu befürchten hätten. Hier waren nur Erinnerungen; ich hatte selbst gesehen, wie es den Geistern toter Krieger im Jenseits erging.

Wir schritten ein wenig rascher aus, als wir am ersten Hügelgrab vorbeikamen. Beim zweiten war ich sicher, daß sich etwas leicht bewegte, und ich hörte das Heulen von Hunden. Als wir uns dem dritten Grabhügel näherten, wurde das Heulen lauter, und vier dunkle Hundegestalten stürmten aus dem Nebel hechelnd auf uns zu; ihr heißer Atem dampfte in der kalten Luft.

Krah machte das Schutzzeichen, doch ich griff nach meinem Schwert, denn als die Hunde wieder bellten, erkannte ich, daß sie keine Geister waren.

»Was ist los?« fragte Leir und hob den Speer, den er als Stock benutzt hatte, und spähte in den Nebel.

»Hunde. Ihre Herren müssen dicht hinter ihnen sein …« Wir stellten uns Rücken an Rücken. Mitten auf der Ebene gab es keine Deckung, und selbst wenn wir uns vor den Augen der Menschen hätten verstecken können, würden die Hunde uns aufspüren.

Der Wind blies heftiger. Die verschwommenen schwarzen Hundeschatten sprangen über das reifstarre Heidekraut und waren uns bereits nahe. Das Heulen wurde zu Jaulen und heiserem Bellen, und nun hörte ich bereits das schnelle Trommeln krallenbewehrter Pfoten auf dem gefrorenen Boden. Ich zückte die Klinge.

Die Luft erzitterte unter dem langgezogenen Hörnerschall. Die Hunde schwenkten winselnd ab, und in diesem Augenblick hob sich der Nebel. Der Grabhügel war mit waffenstarrenden Männern gespickt.

Von einer Lanze flatterte der Falke mit den ausgebreiteten Schwingen – die Standarte von Alba. Leir verzog grimmig das Gesicht. Wir waren so weit gekommen, und es hatte uns so viel gekostet. Wie war es Maglaros gelungen, uns jetzt zu finden?

Wir warteten stumm. Nach kurzer Zeit öffnete sich die Reihe der Krieger, um ein Pferd durchzulassen. Der Reiter saß zusammengesackt auf dem Rücken des Tieres, und sein Umhang über den Verbänden um seine Schulter ließ ihn bucklig und ungestalt erscheinen. Doch seine Stimme war fest.

»Nehmt sie gefangen!«

»Ich will dir nichts Böses, Cridilla! Du bist meine Schwester! Warum nimmst du nicht Vernunft an?« Gunardwillas Stimme klang rissig, als wäre ihre Kehle von zu vielen Schlachtrufen wund.

»Schwestern nehmen einander nicht gefangen!« fauchte ich. »Vernünftige Vorschläge werden nicht mit Waffengewalt gemacht!«

»Du wurdest doch nicht verwundet, oder? Eine höfliche Aufforderung hätte dich nicht hierhergebracht!« Meine Schwester deutete auf die runden Steinhütten, die dicht beisammen im Moor kauerten und von ein paar Birken zumindest vor dem ärgsten Wind geschützt wurden. Hinter uns streckte die höchste Birke windgequälte Zweige aus. Das Moor kräuselte sich in weißen Wellen südost- und westwärts. Im Norden wogte der Wald wie ein dunkles Meer bis zu den unteren Hängen, da und dort aufblitzend, wo die Sonne auf das Wasser der sich dahinschlängelnden Verbeia fiel.

Es gab hier zwei Rundhäuser mit Mauern aus aufgefülltem Stein. Gunardwilla und Maglaros hatten Quartier in einem bezogen, Leir und ich wurden in das andere gesperrt. Die Krieger lagerten unter aufgespannten Fellen. Ich konnte die Männer herumgehen sehen, und das klagende Trillern einer Beinflöte klang von irgendwo unten am Hügel herauf. Ich wußte noch nicht, was sie mit Krah gemacht hatten.

Früher, ehe die Welt sich veränderte, hatte hier eine blühende Gemeinschaft gelebt. Steine von Ruinen lagen verstreut herum. Jetzt kamen gewöhnlich nur noch Hirten hierher, wenn die Herden zu den Almen getrieben wurden. Heute jedoch waren es Streitrosse, nicht Rinder, die versuchten, unter dem in der Nacht gefallenen Schnee an das Gras heranzukommen.

»Setz dich, Kind. Laß dich von diesem Tee aufwärmen und versuche zu verstehen, was ich sage.« Sie drückte mir den bronzegefaßten Birkenholzbecher in die Hand. »Du mußt selbst gesehen haben, wie sehr das Land leidet, seit du weggegangen bist. Wenn wir nicht unter einem starken Führer zusammenstehen, wird diese Insel in hundert einander befehdende Reiche zerfallen und leichte Beute für irgendwelche Barbaren sein, die übers Meer kommen.« Gunardwilla setzte sich auf ein zusammengelegtes Fell und bedeutete mir, das gleiche zu tun. Es war nicht nur ihre Stimme, die gelitten hatte. Die Zeit hatte das Gold aus ihrem Haar geblichen und ihr Gesicht gefurcht wie einen alten Schild.

»Was willst du damit sagen?« Ich blieb stehen und blinzelte, als Sonnenschein am Speer eines Kriegers blitzte. Der aufkommende Wind vertrieb die letzten Wolken und ließ die Welt glitzern, wo der Neuschnee das winterliche Braun des Moores bestäubt hatte.

»Es gibt nur einen Mann, der imstande ist, die Insel zu vereinen«, fuhr meine Schwester fort. »Leir hatte drei Königinnen. Maglaros hat bereits die Unterstützung der Banalisioi und der Männer von Alba. Warum sollte er nicht dasselbe tun?«

»Aber ich bin bereits verheiratet!« Die Verblüffung raubte meinen Worten die Kraft.

»Mit einem Fremden?« Gunardwilla zuckte die Schultern. »Das war keine echte Heirat – Agantequos hat dich verschleppt. Wie auch immer, du hast ihm den Erben geschenkt, den er braucht. Er soll sich mit seinem Land über dem Meer zufriedengeben.«

»Hast du den Verstand verloren?« Ich rang um eine feste Stimme. »Willst du wirklich von mir verlangen, daß ich meinen Gemahl und mein Kind verlasse, um die zweite Frau des Mannes zu werden, der dir vor dem gesamten Rat Gewalt angetan hat? Hat Rigana sich mit diesem Irrsinn einverstanden erklärt?«

»Warum nicht? Senowindos ist tot. Rigana wird uns den Süden geben, so wie du uns den mittleren Teil der Insel gibst. Nicht einmal Leir brachte die ganze Insel in seine Hand!«

»Leir lebt. Ihm hat meine Mutter das Recht gegeben, dieses Land zu verteidigen. Und die Götter selbst haben meine Heirat mit Agantequos gesegnet!« rief ich. »Es gibt keine Macht, die mich zwingen kann, Briga an Maglaros auszuliefern!« Ich warf den Becher von mir, und der Tee ergoß sich über Gunardwillas Stiefel und sickerte dampfend in den Boden.

»Glaubst du das wirklich?« erklang eine Stimme hinter mir.

Ich fuhr herum und sah Maglaros, von den schwarzen Schatten seiner Hunde umgeben. Sein Haar war jetzt ebenso grau wie das meiner Schwester. Er trug einen Umhang, der warm mit Wildkatzenfellen gefüttert war. Doch in seinem Lächeln war keine Spur von Wärme.

»Du wurdest in derselben Schule ausgebildet wie deine Schwester, und ich habe sie besiegt. Ich habe den größten Streiter der Kriegerschar deines Vaters getötet. Glaubst du vielleicht, ich würde deiner nicht Herr werden?« Er strich mit seiner Linken über meine Wange.

Mich ekelte vor seiner Berührung. Maglaros war gut mit dem Schwert oder war es zumindest gewesen. Doch seine linke Seite war jetzt ein wenig gekrümmt, als würde der Schmerz in der Schulter, die Artocoxos zerschmettert hatte, ihn niederdrücken.

Vielleicht kannst du mir Gewalt antun, du Ungeheuer, aber ehe deine Schulter nicht geheilt ist, gewiß nicht ohne Hilfe, dachte ich zornig.

Für einen Moment versuchte er, meinen Blick niederzuzwingen; dann aber gab er auf und wandte sich an Gunardwilla.

»Das Luder ist widerborstig, und wir haben zu tun. Sperr sie wieder ein!«

»Nach meiner Schätzung ist es fast Mittwinter«, sagte Leir.

Ich spähte nach dem dünnen Lichtstreifen an der Tür, wo das Stierfell am Türrand einen Spalt freiließ, und sah den Schatten des Kriegers, der uns bewachte, vorbeigleiten. Draußen war wieder ein sonniger, kalter Tag.

Das Tal der Verbeia befand sich zwei Tagesritte südlich der Hügelgräberebene. Seit dem Schneesturm in der Nacht unserer Ankunft war das Wetter wie in Frost erstarrt, als würde nichts sich je wieder ändern. Doch wenn ich all die Tage der Flucht und des Kämpfens seit Samonia zurückrechnete, mochten wohl sechs Wochen verstrichen sein.

In der vergangenen Nacht hatte ich geträumt, daß Agantequos sich in Udrolissa aufhielt – bestimmt ein Wunschtraum. Viel wahrscheinlicher war, daß er mit Brenna im Bett lag, um sich zu trösten, weil er glaubte, daß ich meine Schwüre gebrochen hatte. Ich versuchte, mich zu erinnern, wie unser Zusammensein gewesen war, doch es war wie eines Harfners Erzählung. Und meine Brüste waren leer und schmerzten nicht mehr, wenn ich an mein Kind dachte.

»Tochter, warum weinst du?« fragte mein Vater. Ich tupfte auf meine Wange und spürte Tränen.

»Weil ich Agantequos versprach, bis zur Wintersonnwende zurück zu sein, und jetzt bin ich wortbrüchig.«

»Du liebst ihn?«

In seiner Stimme lag wehmütige Neugier. In jenen Tagen, als wir überlegt hatten, wie meine Heirat sich zu seinem Vorteil nutzen ließ, war nie über Liebe gesprochen worden. Ich hatte es für die nüchterne Amtsführung eines Königs gehalten, bis Leirs Reaktion auf meine Schwangerschaft mir das Gegenteil bewiesen hatte.

Ich versuchte, eine etwas bequemere Lage zu finden, wo die Feuchtigkeit des Bodens nicht durch den Farn drang, der darüber gebreitet worden war, und durch den Umhang, in den ich mich gewickelt hatte. Der unbequeme Zustand unseres Gefängnisses war keine Absicht. Es brauchte mehr als trockenes Farnkraut, um die Hütte zu dieser Jahreszeit bewohnbar zu machen.

»Hast du meine Mutter geliebt?« Leir hatte die Frage oft bejaht, aber ich glaubte, daß ich jetzt die Wahrheit erkennen würde.

»Ja, ich habe sie geliebt ...«, sagte er rauh. »Aber ich wußte nie, ob auch sie mich liebte oder nur getan hat, was für das Land von Nutzen war. Sie zeigte mir die heiligen Orte von Briga und lehrte mich die Pflichten des Königs. Dieses Moor war einer der Orte, an dem das Alte Volk Magie für das Land wirkte. Ich frage mich, ob Gunardwilla uns deshalb hierhergebracht hat ...« Er seufzte, und einen Augenblick dachte ich, er würde nicht mehr weiterreden.

»Vor einem Lebensalter, wie mir heut scheint, kam ich mit Fieret und Talorgenos hierher«, fuhr er dann jedoch fort. »Sie prägten neue Zeichen in die Steine, um mich mit dem Land zu verbinden. Danach küßte deine Mutter mich und gelobte mir Treue. Aber dasselbe muß sie dem Gemahl geschworen haben, den sie vor mir hatte ...«

Ich hörte die Wahrheit aus seiner Stimme und streckte die Hand nach der seinen aus.

»Wenigstens deiner Liebe glaubte ich mir sicher sein zu können. Um so schlimmer war's für mich, als ich mich von dir verraten fühlte.«

Wir waren einander so nahe, daß er spürte, wie ich erstarrte, und er zog seine Hand zurück. Eine Zeitlang war unser rauher Atem das einzige Geräusch. Dann, wie zum Hohn, schwoll das Lied der Beinflöte irgendwo im Freien auf und ab.

»Ich liebe Agantequos«, sagte ich schließlich, »so wie du meine Mutter geliebt hast – ich liebe ihn als sein Weib und als geweihte Königin. Ist das die Art von Liebe, die du für mich empfunden hast? Ich dachte ...« Ich zwang die Worte über meine kalten Lippen. »Ich dachte, zwischen dir und mir wäre es etwas Größeres, etwas Wundervolleres gewesen. Kannst du das noch immer nicht glauben? Bei der Ratsversammlung sagte ich, daß ich für dich kämpfen würde, und ich hab's getan. Ich sagte, daß dir meine Tochterliebe gehört, und sie ist dein. Gibt es dafür keine Worte? Kannst du nicht einmal hier, nicht einmal jetzt verstehen?«

Ich warf mich schluchzend auf das Farnkraut.

»Ich verstehe … viele Dinge.« Nach endlos langer Zeit, wie mir schien, spürte ich meines Vaters Hand sanft auf meinem Haar.

»Ich verstehe, daß irgendwo ein Mann ist, einsam und allein, und sich fragt, ob du ihn noch liebst, so wie ich mich gefragt habe, ob Fieret mich liebt. Ich verstehe, daß da ein Kind wartet, das nicht weiß, weshalb seine Mutter fort ist. Ich verstehe, daß der Kreislauf des Verlassens wieder beginnt, weil ich ein Narr gewesen bin …« Seine Stimme zitterte. »Er muß angehalten werden!«

»Ich hatte wundervolle Träume, als ich in dieses Land kam«, fuhr er schließlich fort. »Ich habe mich den alten Heiratsriten unterzogen, um einem größeren Zweck zu dienen, aber ich tat es zu meinem eigenen. Ich wollte das Land durch Eroberung mir zu eigen machen, so, wie ein Mann glaubt, eine Frau sich zu eigen machen zu können, indem er ihr seinen Samen einpflanzt. Ich hatte das Ziel, diesem Land meinen Namen so tief einzuprägen, daß ich unsterblich würde. Nun bin ich ein Gefangener und beginne endlich zu verstehen, daß die Macht nicht in dem liegt, was ich mir nehmen kann, sondern in dem, was ich zu geben bereit bin …«

Ich weinte immer noch, doch jetzt war Heilung in meinen Tränen. Ich lag auf dem kalten Boden und spürte, wie Wärme mich durchzog, als mein Vater mir übers Haar streichelte.

»Bis jetzt, meine Tochter«, sagte Leir, »war ich vom langen Marsch zu erschöpft, mit dir zu reden. Doch nun erzähl mir von dem Mann, der deine Liebe gewann. Erzähl mir von meinem Enkel, den ich nie gesehen habe …«

Immer noch schluchzend, setzte ich mich auf.

»Mein Sohn heißt Belinos, und sein Haar ist wie die Sonne …«, begann ich.

»Ich kann dir Gewalt antun.« Maglaros hielt meinen Kopf so, daß ich das Gesicht nicht abwenden konnte. Meine Nasenflügel blähten sich bei dem fauligen Gestank, der von seiner Wunde aufstieg. Ich schloß die Augen und versuchte, nicht auf den Schmerz in meinen gefesselten Händen zu achten. Der Sonnenschein eines neuen Tages glitzerte auf dem Schnee. Die Zeit maßvoller, vernünftiger Gespräche war kurz gewesen; nun brach die Feindschaft offen aus.

»Versuch's!« fauchte ich durch gefletschte Zähne. »Ich werde deiner Schulter einen noch ärgeren Hieb versetzen als Artocoxos!«

Da ließ er mich los, und ich öffnete die Augen gerade noch rechtzeitig, daß ich seine Faust auf mich zukommen sah und mich zur Seite wand. Ich gewahrte eine heftige Bewegung in der Nähe; dann hörte ich ein Ächzen, als die Bewacher Leir zurückrissen.

»Vater, beruhige dich!« Ich blinzelte die Tränen fort, als mein Mund von Maglaros' Schlag zu schmerzen begann. »Er kann mir nichts antun!«

»Was ist, wenn ich meinen Männern befehle, dich festzuhalten?« knurrte Maglaros, dem das Blut in den Kopf schoß.

Ich blickte auf die Krieger um mich herum. Es waren stämmige dunkelhaarige Männer aus den Bergen Albas. Die Tätowierungen der Bemalten lugten unter den Kilts und den groben Umhängen hervor. Einige warfen bereits finstere Blicke auf den Quiritanifürsten, den sie König nannten.

»Glaubst du, die Männer würden dir gehorchen?« Ich lachte trotz der geschwollenen Lippen. »Sie wissen, wer ich bin! Und sie wissen auch, daß die Göttin ihre Männlichkeit schrumpeln lassen wird wie Äpfel im Winter, würden sie sich einer solchen Blasphemie schuldig machen. Die Göttin gibt sich hin, wenn sie die Zeit für richtig hält. Und ich habe mich Agantequos von Moridunon gegeben«, sagte ich stolz. »Als alle, die mich einst geliebt, sich gegen mich wandten, hat er mich verteidigt! Ich habe ihm einen Sohn geboren. Ich brauche keinen anderen Mann.«

»Er!« Maglaros schnaubte abfällig. »Wo ist er denn jetzt, da du seinen Schutz brauchst?«

»Ihn trifft keine Schuld. Wie konnte ich ahnen, im eigenen Land meine Schwester und ihren Gemahl fürchten zu müssen.«

»Hältst du deinen Bespringer für einen solchen Helden?« rief Gunardwilla. »O ja, er hat dich vor der Versammlung verteidigt. Aber von wem, glaubst du, wußten wir, daß du schwanger warst?«

Ihre Bemerkung ließ mich verstummen. Hinter uns hackte jemand Holz, und ich spürte jedes Wort meiner Schwester und ihres Gatten wie einen Axthieb in meinem Fleisch. Hatte Agantequos es ihnen tatsächlich gesagt? Warum? Weil er wußte, daß die Neuigkeit meinen Vater gegen mich aufbringen und ich mich deshalb in seine Arme retten würde? Ich schloß die Lider und beschwor Agantequos' sommersprossiges Gesicht und seine blauen Augen herbei. Ich hatte den Schmerz in diesen Augen gesehen, als ich aus meinem Land verstoßen wurde. Nein – war er unaufrichtig gewesen, hätte ich es gespürt.

»*Wenn* er es euch gesagt hat, hatte er einen guten Grund. Doch wie *ihr* es kundgetan habt und wann, ist schändlich! Und all das ändert nichts! Selbst wenn es dir gelänge, Maglaros, mich mit Gewalt zu nehmen, könntest du mich nicht zwingen, dir die Macht zu geben. Das weiß sogar sie ...« Ich deutete mit dem Kopf auf Gunardwilla. »Du bist nicht König in Alba, weil du sie im Kampf bezwungen hast! Du bist König, weil sie einverstanden war, daß der Sieger dieses Kampfes herrschen solle!«

»Er und ich herrschen gemeinsam!« rief meine Schwester. »Du bist es, die sich jetzt dem Willen der Göttin widersetzt!«

»Willst du so die alte Ordnung wiederherstellen?« schrie ich. »Du weißt ja nicht einmal mehr, wie sie aussieht! Du bist nicht an Maglaros' Seite, sondern unter seinem Stiefel. Der geweihten Königin Gewalt anzutun gehörte nicht zu den alten Gebräuchen!«

»Leir hat meiner Mutter Gewalt angetan!« kreischte Gunardwilla.

»Sie ist mir in ehrlichem Kampf zugefallen und erklärte sich einverstanden, mich als ihren Beschützer zu nehmen!« knurrte Leir. »Und die Götter segneten das Land ...«

»Ich behaupte nicht, daß die Eroberung durch die Quiritani rechtens war, aber du kannst eines Flusses Lauf nicht umkehren«, warf ich ein. »Die alten Gebräuche sind nicht tot. Wozu würdest du mich, die Tochter der Königin des Alten Volkes, sonst brauchen? Aber das Blut der Bemalten und der Quiritani ist längst vermischt. Wir können nicht mehr anders leben als durch eine Vermählung der Traditionen.«

»Und eine Vermählung bieten wir dir an«, sagte Maglaros, und ich erkannte, daß er überhaupt nichts verstanden hatte. »Doch wenn ich dir die Königswürde nicht nehmen kann – es gibt andere Arten von Gewalt, die dich vielleicht veranlassen mögen, mir diese Würde anzutragen ...«

Ich warf einen raschen Blick auf meinen Vater, und Maglaros lachte. Leir stand da, als wären die Riemen um seine Handgelenke goldene Reifen; als Gefangener sah er majestätischer aus denn in den Tagen seiner größten Macht. Doch der grelle Sonnenschein enthüllte, daß er nie so zerbrechlich gewirkt hatte wie jetzt, selbst nach seiner Krankheit nicht. Es sah aus, als würde das Licht durch ihn hindurchscheinen. Gewiß vermochte er keine großen Schmerzen mehr zu ertragen. Was konnte ich tun, falls sie ihn bedrohten?

»Keine Sorge, Tochter. Sie werden es nicht wagen, sich an mir zu vergreifen. Mein Haupt ist heilig, und in meinem Alter und meinem Zustand würde wahrscheinlich jede Mißhandlung zu meinem Tod führen. Doch der Fluch des sterbenden Königs kann sie alle vernichten. Mein Tod liegt in den Händen der Götter ...«

»Es gibt noch eine andere Möglichkeit ...«, sagte Gunardwilla barsch. Leir wandte sich ihr zu und lächelte.

»Nur wenn ich mich aus freiem Willen bereit erkläre, das weißt du sehr wohl. Es ist das Mysterium des Königs ...«

»Was meinst du damit?« fragte ich scharf, und mein Magen verkrampfte sich vor Furcht – eine Furcht, die ich nicht verstand.

»Ich habe nichts zu befürchten, Kind. Was sie auch tun, sie können mir nichts anhaben.«

Die Worte klangen überzeugt, doch sie mußten eine Lüge sein, um mich zu beruhigen. Oder verließen ihn seine Sinne aufs neue?

»Vater …«, begann ich, doch das Schmettern eines Horns ließ mich verstummen.

Andere Hörner antworteten, und ihre Echos hallten im Tal von Wand zu Wand. Einen Moment regte sich Hoffnung in mir, bis ich erkannte, daß die Hörner von Maglaros' Männern nicht zum Kampf riefen, sondern zur Begrüßung geblasen wurden. Dann hörten wir das Klappern vieler Hufe. Ein größerer Trupp näherte sich. Die schaukelnde Stierfellstandarte der Ai-Zir erschien um eine Biegung des Berges, gefolgt von den Reitern, prächtig in den bunten Farben, die sie aus südlichen Ländern einführten, und glitzernd von Gold.

Rigana ritt unter einem roten Baldachin. Die zwei Krieger, die ihn hielten, waren jung; einer mit blondem, zu einem Knoten hochgedrehten Haar, der andere dunkel und schlank wie Rigana. Ich hatte sie beide im Süden gesehen, wo ihre Augen an der Königin gehangen hatten wie die zweier Hunde, die sich belauerten.

Riganas Blick blieb kurz auf mir haften, als sie mich sah; dann ritt sie weiter.

Gunardwilla ging ihr entgegen, sie zur Begrüßung zu umarmen. Maglaros wartete hinter ihr und grinste, als Rigana sich in eine verführerischere Pose warf. Ihr Begrüßungskuß war viel zu lange und zu innig, um schwesterlich zu sein, und ihre Begleiter machten finstere Gesichter. Ich war überzeugt gewesen, daß Gunardwilla gelogen hatte, als sie Rigana als Verbündete bezeichnete. Jetzt, da ich erkannte, daß ich mich getäuscht hatte, wurde mir noch schwerer ums Herz.

»So haben meine Sendboten dich also gefunden«, stellte Gunardwilla fest. Sie hakte sich bei Rigana ein und zog sie zum Feuer.

»Ja – und wir haben uns beeilt, noch vor der Sonnenwende hier zu sein. Wie ich sehe, hast du unsere kleine Schwester, wie versprochen. Du warst nicht müßig, Gunardwilla. Doch deine Überzeugungskünste scheinen weniger erfolgreich gewesen zu sein als dein Schwert …« Wieder blieb Riganas dunkler Blick auf mir ruhen.

»Cridilla ist starrsinnig wie immer«, entgegnete Gunardwilla. »Aber vielleicht gibt es doch eine Möglichkeit, sie zu zwingen. Sie und Leir sind nicht unsere einzigen Geiseln!«

Maglaros winkte, und zwei Krieger kamen auf uns zu. Sie trugen irgend etwas, das ich zuerst für ein Tier hielt, blutig und schmutzig und mit zerfetztem Fell.

Doch kein Jäger würde seine Beute derart zurichten. Als sie das Bündel zu Boden warfen, sah ich, daß es ein Mann war. Da rührte er sich, und ich erkannte das silberdurchzogene schwarze Haar. Krah wimmerte, als Maglaros ihn in die Rippen trat, und ich schluckte die Galle hinunter, die mir aufstieg. Mein Vater hatte kurz die Augen geschlossen; jetzt aber blickte er mit steinernem Gesicht auf Krah.

»Der Senamoi!« Rigana beugte sich erwartungsvoll vor. »Hängt der alte Narr immer noch an ihm?«

»Nun? Macht Ihr Euch was aus dieser Kreatur?« fragte Maglaros den König. Leir antwortete nicht.

»Und ob!« sagte Gunardwilla verächtlich. »Erinnest du dich nicht? Sie haben diesen Abschaum wie ihren Lieblingshund behandelt. – Hör zu, Sklave« – sie trat den Gefangenen in den Leib –, »bitte deine Herrin, uns zu helfen, oder du bekommst noch sehr viel Schlimmeres zu spüren!«

Krah rollte sich zusammen wie ein ungeborenes Kind und zitterte am ganzen Leib. Sie hatten ihm keine Knochen gebrochen, jedenfalls noch nicht, doch an seinem ganzen Körper schien die Haut ein einziger Bluterguß zu sein.

»Verräter!« spie Rigana hervor, tief über ihn gebeugt. »Verräter an deiner eigenen Rasse und unserer! Dir war die alte Magie gegeben, aber für ein Stück Brot hast du dich selbst in die Sklaverei verkauft! Du hättest schon vor vierzehn Jahren sterben sollen!«

»Geister fliegen feurig im Wind ... Rabe singt ...«, erklang Krahs gemurmelter Singsang. »Alte kommen mit Händen aus Bein, Zähnen aus Stein ... zum letzten Fest.« Schmerzhaft stützte er sich auf einen Ellbogen und versuchte, den Blick fest auf mich zu richten. »Dieses Fleisch gehört ihnen«, sagte er deutlich. Er blinzelte, und für einen Moment glückte es ihm, die schwarzen Augen fest auf mich zu richten. »Für das Land und die Menschen muß der Preis bezahlt werden.« Dann brach er weinend zusammen. »Tut mir nicht weh! Tut mir nicht wieder weh!«

»Das war erst der Anfang«, sagte Gunardwilla. »Aber einmal hast du ihn bereits gerettet, Cridilla. Um dem ein Ende zu machen, brauchst du nur das Wort zu sagen!«

»Du wirst Zeit haben, es dir zu überlegen«, fiel Maglaros ein. »Wir haben euch zu sanft behandelt. Ihr sagt, wir können euch nichts anhaben. Nun, wir werden sehen, was die Elemente vermögen ...«

Sein Blick flog über uns hinweg. Die Krieger zerrten ein Birkengeflecht, das einem riesigen Korb glich, den Berg herauf. Sie stellten es auf dem Kopf vor Maglaros ab und blickten ihn erwartungsvoll an.

»Was soll das?« Rigana zog eine Braue hoch.

»Wir haben einen hübschen Käfig für unsere zwei Königsvögelchen geflochten«, antwortete Maglaros. »Vielleicht werden Sonne und Schnee unseren Argumenten mehr Gewicht verleihen.«

»Ein Käfig?« Rigana wandte sich voller Verachtung davon ab. »Was denkst du dir, Schwester?» meinte sie, zu Gunardwilla gewandt. » Willst du unser Blut entehren, indem du unsere Verwandten wie Sklaven behandelst? Wenn die Leute das erfahren, wird es unserem Ansehen schaden ...«

Meine ältere Schwester runzelte die Stirn. »Vielleicht, aber mit Cridilla zu reden ist so, als würde man zu einer steinernen Wand sprechen, und der Alte hat schon immer nur auf seinen eigenen Willen gehört.«

»Ah, aber wenn wir zwei Cridilla gemeinsam überzeugen, muß sie doch zur Vernunft kommen. Wir können es zumindest versuchen!« Sie drehte sich zu Maglaros um und lächelte strahlend. »Ich kann sehr überzeugend sein! Möchtest du nicht lieber, das Mädchen gehorcht dir willig?«

Maglaros' Zunge fuhr nachdenklich über seine Lippen, dann winkte er seinen Männern. »Laßt ihn einstweilen hier. Falls wir ihn doch brauchen, ist er jedenfalls bereit.«

Rigana kam geschmeidigen Schrittes auf mich zu, und ihre

Röcke streiften Krah, als wäre er nicht mehr als ein Haufen abgelegter Pelze. Ich verkrampfte mich, als Rigana mich in einer Duftwolke umarmte.

»Beug dich, Schwester! Beug dich zu mir …«, wisperte sie, als sie mein Gesicht herabzog, um mich zu küssen. »Maglaros ist ein Wahnsinniger. Ich werde versuchen … dich zu befreien, und Gunardwilla ebenfalls. Wir drei werden gemeinsam herrschen, wie's von Anfang an geplant war. Aber du mußt zum Schein auf seine Forderungen eingehen!«

Ich werde eine Welt sehen, die mir nicht lieb ist.
Sommer ohne Blumen,
Kühe werden ohne Milch sein,
Frauen ohne Zucht,
Männer ohne Mut,
Gefangennahmen ohne König ...
Falsche Urteile alter Männer ...
Jeder Mann ein Verräter,
Jeder Knabe ein Mörder ...
Eine üble Zeit.

Die zweite Schlacht von Mag Tureg

Ich war ein windgetragenes Blatt in der Dunkelheit – Treibgut in der nächtlichen stürmischen See ... Ich breitete die Schwingen aus und segelte wie ein Schwan in den wechselnden Luftströmungen. Mit mächtigen Flügelschlägen stieß ich durch die Dunkelheit, frei – frei – frei!

Eine Zeitlang genügte es mir, mich bewegen zu können, frei zu sein selbst von Erinnerung. Doch dann regte sich das Verlangen nach irgend etwas Vertrautem. Wo würde ich in diesem Chaos einen Rastplatz finden können?

Ich ließ mich vom Wind weitertreiben, und immer klarer wurde das Bild des Ersehnten, von Wärme, von Feuer.

Neben einem brausenden Fluß sah ich das gedämpfte Glühen von Kohlen und die Gestalten, die rundherum lagen. Ein einziges Feuer flackerte noch. Ein Mann saß daneben. Sein Haar war so rot wie die Flamme.

»*Pferd!*« rief ich. »*Ich bin es, Cridilla! Kannst du mich nicht sehen?*«

Er blickte auf, als ich an ihm vorbeiflog, und sein Haar flatterte im Luftzug meiner Schwingen. Ich machte kehrt, bestürzt über seine Blässe und die dunklen Flecken unter seinen Augen.

»Wo bist du? Warum bist du so voll Kummer?« rief ich. Er fröstelte, als ich um ihn kreiste, und zog den Umhang über den Kopf.

»Pferd, ich brauche dich! Komm zu mir!«

Noch einmal schaute er hoch, doch diesmal machte er das Schutzzeichen, wie Menschen es tun, wenn sie fühlen, daß ein Geist in der Nähe ist. Ich sah, wie sein Mund sich voll Leid verzog, dann bückte er sich, um noch etwas Holz aufs Feuer zu legen. Ich flatterte hilflos. Wußte er, wer durch die Nacht flog? Oder schlimmer noch, dachte er, es wäre mein Geist, der ihn rief?

»Pferd – ich liebe dich!« Mein Schrei war die wortlose Stimme des Schwans ... Dann zog das Chaos mich hinab in die Dunkelheit.

»Wie kannst du bezweifeln, daß ich dich liebe?«

Einen Augenblick dachte ich, die Worte gehörten zu meinem Traum. Doch als ich die Lider hob, lag ich frierend auf einem Polster aus Adlerfarn. Was ich gehört hatte, war eine Frauenstimme gewesen, und nun antwortete ein Mann, doch zu leise, als daß ich es hätte verstehen können.

»Habe ich dich nicht erwählt?« sagte die Frau. »Sie nennen mich flatterhaft, doch das war, ehe du und ich eins wurden!« Ihre Stimme zitterte vor Leidenschaft. Dann hörte ich eine Weile nur Geräusche, keine Worte. Schließlich mußte sie sich wohl von ihm gelöst haben, doch sie war außer Atem, als sie wieder sprach. »Hab Geduld, mein Held, wie ich sie so lange haben mußte. Das Versteckspiel ist bald vorüber, dann kommt unsere Zeit ...«

Die Stimmen verklangen. Die Frau hatte mit belerionischem Akzent gesprochen. War es Rigana gewesen oder eine ihrer Mägde? Und der Mann? Grübelnd lauschte ich bis zum Morgen dem Wind.

»Schwester, sei willkommen …«

Ich blieb abrupt stehen, denn ich erinnerte mich, wie Rigana das letzte Mal diese Worte zu mir gesagt hatte. Damals hatte sie Rot getragen. Jetzt war sie in Pelze gehüllt, zwischen denen Gold hervorschimmerte, wo sie nicht ganz übereinandergeschlagen waren. Der Stoß, den meine Wächter mir gaben, war fest, aber nicht grob. Ich ließ mich von ihnen zu einem Schafsfell neben Rigana führen. Als meine Schwestern mich nach der Versammlung zu der Aussprache gezwungen hatten, war ich wütend gewesen. Aber die Dinge waren weit über schlichten Zorn hinausgewachsen. Wortlos setzte ich mich.

Der nächtliche Wind hatte den Schnee vor den Hütten davongefegt; nun hatte man dort Decken für den Mittwinter-Festschmaus ausgebreitet. Ein letzter Windstoß trug den köstlichen Duft des Rindfleischs mit sich, das mit gerösteten Getreidekörnern in Kesseln aus gespannten Kuhhäuten sott, und nach Schafbraten, der bereits seit dem frühen Morgen auf Spießen über dem offenen Feuer gedreht wurde, sowie nach brutzelnden Hasen und Wildbret, das die Jäger beigesteuert hatten. Was man mir in den letzten Tagen zu essen gegeben hatte, war fade gewesen, ohne Geschmack, und nun knurrte mein Magen vor Erwartung, trotz meiner Besorgnis.

»Verzeih mir, falls ich dir grausam erschienen bin«, bat Gunardwilla. »Aber Höflichkeit ist ein Luxus. Zu lange kämpfe ich schon. Ich weiß nur zu handeln, wenn der Augenblick es erfordert, und ich habe kein Geschick im Umgang mit sanften Worten. Schwester, willst du nicht endlich Vernunft annehmen?« Vom goldenen Reif um den Hals abgesehen, trug Gunardwilla nichts dem Festtag Angemessenes. Sie saß steif da in ihrem fleckigen Lederkittel, dem wollenen Beinkleid und dem karierten Umhang, der in schweren Falten darüberfiel.

»Ich habe meine Meinung nicht geändert«, entgegnete ich müde.

»Du warst schon als Kind starrsinnig«, sagte Rigana. »Nach der Ratsversammlung war es unser Wunsch, daß du mit uns zusammenwirkst, aber jetzt ist deine Mithilfe dringende Notwendigkeit. Alles, was wir erstrebten, ist in Gefahr. Falls wir drei uns nicht einigen können, wird die Göttin sich von uns abwenden, und alles ist verloren!«

Ich dachte an die Versprechen, die mir gegeben worden waren, als ich nach der Geburt meines Sohnes zwischen Leben und Tod schwebte. War es die Stimme der Göttin gewesen? Oder hatte ich es mir in meiner Not nur eingebildet?

»Bald kommt der kürzeste Tag«, sagte Gunardwilla grimmig. »Hier birgt das Land einige der ältesten magischen Kräfte. Es ist unsere letzte Möglichkeit, die alte Ordnung zurückzubringen. Sollte es uns nicht gelingen, wird die neue Sonne vielleicht tot geboren, und der Winter wird die Welt zurückerobern. Wir haben bereits das Blut geopferter Stiere in die Mulden der Geiststeine drunten am Berg gegossen. Später werden wir weitere Opfer darbringen. Nimmt die Göttin sie an, wird sie vielleicht helfen. Mit unserem Leben oder unserem Tod, Cridilla, wir müssen ihr dienen!«

Ich blickte sie an und verspürte den ersten wirklichen Angstschauder. Welches war das wahre Gesicht der Göttin? Das der schwarzen Muttersau, die ihren Wurf verschlingt? Oder das Leuchten, das mich getröstet hatte? Ich blickte auf und sah zwei Raben über den windgepeitschten Himmel schwerfällig nach Norden fliegen. Talorgenos hätte dieses Omen zu deuten gewußt. Ich fragte mich, ob der Eichenpriester oder Frau Asaret den Willen der Götter genauso gedeutet hätten wie meine Schwestern.

»Und was ist mit Maglaros?« fragte ich statt einer Antwort.

»Ich bin meines Gemahls einziges Weib«, sagte Gunardwilla, »aber zum Wohle des Landes werde ich ihn mit anderen Frauen teilen ...«

»O Gunardwilla!« Plötzlich lachte Rigana. »Wie großmütig! Alle Welt weiß, wieviel Zeit vergangen ist, seit du mit ihm gelegen hast! Interessiert es dich überhaupt, ob er noch andere Gemahlinnen nimmt?«

»Und alle Welt weiß, mit wie vielen du dein Bett teilst!« entgegnete Gunardwilla bissig. »Mich interessieren Bettspiele nicht, wohl aber die Macht, und Maglaros redet mir nichts drein. Solange ich allein Königin in meinem eignen Land bleibe, werd' ich ihn mit anderen Weibern teilen, wie's schon unsere Mütter mit dem Alten getan haben. Denn dies bedeutet Einheit ohne Kampf – und Frieden …«

Einheit vielleicht, aber ich fragte mich, ob es unter Maglaros' Herrschaft in irgendeinem Lande Friede geben konnte. Und keine meiner Schwestern hatte gesagt, was aus Leir werden sollte.

»Laß uns zusammenstehen, Cridilla«, sagte Rigana. »Laß uns wie eine handeln!«

Hinter uns hörte ich die Rufe der Krieger und das aufgeregte Bellen von Hunden. Dann erklang ein unterdrückter Schmerzensschrei. Meine Hände ballten sich zu Fäusten. Was hatte ich mit diesen Leuten gemein? Doch ich erinnerte mich an Riganas Flüstern, und ich zog ihren Plan dem Gunardwillas vor. Ich mußte versuchen, Zeit zu gewinnen.

»Ich weiß nicht, was ich tun soll«, flüsterte ich mit gebrochener Stimme. »Ich kann nicht antworten. Gebt mir Zeit bis zum Mittwintertag, mich zu entscheiden.«

Gunardwilla blickte mich düster an. »Mittwintertag? Wahrlich, zur Sonnenwende wird sich alles entscheiden, ob du nun für uns bist oder nicht!«

Lachen ließ die Luft erzittern. Maglaros und seine Männer kamen auf uns zu, von einer Hundemeute begleitet. Mit ein paar Schritten Abstand folgten ihnen die bunter gewandeten Männer aus Riganas Gefolge. Viele hielten bereits Trinkhörner in der Hand. Immer noch lachend, legten sie ihre Schwerter hinter sich zu Boden und setzten sich in langen Reihen einander gegenüber an die ausgebreiteten Tücher.

Maglaros ließ sich behutsam neben Gunardwilla nieder, und seine Hunde legten sich erwartungsvoll hinter ihn. Leir wurde zu einem Platz neben mir geführt, während ein paar Männer Riganas Sonnendach aus Tüchern höher stellten, so daß wir im Schatten sitzen konnten. Ich vermutete, daß auch die rote Decke vor Rigana ihr gehörte sowie die Holzteller für unser Fleisch, denn bei den Menschen Albas hatte ich derlei noch nie gesehen.

In der Ferne balgten die Hunde sich keifend um die Abfälle.

Zwei Männer marschierten mit dem feinsten Rückenstück herbei, welches dem größten Helden vorbehalten ist, und stellten es, noch dampfend vom Kessel, vor Maglaros. Den Königinnen setzten sie die zartesten Stücke der Schenkel vor, Leir aber gaben sie das Herz des Stiers.

Ich sah, wie seine Miene sich veränderte, als die Diener den Teller vor ihn stellten. Leirs Blick begegnete dem Gunardwillas, und sie sah rasch zur Seite; dann starrte er auf Maglaros, und es war der Blick eines Kriegers, der zu einem Zweikampf auszieht.

»Was ist?« fragte der König von Alba. »Habt Ihr an meiner Gastlichkeit etwas auszusetzen?« Schweigen setzte ein, und mehr und mehr Köpfe wandten sich neugierig oder verständnislos den beiden Männern zu, gespannt, was Leir antworten würde.

»Eure Gastfreundschaft nehme ich an«, erwiderte der König schließlich. »Doch wenn ich Eure Gabe nehme, müßt auch Ihr nehmen, was Ihr von mir bekommt …«

Maglaros runzelte die Stirn, doch mir schien, daß er aufatmete, als Leir den ersten Bissen nahm. Plötzlich hatte ich keinen Appetit mehr auf das saftige Fleisch.

»Vater, ich verstehe nicht …«, flüsterte ich, »hat er dich beleidigt?«

Leir blickte mit verzerrtem Lächeln auf seinen Holzteller. »Es war keine Beleidigung, Kind. Er hat mir das Fleisch gegeben, das einem König zusteht.«

»Trinken wir auf unser neues Bündnis!« Maglaros warf die Überreste seines Fleisches den Hunden zu und bedeutete seinen Kriegern, die Bierfässer herbeizurollen.

»Noch einen Augenblick …«, hielt Riganas weiche Stimme ihn zurück. »Ich habe selbstgebrauten Met aus den Wiesen des Südens mitgebracht und ein Geschenk für dich, aus dem du ihn trinken kannst!«

Der dunkle junge Krieger aus ihrem Gefolge reichte ihr einen in Linnen gewickelten Gegenstand, während ihr Quiritanijüngling sich mit einem messinggebundenen Faß auf den Armen niederkniete. Rigana riß das Linnentuch zurück und hielt ein

Trinkhorn in die Höhe, das mit Blattgold überzogen war. Als die Königin das Horn Maglaros überreichte, breitete sich bewunderndes Murmeln aus.

»Ein wahrhaft fürstliches Geschenk!« Maglaros grinste und genoß seinen Triumph. Er nahm das Horn und betrachtete die Reliefs von Menschen und Göttern an der Wandung. Dann streckte er es Rigana entgegen, um es füllen zu lassen. Für einen Augenblick war das fröhliche Gluckern, als der Met ins Horn geschenkt wurde, der einzige Laut.

»Einen Trinkspruch auf dich, mein König …« Rigana gab ihm das Horn zurück und füllte ihren eigenen Kelch aus dem Faß. »Mögest du immer so glücklich sein wie jetzt!«

Ich blickte sie verächtlich an. Was war mit ihren Versprechen? Rigana nippte von ihrem Met und beobachtete den Mann, den sie zu heiraten versprochen hatte, während die anderen ihre Becher oder Hörner leerten.

»Hoch lebe der König!« riefen sie. »Glück und Wohlstand!«

»Tod!« gellte ein Schrei, als Maglaros das goldene Horn an die Lippen setzte. »Halt! Es ist Tod im Horn!«

Der Häuptling blickte verständnislos auf, als Riganas dunkler Jüngling sich auf den Sprecher stürzte und ihn zu Boden warf. Es war der Quiritanijüngling.

»Greift sie euch!« brüllte Maglaros. Einen Augenblick später waren den beiden Kämpfern die Hände auf den Rücken gebunden, aber sie schrien immer noch aufeinander ein, der eine in quiritanischer, der andere in der alten Sprache.

»Was hat das zu bedeuten?« Maglaros erhob sich mit dem Horn in der Hand. Seine Stimme klang fest, doch die Farbe war aus seinem Gesicht gewichen.

»Herr, trinkt nicht!« keuchte der Quiritanijüngling. »Gift …«

»Unsinn!« sagte Rigana in die Stille. »Gerade erst habe ich selbst Met aus dem Faß getrunken. Aber schütt ihn fort und füll das Horn mit Pferdepisse oder saurem Bier oder was immer dir lieber ist, wenn du Angst hast!«

So, daß alle es sehen konnten, schenkte sie sich aus dem Faß nach und leerte den Becher. Ihre Stimme war so fest wie die Maglaros', doch über den Pelzen um ihren Hals konnte ich ihren raschen Puls sehen. Maglaros' Blick stand dem Riganas an Verächtlichkeit in nichts nach, und er hob das Horn erneut an die Lippen.

»Nicht der Met, das Horn!«, rief Gunardwilla plötzlich. Ihr Gesicht war zur Maske geworden. »Das Gift könnte im Horn selbst sein. Soll es jemand anderes kosten ...« Ihr Blick wanderte über die Reihen stummer Krieger, dann zeigte sie auf einen von ihnen. »Gib es ihm!«

Rigana war aufgestanden, und ihr Kelch rollte unbeachtet zu ihren Füßen über den Boden.

»Was tust du?« rief sie, als Maglaros das Horn an einen der Männer weiterreichte, die den dunklen Krieger hielten. »Das ist einer meiner Leibwächter!«

»Das ist er wohl«, sagte Maglaros gepreßt. »Trink, Junge, und laß uns sehen, welche Art von Geschenk deine Herrin mir zugedacht hat!«

Der Jüngling richtete sich hoch auf, nahm das Horn von seinem Wächter und hob es zum Salut für seine Königin. Dann setzte er es an die Lippen. Wir alle konnten die starke Bewegung seiner Halsmuskeln sehen, als er trank. Als das Horn leer war, reichte er es zurück, ohne den Blick von Rigana zu wenden. Und die ganze Zeit beobachtete sie den Krieger ebenso unverwandt. Die beiden Wächter hatten ihn inzwischen losgelassen, und die anderen wichen von ihm zurück, so daß sie einander in der Mitte eines Kreises von Männern gegenüberstanden.

Der Jüngling stand unbewegt, und ich sah Hoffnung in Riganas Augen aufkeimen. Doch da verzerrte sich sein Gesicht. Er erstarrte, er kämpfte dagegen an, doch die Krämpfe, die seine Muskeln erfaßten, waren stärker als der stärkste Wille.

Wie in einem letzten Salut schwang der Jüngling einen Arm hoch, dann sank er hilflos zuckend zusammen. Einen Atemzug später krümmte er sich, kippte nach hinten und rührte sich nicht mehr.

Rigana preßte sich die Faust auf den Mund. Die Augen des jungen Kriegers starrten in blickloser Qual zum Himmel, doch er hatte keinen Laut von sich gegeben.

»Ein tapferer Tod, aber sinnlos ...«, sagte Maglaros scheinbar ruhig, doch mir entging sein Zittern nicht.

»So enden alle Verräter«, fügte Gunardwilla hinzu.

Leir griff nach mir, und ich spürte, wie seine Hand sich um meinen Arm schloß, aber ich vermochte nicht wegzuschauen.

Rigana kniete sich neben den Leichnam. »Ilf«, wisperte sie. »Ilf, ich hab' so auf dich gewartet!« Auf den Lippen des Jünglings war Blut, da er sich die Schmerzen verbissen hatte. Sie beugte sich darüber und küßte es fort. Dann fühlte sie unter seinem Kittel, als würde sie selbst jetzt noch nach dem Herzschlag des Jünglings suchen.

Doch als sie sich aufrichtete, sah ich das Aufblitzen von Metall in ihrer Hand. Unsicher erhob sie sich und legte sich die Arme um den Leib, als wäre ihr kalt, doch ich konnte die Form der dünnen Klinge unter den Falten ihrer Pelze erkennen. Sie blickte ihre Schwester an. In ihrem weißen Gesicht sahen die Augen wie Löcher aus.

»Du!« Ihre Stimme durchschnitt die stille Luft. Sie ging auf Gunardwilla zu, als überquerte sie dünnes Eis. »Närrin! Und du willst Macht besitzen? Du bist zum Schatten des Ungeheuers geworden, das über dieses Land herrscht und dir all deine Tugend geraubt hat. Du bist die Verräterin an deiner Mutter, Gunardwilla, und an der alten Ordnung – und an mir!« Rigana trat noch einen Schritt näher und spuckte sie an.

Gunardwilla verzog keine Miene. Erst als das kleine Messer in Riganas Hand hervorzuckte, handelte sie blitzschnell. Sie griff nach dem Schwert, das hinter ihr gelegen hatte, und schwang es in einer einzigen geschmeidigen Bewegung, wie Bärmutter es uns gelehrt hatte, und die Spitze schnitt durch Riganas weißen Hals, während diese mit dem Messer nach der Stelle stach, an der sich Gunardwilla schon nicht mehr befand.

Blut spritzte auf die rote Decke. Das kleine Messer flog blitzend aus Riganas Fingern. Sie fiel kerzengerade wie ein gefällter Baum, und ihr Blut floß in einem roten Strom über die harte Erde zur ausgestreckten Hand ihres Liebsten.

»Rigana«, flüsterte Leir. »Mein Kind!«

Ich blickte auf meine Hände, sah Blut von dem Stück Fleisch tropfen, das ich noch hielt, und warf es von mir. Ein Rabe, der auf einer Birke gesessen hatte, stieß herab, fing es noch in der Luft und trug es triumphierend kreischend davon.

Das Krächzen brach den Bann. Einer von Riganas Kriegern sprang den Quiritanijüngling an, der sich nach ihrem Messer bückte, und hieb brüllend nach ihm. Plötzlich herrschte Aufruhr rings um uns. Gunardwillas Männer aus Alba kämpften gegen Riganas Schar aus Belerion, Quiritani gegen die alte Rasse, die Air-Zir gegen beide Seiten, bis sie ihre Pferde erreicht hatten und davongaloppierten.

Als alles vorüber war, rötete viel mehr Blut als nur das von Rigana den Boden, und die Raben lauerten hoffnungsvoll in den bleichen Birken. Maglaros stapfte zu den Überresten des Mahls zurück und blickte seine Frau an, die mit unbewegtem Gesicht zurückstarrte und das Schwert mit der blutigen Spitze noch in der Hand hielt.

»Ich habe gut daran getan, eine Kriegerin zu heiraten«, sagte er rauh. »Ich bereue nicht, daß ich dich eroberte!« Er stupste Ilfs verrenktes Bein mit der Zehe. »Legt ihn zu den anderen, und wir werden einen Scheiterhaufen für die Toten errichten. Die Frau aber werden wir der Erde übergeben und einen Grahügel über ihrer Leiche auftürmen, denn sie war eine Königin …«

»Wie du …«, wandte er sich plötzlich an mich. »Aber ich habe jetzt genug um Bündnisse gebettelt, und meine Geduld ist erschöpft. Ich werde mir nehmen, was ich brauche, und es liegt allein bei dir, wieviel Schmerz ich jenen zufügen werde, die dir etwas bedeuten.«

Ich erhob mich und half meinen Vater auf die Füße. Bevor sie dich niederringen, schwor ich mir, werden einige von ihnen Wunden zu lecken haben! Leir stützte sich auf meine Schulter, klammerte sich mit schmerzhaftem Griff daran fest.

»Es beginnt«, sagte er leise. »So beginnt es. Tochter, geh sparsam mit deinen Kräften um. Wir haben noch einen mühsamen Weg zu beschreiten …«

»Holt den Käfig«, befahl Maglaros, »und steckt das Mädchen und den Alten hinein!«

Gunardwilla hatte sich nicht bewegt. Nicht während des Kampfes, nicht während sie uns gewaltsam in den Käfig sperrten und auch nicht, als Riganas Leichnam weggetragen wurde. Die ganze Zeit blieb sie so reglos wie die Schwester, die sie getötet hatte.

»Cridilla – Schwester, höre auf mich …«

Ich fröstelte, als ich den ersten Kuß des Schnees spürte. Doch nicht die Kälte hatte mich geweckt. Jemand stand neben dem Käfig. Ich drehte mich vorsichtig um, daß mein Vater nicht geweckt wurde, und sah in der Dämmerung einen dunklen Schatten.

»Ich habe dir nichts zu sagen«, entgegnete ich leise.

»Gib Maglaros nach, oder tu wenigstens so«, fuhr sie fort, als hätte ich überhaupt nicht gesprochen. »Er ist nicht bei Sinnen. Ich weiß nicht, was er tun wird …«

Ich glaubte ihr, denn ich dachte an seine Schulterverletzung. Falls sie verheilte, mochte er vielleicht wieder umgänglicher werden. Doch ich bezweifelte, daß seine Genesung etwas an seinen Plänen ändern würde.

»Er wird uns töten, Gunardwilla«, antwortete ich kalt. »Dann bist du allein.«

»Kannst du denn nicht um des Landes willen ein wenig nachgeben?«

»Kannst du uns denn nicht aus diesem Käfig herauslassen?«

»Es wäre nutzlos«, flüsterte sie. »Seine Hunde würden euch hetzen.«

»Dann sprich ein Machtwort. Du bist die Königin!«

»Maglaros ist der König! Sonst ist niemand geblieben, der herrschen kann. Glaubst du vielleicht, wir hätten das alles nur zu unserem Vergnügen getan? Ich muß Maglaros unterstützen, oder alles war vergebens. Riganas Blut schreit bereits aus dem Boden zu mir. Cridilla, du mußt nachgeben!«

Ihre Stimme zitterte wie eine überspannte Bogensehne, und ich erkannte, daß ihre Worte der Wahrheit so nahe kamen, wie sie sie zu sehen wagte.

»Wird Maglaros unseren Vater freilassen, wenn ich ihm nachgebe?«

Sie schwieg. Ich legte mich wieder hin, und nach einer Weile entfernte sich der Schatten, der meine Schwester war.

Zwei Nächte im Freien hatten mich gelehrt, jede kleinste Veränderung der Temperatur oder des Windes wahrzunehmen. Seit dem Nachmittag zogen graue Wolken aus dem Westen herbei, bereit, sich ihrer Schneelast zu entledigen.

Leir lag still neben mir. Ich schmiegte mich enger an seine Wärme, sowohl um seinet- wie um meinetwillen. Maglaros' Krieger hatten uns die Umhänge weggenommen, als sie uns in den Käfig warfen. Wie lange, fragte ich mich, erwartete Maglaros, daß wir überlebten?

Aber wenigstens konnten mein Vater und ich die Wärme teilen, die noch in unseren Leibern war. Krah dagegen hatten sie an die hohe Birke gebunden, und er hing allein zwischen Himmel und Erde.

Ich hörte, wie meines Vaters Atem stockte; dann hustete er. Ich drückte ihn an mich und spürte den Schmerz in seinem Körper, als wäre er in meinem eigenen. Es war nicht der tiefe, quälende Husten wie während seiner Krankheit – noch nicht, aber er war bereits schmerzhaft. Ich streckte die Hand aus, um ihm über's Haar zu streichen, dann hielt ich sie an seine Stirn.

»Bin ich fiebrig?« wisperte er.

»Sei unbesorgt, Vater ...« Erstaunt stellte ich fest, daß seine Haut nicht zu heiß, sondern zu kalt war!

»Du mußt mir sagen, wenn ich zu faseln anfange. Ich fürchte nur noch eins: das Fieber. Ich habe Angst vor dem Wahn, den es bringt. Ich habe Angst, sinnlos zu sterben.«

»Ist der Tod je von Nutzen?« fragte ich bitter. »Ich habe keinen Sinn darin gesehen, daß Rigana niedergestreckt wurde ...« Ich spürte die Flocken dichter fallen und schmiegte mich fester an meinen Vater, um ihn zu schützen, wenngleich ich wußte, daß es vergeblich war.

»Selbst sie« – er hustete wieder – »ist sich auf ihre Weise treu geblieben. Aber sie starb nicht als Königin. Es ist das Mysterium. Viele Jahre hatte ich es vergessen, doch jetzt kann ich nicht mehr davonlaufen. Es ist die eine Waffe, die mir geblieben ist, und Maglaros fürchtet sie.«

Ich drückte ihn noch fester an mich. »Ich verstehe nicht.«

»Im Tod eines Königs liegt Macht. Die Macht, zu verfluchen oder zu heilen …«

Ich war in die Dunkelheit hinabgestiegen und hatte meinen eigenen Tod nicht gefürchtet. Weshalb hatte ich dann soviel Angst beim Gedanken an seinen? Lag es daran, daß ich im Kindbett das natürliche Wagnis aller Frauen eingegangen war, die Kinder gebären, so wie die Männer in den Kampf ziehen, um sie zu beschützen? Oder weil ich fern der Heimat gewesen war, als ich meinen Sohn bekam? Ich hatte geglaubt, dazu bestimmt zu sein, Leir zu lehren, was er dem Land schuldete, über das er geherrscht hatte. Doch jetzt lehrte er mich.

»Du bist mit diesem Ort verbunden, nicht wahr? Hast du das damit gemeint, als du mir erzähltest, daß meine Mutter dich hierherbrachte? Ich gehöre durch Blut und Geburt zu Briga und du durch das Ritual. Wird deshalb alles, was hier mit uns geschieht, so große Auswirkung haben?«

»Gunardwilla wußte es«, antwortete Leir, »und sie hat es Maglaros gesagt. Er glaubt nicht recht daran, so wie ich damals. Aber er wagt es nicht, mich am Leben zu lassen, und er ersehnt die Macht, die mein Tod ihm geben kann, obwohl er mich fürchtet. Schon jetzt leidet das Land. Das Wetter wird immer kälter. Was werde ich wählen?« Er bewegte den Kopf unruhig an meinem Arm. »Soll mein Tod zum Fluch für den einen werden, der alles zerstört, was ich aufzubauen versuchte? Oder soll ich zur Opfergabe werden, die das Land errettet?«

Und welche Wahl hast du? fragte ich mich. Ob mein Vater am Leben blieb oder nicht – welche Entscheidungen blieben mir?

Schneeflocken schmolzen auf meinen Wangen wie Tränen. Ein Strick knarrte an der Birke, und ich fragte mich, ob Krahs Tod ebenfalls einen Sinn haben mochte. Allmählich wurde Leirs Kopf auf meinem Arm schwer, und als ich wußte, daß er wieder schlief, schlummerte auch ich ein.

Ich träumte, wieder bei Bärmutter auf der Nebelinsel zu sein. Wir hatten gerade ein Reh erlegt. Sie schnitt dem Tier die

Kehle auf und hielt seinen Kopf, während sein Leben sich in langsamem Strom entleerte.

»Vergiß nie«, sagte sie, *»das Blut gehört immer dem Land!«*

Dann schwand die Szene, doch Bärmutter war noch vor mir, schimmernd wie auf dem Geistweg.

»Mutter!« rief ich. »Sie haben mich wie ein Tier in den Käfig gesperrt. Was kann ich tun?«

»Käfig hält nur Körper«, antwortete sie. *»Nicht dich ...«*

»Ich kann es nicht!« rief ich, denn ich war nicht fähig, die Anderswelt vom Käfig aus zu betreten. Vielleicht lag es an der Kälte oder an der Angst, nicht mehr in meinen Körper zurückkehren zu können, wenn ich ihn jetzt verließ.

»Denk an dein Lied, Otter! Denk an dein Lied!«

Als wäre es Teil meines Traums, hörte ich jemanden singen. Aber es war weder Bärmutter noch ich selbst. Der Schmerz in meinen Füßen verriet mir, daß ich wach war. Ein paar Sterne funkelten spöttisch durch die Stäbe unseres Käfigs. Es hatte aufgeklart, und die Temperatur sank.

»Einundzwanzig Amseln sangen ... als ich am Baum gehangen ... Drei Nächte am Berg an der Eibe ... und eine im Tal an der Esche ... und zwei an einer Birke über Schnee und Eis ...« Der Singsang kam von Krah. »Wer weiß« – er kicherte plötzlich – »wie alles ausgegangen?«

»Krah – kannst du mich hören?« Ich stützte mich auf den Arm und rief leise.

»Zwei Schwäne in einem Käfig und eine Krähe auf dem Baum«, antwortete er. »Aber ich bin den Sternen näher ...«

»Krah, verzeih mir. Ich hätte dich fortschicken sollen!«

»Bin von der Eibe gerannt und ward von der Esche gebannt. Du und der Leuchtende habt mich gerettet ...«, sang er. »Vierzehn Sonnenwenden entging ich dem Geschick. Aber die Birke ist die älteste, und sie hat mich schließlich gefangen.«

Aus all dem glaubte ich nur eins richtig zu deuten: Es war eine Esche gewesen, von der ich Krah abgeschnitten hatte.

»Die Geister warten unten mit schnappendem Kiefer und klaffendem Rachen. Sie werden diesen Leib verzehren, und wenn der Wind durch die Gebeine singt, geben die Geister einen neuen Leib, und ich werde den Weltbaum zu den Sternen erklimmen!«

Ich blinzelte Tränen zurück. Krah hatte immer in seiner eigenen Vorstellung der Wirklichkeit gelebt, doch seine seltsame Weisheit hatte meinen Vater in seinem Wahnsinn gerettet. Jetzt war Leir auf eine Weise bei Sinnen, die mich erschreckte, und Krah hatte den Verstand verloren.

»Begreifst du denn nicht, in welcher Gefahr du bist …«, rief ich. »Sie haben dich halb tot geschlagen, und jetzt hängst du an einem Baum!« Im Lager heulte ein Hund, und die anderen fielen ein.

»Weine nicht. Weine nicht, Otter …«

Wie konnte er mich in seinen Schmerzen hören?

»Ich sollte ein Sänger für den Stamm werden – wie Geistsprecherin.« Gequält brach seine Stimme. »Ich hing am Baum der Prüfung. Da packte mich die Angst, und ich rannte fort …« Er stockte, als der Strick erneut knarrte.

Krah, Krah – verlier wieder den Verstand! rief mein Geist. *Laß Wahnsinn dich vom Schmerz befreien!*

»Die Geister warten«, fuhr er fort. »Es muß zu Ende gebracht werden. Doch ich hab' Angst …«

Sie wisperten so leise, daß ich es nicht verstehen konnte. Die Luft zitterte von ihren Schwingen. Das Geräusch schwoll an. War es das Heulen der Hunde? Oder riefen die Geister Krah und meinen Vater von mir fort?

Zugleich mit dem Heulen wurde Krahs Stöhnen lauter; seine Kehle öffnete sich zu einem hohen, klaren Schrei, und das Kläffen der Hunde ließ seine Qual in vielfachem Echo widerhallen.

»Sing, Krah!« wisperte ich. »Sing dein Lied der Macht! Auch ich habe Angst!«

»Ist dir warm genug? Bist du mit dem Essen zufrieden?« Maglaros' Spott klang gedämpft durch den bleiernen Schlaf, der sich meiner im Morgengrauen erbarmt hatte. Benommen stützte ich mich auf einen Ellbogen und blinzelte durch den blendenden Sonnenschein auf frischen Schnee.

»Bist du bereit, mir zu dienen?« fuhr Maglaros fort.

»Wenn die Ströme aufwärts fließen ...«, murmelte ich. »Wenn die Sterne vom Himmel fallen!«

»Du wagst es noch immer, mir zu trotzen? Weib, dein Leben ist in meiner Hand!«

Ich zuckte die Schultern und ließ mich wieder zurücksinken. Ich sah keinen Sinn mehr im Leben. Hinter Maglaros konnte ich Gunardwilla an der Tür des Hauses sehen, doch sie sagte nichts, noch folgte sie ihm.

Maglaros schüttelte die Querstäbe des Käfigs. »Ich kann dich töten!« rief er. »Begreifst du das nicht?«

Neben mir regte sich Leir. »Du wagst es nicht, der Erde unser Blut zu geben«, sagte er müde.

Maglaros fluchte. Ich spürte, daß er auf uns starrte, hob aber die Lider nicht, seinen Blick zu erwidern.

»Eures vielleicht nicht«, sagte er schließlich. »Aber es gibt andere, deren Blut nicht so heilig ist. Dieser Sklave hat euch lange genug ergötzt. Jetzt wird er *mir* Unterhaltung bieten!« rief er und entfernte sich ein Stück.

Ich hörte ihn Befehle erteilen und setzte mich auf, um zu beobachten, was geschah.

Maglaros' Krieger schichteten Äste und Zweige unter der Birke auf. Einige lehnten auf ihren Speeren und verjagten die Hunde, die übermütig das Reisig fortzerren wollten. Die Krieger hatten Krah bereits den Rest seiner Lumpen vom Leib gerissen. Er sah nun wie ein gehäuteter Hase aus. Sein Fleisch war fleckig von Blutergüssen und Hautabschürfungen, und er fröstelte.

Ich fröstelte ebenfalls, aber nicht vor Kälte.

»Was ist?« fragte Leir.

Aus der Richtung des Baumes erschallte Gelächter und ein Schmerzenslaut. Der König setzte sich auf, sah, was die Männer taten, und stöhnte. Aus mehreren Speerwunden in Krahs Brust und an den Seiten rann bereits Blut, und die Hunde leckten die roten Tropfen vom Boden.

»Das ist ein trauriger Lohn für all das Gute, das er mir getan hat ...«, murmelte der König.

»So ist es«, sagte Maglaros, der zu uns zurückkam. »Er speiste an Eurer Tafel. Er wachte über Euren Schlaf. Er führte Euch durch die Wildnis. Soll sein Leben der Preis für Euren Stolz sein? Rettet ihn, Ihr, der Ihr einst ein König wart. Übergebt mir Eure Herrschaft.«

Leir schwieg. Maglaros zuckte die Schultern. Er steckte den Arm aus, und ein Krieger zückte einen langen Dolch mit einer Klinge aus alter Bronze, die zerbrechlicher, aber viel schärfer war als eine eiserne. Er griff nach Krahs Bein und schnitt ein Stück Fleisch davon ab, so wie von einem Schinken im Räucherhaus, um es in die Halle zu bringen.

Mein Aufschrei ging in Krahs Schmerzensgebrüll unter. Ich krallte mich an einen Querstab. Maglaros nahm den blutigen Fleischstreifen und schüttelte ihn. Ich zuckte zurück, als das warme Blut auf meine Hand spritzte.

»Bist du denn nicht hungrig?« höhnte er. Ich würgte und war plötzlich froh, daß er uns die vergangenen zwei Tage nichts zu essen hatte bringen lassen. »Nun, oft genug hat er Futter mit den Hunden gefressen. Jetzt soll er Futter für die Hunde sein!«

Maglaros' Hunde sprangen in die Höhe, und ihre Augen glänzten vor Gier, als er Krahs Fleisch in die Luft warf. Als es herabfiel, wurde ihr Winseln zu einem lauten Japsen und Knurren. Der Mann mit dem Messer nahm das andere Bein Krahs in die blutige Hand.

»Das ist ein Greuel ...«, sagte Leir. »Es ist eines Kriegers nicht würdig. Und eines Königs erst recht nicht!«

Maglaros verzog das Gesicht. Plötzlich wurde mir klar, daß er Krahs Fleisch mit der *Linken* gehalten hatte – mit derselben Hand, mit der er alles tat, seit er uns gefangengenommen hatte.

»Maglaros' ist kein Krieger mehr!« rief ich. »Artocoxos' Hieb hat ihn zum Krüppel gemacht. Männer von Alba, hört! Wollt ihr einem versehrten König folgen?«

Einige Krieger drehten sich um, doch die meisten waren zu sehr von ihrem Spiel gepackt, meine Worte zu hören. Einer drückte eine glühende Speerspitze auf Krahs Wunden, um das Blut zu stillen, und der Geruch von versengtem Fleisch erfüllte die Luft. Mein leerer Magen drehte sich um, und ich würgte an der aufsteigenden Galle.

»Wenn Ihr mir Eure Macht gebt, werde ich geheilt!« zischte Maglaros.

»Unter meinem Wahn hat niemand leiden müssen. Du aber bist ein tollwütiger Hund! Willst du wahrhaftig, daß ich dich verfluche? Willst du, daß ich die Erde öffne, auf daß sie deine Gebeine verschlinge?«

»Ihr allein könnt die Folter beenden. Liegt Euch etwas am Leben des Sklaven? Gehen Euch seine Qualen nahe?« Wild starrte er sein Opfer an.

Krähen sammelten sich bereits in den Wipfeln der Birken und hoben sich pechschwarz vom Weiß der Stämme und dem Schnee ab. Krah hing reglos von seinen Stricken. Die Hunde hatten sein Fleisch gierig gefressen, und die Vögel würden ihren Anteil nicht verschmähen. Für einen Moment hegte ich die Hoffnung, daß Krah bereits tot war, doch dann sah ich, wie seine Brust sich hob und senkte.

»Sing, Vogel!« Ein Krieger stieß ihn an, daß Krah ins Schaukeln kam, und er keuchte. »Du hast Unheil für so viele prophezeit – hast du auch ein Lied für dein eigenes Leid?«

»Bettle um dein Leben, Sklave!« knurrte Maglaros. »Flehe den alten Mann an, dich zu retten! Rede dem Mädchen zu!«

»Der König ist das Licht, und ich bin der Schatten …«, flüsterte Krah. »Die Königin ist der Stern, und ich bin die Nacht.«

»Begreifst du denn nicht? Wir können dein Leiden verkürzen oder dein Fleisch Stück um Stück abschneiden, bis du deine Knochen zählen kannst.«

»Die Knochen sind die Saat der Seele … Entblößt sie und der Geist ist frei!«

»Ich werde dafür sorgen!« Maglaros packte das Messer und hackte damit nach dem zuckenden Gefangenen vor ihm. »Weißt du nicht, daß es in meiner Macht liegt, zu retten oder zu töten?« Krahs nächster Schrei endete in einem hohen Ton, wie am Ende eines Liedes.

»Die Knochen sind die Erde, das Blut ist die See …«, sang er. »Der Atem ist der Wind, und der Geist ist frei …«

»Du singst immer noch?« kreischte sein Peiniger. »Du hast dich für so viele zum Weib gemacht – jetzt machen wir ein Weib aus dir! Dann wirst du noch süßer singen!«

Ich barg mein Gesicht an meines Vaters Schulter und hörte, wie die Hunde wieder fraßen. Leirs Finger bohrten sich schmerzhaft in meinen Arm.

»Hört auf ...«, wimmerte ich. »Vater, laß sie einhalten. Ich werde Maglaros heiraten und ihn töten, wenn er bei mir schläft. Sag ihm, daß du nachgibst, Vater! Sag es gleich!«

Leir drückte mich an sich, und der Schlag seines Herzens war wie der einer gebrochenen Trommel an meinem Ohr. »Kind, Kind, dazu ist es viel zu spät. Er kann nicht mehr leben.«

»Frei ...« Der Schrei zerriß die Luft.

»Wenn weiße Himmel die Krähe kreuzt –
schwarz auf Schnee, schneller Schatten
von Nacht und Tag;
fort fliegt der Geist, körperlos
vorbei –
Ich bin frei ...«

Wieder zerriß sein Schrei die Luft. Ich stöhnte und hörte in meinem eigenen Laut sein Echo klingen, während er vor Schmerzen sang.

»Durch das Schwert ward ich gerichtet;
wiedergeboren in eines schwarzen Hundes Fell.
Ich bin des Hundes Geheul,
getragen vom Wind, vom Baume ich fiel
vorbei –
Ich bin frei ...«

Frei ... frei ... Im Schreien fand ich einen Ausweg aus aller Qual. Wurde seine Stimme stärker, oder war es meine eigene?

»Ich bin der springende Hirsch, der singende
Vogel; der Eber, der wühlt; ich bin mehr,
bin der Bär; überall
find' ich mich, und das Leben in mir fließt
vorbei –
Ich bin frei ...«

Mit heftigen Flügelschlägen schoß ich hinauf in den Wind.

»Ich bin die Nacht und die Macht des Sturms.
Ich bin das lautlose Lied. Ich gehöre
dem gestirnten Himmel.
Auf des Windes Schwinge zieh' ich
vorbei –«

Während ich emporstieß, sah ich einen dunklen Vogel neben mir fliegen – nein, er war der Leuchtende und ich der Schatten. Schwarz und strahlend, Licht, das aufstieg, während schwere Schwingen langsamer schlugen, sich plagten, dieser leuchtenden Wesenheit zu folgen, die wie ein Pfeil einem Licht entgegenschoß, das noch strahlender war ...

»Ich bin frei ...«

Dann war er verschwunden, und ich war allein am leeren Himmel.

Ich kreiste um das Lager und sah mit scharfen Schwanenaugen den alten Mann, der über dem Mädchen in seinen Armen weinte, und den für immer verstummten, blutüberströmten Körper, der reglos am Baum hing.

Meines Vaters Schmerz zog mich hinab. Langsam schwebte ich tiefer und glitt in die Bewußtlosigkeit zurück.

Ich rufe an die sieben Töchter der See,
Welche die Fäden der Söhne langen Lebens spinnen.
Mögen drei Tode von mir genommen werden!
Mögen sieben Wellen des Glücks mir zuteil werden!
Mögen keine bösen Geister mich auf meinem Kreis versehren!
In blitzender Rüstung, unbesiegt,
Möge mein Ruhm nie vergehen!
Möge das Alter mich ereilen,
Möge der Tod nicht zu mir kommen, bis ich alt bin!

Irland, 5. Jh.

In der dunklen Stunde vor Morgengrauen ritten wir los. Das rote Licht der Fackeln fiel wie Blut auf den Schnee. Sie hatten Leir und mich in neue rote Gewänder gehüllt, als begäben wir uns zu einem Fest, doch unsere Hände waren gebunden, und hinter Leir auf dem Pferd saß ein Mann, um ihn zu halten.

Aber ich spürte den Schmerz meiner Fesseln nicht. Seit ich gesehen hatte, wie Krahs Geist sich in die Lüfte hob, waren mein Körper und mein Geist nur noch schwach miteinander verbunden. Die Nacht war sternenlos, und die Männer, die uns bewachten, schienen nur Schatten in der Düsternis zu sein, doch ich konnte ihr Lebenslicht flackern sehen, und hin und wieder stellte ich fest, daß ich in der windigen Dunkelheit schwebte und auf die Lichterreihe hinabschaute, die sich über das Moor bewegte. Wir zogen unserem Tod entgegen. Ich wußte es, aber es machte mir nichts mehr aus.

Schließlich hielten wir an. Ich hörte Leir in der Nähe husten. Die Fackeln schlossen sich zu einem Ring um einen fast mannshohen und doppelt so langen Felsbuckel. Mein Blick veränderte sich, und ich sah ihn als eine schwach leuchtende Masse, übersät mit Linien und Ringen und Narben, durch die ein Strahlen drang, als wäre das Leuchten unter der Oberfläche des Steins gefangen. Es war seltsam, und ich betrachtete es genauer. Und dann wurde mir bewußt, daß ich einige dieser Muster kannte – als Narben in den Gesichtern von Geistsprecherin und Krah.

»Hört, o Geister des Landes!« rief Maglaros, zum Stein gewandt. »Beim Herrn der Keule, des Rades und des Kessels, ich schwöre, euch gut zu nähren, wenn ihr mir eure Gunst gewährt ...« Er winkte dem Krieger zu, der mein Pferd führte. »Herunter mit ihr!«

Leirs Aufschrei wurde von dem Mann erstickt, der ihn hielt. Flüchtig durchzuckte mich Furcht; dann trennten Leib und Geist sich wieder, und ich wußte, daß ich nicht spüren würde, was immer sie meinem Körper antun mochten.

»Vater« – meine Stimme schien von weither zu kommen –, »ich habe keine Angst. Maglaros aber sollte den Zorn Brigas fürchten, wenn mein Blut diesen Stein befleckt, und Gunardwilla seine Gottlosigkeit.«

»Glaubst du, du kannst mir drohen, Weib?«

Langsam drehte ich mich zu meinem Feind um. Sein Licht pulsierte schwerfällig, und ich erkannte, daß der Tod bereits die Hand nach ihm ausstreckte. Er war wie ein in die Enge getriebener Keiler, der sich eher auf die Jäger stürzt, als die Flucht ergreift.

»Maglaros, ich habe Drohen und Bitten hinter mir gelassen. Ich bin frei.«

Offensichtlich hielt er mich nun für ebenso wahnsinnig, wie Krah es gewesen war. »Du bist meine Gefangene!«

»Gunardwilla!« Ich blickte an der doppelklingigen Axt in seinen Fäusten vorbei zu meiner Schwester.

Die Augen meines Körpers zeigten mir im Fackelschein, wie eingefallen ihr Gesicht nun war, und mein Geist zeigte mir den ihren als eine schwach flackernde, dem Erlöschen nahe Flamme. Ich suchte nach der Schwester, die mich einst geliebt hatte, aber ich fand nur Schmerz.

»Wenn ich schon sterben muß, dann töte du mich, Gunardwilla. Für deinen Gemahl bist du bereits zur Schwestermörderin geworden. Wer soll deine Rechte schützen, wenn du selbst sie vernichtest? Rigana ist tot, und all deine Träume sind zerstört. Die Göttin verbirgt deiner Untaten wegen ihr Antlitz vor dir. Bald wirst du allein sein!«

»Ich habe es nicht gewollt ...«, knirschte meine Schwester. »Warum quälst du mich so? Riganas Blut brennt an meiner Hand!«

»Es ist die Wahrheit, die dich quält ...«, begann ich, doch Maglaros fluchte und schob mich zum Stein.

»Weib, hör nicht auf sie!« sagte er zu Gunardwilla. »Ich werde die Hexe zum Schweigen bringen!« Er wog die Axt in den Händen, bevor er sie zum Schlag hob, und verzog das Gesicht, als sein rechter Arm das Gewicht spürte. »Hier ist meine Opfergabe!«

Mein Geist verließ den Körper und beobachtete, wie er gegen den Stein sackte. Die Bronzeklinge blitzte auf – und plötzlich handelte Gunardwilla wieder blitzschnell. Doch als sie ihr Schwert zückte, wirbelte ihr Umhang auf; sie verfing sich, Maglaros fuhr herum und schmetterte ihr die Axt gegen den Schädel.

Sie stürzte vornüber, schlug ihm die Axt aus der Hand und klammerte sich an den Stein. Sein Licht pulsierte zornig und wurde düster; es war nicht Tod, sondern Leben, wofür es stand. Gunardwilla stemmte sich auf den Rücken und lehnte sich an den Stein. Das Fackellicht beleuchtete ihr bleiches, blutüberströmtes Gesicht. Maglaros wich einen Schritt zurück, dann einen zweiten und blieb schaudernd stehen.

»Cridilla ... verzeih mir!« Ihr Gesicht verzerrte sich, und plötzlich war ich zurück in meinem Körper. Doch bevor ich die Hand nach Gunardwilla ausstrecken konnte, versuchte sie noch einmal, ihr Schwert aus dem Umhang zu befreien. »Die Göttin wird ihn vernichten ...« Für einen Augenblick deutete die Klinge schwankend auf Maglaros, dann versagten ihre Kräfte. Ich sah das Leben aus ihren Augen schwinden, und das Schwert fiel in den Schnee.

Aus der Dunkelheit über uns ertönte das Krächzen einer Krähe.

»Der Senamoi hat uns verflucht!« brüllte ein Krieger. »Maglaros ist verdammt! Er hat die Königin getötet!« Tumult von Männern und Pferden war zu hören, dann verklingender Hufschlag von den über das Moor davongaloppierenden Tieren.

Nur knapp zwanzig Mann blieben bei Maglaros zurück – seine verschworenen Kampfgefährten, die mit ihm aus dem Land der Banalisioi gekommen waren. Einer davon war jener Krieger, der Krah das Fleisch von den Knochen geschnitten hatte.

»Herr«, erklang seine tiefe Stimme, »was sollen wir tun?«

»Leg den Leichnam über ein Pferd, und binde die Königin von Briga wieder auf ihres«, antwortete Maglaros. »Da sie den Tod überlistet hat, wird sie mir lebend dienen. Aber ich werde dafür sorgen, daß sie sich wünscht, sie wäre statt der anderen gestorben!«

»Warum tötest du nicht mich, Maglaros, wenn du schon meine Töchter abschlachtest? Mein Todeswort wird dich vernichten.« Leir hustete, dann fing er zu lachen an. »Ich werde bestimmt nicht nachgeben, solange das letzte meiner Kinder sich in deiner Gewalt befindet!«

Brannte die Luft vom Fieber oder nur vom Zorn des Königs? Konnte Maglaros denn nicht spüren, wie das Land erbebte? Ich versuchte, meinen Vater zu rufen, aber die derbe Hand des Reiters hinter mir hinderte mich daran.

»Glaubt Ihr, daß Euer Wille irgend etwas vermag?« fragte unser Feind. »Eure Töchter haben mir keine andere Wahl gelassen. Wir werden uns jetzt zum Sonnenstein begeben – zum Königsstein, alter Mann – und dort werden wir sehen, wer die Macht hat!«

Das Fackellicht flackerte um uns, während wir weiterritten. Mir war, als sähe ich Bärmutters Geist vor uns herschweben. Sie weinte. Und hinter uns ließ Gunardwillas Blut eine Spur auf dem Schnee zurück.

Als wir anhielten, war die Dunkelheit einem eintönigen Grau gewichen. Wir befanden uns nahe dem Ufer eines reißenden Wildbachs, der vom Moor über uns herabtoste, sich gegen die herausragenden Steine warf und sich in den dunklen Wald unter uns stürzte. Ein Mann wurde bei den Pferden zurückgelassen, während Leir und ich durch den Bach getragen wurden. Dann stellte man mich wieder auf die Füße, und ich kletterte, so gut mir das mit gebundenen Händen möglich war, das Steilufer hinauf.

Ein breiter Sims verlief zwischen dem schrägen Hang, der zum Grat des Moors hinaufführte, und einer steilen Felswand, die über die dunklen Bäume im Tal hinabblickte. Wolken verbargen den Kamm, streiften die Wipfel und schlossen sich um uns. Am Rand der Felswand war ein Fleckchen vom Heidekraut frei gemacht worden. In seiner Mitte befand sich ein flacher Stein, halb von Schnee bedeckt.

Eine wartende Stille ging von ihm aus, doch selbst mein Geist war zu müde, sie zu erforschen. Ein Krieger stieß mich zu Boden, auf seinen ausgebreiteten Umhang, und fesselte meine Fußgelenke, während ein anderer meinen Vater neben mir ablegte.

Leir glühte, mein Leib jedoch war kalt, und mein Herz schmerzte. Ich hatte meine Schwestern gehaßt; ich hatte sie geliebt. Jetzt waren beide tot.

»An Mittsommer ist das Moor weiß von Glockenheide, nicht von Schnee«, sagte Leir leise. Ich richtete mich auf und musterte ihn besorgt, doch sein Blick war klar. »Ich bin nicht wahnsinnig – noch nicht –, obwohl ich mir jetzt beinahe wünschte, es zu sein«, beantwortete er meine unausgesprochene Frage. »Es war Mittsommer, als deine Mutter mich hierherbrachte.«

»Warum gerade hierher?« fragte ich. »Es gibt so viele behauene Steine …«

»Dieser Stein ist anders. Das Volk deiner Mutter verehrte sie alle, doch nicht einmal diese Menschen wußten, woher die alten Zeichen stammen. An diesem Stein hingegen sind die Zeichen aus neuerer Zeit. Es ist das Sonnensymbol meines Volks, verbunden mit dem Becher-und-Ring-Zeichen der Alten Rasse. Talorgenos meißelte es nach Fierets Anweisung in den Stein, um mich und mein Blut an das Land zu binden. Und als es getan war, gab deine Mutter mir den Brautkelch voll klaren Wassers aus dem Bach.«

Ich blickte auf den Stein, von dem Maglaros' Männer den Schnee gefegt hatten. Obwohl das Licht immer noch so dämmrig war wie das der Anderswelt, konnte ich jetzt ganz deutlich den vierarmigen Umriß erkennen, der um das Kreuzmuster des in den Stein gehauenen Becherzeichens wirbelte.

»Du hast von einem Schwur gesprochen ...«

Leirs Mund verzog sich grimmig. »Ich habe geschworen, mein Leben für das Land zu geben, wenn Not es erfordert ...«

Ich drehte mich um und sah, daß Maglaros uns beobachtete. Sein Gesicht war fahl, und sein Haar, einst von glänzendem Kastanienbraun, war stumpf und mit Grau durchzogen. Hohn und Wut pulsierten um ihn wie ein blutiger Schleier in der düsteren Luft.

»Doch für ihn geb' ich mein Leben niemals her!« knirschte Leir.

Ich wandte mich von Maglaros ab und grub mein Gesicht in meines Vaters Schulter, daß er meine Tränen nicht sehen konnte. Ich hörte seinen unregelmäßigen Herzschlag und das Rasseln seines Atems. Der Friede der Nacht hatte mich verlassen. Ich weinte vor Wut, weil ich zu schwach war, diese Fesseln zu sprengen und Maglaros' Wut mit der meinen zu erwidern. Ich spürte Wassertropfen und hörte einen Mann im Vorbeigehen die Worte der Läuterung sprechen. Von irgendwoher kam ein Rumpeln und Klappern, als würde jemand mit Steinen werfen. Meine Nasenflügel bebten, als der Rauch von süßen Kräutern in die Luft stieg. Es begann, und es gab nichts, was ich tun konnte.

»Bringt den Alten zu mir!«

Ich plagte mich auf die Beine, als einige Krieger Leir auf die Füße zerrten und zum Stein schleppten.

»Leir Blatonikos, du bist nicht mehr Hochkönig. Jetzt geht deine Herrschergewalt auf mich über!«

Der aufsteigende Nebel offenbarte ein Dickicht aus kahlen Haselsträuchern, die in einem Spalt in der Felswand hinter Maglaros Wurzeln geschlagen hatten. Ich blinzelte, als etwas Dunkles mit schwerem Flügelschlag herabflatterte, sich auf den Sträuchern niederließ und Maglaros beobachtete.

»Glaubst du?« Der König schöpfte Kraft aus seinem Zorn. »Meinen Fluch wirst du erben, nicht meine Macht! Was wird die Herrschaft über Briga dir wert sein, wenn des Jahres Rad sich rückwärts dreht? Was wirst du tun, wenn die Schlange der Finsternis die Sonne verschlingt?«

»Maglaros, du hast verloren!« fiel ich ein. »Du wirst nichts als totes Fleisch bekommen, von meinem Vater wie auch von mir!«

»Glaubt ihr etwa, ich brauche euren Segen?« rief Maglaros. »Ihr habt mir keine Wahl gelassen. Mit Gunardwillas und Riganas Tod enden die alten Blutlinien, und nichts vermag etwas daran zu ändern. Weib, ich habe deinen Vater hierhergebracht, nicht um mir seine Macht zu nehmen, sondern um sie zu vernichten! Dein Leben wird mir festen Stand in Briga geben, ob es dir gefällt oder nicht« – ein verzweifelter Stolz schwang in seiner Stimme mit –, »lange genug jedenfalls, bis jeder weiß, daß es keine andere Macht mehr gibt außer der meinen. Ich nehme das Königreich mit dem Recht des Eroberers in Besitz, von keinen anderen Mächten geleitet als der eigenen Kraft!«

Selbst Maglaros' Gefährten wurde es bei diesem Sakrileg sichtlich unbehaglich. Furcht hing in der Luft, und aus dem Haseldickicht erklang das heisere Krächzen einer Krähe.

»Ich bin die Königin von Briga!« rief ich. »Und solange ich lebe, wirst du nicht über dieses Land herrschen!«

»Bringt sie zum Schweigen ...!« brüllte er. Der Krieger, der mir am nächsten stand, packte mich. Ich sah seine Faust herabsausen und konnte ihr nicht ausweichen. Der Hieb ließ mich taumeln; ich spürte, wie ich fiel, und hörte meines Vaters Aufschrei.

»Hast du sie getötet? Hast du das letzte meiner Kinder gemordet? Sie war die Beste von ihnen – die Treueste in der Not und die Unerschrockenste und Tapferste. Wie konntest du das tun? Wußtest du nicht, daß ihr Leben die Rechtfertigung für die Welt war?«

Ich konnte ihn sehen und hören, war jedoch nicht fähig, zu reden oder mich zu bewegen.

»Wenn das Luder tot ist, um so besser …«, erklang die Erwiderung.

»Maglaros, du hast dein eigenes Ende herbeibeschworen …«, knirschte der König. »Beim einst vergossenen Blut, beim einst dargebrachten Schwur sind die Mächte dieses Ortes an mich gebunden. Darum rufe ich die unsterbliche Erde als Zeugin und die Winde des Himmels und die Große Schlange, die in den Tiefen des Meeres haust!« Seine Stimme wurde lauter, und die Luft schien sich zu verdichten.

»Beim Symbol der Sonne, das mir die Macht gibt, rufe ich die Götter der Bemalten und der Quiritani. Schwarze Muttersau, verschlinge den goldenen Eber, den du geworfen hast – Große Mutter, nimm die neugeborene Sonne wieder in deinen dunklen Schoß zurück!« Er holte tief Atem, um fortzufahren.

»Bringt ihn zum Schweigen!« gellte Maglaros.

»Erhebt euch, ihr Alten Mächte …« Die nächsten Worte waren nicht mehr zu verstehen, weil der Krieger, der Leir hielt, aus seiner Starre erwachte und die Hand auf des Königs Mund preßte.

»Bei Eurem Schwur wollt Ihr die Alten Mächte rufen!« geiferte Maglaros mit Schaum auf den Lippen. »Aber was war mit Eurem Schwur, als das Hochwasser die Äcker überschwemmte und der Tod durchs Land wandelte? Ich will Euer Blut nicht, alter Mann. Eidbrecher nenne ich Euch, und beim Dreifachtod des Verräters nehme ich Euch die Macht!«

Der Riemen in seiner Hand schnalzte wie eine Peitsche, als er mit einem Ruck das Ende einem Krieger zuwarf, der es fing. Ich sah, daß die Schlinge bereits geknüpft war, und wand mich in meinen Fesseln.

»Bei der Erde, der Luft und dem Wasser, die Ihr beschworen habt, werdet Ihr sterben! Euer Zorn wird in Euch ersticken! Hier ist der Strick, der Euch die Luft nehmen wird; das Wasser, das Eure Lunge füllen wird, fließt den Hang herab; und rings um uns liegen die Steine, die Euren ungesegneten Leib beschweren werden, solange Ihr noch lebt …«

Seine Worte endeten in einem Lachen, als ein geschickter Wurf die Schlinge um Leirs Hals legte und der Krieger sie zuzuziehen begann. Leir trat nach ihm und wand sich in seinem Griff, aber er war ein alter Mann und obendrein gefesselt. Schon einen Augenblick später konnte der Krieger die Hand von Leirs Mund nehmen, und er rang röchelnd nach Atem. Es war die Luft selbst, nach der er nun rang.

Die Krähe flog kreischend von den Haseln auf. Die Welt um mich verschwamm. Ich holte keuchend Luft, denn die Verruchtheit meines Feindes schnürte mir die Kehle zu, daß ich wie Leir zu ersticken drohte. Meine Lunge stieß die Luft in einem Wutschrei aus, der in der Erinnerung ein Echo fand. In der Schlacht hatte ich meinen Trotz hinausgebrüllt und in den Schmerzen der Wehen, als ich mein Kind gebar. Doch nie zuvor hatte sich mir ein Schrei wie dieser entrungen. Dunkle Schwingen schlugen vor meinem inneren Auge, als die Wut aufs neue durch mich brandete.

»Ai … ai … ai …«, hatte ich einst gesungen. Damals, als ich noch Macht besaß.

Leir sank in den Armen seines Peinigers zusammen. Sein Gesicht über der Würgerschlinge war blau. Sie zerrten ihn nun zum Bach.

»Ai … ai … ai … die Otter bin ich. Alle, die ihr seid, seht und fürchtet mich!« Worte tauchten aus der Erinnerung. Bärmutter hatte nicht lange genug gelebt, mich ihre Bedeutung zu lehren, doch nun schwebte ihr Geist vor mir, und das Wissen war greifbar nahe. Es waren meine Worte, meine Magie … Um mich herum verdüsterte sich die Welt, doch ich spürte tief in meinem Innern eine dunkle Macht erwachen.

»Unter Bären ein Bär, wer es wagt, komme her«, sang ich. *»Die Schlange im Ried, daß keiner mich sieht …«*

Ich spürte Kälte und Nässe und wußte, daß sie Leir nun in den eisigen Bach tauchten. Das erstickende Gewicht dieses Wassers drückte mich hinab in Dunkelheit. Das Abbild der Otter im Gras löste sich auf. Formen huschten durch mein Bewußtsein, doch ich ließ sie vorüberziehen, eine nach der anderen, während ich tiefer und tiefer in den Abgrund sank, wo sich ein schuppiger, zusammengeringelter Schlangenleib weitab von den Augen Sterblicher bewegte …

Er hob sich mir entgegen. Er drängte in mir empor. Ich war es, deren Macht sich in der Weite dieses Urmeers regte. Aus einer Kehle, welche die dunkle Tiefe der Ewigkeit besaß, erschallte das Echo meines Liedes.

»Schlange, die ich rief … die im Dunklen schlief …
Versunken in der Nacht, bist du nun erwacht …
Alle, die ihr seid, seht und fürchtet mich!«

Die Macht, die Leir gerufen hatte, war hier!

Bewußtheit erwachte in einer düsteren Welt, wo armselige Sterbliche rannten und schrien. Fesseln barsten wie Spinnenseide; ich kümmerte mich nicht darum. Ich war die Schlange, die über dem Sims und den Menschlein, die dort standen, hin und her schwang und ihre Beute suchte.

Am Bach hatte jemand etwas fallen lassen, das wie ein Bündel nasser Lumpen aussah. Es interessierte mich nicht. Ich labte mich an der Furcht jener, die davonrannten, und die Kräfte, die ich bei ihrem Tod in mich aufnahm, regten meinen Appetit an. Und es war der Mann im Katzenpelzumhang, nach dessen Leben ich gierte. Ich senkte den Kopf und riß die Kiefer mit den spitzen Fängen auf.

»Maglaros, Maglaros – komm zu mir!«

Mein Ruf hallte durch die ganze Welt.

»Ich bin die Furcht der Frauen, denen du Gewalt angetan hast; ich bin der Schmerz jener, welche du getötet hast; ich bin die Wut derer, die du benutzt und ihrer Freiheit beraubt und verleugnet hast …«

Der Mann wich zurück, wobei er wild um sich starrte. Er stolperte und preßte die Hände auf die Ohren. Ich glitt hinter ihm her und begann für menschliche Augen sichtbar zu werden.

»Komm zu mir, Maglaros, dann werde ich dich verschlingen, denn ich bin die Finsternis im Innern … Ich bin die Kraft des Weibes. Alle

Dinge sind meinem Leib entsprungen, und ich bin der Ort des Ungeschehens ... Ich bin die Auflösung aller Bande und das Ende aller Anfänge der Zeit. Ich bin die Leere ... Ich bin das endgültige Verstehen. Alle anderen Kräfte sind der Quell meiner Macht ...«

Unaufhaltsam glitt ich vorwärts. Maglaros' Augen waren weit vor Entsetzen und sahen mehr, als menschliche Augen ertrugen. Sie sahen mich. Er machte einen Schritt rückwärts, dann einen zweiten. Der Rand des Abgrunds befand sich unmittelbar hinter ihm.

Für einen Moment schwankte Maglaros zwischen der Angst vor dem Schlund über ihm und dem Abgrund unter ihm. Dann schnellte ich vor, und als er sprang, verschlang ich ihn. Er fiel durch meinen Schatten hindurch und zerschmetterte auf den Steinen in der Tiefe.

Ich richtete mich hoch auf und brüllte meinen Hunger hinaus, denn trotz seiner Verruchtheit war Maglaros' armseliges Leben im Vergleich zu der Leere in meinem Innern nicht mehr als eine Krume gewesen. Einige seiner Männer fraß ich, andere krabbelten wie Läuse über das Moor. Ich richtete mich noch höher auf, suchte sie, und sah eine Welt aus gefrorenem Leben meinen Rachen erwarten. Mein Schatten verdunkelte den Nebel, der um mich brodelte; Donner schmetterte meinen Zorn durch die Luft.

Auf dem Weg zu der Ansiedlung bewegten sich noch weitere Gestalten, sowohl zu Fuß wie auf Pferden, und zogen Karren über den steinigen Boden. Sie hatten den Bach fast erreicht. Noch mehr Lebewesen, eine Welt voll lebender Dinge kam, um gefressen zu werden. Ich betrachtete sie mit uraltem Hunger. Nichts konnte mich jetzt noch aufhalten. Alles Leben war Nahrung für mich.

»Otter – es ist zu Ende ... Kehre jetzt in die Tiefe zurück ... Laß es genug sein – dein Feind lebt nicht mehr ...«

Vor mir stand eine große Bärin. Die Spitze eines jeden Haares in ihrem glänzenden Pelz leuchtete. Auf ihrer Schulter saß eine Krähe, deren glitzerndes Gefieder blendete. Mein Schatten schwang auf sie zu, doch sie wichen nicht, und ihr Licht verlor nicht an Kraft.

»Ich bin noch hungrig ...« Weit öffnete ich den Rachen.

»Wir wurden bereits verschlungen. Wir sind deiner Macht nicht untertan, Schlange. Dein Werk ist beendet. Es ist an der Zeit, zurückzukehren ...«

Die Horde Menschlein hatte am anderen Bachufer verwirrt angehalten. Eines beugte sich über das nasse Lumpenbündel, andere beteten; und die Luft vibrierte unter verzweifeltem Trommelschlag. Glaubten sie etwa, ihre lächerlichen Zauber könnten mir Angst machen? Nur eines von ihnen kam immer noch näher – ein männliches Menschlein mit einem Kleinen auf den Armen.

»Komm jetzt in deinen Körper zurück. Dein Volk braucht dich ...«

Ich schwang den Kopf verwirrt hin und her. Was meinten sie?

Der Mann sank unter mir auf die Knie. Ich hörte das Weinen des Kindes. Ich glitt näher, um besser zu sehen. Was machten sie dort? Spürten sie denn den Schatten nicht, der über ihnen schwebte? Die schimmernde Bärin stand zwischen uns, und der Mann hob plötzlich den Blick. Das Kind schlang die Ärmchen um seinen Hals und schmiegte sich an ihn.

Sie waren Leben, warm und atmend, köstlicher als alles, was ich bisher gefressen hatte! Warum sollte ich sie nicht verschlingen? Ich kam näher, bis die ganze Hochebene in Dunkelheit getaucht war. Doch als mein Schatten die beiden menschlichen Gestalten einhüllte, wurden sie zu Lichtpunkten, die weiterglühten, obwohl die Bärin verschwunden war.

»Wer seid ihr?« fragte ich heftig. *»Warum habt ihr keine Angst vor mir?«*

»Ohne dich haben wir keinen Schatten. Ohne dich können wir nicht wachsen. Kehre zurück und gib uns Gestalt auf der Welt ...«

Das Leuchten des Mannes verstärkte sich, bis es meine Dunkelheit verdrängte. Ich hatte dieses Gesicht schon früher gesehen: auf der Insel des Gehörnten und im Reich der Steine. Meine Leere füllte sich mit seiner Energie.

Für einen Augenblick befanden wir uns im Gleichgewicht. Tag und Nacht waren eins, und alle Zeit war gefangen in einem einzigen Augenblick der Einheit.

Dann barsten Licht und Dunkelheit zugleich und vermischten sich. Ich stürzte in die Tiefe der Unendlichkeit, und dann schwamm ich durch eine stürmische See in die Höhe.

Nein, ich wurde geschüttelt, und jemand rief: »Cridilla, Liebste, was hat man dir getan?« Aber warum weinte er um mich?

Blind streckte ich einen Arm aus, und meine Finger schlossen sich um grobe Wolle. Ich blinzelte und sah ein sommersprossiges Gesicht, von zerzaustem Rothaar gekrönt. Ein Wimmern erklang, die Hand des Mannes schloß sich um die meine und führte sie hinab zu den blonden Locken des Kindes.

»Cridilla ...« Der Mann weinte. »Bitte, hör mich doch!«

Und dann erkannte mein Körper den seinen wieder und erinnerte sich an den süßen Duft meines Kindes ...

Licht blitzte vom Eis um das Heidekraut und glitzerte auf jedem Stein. Der Nebel löste sich nun schnell, und die Welt strahlte im Licht der neuerschaffenen Sonne. Ich stolperte, und Agantequos' Griff wurde fester. Daß er mich stützte, machte mir meine Erschöpfung erst wirklich bewußt. Wieder berührte ich sein Gesicht, denn ich war mir nicht sicher, ob es das Licht war, das mich blendete, oder ein Traum. Ich hatte Agantequos gesund und stark in Erinnerung, doch in meinen Träumen hatte ich diese Linien um seine Mundwinkel und diese Schatten unter seinen Augen gesehen.

»Hattet ihr genug zu essen?« Meine Frage war so töricht, daß er einen Laut hervorstieß, der halb Lachen, halb Schluchzen war.

»Und du?« Er stützte das Kind auf seine Hüfte und blinzelte, als wäre auch er sich nicht sicher, was wirklich war. Aber er war warm und lebendig.

Jetzt konnte ich das Lager vor uns sehen. Auch diese Wagen waren in meinem Traum gewesen. Ich vermeinte das Dunkelblau eines Priesterinnengewands zu erkennen.

»Waren es die Veneti?« In mir stieg die Ahnung auf, daß Agantequos' Auszug in den Norden mit den Überlebenden sei-

1es Volkes eine genauso schlimme Heimsuchung gewesen sein mußte wie meine eigene.

»Sie kamen kurz vor Samonios und überumpelten uns – Moridunon brannte, noch bevor ich zu meinem Schwert greifen konnte.«

»Wie viele konnten fliehen?«

»Vierzig Familien und ein paar ledige Männer. Als wir aufbrachen, waren noch fünfzig Kinder bei uns, einige verwaist, doch unterwegs sind viele gestorben.«

Ich fragte mich, wie viele von den Menschen, die in Morilandis so freundlich zu mir gewesen waren, nicht mehr lebten.

Beli lugte unter seines Vaters Umhang hervor, zog aber rasch den Kopf zurück. Ein paar Augenblicke hatte er sich an mich geklammert, aber jetzt war er wieder scheu. Ich würde ihn erst zurückgewinnen müssen. Doch er sah gesund und wohlgenährt aus – es war leicht zu erraten, welchen Weg ein Teil der Speisen genommen hatten, die sein Vaters sich versagt hatte.

»Und deine Gefährten?«

Agantequos schluckte. »Nabelcos lebt noch, und Keir, und noch ein paar. Doch Cuno und Gruncanos und die übrigen fielen, um unsere Flucht zu ermöglichen. Unsere Kampfkraft ist kaum der zehnte Teil von einst.«

»Aber dort unten sehe ich viele Krieger ...« Und nicht nur Krieger. Ich sah auch mehrere Priesterinnen unter den Leuten, ebenso die gestreiften Umhänge von Eichenpriestern.

»Sie sind von deinem Volk«, antwortete Agantequos leise. »Wir sind zuerst nach Udrolissa gezogen, wo wir die Männer vorfanden, die du dort zurückgelassen hattest. Sie waren vor Sorge halb von Sinnen. Doch es war Frau Asaret, die uns hierherführte.«

Da entdeckte uns jemand, und der erste zaghafte Freudenschrei wurde zu lautem Jubel aus vielen Kehlen. Belinos wimmerte bei diesem Lärm, und Agantequos hob ihn auf meine Arme.

»Ma ...« Händchen krallten sich in den Wollstoff meines Umhangs. Ich strich mit den Lippen über sein weiches Haar, und zum erstenmal verspürte ich einen Hauch von Sicherheit.

»Ich bin hier, mein Herz, und ich liebe dich«, flüsterte ich. »Ich werde nicht wieder fortgehen.«

Und dann drängten sich die Menschen um mich, und das Leid schwand aus ihren Gesichtern wie Wolken nach einem Gewitter vor der Sonne. Sie berührten mein Haar und mein Gewand, als hätten sie Angst, ich könnte verschwinden. Auch ich zweifelte an der Wirklichkeit, denn mir schien, als bewegte ich mich durch leuchtenden Dunst, in dem nur Agantequos' starke Arme und die Wärme des Kindes wahrhaftig waren.

Ich wußte, daß ich am Ende meiner Kräfte war, doch ein Letztes gab es noch zu tun.

»Wohin hat man den Leichnam meines Vaters gebracht?«

»Euer Vater ist am Bach, Herrin«, sagte Nabelcos und wies mit der Hand die Richtung. »Und er lebt ...«

Ich blinzelte, als Sonnenschein auf dem reißenden Wasser blitzte, und versuchte, die Gestalten zu erkennen, die neben jemand knieten, der ein rotes Gewand trug. Gewiß war der Mann in dem verschlissenen Umhang Talorgenos, und die beiden Frauen neben ihm waren Frau Asaret und Mutter Nesta. Agantequos führte mich zu ihnen. Sie hatten Decken um den Liegenden gewickelt und ihm ein Vlies unter den Kopf gelegt. Mutter Nesta hielt einen Becher an seine Lippen. Ich fragte mich, warum.

Der König war tot. Ich hatte gesehen, wie er erdrosselt wurde. Ich hatte gespürt, wie er ertrunken war.

Die anderen machten mir Platz, daß ich mich neben ihn knien konnte.

Leirs Haut war leichenblaß und klamm, doch seine Brust hob und senkte sich kaum merklich.

»Vater ...« Ich legte die Hand auf seine Brust und fühlte den Herzschlag flattern wie ein gefangener Vogel. »Die Sonne wurde neugeboren, und wir alle sind wieder am Leben! Vater, kehre zu uns zurück! Wir sind frei!«

Licht glitzerte auf den reifüberzogenen Erlen. Mein Blick war von Tränen verschleiert, doch ein Glücksgefühl stieg in mir auf.

Eine Zeitlang glaubte ich schon, sein Geist hätte sich zu wei-

entfernt, mich zu hören, doch dann zitterten seine Lider leicht, und er seufzte.

»Cridilla …« Ich mußte mich ein wenig tiefer beugen, um ihn hören zu können. »Du warst tot, so wie ich auch. Doch ich habe den Tod verdient, denn ich wollte die Welt zerstören …«

Ich versuchte, ihn zu beruhigen, doch sein Zorn war nur ein Schatten meines eigenen gewesen, und ich griff jetzt nach dem Leben, wie die ersten grünen Ranken sich der Sonne entgegenrecken.

»Vater, das ist nicht mehr wichtig! Agantequos ist hier, und alles wird gut!«

Jetzt hob Leir die Lider ganz. In diesen Augen hatte ich das Lachen des Jungen Gottes gesehen und die Zornesblitze des Königs. Ich hatte sie verschleiert und töricht gesehen oder umwölkt von Zorn, doch diese vollkommene Klarheit hatte ich nie zuvor geschaut. Es schien, als hätte Leir bereits von der Anderswelt auf uns herabgeblickt.

Einen langen Moment ruhte sein Blick auf meinem Gesicht; dann wanderte er weiter zu Agantequos und dem Kind.

»Ich stehe als Bittsteller vor Euch, Herr«, sagte Agantequos voller Kummer. »Ich bin der Eure, wenn Ihr den Überlebenden meines Volkes Euren Schutz gewährt. Mein eigenes Land ist verwüstet, und die Raben nisten auf den verkohlten Balken meiner Halle.«

»Ich sehe – einen Krieger. Ich sehe einen Vater. Ich sehe – einen König.« Leir versuchte zu lächeln. »Dieser Körper ist zerbrochen«, sagte er. »Er wird mir nicht mehr lange dienen.«

»Vater!« widersprach ich. »Wenn wir dich erst wieder unter einem festen Dach haben …«

Leir schloß die Augen, und als ich aufblickte, sah ich Leid in Talorgenos' runzligem Gesicht und eine düstere Gewißheit in Frau Asarets dunklen Augen.

»Laßt ihn gehen«, sagte Mutter Nesta. »Wollt Ihr ihn in Schmerz gefangenhalten?«

»Ihr versteht nicht …«, begann ich, doch Belinos spürte den Aufruhr meiner Gefühle und begann zu weinen. Ich drückte ihn fester an mich, als könnte das junge Leben, das so kräftig in ihm schlug, die Schatten vertreiben, die auf mich eindrangen. Schließlich beruhigte er sich und lutschte an einer Strähne meines Haars. Das Rauschen des Baches war stärker als Leirs Atem, und meines Vaters Augen waren so klar wie der Himmel.

»Es gibt eine Zeit zu gehen und eine Zeit zu bleiben. Das weißt du, Kind. Du weißt es besser als alle!«

Ich seufzte und dachte daran, wie ich bei Belinos' Geburt beinahe gestorben wäre – und warum ich zurückgekehrt war. Man hatte mir die Wahl gelassen. Durfte ich meinem Vater dieses Recht verweigern? Zumal die Augen meines Geistes noch immer nicht völlig geschlossen waren, so daß ich sehen konnte, wie schwach sein Lebenslicht flackerte. Ich blickte zu der jungen Erle hoch, deren Zweige über den Bach hingen, und sah eine Krähe dort sitzen. Doch ich sah auch das Licht, das um den Rand ihrer Schwingen erstrahlte.

»Ich bin ein Narr gewesen, aber jetzt verstehe ich vieles«, wisperte Leir. »Ich erkenne, was mir gegeben wurde, und ich weiß nun, was ich dafür geben muß. Wenn ich tot bin, Cridilla, versprich es mir, so bring meinen Leichnam zurück nach Abonolissa, ins Herz meiner Träume und Pläne. Übergib mich dem Fluß, und ich werde über das Land wachen.«

Eine Zeitlang brauchte er seine ganze Kraft zum Weiteratmen. Das Rauschen des klaren Baches klang wie das Tosen eines Flusses, der Hochwasser führt. Ich konnte spüren, wie das Wasser stieg, um den König davonzutragen.

»Agantequos …«, sagte er dann, »leih mir deinen Dolch …«

Das Gesicht meines Gemahls wurde bleich unter den Sommersprossen, doch sein Blick blieb fest, als er das Bronzemesser zog, die Opferklinge, die in einer Scheide neben der seines Schwertes am Gürtel befestigt war. Leirs Finger schlossen sich um den mit Golddraht umwickelten Hirschhorngriff.

»So ist es gut. Es ist die Klinge eines Königs.« Er drehte sie um, und die Bronze flammte auf im Licht der stärker werdenden Sonne. »Dir gebe ich die Königswürde, die Maglaros mir zu entreißen suchte, falls du den Schwur ablegst, wie ich es einst tat, und das Opfer bringst, wenn deine Zeit gekommen ist.«

Agantequos schluckte und blickte auf das umliegende schneebedeckte Land. Die Menschen, Moriritonen und Ai-Akhsi und Quiritani, hatten einen Halbkreis um uns gebildet, um stumm Zeugen des Mysteriums zu sein. Ich biß mir auf die Lippe, als ich endlich verstand, was geschah.

»Briga?« fragte mein Gemahl. »Oder ihr?«

Leir lächelte sanft. »Sind sie nicht ein und dasselbe?« Ein Hustenanfall schüttelte ihn. »Gebt euch die Hände über dem Bach«, flüsterte er, als er wieder bei Atem war.

Mutter Nesta nahm mir das Kind ab, und Agantequos half mir zum Ufer des Baches. Er war tief hier, doch zwei Steine mit ebener Oberfläche ragten aus dem Wasser, als wären sie für diesen Zweck gedacht.

»Vor den Göttern, bei deren Namen mein Volk schwört, erkläre ich ...« Wieder hustete Leir. »Sprich die Worte nach«, forderte er Agantequos auf, und meines Gemahls kräftige Stimme wiederholte sie. Sie fanden ein Echo in meinem Herzen.

»Mein Gebein ist das Gebein der Erde –
Mein Fleisch ist der Boden, aus dem Leben wächst –
Mein Blut ist das Wasser des Lebens und mein Atem der Wind.
Ich bin die Erde und die Sterne des Himmels;
Ich bin das Opfer.«

Meine Mutter hatte für das Land gelebt, hatte ihre Trauer begraben und einen neuen König altes Brauchtum gelehrt, bis sie ihr Leben für jenes Land gab, indem sie mich gebar. Im Kindbett hatte ich das gleiche Opfer gebracht und war zurückgeschickt worden, um für das Land zu leben oder, falls nötig, zu sterben; denn dies war die Pflicht sowohl eines Königs wie einer Königin.

In der einsetzenden Stille blickte ich in Agantequos' geweitete Augen, in denen sich tiefes Erstaunen spiegelte.

Auch ich spürte die aus dem Bach aufsteigende Kraft. Meine Haut prickelte; wie konnte sterbliches Fleisch solche Macht ertragen? Immer noch floß sie mein Rückgrat empor, bis ich das Gefühl hatte, ich müßte zerspringen – da spürte ich, wie Agantequos sich öffnete, und die Kraft schoß durch die Verbindung unserer Hände. Er taumelte, doch ich war eine Säule des Lichtes, die ihn aufrechthielt. Kam das Leuchten, das mich blendete, vom Wasser? Oder waren die Augen des Mannes vor mir so voller Licht?

Da holte uns ein Laut von Talorgenos in die Welt zurück. Leir hatte die scharfe Spitze des Dolches über sein Handgelenk gezogen. Das dunkle Blut tropfte langsam in den Bach.

»Ich gebe mein Leben, um dem Land neues zu bringen ...« Seine Stimme war plötzlich voll und klar. »Ich bin das Opfer!«

Die Krähe krächzte einmal und hob sich in die Lüfte.

Einen Augenblick später knieten Agantequos und ich neben meinem Vater, aber der Dolchgriff entglitt bereits seinen Fingern. Während ich ihn anblickte, atmete er noch einmal schwer, dann ein zweites Mal, ein letztes Mal. So sanft wie Wasser aus einem gebrochenen Gefäß läuft, spürte ich das Leben aus meines Vaters Leib rinnen.

Ich setzte mich zurück auf die Fersen, und Licht fiel auf meine geschlossenen Lider. Die Bewußtheit meines Körpers schwand. Die Krähe kreiste noch am Himmel, doch sie war nun weiß. Leir stand vor mir und schaute mit staunenden Blicken umher.

»Es ist vollbracht«, versicherte ich ihm. Hier quälten mich keine Tränen. »Du hast den Sieg errungen. Und sieh – Krah ist hier, dir den Weg zu weisen ...«

Denn es war kein Vogel, sondern Krah in seiner vertrauten Gestalt, der vor uns stand, rank und gerade wie ein Schößling, die dunklen Locken zerzaust und ein blitzendes Lachen in den Augen. Er streckte die Hand aus, und der Schein von Alter, in den Leirs Geist sich gewandet hatte, war abgestreift.

»Geh in Frieden, mein Vater – du bist frei«, sagte ich.

Für einen Moment erblickte ich den Goldenen Gott, so, wie ich mich an ihn erinnerte. Dann erstrahlte ein Leuchten zwischen uns. Sie brausten von mir fort, mein Vater und mein alter Freund – aber vielleicht war auch ich es, die sich entfernte, denn plötzlich lag die ganze Welt ausgebreitet unter mir.

Leirs Blut war ein heller Schimmer im Wasser. Als der Bach

es davontrug, durchflutete sein Leuchten das Land, und jedes Becher-und-Ring-Zeichen auf den Steinen des Moores erstrahlte. Aus den Höhen schäumte ein Bach aus Licht ins Tal; ein heller Schein folgte jedem Fluß, der seinen Weg zum Meer suchte; er leuchtete in den verborgenen Wasserläufen unter der Erde und drang durch das Gestein hinauf in Quellen und Brunnen. Im Norden und Süden, im Osten und Westen breitete das Licht sich aus, und wo es vorüberzog, tauchte es das Land in sein Strahlen.

So begierig ich zuvor Leben verschlingen wollte, so sehnte ich mich jetzt danach, Leben zu geben. Segnend breitete ich weiße Schwingen aus, und lebenspendendes Licht erblühte im ganzen Land.

»Wenn der Vater der Menschen fällt«, Talorgenos' Stimme hallte über alle Ebenen hinweg. Sanft kehrte Bewußtheit in meinen Körper zurück.

»Kehrt zur Quelle der Geist wieder,
Heilt die Macht, in die Hand gegeben
der Erde, das Blut –
Bringt zurück zu neuer Geburt
aus ihrem dunklen Leib des Lebens Triebe,
Herrschaft, aus Liebe.«

Er verstummte, und die ganze Welt wurde still.

Die Menschen warteten. Doch eine Aufgabe blieb mir nun noch zu tun.

Ich bückte mich zum Bach hinab, schöpfte Wasser mit den Händen und bot es dem König dar.

»Dieses Wasser ist voll Blut«, sagte Agantequos.

»Es ist voll Leben«, entgegnete ich.

EPILOG

Die Wunden, welche die Insel der Mächtigen davongetragen hatte, heilten nicht von einem Tag auf den anderen, ja, nicht einmal in Wochen. Diese Wunden waren viel zu tief, und das Land war auf vielerlei Weise geschwächt, weit mehr, als oberflächlich zu erkennen war. Aber des Königs Opfer war ein Anfang gewesen, und allmählich schlug dieser Segen Wurzeln und begann zu wachsen.

Als die letzten Winterstürme überstanden waren, hatte das Volk meines Gemahls ein neues Zuhause in der Gegend um Udrolissa gefunden, die durch den Krieg verödet war.

In der Arbeit auf den Feldern fand Agantequos ein wenig Trost für den Verlust seines Landes, und meine Trauer wurde durch eine Unzahl von Aufgaben betäubt, die ich zu erfüllen hatte.

Ehrenwachen geleiteten die Leichname meiner Schwestern in ihre Heimat, wo sie in der Erde ihres eigenen Landes ihre letzte Ruhe fanden. Und getreue Krieger brachten Gunardwillas und Riganas Söhne in die sichere Obhut von Pflegeeltern. Dann ballte der Winter seine eisige Faust in einem letzten heftigen Ansturm um uns, und wir konnten nichts anderes tun, als auf den Beweis der Heilung zu warten, die ich gespürt hatte, als Leirs Blut in das Land geflossen war.

Ich versuchte, geduldig zu sein, und dachte daran, wie langsam ich mich nach der Geburt meines Kindes erholt hatte. Als das Fest der Maiden sich näherte, begrüßte ich selbst das winzigste Anzeichen neu keimenden Lebens als Ankündigung wiederkehrender Harmonie. Doch Gewißheit hatte ich keine – bis zu jenem Morgen, als ich unter einem blauen, vom Regen reingewaschenen Himmel am Ufer der Udra spazierte und den Ruf der heimkehrenden Graugänse hörte.

Als ich nach ihnen schaute, spürte ich, daß jemand neben mir stand. Es war Talorgenos.

»Es beginnt, seht Ihr?« Ich wies mit der Hand, als ein weiterer der großen grauen Vögel sich im Ried niederließ.

»Ja.« Die Augen des Priesters leuchteten in Erinnerung an jene Stunden auf, als wir gemeinsam überlegt hatten, wie das verwundete Land sich heilen ließe. »Werdet Ihr die Fürsten jetzt zur Ratsversammlung rufen?«

»Zur Frühlingswende – und gebt Ihr Euren Leuten Bescheid. Der Samen ist in der Erde. Laßt uns sehen, ob etwas wächst.«

Gegen Ende der Ratsversammlung hatte die neue Ordnung, die wir schufen, bereits grobe Form angenommen. Ein Anflug von Hoffnung sprach aus den Augen der Fürsten, die meinem Ruf gefolgt waren. Das Vieh, das den Winter überlebt hatte, begann nun zu kalben, zu lammen und zu werfen, und alle Jungen waren lebensfähig. Wild, das sich im Jahr zuvor versteckt gehalten hatte, ließ sich wieder sehen, und auf den Teichen und Weihern hallte es von den Rufen der zurückkehrenden Wasservögel.

Einer nach dem anderen erzählten die Fürsten ihre Geschichte, und ich sah das Staunen in ihren Augen. Es würde nicht von Dauer sein. Ich wußte, wie schnell selbst Glück und Wohlstand zu Machthunger und Krieg führen konnten. Doch jetzt und hier erkannten sie mich und Agantequos als Königin und König an und würden tun, was ich von ihnen verlangte. Wir wählten Krieger aus, welche die Regentschaft in Alba und Belerion übernehmen sollten, bis die Söhne meiner Schwestern herangewachsen waren. Mir war zu Ohren gekommen, daß die Knaben mir die Schuld am Tod ihrer Mütter gaben, doch Gunardwillas und Riganas Söhne besaßen das Blutrecht in jenen Landen, und ich ließ sie in Frieden aufwachsen. Wenn ich das, was ich baute, nur fest und stark genug errichtete, konnte es vielleicht sogar die schlimmsten Folgen ihres Hasses überstehen.

Meine heimliche Hoffnung setzte ich auf die Eichenpriester und die Ti-Sahharin. Talorgenos hatte alle Überlebenden seines Ordens um sich geschart, und während wir unsere Ratssitzung abhielten, trafen die Eichenpriester sich mit der Dunklen Schwesternschaft, der jetzt auch Geistbärin und Mutter Nesta angehörten. Und so gab es nun, wie sie es einst in einer Vision gesehen, neun Priesterinnen im Tanz um die heiligen Steine.

Ehe wir die Fürsten entließen, brachte ich noch ein Anliegen vor.

»Edle Herren, der Leichnam des Hochkönigs ist noch unbestattet, denn mein Vater nahm mir ein Versprechen ab, als er am Moor im Sterben lag. Er wollte keinen Grabhügel über seinen Gebeinen, noch wollte er, daß Feuer seinen Geist befreite. Es war der Wille König Leirs, daß seine Gebeine unter dem Fluß ruhen sollen, der an Abonolissa vorüberfließt. Vom Grunde der Soretia, sagte er, wird er über das Land wachen.«

Die Männer murmelten. »Ist das überhaupt möglich?« fragte Nextonos laut.

Ich wandte mich an Giahad, den Baumeister. »Was meint Ihr? Ich werde meines Vaters Leichnam nicht den Fischen überlassen. Könnt Ihr ihm ein Hügelgrab errichten, das dem Fluß der Zeit standhält?«

Noch ehe er antwortete, sah ich, wie seine groben Züge sich interessiert spannten.

»Es läßt sich machen«, antwortete er schließlich. »Ich kann einen Kanal graben, um das Wasser abzuleiten, und den Fluß mit Weidengeflecht dämmen. Wenn Ihr mir genügend Männer gebt, ist es zu schaffen.«

Ich wandte mich den Fürsten zu. »Nun liegt es an euch! Werdet ihr Helfer schicken, sobald die Äcker zum Frühjahr bestellt und das Vieh auf die Almen getrieben ist? Wir brauchen jeden Mann, den ihr von Acker, Pflug und Herde entbehren könnt.«

In ihren Augen kämpfte Furcht mit Verwunderung. Doch meines Vaters Name hatte immer noch Gewicht. Ehe die Versammlung endete, hatten die Fürsten versprochen, Männer zu schicken.

Die strahlende Mittsommersonne schien heiß vom Himmel, als wir meinen Vater in seinem Grabmal bestatteten. Die Steinkammer war im ausgehobenen Flußbett errichtet worden. Ein Ende zeigte stromauf wie der Bug eines kieloben schwimmenden Schiffes. Das Dach der Kammer war abgerundet, so daß das Wasser glatt darüber fließen konnte, doch in die Wölbung war ein steinerner Kopf gesetzt. Er hatte zwei Gesichter; eines blickte für immer flußauf, das andere flußab. Durch eine Öffnung ließen wir den Zedernsarg mit den sterblichen Überresten meines Vaters in das Grabmal hinab.

Talorgenos hatte ein Ritual daraus gemacht – ein weiteres in dem endlosen Zyklus von Zeremonien, an die unser Leben gebunden war. »Es wird dem Volk Hoffnung geben«, sagte er zu mir. »Ein neues Ritual, von Priestern und Priesterinnen der alten und der neuen Rasse gemeinsam zelebriert. Solcherart wächst es zusammen zu einer großen Familie.«

Die Priester sangen Leirs Loblied zu den klaren Tönen der Harfe, während Krieger des Königs Waffen in die Grabkammer legten und die Gefäße mit Fleisch und Getreide und Met als Opfergabe dazustellten. Und dann war es soweit, die Kammer zu versiegeln. Nun waren die Priesterinnen an der Reihe. Sie warfen Opfergaben für die Flußgöttin hinab, als der Damm geöffnet wurde und das erste schlammige Rinnsal sich auf das Grabmal zuschlängelte.

Ich stand stumm an Agantequos' Seite und war so benommen, als hätte man mir den schwarzen Trank eingeflößt, den man Männern gibt, die als Opfer ausersehen sind. Das Wispern wurde zum Rauschen, als der Fluß heranbrauste, und die Frauen klagten, während die tosenden Wassermassen meines Vaters Leichnam verschlangen. Ich hätte weinen sollen ob meines Verlusts oder jubeln über Leirs letzten Sieg. Doch ich vermochte gar nichts zu empfinden.

Schließlich bedeckte das graue Wasser auch den letzten Stein, und das Grabmal lag im Bauch des Flusses verborgen wie ein steinernes Ei. Eine Zeitlang hüpften noch Reisigstücke und Stroh auf der bewegten Oberfläche; dann verschwanden auch sie. Die Leute wandten sich jetzt zum Gehen, die Priester sammelten ihre Sachen ein und rüsteten ebenfalls zum Aufbruch. Agantequos berührte meinen Arm.

»Das Festmahl ist bereit«, sagte er leise. »Man erwartet, daß wir daran teilnehmen.«

»Geh du!« sagte ich unwirsch. »Du bist der König. Ich muß jetzt allein sein!«

Oben am Ufer wartete Nabelcos und mit ihm die Männer von Briga, die nun des Königs Mannen waren.

»Sprich zum Volk«, sagte ich sanfter. »Es will von dir hören, daß es eine Zukunft gibt. Ich muß den Fluß erst noch bitten, sanft über die Gebeine meines Vaters zu fließen.«

»Hält er dich noch immer in Banden?« Agantequos' Hände schlossen sich um meine Schultern, und seine blauen Augen blickten mich eindringlich an. »Stehe ich selbst jetzt noch nicht an erster Stelle in deinem Herzen, Cridilla?«

Ich spürte die Kraft in den Händen meines Gemahls und dachte daran, wie er mich in den Winternächten gehalten hatte, wenn ich zitternd erwachte, weil ich mich wieder in Maglaros' Käfig wähnte. Und ich entsann mich auch, wie ich ihn an mich gedrückt hatte, wenn er um sein verlorenes Land weinte.

»Du bist der Herr von Briga und mein Liebster.« Mir gelang sogar ein Lächeln. »Sei ohne Bitterkeit, ich will nur Lebewohl sagen.«

Da ließ er mich allein. Doch als die Krieger sich hinter ihm einreihten, war es nicht Agantequos, mein Liebster, den ich zu den Festfeuern marschieren sah, sondern den Hochkönig.

Nachdem er gegangen war, setzte ich mich nieder und lehnte mich an eine Weide. Meines Vaters Geschichte war beendet, und im Augenblick fiel es mir schwer, den Gedanken zu vertreiben, mich einfach in den Fluß gleiten zu lassen. Leir schlummerte friedlich im Schoß des Wassers. Doch obgleich ich eine Kriegerin war, würde der Kampf um den Frieden auf der Insel der Mächtigen nie enden, würden wieder Blut und Tränen fließen. Aber ich war des Kämpfens müde, und ich hatte genug für das Land getan!

Es liegt bloß an meiner Erschöpfung, sagte ich mir. *Nur noch ein Weilchen, dann steh' ich auf und gehe.*

Doch das Kräuseln des Wassers hielt mich in seinem Bann.

»Lebe, Otter!« brachen Worte die Stille. *»Bist für das Volk die Stimme des Landes; und des Volkes Stimme für das Land!«*

Ich blickte auf und begegnete den glänzenden Augen einer Krähe auf einem Ast, der weit über das Wasser hing. Und als ich den Vogel verwundert betrachtete, formten sich aus dem Wispern der Soretia weitere Worte.

»Sieh auf das Wasser des Flusses, immer neu und doch immer gleich. Eines mußt du wissen: alles, was war, das ist, und alles, was ist, wird sein. Das Wasser der Flüsse ist eins mit dem Meer.« Und ich wußte, daß es die Stimme meiner Mutter war, wie ich sie in der Höhle gehört hatte.

Und plötzlich war die Luft erfüllt von Licht. Ich wich zurück und bedeckte die Augen vor der Helligkeit, als eine große weiße Gestalt sich im Wasser vor mir niederließ und mächtige Schwingen faltete. Eine andere Stimme sprach, und ich wußte, daß es Leir war.

»Höre mich, Tochter – nicht einmal der Tod kann uns trennen von dem, was wir liebten. Du bist die Schlange von Briga. In jedem Zeitalter wirst du eine Haut abstreifen, aber sterben wirst du nie.«

Das letzte Licht des längsten Tages schimmert auf dem Fluß und glüht durch jedes Blatt der Weide. Jeder Stein am Ufer hat sein eigenes Leuchten, und in der Erde, am Himmel und im Wasser glühen die Lebensfunken von Geschöpfen. Ich bin die Erbin all der Hoffnungen meines Vaters und das Gefäß all der Träume meiner Schwestern, doch ich weiß jetzt, daß meine Aufgabe allein darin besteht, durch mich das Leben ins Land fließen zu lassen.

Jenseits der Weiden wartet mein Volk auf seine Königin. Die gleißenden Windungen des Flusses glitzern mit Schuppen aus Licht, und der weiße Schwan schützt das Wasser über dem Grabmal des Königs.

Und Agantequos ruft mich.

NACHWORT

Wer im Tal des Flusses Soar unterhalb von Leicester die große Autobahn zugunsten der Straßen verläßt, welche sich zwischen den üppigen Feldern hindurchziehen, mag leicht ein kleines, unauffälliges Schild mit der Aufschrift »Leire« übersehen. Der Flecken selbst besteht aus ein paar Gehöften und einem Bach, aber das Dorf hat dort gelegen, seit im 11. Jahrhundert das *Domesday Book*, das Reichsgrundbuch Englands, erstellt wurde. Die historische Verknüpfung des Gebiets von Leicester mit König Lear geht zurück bis auf Geoffrey von Monmouth's *Geschichte der Könige Britanniens*. Von Geoffrey übernahmen sie Historiker wie Holinshed, der wiederum Shakespeare als Quelle diente. Die Geschichte ist in vielen Versionen überliefert, darunter in mehreren Volksballaden.

Der Kern der Geschichte ist immer derselbe: Ein alter und mächtiger König beschließt, sein Königreich unter seine drei Töchter aufzuteilen, als Belohnung für eine Art von Treue-Schwur, den sie ihm leisten sollen, um ihre Liebe zu bezeugen. Zwei dieser Töchter schwören eine unmögliche Treue und verraten ihn später, während die dritte ihrer Wahrheitsliebe wegen kein Wort herausbringt, aus diesem Grunde des Landes verwiesen wird und später in einem vergeblichen Versuch, ihren Vater zu retten, dorthin zurückkehrt. Aber warum das alles? Warum trifft Lear überhaupt eine so unsinnige Entscheidung? Warum versuchen die beiden älteren Töchter, das Königreich an sich zu reißen? Wo findet die zurückhaltende Cordelia den Mut, ihrem Vater mit einer Armee zu Hilfe zu kommen?

Das Schöne an einem Roman ist, daß er dem Autor erlaubt, nicht nur die Taten von Menschen zu schildern, sondern auch die Beweggründe aufzuzeigen, die dahinter liegen. Aber wo in den Schatten der Geschichte oder des menschlichen Herzens ließe sich eine Erklärung für die Geschichte von König Lear und seinen Töchtern finden?

Literarische Quellen

Unsere wichtigsten schriftlichen Quellen für die Geschichte des keltischen Britanniens sind das walisische *Mabinogion*, dessen vier Teile, »Zweige« genannt, die Geschichten der vermenschlichten keltischen Götter erzählen, sowie Geoffrey von Monmouths *Historia Regum Britanniae* (1136), die vorgeblich die Abkunft der britischen Könige schildert, angefangen von einem Urenkel des Äneas, ohne dabei die Kelten als ein eigenständiges Volk zu nennen. Indes ist Geoffrey unsere älteste Quelle, was die Geschichte von König Leir und seinen Töchtern betrifft (wenngleich uns der Name Lir oder Llyr auch beim Meergott der irischen und walisischen Mythologie sowie einem legendären irischen König begegnet, dessen Kinder in Schwäne verwandelt wurden). Eine weitere von Geoffreys Geschichten, sein Bericht über Brennius' Angriff auf Rom, scheint eine verschwommene Erinnerung an die Plünderung Roms durch den keltischen Heerführer Brennus (keltisch *Bran* ›Rabe‹) im Jahre 390 v. Chr. zu bewahren. Es ist möglich, daß einige andere Episoden der *Historia* ebenfalls historische Wurzeln haben, wenn auch nicht in derselben Reihenfolge, in der Geoffrey sie wiedergibt, und nicht unbedingt in einer einheitlichen Chronologie. Nach Geoffreys Angaben lebte Leir zur Zeit der Gründung der Stadt Rom. Ich habe ihn zwei Jahrhunderte näher gerückt, irgendwo ins fünfte Jahrhundert v. Chr.

Für die Erzähler des Mittelalters und der Renaissance war eine Frau an der Macht etwas Widernatürliches. Doch Spuren einer Kultur, in der Frauen keine Menschen zweiter Klasse waren, finden sich in der alten Heldendichtung Irlands – warum also nicht auch in Britannien? Mir schien, daß die meisten Motivationsprobleme in der Geschichte von König Lear sich lösen ließen, wenn er ein Heerführer aus einer patrilinearen

Kultur gewesen wäre, der über das Meer gekommen war, und seine Töchter die Kinder, die er mit den Königinnen der von ihm unterworfenen matrilinearen Stämme gezeugt hatte.

In Geoffreys *Historia* überlebte Cordelia ihren Vater. Die Geschichte geht dort wie folgt weiter:

> Leirs Tochter Cordelia erbte die Herrschaft über das Königreich Britannien. Sie ließ ihren Vater in einer unterirdischen Kammer bestatten, die sie unter dem Flusse Soar hatte ausheben lassen, ein Stück stromabwärts von Leicester. Diese Gruft unter dem Fluß war dem zwiegesichtigen Janus geweiht …
>
> Als Cordelia das Königreich über einen Zeitraum von fünf Jahren segensreich regiert hatte, begannen Marganus und Cunedagius den Frieden zu stören. Dies waren die Söhne ihrer beiden Schwestern, die mit den Herzögen Maglaurus und Henwinus vermählt gewesen waren …
>
> Sie ließen nicht ab von ihren Missetaten, und schließlich verwüsteten sie eine Anzahl von Provinzen und traten der Königin in einer Reihe von Schlachten entgegen. Am Ende wurde sie selbst gefangengenommen und in den Kerker geworfen. Dort verfiel sie in immer größere Trauer über den Verlust ihres Königreiches und setzte ihrem Leben schließlich ein Ende.
>
> *Geschichte der Könige Britanniens*, Teil II: 14–15.

Mittelalterliche Geschichtsschreiber, bis hin zu Raphael Holinshed in seinen *Chronicles of England, Scotland, and Ireland* (1578), folgten in ihrer Darstellung der Frühgeschichte Britanniens Geoffreys Vorbild und schmückten die alte Geschichte mit höfischem Gepränge aus, ohne sie zu verändern. Selbst Edmund Spenser faßte in seinem monumentalen Gedichtfragment *The Faerie Queene* (1590) die Geschichte nur in anmutigen Versen zusammen. Ein frühes und ansonsten wenig bemerkenswertes Theaterstück machte das elisabethanische Publikum mit dem Thema bekannt.

Es war Shakespeare, der diese Geschichte einer dynastischen Auseinandersetzung in einen elementaren Konflikt verwandelte, in dem das Schicksal von König und Königreich eins wurden. Er verlegte die Geschichte aus der höfischen Welt in die Welt der Natur, und obgleich seine Sichtweise eher moralisch als ökologisch geprägt war, ist die Faszination dieser Verbindung ungebrochen. Mensch und Natur leiden unter demselben Wahn, und nur die kryptischen Äußerungen des Narren (eine weitere Erfindung Shakespeares) werfen ein flackerndes Licht auf die Szene. In der *Tragödie von König Lear* fegte ein gewaltiger und schrecklicher Wind aus dem Anbeginn der Welt die oberflächliche Wirklichkeit des elisabethanischen Englands hinweg, um eine Landschaft von archaischer Gewalt zu enthüllen, in der menschliche Konflikte von Liebe und Treue eine ewige Bedeutung gewinnen. Für ein heutiges Publikum kann es dasselbe bewirken. In diese Welt habe ich in meinem Roman *Die Keltenkönigin* zurückzukehren versucht.

Ur- und Frühgeschichte

Noch immer herrscht Uneinigkeit unter den Archäologen, was die Datierung der ersten keltischen Einwanderung auf die britischen Inseln betrifft und ob die Sprache des von den keltischen Eroberern unterworfenen Volkes eine indoeuropäische war oder nicht. Doch es läßt sich festhalten, daß im Britannien des fünften Jahrhunderts v. Chr. so viele Artefakte des frühen La-Tène-Stils auftauchen, daß sich daraus auf eine keltische Präsenz auf der Insel schließen läßt. Zur selben Zeit trieb eine Klimaveränderung die Ackerbauern aus dem offenen Hochland in die bewaldeten Talniederungen, die nur mit eisernen Werkzeugen gerodet werden konnten. Könnte dies ein historisch fundiertes Beispiel für den Konflikt zwischen einer indoeuropäischen Kultur und ihrer Vorgängerin sein, dessen Ergebnis eine erfolgreichere Verschmelzung war, als sie auf dem europäischen Festland zu finden ist?

Falls eine solche Verschmelzung von Kulturen wirklich stattgefunden hat, dann muß ihre Anfangsphase für alle Beteiligten traumatisch gewesen sein. Wieder und wieder findet man in der europäischen Frühgeschichte Überlieferungen von ethnischen Konflikten, von Stämmen, die aus ihrer Heimat vertrieben werden und ihrerseits andere Völker besiegen oder vertreiben. Es gibt keine wirklich ›einheimischen‹ Völker; selbst diejenigen, die nun in kaum bewohnbaren Randgebieten ansässig sind, lebten zuvor in fruchtbareren Landstrichen. Die steinzeitlichen Jäger, die die ersten Spuren menschlicher Besiedlung hinterließen, durchstreiften das Land, als die Gletscher sich ausdehnten und wieder zurückzogen, und machten den großen Bären das Wohnrecht in den Höhlen streitig. Es gibt keine Berichte über die Ankunft der ersten Ackerbauern im Norden Europas, wenngleich in den Lappen und anderen Völkern des arktischen Kulturkreises Reste jener Jäger-Sammler überlebt haben, die von ihnen verdrängt wurden. Und eben dies ist ein Indiz dafür, daß kleine Gruppen von Völkern, die anders waren als ihre Nachbarn, in entlegenen Gebieten bis in historische Zeiten überdauern konnten, und die Kenntnis ihrer Existenz mag zu den Legenden über die Anderswelt beigetragen haben.

Die europäische Mythologie ist reich an Legenden von nomadischen oder wandernden Stämmen, die über eine Kultur von Ackerbauern herfallen, wie die Achäer die Erben Kretas überwältigten. Solche Invasionen spiegeln sich in mythologischen Synthesen wie zum Beispiel dem Bündnis von Asen und Wanen und der Vermischung von Tuatha De Danaan und Fomoriern nach ihren Kriegen wider. Diese frühzeitlichen Verschmelzungen wurden wiederum von späteren Einwanderungen und kulturellen Entwicklungen überlagert. Ein historisches Ur-Mischvolk waren möglicherweise die Pikten, die nach K. H. Jackson (in *The Problem of the Picts*) aus einer Oberschicht proto-brythonischer keltischer Aristokraten und einem nichtindoeuropäischen Volk bestanden. Das irische *Buch der Invasionen*, Snorri Sturlussons Mythologisierung des Asen/Wanen-Konflikts, die archäologischen Aufschlüsse über die Pikten – dies alles deutet darauf hin, daß die ursprüngliche Begegnung zwischen den Indo-Europäern und ihren Vorgängern eher in einer Verschmelzung beider als in einer Auslöschung der letzteren resultierte.

George Dumézils Theorie der indoeuropäischen Kultur unterscheidet drei soziale Funktionen: Herrscher/Priester, Krieger und Bauern. Doch wenn ein Volk auf Wanderschaft geht, verliert es seine Verbindung mit dem Land. Auf jeden Fall waren die Kelten ursprünglich primär eine Kultur von Viehzüchtern, nicht von Ackerbauern; allein die Tatsache, daß ihre Feste an wichtige Ereignisse im Lebenszyklus von Herden ausgerichtet sind, weist darauf hin. Doch sobald Wanderer seßhaft werden, insbesondere wenn sie aus einer Gruppe von Männern auf dem Kriegszug ohne Begleitung von Frauen bestehen, muß nach jemandem Ausschau gehalten werden, der den Boden bestellt. Und wer käme dafür eher in Frage als die früheren Besitzer des Landes?

Nimmt man Dumézils Analyse der ursprünglichen indoeuropäischen Stammesstruktur und vergleicht sie mit der, die sich auf den britischen Inseln entwickelte, findet man eine Anzahl von Sonderformen, die typisch sind für britische, nicht aber für andere indoeuropäische Völker, selbst wenn man aufeinanderfolgende Wellen keltischer Einwanderungen nach der ursprünglichen Synthese in Rechnung zieht. Die inselkeltische Kultur hat Elemente dieser ersten Verschmelzung beibehalten, bis ihre Unterwerfung durch Rom – in Gestalt der Kirche – sie auslöschte, zumindest bei den oberen Schichten. Doch in der Landbevölkerung lebten viele kultisch-religiöse Elemente und bäuerliche Praktiken fort, die sich bis auf die Ackerbaukultur des jungsteinzeitlichen Europas zurückverfolgen lassen.

Die Menschen

Die Quiritani in der Erzählung sind Kelten der La-Tène-Kultur – ein Volk, das bereits die Benutzung von Eisen kannte und sich einer frühen Form jener Sprache bediente, die sich zuerst in Brythonisch und Gälisch und später in die verschiedenen Sprachen aufspaltete, von denen einige im keltischen Sprachraum bis in die heutige Zeit überdauert haben. Daher weisen die Quiritani viele Gemeinsamkeiten mit den Kelten der späteren heroischen Epoche auf, deren Taten in dem »Ulster-Zyklus« der irischen Sage und, in einer mittelalterlich geprägten Form, im *Mabinogion* überliefert sind. Ich habe versucht, einige dieser

Anklänge in den Zitaten am Anfang der einzelnen Kapitel aufzuzeigen, die dem Material in Cross & Slovers *Ancient Irish Tales* und Jacksons *Celtic Miscellany* entnommen sind. Doch in anderer Hinsicht ähneln die Quiritani mehr den homerischen Griechen, den frühen germanischen Stämmen oder den Gründern Roms. Viele typische Elemente der hochkeltischen Kultur, wie zum Beispiel die Druiden, treten historisch erst viel später in Erscheinung. Eine rudimentäre Priesterschaft ist unter den alten Germanen zu finden, und in Rom wie auch unter den wedischen Brahmanen am anderen Ende der indoeuropäischen Wanderbewegung entwickelte sich die Priesterschaft in einer Art, die Ähnlichkeiten mit jener der Kelten aufweist. Doch die Druiden haben auch Wesensmerkmale ausgebildet (oder beibehalten), welche sich nirgendwo sonst in Europa finden, und die Druiden Britanniens wurden von den Römern als Hüter einer alten und mächtigen magischen Tradition gefürchtet.

Über die Einwohner Britanniens im fünften Jahrhundert v. Chr. läßt sich nur sehr wenig mit Sicherheit sagen. In diesem Roman bin ich von der Annahme ausgegangen, daß die eigentümlichen Merkmale, welche die historischen Kelten der britischen Inseln von denen des europäischen Festlands unterscheiden, sich von der Bevölkerung herleiten, die vor der keltischen Invasion dort lebte.

Dabei handelte es sich zunächst um die Nachfahren jener Stämme, welche die Megalithbauten wie Stonehenge errichteten, ein Volk von Ackerbauern, das die offenen Ebenen und die höher gelegenen fruchtbaren Böden des Hügellandes und der Moore bestellte und dessen jahreszeitliches und religiöses System auf der Beobachtung des Sonnenkreislaufs beruhte.

Aller Wahrscheinlichkeit nach gab es jedoch bereits vor der Invasion der Kelten andere Einwanderungswellen in Britannien. Um eine deutliche Abgrenzung zu erzielen, habe ich die unmittelbaren Vorläufer der Kelten als Verwandte der Iberier gekennzeichnet, Teil einer tausendjährigen Wanderung einer hamitisch sprechenden Volksgruppe, die sich westwärts durch Nordafrika und dann die Alantikküste hinauf bewegte. Zu ihren Nachfahren gehören die Berber, die Urbevölkerung der

Kanarischen Inseln sowie jene Völker, welche die iberische Halbinsel mit den Kelten teilten, als die Römer kamen. Ausgrabungen in Spanien belegen, daß sie eine hochstehende Kultur entwickelt hatten und Kunstwerke hervorbrachten, von denen die Statue der Priesterin an der Ausgrabungsstätte Dama de Elche eines der bemerkenswertesten ist. Möglicherweise waren sie es, die den Typ des Rundhauses bevorzugten, der immer seltener wird, je weiter man nach Osten in die Gegenden vorstößt, in denen die Kelten beheimatet waren.

Nichtsdestoweniger waren die Einwanderer, die vom Festland nach Britannien kamen, wer sie auch gewesen sein mögen, nicht die ersten Einwohner. Die Archäologie weist Spuren von Jäger-Sammlern nach, die zum arktischen Kulturkreis gehörten, Erben der alt- und mittelsteinzeitlichen Kulturen Nordeuropas. Solchen Kulturen ist eine schamanische Tradition gemein, die sich von Sibirien bis Nordamerika und unter den Lappen Skandinaviens beobachten läßt. Einzelne Gruppen dieser Völker können durchaus bis über die keltische Epoche hinaus überlebt haben, derweil sie sich immer tiefer in die Wildnis zurückzogen. Ein solches Volk sind in *Die Keltenkönigin* die Senamoi, die als erste das Land bewohnten und daraus vertrieben wurden.

Die Schauplätze

Viele Blätter sind gefallen seit dem fünften Jahrhundert vor Beginn unserer Zeitrechnung. Nachfolgende Besiedlungswellen, ganz zu schweigen von den Zerstörungen durch fortschreitende Bebauung, haben viele der Zeugnisse vernichtet, die uns ein genaueres Wissen um die Besiedlung Britanniens in der frühen Eisenzeit hätten vermitteln können. Wo möglich, habe ich Szenen des Romans an bekannten Schauplätzen angesiedelt, und die Wissenslücken über diese Stätten habe ich durch Hinzuziehung vergleichbarer archäologischer Befunde zu füllen versucht.

Leirs Feste Ligrodunon ist der Burrough Hill bei Somerby, Leicestershire. Obgleich nicht die größte eisenzeitliche Siedlung in dieser Gegend, ist Burrough Hill eine der am besten erhaltenen. Die Ausgrabung an der Stätte war bislang minimal, und einige der Informationen über den Aufbau Ligrodunons sind den Befunden aus anderen Siedlungen wie Danebury in Wiltshire entnommen. Was allerdings über Burrough Hill bekannt ist, deutet darauf hin, daß der Hügel seit der Bronzezeit besiedelt war und daß es sich um eine wichtige Ortschaft gehandelt haben muß, da dort bis zum Ende des 19. Jahrhunderts Märkte und Versammlungen abgehalten wurden. Eher als ein einziges königliches Zentrum scheint Leicestershire eine Anzahl von Hügelfestungen gehabt zu haben; vermutlich zog der König von einer zur anderen.

Die Yorkshire Dales sind eine oberflächlich verkarstete Landschaft, reich an Höhlen und natürlichen Formationen, die sich als Hintergrund für dramatische Ereignisse anbieten. Die heilige Quelle in Kapitel sieben ist heute bekannt als St. Aldkelda's Well. Der Name leitet sich einer bezaubernden Ortslegende zufolge von einer sächsischen Märtyrerin ab, aber der etymologische Ursprung ist wahrscheinlich eher das altnordische »hal keld« – ›heiliger Brunnen‹. Die Stätte liegt etwa eine halbe Meile von Giggleswick entfernt, nahe einer vielbefahrenen Straße (A65). In diesem Brunnen wurde die Statuette einer Göttin gefunden; da sie aus Blei ist, läßt sie sich mit naturwissenschaftlichen Methoden nicht datieren, aber die Muster auf Rock und Mieder ähneln im Stil denen eines Schildes aus der frühen La-Tène-Zeit, der in einem Schatz bei Merioneth gefunden wurde. Sowohl die Gestalt der Figur als auch die Symbole weisen große Ähnlichkeit mit denen einiger neusteinzeitlicher Göttinnenfiguren auf, die in Osteuropa gefunden wurden, ein Stil, der sich in den steifen Röcken und bloßbrüstigen Miedern der Priesterinnen des minoischen Kreta fortsetzt.

Die Schoßhöhle ist Victoria Cave, die auf der Stockdale-Straße von Settle oder von Langcliffe aus zu erreichen ist. Neuere Ausgrabungen haben sie vollständig freigelegt und Fundstücke zutage gebracht, die von der Steinzeit bis in die romano-britische Epoche datieren, als die Höhle zur Aufnahme von Votivgaben diente. Wer Interesse hat, den Spuren von Cridillas und Leirs Wanderungen in den Tälern zu folgen, kann dies mit Hilfe der Karten der Landranger-Serie (Nr. 91, 98, 99, 104) und mit einer guten Vorstellungsgabe oder einem Paar fester Wanderschuhe tun. Die Penninische Kette, die das Rückgrat Englands bildet, wird durchzogen von Pfaden und Wegen, die nichts mit den Autostraßen gemein haben; denn Füße und Hufe können Stellen bewältigen, wo Räder befestigte Wege benötigen. Einige von diesen Wegen sind alte Treiberpfade für den (legalen oder auch illegalen) Auftrieb von Vieh zwischen England und Schottland. Meine Annahme geht dahin, daß Cridilla Leir und Krah irgendwo bei jenen Steinen aufspürte, die man die »Lange Meg und ihre Töchter« nennt, am Fluß Eden oberhalb von Langwathby. Folgt man dem Eden südwärts zu seinem Ursprung, kann man schließlich über einen alten Pfad, Galloway Gate genannt, hinüber ins Dentdale gelangen und dann südwestwärts durch das Deepdale zum Kingsdale einen weiteren vorrömischen Pfad hinab, der um die südliche Flanke von Ingleborough (Rigodunon) herum, entlang der alten Straße oberhalb der heutigen A65 von Ingleton nach Clapham, in Richtung Osten biegt. Von Clapham aus folgt man dem Pfad den Clapham-Bach entlang, vorbei an der Ingleborough-Höhle (die erst im 19. Jahrhundert durch Sprengungen zugänglich gemacht wurde) nach Clapham Bottoms, wo der Kampf stattfindet. Sie ziehen sich auf die Hügel zurück, wo die Kessel und Trichter ihren Zoll von beiden Seiten fordern, und ostwärts durch das zerklüftete Land nach Ribblesdale.

Die Felsen der südlichen Yorkshire Dales, insbesondere in Rombald's Moor, sind berühmt unter den Archäologen für ihren Reichtum an Felszeichen. Bei weitem die meisten davon sind einfache schalenförmige Vertiefungen, die in den Stein gehauen sind, wobei einige von vollständigen oder teilweisen Ringmarkierungen umgeben oder von geraden Linien durchkreuzt sind, die an die Lingam/Yoni-Symbole Indiens erinnern. Gelegentlich jedoch findet man ein Piktogramm ganz anderer Art. Eines von diesen ist der »Swastika Stone« (›Hakenkreuz-Stein‹) auf dem Hang oberhalb von Ilkley. Professor Anarti von der Universität Fiume zufolge befindet sich das einzige andere bekannte Exemplar einer vierarmigen Figur dieses Typs in Norditalien. Eine Theorie besagt, daß die Kelten dieses Relief nach ihrer Invasion Britanniens eingemeißelt haben könnten. Der andere Stein, der in Kapitel einundzwanzig erwähnt wird, ist der »Badger Stone« (›Dachsstein‹), nur ein kurzes Stück Fußwegs entfernt von der Siedlung, wo die Ilkley Archaeological Group gerade Ausgrabungen durchführte, als ich den Ort besuchte.

Eine Anmerkung zum keltischen Kalender

Unser bester Beleg für die keltischen Monatsnamen ist eine Bronzetafel, die 1897 bei Coligny gefunden wurde. Das keltische Jahr begann Anfang des Monats Samonios mit einem Fest, das Samonia (später Samhain) genannt wurde. Herm, in *Die Kelten*, beschreibt einige weitere Einzelheiten. Die Monate waren Mondmonate, und jeder Tag begann mit dem Mondaufgang. Die freie Übersetzung der Monatsnamen, basierend auf denen von Caitlín Matthews, ist meine eigene.

Okt/Nov	–	Samonios	Nußfallmond
Nov/Dez	–	Dummanios	Dunkelzeitmond
Dez/Jan	–	Riuros	Kältemond
Jan/Feb	–	Anagantios	Heimmond
Feb/Mrz	–	Ogronios	Eismond
Mrz/Apr	–	Cutios	Windmond
Apr/Mai	–	Giamonios	Knospenmond
Mai/Jun	–	Simivisonios	Hellemond
Jun/Jul	–	Equos	Pferdemond
Jul/Aug	–	Elembiwos	Erntemond
Aug/Sep	–	Edrinios	Schiedsmond
Sep/Okt	–	Cantlos	Liedmond

QUELLEN

A Celtic Miscellany: Translations from the Celtic Literatures. Hg. und übers. von Kenneth Hurlstone Jackson. New York: Penguin Books, 1971.

Arribas, Antonio. *The Iberians*. London: Thames & Hudson.

Cross, Tom Peete, und Clark Harris Slover (Hg.). *Ancient Irish Tales*. New York: Henry Holt & Co., 1936.

Cunliffe, Barry. *The City of Bath*. New Haven: Yale University Press, 1986.

Daniélou, Alain. *The Gods of India*. New York: Inner Traditions International, Ltd., 1985.

Eliade, Mircea. *Shamanism*. Bollingen Series LXXVI. New York: Pantheon Books, 1964.

Harding, D. W. *The Iron Age in Lowland Britain*. London und Boston: Routledge and Kegal Paul, Ltd., 1974.

Hartley, Dorothy. *Lost Country Life*. New York: Pantheon Books, 1979.

Herm, Gerhard. *Die Kelten: Das Volk, das aus dem Dunkel kam*. Düsseldorf: Econ, 1975.

Matthews, Caitlin. *The Celtic Tradition*. Longmead, Dorset: Elements Books, 1989.

Monmouth, Geoffrey of. *The History of the Kings of Britain*. Übers. Lewis Thorpe. New York: Penguin Books, 1966.

Naddair, Kaledon. *Keltic Animal Lore and Shamanism*. 2 Bde. Edinburgh: Keltia Publikations, o. J.

Phillips, Guy Ragland. *Brigantia*. London und Boston: Routledge and Kegan Paul, Ltd., 1976.

Rees, Alwyn, und Brinley Rees. *Celtic Heritage*. London: Thames & Hudson, 1961.

Ross, Anne. *Pagan Celtic Britain*. London und Boston:
Routledge & Kegan Paul, Ltd., 1967.

Shakespeare, William. *The Tragedy of King Lear*.

Waltham, Tony. *Yorkshire Dales: Limestone Country*. London: Constable & Co., 1987.